The Mystery Collection

DREAM A LITTLE DREAM

あの夢の果てに

スーザン・エリザベス・フィリップス／宮崎 槙 訳

23
二見文庫

DREAM A LITTLE DREAM

by

Susan Elizabeth Phillips

あの夢の果てに

主要登場人物

レイチェル・ストーン……テレビ伝道師の故G・ドウェイン・スノープスの未亡人
エドワード……レイチェルの息子
ゲイブ（ガブリエル）・ボナー……ドライブインのオーナーで元獣医
キャル・ボナー……ボナー家の長兄で、元プロ・フットボールの選手
ジェーン・ダーリントン・ボナー……キャルの妻で著名な物理学者
イーサン・ボナー……ボナー家の末弟で牧師
クリスティ・ブラウン……イーサン・ボナーの教会秘書
キャロル・デニス……故G・ドウェイン・スノープスの元幹部の信徒
ボビー・デニス……キャロルの息子
ラス・スカダー……故G・ドウェイン・スノープスの信奉者
ドン・ブラディ……アイスクリーム・ショップのオーナー
トム・ベネット……映写技師

1

　レイチェル・ストーンの命運も、『カロライナの誇り』という名のドライブインの真ん前で尽きた。六月の午後の熱気がかげろうのように立つ巨大な二車線のアスファルト道路の上で、古いシボレー・インパラはガラガラと臨終の喉《のど》鳴りのような音をたてたかと思うと、死に絶えた。

　かろうじて車を路肩に寄せると、黒い煙がボンネットの下からモクモク出て、視界を覆った。

　最後にやってきたこの災難はレイチェルに致命的な打撃を与えた。ハンドルの上で組んだ両手に顔を突っ伏して、彼女はこの三年間の長きにわたり自分を苛《さいな》んできた絶望に身をまかせた。皮肉にもノース・カロライナの『救済《サルベーション》』という名の町はずれ、二車線のハイウェイで、いよいよ地獄への入口に到達したのである。

「ママ？」

　レイチェルは拳《こぶし》で目を拭き、顔をあげた。「眠ってたんじゃなかったの」

「眠ってたよ。でもあんな気持ち悪い音がしたら目が覚めちゃうよ」

　レイチェルは振り返って、後部座席に置かれたふたりの全財産であるみすぼらしい包みや箱の類いに囲まれて座っている息子の顔をじっと見つめた。息子は最近五歳の誕生日を迎えたばかりである。インパラのトランクは空《から》だったが、その理由は数年前の追突事故によって開かなくなっているからにすぎない。頬を下にして眠っていたせいで、エドワードの頬には皺《しわ》が寄り、淡い褐色の髪は逆立ってしまっている。年のわりには小柄で痩《や》せすぎており、最近かかった、生命を脅かすほどの重い肺炎のなごりで顔色も蒼白い。目に入れても痛くない、最愛の息子である。

よちよち歩きのころから肌身離さず大事にしてきた、ぼろぼろのぬいぐるみ、垂れ耳ウサギの『ホース』の頭越しに、息子は母親にまじめくさった視線を注いでいる。「また何か悪いことが起きたの？」

レイチェルは唇がこわばるのを感じながら、安心させるような微笑みを息子に向けた。

「ちょっと車が故障しただけよ」

「ぼくたち、死ぬの？」

「とんでもない。死ぬわけないでしょ。ママは車の様子を見るから、あなたは外に出て脚を伸ばしたらどう？　道路から離れてたほうがいいわよ」

エドワードは擦《す》り切れた『ホース』の耳を歯のあいだにはさみ、中古の遊び着や古いタオルがつまったバスケットの上によじのぼった。その脚は痩せ細り、骨ばった蝶《ちょう》番《つがい》から伸びる蒼白い小さな棒切れのようで、うなじには赤黒い痣《あざ》がある。レイチェルはそこにキスするのが好きだ。彼女は後部座席に身を乗りだして、ドアを開けてやった。そのドアも、壊れたトランクより多少は機能を果たしている程度の代物《しろもの》にすぎない。

「ぼくたち死ぬの？」最近息子は幾度この質問をしただろう。もともと外向的な子どもではなかったが、ここ数カ月はいっそう臆病で用心深く、年齢に似つかわしくないほど大人びてきている。

この子は空腹なのではないだろうか、という思いがレイチェルの胸をよぎる。最後に満足な食事をさせたのは四時間前のことだ。ウィンストン・セーラム近くの道路脇のピクニック・テーブルでしなびたオレンジ一個とカートン入りの牛乳、ゼリー・サンドイッチを食べさせた。世のなか広しといえど、子どもにこんな食事しかさせてやれない母親など、そうはいないだろう。

なにしろ財布の中身はたったの九ドルと小銭だけ。かろうじて命をつなぐよすがが、この九ドルと小銭なのだ。

バックミラーを一瞥《いちべつ》したレイチェルは、自分がかつて美人だといわれていたことをふと思い出した。いまや過労のために、口の両側には皺ができ、痩せ細った顔のなかでいっそう大きくなった緑の目の目尻にも皺がめだつようになってしまった。頬骨のあたりにソバカスのある肌も血色が悪く、突っぱって、いまにも裂けてしまいそうだ。美容院に行くだけの余裕はないので、野性的なたてがみのような、カールした赤褐色の髪は痩せすぎの顔のまわりでぼろぼろになった枯れ葉のように渦を巻いている。残っている化粧品はバッグの底にある、コーヒー・ブラウンの口紅だけだが、それさえもここ数週間、つける気にもなれなかった。早い話が、二十七歳にして気持ちは老女になりはてているのである。彼女は骨ばった肩からぶらさがる青のシャンブレーのワンピースをちらりと見おろした。色は褪《あ》せ、ぶかぶかで、六個ある赤のボタンのひとつが割れ、茶色のボタンに替えてある。エドワードには個性的なおしゃれをめざすためといってある。

インパラのドアは、開けようとすると、抵抗するようにきしんだ。アスファルトの地面に出てみると、履《は》き古して紙のように薄くなった白のサンダルの靴底から地面の熱が伝わってくる気がした。片方のサンダルのストラップは壊れている。つなぎ合わせようと、懸命に縫ってはみたものの、ざらざらした部分が肌に当たり、爪先にひどい靴擦れができた。しかし生き残るための苦痛にくらべれば、そんなものはたいした痛みではなかった。

集配トラックが疾走してきたが、止まってはくれなかった。手入れもしていない髪が頬を打ち、彼女は前腕を使ってからまった髪の束をはらい、トラックがまき散らしていったほこりの渦をよけて目を覆った。エドワードに目をやると、ホースを脇の下にかかえ、灌木《かんぼく》の植えこみのそばに立ち、真上にそびえる銀河の爆発のような黄色と紫の星形の看板を見上げようと首を鋭角的に傾けている。看板の輪郭は白熱電球で描かれ、『カロライナの誇り』という文字が見える。仕方がないと、レイチェルはボンネットを開け、エンジンから立ちのぼる煙からあとずさった。以前ノーフォークの自動車修理工からエンジンがだめになりそうだと注意されていたので、これがダクトにテープを貼ったり、廃品置き場から拾ってきた部品などで修理のきく故障などではないことはわかった。レイチェルはうなだれた。車を失っただけではなく、住むところもなくなったのだ。ここ一週間彼女とエドワードは車で生活している。エドワードには、亀さんのように、行くところ行くところに家がついてくるのだから、私たち幸せねといい聞かせてある。レイチェルは戸惑いつつも、尽きせぬ災難のなかでももっとも新しい災難、二度と戻るまいと心に誓ったこの町に戻ることになってしまった運命をなんとか受け入れようとしていた。

「そこから出ろ」

脅すような低い男の声がレイチェルの悲嘆に割りこんできた。あわてて立ったので立ちくらみがして、体を支えるのにボンネットにつかまらなくてはならなかった。意識がはっきりしてくると、威嚇《いかく》するような顔つきの見知らぬ男の前で息子がすくみあがっているのが見えた。男はジーンズに古びた青のワーク・シャツ、ミラー状のサングラスというでたちだ。車の後部をあわててまわりながら、砂利の上でサンダルが滑った。エドワードは怯《おび》えて、身動きさえできないでいる。

かつてはしとやかな物言いをする、心優しく夢見がちな田舎娘だったが、過酷な人生経験が人柄を変えた。レイチェルはかっとなった。「その子に指一本ふれたら承知しないわよ、このゲス野郎！」

男の腕がのろのろと脇におりた。「こいつは、あんたの子かい？」

「そうよ。その子からさっさと離れてよ」

「こいつはうちの植えこみにおしっこしてやがったんだ」男の荒っぽいが抑揚のない口調にははっきりとしたカロライナ訛《なま》りがあるが、微塵《みじん》も感情はこもっていない。「ここから連れて出てくれ」

レイチェルは初めてエドワードのズボンの前のジッパーが開いたままになっていることに気づいた。ただでさえ頼りなげな幼い息子がいっそう無防備に見える。ウサギのぬいぐるみを脇に抱えたまま、そびえ立つような男の顔を見あげながら恐怖に体をこわばらせている。

見知らぬその男はとても背が高く、痩せていて、黒い髪と厳しい口もとが印象的である。顔の輪郭は細長く、ある意味では端整な面立ちとも思うが、険しい頬骨と硬質な肌が酷薄な翳《かげ》りを落とし、好感は持てない。束の間、彼がミラー状のサングラスをかけていることをありがたいと感じた。なにか本能的なものが、男の目をのぞきこむなと警告しているからだ。

レイチェルはエドワードの体をつかみ、胸に抱きしめた。他人になめられるとろくなことにならないことは、苦い体験を通じて知っている。レイチェルは男を嘲笑うようにいった。

「ここはあなたが用足しに使う植えこみというわけね？ だからだめなんでしょ？ 急いで使いたかったのよね？」

男の口がかろうじて動いた。「ここはおれの土地だ。出ていけ」

「そうしたいのはやまやまなんだけど、私の車がいうことを聞いてくれないのよ」

ドライブインのオーナーはインパラの死骸を興味なさげに見やった。「チケット小屋に電話とディーリーの自動車修理工場の電話番号がある。牽引車を待つあいだ、おれの地所には入らないように」

男はそういうと踵《きびす》を返して立ち去った。男の姿が巨大な映画スクリーンの下に立つ木の向こうに消え、やっとレイチェルは子どもを離した。

「大丈夫よ。あんなやつのこと、気にしちゃだめよ。あなたは、何も悪いことをしてはいないんだからね」

エドワードは蒼ざめ、下唇をわななかせていた。「あ、あの人怖かった」

レイチェルは息子の淡い褐色の髪を指で梳《す》き、立った髪を撫《な》でつけ、ひたいにかかった前髪をあげてやった。「そうかもしれないけど、あんなやつ、ただのうすのろだし、ママがちゃんと守ってあげたじゃない」

「ぼくには『うすのろ』なんていっちゃいけないっていってるのに」

「時と場合によるの」

「時と場合って何？」

「つまりあいつは本物のうすのろだってこと」

「そうか」

レイチェルは電話が設置された木製のチケット小屋に目をやった。小屋はペンキを塗り替えたばかりで、色は看板と同じけばけばしい芥子《からし》色と紫だった。そこへ行って電話などかける気は毛頭ない。牽引車や修理の費用をまかなう金もないし、クレジットカードもとうの昔に無効になっている。ドライブインの不愉快なオーナーにまたエドワードを会わせたくないとの思いから、息子を道路に連れだす。「あんまり長いこと車に乗ってたから、脚が凝ってしまったわ。だからちょっと歩こうと思うの。あなたはどうする？」

「いいよ」

子どもは泥の上をスニーカーを引きずるように歩いた。まだ恐怖心がおさまっていないのだな、と思う。うすのろ男に対する憤りが胸のなかでふくらんでいく。子どもの前であんな態度をとるなんて、まったくどうかしている。車の開いた窓から手を入れて、青いプラスチックの水筒と、値下げ品のテーブルで見つけたしなびたオレンジの残りを取りだす。ハイウエイを渡ってちょっとした木立ちのあるところへ子どもを連れていきながら、六日前まで上司だったクライド・ローシュに屈服しなかった自分をまたののしっている。屈服するどころか、自分を犯そうとした上司の横っつらを思いきり張りとばし、エドワードの手をつかむとリッチモンドを飛びだしてきたのだ。

屈服しておけばよかった、といまでは思う。ローシュに身をまかせさえすれば、メイドとして働いていた彼のモーテルの一室にいまでもただで住んでいられたはず。目をかたく閉じたまま、彼の欲望を満足させればよかったのだ。子どもにひもじい思いをさせ、住む家さえ与えられないで、純潔を守ることにどんな意味があるというのだ?

ノーフォークまできて、わずかな蓄えの大半をインパラの送水ポンプ修理代に使いはたすはめになった。こんな境遇になれば、ほかの女性なら社会福祉の援助を申しこむだろうというとは承知している。しかしレイチェルの場合、生活保護という手段に頼るわけにいかないのだ。二年前バルチモアに住んでいたころ、やむなく生活保護を申しこんだことがあったが、民生委員にエドワードを扶養する能力を疑問視されレイチェルは呆然とした。民生委員はレイチェルが経済的に自立できるようになるまで、公共の養育制度に頼ってはどうかと提案したのだ。善意の言葉ではあったが、レイチェルの心は恐怖におののいた。その瞬間まで、エドワードを誰かの手にゆだねるなんて、まるで思いもよらぬことだったのである。レイチェルは同じ日のうちにバルチモアを飛びだし、二度と役所に援助は求めまいと心に誓った。

それ以来レイチェルは同時にいくつもの最低賃金の仕事をこなしながらなんとか親子の生活を支えてきた。そんな稼ぎではやっと雨露をしのぐだけで精一杯で、また学校に通い職業的技能を習得するだけの余裕はとてもなかった。まともな保育を求める闘いに乏しい給料をつぎこんでも、体調をくずすほどの不安だけが残った。ベビー・シッターのひとりは一日じゅうエドワードをテレビの前にしばりつけ、別のひとりは自分のボーイ・フレンドとエドワードを置き去りにした。そうこうするうちにエドワードが肺炎にかかった。

エドワードが退院するころには、レイチェルは勤め先のファーストフードの店から常習的欠勤を理由に解雇された。エドワードのために費用がかさんだため、わずかな蓄えは底をつき、とても支払えそうもないほどの請求書が残っていた。さらに快復期にあって手厚い看護を必要とする病気の子どもを抱え、粗末なアパートも賃貸料の不払いで立ち退きを迫られていた。

彼女はクライド・ローシュに労働時間を倍にする約束でモーテルの小部屋をただで貸してくれるよう頼んだ。だが彼の望みは別のところにあった。彼の条件は、要求に応じていつでも彼のセックスの相手になれというものだった。それを拒むとローシュはとたんに卑劣な行為に出たので、彼女は事務所の電話機をつかんで彼の頭を殴ったのだ。

顔の側面を血がしたたり、暴行のかどでおまえを逮捕させてやると口走るローシュの憎悪に満ちた目がいまも脳裏にこびりついている。「おまえが監獄に入って、大事な大事な子どもをどうやって面倒みるのか、見ものだぜ！」

あのとき抵抗をやめ、彼の言いなりになってさえいれば。わずか一週間前には考えられなかったことが、いまはそれほど受け入れがたいことではなくなっている。精神力には自信がある。どんな状況でも耐えられたと思う。太古の昔から切羽詰まった女は交換にセックスを用いてきた。自分が一度でもそのことを咎《とが》める気持ちになったことがいまでは信じられないくらいだ。

　レイチェルはトチノキの下でエドワードを隣に座らせ、水の入ったびんの栓をひねり、手渡した。オレンジの皮を剝《む》きながら、巨大な建物を見あげたいという、抑えがたい気持ちを無視できなくなった。

　ダンボールの工場に乗っ取られたと聞いていたが、救済寺院がいまも存在する証しとして、ガラスの壁に陽光がきらめいている。五年前ここは全米じゅうでもっとも裕福でもっとも著名なテレビ伝道師・ドウェイン・スノープスの本部兼放送スタジオであった。レイチェルは不快な記憶を振り払い、エドワードにオレンジのふさを手渡しはじめた。ごみ箱行きが当然ともいうべき、固くて水気のなくなったふさのひとつひとつを、エドワードはキャンディでもしゃぶるようにおいしそうに食べた。最後のひとふさを与えると、レイチェルは気怠《けだる》そうにドライブインのひさしへ目を向けた。

近日新装開店
従業員募集中

気持ちが昂《たかぶ》った。なぜもっと早く気づかなかったのだろう？　仕事！　自分にもようやく運が向いてきたのかもしれない。

　ドライブインの無愛想なオーナーのことは考えないようにした。ここ数年、選択の余地などという贅沢《ぜいたく》にはついぞ縁はなかったのだ。看板に目を据えたまま、レイチェルはエドワードの膝をさすった。陽射しのために息子の膝は熱くなっていた。

「やめて」

「エドワード、ママはさっきの男ともう一度話をしてくるわ」

レイチェルは不安におののく小さな顔を見おろした。「どうってことないわ。あんなのただでっかいだけのうすのろ。怖がらなくていいの。簡単にやっつけられるって」

「ここにいてちょうだい」

「だめよ。仕事を見つけなくちゃならないから」

エドワードはそれ以上反対しなかった。あのうすのろ野郎を探しだすまでこの子をどうしようかという思いが頭をもたげる。やたらにそこらを歩きまわるような子どもではないし、車のなかで待たせようか、と束の間考えたものの、車を停めた場所はあまりに往来に近すぎる。一緒に連れていくしかなさそうだ。

安心させるような微笑みを浮かべながら、レイチェルは息子を立たせた。またハイウェイを渡りながら、神のご加護を祈る気持ちにはなれなかった。祈ることはもうやめてしまった。G・ドウェイン・スノープスのおかげで、信仰心などとうの昔に消えはて、かけらさえ残ってはいない。

轍《わだち》だらけの小道を通ってチケット売り場までエドワードを連れていきながら、縫って直したサンダルのストラップが親指に食いこむ。何十年も前にこんな山あいの土地に建てられたこのドライブインはどうやら、その後十年ほど手入れもされず放置されていたらしい。ペンキを塗りなおしたばかりのチケット小屋にしても、地所を取り囲むまっさらの金網塀にしても修繕の手が入っている証しではあるが、まだまだ手を入れる余地はたくさんあると思う。

映写スクリーンは修理されているが、何列にも寄せ集められた無意味な金属のスピーカー・ポールのあたりは雑草がはびこっている。レイチェルは、ドライブインの、もとはスナックバーと映写室だったと思しき二階建てのコンクリート・ブロックでできた建物に目をとめた。かつては白だったはずの外壁には汚れやカビの縞が入っている。側面の開け放たれたドアからはアシッド・ロックが騒々しく鳴り響いている。

スクリーンの下のみすぼらしい遊び場にふと目がいった。中身のない砂場と、重々しいスプリングに乗せられたファイバーグラス製の六台のイルカが置かれている。イルカはもとは明るい青だったらしいが、歳月の流れによっていまのような淡い青に変わったのだろう。錆《さ》びついたジャングルジム、ブランコの外枠、壊れたメリーゴーラウンド、コンクリートのカメ。そうした装置の断片がそぞろ哀れを誘う。

「エドワード、ママがあの男と話をするあいだ、あのカメさんに乗って遊んでて。すぐ終わるから」

息子の目が行かないで、ひとりにしないでと懇願していた。レイチェルは微笑み、遊び場を身ぶりで指した。普通の子どもなら自分の思いどおりにならないと、癇癪《かんしゃく》を起こしたりするのだろうが、過酷な運命は息子から当たり前の怒りの感情すら奪い去ってしまった。下唇をわななかせ、うなだれた息子の様子にレイチェルの心は千々に乱れ、その幼い手を離すわけにいかなくなった。

「いいわ。一緒に来ていいわよ。ドアのそばに座ってて」

コンクリートの建物に入っていきながら、エドワードの小さな手が母親の指をしっかりと握りしめていた。レイチェルは肺にほこりがはいりこむのを感じた。頭には真夏の陽射しが照りつけ、瀕死の絶叫のような音楽が叫ぶような音を響かせていた。

ドアのところでエドワードの手を下におろし、不快なギターの音色や凶暴ともいえるドラムの音のなかでも言葉が息子に伝わるように、前にかがんだ。「ここにいてちょうだい」エドワードは母親のスカートの裾《すそ》をつかんだ。元気づけるように微笑みながら、レイチェルは息子の指をほどき、コンクリートの建物に入った。

スナックバーのカウンター部分と器具類は新しいものの、コンクリート・ブロックでできた壁には十年も昔のぼろぼろのビラやポスターが貼ったままになっている。新しくて白いカウンターの上の封を切っていないポテトチップスとプラスチック容器に入れラップをかけたサンドイッチ、死刑執行室に吹きこまれる死のガスのように凶暴な音楽を響かせているラジオのそばにミラー状のサングラスが置かれている。

ドライブインのオーナーは梯子《はしご》にのぼり、蛍光灯の器具を天井に取り付けようとしていた。男はこちらに背を向けているので、レイチェルは束の間生き残りの道に立ちふさがるこの最後の山を観察した。

目の前にペンキが飛び散った茶色のワーク・ブーツと、擦り切れたジーンズに包まれた長く力強い脚が見える。腰は細く、蛍光灯の器具を片手で支えながらもう片方の手でねじまわしを回転させる動きにつれ、男の背中の筋肉が盛りあがる。たくしあげた袖口からはよく日に焼けた前腕、力強い手首、幅広い掌と驚くほど気品のある指が見える。ややむらにカットされた黒褐色の髪が襟を越えて背中に垂れている。髪は直毛でわずかにいく筋かの白髪があるものの、年齢はどう見ても三十代の前半からなかばといったところである。

レイチェルはラジオのあるところまで行き、音量を下げた。少し神経の細い人間ならびっくりしてねじまわしを落としたり、驚きの声を発するかもしれないが、この男はどちらの反応も示さず、ただ振り返ってレイチェルをにらんだだけだった。

彼女は男がサングラスをかけていないことをうらめしく思いながら、その淡い銀色の瞳をじっと見据えた。その瞳には生命の輝きはなく、固く無機質な感じだった。いま、これほど絶望的な状況にあってさえ、レイチェルは自分があんなふうに無感情で希望のない目をしているとは思いたくなかった。

「何か用か」

抑揚もなく感情を感じさせない男の声に、戦慄《せんりつ》を覚えたが、レイチェルは無理やり呑気《のんき》そうな笑顔をとりつくろった。「初めまして。私はレイチェル・ストーン。あなたが脅した五歳の息子はエドワード。あの子が持ち歩いているウサギはホースよ。でも理由は訊かないで」

これが男を笑わせようという目的のために発した言葉だとしたら、結果は惨めな失敗に終わった。およそこの口に笑みが浮かぶことがあろうとはとうてい思えなかった。「おれの土地には立ち入らないよう警告したはずだ」

レイチェルはこの男のすべてに苛立ちを覚えたが、最大限の努力を払ってその感情を無邪気な表情の後ろに隠した。「そうだったかしら。忘れちゃったみたいね」

「いいかい、奥さん――」

「レイチェル。または格式ばった呼び方をしたいのなら、ミズ・ストーン。偶然だけど、今日あなたはついてるわ。私は寛大な質《たち》だから、あなたの男性版月経前緊張症も大目に見てあげるつもり。なにから始めましょうか」

「なんの話をしている？」

「ひさしにあった標示よ。募集中の従業員を務めてあげるわ。個人的には、まずあの遊び場をきれいにすべきだと思うわ。あんな壊れた設備を放っておいて、どんな申し開きができるというの？」

「おれはあんたを雇う気はない」

「雇うわよ」

「その理由はなんだというんだ？」格別興味もなさそうに男は訊いた。

「無愛想な態度とはうらはらに、あなたは知的な人物だし、知性のある人なら誰でも私が素晴らしく役に立つ人間だということを見抜けるはずですもの」

「見抜いているのは、男手が必要だということだ」

レイチェルは愛らしい微笑みを浮かべた。「男だけではできないこともあるはずよ」

彼はべつだん面白がることはなかったが、レイチェルの軽薄な言行に気分を害した様子もなかった。反応は皆無だった。「おれはただ男を雇うつもりでいるだけだ」

「いまのは聞かなかったことにしてあげるわ。だってこの国では性差別は違法ですもの」

「なら訴えろ」

普通の女性ならここであきらめているところだろうが、なにしろレイチェルの財布には一〇ドルも入っていないし、わが子は飢え、車は動かないのだ。

「あなたは大きな過ちをおかそうとしているわ。私のような人材に出会えるチャンスは毎日あるわけじゃないのよ」

「これ以上はっきりしていることはないんだよ、奥さん。おれはあんたを雇わない」彼はねじまわしをカウンターに置き、後部ポケットに手を伸ばし、尻の形に沿って曲がった財布を取りだした。「二〇ドルある。こいつを持って出ていってくれ」

二〇ドルは欲しかったが、仕事のほうをより必要としていた。レイチェルはかぶりを振った。「施しはご遠慮申しあげるわ、ミスター・ロックフェラー。私は安定した仕事に就《つ》きたいだけなの」

「仕事はよそで探してくれ。うちでやってもらうのは激しい肉体労働なんでね。敷地の撤去作業、建物の塗装、屋根の修理。おれはそういう類いの仕事を任せられる男を雇い入れるつもりでいる」

「私はみかけより力が強いのよ。どんな男にも負けないくらい仕事をこなす自信があるわ。それに、私はあなたの人格異常について、精神医学上のカウンセリングだって引き受けてあげられるわよ」

この言葉を口にしながら、レイチェルは舌を噛みそうになった。男の表情がいっそう空虚になったからである。

男の口がかろうじて動き、レイチェルの脳裏に人生に深い恨みを抱いた、感情の宿らない目をしたガンマンのイメージが浮かんだ。「生意気な口をきく女だといわれたことはないか?」

「生意気なのは私の脳みそかもね」

「ママ?」

ドライブインのオーナーがぴくりと体をこわばらせた。振り返ると、戸口にエドワードが立っていた。ホースは手からぶらさがり、不安の翳りがその小さな顔に刻みつけられている。

話しながらもエドワードの視線は男に釘付けだった。「ママ、ぼく訊きたいことがあるの」

レイチェルは息子のそばに寄った。「どうしたの?」

息子は声を落とし、男の耳にははっきりと聞き取れるほどのささやき声でいった。「ほんとにぼくたち死なない?」

レイチェルの胸はよじれるほど痛んだ。「本当よ」

雲をつかむような、あてのない希望をたよりにここへ入ってきたおのれの愚かさを思い、いまさらながら衝撃を覚える。みずからの目的さえ見いだせないのに、親子の生活を支えることはできないのだ。彼女の素性を知っている人は仕事をくれるはずがないという事実を考えれば、最近ここに引っ越してきたばかりの相手を見つけることにしかチャンスは見いだせないはずだ。考えがどうどう巡りして、またこの『カロライナの誇り』という名のドライブインのオーナーに戻ってきた。

男は古くて黒い壁掛け電話に向かった。彼が何をしようとしているのか振り返って見た彼女の目に、近くに貼られたぼろぼろの紫色のチラシが飛びこんできた。紙の端がめくれあがってはいても、亡きテレビ伝道師G・ドウェイン・スノープスの端整な面立ちは隠せない。

あなたも救済寺院で忠実な信者の仲間入りを
私たちは神のみ言葉を世界に向けて放送しています。

「ディーリーかい、ゲイブ・ボナーだ。女の人の車がここで壊れてね。牽引が必要なんだ」

レイチェルは同時にふたつの事実にショックを受けた。牽引と男の名前である。ガブリエル・ボナー。サルベーションでも、もっとも著名な一家の一員がドライブインを経営するとはいったいどうしたことだろう？

記憶しているかぎりではボナー家には三人の兄弟がいたはずだ。レイチェルがここにいたころ、末弟イーサン・ボナー牧師はサルベーションの町に住んでおり、長兄のキャルはプロのフットボール選手になっていた。ガブリエル・ボナーが頻繁に寺院を訪れていたことは知っていたが、じかに会ったことはなかった。だが写真で顔は知っていた。父親のジム・ボナー博士は郡でもっとも尊敬を集める医師であり、母親のリンは郡の社会奉仕事業の指導者だった。足を踏み入れた場所がまさしくみずからの敵地であることを思い知り、エドワードの肩にのせたレイチェルの指はこわばった。

「……あとで請求書はおれに送ってくれ。それとさディーリー、その女性と息子をイーサンのところに連れていってくれないか。今夜泊まるところを探してやってくれとやつには伝えてくれ」

いくつか簡潔な言葉を連ねたあと、ゲイブは電話を切り、レイチェルに注意を向けた。「車のそばで待ってろ。トラックが戻りしだい、ディーリーが誰かを差し向けてくれるはずだ」

彼は歩いていき、戸口に立った。責任から明らかに解放されたとばかりに、取っ手に手をかけている。レイチェルは彼のすべてを憎んだ。よそよそしい態度。無関心さ。だがなによりも憎らしいのは、彼女自身が持ち合わせていない、生存に有利な彼の力強い男の体だ。彼女が求めたのは施しではない。仕事が欲しかっただけなのだ。車の牽引を頼むという彼のでしゃばりな行為は、乗り物がなくなるというだけではすまない脅威を彼女に与えた。インパラは親子ふたりの家なのだ。

レイチェルは彼がカウンターの上に置いたサンドイッチとポテトチップスの袋をひったくるように取り、エドワードの手をつかんだ。「ランチ、ごちそうさま、ボナー」一瞥も与えないまま、レイチェルはすっと彼の前を通りすぎた。

轍だらけの砂利道を、エドワードは母親に寄り添って小走りでついてくる。彼女は息子の手を引いてハイウェイを渡った。ふたたびトチノキの根元に腰をおろしながら、レイチェルは絶望と闘わなくてはならなかった。まだあきらめるつもりはない。

ふたりがやっと腰をおろすと、ガブリエル・ボナーが運転するほこりだらけの黒い小型トラックがドライブインの入口から猛スピードで出てきて、ハイウェイに入り走り去った。レイチェルはサンドイッチの包みを開き、エドワードのために中身を調べた。七面鳥の胸肉、スイス・チーズ、マスタード。エドワードはマスタードが嫌いなので、できるかぎり拭きとって、手渡した。エドワードはなんの躊躇《ちゅうちょ》もなく食べはじめた。空腹すぎて文句をいう余裕などなかったのだ。

息子が食事を終える前に牽引トラックが到着し、小柄で太ったティーンエージャーが降りてきた。レイチェルはエドワードを木の下に残し、道を渡り、陽気に手を振りながら挨拶した。

「事情が変わって、牽引は必要なくなったの。ちょっと押すのを手伝ってほしいの。いいかしら。ゲイブは車をあそこの木の後ろに置いてほしいらしいの」

レイチェルはエドワードが座っている場所からそう遠くない場所を指さした。ティーンエージャーはあきらかに怪しんでいるが、そう知恵のまわるほうでもないので、手伝ってくれるよう口説くのは造作もないことだった。ティーンエージャーがいなくなるころには、インパラはうまく隠された。

いまのところこれが最善の方法なのだ。寝場所としてインパラが必要であり、牽引車で廃品置き場に運ばれてしまっては寝る場所もなくなる。車が動かないという事実を考えれば、ゲイブ・ボナーを説き伏せて仕事をもらうことがますます必要不可避に思えてくる。だがどうやって？　そのとき、感情の乏しい人間は結果あってこそ説得できるのではないかという考えがふと浮かんだ。

レイチェルはエドワードのところに戻り、立ちあがらせた。「チップスの袋を持ってらっしゃい。あのドライブインにまた戻るのよ。ママは仕事を始めなくちゃ」

「仕事もらえたの？」

「いってみれば、オーディションね」レイチェルは息子の手を引いてハイウェイに向かった。

「どういう意味？」

「ママの能力を見せつけてやるの。私が作業しているあいだ、あなたはあの遊び場でお昼を食べ終えてしまいなさい」

「ママも一緒に食べようよ」

「ママはまだおなかがすいてないの」最後にまともな食事をとってからあまりに時間がたちすぎ、空腹を感じる段階ははるかに過ぎてしまっていた。

エドワードをコンクリートのカメのそばに座らせながら、あたりを見渡し、特別な道具がなくともめだつ仕事はないものかと考えた。地所内の草取りがさしあたって最良の選択に思えた。成果がもっとも目につきやすい中央部からとりかかることにした。

作業を始めると照りつける強い陽射しに、青のシャンブレーのワンピースは脚にへばりつき、履き古したサンダルのストラップを通して泥が入りこみ、足が茶色に染まっていく。一時しのぎの継ぎはぎが当たる爪先から血がにじみはじめた。

ジーンズをはいてやらなかったことが悔やまれる。唯一残っているジーンズは、はき古されて膝と尻の部分が擦り切れ、穴があいている。

ワンピースの胴の部分はたちまち汗でぐっしょり濡れはじめた。濡れた髪はリボン状にかたまって、頬や首筋に張りついている。アザミの棘《とげ》が指に刺さったが、手が汚れすぎていて、傷口を舐《な》めるわけにもいかない。

草の大きな束を抱えて空《から》のごみ箱に投げ入れ、それを引きずっていき、スナックバーの後ろに置かれた大きなごみ容器に移した。レイチェルは不屈の決意でふたたび草取りに戻った。『カロライナの誇り』は残された最後のチャンス。十人の男にも負けない働きができることをボナーに証明してみせなくてはならないのだ。

昼下がりの気温がぐんぐん上昇するにつれ、レイチェルは頭が朦朧《もうろう》としてきた。だが少々頭がくらくらしたくらいで仕事の手を休めるわけにはいかない。草をもうひと束ごみ容器に運び、またかがんで作業に戻った。クワモドキとアキノキリンソウを引き抜こうとしたとき、目の前に銀色の斑点が渦を巻いた。クロイチゴのいばらでできた腕や手の深い擦り傷から出血している。胸のあいだから汗がしたたり落ちていく。

ふと気づくとエドワードがそばで草を引き抜いている。レイチェルはまたしてもクライド・ローシュに屈服しなかった自分を呪った。頭が火のように熱く感じられ、銀色の斑点が作る渦がどんどん速くなっていく。座って休むべきなのだろうが、時間がない。

銀色の斑点が花火の爆発へと変わり、足元で地面が揺れはじめた。なんとか体のバランスを保とうとするが、うまくいかない。頭がまわりはじめ、膝ががっくりと崩れ落ちた。花火が漆黒の闇に変わった。

十分後ゲイブ・ボナーがドライブインに戻ると、ぴくりとも動かない母親の体を守るように男の子が地面にうずくまっていた。

2

「起きてよ」

何か濡れたものが顔にしたたり落ちた。レイチェルはまぶたをピクピクと動かしながら目を開け、真上に棒状の青白い光を見た。まばたきしながら視線を動かしたレイチェルはうろたえた。「エドワード？」

「ママ？」

すべてを思い出した。車。ドライブイン。レイチェルはしゃにむに目の焦点を合わせた。棒状の光はスナックバーの蛍光灯の明かりだった。彼女はコンクリートの床に横たわっていた。

ゲイブ・ボナーがそばにひざまずいており、そのすぐ後ろには不安のあまり年齢には似つかわしくないほどの翳りをたたえたエドワードの幼い顔がある。「ああ、エドワード、ごめんなさい……」レイチェルは必死で体を起こそうとした。胃が盛りあがり、嘔吐することが自分でもわかった。

ボナーはプラスチックのカップをレイチェルの口に当てた。水が舌をしたたり落ちていく。吐き気と闘いながら、カップをよけようとしたが、ボナーがそれを阻んだ。水が顎に飛び散り、首筋を伝った。水を少しだけ飲みこむと、胃は落ち着いた。さらに水を飲むとかすかに古いコーヒーのあと味がした。

かろうじて体を起こし、ボナーの手から魔法瓶のカップを受け取るとき、手が震えた。指が触れあった瞬間、ボナーは手を離した。

「最後にものを食べてからどのくらいたつ？」ボナーはたいした興味もなさそうに質問し、立ちあがった。

水を数口飲み、深呼吸すると生意気な口をたたく元気が戻った。「昨晩プライム・リブを食べたばかりよ」

何もいわず、ボナーはスナック・ケーキのようなものをレイチェルに手渡した。真ん中にクリーム状の白いものが入ったチョコレートだ。ひと口噛み、無意識にエドワードのほうにそれを差しだした。「残りはあなたが食べて。ママはおなかがすいてないの」

「食べろ」それは命令だった。そっけなく、断固とした、抗《あらが》いがたい口調だった。

レイチェルはケーキをボナーの顔になすりつけてやりたかったが、その体力がなかった。仕方なく、水をすすりながらケーキを無理やり呑みこむと、だいぶ気分がよくなった。「外でひと晩じゅう踊り明かすのはどうやら無理ね」レイチェルはやっとの思いで軽口をたたいた。「最後に踊ったタンゴがこたえたみたい」

ボナーはレイチェルの言葉など本気で聞く気はないようだった。「なぜまだここにいる？」

上からのしかかるように話をされるのはたまらなくいやだったので、しゃにむに立ちあがったが、足はまだいうことを聞かず、ペンキがはねた金属の折りたたみ椅子に座った。「気づいてくれたかしら？　不覚にも……気を失ったりしたけれど、その前にはちゃんと仕事をこなしたのよ」

「気づいたさ。だがおれはあんたを雇わないといったはずだ」

「でも私はここで働きたいの」

「そいつは困ったな」とくに急ぎもせず、ボナーはスナックサイズのトルティヤチップスの袋を開け、手渡した。

「私はここで働かなくてはならないの」

「それはどうかな」

「本当なの。私はジョゼフ・キャンベルの信奉者で至福をもたらす信念に従うつもりよ」レイチェルはトルティヤチップスを口に押しこんだが、塩が指の傷に染みて、思わず縮みあがった。

　ボナーの目はごまかせなかった。彼はレイチェルの手首をつかみ、汚れた手を持ちあげて、イバラの傷だらけの手や両腕の側面にある長く血のにじんだ擦り傷をながめた。そうした傷を見てもボナーはさして何かを感じたようには見えなかった。「おまえさんのような小生意気な人間が、手袋をはめるという知恵さえ持ち合わせていないとは驚きだね」

「海の家に忘れてきたの」レイチェルは立ちあがった。「お手洗いに行って、この汚れを落としてくるわ」

　ボナーがそれを止めようとしなかったのは意外ではなかった。エドワードを従えて建物の裏手にある手洗い所に行ってみると、女性用のドアは施錠してあることがわかったが、男性用のドアは開いた。洗面装置は古くて見苦しかったが、ペーパー・タオルと新しい石鹼が目にとまった。

手の届くかぎり体のあちこちを洗った。冷たい水と食べ物のおかげで気分はよくなっていた。それでもまだ重病人のような顔をしている。衣服は不潔で、顔色は蒼白い。指で髪の毛のもつれを直し、両頰をたたきながら、いかにしてこの最後の災難を切り抜けようかと思考をめぐらせた。インパラが動かないのであれば、ここであきらめるわけにはいかないのだ。

スナックバーに戻るころには、ボナーは蛍光灯にプラスチックのカバーを装着し終えていた。折りたたみの梯子を壁に立てかける彼を見つめながら、レイチェルは明るい笑顔を浮かべた。

「私が壁紙をはがしてペンキを塗るっていうのはどうかしら。それがすむころにはここもいまの半分は見よくなるんじゃない？」

振り向いたボナーの顔がまったくの無表情だったので、レイチェルの気持ちは落ちこんだ。

「あきらめろ、レイチェル。おれはあんたを雇わない。あんたが牽引車と同行しなかったから、迎えを頼んでおいた。通りのそばで待っててくれ」

絶望と闘いながら、レイチェルは快活に頭をもたげた。「そんなまねしないでよ、ボナー。さっきいった至福の話を思い出してちょうだいよ。ドライブインは神意なんだから」

「ドライブインといってもここじゃないだろう」

相手の必死さなどまるで頓着しない男である。そこまでの人間らしい思いやりさえ備えていないのだ。

エドワードは例の老人のような心配顔で母親のスカートを拳でくしゃくしゃに握りしめている。子どもの体が壊れていく――レイチェルは心のどこかでそう感じた。息子を守るためなら、それがなんであれ、すべてを犠牲にしてもかまわなかった。

口をついて出た声はインパラと同じように老いて錆びついていた。「お願いよ、ボナー。私にチャンスをくれない？」レイチェルは他人に施しを求める自分に嫌悪感を覚えながら一瞬間をおいて続けた。「なんでもするわ」

ボナーがゆっくりと顔をあげ、淡い銀色の目を素早く向けたとき、レイチェルは自分のぼさぼさの髪と汚れた服のことを意識しないわけにいかなかった。だがそれ以上に彼女はあるほかの感覚にとらわれていた。ボナーを一男性として強く意識したのである。彼女はまるで円を一周してあのドミニヨン・モーテルに戻ったかのような錯覚に陥った。ちょうど六日前のあのときに。

ボナーの声は聞き取れないほど低かった。「おれは断じて無理だと思うね」

彼はなにごとにも頓着しない男だが、それでも激しく危険なものがあたりを制していた。レイチェルに向けられる彼のまなざしには好色なものは微塵もないが、それでも同時にその視線にこもる根本的な警戒の色が真実を告げていた。少なくともある一点に彼は関心を抱いている。

レイチェルは運命との闘いが自分をここまで導いてきたのだという必然性をふと感じた。肋骨の内側で心臓が早鐘のように鳴り、唇は綿のように乾いている。運命とはもう十分に闘ってきた。苦闘をやめるときが到来したのだ。

レイチェルは乾いた唇を舌で舐め、ゲイブ・ボナーをじっと見つめた。「エドワード、ママはボナーさんとふたりきりでお話があるの。あなたはカメさんのところへ行って遊んでてちょうだい」

「いやだよ」

「いうとおりにしてちょうだい」レイチェルはエドワードをドアまで連れていきながら、ボナーから目をそらした。エドワードを外に出すと、彼女は震えるような微笑みを浮かべた。

「行きなさい。すぐに迎えにいってあげるから」

エドワードはしぶしぶ歩いていった。涙がこみあげてきたが、涙は一滴たりとも流すつもりはなかった。泣く時間もないし、意味もないからだ。

レイチェルはスナックショップのドアを閉め、錠をまわし、振り向いてボナーに顔を向けた。顎をあげ、荒々しく傲慢《ごうまん》な表情を作る。自分は誰かの犠牲になるわけではないということをボナーに知らしめるのだ。「私は定職に就きたいの。そのためだったらなんでもするわ」

彼が発した音は笑い声だったかもしれないが、少しも愉快そうではなく、まるで叫びのようだった。「まさか本気じゃないだろう」

「本気ですとも」レイチェルの声はしわがれていた。「嘘じゃないわ」

レイチェルはワンピースの前身ごろのボタンに手をかけた。ワンピースの下につけているものはナイロンのパンティだけなのだが。貧弱な胸にはわざわざブラを買ってつける必要もない。

ボナーの視線を受けながら、彼女はひとつずつボタンをはずしていった。

彼は結婚しているだろうか、という疑問が胸をよぎる。年齢とあの圧倒的な男っぽさから見て、その可能性は高い。彼女は顔も知らない女性に対し、無言のうちに裏切りを詫びた。

これまで仕事をしていたはずなのに、ボナーの爪には汚れの輪もついておらず、シャツに半月形の汗じみもできていない。レイチェルは彼がせめて清潔であることを喜ばしく感じようとした。息が油っぽい玉葱《たまねぎ》や虫歯の臭いで臭い、などということはなさそうだ。それでも心のなかの警報器が以前勤めていたモーテルのオーナーより危険な相手であると警告している。

ボナーの口がかろうじて動いた。「自尊心はないのか？」

「あいにく使いつくしたわ」最後のボタンがはずれた。柔らかな青のシャンブレーのワンピースをそっと肩から落とす。静かな衣擦《きぬず》れの音とともに、ワンピースは膝のあたりまで滑り落ちた。

ボナーの無表情な銀色の目がレイチェルの小さな高い乳房をとらえ、その下のつるりとした肋骨をとらえた。ローカットのパンティはごつごつした骨盤やゴム部の上に伸びる伸展線をあらわに見せている。

「服を着ろ」

レイチェルは脱いだ服をまたぎ、意を決したようにパンティとサンダルだけの姿でボナーに近づいていった。みずからの尊厳はいささかも傷つけるつもりはないのだという決意を表わすかのように毅然《きぜん》と顎をあげていた。

「仕事が二交代制ならその両方に就くつもりよ、ボナー。昼夜を問わず働くわ。男を雇ったってそんなに働かないわよ」

断固とした決意でレイチェルは手を伸ばし、ボナーの腕をつかんだ。

「さわるな！」

まるで襲われたかのように、ボナーは体を引き離した。その目にもはや虚無感はなかった。深い憤りにその銀色の瞳が黒く翳り、レイチェルは思わずあとずさった。

ボナーは服を乱暴につかみ、レイチェルに押しつけた。「着ろ」

レイチェルは敗北感にうなだれた。試みは失敗したのだ。青い生地をつかみながら、壁で丸まりかけている紫色のビラのなかからこちらをにらんでいるG・ドウェイン・スノープスの写真が目に入った。

不信心者！　売女《ばいた》めが！

服を着ていると、ボナーはドアまで行き、錠をはずした。だがドアを開けはせず、両手を腰に当てた。息をはずませているかのように肩が隆起しては沈んでいる。

レイチェルのこわばってぎこちない指がやっと最後のボタンを留め終えたとき、スナックショップのドアが揺れ、開いた。

「おい、ゲイブ。電話くれたそうだな。どこに──」

イーサン・ボナー牧師はレイチェルを見たとたん、すくんだように身をこわばらせた。イーサンははっとするような金髪の美男子である。美しく整った造作、優しげな目もと。兄とは正反対といっていい。

そのイーサンがこちらを見てはたと思い当たった瞬間をレイチェルの目はとらえていた。

柔らかな口もとが薄くなり、優しい瞳に侮蔑《ぶべつ》が宿った。「これはこれは。スノープス未亡人がまたもや人心をかどわかしに舞い戻りあそばしたかな」

3

イーサンの言葉に、ゲイブがはっと振り向いた。「なんの話だ？」

ゲイブに向けられるイーサンのまなざしに、どこか保護者的なものがあるのをレイチェルは感じた。イーサンは兄を守ろうとするかのように近づいた。それはばかげた意図ではあった。ゲイブはイーサンよりずっと体も大きく、精悍《せいかん》だったからである。

「この女は自分の正体を明かしていないのか？」イーサンは非難の気持ちもあらわに、レイチェルをじろじろとながめた。「もっとも、スノープス家の人間が正直にものをいったという話は聞いたことはないがね」

「私はスノープスの人間じゃないわ」レイチェルはぎこちなくいった。

「あんたが贅沢三昧するのに使いこんだ善意の寄付金を贈った人たちがそれを聞いたら、さぞ驚くだろうな」

ゲイブはレイチェルに向けていた強い視線を今度は弟に投げた。「彼女はレイチェル・ストーンと名乗った」

「この女の言葉はいっさい信用してはいけないんだ、兄さん」イーサンはふだん病める人びとに向ける優しい言葉を兄にかけた。「この女は哀悼に値しない故人、G・ドウェイン・スノープスの未亡人なんだよ」

「そうなのか」

イーサンはスナックショップの奥深く入ってきた。きちんとプレスされた青いオックスフォード・シャツ、くっきりと折り目が入ったカーキ色のズボン、ぴかぴかに磨かれたローファーというでたちである。その金髪といい、青い目といい、面立ちといい、なにもかもが、兄の無骨で粗野な美貌とはいちじるしい対照をなしている。イーサンが神に選ばれし天使だとすれば、一方のガブリエルはその名とはうらはらに、さしずめ闇の王国の支配者といったところだろう。

「G・ドウェインは三年くらい前に死んだ」イーサンはまたも病人に語りかけるような懸念に満ちた声で説明した。「兄さんは当時ジョージアに住んでいた。当時ドウェインは法を犯し、みずから所有すべきでない数百万ドルの大金を所持したまま国外脱出を図っていた」

「その話は小耳にはさんだことがある」ゲイブの答えは興味からというより習慣から出たもののようだった。彼が何かに興味を示すことがあるのだろうか、という疑問がレイチェルの胸をかすめた。ストリップショウにはまるで興味を示さなかった。彼女は身震いすると、自分の行ないを考えまいとした。

「飛行機が大西洋に墜落したんだ。遺体は回収されたが、大金はいまも海底に眠ったままなんだよ」

ゲイブはカウンターにもたれ、ゆっくりとレイチェルのほうを向いた。彼女はとても目を合わせることはできなかった。

「G・ドウェインも彼女と結婚するまでは結構まじめにやっていた」イーサンは続けた。「だがスノープス夫人は高価な車や贅沢な服を好む女性でね。夫人の好みを満たしてやるためにスノープスはだんだん貪欲《どんよく》になっていった。彼の募金活動は常軌を逸してきて、結局破滅に追いやられた」

「テレビ伝道者第一号のすべき行ないではないね」ゲイブが意見を口にした。

イーサンは口もとを引きしめた。「ドウェインは繁栄の神学を説いた。『与えよ、さらば与えられん』とね。たとえそれが最後の一ドルであっても、喜んでそれを捧げなさい。その金は何百ドルとなって手元に戻ってくる、というわけだ。スノープスは神に万能のスロットマシーンのような役目を担《にな》わせた。人びとはそれにまんまと乗せられた。スノープスの手元には社会保障の小切手類や社会福祉の金がどっと集まった。サウス・カロライナに糖尿病の女性がいて、彼女はインシュリンに使うための金をドウェインに送った。ドウェインはその金を送り返さず、彼女の手紙を万民に支持されている好例として放送中に読んだんだ。テレビ伝道がもっとも隆盛をきわめた瞬間だった」

イーサンはごみ芥《あくた》でも見るような目をレイチェルに向けた。「カメラはそのとき救済寺院の信者席の最前列の、金ぴかドレスを身にまとったスノープス夫人が喜びの涙にくれている姿を写しだしていた。その後シャーロット・オブザーバー紙の記者が調査したところ、件《くだん》の糖尿病の女性は糖尿病性昏睡におちいってとうとう回復しなかったそうだ」

レイチェルは目を伏せた。あの日彼女が泣いていたのは、恥辱と無力感のためだったのだが、そんなことは他人は知るよしもない。放送のたびに逆毛を立ててふくらませた髪に濃い化粧、けばけばしい衣服で全身めかしこんで最前列に座るよう夫から求められた。それがドウェインにとって女性の理想的な美だったからだ。結婚当初はいいなりになっていたが、夫の堕落を知るにつけ、列席をやめようとした。妊娠によってそれも不可能になってしまった。

聖職者としてのドウェインの堕落ぶりが公の知るところとなったとき、夫は言い逃れのために、テレビを利用した一連のお涙頂戴の告白劇を演じることに没頭した。イヴやデリラを引き合いに出しながら、自分が弱く罪深い女によっていかに有徳の道を踏みはずすにいたったかをとうとうとまくしたてた。彼は、罪は自分にあるとする抜け目なさを持ち合わせていた。だが彼のメッセージは明白だった。貪欲な妻さえいなければ、自分は道を踏みはずすことはなかったと言外に告げていたのである。

誰もが夫の芝居にだまされたわけではなかったが、ほとんどの人は信じた。そのおかげで、過去三年間というもの、レイチェルは正体がわかると見ず知らずの人間から公衆の面前で厳しく非難されつづけた。最初は夫婦の贅沢なライフスタイルは自分ではなくドウェインの好みであったことを説明しようとしたが、誰ひとりそんな話を信じてくれようとはせず、彼女もいっさい沈黙を守ることを悟った。

スナックショップのドアの蝶番がきしんで、エドワードがわずかに開いたドアを抜け、母親のそばに駆け寄った。レイチェルはこんな場面をエドワードに見せるのはいやだったので、つい口調が鋭くなった。「外にいなさいといったはずよ」

エドワードはうなだれながら、やっと聞き取れるくらいの小声でいった。「こんな――こんなおっきい犬がいたんだもん」

レイチェルはその言葉を訝《いぶか》しんだが、ともかく息子を安心させようと抱き寄せた。同時に母親のオオカミさながらの鋭い視線をイーサンに向けた。子どもの前で不用意な発言を控えるようにとの無言の警告のつもりである。

イーサンはエドワードをじっと見た。「あんたとドウェインのあいだに息子がいたことは忘れていたよ」

「これは息子のエドワードよ」レイチェルは、何も問題はないのだというように平然といった。「エドワード、ボナー牧師にご挨拶なさい」

「こんにちは」エドワードはスニーカーに目を落としたままいい、いつもの誰にでも聞こえるささやき声で母親に尋ねた。「この人も、シャーロット・タウンなの?」

イーサンの不審そうな目を見て、レイチェルはいった。「息子はあなたが大ぼらふき《シャーラタン》かどうか知りたがっているのよ」つい口調が鋭くなる。「父親について人がそんな表現をするのを耳にしたことがあって……」

一瞬イーサンはあっけにとられていたが、やがて気を取りなおしていった。「私は大ぼらふきではないよ、エドワード」

「ボナー牧師は本物よ。正直で敬虔《けいけん》な方よ」イーサンと視線がからんだ。「ものごとを簡単に判断せず、不運な人に対する同情心にあふれた人なのよ」

兄同様、イーサンもそうやすやすと主張をゆるめる人物ではなかった。彼を辱めようという彼女の試みはまたしても失敗に終わった。「この町にまた居座ろうなどとはゆめゆめ考えないでくださいよ、スノープス夫人。ここにあんたの居場所はない」イーサンはゲイブに向かっていった。「ぼくは礼拝集会があるので町に戻らなくちゃならない。今夜一緒に食事をしよう」

ゲイブはレイチェルに向けて首をかしげた。「ふたりのことはどうするつもりだ？」

イーサンは逡巡《しゅんじゅん》した。「すまない、ゲイブ。兄さんのためならぼくはなんでもするつもりだけど、この件だけは勘弁してほしい。サルベーションの町はスノープス夫人の帰還を歓迎しないし、彼女を町に連れていく役目を担うのは御免こうむりたいんだ」イーサンは兄の腕にさっと手を触れるとドアに向かった。

ゲイブは体をこわばらせた。「イーサン！　ちょっと待ってくれ」ゲイブはイーサンを追って駆けだした。

エドワードが母親を見あげていった。「ぼくたち、みんなの嫌われ者なんだね」

レイチェルは喉のあたりにこみあげるかたまりを呑みこんだ。「私たちは最高に善良なのに、それをわかろうとしない人たちを相手にしても時間の無駄よ」

ののしりの声が聞こえ、ゲイブが戻ってきた。怒りで顔をしかめ、口をゆがめている。腰に手を当てて上から見おろしているゲイブを見ながら、レイチェルは彼の背の高さを意識しはじめた。レイチェルは五フィート七インチあるが、彼の前に立つと自分がうんと小さく無防備に思えてくる。

「弟のことはよく知っているつもりだが、あいつが誰かを退けたのは初めてのことだ」

「私の経験によればね、ボナー、敬虔なキリスト教徒といえども我慢できないものがあるのよ。どうやらそうした人たちの大部分にとって、私は我慢できない存在らしいわ」

「おれだってあんたにここにはいてほしくないさ！」

「それは一大ニュースね」

ゲイブの表情が翳った。「ここは子どもにとって安全な場所じゃない。うろうろしているとろくなことにならない」

ゲイブは弱気になっているのだろうか？　レイチェルはあわてて嘘をついた。「息子を置いておく場所はあるのよ」

エドワードはますます母親に体をすり寄せてくる。

「万一あんたを雇ったとしてもほんの数日だけだぞ。ほかの従業員を見つけるまでだ」

「わかったわ」レイチェルは必死で興奮を隠そうとしながら答えた。

「ようし」ゲイブは怒鳴るようにいった。「明朝八時。猛烈に働いてもらうから、そのつもりでいたほうがいいぞ」

「もちろんよ」

ゲイブはいっそう不快そうな表情でいった。「あんたの寝る場所を見つけるのはおれの責任じゃない」

「寝るところならあるわ」

ゲイブは訝しげな目を向けた。「どこだ？」

「よけいなお世話よ。私は無力ではないのよ、ボナー。ただ仕事が欲しいだけなの」

壁掛け電話が鳴った。ゲイブは電話に出た。レイチェルは配達に関する一方的な会話に耳を傾けた。「わかったよ。こっちから出向いて料金を精算するよ」ミスター・チャームはとうとう明言した。

電話を切ったゲイブはドアを開き、そのまま支えた。礼儀でしているのではなく、たんに彼女を追いだそうとしてそうしていることはわかっていた。

「町まで出かけなくちゃならなくなった。泊まる場所については帰ってから話し合おう」

「そのことは心配いらないっていったはずよ」

「帰ってから話す」ゲイブは鋭い口調でいった。「あの遊び場のあたりで帰りを待っててくれ。子どもと一緒に何かしたらどうだ」

ゲイブはゆっくりと大股で出ていった。

レイチェルは自分たちが車を根城にしていることを彼に知られるまで近くをうろうろするつもりはなかったので、彼の車が見えなくなるとインパラのあるほうへ向かった。エドワードが昼寝をしているあいだ、レイチェルは体を洗い、小さな森を流れるフレンチブロード川の支流で汚れた衣類を洗濯した。そのあとではき古したジーンズと古いメロン色のTシャツに着替えた。エドワードが目を覚まし、ふたりでつまらない歌を歌ったり、だじゃれやジョークをいい合いながら車のそばの低い枝に濡れた洗濯物を干した。

遅い午後の陽射しを受け、影法師がどんどん長くなっていく。食料が底を尽き、これ以上町に出かけることを先延ばしにできなかった。エドワードと連れ立ってハイウェイ沿いに歩き、ドライブインから十分に離れると、親指を立てた。すると旧式のパークアヴェニューが近づいてきた。

乗っていたのはサルベーションで休暇を過ごしているセント・ピーターズバーグの隠退し

た夫婦だった。ふたりは楽しげに語りかけてくれ、エドワードにも優しく接してくれた。レイチェルは町のはずれにあるイングルス食品雑貨店で降ろしてほしいと頼んだ。ふたりは走り去りながら手を振った。自分が不名誉なスノープス夫人であると気づかれなかったことがありがたかった。

だが幸運は続かなかった。食品雑貨店に足を踏み入れてまもなく、野菜果物係の店員のひとりが自分を凝視していることに気づいた。レイチェルは値下げ品のなかから傷の少ない梨を選ぶことに集中した。視界の隅でひとりの白髪頭の女性が夫に耳打ちするのが見えた。レイチェルはひどく変わってしまったので、スキャンダル後一年ほどとくらべるとあまり人目につかなくなったが、ここはなんといってもサルベーションであり、この土地の人びととはテレビの画面を通してではなく、じかに会っている。ふくらませた髪や華奢《きゃしゃ》なハイヒールがなくとも、彼女の正体はお見通しである。レイチェルは素早く動いた。

パン売り場に、四十代なかばの身なりの整った女性がいた。きちんと切り揃えられ、ヘアダイをした黒髪。女性はトーマスのイングリッシュ・マフィンの包みを下に置き、まるで悪魔でも見るような目でレイチェルをにらんだ。

「あんたね」女性は吐き捨てるようにいった。

レイチェルはキャロル・デニスだとすぐ思い出した。彼女は寺院のボランティアから信徒のトップまでのぼりつめた人物である。忠実な信徒のなかでもとくに幹部としてドウェインの側近的存在であった。深い信仰心から、キャロルはドウェインを崇拝し、また真剣に擁護した。

ドウェインの所行が世間の知るところとなっても、キャロルはあれほど情熱的に福音書を説諭するドウェイン・G・スノープスのような人物が不正を働いたという事実をとうてい受け入れられず、彼の堕落をレイチェルの責任にしようとした。

キャロルは不自然なほどに痩せており、鋭い鼻ととがった顎をしている。目は染めた髪と同じように真っ黒で、肌はしみひとつなく、蒼白い。「よくもぬけぬけと戻ってこれたわね」

「ここは自由の国ですもの」レイチェルは鋭くいった。

「ここに顔を出すなんてずいぶんいい根性してるじゃないの」

レイチェルの挑戦的態度もしぼんでいく。エドワードに小ぶりの全粒粉のパンを手渡した。「これ、持っててくれる?」レイチェルはずんずん歩きはじめた。

エドワードに目をとめたキャロルの顔がほころんだ。前に出てかがみこむ。「赤ちゃんのとき以来ね。なんてハンサムな子なんでしょ。きっとパパが恋しいでしょうね」

以前に近づいてきた他人から声をかけられたことがあり、それを嫌っていたエドワードはひょいと頭をかがめた。

レイチェルは通りすぎようとしたが、キャロルはカートの向きを変えて通路をふさいだ。

「神は罪を憎んで、罪人を愛せとおっしゃってるけれど、あなたの場合はむずかしいわ」

「あなたならきっとできるわ、キャロル。あなたのように信仰心の篤《あつ》い女性なら」

「私が何度あなたのために祈りを捧げたことか、あなたにはわかりっこないわね」

「祈りが必要な人のために祈ってあげてよ」

「あなたはここでは嫌われ者なのよ、レイチェル。ここでは多くの人たちが人生を寺院のために捧げたわ。そして信仰のはてに、私たちはそれぞれ長い苦しみを強いられたのよ。あなたには決して理解できないでしょうけどね。記憶はそう簡単に薄れはしないわ。私たちがあなたを黙ってのさばらせておくと思ったら大間違いよ」

　答えるのは間違いだということはわかっていたが、レイチェルは自己弁護せずにはいられなかった。「私だって信仰心はあったの。誰にもわかってはもらえなかったけれど」

「あなたが信じていたのは自分自身、自分自身の欲望だけよ」

「あなたは私のことを何ひとつ知らない」

「あなたがいくばくかの改悛《かいしゆん》の情を示していれば、許すこともできるけれど、いまだに不名誉なことだという認識さえないんでしょ、レイチェル？」

「恥じる理由は何もないわ」

「彼は自分の罪を懺悔《ざんげ》したのに、あなたはしようともしなかった。あなたの夫は聖人ともいえる方だったのに、あなたが彼を堕落させてしまったのよ」

「ドウェインはひとりで勝手に堕落していったのよ」レイチェルはカートをどけ、エドワードをつついて進ませた。

　しかしそこから離れる前に、だらけた態度の十代の少年が通路の端にやってきた。手にはポテトチップスの袋をいくつかとマウンテン・デューの六本パックを抱えている。か細い体格で、乱れたままの汚れた金髪をクルーカットにしている。ジーンズはだぶだぶで黒のＴシャツの上に皺だらけのブルーのシャツをはだけたように重ねている。レイチェルを見た少年は立ち止まった。束の間無表情だった少年の顔が、やがて敵意でこわばった。「あの女、何してるんだ？」

「レイチェルはサルベーションに戻ってきたの」キャロルは冷ややかにいった。

キャロルが離婚して、息子がひとりいたことをレイチェルは思い出した。だがおぼろげな記憶のなかでは、たしかもの静かで、古風な感じのする少年だったので、目の前の少年を見てもそうといわれなければキャロルの息子とは気づかなかっただろう。

ティーンエージャーはレイチェルをにらんだ。その姿は篤い信仰心の模範とはほど遠い感じだったので、少年が自分にそれほど露骨に敵意を表わすことがレイチェルにはどうにも解《げ》せなかった。

急いで顔をそむけ、次の通路に向かいながら、レイチェルは自分が震えていることを知った。そう遠くに行く前に、キャロルの怒声が聞こえた。「そんなジャンク・フード、買ってあげないわよ」

「自分で買うよ！」

「だめよ。それに今夜あんなだらしない友だちと出かけるのも許しませんからね」

「ただ映画を見にいくだけだ。おれはどうしても行く」

「嘘をいうのはやめなさい、ボビー！　このあいだ帰ってきたとき、息がお酒臭かったわ。あなたが友だちと何をしているか、私は知っているのよ」

「なんも知らねえくせに」

エドワードは目をまるくしてレイチェルを見あげた。「あの女の人、さっきの男の子のお母さんなの？」

レイチェルはうなずきながらエドワードを急《せ》きたてるようにして通路の端まで行った。

「あの人たちは愛し合っていないのかしら」

「きっと愛し合っているとは思うのよ。でもいろいろあるんじゃないのかしら」

買い物を終えるころには自分が注目を浴びていることを実感した。あちこちで交わされる戸惑いの視線、非難や罵倒のささやき。敵意の的になるであろうとは予測していたが、これほどとは思っていなかった。三年の月日が流れても、ノース・カロライナ州サルベーションの人びとの憤りは微塵も薄れてはいなかったのだ。

レイチェルはエドワードを連れ、ささやかな食料を抱えてハイウェイ沿いに歩きながらボビー・デニスの自分に対する態度を考えてみた。あの親子は明らかに不仲である。だから彼の態度がたんに母親の気持ちを反映したものとは考えにくい。それに彼の反感はもっと個人的な色合いが濃いように見える。

フロリダ・ナンバーのグランパ・カーが目に入り、ボビーのことを考えるのは中止した。唯一ヒッチハイクできる類いの車だったからだ。クリアウォーターの未亡人が運転する栗色のクラウン・ヴィクトリアが停まり、ドライブインまで乗せてくれた。車を降りるとき、足をひねった拍子に右足のサンダルのもろいストラップがちぎれた。もう修理はきかない。これで残った靴は一足だけになってしまった。またひとつ損失が加わった。

エドワードは午後九時をまわったとたん、眠りについた。レイチェルは古いビーチタオルを肩にかけ、はだしでインパラの上に座り、ふと思い出して探しだした、くしゃくしゃになった雑誌の写真を見おろした。注意深く広げ、手にした懐中電灯の光を当てて、ゲイブの兄キャルの顔にしげしげと見入る。

ふたりはきわめてよく似た兄弟だが、キャルのいかつい顔は「間抜けな」といってもいいほどの幸せそうな表情でやわらいでいる。それはひとえに隣で微笑んでいる、学者タイプの魅力的な妻の影響だろうか。サルベーションの反対側にあった広大で装飾過多のレイチェルの昔の邸宅で撮影された写真である。邸宅はドウェインの未納の税金の補塡《ほてん》のために州政府に没収され、しばらくは住む人もなく放置されていたが、結局キャルが結婚を機に調度品ごとそっくり買い取ったのだった。

写真はかつてのドウェインの書斎で撮影されたものだ。だがこの写真を雑誌からちぎり取ったのは感傷的な思いのせいではない。背景に写っているある物に注目したからだ。キャル・ボナーの頭の真後ろにある書棚に、真鍮《しんちゅう》で縁取ったパン半斤ほどの大きさの小さな革製のチェストがある。

いまから三年ほど前に、高価な買い物を匿名扱いにしてくれていたある業者からドウェインが購入したものだった。ドウェインがそのチェストをなんとしても手に入れたがったのは、それがかつてジョン・F・ケネディの所有していた物だったからなのだ。ケネディのファンだったわけではない。ドウェインはとにかく裕福な人物、著名な人物に関わりのあるものを欲しがった。亡くなる前の数週間、捜査網に身辺をくまなく調べられているころ、ドウェインがそのチェストを凝視している姿をレイチェルは頻繁に目にした。

ある日の午後、ドウェインは町の北部にある仮設滑走路から彼女に電話してきて、うろたえたような声で、自分はまもなく逮捕されると告げた。「おれは――おれとしてはまだもう少し先だと踏んでいたのだが、連中は今夜うちに踏みこむようだ。おれは国外脱出する。レイチェル、おれはまだ心の準備ができていないんだ。出発前にエドワードに会って別れを告げたい。息子にさよならをいいたいんだよ。頼むからそうさせてくれよ！」

ドウェインの声には絶望がにじんでいた。これまでわが子をないがしろにしてきたことを苦々しく思うレイチェルがその要望に応じるわけがないとあきらめている声だった。寺院史上もっとも視聴率のよかったエドワードのテレビ洗礼をのぞけば、ドウェインは自分の父親としての立場にまったく興味を示さなかったのである。

レイチェルの夫に対する幻滅は結婚後まもなく始まったが、彼の堕落ぶりを悟ったのは妊娠してからだった。夫はおのれの貪欲さを、信仰深い人間に対し、神がいかに豊かさを授《さず》けたまうかを世に知らしめなくてはならないからだと正当化していた。それでもレイチェルは彼の息子との今生の別れを拒みはしなかった。

「わかった。できるだけ早く行くわ」

「それともうひとつ頼みたいんだが――思い出に持っていきたいものがあるんだ。ケネディのチェストも持ってきてくれないか。それと聖書も」

母親の形見なのだから、聖書を持っていきたがる気持ちは理解できた。だがレイチェルは結婚当初のような純朴なインディアナの田舎娘ではなかったから、夫がケネディのチェストを持ってこいというのを聞いたとたん、疑惑を抱いた。寺院運営金のうち少なくとも五〇〇万ドルが使途不明金となっていたことから、レイチェルは小さな真鍮の錠を壊し、中身が空であることを確かめてから夫の頼みに応じることにしたのだった。

滑走路のある場所まで山道を猛スピードで車を飛ばした。チャイルドシートに座らせた二歳のエドワードはしきりにホースの耳をしゃぶっていた。助手席にはドウェインの母の形見である聖書が、床には小さな革のチェストが置かれていた。しかし滑走路に到着しても、夫に会うことはかなわなかった。

警察は夜まで待たずに逮捕に踏みきることにした。密告に従って、地元の警察と郡保安官が飛行場に向かった。しかしドウェインは追っ手が近づいてくるのを察知し、離陸した。二人の保安官はレイチェルと息子をメルセデスから強制的に降ろし、エドワードのチャイルドシートを含め、すべてを没収した。その後分隊の車で副保安官のひとりがレイチェルたちを自宅まで送っていった。

朝になってようやく、夫が飛行機の墜落で死亡したことを知らされた。まもなくレイチェルはわずかな衣類だけを背負い、屋敷を退去させられた。それは、不正を働いたテレビ伝道師の未亡人に対して世間がどれほど厳しいものかを身をもって学んだ最初の経験であった。

それ以来あのチェストを見たことはなかったが、五日前コインランドリーで雑誌につまずき、ふと見るとキャル・ボナー夫妻の写真が目にとまったのだった。三年間というもの、あのチェストのことが頭から離れなかった。錠を壊した際、ざっとなかを調べただけだった。あとになってチェストがひどく重かったことを思い返し、ふと底が二重底になっていたのではないかという疑念が胸に芽生えた。あるいは緑色のフェルトの裏張りのなかに貸金庫の鍵が封入されていたのかもしれない。

夜の冷気を防ごうと、ビーチタオルをぴっちりとはおりなおしながら、いまさらながらこの過酷な境遇にせつなさがつのった。息子はピーナツバターのサンドイッチと熟《う》れすぎの梨を食べたあと、壊れた車の後部座席で眠っている。それなのに五〇〇万ドルはいまだ行方知れずのままだ。それはレイチェルが手にすべき金のはずである。

ドウェインの残りの債権者にすべて支払い終えてもなお数百万ドルが残るはずで、その金は息子にとって安全な環境を整えるために使うつもりでいる。ヨットも宝石もいらない。ただ安全な土地に小さな家を持つのが夢だ。エドワードにきちんとした食事をさせ、まともな服を着せ、十分な教育を受けさせ、自転車を買ってやりたいと思う。

だがこんな夢も、ガブリエル・ボナーの好意なくしては実現しない。ここ三年の経験で、いかに不快であろうとも、絶対に現実を無視してはならないということを学んだ。チェストを探しだすために、昔の家に入りこむには数週間は必要だと思う。それまではなんとしても生き抜かなくてはならないし、そのために仕事が必要なのだ。

頭上で木の葉がさわさわと風にそよいだ。レイチェルは身震いし、自分が今日、見知らぬ男の前でストリップショウを演じたことを思い出した。教会に通うインディアナの田舎娘だったころならそんな突飛な行動をとることなど思いもよらなかっただろうが、わが子を守ろうとする責任感があらゆるためらいを振り払ったのだ。レイチェルはガブリエル・ボナーの機嫌をとるためならどんなことでもしようと心に誓った。

4

翌朝七時四十五分にゲイブのトラックが門をくぐり抜けるころまでに、レイチェルは敷地の中央部の草刈りをほとんど終えていた。大型のごみ収集容器のそばで見つけた胴のワイヤー片を使って髪は後ろにまとめた。あとは擦り切れたジーンズの尻が破れないことを祈るだけだ。

サンダルがだめになったので唯一残された靴を履くしかなかった。以前の仕事仲間だった十代の女の子が、形が飽きたからといってくれた不格好な黒のオックスフォード・シューズである。履きやすい靴ではあるが、夏にはむれて暑く、重たい。それでもみすぼらしいサンダルより重労働には実用的で、この靴を持っていたことがありがたかった。

レイチェルが早起きしてせっせと働き、ゲイブのご機嫌をとったつもりになっていたとしても、それが大間違いであることは瞬時に証明された。トラックはレイチェルのところで停まり、エンジンをかけたままゲイブが降りてきた。「八時に来てくれといったはずだ」

「そのつもりだけど」レイチェルは昨日の午後彼の前でストリップショウを演じたことは努めて思い出さないようにしながら、ひどく陽気な声でいった。「あと十五分あるわ」

ゲイブは清潔な白のTシャツと色褪せたジーンズを履いている。髭《ひげ》は剃《そ》ったばかりで、黒髪もシャワーを浴びたてのようにしっとりしている。昨日彼の仮面が剝がれたのを垣間見たが、いまはまたしっかりと元に戻っている。厳しく、酷薄で、感情を持たない仮面。

「おれのいないあいだにここに来てもらっては困るんだ」

レイチェルは礼儀正しく従順であろうとする気が失せてしまった。「落ち着いて考えてもみてよ。あなたの所有する、盗む価値のあるものは、どれもこれも重くてとても私には運べないわよ」

「おれの言葉が聞こえなかったのか?」

「気むずかしいのは午後だけなのかと思ってたのに」

「ほとんど二十四時間営業だ」ユーモラスな答えのはずなのだが、無感情の銀色の目が効果を損ねた。「昨夜はどこに泊まった?」

「友人の家。いまでもつきあってくれる人もいるのよ」と嘘をついた。だが実際のところ夫ドウェインは、わずかなごく表面的な接触を除き、サルベーションの住人とのつきあいを許さなかった。

ゲイブは尻のポケットから黄色の手袋を出し、レイチェルに投げてよこした。

「あらまあ、大感激よ」レイチェルは薔薇《ばら》の花束を受け取った美人コンテストの優勝者のように、手袋を胸に押し当て、これ以上無駄口をたたくのはよそうとみずからに言い聞かせた。今日じゅうに給料の前払いを頼まなくてはならないので、彼の反感を買うわけにいかないのだ。だがトラックの運転席に座ったゲイブの目があまりによそよそしかったので、レイチェルはちょっとしたジャブをお見舞いせずにはいられなかった。

「ねえ、ボナー。抗鬱剤《こううつ》のかわりにコーヒーでも飲めば少しは気が晴れるかもよ。私がふたり分淹《い》れてあげるわ」

「自分で淹れるからいい」

「それでもいいわ。できたらここへ運んでちょうだい」

ゲイブは乱暴に車のドアを閉め、スナックショップに向かった。トラックの巻きあげたほこりがレイチェルを包んだ。ばか。痛む手に手袋をはめ、作業に戻ったが、体じゅうの節々が悲鳴をあげている。

かつてこれほどの疲労を感じたことはなかった。ただひたすら日陰で眠りを貪《むさぼ》りたかった。これほど疲労困憊《こんぱい》している理由は考えるまでもないことだった。睡眠不足と心労が重なっていたのだ。モーニング・カップ一杯のコーヒーから得られる刺激、元気がたまらなく恋しかった。

コーヒー……最後にコーヒーを飲んでからもう数週間たっている。レイチェルはコーヒーに目がなかった。その味、香り、クリームを注ぎ入れたときのベージュとモカの美しい風車模様。目を閉じて、コーヒーが舌の上を滑り落ちていく様子を束の間思い浮かべた。スナックショップからとつじょアシッド・ロックの騒々しい音楽が聞こえ、レイチェルの夢想もはじけ散った。エドワードがコンクリートのカメの下から姿を現わし、レイチェルはそのあたりにふと視線をさまよわせた。彼女が朝早くここにやってきたというだけで、ボナーはこれほどうろたえているのだ。エドワードの姿を見たらどんな反応を示すだろう？

ここへ到着するなり、遊び場じゅうに落ちている割れたガラスや錆びた缶など、子どもにとって危険なものを片づけ、エドワードにポリ袋にごみを拾って入れさせ、巨大なスクリーンの下の低木の植えこみの奥に食べ物と水、昼寝用のビーチタオルを押しこんだ。そしてエドワードに「エドワードはどこ?」ごっこをしようと誘いかけた。

「お昼までボナーさんに見つからないでいる、っていうのはあなたにはきっと無理ね」

「無理じゃないもん」

「絶対無理よ」

「絶対できるよ」

レイチェルは息子にキスして、様子を見ることにした。遅かれ早かれボナーに見つかってしまうだろう。そうなったらえらいことである。まるで嫌悪すべき対象であるかのように、大事な子どもをボナーから隠そうと考えたということで、なおさらゲイブ・ボナーの怒りをあおることになる。ボナーはどの子どもに対してもこれほど敵意を示すのだろうか。それとも彼女の子どもだけに嫌悪感を示すのだろうか。ふとそんな疑問が頭をもたげる。

一時間後、ゲイブはごみ袋を投げてよこし、ハイウェイから見た美観を損ねないためにごみ屑を入口近くに運べと言いつけた。草取りよりは楽な仕事だったが、楽かどうかなどゲイブが考慮したとも思えなかった。だがともかくレイチェルにとってはありがたかった。ゲイブの姿が見えなくなると、エドワードはこっそり出てきて手伝った。ふたりでやったので、あっという間に仕事は片づいた。

また草刈りに戻ろうと、作業を始めるか始めないかのうちに、視界の隅にペンキのしずくがはねたワーク・ブーツが現われた。「ごみ屑を表に出せと言いつけたはずだが」

レイチェルは慇懃《いんぎん》に応対するつもりだったが、舌はみずからの意思を持っていた。「終了しました、司令官どの。どのようにささいなお望みであろうとも、仰せのとおりにいたします」

ゲイブは目を細めた。「なかに入って婦人用のトイレを掃除しろ。ペンキ塗りをするから」

「昇格！　まだ今日が仕事の初日なのに」

ゲイブはレイチェルの顔を穴があくほどまじまじと眺めていた。その居心地の悪さに、レイチェルは前言を撤回できるものならしたいと思った。

「用心したほうがいいぞ、レイチェル。あんたを雇っているのはおれの本意じゃないという事実を忘れるな」

答える間も与えないまま、ゲイブは立ち去っていた。

エドワードに行き先がわかるように両脇に視線を走らせながら、スナックショップへ向かった。物入れのなかに掃除道具が入っていたが、そばに置かれたコーヒー・ポットのほうに関心が動いた。ボナーがよほどたくさん飲むのでなければ、ふたり分はゆうにある。レイチェルはコーヒーを発泡スチロールのカップになみなみと注いだ。ミルクはないし、有害産業廃棄物の処理作業にも耐えられるほど味は濃いものの、婦人用トイレに向かいつつ、ひと口ひと口を味わって飲んだ。トイレの設備は古くて汚らしかったが、まだ使えた。まず最初に一番いやな仕事を片づけてしまうことにし、トイレの仕切りを掃除しはじめた。固まった汚物をこすり取る。元はどんな形状だったかなど、とてもじゃないが考えたくない。

やがてスニーカーの静かな足音が背後に近づくのが聞こえた。「気持ち悪い」

「そのとおり！」

「つい、お金持ちだったころを思い出しちゃうな」

「あなたはたった二歳だったのよ。覚えているはずないわ」

「そうかなあ。寝室の壁に汽車が描いてあったよ」

色とりどりの汽車が縁取りに描かれている青と白の縞模様の壁紙はレイチェル自身が貼ったものだった。あの悪趣味な屋敷のなかで唯一自分で装飾を施すことができたのは、子ども部屋と自分の寝室だけだった。レイチェルはできるかぎりそのふた部屋で過ごすようにしていた。

「ぼく、また外に出るね」エドワードがいった。

「好きにしていいわ」

「まだ、あのおじちゃんに見つかってないよ」

「なかなか上手じゃない」

「ノック・ノック」（ノック・ノックで始まるだじゃれ問答）

「誰？」

「マダム」

レイチェルは諌《いさ》めるような目を息子に向けた。「エドワード……」

「ママの《マ・》罰当たり《ダーンド》な足がドアに突っこまれてる」エドワードはクスクス笑いながら、ボナーが近くにいないかどうか確かめてから出ていった。

レイチェルは微笑んでまた仕事に戻った。息子の笑い声を耳にしたのはじつにひさしぶりのことである。あの子はあの子なりにかくれんぼを楽しんでいるのだ。それにこんなふうに戸外で過ごすのは子どもにとって健全なことなのだろう。

午後一時をまわるころには六つの仕切りを掃除し終え、そのあいだに少なくとも十数回はエドワードの安全を確認した。疲労がピークに達し、眩暈《めまい》がしはじめた。そのとき背後で低い声が響いた。「また気絶でもされたら、かえって迷惑だ。休憩しろ」

金属製の仕切り板にもたれながら体を起こし、戸口で輪郭だけを見せながら立っているボナーを振り返って見た。「疲れたら休むわ。いまのところまだ大丈夫」

「そうか。スナックショップにハンバーガーとフライドポテトが置いてある。よかったら食べてくれ」彼は大股で歩いていき、まもなくスナックショップの上の映写室に行く階段をのぼるブーツの足音が聞こえた。

レイチェルは期待に胸をはずませながら急いで手を洗い、スナックショップへ向かった。カウンターの上にマクドナルドの袋が置かれていた。しばし立ちつくしたまま、もっともアメリカ的な佳肴《かこう》の食欲をそそる匂いを楽しんだ。朝六時から飲まず食わずのまま働きつづけ、何か食べなくてはいけないのだが、これはだめだ。あまりに貴重な食べ物だからだ。

ボナーのほうに注意を向けながら、大事な荷物をエドワードの待つ遊び場のなかの隠れ場まで運んだ。「どうよ、驚いたでしょ。今日はついてるわね」

「マクドナルドだ！」

「最高でしょ」

エドワードが袋を引きちぎって、ハンバーガーをがつがつと食べるさまを見ながら、レイチェルは笑い声をあげた。そのあいだに隠しておいた食べ物のなかから一枚のパンに薄くピーナツバターを塗り、ふたつに折って口に入れた。乏しい食べ物を自分自身のために費やすことは気が進まなかった。あらゆる意味でわが子に辛い思いをさせているのに、子どものための食糧を母親が口にするのはさらに罪深いことに思える。ほんの少ししか食べられないのが、まだしもである。

「フライ、食べる?」

レイチェルはよだれが出そうになった。「いらないわ。揚げたものはママくらいの女性には体に毒なのよ」

もうひと口サンドイッチを嚙みながら、ドウェインの五〇〇万ドルを発見した晩には二度とピーナツバターは口にしないと心に誓った。

二時間後婦人用トイレの掃除は終わり、塗装がはげかかった金属製のドアのところまで塗装はがし器を運んでいると激しい怒鳴り声が聞こえた。

「レイチェル!」

こんどは何を咎められるのだろう? はがし器を床の上に置こうと、あわててかがんだとき、風車状の光が頭のなかで渦を巻いた。よくなるどころか、眩暈はいっそうひどくなった。

「レイチェル! 外へ出ろ!」

レイチェルはドアに向かった。一瞬太陽に目がくらんだが、目が光に慣れてくると、今度はくぐもった喘《あえ》ぎ声をもらした。なんと、着古したオレンジ色のTシャツの首の部分をつかまれたまま、エドワードがゲイブの拳からぶらさがっているではないか。ほこりだらけの黒のスニーカーが力なく宙に揺れている。シャツは腋《わき》の下にかたまり、小さな骨張った肋骨と蒼白い肌の下を流れる血管があらわになっている。ホースは足元の地面に落ちている。ボナーの高い頬骨をおおう肌も蒼白かった。「ここに子どもを近づけるなといったはずだ」

レイチェルは自分が疲労困憊していることも忘れ、走り寄った。「その子を下におろして！　子どもが怯えているわ！」

「おれは警告した。子どもを連れてくるなといったはずだ。ここは危険すぎる」ボナーは子どもを下におろした。

自由になったというのに、エドワードはすくんで動けなかった。またしても、子どもでは理解も制御もかなわない強力な大人の力の犠牲になってしまったのだ。息子の無力さがレイチェルの感情の中枢を痛めつけた。ホースを拾い、息子をすくい上げ、胸に抱きしめた。まだ陽のなごりをとどめた温かな、まっすぐな褐色の髪に頬を埋めると、小さなスニーカーの爪先が母親の向こう脛《ずね》にぶつかった。

「子どもをどうすればよかったというの？」レイチェルは吐きだすようにいった。

「おれの知ったことじゃない」

「子どもに対する責任を負ったことのない人間の言葉よね！」

ボナーは急に押し黙った。何秒かが経過し、やっと唇が動いた。「クビだ。出ていけ」

エドワードはレイチェルの首に腕を巻きつけたまま、泣きだした。「ごめんなさい、ママ。見つからないようにしていたんだけど、つかまっちゃったんだ」

レイチェルの胸は激しく高鳴り、脚はゴムのように感じられた。息子を怯えさせたことでボナーにわめき散らしてやりたかったが、そんなことをすればエドワードがもっと動揺するし、なんにもならない。ボナーの無感情な仮面をひと目見れば決意が翻《ひるがえ》るはずのないことは歴然としている。

ボナーは尻のポケットから財布を出し、札を何枚か抜き取り、差しだした。「持っていけ」レイチェルは金を見おろした。これまで子どものためならどんな犠牲をも払ってきた。今度は残り少ない自尊心をも捨てなくてはならないというのか？

のろのろと金を手に取りながら、心身のどこかが死んでしまったかのような気分におちいった。

エドワードの胸が盛りあがった。

「静かに……」レイチェルは息子の髪に唇を当てた。「あなたのせいじゃないのよ」

「ぼくが見つかったから」

「すぐに見つかったわけじゃないでしょ。おじさんはオバカだから、あなたを見つけるのに一日かかったじゃない。上出来だったわよ」

後ろを振り向くこともなく、レイチェルはエドワードを抱いて遊び場まで行き、自分たちの荷物を集めた。流れそうになる涙をこらえ、片手に乏しい所持品をつかみ、もう片方の手で息子を抱いた。こんな仕打ちをするなんて、なんという男なのだろう。いっさい心というものを持たない人間の仕業でしかない。

いっさいの感情を持たない男ガブリエル・ボナーはその夜、夢を見て泣いた。午前三時ごろ、はっと目を覚ますと、枕が濡れており、口のなかに恐ろしく金属的な、悲嘆の味が残っていた。

またしても妻チェリーと息子ジェイミーの夢を見てしまった。だが今度は愛しいチェリーの顔が瘦せて反抗的なレイチェル・ストーンの顔に変わりつづけた。そして棺《ひつぎ》のなかの息子は汚れた灰色のウサギを抱えていた。

ゲイブはベッドの脇にさっと足をおろし、うずくまるようにして掌のなかに顔を埋めたまま、長いあいだ身動《みじろ》ぎもしなかった。やっとベッドサイド・テーブルの引き出しを開け、スミス&ウェッソンの三・八口径を取りだした。

たなごころに収まったリボルバーは温かく、ずっしりと重かった。「やってしまえ。口のなかに入れて引き金を引くだけでいいんだから」と心の声が命ずる。砲身を唇に当て、目を閉じる。冷たい鋼が恋人のキスのように感じられ、前歯に当たる硬い響きが心地よい。だが引き金を引くことはできなかった。その瞬間ゲイブは独りになりたくてたまらない自分を放っておいてくれない家族が疎《うと》ましかった。父母やふたりの兄弟など家族全員が犬の安楽死は認めても、彼の自殺は見すごすはずがなかった。いまや家族の不動不屈の愛情が足枷《あしかせ》となり、ゲイブは堪えがたい生活を強いられていた。

ゲイブは銃を引き出しに突っこみ、そばに置いてある額縁入りの写真を取りだした。そのなかでチェリーが微笑んでいた。美しい妻だった。夫を愛し、ともに笑ってくれる、およそ男が女性に望むものをすべて持ち合わせた、理想的な妻だった。そしてジェイミー。ゲイブは額縁を親指で愛撫した。胸の奥で心から染みでるものがあった。流れでるのは血ではなか胆汁のように濃い液体が苦しみの川となった血管に流れ、はてしない悲嘆を体のすみずみに運んでいくのだった。

息子。

一年もたてば悲しみも薄らぐものだと、誰もが慰めた。だがそれは嘘だった。酔っ払い運転の信号無視による交通事故で妻と息子が亡くなってから二年以上たつが、苦しみはつのる一方なのだ。

ゲイブはメキシコに入り浸り、口にいれるものはテキーラとクエールードという鎮静剤だけという生活を続けた。だが四カ月前、兄と弟が彼を迎えにきた。イーサンには悪態をつき、キャルには殴りかかったが無駄だった。結局は連れ戻され、アルコール依存症の禁断療法を受けた。その後彼は何も感じなくなった。人間らしい感情をいっさいなくしてしまったのである。

だがそれも昨日までのことだった。

レイチェルの痩せた裸身が目に浮かんだ。仕事をくれる見返りとして、肉体を捧げようとした彼女は骨と絶望のかたまりだった。それなのに彼の肉体は性的な反応を示した。いまだに信じられない思いがする。

チェリーの死後、一度だけ女の裸を目にしたことがある。官能的な肉体を持ち、笑顔が愛らしいメキシコの娼婦だった。彼女と交わることで苦悩をいくらかでも紛らわせようと思ったのだ。だがだめだった。薬物と強い酒の多量摂取、そしてあまりに深い苦悩のために指一本触れないまま、その娘を帰し、昏睡状態におちいってしまった。

その女のことは昨日まで思い出すこともなかった。経験豊富なメキシコの娼婦でさえ彼の肉体を反応させることはできなかったというのに、骨ばった体と傲然とした目を持つレイチエル・ストーンは、ゲイブのまわりに張りめぐらされた堅固な壁をどうしたことか貫いてしまったのだ。

愛の営みのあとに腕のなかで体を丸め、胸毛をもてあそんでいたチェリーの様子が思い浮かんだ。あなたの優しさが好きよ、ゲイブ。あなたは誰よりも優しい人だわ。

いま彼は優しさとは無縁の男である。そんな心はとうに燃えつきてしまったのだ。ゲイブは写真を引き出しに戻し、裸のまま窓辺へ歩いていき、漆黒の闇を見つめた。

レイチェル・ストーンは知らないだろうが、解雇されることが彼女にとっては最良の結果だったのだ。

5

「やめてちょうだい！」レイチェルは叫んだ。「誰にも損害を与えてはいないのよ」

アームストロングという名のバッジをつけた警官はレイチェルを無視し、牽引トラックの運転手のほうを向いた。ボナーに解雇されてから二十四時間がたとうとしていた。あまりに気分が悪く、疲れきっていたので、何をするエネルギーもなく、ただ車のそばにじっとしているしかなかった。三十分ほど前に、近くを通りかかった警官が車のフロントガラスに反射する午後の陽射しを見とがめて調べにきたのだ。

警官の姿を見たとたん、レイチェルは面倒なことになったと思った。レイチェルの全身をひとわたりながめまわした警官は吐き捨てるようにいった。「あんたが町に戻ってきたってキャロル・デニスから聞かされてはいたが、ミズ・スノープス、そいつはちょっとばかりまずかったんじゃないかな」

レイチェルはドウェインの死後、旧姓に戻っている。警官にも名字はストーンだと告げ、運転免許証を提示したにもかかわらず、警官は彼女をスノープスとしか呼ぼうとしない。インパラを動かすように命じられ、車が動かないことをレイチェルが告げると、警官は牽引車を呼んだ。

ディーリーがトラックの運転席から降り、レイチェルの車のバンパーをトラックのフックに連結しようとする様子をなすすべもなく見ていたレイチェルは、エドワードの手をおろすと彼の前に立ちはだかって進路を妨害した。川でごしごし洗いをしたおかげでいまはきれいになった青のシャンブレーのワンピースの裾が脚のまわりにからみついている。「やめてちょうだい！　お願い。誰にも迷惑はかけていないでしょ」

ディーリーはためらい、アームストロングに視線を投げた。

針金のような麦藁《むぎわら》色の髪、皺の多い顔、そして冷たい目。警官はまるで動じなかった。

「そこをどきなさい、ミズ・スノープス。ここは個人の地所であって、駐車場じゃないんでね」

「わかってます。でもほんのしばらくのことなんです。お願い。少しぐらい大目に見てくれてもいいんじゃない？」

「どきなさい、ミズ・スノープス。さもないとあんたを不法侵入で逮捕しなくちゃならない」

レイチェルは警官が彼女の無力さを嘲弄《ちょうろう》していることはわかったし、反論が通じないことも承知していた。「私の名前はストーンよ」

エドワードがまた手を握った。レイチェルはディーリーが車の後部をトラックのフックにしっかりと留めつける様子をじっと見守っていた。

「何年か前なら、あんたも喜んでスノープスと呼ばれただろうにな」アームストロングがいった。「私と家内は寺院の信徒だった。シェルビーは母親の遺産を孤児救済のために差しだした。たいした額じゃなかったかもしれないが、あいつにとっちゃ大金だったんだ。いまでもだまし取られた金のことは忘れられないでいるみたいなんだよ」

「私——私としてもそれはお気の毒だとは思うわ。でもそのお金で私や息子がうるおうようなことは決してなかったのよ」

「誰かがうまい汁を吸ったことは確かさ」

「何かあったのか、ジェイク？」

よく聞き知った、静かな抑揚のない声が耳に入り、レイチェルは落胆した。エドワードが体を押しつけてくる。ボナーの顔は昨日で見納めだと思っていたのに、今度はいったいどんな悪意を押しつけようというのか。

ボナーはいつもの無感情な銀色の目でこの場の情景を判断した。レイチェルは友人宅に泊まっていると話していたが、それが嘘であったことを彼は知った。インパラがつり上げられ、レイチェルの乏しい所有物が地面に投げだされるさまをボナーはじっとながめていた。

レイチェルは自分の所有物を彼に見られるのはいやだった。これが全財産であることを知られるのは堪えがたかった。

アームストロングはそっけない挨拶をした。「ゲイブ。どうやらここにいるスノープス未亡人は個人の敷地に潜んでいたらしいんだ」

「そうか」

ゲイブの見ている前で、警官はふたたびレイチェルに尋問を始めた。傍聴者がいるということで、警官の態度はいっそう高圧的になった。「仕事はあるのかね、ミズ・スノープス？」

レイチェルはゲイブの顔を見ようとはせず、牽引車に引かれているインパラを見つめていた。「現在のところ仕事はしてないわ。それと、私の名前はストーンよ」

「仕事はなし。見たところ所持金もなさそうだな」アームストロングは手の甲で顎をこすった。彼の肌が赤くなっていることにレイチェルは気づいた。日焼けしやすい質《たち》なのに、陽射しを避けるだけの知恵さえ持ち合わせていない男の肌だ。「浮浪罪で連行しなくちゃ仕方ないだろうな。新聞記事にはなるまいよ。G・ドウェイン・スノープスの贅沢好きな妻、浮浪罪で逮捕、なんてさ」

警官がその様子を思い浮かべてにやにやしていることがわかる。エドワードはレイチェルの腰のあたりに頬を強く押しつけてくる。彼女は子どもの体をさすりながらいった。「私は浮浪者じゃないわ」

「おれの目にはそう見えるがね。浮浪者じゃないというのなら、子どもをどうやって養っているのか聞かせてもらおうか」

激しい恐怖がレイチェルの体じゅうを駆け抜けた。エドワードを抱きあげ、逃げたいという衝動を覚えた。アームストロングの小さな黒い目に躍《おど》るきらめきはレイチェルの恐怖に気づいた証しだった。「お金は持っているわ」

「そうかね」警官はのろのろした口ぶりでいった。

ゲイブのほうを見ないようにしながら、レイチェルはワンピースのポケットに手を入れ、彼がよこした金、一〇〇ドルを取りだした。

アームストロングはゆったりとやってきて、レイチェルの手のなかのものを見た。「ディーリーの牽引代を払えばいくらも残らない額だな。そのあとはどうするつもりだね？」

「仕事を見つけるわ」

「サルベーションじゃ無理だよ。この土地の人間は神の名を借りて一攫千金をもくろむような輩《やから》を嫌う。蓄えの大半を失ったのはうちの女房ばかりじゃない。あんたを雇うやつがいると思っているんなら、あんたもよっぽどおめでたいよ」

「それなら、どこかほかへ行くだけよ」

「子どもを引きずってかい」警官の顔に陰険な表情が浮かんだ。「そんなことをしてりゃ、児童福祉の関係者が黙っちゃいないと思うよ」

レイチェルは体をこわばらせた。その恐怖を見抜いた警官は彼女の弱点を知ってしまった。エドワードの空いたほうの手がスカートをつかみ、レイチェルは必死で平静を保とうとした。

「息子は私と一緒にいるのが幸せなの」

「さあ、どっちかな。いっておくが、おれはあんたを町まで連れてって、児童福祉の担当者に電話をする。子どものことは担当者に判断してもらうからな」

「そこまでするのは越権行為だわ！」レイチェルは拳を握りしめた。「私はあなたに同行なんてしませんからね」

「絶対に連行する」

レイチェルはエドワードの手をつかんだまま、あとずさった。「そうはさせないわ」

「いいかね、ミズ・スノープス。このうえ逮捕抵抗罪まで罪に加えないほうがいいと思うがね」

恐ろしい轟音《ごうおん》がレイチェルの頭のなかに鳴り響いていた。「私は何も悪いことはしていないのよ。絶対納得できないわ！」

アームストロングがベルトから手錠をはずすと、エドワードが小さな嘆きの声を発した。

「あんたしだいなんだよ、ミズ・スノープス。おとなしく同行するか、拒否するかは」

逮捕されるわけにはいかなかった。息子と引き離されるとわかっていれば、なおさらである。レイチェルはエドワードを抱きあげ、いまにも逃げだそうと身がまえた。

そのとき、ボナーが無表情のまま前に進みでた。「その必要はないよ、ジェイク。彼女は放浪者じゃない」

エドワードの尻にあてたレイチェルの手がこわばった。息子はもじもじと身をよじらせた。これは策略なのか？

アームストロングは渋面を作り、とつじょ入った妨害に不快感をあらわにした。「この女は住むところも金もなく、仕事もない」

「彼女は浮浪者じゃない」ゲイブは繰り返した。

アームストロングは手錠をもう片方の手に持ち替えながらいった。「ゲイブ、あんたがサルベーションで育ちなのは知ってる。しかしG・ドウェイン・スノープスがこの町、さらにはこの郡全体の善意を奪い取るようにして逃げだしたとき、あんたはこの町にいなかった。この件はおれが処理するからかまわないでくれ」

「今回問題になっているのはレイチェルが浮浪者かどうかであって、過去は関係ないんじゃないかな」

「口出しはよしてくれ、ゲイブ」

「彼女は仕事をしている。うちで働いているんだ」

「それはいつからだね？」

「昨日の朝からだ」

ふたりの男がたがいににらみ合うさまに、レイチェルは心臓が飛びだしそうなほどドキドキしていた。ボナーの威圧的な存在感に、さしものアームストロングもついには目をそむけた。警官は自分の権威に難癖をつけられ、いかにもいまいましそうに手錠をベルトに戻した。

「ミズ・スノープス、あんたのことはよーく調べあげるつもりだから、そのつもりでな。この場であんたにひと言注意しておくが、くれぐれも慎重に振る舞ったほうがいいぞ。あんたの夫はありとあらゆる犯罪を犯して逃走した。あんたが幸運でいられるはずはないんだからな」

レイチェルは警官が歩み去るのをじっと見守った。その姿が見えなくなってやっと、エドワードを抱きしめていた手をゆるめ、地面におろした。危機が去り、彼女の体は意に反して動揺を表わした。レイチェルはよろけながら数歩歩いたかと思うと楓《かえで》の木の幹にもたれかかるようにしゃがみこんだ。ボナーに感謝の言葉を述べなくてはとは思うものの、言葉が喉元につかえて出てこない。「友人の家に泊めてもらっているといっていたじゃないか」ボナーがいった。

「車に住んでいるなんて知られたくなかったの」

「いますぐドライブインに来てくれ」ゲイブは大股で歩み去った。

ゲイブははらわたが煮えくり返る思いだった。もし彼が割って入らなかったら、レイチェルはあの場を逃げだしていただろうし、そうなればジェイクに逮捕の格好の口実を与えることになっていただろう。いまとなっては口出ししたことが悔やまれてならない。

ドライブインに戻りながら、背後にレイチェルの足音がして、男の子の声が風に乗って聞こえてくる。

「今度はそうなるよね、ママ？　今度こそぼくたち死ぬんだよね？」

ゲイブの心に切り裂くような痛みが疾《はし》った。ずっと心が麻痺していたのに、あのふたりのせいで、また眠っていた感情が目覚めてしまった。

つい歩調が速まる。孤独でいたいこんなときに、おれの人生に土足で踏みこんでくる権利は彼女にはない。そもそもこんなドライブインを買ったのも、そのためだった。ここなら生活上の活動をこなしつつ、孤独は保てるからだ。

ゲイブはスナックショップの隣に駐めた小型トラックに向かった。トラックには鍵はかかっておらず、窓も下ろしてあった。ゲイブは車のドアを開け、サイドブレーキを引き、ふたりが近づく様子を見守っていた。

見られていることに気づいたレイチェルは背筋をぴんと伸ばし、威勢よくこちらに向かってきた。だが男の子のほうは用心深かった。ゆっくりゆっくり歩き、立ち止まった。

レイチェルは息子を安心させようと声をかけた。髪はくしゃくしゃに乱れ、もつれた炎のカーテンのように飛びでている。一陣の風が着古したワンピースの生地を彼女の細い腰に吹きつけた。男性用の大きな靴と対照的に脚がとてもかよわく見える。にもかかわらずゲイブは自分の股間が思いがけずうごめくのを覚えた。ただでさえ自己嫌悪におちいっているというのに。

ゲイブは素早くトラックのほうへ顔を向けた。「おまえはそこに入ってろ。お母さんと話があるから、そのあいだじっとここで待っててくれ。面倒は起こすなよ」

男の子の下唇がわなわなと震えだし、ゲイブの胸に刺すような痛みが疾った。同じようにときどき下唇が勝手に震えてしまう別の男の子の姿が脳裏に浮かんだ。あまりの苦痛に、一瞬彼は自分が倒れてしまうのかと思った。

一方のレイチェルは倒れるわけにいかなかった。男の敵意やこれまでの経緯などものともせず正々堂々と地に足を踏みしめ、剣のような鋭いまなざしを男に向けていた。

ゲイブは彼女の抵抗がとつじょ我慢できなくなった。彼女は孤独で自暴自棄になっている。自分の非力さがわかっていないのだろうか？　いまやすべてを失ってしまったという事実が理解できないのだろうか？

自分よりレイチェル・ストーンのほうが強いという事実をこれまで自分は無視してきたのだ、とようやく認めたとき、ゲイブの心のなかで暗く恐ろしいものが渦を巻いた。

「話し合いをふたりきりでするか、息子の前でするか。好きにしてくれ」

罵詈雑言《ばりぞうごん》を浴びせるのかと思いきや、彼女は喉元まで出かかったののしりの言葉をぐっと呑みこみ、息子を元気づけるようにうなずいて見せ、そっとトラックのほうへ顎をしゃくった。

ジェイミーならきっと元気いっぱいのしぐさでシートに跳び乗っただろうが、この子どもは精一杯頑張ってやっとシートに座った。聞けば年は五歳だという。ちょうどジェイミーが亡くなったときと同じ年齢である。だがジェイミーは体力があって背も高く、輝くような肌と笑ったような目をし、いたずらが大好きだった。レイチェルの息子はかよわく、おどおどしている。

自分に腹を立てながらも、ついそんなばかげた比較をしている。

レイチェルはトラックのドアを閉め、窓に寄りかかった。ドアパネルに押しつけられたその胸から、ゲイブは目をそらすことができないでいた。「ここで待っててちょうだい。数分したら戻ってくるから」

少年の顔に浮かんだ不安の色を見て、ゲイブは涙が出そうになったが、涙など流しても苦悩が深まるだけなので、泣きたい気持ちを悪意でごまかした。「息子を甘やかすのはほどほどにして、なかへ入れ」

レイチェルは背筋を伸ばし、顎をつんと上げた。激しい怒りを感じているはずだが、ゲイブのほうにはいっさい目を向けようとはせず、女王のような堂々としたしぐさでスナックショップに入った。ゲイブは後ろからドアをくぐった。

まるで蛆虫《うじむし》のように、悪意は彼のいまだ健全な部分まで侵食していた。この女は打ちのめされているはずなのに、それを決して認めようとはしない。それが我慢ならない。この女が負けを認めた姿を見たい。この女の目から残された希望のかすかな光さえ消え、この自分と同じように魂が抜け殻のようになる様子をどうしてもこの目で見届けたい。すでに自分が悟った現実の厳しさをこの女が受け入れるところを傍観してやりたい。人生にはどうしても乗り越えられないものがかならずあるということを。

ゲイブはドアを乱暴に閉め、錠をおろした。「こんなことじゃ、あの子はめめしい男になっていく。いくじなしにしたいのか？　母親にべったりくっついて離れない情けないやつに」

レイチェルはくるりと振り返った。「私の息子を私がどうしようと、あなたには関係のないことよ」

「そこが間違いなんだよ。あんたのすることは、なにもかもおれに関係してくるんだ。おれは電話一本でおまえさんをムショにぶちこむことができる。そこのところ、忘れないでくれよな」

「いやなやつ」

ゲイブは珍しく胸のなかに燃えるものを覚え、悪意の炎が心を焦がしはじめたのを知った。彼女から離れないと、このまま心が燃えつきて灰になってしまう。その思いは彼を駆り立てた。「金を返してもらいたい」

「なんですって？」

「あんたは額に見合う働きをしていない。だから返してほしい。いま」金などどうでもよかったのだが、焼け焦げはじめた心の心室が破れた。残るはあと三つだ。

レイチェルはワンピースのポケットに手を入れ、薄い札束をゲイブに向かって投げつけた。札は破れた夢のかけらのようにひらひらと舞いながら床に落ちた。「せいぜい小銭で窒息でもすればいいわ」

「拾えよ」

レイチェルは腕を引きつけ、思いきり強くゲイブの横面を張った。

筋力のなさは激情で補った。強い衝撃にゲイブの頭部が横を向いた。激しい痛みに反応して、新鮮な血液が体じゅうを駆けめぐりはじめた。新鮮な血液の流れこそ、いまの彼がもっとも避けたいものだった。新鮮な血液は焦げた細胞を再生させ、彼の目的遂行をはばみ、新たな苦痛の奔流を放った。

「服を脱げ」かつて魂が存在した、暗い空虚なところから、不意に出てきた言葉であった。その言葉は彼自身吐き気を覚えるほど不快だったが、撤回はできなかった。彼女が怯えを見せさえしたら、解放してやるつもりだった。彼女が絶望すればそれでよかった。

しかし絶望するどころか、彼女は激昂した。「冗談じゃないわよ!」

この女にはまわりに人気《ひとけ》のないことが、わからないのだろうか。外界から遮断された建物のなかで、彼女などその気になればものの数秒で組み敷くことのできる男とふたりきりなのだ。恐怖を感じないほうがおかしい。

ゲイブはようやくみずからの命を断つ方法を見いだした気がした。この行為をこのまま続ければ、恨みによって殺される。「いうとおりにしろ」

「なぜ?」

この女は恐怖を知らないのだろうか? 彼女の肩をつかみ、壁際に体を押しつけたとき、耳のなかでチェリーのささやきが聞こえた。

あなたの優しさが好きよ、ゲイブ。あなたは誰よりも優しい人だわ。

その声で心が引き裂かれるような悲しみに襲われることはわかっていたので、がむしゃらにレイチェルの服のなかに手を差し入れ、腿の内側にその手を近づけながら、チェリーの声を振り払った。

「私に何を求めているの?」レイチェルの怒りは消え、そこには困惑があった。彼女の髪のなかにかすかな夏の匂いがした。甘く、誘いかけるような生命力に満ちた匂いだった。

不覚にもついぞ流したことのない涙が流れそうになった。「セックスだ」

ふたりの視線がからみ合い、彼女の緑の瞳の冷たさにゲイブは骨の髄まで凍りつくような気がした。

「そんなの嘘だわ」

「嘘かほんとかいまにわかる」苦悩に満ちた心理とはうらはらに、股間はこわばっていた。心は情欲に対してなんの感受性も持ち合わせてはいないのに、肉体はその意思を感じ取っていないらしい。彼女の指摘が誤りであることを示そうと、屹立《きつりつ》したものを彼女の体に押しつけ、彼女のとんがった腰骨に触れた。なんと痩せた体なのだろう。ゲイブは手を上へずらし、ナイロンのパンティに行きついた。二日前、たしかパンティの色は青だった。青のナイロンでできたちっぽけな布切れだった。

掌が汗ばんでいる。たこやまめができた彼の掌の下で、彼女の肌は卵の被膜のように脆《もろ》く感じられた。滑らせるように股のあいだに手を入れ、手で包みこむ。

「降参か?」やっとの思いで口にしたものの、いざ言葉にしてみるとまるで子どもの遊びのように聞こえてしまう。

彼女の体を小さな戦慄が駆け抜けるのをゲイブは感じた。「抵抗はしないわ。こんなこと、私にとってはどうでもいいことだもの」

結局彼女の気力をくじくことはできなかった。それどころか、また別の仕事でも与えたかのような状況になってしまっている。ごみを集めろ。トイレを掃除しろ。股を開け。彼女の無抵抗さに、激しい怒りを覚え、ゲイブはワンピースの裾を腰まで引きあげた。

「なんてこった！　このおれが何をしようとしているのかわからないほど、おまえは愚かなのか？」

たじろぐこともなく、彼女はゲイブの目を見据えた。「私がまったく意に介しないということがわからないほど、あなたは愚か者なの？」

ゲイブは言葉を失った。顔は苦痛にゆがみ、呼吸は荒くなった。その瞬間、彼の目は悪魔の姿を正視した。それは自分自身の姿だった。荒々しい嘆きの声とともに、ゲイブは体を離した。一瞬ピンクのナイロンが見え、スカートの裾が滑り落ちた。体のなかで燃えさかっていた炎は消えていた。

ゲイブは彼女からなるべく遠ざかろうとカウンターまで行った。やっとの思いで声を出したものの、ささやきにしかならなかった。「外で待っていてくれ」

悪魔のような男をようやく威圧できたとあらば、普通の女なら逃げだすところだ。だが彼女は違った。レイチェルはつんと顎を上げ、背筋を伸ばし、ドアに向かった。

「金は持っていけ」ゲイブはやっといった。

そのときになってもゲイブは彼女をみくびっていた。反発の言葉とともにさっさと出ていくものと思っていたのだ。しかしレイチェル・ストーンはまやかしのプライドなどいらぬ強さを持った女性だった。最後の一枚まで札を拾いあげた彼女は外へ出ていった。ドアが閉まると、ゲイブはがっくりとカウンターにもたれ、床に座り、腕を膝にのせた。やみくもに虚空を見つめながら、過ぎた二年間が頭のなかで白黒のニュース映画のように映しだされた。こうして見てみると、すべてがいまへとつながっているのだ。薬物に溺れ、酒びたりになったことも、他人との接触を避けてきたことも。

二年前、死に家族を奪われた。今日は人間性を奪われた。いまとなっては、人間性を取り戻すのはもはや手遅れなのだろうか。

6

すべての人を愛する、というのがイーサン・ボナーの仕事のはずであった。だが彼のカムリの助手席に座るこの女性には、嫌悪の気持ちしか抱けない。ドライブインの入口からハイウェイに車を出しながら、彼女の体が案山子《かかし》のように瘦せこけており、かつて肌を覆っていた化粧がきれいさっぱりなくなっていることに、イーサンは気づいていた。混ざり合い、からみ合ったぼさぼさの赤褐色の髪には、逆毛を立て、ねじり上げたかつての髪形のおもかげはまるでない。三年前テレビカメラに映しだされた、寺院の有名な空中説教壇の下に座る彼女の姿が思い出される。

一度彼女を見て、エルヴィスと一緒だったころのプリシラ・プレスリーと昔のウェスタン歌手を混ぜ合わせたようなイメージを抱いたことがあった。スパンコールがギラギラ光る衣装のかわりに、彼女がいま身に纏《まと》っているものは一個だけ不釣合なボタンがつき、色も褪せたワンピースだ。記憶にある彼女とくらべて、数歳若くなったようにも、何十歳か老けたようにも思える。唯一変わらないものは、彼女の整った顔立ちとすっきりした横顔のラインだけである。

彼女とゲイブのあいだにいったい何があったのだろうか。彼女に対する憤りがいっそう深くなる。わざわざ他人の問題をしょいこまなくとも、ゲイブは十分に過酷な運命に耐えてきているのに。

バックミラーに視線を走らせると、彼女の幼い息子が後部座席に積みあげられたふたりのささやかな所有物に挟まれ、体をまるめて座っているのが見えた。古いスーツケース、取っ手が壊れたプラスチックの洗濯籠が二個、ダンボール箱がテープでひとつにまとめられている。

その光景を見て、怒りと罪悪感が押し寄せてくる。またしても、自分は神のみ心に添えないのか。「そもそも当初から私には聖職者の資格などなかったのです。でもちょっと聞いてください。ぼくはあなたとは違うんです。偉大な知ったかぶりのあなたとはね。これでご満足ですか?」

イーサンの頭のなかでクリント・イーストウッドのような声が響きわたった。「ぶつくさ愚痴をこぼすのはやめろ、ばか者が。二日前愚かな振舞いをして、彼女の救済を断わったのはほかならぬおまえなのだ。その咎《とが》を私に向けるでない」

最高じゃないか。マリオン・カニンガムからわずかな同情を期待したのに、イーストウッドとは。十分なあきらめの気持ちは持ちつつ、イーサンはなぜこれほど意外なのか考えていた。

聞きたいと思う神の声が聞けることはめったになかった。いまも偉大なカニンガム氏の声か、テレビ番組『ハッピー・デイズ』のお母さんの声が聞きたかったのに、イーストウッドの声だった。イーストウッドの声は厳格な旧約聖書である。「なにをうろたえておる、青二オめ。償いをすればよいのだ」

昔からイーサンは神の声を聞きつづけてきた。子どものころ、神の声はチャールトン・ヘストンで、これが最大の悩みだった。というのも、あの並はずれた熱心な共和党員であるヘストンは、幼い少年が胸の内を明かす対象としてはなにぶんにもふさわしいとはいえなかったからである。しかし神の力と英知に対するイーサンの理解が進むにつれ、子ども時代の遺物とともにチャールトン・ヘストンも心の奥へ押しやられていき、かわって三人の著名人のイメージが現われるようになった。三人とも神の意志の代弁者としては情けないほどにふさわしくない人物ばかりであった。

神の声に耳を傾けるにしても、なぜもっと威厳のある人物の声ではないのか。たとえばアルバート・シュヴァイツァー。あるいはマザー・テレサ。マーチン・ルーサー・キングやマハトマ・ガンジーの声で神の啓示を受けてもよさそうなものだと思う。残念ながらイーサンの精神は彼自身の教養が生みだしたものにほかならなかった。テレビや映画が大好きなイーサンが心ならずも大衆のアイドルにとらわれているのは、考えてみれば当然の帰結だったのである。

「寒くはないかい?」反感を克服しようとして、イーサンは尋ねた。「エアコンを弱めようか?」

「大丈夫よ、牧師さん」

レイチェルの小生意気な態度に、イーサンは歯ぎしりし、こんな状況を押しつけたゲイブを心のなかで非難した。だが一時間ほど前に電話をかけてきたゲイブの声があまりに切羽詰まっていたので、断わりきれなかったのだ。

イーサンが『カロライナの誇り』に到着してみると、ドアはロックされ、レイチェルとその息子が遊戯場のカメの上に座っていた。ゲイブの姿はどこにも見当たらなかった。川の土手の上に積まれたふたりの哀れな所持品を車に載せるのを手伝い、これからハートエイク・マウンテンのアニーのコテージに連れていくところである。

レイチェルがイーサンにちらりと視線を投げた。「どうして助けてくれたりするの?」

記憶のなかの彼女は内気な女だったので、イーサンは二日前と同じように彼女のあけすけな物言いに面食らった。「ゲイブに頼まれたからだ」

「彼は二日前にも同じ依頼をしたわ。でもあなたはそれを断わった」

イーサンは黙っていた。はっきりとした理由があるわけではないが、G・ドウェイン以上にこの女性に対して強い憤りを感じていた。彼女の夫は明らかにいかさま師であったが、彼女のほうはもっとつかみどころがない感じだった。

レイチェルは皮肉っぽい笑い声をあげた。「いいのよ、牧師さん。私のこと、憎みたければ憎めばいいのよ」

「憎んでなどいない。私はどんな人をも憎まない」もったいぶった、尊大な口調だった。

「なんと崇高な」

その言葉ににじむ侮蔑に、イーサンは怒りを覚えた。夫がその強欲のために人びとに多大な損害を及ぼしたというのに、この慇懃無礼な態度はどうだろう。

この郡のなかでも救済寺院の裕福さと比肩するほど財政的に恵まれた聖職者など皆無であ

る。聖歌隊の衣装にピカピカ光るラインストーンをちりばめたり、レーザー光線で礼拝の演出効果をあげたりするような教会はほかには例を見ない。救済寺院が行なっていたのは神の名を借りたラスヴェガスのショウにほかならず、地元の教会のメンバーの多くはショウ・ビジネスのきらびやかさとG・ドウェイン・スノープスの誰にもわかりやすい教義の組み合わせの魔力に屈した。

困ったことに、そうした地元教会のメンバーが宗旨替えをすると同時に、メンバーによってもたらされていた教会への寄付金も入ってこなくなり、郡の福祉事業を支えてきた資金も集まらなくなった。まもなく地域の薬物撲滅計画も頓挫《とんざ》、貧しい人びとのために催してきた食糧配給サービスも規模が縮小されることとなった。しかしそのなかでも最大の損失を受けたのは、郡の聖職者たちが誇りをもって打ちこんでいた超教派の事業、店頭での診療サービスであった。聖職者たちは教会が貧しい人びとのために使っていた資金がG・ドウェイン・スノープスの底なしのポケットに流れこんでいくさまを、なすすべもなく傍観しているしかなかった。そしてレイチェルの存在もそうした現象の大きな要素だったのである。

イーサンはあるとき銀行から出てくるレイチェルに出会い、衝動的に自己紹介してしまったときのことを思い出していた。彼は閉鎖に追いこまれた診療所のことを話し、マスカラを塗りたくったまつげの後ろに純然とした懸念の色を感じ取って勇気づけられた。

「遺憾に存じますわ、ボナー牧師」

「寺院を非難するつもりはないのですが」彼はいった。「地元の教会から多くの信徒が救済寺院へ流れ、そのために教会は多くの大切な事業を次々と断念せざるをえなくなっています」

レイチェルは体をこわばらせた。彼女が守勢に転じたのが見てとれた。「寺院の運営に非難される点はないはずです」

もう少し如才なく話すべきだったのだろうが、彼女の耳に飾られた大粒のサファイアを見て、ちょうど片耳分が診療所の開業資金に見合うのに、と思わずにはいられなかった。「正直に申しあげて、寺院がもう少し地域社会に対する責任を明らかにしてほしいとは思いますよ」

「寺院はこの郡に多額の資金をつぎこんでいます」

「営利事業の分野ではそうでしょうが、慈善事業ではそうではない」

「あなたは寺院についてすべてを観察なさっているわけじゃないようですわね、ボナー牧師。きちんと見ていらしたとすれば、寺院の素晴らしい事業についてご存じのはずですわ。アフリカじゅうの孤児院に資金提供しているんですよ」

アフリカの孤児院、並びに寺院の財政状態についてこれまで調査を怠ってこなかったイーサンは、けばけばしい宝石や高すぎるハイヒールで身を飾ったわがままなこの女性のたわごとを黙って見逃すことはできなかった。「ではいっていただけませんか、スノープス夫人。あなたのご主人が孤児のために、と集めている何百万ドルもの大金のうち、正確にどのくらいの金額がアフリカに送られているのか疑問に思っているのははたして私だけでしょうか？」

彼女の緑の瞳が氷のように冷たい色に変わり、赤毛の激しい気質が一瞬きらめくさまをイーサンは目の当たりにした。「日曜の朝に信者席を満席にするだけの精力と想像力を持っているという理由で、主人が責められる筋合いはないと思いますわ」

イーサンは憤りを隠しきれなかった。「私なら自分の礼拝を芝居小屋にしたりしません」彼女の答え方が皮肉たっぷりなものであったなら、この偶然の遭遇も忘却の彼方に去っていただろうが、彼女の声は同情らしきものでやわらいでいた。「そこがそもそも根本的に間違っているんじゃありませんか、ボナー牧師。あなたの礼拝ではないでしょう。礼拝は神に属するものなんですから」

歩み去る彼女の後ろ姿を見ながら、イーサンは避けつづけてきた苦い真実を直視せざるをえなかった。華々しい寺院の繁栄によって、彼自身の欠点がいみじくも浮き彫りにされてしまったわけである。

イーサンの説教は思想に富み、心を込めたものではあったが、劇的な印象には欠けていた。メッセージに込めた激しい情熱で信者たちが感涙にむせぶようなことはなかった。病人を癒したり、身障者に歩く力を与えたこともなかった。ドウェインがサルベーションにやってくる以前でも、彼の説教を聞くために教会に人があふれ返るようなこともなかった。もしかするとレイチェル・スノープスに対する嫌悪がひどく私的である理由はそのあたりにあるのかもしれなかった。彼が直視を避けてきたものを映しだす鏡をレイチェルが掲げたからだ。彼の聖職者としての適性の欠如という事実である。

イーサンの車はハイウェイを降り、ハートエイク・マウンテンのアニーのコテージへ向かう狭い道に入った。ドライブインのドアから一マイル以内という近さである。

レイチェルはもつれた髪の束を耳の後ろに押しやった。「おばあさまがお亡くなりになったそうで、お悔やみ申しあげるわ。アニー・グライドは向こう気の強い女性だったわ」

「祖母を知っていたの？」

「残念ながらね。彼女ははじめからドウェインに反感を抱いていて、ボディガードに阻まれてドウェインを叱り飛ばすことができなかったので、仕方なく私に文句をいったの」

「アニーは強い理念の持ち主だったよ」

「いつ亡くなられたの？」

「五カ月ほど前。とうとう心臓がだめになってね。幸せな人生だったとは思うけど、やはり寂しいね」

「その後おうちには誰も住んでいないの？」

「ごく最近まではね。ぼくの秘書クリスティ・ブラウンがここ数週間住んでいる。いままで住んでいたアパートの契約が切れて、新しいマンションが建つまで間があるから、一時的に住んでいる」

レイチェルは眉を曇らせた。「その人も見知らぬ人間がふたりも同居を始めることをきっと快く思わないでしょうね」

「なに、ほんの数日のことだから」イーサンは辛辣《しんらつ》な言い方をした。

レイチェルはイーサンの本音を聞いた気がしたものの、それは無視することにした。ほんの数日。ケネディのチェストを見つけるにはある程度の期間が必要だ。

レイチェルは、見知らぬ人間と幼い子どもとの共同生活を強いられることになったまだ見ぬ女性のことを思った。それもたんなる見知らぬ人間というだけでなく、この町でもっとも悪名高き市民なのだ。頭がずきずきと痛み、レイチェルは片手の指先をこめかみに当てた。
轍《わだち》を避けようとして車が大きく揺れ、レイチェルはドアに肩をぶつけた。息子の無事を確かめようとして後部座席を見やると、エドワードはホースを握りしめている。そのときふと、彼女の脚のあいだに手を滑りこませたときのゲイブの手の力を思い出した。その乱暴な行為は意図的で計算されたものだった。それなのに思いのほか恐怖を感じなかったのはなぜだろう？　レイチェルの心は何に対しても確信が持てなくなっている。自分の感情も、彼の目のなかにあると思えた自己嫌悪と苦悩さえ信じることができない。あんな状況なのだ。もっと怒りを爆発させるべきだった。しかしあの瞬間に覚えたもっとも強い感情は極限の枯渇感だけだった。

最後のカーブを曲がり、車が止まったのはブリキ屋根のコテージの前だった。片側は草の生い茂った庭、反対側は並木になっている。家は見るからに古いが、白いペンキを塗りなおしたばかりで、鎧戸《よろいど》は輝く深いグリーンで、石の煙突がついている。木製の階段を数段上がるとポーチになっており、奥まったポーチの一角からぼろぼろになった吹き流しがはためいている。

まったく予期せぬことだったが、レイチェルは目頭が熱くなった。このみすぼらしい古い家が彼女にとっては家庭という定義そのものに思えたのだ。この家には、安定、心のふるさとなど、レイチェルが子どもに与えたいものがすべて備わっている気がした。

イーサンは母子の荷物をポーチにおろし、持っていた鍵で玄関のドアを開け、レイチェルがなかに入れるように脇へ立った。レイチェルは息を止めて見入った。窓から射しこむ遅い午後の陽射しが古い木の床をクルミ色に染め、温かみのある石の暖炉に燃えるような輝きを与えている。家具はシンプルだ。褐色の籐《とう》の椅子にはチンツ地のクッション、松の木の洗面台にはスポンジ油彩の施された電気スタンドが載っている。古ぼけた松の毛布箱がコーヒー・テーブルのかわりに置かれ、その上に誰が生けたか、ブリキのじょうろに野生の花が生けてある。どこか素朴な美しさが心を打つ。

「アニーはがらくたを集めるのが趣味だったんだが、亡くなってから両親とぼくとでほとんど片づけたんだ。ゲイブが望めばいつでも引っ越してこれるように家具はそのままの状態にしておいた。それでもこの家はゲイブにとってあまりにも思い出多き家なんだ」

どんな類いの思い出なのかと尋ねようとしたのだが、イーサンは左手奥にあるキッチンへ入るドアの向こうへ姿を消した。戻ってきた彼の手にはひと揃いの鍵が握られていた。「ゲイブからきみに渡すように頼まれたんだ」

まじまじと鍵の束に見入るうちに、そうしたゲイブの行為の意味が理解できた。これは彼の罪の意識の表われにほかならないのだ。ふたりのあいだに起きたあのぶざまなシーンがまた脳裏によみがえってくる。彼が襲ったのはレイチェルではなく、むしろ彼自身なのではなかったのか、という思いが胸をよぎる。彼の自己破壊への傾倒が今度はいったいどんな形をとるのだろうと考えたとき、ひそかな戦慄を覚えた。

すぐ後ろにエドワードを従えながら、レイチェルはイーサンに続いてキッチンに入った。キッチンには松材を使った傷だらけの農家風のテーブルがあり、そのまわりには背中の部分が型押しの生地、シートは籐でできた樫《かし》の木の椅子が四脚置かれている。シンプルなモスリンのカーテンが窓にゆったりと下がり、穴あけブリキのドアがついた食器戸棚や、その向かい側には大恐慌時代のものと思われる白いエナメル仕上げのガスレンジがある。レイチェルは古い木の独特の匂いや、幾世代もの家族たちを養ってきた食事を思い起こさせるその匂いを、息を深く吸いこみながら嗅いだ。

イーサンは勝手口を出てコテージの角を曲がり、車が一台入るガレージへ案内した。一対あるドアの片方を開けるとき、ほこりが舞ってなかに入った。イーサンに続いてなかへ入ると、ビンテージ・カーと呼ぶには無理があるような使い古した赤のフォード・エスコートのハッチバックがあった。

「義理の姉の車なんだ。姉は新しい車を買っても、絶対この車は処分しようとしないんだ。何日間かはきみがこの車を使ってもいいとゲイブがいっている」

ピープル誌の写真で見た、いかにも学者らしい容貌をしたブロンド女性の顔が脳裏によみがえった。とてもジェーン・ダーリントン・ボナー博士のような女性が運転する車には思えなかったが、降って湧いたようなこの幸運に逆らう気はさらさらなかった。自分が必要としているものが与えられたことに、レイチェルはある種の感慨を覚えた。仕事と、雨風をしのぐ住みかと、移動の手段と。それらすべてはゲイブ・ボナーと彼の罪悪感のおかげなのである。

とはいえ罪悪感が消えた瞬間、ゲイブがすべてを奪い返すであろうということを忘れてはならないと思う。とにかく迅速に行動しなくてはならない。一刻も早くケネディのチェストに近づくことが必要なのだ。

「私があなたの義理のお姉さまの車に乗って逃げてしまうとは思わなかったの？　そうしたらお姉さまは二度とこの車を見ることはできなくなるのよ」

イーサンは嫌悪感に満ちたまなざしを古びた赤い車に注ぎながら、レイチェルに鍵を手渡した。「それほどの幸運な出来事が起きるとはとても思えないね」

レイチェルが見守るなか、イーサンは歩み去り、車を発進させる音が聞こえた。エドワードが後ろから近づいた。

「あの人、ほんとにあの車をぼくたちにくれるの？」

「借りただけよ」状態はともかく、これまで見たどんな車より美しいとレイチェルは思った。

エドワードはコテージに見入った。片方のスニーカーでふくらはぎの後ろを掻きながら、瑠璃《るり》色のツグミが古い木蓮《もくれん》の木から飛び立ち、コテージのブリキの屋根に留まる様子をながめた。その瞳にはせつなる願いがあふれていた。「本当にぼくたち、この家に泊まれるの？」

レイチェルはまだ見ぬ謎めいたクリスティ・ブラウンという女性のことを思った。「ほんの少しのあいだよ。女の人がひとり、すでにここに住んでいて、私たちふたりがここでしばらく過ごすことを快く思うかどうかまだわからないのよ。どうなるかは成り行きしだいなの」

エドワードは眉をひそめた。「その女の人もあの人みたいに意地悪かな？」

「あの人」とは誰のことか、訊くまでもなかった。「あの人のように意地悪な人はいないわよ」レイチェルは息子の頬をつついた。「荷物を運んで、片づけましょうよ」ふたりは手をつなぎながら、小さな草地を横切って家へ向かった。

居間と旧式のキッチンのほかに寝室が三つあり、そのうちの一部屋には幅の狭いアイロン台と古いシンガー社の黒いミシンが置かれている。エドワードは、ママと一緒に寝るといって聞かなかったが、その小部屋を息子に割り当てることにした。

そんな態度が息子をめめしい男の子にしてしまう、というボナーの言葉を思い出し、胸が痛んだ。エドワードが病気をしたことも、波乱万丈だった人生体験が息子の心に及ぼした影響のことも知らないくせに、無責任な発言だと思う。とはいえ、エドワードが年のわりには幼すぎることも確かであり、たとえ数週間のことにしろ、自分の部屋を持つことで息子がわずかでも自信を持てるようになればいい。

レイチェルは空いたもうひと部屋を自分が使うことにした。きわめて簡素な部屋で、置かれているのは楓材のベッドとウェディング・リングのキルト、曲線状の取っ手がついた整理だんす、端がわずかに擦り切れかかった楕円形の網目状の敷き物だけである。エドワードが部屋に入ってきて、レイチェルが荷物を片づけていく様子を見ている。

片づけが終わったとき、玄関のドアが開く音が聞こえた。レイチェルは気力を奮いたたせようと、一瞬目を閉じ、エドワードの腕に手を触れた。「紹介するチャンスが来るまでここにいてちょうだい」

小柄でやや厳しい面持ちの女性が玄関の内側に立っていた。年のころはレイチェルよりは数歳上、三十代に入ったばかりといったところだろうか。襟元までボタンのついたベージュのブラウスにストレートの茶系のスカートといった控えめな服装。化粧けはなく、黒褐色の髪はまっすぐで、ちょうど顎のラインで切り揃えてある。

もう少し近づいてみると、この女性がじつは平凡な容貌の持ち主ではなく、ただほんの少し生気に欠けているだけだとわかった。小さく整った目鼻立ちにすらりとした脚。だがどことなく地味な雰囲気がそうした美点を損ない、なめらかで若々しい肌にもかかわらず年齢以上に老けて見えるのだ。

「どうも」レイチェルはいった。「ミス・ブラウンですね」

「クリスティです」女性の声に敵意はなかった。むしろ深い慎みというものが感じられた。

レイチェルは掌が汗ばんでくるのを感じた。こっそりとジーンズの脚の部分で汗をぬぐっていると、人差し指が破れ目にひっかかった。破れ目がこれ以上大きくならないよう、急いで指を引っぱりだした。「こんなことになってあなたには申し訳ないと思っているんです。ここに私たちが泊まらせていただくこと、あなたがこころよく承知してくださっているとボナー牧師から伺ってはいるんですけれど……」

「私のことならいいんですよ」居間に入りながら、クリスティは手に持っていた紙袋を松材の毛布箱の上の野生の花を生けたじょうろの隣に、やや落ち着きすぎた観のある黒のハンドバッグを籐の椅子の上に置いた。

「いいはずがありませんわ。善意に甘え、あなたに大変なご迷惑をかけることは承知しています。でも目下ほかに行くあてもないんです」

「そのようですね」

レイチェルは怪訝《けげん》な顔でクリスティを見つめた。サルベーションでもっとも忌み嫌われている人物と同居するとわかっていて、クリスティ・ブラウンがいい顔をするはずがないのだ。だがその表情からは本音はほとんどうかがえなかった。「私が何者かご存じですよね？」

「ドウェイン・スノープスの未亡人ですよね」クリスティはカウチに掛かったキルトを手際よく整えながらいった。その手際のよさはきっとほかの事柄にも共通した特徴なのだろう、とレイチェルは思った。クリスティの手は小さく優美で、こぎれいな楕円形の爪には透明のマニキュアが施してある。

「私をこの家に受け入れたなどという話が広まると、あなたの評判を落としかねませんよ」

「私は常々正しい行ないを心掛けています」それは信心家ぶった言葉で、やや堅い響きを伴っていた。それでも彼女の態度の何かが、その言葉が心からのものであることを伝えていた。

「使われていない部屋を私が使うことにして、裁縫部屋を息子にあてがいました。それでかまわないでしょうか。私たち、できるだけあなたのお邪魔をしないようにするつもりです」

「そんなお気づかいは無用です」クリスティはキッチンのあたりを見まわしていった。「坊やはどこにいるの？」

気が進まなかったが、レイチェルは寝室のほうを向いた。「エドワード、ちょっと出てきなさい？　少し引っこみ思案な子なんです」こう弁明したのも、クリスティがエドワードに過大な期待を抱かないように、と考えてのことだった。

エドワードが戸口に現われた。ホースを逆さまにして薄茶色のショートパンツのウェストゴムのところに突っこみ、まるで悪いことでもしでかしたかのようにスニーカーの爪先に視線を落としたままだ。

「クリスティ、息子のエドワードです。エドワード、ミス・ブラウンにご挨拶なさいな」

「こんにちは」といいながらエドワードはまだ下を向いている。

困ったことに、クリスティはエドワードの羞恥心をやわらげるような言葉をかけてくれるでもなく、ただじっと見つめるばかりである。思ったより好ましからざる状況になりつつある。何が困るといって、エドワードがこれ以上敵意を持った大人と接触することほど困ったことはない。

エドワードがようやく目をあげた。どうやらなぜ答えが返ってこないのだろうと不思議に思ったらしい。

クリスティの口もとがにこやかにほころんだ。「こんにちは、エドワード。あなたがここに来るって、イーサン牧師から聞いていたの。会えて嬉しいわ」

エドワードも微笑みを返した。

クリスティは毛布箱の上に置いた紙袋を手にとり、エドワードのいるほうへ歩いていった。

「あなたがここに泊まるって聞いて、買っておいたのよ。気に入ってくれるといいけど」クリスティがエドワードと同じ目の高さになるようひざまずく様子をレイチェルはじっと見守っていた。

「ぼくにプレゼントを買ってくれたの?」エドワードの声にはこれ以上ないほどの驚きの響きがあった。

「そんなに素敵なものではないのよ。何が好きかよくわからなかったし」クリスティは紙袋を手渡した。袋を開けたエドワードの目がまるくなった。

「本だ！　新しい本だ！」顔がにわかに曇る。「ほんとにぼくが貰っていいの？」

レイチェルの胸は張り裂けそうだった。あまりに過酷な目に遭ったために、エドワードは良いことが起きても、すぐには信じられなくなっているのだ。

「もちろんですとも。ステラルナっていう、赤ちゃんコウモリのお話なの。読んでほしい？」

エドワードがこくんとうなずき、ふたりはカウチに腰をおろし、クリスティが読みはじめた。そんな様子を見守りながらレイチェルは嗚咽《おえつ》がこみあげそうになっていた。エドワードはときおり質問で話を遮ったが、クリスティは辛抱強くそれに答えた。本を読むクリスティの顔からは凡庸さがいつしか消えていた。エドワードのおしゃべりに応じながら声をあげて笑い、瞳をきらめかせる彼女は美しかった。

対話は夕食のあいだも続いた。レイチェルは食事の支度を半分手伝うといって譲らなかった。チキン・キャセロールをがつがつと平らげるエドワードにひと口でも多く食べさせたくて、レイチェルは控えめに食べた。心から満足しながら、息子の口のなかに食べ物が消えていく様子をじっとながめていた。

夕食後、レイチェルは洗い物は自分が受け持つと強く申しでたが、クリスティはレイチェルひとりに任せようとはしなかった。エドワードが大切な本を抱えて玄関ポーチに座っているあいだ、ふたりの女性はぎこちない沈黙のなかで手を動かしていた。

クリスティがとうとう沈黙を破った。「福祉保育施設にエドワードを預けることを考えたことは？　教会には素晴らしい施設があって、付属の保育園もあるのよ」

レイチェルの頬は紅潮した。エドワードにはほかの子どもたちとのふれあいが必要であり、母親からしばし離れることでよい影響がもたらされるはずである。「残念だけど、いまはそんな経済的余裕がないわ」

クリスティはためらった。「お金はかからないの。奨学制度があって、エドワードならきっと審査にパスするわ」

「奨学制度ですって?」

クリスティは視線を合わせないようにいった。「明日の朝私が出勤するときに、あの子を連れていってもかまわないでしょう? 手続きは私に任せてちょうだい」

奨学制度などないのだ。これは施しであり、それこそ何にも増してレイチェルが拒みたい類いのものだった。しかしこと息子に関するかぎり、レイチェルは自尊心を持ちだすわけにはいかなかった。「ありがとう」とあわてていった。「助かるわ」

クリスティのまなざしに同情を感じ、レイチェルは恥ずかしさでいっぱいになった。

その夜、エドワードが寝てから、レイチェルは勝手口から出て、木の階段をおりていった。インパラが牽引されていく前にふと思いついてダッシュボードの小物入れから持ちだしておいた懐中電灯をつけた。疲労困憊して脚がふらつくほどだったが、眠りにつく前にぜひともすませておかねばならないことがあった。

光を地面に当てたまま家の背後にある木々に沿うように光を動かすと、探していたものが目に入った。森へと続く狭い道である。レイチェルはその小道に入り、つまずかないように障害物を拾いながら進んだ。

木の枝が頬をこすり、フクロウが鳴いた。田舎育ちなので夜、戸外で過ごすのは好きだ。孤独感、静寂、ひんやりとした大気の匂いがなんとも心地よい。だが今夜ばかりは、一歩また一歩と前進することに集中するのがやっとだ。

アニー・グライドのコテージはハートエイク・マウンテンのてっぺんにあり、レイチェルの目的地まではわずか半マイルほどの距離だが、途中何度も休まなくてはならなかった。ようやく切り通しに到達するまでには三十分ばかりかかってしまった。目指す場所へ着くと、レイチェルは露出した岩層の上にへたりこみ、山の反対側の斜面を見おろした。眼下にかつて彼女がG・ドウェイン・スノープスと住んでいた屋敷が見える。

屋敷は下の谷を覆いつくすかのように建っている。多くの人びとが血のにじむ努力で稼いだ金と欺瞞《ぎまん》によって建てられた屋敷である。窓は暗く、月の光に照らされておぼろげな外観は見えるものの、細かい部分までは見えない。それでもこの屋敷の醜さを思い出すのに光を当てて見る必要はない。ドウェインという人間がそうであったように、あまりに仰々しく、まやかしに満ちているのだ。

けばけばしい、巨大な建造物はドウェインが南部のプランテーションをイメージしたものだ。金色の祈る手を飾った錬鉄製の門扉が車道を遮るように建っており、屋敷の外壁には六本の堂々とした円柱とぶざまな金色の格子で飾られたバルコニーがある。内装には霊廟を思わせる黒の大理石を多用し、仰々しいまでに華美なシャンデリア、花綵《はなづな》、房飾り、鏡などのきらびやかな装飾があらゆる部分にほどこされている。その最たるものは、ロビーにしつらえられた大理石の噴水で、虹のような光に彩られ、ショウガールのようなバストをしたギリシャの乙女像が特徴である。キャル・ボナー夫妻は噴水を撤去するようなまともな趣味の持ち主なのだろうかという疑問がふと胸をよぎったが、同時に、そもそもまともな趣味の持ち主ならこんな屋敷を買うはずもないと思いなおした。

谷間に続く山道は切り立った急勾配になっている。だがここに住んでいた四年のあいだに、結婚生活の憂鬱を晴らすため朝の散歩に出かけたときのコースなので、道筋はよく知っている。心のなかで今夜この急な山道を降りてみたいと急《せ》かす声がある。だがそれをそのまま実行に移すほど無謀なまねはできない。体力が持たないからだけではなく、もう少し周到な準備が必要だからだ。

そのうちに。きっと近いうちに。ハートエイク・マウンテンを降り、当然息子が手にすべきものを取り戻すのだ。

7

スナックショップでの一件があって以来、レイチェルはゲイブ・ボナーとふたたび顔を合わせることを恐れていたが、ボナーは四日間ほどは怒鳴るように用を言いつける以外何もしなかった。自分の仕事に没頭しているあいだは、彼女を無視していた。ほとんど口もきかず、目も合わせず、まさしく苦行僧のようであった。

夜は疲れきって、夢も見ないほど深く、ぐっすりと眠った。つねに体を動かしていれば体調はよくなるものと軽く考えていたが、めまいやだるさは消えなかった。金曜日にチケット小屋のなかを塗装している最中に、レイチェルは気絶した。

やっと起き上がろうとしていたちょうどそのとき、ボナーの小型トラックがハイウェイから車道に入ってきた。速度をゆるめるトラックを見ながらレイチェルの心臓は激しく高鳴った。どの程度見られてしまったのだろうか、と探ろうとしたが、曖昧模糊《あいまいもこ》としたその表情からは何もうかがい知ることはできなかった。塗装ブラシを握りしめながら、レイチェルは仕事の邪魔をされたとでもいわんばかりの渋面をボナーに向けた。トラックはそのまま移動した。

土曜日にクリスティがエドワードの面倒を買って出てくれたので、レイチェルは感謝しつつ好意に甘えることにした。同時に彼女はいつまでも同居人にそんなことを押しつけておけるものではないことは承知していた。不幸にして次の土曜日までサルベーションに滞在することになったとすれば、ボナーがなんといおうとエドワードを職場に連れていくつもりだった。

翌日の夜、エドワードを寝かしつけてから、ハートエイク・マウンテンを降りる心づもりでいたが、その計画も激しい暴風雨に阻まれた。車を使えばなんとかなりそうだったが、門扉に錠がおりているので、それも無理だった。インパラが『カロライナの誇り』の前で立ち往生してからちょうど一週間目の月曜日、レイチェルは今夜こそ計画を実行する、と胸に誓った。

その日は曇天にしては空気が乾いており、お昼近くには雲のあいだから陽が射しはじめた。午前中いっぱい、トイレの金属の壁に灰色のエナメル塗料を塗りながら、どんなふうに家に忍びこもうか考えていた。仕事自体はそうきついものでもなく、休養日の翌日でさえ絶えずつきまとうこのめまいとどうしようもない疲労感がなければ、楽しめそうな仕事だった。

前かがみになり、片手で青のシャンブレーのワンピースを押さえながら、塗装用ローラーを容器のなかに浸した。ワンピースを着て塗装作業をするというのもおかしなものだが、選択の余地はなかった。土曜日にジーンズの尻の部分がとうとう破れてしまい、つぎはぎもできない状態になってしまったのである。

「ランチを持ってきた」

くるりと振り向いてみると、トイレの入口にファーストフードの包みを抱えたボナーが立っていた。レイチェルは怪訝な表情を浮かべて相手を見つめた。先週水曜日のスナックショップでのきわどい一件のあと、彼はずっとレイチェルとの接触を避けつづけてきた。どうしていま、わざわざ探しだしたりするのだろう？

ゲイブは険しい顔でいった。「これからはランチを持参してほしい。それとランチのあいだは十分に休憩しろ」

レイチェルは銀色の無表情な瞳をしゃにむに直視した。こちらはあなたのレイプ犯もどきのふるまいなんぞにはびくともしてないのよ、と伝えてやるつもりだった。「食事なんて必要ないわ。あなたがにこっと笑ってくれさえすれば数週間は体が持つはずよ」

ゲイブは彼女の辛辣な言葉は黙殺し、袋を手洗い台のひとつに置いた。レイチェルはゲイブが立ち去るのを待ったが、彼は仕事ぶりをチェックしようと近づいてきた。「二度塗りが必要ね」レイチェルは警戒心を懸命に隠そうとして、いった。「古い落書きを見えなくするのはなかなか大変よ」

ゲイブは塗り終えたばかりのドアを身ぶりで示しながらいった。「新しい蝶番《ちょうつがい》に塗料がつかないように注意してくれよ。塗料で固まってしまったら困る」

レイチェルはローラーを塗料缶に浸し、雑巾がわりに使っているパイル地の布で手を拭いた。「グレイじゃなく、もっと感じのいいクリーム色にすればいいのに」色などどうでもよかった。仕事をこのまま続け、単純作業にさえ使える体力がほとんどないという事実を相手にほんの一瞬たりとも疑わせてはなるまじと思っているだけだった。

「グレイが好きなんだ」

「あなたらしいわよね。いえ、取り消すわ。あなたの個性には、もっと暗い色が合うわ」

ゲイブは態度を硬化させることもなく、塗装していない壁に寄りかかり、レイチェルの顔をまじまじとながめた。「ひと言いっておくぞ、レイチェル。おれが話しかけたとき、きちんと自制して丁寧な言葉づかいをするようになれば、そのうちに昇給を考えてみてもいい」

逆らうのはやめるのよ、とレイチェルの心は訴えかける。けしかけてはだめよ。「昇給してくれるのなら、大幅昇給じゃないと困るのよ、ボナー。あなたってドウェイン以来はじめて会った楽しい人物ね。作業が残っているから、邪魔しないで」

ゲイブは身動ぎするどころか、あからさまな視線をレイチェルに向けてくる。「これ以上痩せ細ると、そのうち塗装ローラーさえ持ちあげられなくなるぞ」

「わかったから、放っといてくれる?」かがんでぼろきれを拾いあげようとしたが、頭がぐらつきはじめ、ドアの縁につかまってようやく体を支えなくてはならないほどだった。

ゲイブはレイチェルの腕をつかんだ。「ランチを持てよ。ちゃんと食べるかどうか見張っていることに決めた」

レイチェルは体をゲイブの手から引き離した。「おなかがすいてないの。あとでいただくわ」

ゲイブは足元の塗料缶をブーツの爪先でどけながらいった。「いま食べろ。手を洗ってくるんだ」

ゲイブがつかつかと歩いていき、食べ物の入った袋を持ちあげる様子を、レイチェルは苛立ちながら見ていた。エドワードに食べさせるために、スナックショップの裏にある冷蔵庫に隠しておくつもりだったのだが、見られていたらそれもできない。

「遊戯場で待ってるぞ」ゲイブは戸口で声をかけ、立ち去った。

レイチェルは足音も荒く手洗い台へ行き、ごしごしと手と腕の下部をこすり洗いし、ペンキのはねがついたワンピースのスカート部分に水しぶきをはねかけて濡らした。洗い終えて、遊戯場へ向かった。

ゲイブはドクター・ペッパーの缶を手にして、ジャングルジムの棒にもたれながら座っていた。片脚は伸ばし、もう片方の脚は折り曲げた姿勢である。シカゴ・スターズのキャップをかぶり、紺色のTシャツをジーンズにつっこんで着ている。ジーンズの膝の近くには小さな穴があるが、捨てるしかなかったレイチェルのジーンズとくらべれば全然傷《いた》んではいない。

レイチェルはゲイブから数ヤードほど離れた、コンクリートのカメのそばに腰をおろし、食べ物の袋を受け取った。彼の手は汚れのないきれいな手だった。親指に巻いたバンドエイドさえ真新しかった。これほど激しい労働をする男がどうしてこうも清潔でいられるものかと思う。

レイチェルは袋をスカートのくぼみに載せ、フライドポテトを出した。香ばしいその匂いに、思わず手づかみでがつがつと口に入れそうになるのを、ぐっとこらえなくてはならなかった。かわりに端のほうをちょっぴりかじり、口についた塩を舐め取った。

ゲイブはドクター・ペッパーのプルタブを引き抜き、缶をながめ、やがてレイチェルに視線を向けながらいった。「先日のことを謝らなくてはいけないね」

驚愕《きょうがく》のあまり、レイチェルは貴重なフライドポテトを一本草の上に落としてしまった。

和気あいあいのランチの目的はこれだったのか。彼もついに罪悪感でどうにもならなくなってしまったわけだ。彼にも良心があってよかったと思う。

　彼はどこか緊張の感じられる様子をしている。レイチェルが理性を失ってヒステリックになり、責めたてるのを待っているのか。そんな期待には絶対に応えてやらない。「誤解しないで聞いてほしいんだけど、あの日のあなたは哀れすぎて、私も笑わないようにするのが大変だったわよ」

「そうなのか？」

　レイチェルは彼の憂鬱な顔がいっそう暗くなるのではないかと思ったが、意外にもジャングルジムにもたれた彼の体の緊張はわずかに緩《ゆる》んだようだった。「実際許しがたい行為だった。あんなことは二度としないよ」彼はそこで黙り、視線をそむけた。「酒のせいなんだ」

　レイチェルはあのとき顔にかかった彼の息を思い出した。まったくアルコール気のない、きれいな息だった。彼が襲いかかった相手はおのれのなかに棲む悪魔ではなかったかという思いはいまも消えない。「それなら、もうお酒はやめるべきよ。あれはばかげた行為だったわよ」

「わかっている」

「オバカの王様よ」

　ゲイブはさっと視線をレイチェルに戻した。レイチェルは、いつもの隙のない銀色の瞳に愉快そうな光が一瞬躍ったのを垣間見た気がした。こんなことがありうるのだろうか？「苛立たせようという魂胆か？」

「蛆虫のようにね」

「その口にコルクで栓をしてやろうか？」かぎりなく微笑に近いものが彼の口に浮かび、レイチェルは唖然《あぜん》とするあまり、しばし応えることを忘れていた。

「無礼な言いまわしが私の魅力のひとつなの」

「誰から聞いたか知らないが、そいつは嘘っぱちだね」

「福音伝道者のビリー・グレアムが嘘をついたというの？」

束の間、彼の唇に浮かんだ微笑みらしきものがいっそうはっきりとした形をとりかけたが、やがていつもの暗い表情が戻ってきた。軽口たたきは明らかに終わったらしい。ゲイブはドクター・ペッパーの缶をレイチェルに向けながらいった。「ジーンズは持ってないのか？どこの世界にワンピース姿で肉体労働をするアホがいる？」

ほかに着るものがないからよ、とレイチェルは心のなかで思った。エドワードが成長してどんどんいまあるものが着られなくなるこの時期に、レイチェルは自分の衣類にびた一文使うつもりはなかった。「私はワンピースが好きなのよ、ボナー。可愛くて女らしい気分にしてくれるから」

「そんな靴でかい？」ゲイブは嫌悪感に満ちたまなざしでレイチェルの黒いオックスフォード・シューズをながめた。

「どういえばいいのかしら。私はファッションの奴隷だから」

「ばかな。あの古いジーンズが破れてしまったからじゃないのか？新しいジーンズを買えよ。なんならおれが新しいやつを買ってやる。ユニフォームと考えてくれればいいよ」

自尊心を呑みこむ姿はこれまで何度も見せてきた。だがそれはエドワードのためだった。これはそうではない。レイチェルはあからさまな軽蔑を隠そうともしなかった。「買ったら、自分ではけば」

数秒間が過ぎ、そのあいだにゲイブはレイチェルという人物についてあらためて考えたらしかった。「たくましい女だよな」

「最高にね」

「たくましいから、食い物さえ必要としないのか？」ゲイブの視線はレイチェルが膝に置いている袋へ移った。「フライドポテトを食べるつもりなのか、それともただ手でもてあそんでいるだけなのか？」

「空腹じゃないっていったはずよ」

「だからそんなに骸骨みたいに痩せているんだな。きみは拒食症だ。そうだろ？」

「貧乏人は拒食症にはならないわ」レイチェルは二本めのフライドポテトを口に押しこんだ。あまりのおいしさに、袋ごと口に入れてしまいたいほどだった。同時に、きっとエドワードが喜んで食べるであろう、こんなご馳走を奪う自分に罪悪感を覚えた。

「クリスティから聞いたけど、きみはほとんど何も食べないって」

自分の知らないところで、クリスティがいろいろなことを報告していることを知って、いやな気分だった。「クリスティも人のことは放っておいてくれればいいのに」

「じゃあ、なぜ食べないんだ？」

「あなたのいうとおりよ。私、拒食症なの。もうこんな話題やめましょうよ」

「貧乏人は拒食症にならない」

レイチェルは彼を無視して次のフライドポテトを食べた。

「ハンバーガーも食べてみろよ」

「私、ベジタリアンなの」

「クリスティのところで肉を食べているくせに」

「いったいなんなの？　食糧取締官のつもり？」

「わからないな。あるいはひょっとして……」ゲイブは鋭いまなざしで、レイチェルを見つめた。「最初の日にきみが気絶したとき、渡したカップケーキを子どもに譲ろうとしたね」

レイチェルはぴくりと体を硬くした。

「理由はこれだったんだ。そうだろ？　食べ物を子どもに与えようとしているんだね」

「あの子の名前はエドワードよ。それやこれやよけいなおせっかいはたくさんだわ」

まじまじとレイチェルの顔を見つめていたゲイブは首を振っていった。「ばかげた振舞いだよ。わかるだろう？　きみの息子は十分な食べ物を与えられている。餓死しかかっているのはきみのほうだ」

「そんな話題、もう結構よ」

「何いってんだよ、レイチェル。きみはどうかしている」

「そんなことないわ！」

「だったら、説明してみろよ」

「説明する義務はないわ。それにあなたは自分のことを棚に上げているじゃない。お気づきでないようだから、いってあげるけど、あなたは正常と精神病の境界線をとっくに越えているわよ」

「だからきっとおれたちはウマが合うんだよ」

愉快そうにいう彼の様子を見て、レイチェルも思わず口もとがほころびそうになる。ゲイブはドクター・ペッパーをひと口すすった。彼女はスクリーンの端から見える彼方のハートエイク・マウンテンをながめ、初めてドウェインに連れてこられたときの感動を思い出していた。寝室の窓から見おろす美しい緑に彩られた眺望の素晴らしさに、まるで神の存在を実感した気がしたものだった。

ゲイブに視線を戻したレイチェルは、ほんの一瞬ながら、敵以外の人物に初めて巡り合ったと思った。同じように人生に迷いながら、同じようにそれを決して他人に悟られまいとしている人間がここにもいるのだ。

ゲイブはジャングルジムの棒に後頭部をのせながら、レイチェルに視線を投げた。「きみの息子……あの子は毎晩ちゃんとした夕食を食べているよね？」

レイチェルの抱いた親しみの感情は消えはてた。「また蒸し返す気？」

「いいから質問に答えろよ。あの子はまともな夕食をとっているかい？」

レイチェルはしぶしぶうなずいた。

「朝食も？」

「たぶん」

「保育園ではおやつやたっぷりした昼食も出る。家に帰ればきみかクリスティがまたおやつを与えるだろう？」

そうはいっても、親子ふたりの運命は来月はどうなっているかわからないのだ。レイチェルは考えた。来年となればなおわからない。

体じゅうを冷たいものが駆け抜けた。このままいけば、話題が危険な領域に追いやられてしまう。

「レイチェル」ゲイブが静かにいった。「自分を飢餓状態にするような行為はもうやめるんだ」

「何もわかっちゃいないくせに！」

「それなら、説明してみろよ」

彼の口調がもっと厳しいものだったら、まったく問題はなかった。しかしこんな穏やかな、ゆったりとした口調に対して、抗うすべはないに等しかった。彼女はやっとの思いで反論材料をかき集め、非難を続けた。

「私には息子を養う責任があるのよ、ボナー。私！　ほかの誰でもないこの私に。息子の食事や着る物、病院で受ける注射から何からすべて、私が責任を負わなくてはならないのよ！」

「だったらなおのこと、きみは自分自身の健康に気をつけなくてはいけない」

レイチェルは目頭が熱くなった。「あなたに指図されるいわれはないわ」

「精神病院の患者同士、寄り添って生きなくちゃ仕方ないよ」

理解の気持ちがこもったまなざしとともに、彼のその言葉はレイチェルに息が止まるほどの驚きを与えた。何か言い返したいと思ったが、言葉にならなかった。彼女自身がとうの昔に気づくべきだったのに、直視できなかった事実を彼は暴いたのだ。

「この話題には触れてもらいたくないの」

「結構だとも。食べればいいのさ」

レイチェルの指は膝に載せた紙袋のあたりでぶるぶると慄え、みずから認めたくなかった事実を直視するしかなかった。

どれほど自分を犠牲にしようとも、エドワードの安全を保障することにはならないのだ。襲いくる無力感に押しつぶされそうだった。レイチェルは息子のためならば、なんでもすべてを確保したいと思っている。食べ物だけではなく、安全も自信も、健康な肉体も、まともな教育も、住む家もすべて手に入れてやりたいと思う。だがどんなに自分を犠牲にしようとも、そうしたものを得ることはできない。自分が骨と皮になるほど飢えようとも、エドワードの空腹を満たすことにもならないのである。

視界が曇り、下まぶたから涙があふれて頰を伝い、レイチェルを狼狽《ろうばい》させた。ボナーに泣いている姿を見られたくないので、猛々しくにらみつけた。「よくもそんな偉そうな口がたけるわね！」

ゲイブは降参のポーズをして、ドクター・ペッパーをぐいと飲んだ。

長い戦慄《せんりつ》が体じゅうを駆け抜けていった。ボナーの言葉は真実を突いていた。この数カ月がむしゃらに頑張りすぎて、いつしか正常な感覚から逸脱していったのだ。同じように逸脱した感覚の持ち主だったからこそ、彼は真実を看破できたのである。

レイチェルは自分の狂気をまざまざと認識した。エドワードが頼るべき人間はこの世にたったひとりだけだというのに、彼女は自分自身の健康をまるで顧みなかったのだ。自分を飢餓状態に追いこむことで、ただでさえ不確かな母子の存在をいっそう脆弱《ぜいじゃく》なものにしていたのである。

レイチェルは乱暴に目をこすると、袋のハンバーガーをつかんだ。「あんたは最低よ!」ゲイブはだらりとジャングルジムの柱にもたれかかり、まるでこれからたっぷり昼寝でもするように青いシカゴ・スターズのキャップを目深にかぶりなおした。

レイチェルは口のなかにハンバーガーを詰めこみ、涙と一緒に呑みこんだ。「私をきちがい扱いするなんて厚かましいんじゃない?」もうひと口かぶりつき、そのあまりのおいしさに身震いした。「そもそもドライブインを開業しようとすること自体狂っているわよ。いっておくけど、ドライブインなんて三十年前にすたれた商売よ。夏の終わりまでにはきっと破産してしまうわ」

キャップのつばの下で唇がかろうじて動いた。「それでもべつにかまわない」

「私のことはもうおしまい。あなたのほうが何十倍も狂ってるわ」

「黙って食べろよ」

レイチェルは手の甲で涙をぬぐい、またかぶりついた。これまで味わったなかでもっともおいしいハンバーガーだった。チーズのかたまりが上顎に張りつき、ピクルスの酸味に唾液腺が刺激される。レイチェルはハンバーガーを頬張りながらしゃべった。「どうしてドライブインなんて始めようとしているの」

「ほかに時間潰しを思いつかなかったからさ」

指についたケチャップを舐めながら、彼女は尋ねた。「オツムがおかしくなる前は何を生業にしていたの？」

「マフィアの殺し屋をやってた。もう泣くのは終わりかい？」

「泣いてなんかいなかったわ！　ほんとに殺し屋だったらよかったのに。もし私にお金があったら、いまこの瞬間にあなたを雇って自分自身に銃口を向けさせるわ」

ゲイブは目深にかぶっていたキャップのつばを上げ、冷静な目で彼女を見つめた。「きみがそうやって思いきり憎まれ口をたたければ、おれたちの関係は良好に保たれるよ」

レイチェルはゲイブの言葉は無視してフライドポテトをいっぺんに三本、口のなかへ押しこんだ。

「ところでなぜG・ドウェインに惚《ほ》れたんだい？」

ほんの気まぐれなのだろうが、唐突な質問だった。レイチェルとしては、相手が自分のことをいっさい語ろうとしないのに、こちらだけ情報開示に応じる気はなかった。「私がストリッパーだったとき、クラブで出会ったのよ」

「きみの体を見せてもらったけどさ、当時いまよりよほど肉付きがよかったというのなら話は別だが、ストリッパーとしてはガム代も稼げなかったんじゃないかな」

レイチェルは不快感を覚えようとしてはみたが、それほどの虚栄心は残っていなかった。

「彼女たちはトリッパーという呼び名を嫌っていたわ。なぜそれを知っているかというと、何年か前に住んでいたアパートの向かい側の部屋に、そんな仕事をしている娘が住んでいたからなの。あの娘は毎晩ステージに立つ前にかならず日焼けサロンに行っていたわ」

「まさか」

「ストリップショウのダンサーたちはみんな裸だから日焼けすると一般には思われているんでしょうけど、実際は違うの。わずかに皮膚を覆う程度の水着みたいなものを身につけているから、そこの部分が妙に白く残ってしまうそうなの。その娘がいうには、格好つけて踊っているから、そんなものがあったらひどくぶざまなんですって」

「なんだか賞賛めいた言い方に聞こえるけど」

「あの娘は稼ぎがよかったのよ、ボナー」

ゲイブはふんと鼻を鳴らした。

空腹が満たされると、レイチェルは好奇心を抑えきれなくなった。「仕事は何をしていたの、冗談抜きで?」

ゲイブは肩をすくめた。「隠すほどのものでもないよ、じつは。獣医だったんだ」

「動物を診る医師ってことね?」

「ほかにどういえばいいんだよ?」気づけばまた喧嘩《けんか》腰の口調に戻っている。

レイチェルは彼に対する好奇心を覚えている自分に気づいた。クリスティはサルベーション育ちである。彼女ならゲイブの秘密を知っているに違いない。訊いてみようと思う。

「きみはテレビ伝道者が惹かれるタイプじゃないのにな」ゲイブは今度は自分の番とばかりに詮索《せんさく》を始めた。「G・ドウェインなら敬虔な信者のなかから相手を選ぶと思っていたよ」

「私は敬虔さでは誰にも負けてなかったということよ」レイチェルは胸の奥で疼《うず》く痛みを示

すつもりは毛頭なかった。「インディアナポリスでの信仰運動にボランティアとして参加したときに彼に会ったの。私は彼に陶酔したわ。信じられないでしょうけど、そのころの私はとてもロマンチストだったのよ」

「彼はきみよりかなり年上じゃなかったのかい？」

「八歳上よ。みなしごの私にとって理想の父親といった印象だったわ」

ゲイブは怪訝そうな顔をした。

「私は中部インディアナの農家で祖母に育てられたの。信心深い人だった。農家を改良した祖母のちっぽけな教会に集まる人びとに、祖母はまるで家族のような愛情を抱いていたわ。そして成長するにつれ、私も同じ感情を抱くようになっていった。その信仰はとても厳格だったけれど、ドウェインと違って、純粋だったの」

「ご両親に何があった？」

「母はヒッピーだった。父親は誰なのかわからないの」

「ヒッピー？」

「私はオレゴンのコミューンで生まれたの」

「まさか」

「最初の数年は母の手元に置かれたらしいんだけど、やがて母はドラッグに溺れはじめ、私が三つのときドラッグの過剰摂取で死んでしまったのよ。幸運なことに私は祖母に引き取られたの」レイチェルの顔に笑みが浮かんだ。「おばあちゃんは素朴な人だった。神を信じ、アメリカ合衆国を信じ、手作りのアップルパイを信じ、G・ドウェイン・スノープスを信じていたわ。私が彼と結婚したことをすごく喜んでくれたものよ」

「おばあさんも、G・ドウェイン・スノープスの人物についてはなにもわかっていなかったんだね」

「彼は偉大な神の化身だと信じていたの。幸い、真実が暴かれる前に祖母はあの世に行ってしまったのよ」食べ物がすべて胃袋におさまり、満腹で胃が痛いほどだったが、レイチェルは今度はシェイクを手にとった。ストローを伝って上がってくるとろりとしたチョコレート味の液体を吸いこむ。ここまで自分のことは何もかも披瀝《ひれき》してしまったというのに、彼はいっこうに自分のことは語ろうとしない。「ねえ、教えて。家族のはみだし者っていうのはどんな感じなの？」

「なんでまた『家族のはみだし者』なんていうのさ？」その声は愉快そうだった。

「あなたのご両親にしても弟さんにしても、地域社会のリーダー的存在でしょう。それにお兄さまは大変なお金持ちだし。それにひきかえ、あなたときたら無愛想で、癇癪《かんしゃく》持ちで、落ちぶれたはみだし人間。唯一所有しているものはさびれたドライブインだけ。おまけに子どもを目の敵《かたき》にしているわ」

「落ちぶれているって、誰がいった？」

この表現に対して唯一彼が異議を唱えたことはじつに興味深いことだとレイチェルは感じた。「ここの状態を見ればわかるわよ。乗っているものもそう。私に支払う奴隷並みの低賃金。私が何かを見落としているのかもしれないけれど、ここには大金の気配はまるでないわ」

「さっさと辞めてほしいから奴隷並みの賃金しか払っていないんだ。それ以上支払えないからじゃない」

「あら」

「小型トラックだって、気に入っているから乗っている」

「だったら、貧しくはないのね?」

束の間、答えは返ってこないのではないかという気がした。ようやくゲイブはいった。

「貧しくはない」

「貧しくないって、正確にはどの程度のことなの?」

「人にそういう類いの質問をするのは不作法だって、おばあさんから教わらなかったのかい?」

「あなたは人じゃないんですもの。人間かどうかさえさだかじゃない」

「こんな侮辱を黙って聞いてる時間はない。忙しいんだから」ゲイブは砂地に突っこんであったドクター・ペッパーの空き缶をつかむと、立ちあがった。「仕事に戻ってくれ」

歩み去るゲイブをじっと見つめながら、彼が感情を害した可能性があるかどうか考えた。表面的には明らかに立腹しているように見えた。満足げにほくそえみながら、レイチェルはまたチョコレート・シェイクを楽しんだ。

イーサンは教会事務所を出て教会の裏手の遊び場にあふれる子どもらしい甲高い声のほうへ歩いていった。みな、保護者が迎えにくるのを待っているところなのだ。教会の信徒ではない地域住民とのふれあいという意味合いにおいて絶好の機会なのだから、とみずからには言い聞かせるのだが、じつはローラ・デラピーノに会いたいだけなのだ。

遊び場に足を踏み入れると、ブリッグズ家のふたごたちが乗り物を離れ駆け寄ってくる。「いいこと教えてあげる。タイラー・ボクサーが床の上でゲーゲーして、そこらじゅうゲロだらけにしちゃったの」

「それは素敵だ」イーサンは答えた。

「あたしももどしそうになっちゃったの」チェルシー・ブリッグズは白状した。「でもウェルズ先生がトイレに行かせてくれたの」

イーサンは唐突に浮かんだイメージに笑った。彼は子どもが大好きである。昔からわが子を持つことを心待ちにしてきた。ゲイブの息子ジェイミーのことは、目に入れても痛くないほど可愛がっていた。二年という年月が経過しても、いまなお甥《おい》と優しい義姉チェリーの身に起きたことを受け入れられないでいる。ふたりの不条理な死のあと、イーサンは聖職を離れるつもりだったが、家族とくらべれば比較的早く立ちなおった。人生なかばにして大きな悲劇を体験した両親のショックは大変なもので、一時は離婚しそうになったほどだった。キャルは試合に勝つこと以外、人生の目的を見いだせなくなってしまっていた。

幸いにして短期間の別居後、ジムとリンのボナー夫妻の結婚生活は変質の時期を経て、結局はためにもおしどり夫婦と映るまでになり、生活も変化した。ふたりはいま、南米に滞在し、父は医療伝道師としての奉仕活動に、母は地元の職人たちの市場開発のための協同組合を立ちあげた。

キャルはどうかといえば、ジェーン・ダーリントンという天才物理学者が彼の人生に現われて、いまやボナー家ふたり目の子どもロージーも生後八カ月になった。家族の愛情を一身に集めている青い目のおちゃめな可愛い子である。

それでもゲイブの苦しみにくらべれば、家族の苦しみはものの数ではなかった。兄がかつて心優しき獣医師だったことを思い出すと、いまでも胸が痛むことがある。子ども時代を思い起こすと、家のなかにはつねに傷ついた動物がいた。台所に羽根を怪我した小鳥がいたり、迷い犬が健康を取り戻すまでガレージで保護したり、ひとりでは生きられないほど幼いスカンクがゲイブのクローゼットのなかにかくまわれていたりした。

獣医になるのはゲイブの子どものころからの夢であった。だが金儲けをしようなどとは露ほども考えていなかった。だからゲイブが突然財を成したことを、家族の誰もが面白がった。彼が金に無関心であることを知りつくしていたからだ。すべてが偶然の産物だった。兄は飽くなき好奇心の持ち主で、それがなんであれ、ものを修理することが好きだった。ジョージア州の田舎で動物病院を開業して七年後、兄は地元のブリーダーの依頼でサラブレッドを治療中に特殊な整形外科用の添え木を開発した。その添え木が絶大な効果を発揮したので、豊かな財力を誇る競馬界にさっそく採用され、特許権により莫大な金が転がりこんできたのであった。

ゲイブは三人兄弟のなかにあって、つねにもっともとらえどころのない性格だった。積極的で挑戦的で、すぐに腹を立てるが、許すのも同じぐらい早いキャルと違い、ゲイブは感情を表に表わすことがない。しかしイーサンが子どものころ、窮地に陥るとまず助けを求めに行くのは決まってゲイブのほうだった。静かな声、ゆったりと気怠《けだる》いしぐさが動物を癒すように、難問を抱えた少年の気持ちを癒したのだ。ところがどこか哀愁をたたえた優しい兄はいまや辛辣で皮肉な人間になってしまった。

イーサンのとりとめのない思いはローラ・デラピーノの到着によって断たれた。最近離婚したばかりの若い母親である。黒のホルターネックのトップに透けるライム・グリーンのブラウスをはおり、ぴっちりした白のショートパンツをはいている。爪は深い赤のマニキュアに彩られ、銀色のサンダルのストラップからのぞく足の爪にも同じ色のペディキュアが施されている。胸は官能的で脚は長く、ふんわりした髪はブロンドである。彼女の肉体からは性的な魅力が発散し、イーサンは無関心ではいられなかった。

そのとき身の内に声が響いた。「神に仕える身でありながら、ひそかにくだらぬ女人にのぼせるなんてどうなさったのかしら！　オープラ・ウィンフリー・ショウを見ないで今日は生きられないのよ」

イーサンは心のなかでうめいた。いまはそんな気分ではない。

だが抵抗しても無駄だった。オープラの声ではあろうとも、全能の神は性的関心の度合いなど瞬時に見抜いてしまわれる。

「ボナー牧師、水臭いことはいわず、教えていただきたいわ。この町には素敵な女性がいくらでもいるのに、なぜまったく興味を抱かないのかしら？」

「素敵な女性なんてただ退屈なだけだからね」

「退屈でも仕方ないいんじゃないかしら。あなたは聖職者なんですもの、それをお忘れなくね。

なぜよりによって派手な女にばかり目がいくんでしょうね？」

　ローラ・デラピーノはかがんで幼い娘に話しかけ、ぴったりした白のショートパンツの下につけたレースのビキニ・パンティが透けて見えた。かっと熱いものが股間を直撃した。

「私の話を聞いてないの？」オープラはいう。

「失せろ」イーサンは答える。オープラは怒り狂う。

「この私にそんな口のきき方をしないほうがいいわよ。そのうち職業への適性がないだとか、聖職者としての職務に人生を捧げているのにとか泣き言をいいはじめるに決まっているんだから」

　いまこそイーストウッドに戻ってほしい、とイーサンは願った。

「よく私のいうことを聞きなさいね、イーサン・ボナー。そろそろあなたも上品で慎みのある相手を見つけて身を固めるべきなのよ」

「お願いだからちょっとのあいだ黙っててもらえないかな。ながめを楽しみたいんだ」イーサンはオープラの声で話しつづける神に向かって罰当たりな言葉を口走った。ローラが娘の作品を見ようと前屈みになると、ホルターネックのトップのカップに豊かな胸があふれた。くそ。独身主義を守らなくてはならないいわれはないのに。

　二十代前半、牧師就任依頼を受ける前の奔放な生活が胸によみがえる。バストの豊かな美人たち、夜ごとの激しいフリー・セックス。望むことはすべて実行したあの気ままな時代。ああ神よ……。

「お呼びかしら？」オープラが答えた。

イーサンはあきらめた。トークショウの超大物司会者に見られているというのに、ローラの体を見て楽しむなど、無理というものだ。顔をそむけながら、おのれは信念に沿った生き方をしていないのに、十代の若者には禁欲を勧め、婚礼で貞節の誓約について説いたりできる牧師であったらどんなにか楽だったろうに、という思いが胸をよぎった。だがそんな生き方ができる質《たち》ではない。

幼な馴染みのトレーシー・ロングベンとサラ・カーティスに挨拶し、腕を骨折したオースティン・ロングベンに同情の言葉をかけ、タイラー・カーティスのピンクのスニーカーを可愛いねと褒めてやった。視界の隅にひとりぼっちでたたずむエドワード・スノープスの姿が映った。

そういえば名字はスノープスではなくストーンだった、と心のなかで思い出した。この子の名前は法律的にも変わったのだ。レイチェルがファースト・ネームのまま呼んでいるのはどうにもいただけないと思う。エディとかテッドとか、ほかに呼びようはいくらでもあるだろうに。

イーサンは良心の呵責《かしゃく》を感じた。エドワードが保育園に通いだして三日になるというのに、一度も顔を見にいってやってないのだ。不実な両親を持ったことは、エドワードのせいではないし、いわれのない怒りを抱く以外にその存在を無視していいはずがないのである。

前の日にキャロル・デニスからかかってきた電話のことを思い出した。キャロルの怒りとくらべればイーサンの怒りなどたいしたことはない。アニーのコテージにレイチェルを泊まらせることにしたと聞いて、激しい怒りをぶつけてきた。イーサンはゲイブがその決定を下したと話しながらも、兄のためにくどくどと弁解がましい説明をした。

懸命に説得を続け、自分のことは棚にあげて、他人を非難するときは慎重に判断すべきであることをやんわりと進言したりしたが、キャロルは聞く耳を持たなかった。

キャロルに逆らうのは本意ではなかった。限定的な信仰ではあるものの、なにぶんにも信仰篤《あつ》く、町のために貢献しつづけている人物である。

「あの女をあのコテージに泊まらせたりしたら」キャロルはいった。「あなたの評判にも影響が及びますよ。そんなことになったら、あなただってお困りでしょう」

言い分はもっともとはいえ、その態度には苛立ちを覚えた。「そうなったらそうなったで、なんとかしますよ」イーサンはできるかぎり穏やかに答えた。

イーサンはエドワードのいるほうへ向かい、にっこりと笑いかけた。「やあ、今日は楽しかったかい？」

「まあまあ」

子どものつぶらな茶色の瞳がイーサンを見上げた。鼻のまわりにうっすらとソバカスがある。可愛い子だ。イーサンは心がなごむのを感じた。「もう友だちはできたのかい？」

答えはない。

「新しい仲間がふえても、みんなが慣れるまでにはしばらくかかるものなんだ。でも遅かれ早かれ打ち解けてくるよ」

エドワードはイーサンを見上げ、まばたきした。「クリスティはぼくを迎えにくることを忘れちゃったのかな？」

「クリスティが何かを忘れるなんていうことはないよ、エドワード。彼女は誰よりも信頼できる人だからね」

背後から近づきながら、クリスティはイーサンの言葉が耳に入った。「信頼できる」か。イーサン・ボナーにとって私はそれだけの意味しか持たない相手なのだ。頼りになるクリスティ・ブラウン。クリスティに任せておけば大丈夫。クリスティがうまくやってくれる。

思わずそんな自分に対して溜め息が出る。ほかに何を期待しているというのだ。ちょっと前にローラ・デラピーノに対して見せたようなまなざしをイーサンが私に向けてくれるとでもいうのか？　ありえない。ローラは人目を引く、快活な女性。それにひきかえ、私は平凡で退屈なのだから。とはいえそれなりのプライドはある。生来のひどい内気も、厳しく能率的な仕事ぶりでカバーするすべを身につけてきた。どんな用件をいいつけられても、完璧にこなす自信はある。ただしイーサン・ボナーのハートを射止めることとなると、からきしである。

物心ついたときからイーサンのことは知っているが、彼が惹かれるのは派手で性的にもだらしないタイプの女たちばかりだ。八年生のとき、メロディ・オールが歯列矯正器をはずし、収縮加工のジーンズに目覚めた。ふたりは毎日昼食後、合唱室の隣の部屋でいちゃついていた。

「クリスティ！」

彼女の姿を目にしたエドワードの顔がぱっと輝いた。体のなかを温かいものが駆けめぐる。子どもは大好きだ。子どもといると心がくつろぎ、本来の自分に戻れる気がする。教会秘書などという仕事より児童養護関係の仕事のほうがずっと好きだ。なにがなんでもイーサン・ボナーのそばにいたいという強い思いさえなかったら、何年も前に辞めていただろう。恋人になれないのであれば、彼の世話係に徹しようと思ったのだ。

ひざまずき、エドワードがその日作ったコラージュを褒めてやりながら、ふと、もう二十年以上もイーサンに恋をしつづけていることを考えた。四年の仲間たちと休み時間に外へ出ていくイーサンの姿を三年の教室から目で追っていたことをいまでもはっきりと覚えている。彼は当時からいまと同じようにまばゆいほどの存在感を放っていた。彼ほど美しい男性はほかにはいない。いつも優しく接してくれたが、当時の彼は誰に対しても優しかった。もっと幼いころから彼はほかの子とは違っていた。感受性が強く、ほかの子どもをいじめるようなことはなかった。

だが弱虫というのではなかった。その点では兄たちによく仕込まれていたからだ。イーサンが中学一のいじめっ子D・J・ローバックと一戦交え、鼻血を流させたことはいまも鮮明な記憶として残っている。しかしその後、気が咎《とが》めた彼は仲なおりのために、溶けかかったグレープ・アイス・キャンディを持ってD・Jの家を訪ねた。D・Jはいまでも教会執事会議で楽しそうにその話をする。

立ちあがってエドワードの手を握ったとき、強い官能的な香水の匂いがした。「あら、イーサン」

「こんにちは、ローラ」

ローラはクリスティに親しげな微笑みを向けた。そんな様子を見て、クリスティの心は羨《せん》望《ぼう》でいっぱいになる。なんというしたたかな自信なのか。

ふとレイチェルのことが胸に浮かび、彼女ならどんな点で勇気を奮い起こすだろうか、と考えた。町じゅうの人がどれほどレイチェルを悪しざまにののしろうとも、クリスティはレイチェルが好きだ。畏敬の念さえ抱いているといっていい。レイチェルのように敢然《かんぜん》と世間に立ち向かう勇気は自分にはないと思うからだ。

レイチェルが食品雑貨店でキャロル・デニスに出くわした話は聞いている。昨日は薬局でゲイリー・プレットを相手に猛然と主張を通したという。この町の人びとの敵意の強さに、クリスティは心穏やかではいられない。ドウェイン・スノープスの強欲さに関して、レイチェルには責任はないとクリスティは信じており、みずからをキリスト教徒だと名乗る人たちがああも批判的で懲罰的な態度をとることが理解できない。

ふと、レイチェルは私のことをどう思っているのだろうか、という疑問が胸に浮かんだ。たぶんなんとも感じていないのだろうな、と思う。自分はどうせ用があるときにしか存在を意識してもらえない女なのだ。それ以外のときは白の壁紙のようにめだたない。

「ねえイーサン」ローラがいった。「今夜よかったらうちへ来ない？　ステーキをご馳走するわよ」ローラは口紅を滑らかにしようとでもいうのか、上下の唇を擦《こす》り合わせた。

ほんの一瞬だが、イーサンの視線はローラの唇のあたりをさまよったが、やがてその顔には礼拝のときに老女に向けるのと同じ寛大で親しげな微笑みが浮かんだ。「そりゃ嬉しいね。でも説教のための準備をしなくてはいけないんだよ」

ローラはねばったが、イーサンは比較的あっさりと誘いを受け流した。イーサンはローラとふたりきりになる自信がないのではないかと、クリスティはにらんだ。

よじれるような痛みが胸に疾った。クリスティと一緒に過ごすことに対して、イーサンは一抹の不安を抱くこともないのだ。

8

レイチェルは懐中電灯の光を低く照らした。かつてひどく惨めだと感じていた屋敷の勝手口に近づきながら、寒さを防ごうとフード付きのスウェットシャツをしっかりと体に纏《まと》った。寒さは冷たい夜風のせいだけではなく、体の内部から感じるものらしい。屋敷はまるでドウェイン・スノープスの魂のように暗かった。

今夜は曇天で視界は悪いが目指す場所はよく知っており、雲間から射すかすかな月の光を頼りに伸び放題の芝生を横切る小道に沿ってなんとか進んでいくことができた。ペンキのはねが付着したワンピースの裾が低木の植えこみにひっかかる。裾を引きながら、そろそろ着替えの衣類を買わなくてはと考えたが、少しは自分の体のことにも気をつけようと決意したからといって衣類を買うなどという贅沢《ぜいたく》をみずからに許すことはとてもできず、それは当分見送ることにした。

人は満腹になっただけでこうも気分が変わるのかと、その違いにいまさらながら信じられない思いがしている。今夜は夕食作りを担当し、自分もしっかりと一人前の食事を平らげたのだった。いまだ疲労感は消えないものの、めまいは解消し、ここ数週間で初めて人並みの体力が戻った気がする。

巨大な屋敷が目の前に迫り、勝手口が近づいたので、懐中電灯の光を消した。勝手口から洗濯室に入れるようになっており、その隣はキッチンである。キャル・ボナー夫妻がセキュリティ・システムを導入していないことをレイチェルは願った。ドウェインとともにここに住んでいたころの問題点といえば、狂信的な信者の訪問だけで、車道の端に設けられた電子制御の門扉によって屋敷までには一定の距離が置かれるようになっていた。

錠も換えられていないことを願うしかない。スウェットシャツのポケットに手を差しこみ、ハートエイク・マウンテンに散歩に出るときよく手首につけていた紫色のコイルばねのプラスチック製ループにつなげた屋敷の鍵を取りだした。レイチェル用のスペアキーだったもので、これだけは唯一没収されずにすんだ。屋敷を追いだされて数週間後に、まさしくこのスウェットシャツのポケットに突っこんだままになっていたこの鍵を見つけた。もし鍵が使えなくなっていたら、裏のガラス窓を一枚割るしかない。

ところが鍵は開いた。鍵がカチャリとまわり、履き物を置く部屋に足を踏み入れると、現実離れした感覚にふっと襲われた。長いあいだ使われなかったために、この部屋にはじめじめした空気が充満している。あまりに真っ暗なため、感覚を頼りに壁を伝ってドアまで進んだ。ドアを押し、キッチンへ入った。

大理石の床、みかげ石のカウンター、キッチンの作業台の上よりはオペラ劇場の大ホールにでも掛けるほうがずっとふさわしいクリスタルのシャンデリア。レイチェルはかつてこの部屋が大嫌いだった。ドウェインのりゅうとした身なり、洗練された物腰は貧しい生い立ちをカモフラージュするためのもので、自分が偉くなったと感じるために身のまわりを豪華絢《ごうかけん》欄《らん》に飾りたてる必要があったのだ。ドウェインはこの屋敷のけばけばしさを気に入っていた。

あたりは暗かったが、キッチンの作りをよく知っているので、カウンターを悠然とまわり、屋敷の裏側を占める娯楽室の入口へ続く通路へ出る。まわりに人家はないものの、履いている重たい靴の足音をたてないように静かに動く。引き戸式のガラスのドア越しにかすかな月の明かりが射しこみ、すべてが昔のままに保たれているのが見える。いま見ても悪趣味なソファと揃いの椅子は八〇年代の売春宿を思い起こさせる。屋敷に満ちる重苦しい静寂のなかで、部屋を突っ切り、懐中電灯の明かりを頼りに裏の廊下へ出て、ドウェインの書斎にたどりついた。

ゴシック・スタイルの家具調度、厚地のカーテンといった気取った部屋は、こうしたものが英国王室の好む様式だというドウェインの考えから造られた。懐中電灯の光を当ててみると、動物の頭部の剝製は排除されたようだ。ケネディのチェストも見当たらない。

さてどうしたものか？　少々危険だが、緑のシェードがついた机の上のランプの明かりをつけてみることにした。机上の書類はなくなっていた。かわりに新しい電話機、パソコン、なんの変哲もないファクスの機械が置かれている。写真でケネディ・チェストが置かれていた戸棚のあたりに目をこらしてみるものの、そこには折り重なった本があるだけだ。レイチェルは落胆した。部屋じゅうを探してはみたが、チェストがこの部屋からなくなったという結論に行きつくのに時間はかからなかった。

机のランプの明かりを消し、キャル・ボナー夫妻が写真におさまっていたカウチの上にぐったりと座りこんだ。すべてが八方ふさがりのいま、このことだけがうまくいくと本気で考えているのか？　まあ、ほかの部屋も探してみるほかはない。チェストをどこかに持ち去ったわけではなく、ただ置き場所を変えただけだと信じたい。

懐中電灯の明かりを頼りに、居間やダイニング・ルームを急いで調べ、ロビーや、幸いにも点灯されていないナイトクラブのような噴水を通りすぎた。ロビーは二階部分までの吹き抜けになっている。階上の各寝室は金メッキの細工を施した鉄製のバルコニーに面している。カーブした階段を上りながら、三年の月日が流れておらず、まだドウェインが生きているという錯覚にとらわれた。

ドウェインとは、彼が最初に中西部の布教運動を行なっていたときに初めて出会った。ケーブル・テレビの視聴者に対する宣教を目的とした十八の都市での放映の一環として、インディアナポリスに立ち寄ることになっていたのだ。所属する小さな教会のメンバーのほとんどがボランティアの活動を引き受けることにしており、レイチェルも舞台裏の雑用係を割り振られていた。あとになってわかったことだが、その仕事は若い女性ボランティアのなかでもとりわけ魅力的な女性にだけ与えられる任務だったらしい。

当時二十歳の彼女は、宣教運動のスタッフからあらかじめ選び抜いた祈禱カードの束をドウェインに届ける役目を言い渡され、身にあまる幸運に信じがたい気持ちを抱いた。あの高名なテレビ伝道者に間近でまみえることができるなんて！　彼の更衣室のドアをノックする手がぶるぶる慄《ふる》えて仕方なかった。

「お入り」

おずおずとドアを開けると、その隙間からG・ドウェイン・スノープスが照明付きの鏡の前でふさふさとしたブロンドの髪を銀メッキの櫛《くし》でとかしているのが見えた。鬢《びん》のあたりにうっすら白髪が混じっているのがなんとも魅力的だった。鏡越しに微笑みかけるドウェインの強烈なカリスマ性に、レイチェルは激しい衝撃を覚えた。

「なかへお入り」

胸は激しく高鳴り、掌はじっとりと汗ばんでいた。レイチェルは眩暈《めまい》を感じ、圧倒されていた。振り向いて満面の笑みを浮かべたドウェインに、息をするのも忘れ、見入った。ドウェイン・スノープスについての知識は持っていた。ノース・カロライナのタバコ・ブローカーだった彼は十年前に神のお告げを聞き、放浪の福音伝道者として旅に出た。三十七歳のいま、ケーブル・テレビの恩恵を受け、国内ではもっとも早く福音伝道者としての地位を確立していた。

聞く人を魅きつけてやまない声、際立った美貌、愛嬌のある微笑、特徴ある個性。こうした彼の資質はテレビにはじつにおあつらえむきだった。女性たちはみな彼に夢中になり、男性は親しみを覚えた。聴衆の大半を占める貧民、高齢者たちは将来の健康と富と幸福を約束する彼の言葉を信じた。堕落した八〇年代のテレビ伝道者とは違い、彼は視聴者たちから全幅の信頼を得ていた。

人はみずからの欠点を率直に認める人間には信頼を寄せるのが常である。彼は少年のような真剣な態度でアルコールに対する嗜好を告白した。それによれば十年前に神のお告げを聞き、アルコールへの嗜好は克服したという。また彼は美しい女性に弱く、この部分の克服にはいまも努力中であるとも打ち明けた。みずから認めるとおり、彼の最初の結婚は彼の女遊びが原因で破綻《はたん》したという。彼はテレビの前の視聴者に向かって、私が女性への耽溺《たんでき》を克服しつづけられるようにみなさんもどうか祈ってほしいと頼んだこともあった。彼のスタイルはジミー・スワガートの地獄の業火・永遠の断罪を軸とした説教と、ジム・バッカーの温かな神の愛・豊かさ、繁栄を説く説教との折衷《せっちゅう》だった。キリスト教のテレビ伝道の世界において、これは無敵のコンビネーションといえる。

「なかへお入り」ドウェインは促すようにいった。「取って食うわけじゃないんだから。少なくとも誓いの祈りがすむまでは大丈夫」少年のような茶目っ気に、レイチェルはたちまち魅入られた。

レイチェルは祈禱カードの束を手渡した。「こ、これをお渡しするようにことづかりました」

ドウェインは祈禱カードには目もくれず、レイチェルだけをひたと見つめた。「きみ、名前は?」

「レイチェル。レイチェル・ストーンです」

ドウェインは微笑んだ。「今日は神は私に間違いなく祝福を与えられたよ」

それが馴れ初めだった。

その夜レイチェルが他の信者たちとともにバスに乗りこむことはなかった。ドウェインの側近が祖母に近づいて、ドウェインが神からのお告げを聞き、今後の旅には彼女を同行させることになったと知らせた。

レイチェルの祖母はある時期体をこわしていた。祖母が支えを必要としていることを認識したレイチェルは家にいて祖母の面倒をみるためにインディアナ州立大学への奨学金さえ断わっていた。地元のコミュニティ・カレッジで各学期にいくつかのコースを選択するという程度の学問では、彼女の深い知的好奇心を満足させることはむずかしかった。だが彼女にとって祖母はかけがえのない存在だったので、その選択を悔やんだことはなかった。

　レイチェルはドウェインの側近に宣教旅行にたとえわずかな期間でさえ同行することはできない旨は伝えてあった。だが祖母のほうがレイチェルを説得した。神の思し召しに耳を傾けないわけにはいかないというのだ。

　その後数週間、ドウェインはレイチェルに対し優しい配慮を尽くしてくれ、彼女も心からそれを受け入れた。朝な夕なに祈るドウェインのそばにひざまずき、彼女は人の魂の救済という彼の任務への確固たる献身ぶりを目の当たりにした。彼の信仰のなかに潜む悪魔がいかに複雑怪奇であるか、それを彼女が認識するまでにはその後数年の月日が必要だった。

　ドウェインがなぜ自分に魅力を感じたのか、皆目理解できなかった。痩せっぽちで、ひょろりとした赤毛の小娘。よく見ればきれいな部類に属するとはいえ、決して典型的な美人ではない。ドウェインはセックスを強要することもなかったし、帰宅することが決まって間もなく彼から結婚を申しこまれたレイチェルは驚愕した。

「どうして私なんかに？　あなたならどんな女性でも選り取り見取りでしょうに」

「きみを愛しているからだよ、レイチェル。きみの無垢《むく》さ。きみの善良さ。きみにはいつもそばにいてほしいんだ」祈禱の際、ときおり彼の目にあふれる涙が、きらきらと光っていた。

「きみさえいれば、私は神の道を過《あやま》たずにすむ。私にとってきみは天国へのパスポートなんだよ」

レイチェルはまだ、彼の言葉の持つ不吉な一面を理解していなかった。みずからの罪が神によって救済されていないと思い、それを浄化してくれる相手を彼が必要としていたという事実である。それから二年たってエドワードを身ごもったレイチェルはようやくロマンチックな夢から醒《さ》め、ドウェインの正体を知ることになった。

彼の神への信仰は深く揺るぎないものではあったが、その知性はきわめて偏狭なもので、神学をより高度な視野からとらえてみたいというような興味はまるで持ち合わせていなかった。聖書に対する自分なりの知識はあっても、その矛盾を認知したり、聖書の持つ複雑さに悩み、苦悶することはなかった。それどころか、文脈のなかから一節だけを取りだしては、意味を歪曲させ自分の行動を正当化するために使ったりした。

ドウェインはみずからの魂には本質的な悪が宿っていると信じていた。それでも同時に自分は多くの民の魂を救済するためにこの世に遣わされた人間なのだという信念は強く、その手法の道義については一度として疑問を抱いたことはなかった。その胡乱《うろん》きわまりない募金集めの手段にしても、贅沢《ぜいたく》なライフスタイルにしても、まやかしの神癒にしても、すべては神の思し召しだというのである。

ドウェインの名声は急激に高まり、表の顔の下に、みずからの魂は呪われているという固い信念が潜んでいることは、レイチェル以外誰ひとり知る者はなかった。彼はすべての民《たみ》を救済できても自分を救済できなかったのだ。それがレイチェルに課せられた務めであり、ついには自分を救済してくれないといって彼はレイチェルを責めるようになっていった。

懐中電灯の明かりが、主寝室のドアを照らした。レイチェルはこの部屋に入ったことはわずかしかない。彼女が性的な欲望を持つことは、ドウェインの目には裏切りと映った。その純潔さゆえに結婚したというのだ。自分が欲望を持つことはあっても、彼女が欲望を抱くことは許せなかった。そうした欲望の対象として、ほかに何人かの女性の存在があった。数はそう多くはなかった。ときには悪魔の影響を受けない時期もあったからだが、永遠に呪われた男なりの数ではあった。レイチェルは不幸な記憶を振り払うように、ドアのノブをまわした。

キャル・ボナー夫妻がチャペル・ヒルに住んでいるので、屋敷は無人のはずだった。だが部屋に一歩足を踏み入れた瞬間、それが間違いだったとわかった。ベッドのきしむ音と寝具の擦れ合う音……恐怖の声とともに、レイチェルは懐中電灯の明かりをまわした。

光線のなかにガブリエル・ボナーの淡い銀色の瞳が浮かびあがった。

彼は何も身につけていなかった。紺色のシーツは下のほうにまとまり、引き締まった腹部や筋肉質なヒップがあらわになっている。長すぎる黒い髪はもつれ、細っそりした頰にはうっすら無精髭が伸びている。全腕に体重をかけ、光のほうをまっすぐににらんでいる。「なんの用だ?」寝覚めで声はかすれているが、視線には断固たる強さがある。

なぜ、ゲイブがいる可能性を考えてみなかったのだろう。アニーのコテージは彼にとってあまりに思い出がありすぎる場所だとイーサンもいっていたではないか。たしかに、この家にはなんの思い出もないはずだ。しかしここに彼がまさか移り住んでいるとは、思いもしなかったのだ。肉体の栄養が不足して、推理力さえ衰えてしまったのだろうか。

レイチェルはこの家に押し入った理由を考えつこうと躍起になった。ゲイブはまるで光を凝視しようとでもいうように目を細めた。だがそれは光に目がくらんだためだと、レイチェルは気づいた。彼は侵入者が誰かまだ知らないのだ。

驚いたことに、ゲイブはベッド脇に置いた時計のほうを向き、蛍光の文字盤をにらんだ。

「くそ、寝ついてまだ一時間しかたっていないのに」

レイチェルは彼の言葉の意味がまるで理解できなかった。一歩あとずさりながらも、裸の脚をベッドの縁におろそうとする彼の目に光を当てたままにした。「銃を持っているのか?」

レイチェルは答えなかった。ゲイブは何も着ていないのではないかと思った。しかし光線を高い位置に当てているため、細かい部分は見えなかった。

「いいからおれを撃て」ゲイブはレイチェルを直視した。その瞳には一抹の恐怖すらなく、あるのはただ虚無感だけだった。レイチェルの心が戦慄に凍りついた。相手が武器を所持していようといまいと、発砲しようとしまいと意に介さないといった態度。死に対する恐怖をまったく持たない人間がいるものだろうか?

「さあやれよ! やらないんなら、ここからさっさと出ていってくれ」

その声の残忍さにレイチェルは心が凍りつき、その場から逃げだすことしか考えられなかった。とつじょ明かりを消すと、踵《きびす》を返し、廊下に飛びだした。あたりは漆黒の闇だった。手探りでバルコニーの欄干を探し、それを伝いながら階段へ向かった。

階段の一段目に足を掛けたとき、ゲイブが追いついた。「この野郎」腕をつかまれ、壁に押しつけられた。

脇腹と頭部が強く壁にぶつかった。強い痛みが腕から腰に走ったが、頭部を打った衝撃で意識が遠のき、痛みが薄らいでいく。脚から力が抜け、床に倒れこみながらまぶたの後ろで閃光《せんこう》がきらめいた。

ゲイブは倒れたレイチェルの上に覆いかぶさった。むきだしの肌と固く締まった腱《けん》を彼女は感じた。やがてカーペットの上に波打っている長い髪に彼の手が分け入ってきた。

ゲイブは束の間たじろいだが、口汚くののしりの言葉を発しながらよろめきつつ立ちあがった。一瞬後、ロビーの上に下がった八フィートの巨大なシャンデリアが玄関をあかあかと照らしだした。レイチェルは上にのしかかるように立つゲイブの姿を眩惑《げんわく》されたように見あげ、感じたことが正しかったのを知った。彼は一糸纏わぬ裸だった。脳波がかき乱されるような激しい眩暈を感じながらも、レイチェルの視線は彼のもっともむきだしの部分に下りていき、総力を結集して危機脱出を図るべき瞬間だというのに、気持ちが乱れた。美しい肉体である。ドウェイン以上の巨根。太さでもまさっている。朦朧《もうろう》とした意識のなかにあってさえ、レイチェルは手を触れたいという欲望を覚えた。

ドウェインはレイチェルの性的な好奇心を決して満足させてくれなかった。情欲は彼だけに許されたものであり、レイチェルが持ってはいけないものだった。彼女は天国の門番であり、神を敬う心だけを抱くべきであって、情欲などもってのほかだった。彼を愛撫することも許されなかった。ああもしたい、こうもしたいと夢想していたことはすべて禁止された。ただじっと横になり、彼を受け入れながら、その魂の救済を祈念していなくてはならなかった。

ボナーはそばでひざまずき、近いほうの脚を曲げ、視界を遮った。「いくつだ?」

「ひとつよ」レイチェルはやっとの思いで答えた。

「焦点を合わせてみろよ、レイチェル。掲げた指の数をいってみろよ」

指ですって? 指がいったいどうしたというの? レイチェルは不満げにうなった。「あっちへ行って」

その言葉を受けて彼はたしかにそばを離れたが、一瞬後にはレイチェルの懐中電灯を持って戻ってきた。ふたたびひざまずいた彼はそれを点灯し、彼女のまぶたをはがすように開き、眼球に光を当てた。レイチェルは顔をそむけようとした。

「じっとして!」

「ほっといてよ」

ゲイブは懐中電灯の明かりを消した。「瞳孔は収縮している。頭部損傷はないようだ」

「あなたに何がわかるっていうのよ。獣医のくせに」それも裸の獣医。起きあがりながらレイチェルはまた文句をいった。

ゲイブは彼女の体を押し戻した。「もう少しじっとしてろよ。すっかり回復したら警察に電話して逮捕してもらうから」

「何いってるのよ」

ゲイブは彼女をじっと見おろし、溜め息をついた。「まじめな話、きみは態度をあらためる必要があるね」

「うるさいわね。あなたが私を逮捕させるわけないのよ。それは私もあなたもよくわかっている。だからばかな考えはお捨てなさいな」

「なぜそういいきれる？」

「あなたには警察を呼ぶだけの関心がないからよ」

「ぼくに関心がないと思ったから真夜中にこの家に押し入ったのかい？」

「それは少しあったかもしれないけれど、それだけじゃないわ。あなたはなんにつけ、関心を持たない。ついでに訊くけど、その理由はなんなの？」

答えが返ってこないことは意外ではなかった。だんだん気分も落ち着いてきた。「ねえ、よかったら服を着ていただけない？」

ゲイブは自分が裸であることを失念していたかのように自分の体を見おろし、やがてのろのろと立ちあがった。「気になる？」

レイチェルは息を詰まらせながらいった。「全然」彼のもっとも男性的な部分に視線が向いてしまう。たんなる思いこみなのか、それはさらに大きさを増しているように見える。またしても頭が朦朧としてくる。結局頭部に損傷があるのかもしれない。ただその朦朧とした感じは頭のなかではなく、脚や腹部や胸のあたりにあるような気がする。

「レイチェル？」

「え？」

「すごい目で見てるよ」

はっと上を見あげたレイチェルは頬が紅潮するのを覚えた。そういう反応を示した自分に対してレイチェルは怒りを覚え、彼の口角がかすかに引きつるのを目にして、苛立ちはさらにつのった。『ミスター不機嫌』の笑いの感覚を刺激するものがやっと出現したのだ。困ったことに、それは彼女だった。

レイチェルは四苦八苦しながらようやく起きあがった。「何か身につけてちょうだいよ。そんな素っ裸見てると気分が悪くなるから」

ゲイブは両手を腰に当てた。「自分が侵入者のくせに！　寝室でぐっすりと眠っていたところへ押し入ってきたのはきみだよ。ところで侵入の目的を聞かせてもらおうか」

レイチェルはよろめきながら立ちあがった。「もう帰らなくちゃ」

「いいともさ」

「ほんとよ、ボナー。もう遅いし、あなたの裸を拝めてよかったけれど――」

「さあ早く」ゲイブはレイチェルを寝室に導き入れ、スイッチをたたくとまたひとつクリスタルのシャンデリアが生き生きとまばゆい光を放った。

「やめてちょうだい」

「黙って」ゲイブはレイチェルを押すようにしてベッドに座らせた。ベッドはテレビ伝道師の王者にふさわしい大きな台座の上にしつらえられている。ゲイブはかつて彼女の部屋に置かれていた、背もたれがまっすぐな椅子に掛けてあったジーンズをつかんだ。片足ずつジーンズに脚を入れるその動作を、レイチェルはじっと見守っていた。彼が下着など身につけていないこともぬかりなく観察した。ドウェインはロンドンでわざわざあつらえたペイズリー柄のシルクのボクサー・パンツをはいていた。ゲイブがジッパーを引きあげるとき、レイチェルは失望の溜め息を抑えきれなかった。いやなやつだが、たしかに魅力的な肉体の持ち主ではある。

彼の存在のなかに焦がれるような情欲を感じているという認識がレイチェルの気持ちをさらに重くした。長いあいだこの世のありとあらゆることに対して無感覚だった。それがここへきてなぜ急に感覚を取り戻したのだろう？　そして、なぜまた彼にそれを感じるのだろう？

レイチェルはしゃにむにゲイブから目をそらし、部屋のなかを素早く見まわした。ケネディのチェストは見当たらないものの、家具調度は記憶のままに暗い色調の重厚なしつらえだった。優雅なドレープを見せる赤のベルベットのカーテンと金と黒のタッセルが窓を覆っている。売春宿に行った経験はないが、この部屋はまさしく売春宿にぴったりだとつねづね思っていた。

そのなかでも最悪なのは、ベッドの上にかかる赤のベルベットの天蓋《てんがい》に囲まれた鏡である。ドウェインがここにほかの女性を連れこんだことはなかったし、彼女と性的交渉を持つときは明かりを消していたので、彼がこの鏡によってどんな倒錯した興奮を覚えていたのかは、想像するしかなかった。結局たどりついた結論は、神の思し召しによって夜のうちに地獄に送られたのではなかったことを確かめるために、彼は目覚めた瞬間におのれの姿を見る必要があるのではないかということだった。

「ようし、レイチェル。ここに入った目的をいってもらおう」

なかには、口でいくらいってもだめで、見せなくては承知しない類いの男もいるのだとレイチェルは悟った。「もう遅いわ。今度話す」ゲイブがすぐ隣に近づいた。その無慈悲な表情を見上げたとき、慄えが走った。「私、ほんとうに気分がよくないの。やっぱり頭部に損傷があるんじゃないかしら」

ゲイブはレイチェルの顔をさっと撫《な》でた。「鼻が冷たいから大丈夫だ」

今度はコメディアンの要素か。「あなたには関係のないことよ」

「またそれか」

「これは私の過去に関係があることで、私の過去にあなたは関わりを持っていないでしょう」

「いいかげんな話はたくさんだ。本当のことを話すまで帰さないぞ」

「郷愁に浸っているだけよ。屋敷には誰もいないと思ったの」

ゲイブは親指をベッドの上にかかる天蓋のなかの鏡に向けた。「ここにいろいろと思い出があるんだね？」

「ここはドウェインの部屋だったの。私の部屋ではなかったわ」

「きみの部屋はきっと隣だな」

レイチェルはうなずきながら、ここの隣に自分で作りあげた美しいやすらぎの空間を思い浮かべた。桜材の家具、組みひもの敷物、淡いブルーの壁紙に真っ白の縁取り。なつかしいあの寝室と子ども部屋だけがドウェインの刻印をまぬがれた。

「どうやって入った？」

「勝手口には錠がおりてなかったの」

「嘘だ。錠はおれが自分でおろしたから間違いない」

「ヘアピンで錠をこじ開けたのよ」

「きみの髪にヘアピンがあったことはない」

「わかったわよ、ボナー。頭がとてつもなく切れるというんなら、私がどうやって入ったかいってみてよ」

「錠をヘアピンでこじ開けるっていうのは、映画で見るとさまになってるけど、現実の生活ではあまり実際的とはいえない」彼はまじまじとレイチェルの顔を見つめていたが、反応する暇も与えないほどに素早く動き、彼女の体の両脇にそって掌を滑らせた。彼がスウェットシャツのポケットのなかの鍵を見つけるのに、いくらもかからなかった。

ゲイブは鍵をレイチェルの目の前でゆらゆらと揺らした。「立ち退きのとき、いいあんばいに提出し忘れた鍵だな」

「返してちょうだい」

「返すとも」ゲイブは皮肉たっぷりにいった。「この屋敷に泥棒が入ったと聞けば、兄もさぞや喜ぶだろうよ」

「この家に私が盗みたくなるものがあると、本気で思っているの？」レイチェルはスウェットシャツを肩にはおりなおしたが、腕を刺すような痛みが駆け抜け、たじろいだ。

「どうかしたのか？」

「どうかした、ってどういう意味よ？　私を壁に投げつけたくせに！　腕が痛むの！」ゲイブの顔に罪の意識がかすかに浮かんだ。「ちくしょう。相手がきみだと知らなかったんだよ」

「言い訳にならないわ」驚くほど優しい手が彼女の腕をさすり、傷の具合を調べはじめたので、レイチェルはまたしてもひるんだ。

「もしきみだと知っていたら、バルコニーまで投げ飛ばした。こういったら気分が悪い？」

「悪いに決まってるでしょ！」

「なんだよ。まるでだだっ子だな」

レイチェルは足を上げ、彼の向こう脛を蹴《け》った。だがあまりに至近距離だったため、ダメージを与えるにはいたらなかった。

そんな行動は無視して、ゲイブは彼女の腕を離した。「ただの打撲だと思うけど、念のためにレントゲンは撮ったほうがいいね」

レントゲン写真を撮る費用がまかなえるとでもいうのだろうか？「何日かたっても痛むようならね」

「少なくとも吊り包帯で吊るしておかなくちゃ」

「あげく職務不履行で解雇されるというわけね。それはだめよ」

ゲイブはまるで忍耐力の最後の残りをかき集めるように深々と溜め息をつき、苦しげな口調でいった。「解雇はしない」

「お情けは結構よ！」

「御しがたいやつだよ、きみは！　こっちはなんとか感じよく接しようと努力しているのに、返ってくるのは口答えばかり」

彼がジーンズを身につける前の姿が胸をよぎる。レイチェルはまたも、まじまじと彼の顔に見入っている自分に気づいた。ゲイブも見つめ返した。レイチェルは乾いた唇を舐《な》めた。

　ゲイブは何かをいおうとするように唇を開いたが、それがなんだったか思い出せなくなった。彼は掌で太腿を擦った。レイチェルはこの唐突で不可解な緊張感に耐えられず、呪縛《じゅばく》を振りきるかのように、しゃにむにベッドから立ちあがった。

「ついていらっしゃいよ。ここを案内してあげるわ」

「おれはここに住んでいる。案内してもらいたいはずがないだろう」

「この屋敷の歴史について多少なりとも見識が増すようによ」じつはチェストを探すためにほかの部屋を見てまわりたいというのが本音である。

「ここはジョージ・ワシントンの旧居じゃない」

「いいから。この屋敷を見たくてたまらないの。ほかにすることもないから、いいじゃないの」

　また眠りに就きたいという答えが返ってくるものと予想したが、そうではなかった。先刻時計を見ながら彼が発した言葉を思い出す。「真夜中に屋敷見物って、不眠症にはうってつけの療法なの」

「ぼくが不眠症って、どうしてわかる？」

　やはり推測は当たっていた。「私、霊感があるの」

　レイチェルはドウェインのウォークイン・クローゼットに向かい、ボナーの抗議の声を聞く前に扉を開けた。きちんと並んだ棚や半分空の洋服掛けに視線を走らせる。メンズ・スーツが何枚かかかっている。ゲイブのだろうか、それとも兄のものなのだろうか？　明らかにゲイブのものと思しき黒っぽいスラックスやワーク・シャツが見える。ひとつの引き出しにジーンズ類が突っこんである。もうひとつの引き出しにはTシャツが入っている。チェストは見つからない。

ボナーが背後から近づいた。クローゼットに入ったことを咎められる前に、レイチェルはいった。「ドウェインはここにデザイナーもののスーツや高価なシルクのネクタイや、人が一生かけても履ききれない数のハンドメイドの靴を並べていたわ。いつでも盛装している人だった。この屋敷でくつろいでいるときでさえもね。くつろぐことはあまりなかったわ。仕事中毒だったから」

「気を悪くしないでほしいんだが、ぼくはドウェインのことなんて、これっぽっちも興味ないんだよ」

それはレイチェルも同じだった。「見物もだんだん楽しくなるわよ」

レイチェルは廊下へ出て、客用寝室を通り、各部屋に泊まった著名な政治家の名前をあげたりした。その話の大部分は真実だった。ゲイブはときおり何かを推《お》し量るような顔でレイチェルを見つめつつ、何もいわずにただあとをついてきた。レイチェルがなんらかの目的を持っていることには明らかに気づいてはいるものの、それが何かまではわからないのだ。残るはあとふた部屋――彼女の部屋と子ども部屋だけとなったが、まだチェストは見つからなかった。子ども部屋のドアに近づいたレイチェルの前に突然彼の手が伸び、ノブをまわそうとする彼女の手を覆った。

「見物は終了だ」

「でもここはエドワードの部屋だったのよ。見たいわ」なつかしい自分の部屋も見たい。

「送っていくよ」

「あとで」

「いまだ」

「わかった」

レイチェルが簡単に折れたことが、意外だったらしい。ゲイブはしばしためらったが、うなずいた。「服を着るあいだ待っててくれ」

「どうぞごゆっくり」

彼は踵を返すと寝室に戻った。レイチェルはくるりと振り向いて、子ども部屋の扉に手をかけた。

「見物は終了だといったはずだ」ゲイブの声が背後から響いた。

「あなたってほんとに変な人よ！　ここには私の幸せな思い出がぎっしり詰まっているの。だからもう一度見たいのよ」

「感動してウルウルきちゃうね」ゲイブはゆったりした口調でいった。「来いよ。服を着るのを手伝ってくれ」彼は子ども部屋のなかを見る前にドアを閉め、レイチェルを強引に寝室へ連れていった。

「どうかおかまいなく。歩いて帰るからいいわ」

「どっちが変わり者なんだか」

それは当然の言い分で、それを認めつつも胸が痛んだ。しかしこれほど至近距離にいながら、屋敷の残りの部分を見ることができないのはどうにも歯がゆい。彼はなかに入るとドアを閉め、ウォークイン・クローゼットへ向かった。

レイチェルはゲイブが鍵をベッドサイド・テーブルの上に置きっぱなしにしていることに気づき、それを急いでポケットにしまい、ベッドの支柱にもたれた。「私の部屋をちょっとだけのぞいてもいいかしら？」

ゲイブはデニムのシャツのボタンを留めながら姿を現わした。「だめだ。義理の姉がここに滞在するとき書斎として使っているんだよ。きみが部屋を汚したりしたら、姉はいい気分じゃないだろうからね」

「誰が汚すなんていった？　ひと目見たいだけよ」

「だめだ」ゲイブは床からスウェット・ソックスを拾いあげ、それを履いた。レイチェルは彼が靴を履く様子を見ながら、部屋の向こう側の端にあるバスルームに目を向けた。バスルームはこの部屋と彼女の部屋をつないでいた。

「お兄さまご夫婦はどのくらいの頻度でこちらへいらしてるの？」

ゲイブは立ちあがった。「そう頻繁ではないよ。ふたりともここがあまり好きではないからね」

「どうしてここを買ったの？」

「人目を避けるためさ。兄たちは結婚直後三カ月ほどここに住んでいた。だけどそれ以来ここにはあまり来ていないね。キャルはそのころシカゴ・スターズとの契約が切れつつあった」

「いまは何をなさってるの？」

「兄はノース・カロライナ大学の医学部に入ったよ。姉はそこで教鞭《きょうべん》をとっている。近いうちにここは改修するんじゃないかな」ゲイブは立ちあがった。「それで、なぜきみとドウェインは同じ部屋で寝ていなかったんだい？」

「いびきをかく人だったの」

「はぐらかすのはよしてくれ、レイチェル。そんな話が通用すると本気で思ってるのか？ぼくらのあいだで率直な会話が交わされるようになってもまだ、そんなふうにはぐらかすつもりなのかい？　それともずっと嘘ばかりいいつづけてきたから、真実が口にできなくなっているのか？」

「私は正直者ですったら！」

「ばかいえ」

「私たちが同じ部屋で寝なかったのは、彼が誘惑を嫌ったからよ」

「何に対する誘惑？」

「なんだと思う？」

「きみは彼の妻だったんだろう」

「それも処女妻よ」

「きみには子どもがいるじゃないか、レイチェル」

「状況からして、子どもが授かったのは奇跡みたいなものよ」

「たしかG・ドウェインは女好きという評判だったよな。彼がセックスを嫌っていたとでもいうのかい？」

「セックスは大好きだったわよ。売春婦が相手だとね。妻は汚れなき存在でいなければならないという考えだったの」

「狂ってるよ」

「そうよ。ドウェイン自身、狂った人だったわ」

少しは同情してほしかったが、ゲイブはふくみ笑いをしただけだった。

「なによ、ボナー。エドワードの部屋も見せてくれないなんて、ひどいじゃないの」

「人生は過酷なものさ」ゲイブはドアに向かって首を傾けた。「行こう」

ここで論争しても始まらないし、鍵を取り戻せたので、確実に誰もいないときを見計らってまたここに来ればいい。レイチェルはそう思い、ゲイブのあとをついてガレージまで行った。そこには長くて濃い青のメルセデスとゲイブのほこりっぽくて古ぼけた黒の小型トラックが駐められていた。

レイチェルはメルセデスを顎で示しながらいった。「お兄さまの？」

「おれのだよ」

「なによ、あなたって本当はお金持ちだったのね？」

ゲイブは鼻を鳴らし、小型トラックに乗りこんだ。数分後には車道から『祈る手』の門を抜けていた。

時間はもう午前二時に近く、ハイウェイは走る車もなかった。レイチェルは疲労困憊《こんぱい》していた。車のシートにもたれながら、貴重な自己憐憫《れんびん》のひとときに身をゆだねた。考えてみれば、最初に雑誌の写真を目にしたときとくらべて状況はまったく変わっていないのだ。はたしてあのチェストがこの屋敷のなかにあるのかさえいまだ見当もつかない。だが少なくとも鍵は取り戻せた。自分が鍵を持ち去ったことに、ゲイブが気づくまでにどのくらい時間があるのだろうか。

「くそ!」

ゲイブが急にブレーキを踏んだので、レイチェルの体は前方に倒れこんだ。アニーのコテージがあるハートエイク・マウンテンへの曲がりくねった細い道を塞ぐように、何か真っ赤に輝く幾何学的な形をした物体が、六フィートばかりの高さにぬっと立っている。その光景があまりに唐突で不気味だったので、その正体をにわかには受け入れられない気持ちだった。だがそんな心の麻痺《まひ》も長くは続かなかった。レイチェルは視界がとらえた物を識別するために思考力を集中させた。それはくすぶりながら燃えつきようとしている木の十字架だった。

9

レイチェルの背筋を氷のように冷たい痛みが這《は》いおりた。彼女はささやくようにいった。

「私が怯《おび》えて逃げだすように、誰かが十字架を焼いたのよ」

ゲイブはトラックのドアを開けて外へ飛びだした。ギラギラしたヘッドライトのなかで彼が降り注ぐ火の粉を浴びながら十字架を蹴って倒す様子をレイチェルは見守っていた。膝をがくがくさせながら、レイチェルも車を降りた。ゲイブがトラックの荷台からシャベルを取りだし、くすぶる十字架を壊して細かくしていくのを見ながら、レイチェルは掌がじっとりと汗ばんでくるのを感じた。

「歓迎の挨拶はチョコレートケーキにしてほしかったわ」レイチェルがかすかな声でつぶやいた。

「冗談ですませられることじゃない」ゲイブは黒焦げになった木片をすくいあげては、道路脇に移していく。

レイチェルは下唇を嚙んだ。「冗談でもいわなくちゃ仕方ないのよ。ほかには何も考えられないんですもの」

シャベルにかけた彼の手がぴたりと止まり、その表情は深い憂いに翳《かげ》った。話しはじめたその声は、ヘッドライトの外に広がる夜の闇のような優しく暗い響きを伴っていた。「どうする、レイチェル？　この先どう切り抜けていく？」

レイチェルは胸の上で組んだ腕を力強く握りしめた。こんな夜中に十字架が燃えているという状況にもかかわらず、その質問は奇異に聞こえなかった。「何も考えない。自分だけを信じ、誰にも頼らない」

「なんてことだ《ゴッド》……」ゲイブは首を振りながら溜め息をついた。

「神は死んだのよ、ボナー」レイチェルは冷笑的な笑い声をあげた。「あなたはまだ気づかなかった？」

「本気でそう思ってるのか？」

レイチェルの心のなかで何かがはじけた。「私は正しい行ないをしてきた！　神のみ言葉にそった生き方をした！　週に二回教会に通い、日ごと朝な夕なに祈りを捧げた。病める人を気づかい、貧しい人に施しもした！　隣人に厳しい態度で接することもなく、いつも最善の努力を惜しまなかった。それなのに私はすべてを失った」

「神とサンタクロースを混同しているんじゃないのかい？」

「お説教なんてたくさんよ！　偉そうにご託を並べないでちょうだい！」

ヘッドライトの青白い強い光のなかで、両脇に拳《こぶし》を握りしめて立つ目の前のレイチェルの姿を見ながら、ゲイブはこれほどに猛々しく原始的な人間の表情は初めて目にした気がした。背は高いが体つきは華奢《きゃしゃ》といってもよいほどである。壊れそうな痩躯《そうく》と顔の大部分を占めているような大きな緑の目。口は小さく、唇は熟れすぎの果物のように赤くふっくらとしている。背後の光を受けて、もつれた髪が顔のまわりで異教の火の神の頭光のように輝いている。

普通なら滑稽《こっけい》な風采といえるだろう。塗料のはねがついたぼろぼろのワンピースが痩せた体にぶらさがり、大きくてぶかっこうな靴は華奢な細い足首にはまるで釣り合わず、見苦しいほどだ。それなのに彼女は壮烈な威厳を保ちながらみずからを支えている。ゲイブは彼女のきわめて本質的な要素に惹きつけられた。それは自身の体のなかに息づく痛みなのかもしれず、それゆえ抗《あらが》いがたいものを感じた。家族を失って以来なにひとつ欲望を感じたことのなかった彼の心に、レイチェルを求める欲望が宿った。

どう動いたかはまるで憶えがなかったが、気づいたときにはレイチェルを腕に抱き、掌の下に彼女の体を感じた。その肉体はかぼそく、はかなかったが、彼の精神のように荒廃してはいなかった。彼女を守ってやりたい、抱きたい、なぐさめてやりたい、めちゃめちゃにしてやりたい。そんないくつもの思いがいちどきにどっと押し寄せた。混沌としたさまざまな感情が心の痛みにからみつき、さらに苦悩を深めていく。

ゲイブの上腕にレイチェルの爪が当たり、食いこんで痛んだ。ゲイブはレイチェルの臀部《でんぶ》をつかみ、強く引きつけた。唇と唇がさっと触れ合った。やわらかく、快い感触だった。ゲイブは頭を反らせながらいった。「きみを抱きたい」

レイチェルの頭が動いた。それはうなずきだとゲイブは気づいた。彼女がいとも簡単に承諾したことに、ゲイブは激しい怒りを覚え、苦悩に満ちた緑の瞳を上からにらみつけてやろうと、彼女の顎を握り、引きあげた。

「今度もまたスノープス未亡人のわが子のための自己犠牲というわけか」ゲイブは吐き捨て

るようにいった。「もういい」

レイチェルは体を離すゲイブの顔を硬い表情で見つめていた。ゲイブはシャベルをつかみ、障害物の撤去作業にとりかかった。二度とこんなまねはしない、と彼女にいったはずだった。魂が闇のなかでさまよっていたあの夜、彼女に暴行しようとしたあと、二度と彼女に近づかない、とみずからに誓ったはずだった。

「自己犠牲なんかじゃないと思うわ」

ゲイブの動きが止まった。「なんの話をしている?」

レイチェルは肩をすくめた。「あなたの魅力的な肉体よ。見ずにはいられなかったわ」

「こんなまねはよせ、レイチェル。強気な態度で自分を守ろうとしたりするな。本音で話をしろよ」

熟れた苺《いちご》のような下唇が慄えたが、強靭《きょうじん》な精神がそれを認めようとはしなかった。深く息を吸いこみながら、みすぼらしいワンピースの身ごろの下で小さな乳房が盛りあがった。

「もしかすると、聖女とベッドをともにすることにしか興味のない男性以外の相手ってどんな感じなのか知りたいのかもしれないわ」

やはりそうだったか。

「二十七歳なのに、たったひとりの男性しか知らないの。彼はオーガズムさえ経験させてくれなかったのよ。おかしいでしょ」

ゲイブは笑う気分にはなれなかった。それどころか不合理な怒りを覚えた。「今度は探求が目的かい? きみの性的成長のために、ぼくはモルモットの役目を担うのかな?」

赤毛特有の癇癪玉が破裂した。「なによ、自分から近づいたくせに！」

「一瞬魔がさしただけだ」

レイチェルが反撃を試みる様子をうかがっていたゲイブは、彼女の顔に浮かんだ感じの悪いうすら笑いにも驚きは感じなかった。「やっぱりやめとくわ。部屋を暗くして、声を聞かなければほかの人だという気になれるけどね。精力絶倫の男を独り占めっていうのも悪くないわね」

急に湧き起こった怒りの感情は、同じように急速に消えていった。これでよかったのだ。レイチェルは譲歩を知らない、煮ても焼いても食えない女。なぜか結局彼女を傷つけないですんだという事実しか考えられず、ゲイブの気分は軽くなった。

ゲイブはトラックの荷台にシャベルを投げこんだ。あとでここへ戻り、黒焦げの木片を片づければいい、と思った。「行こう」

ラス・スカダーはグライドのコテージに向けて走り去るゲイブ・ボナーのトラックのヘッドライトが遠ざかるのを見守っていた。

「あいつらキスしてたな」そばに寄りながらドニー・ブラジェルマンがいった。

「そうだな。おれも見た」

ふたりの男たちは道路から三〇ヤードほど奥へ入った木立ちのなかに座っていた。ここからではゲイブとスノープスの未亡人とが何を言い争っているのかは聞き取れなかったが、ヘッドライトのなかで歩み寄り、何をしているかは垣間見ることができる距離だった。

ラスが十字架に火をつけたあと、ふたりは十字架が燃えるさまを隠れて見守りながら、今夜二つ目のビールの六本パックを飲んでいた。そろそろ立ち去ろうとしたそのとき、ゲイブのトラックが現われた。ふたりはレイチェル・スノープスの狼狽ぶりをながめて大満足だった。

「あいつはふしだらな女だよ」ラスはいった。「ひと目見たときからそう思ったぜ」

口からでまかせの言葉だった。寺院で警備員として働いていたとき、レイチェルはたいてい子どもと一緒だった。いつも優しく接してくれ、ラスもじつは好意さえ抱いていたのだが、それはすべてがだめになる前の話だ。

はじめはラスにとって何もかもうまくいっていた。寺院で警備を担当していた男が副司令官としてラスを雇い入れた。G・ドウェインのボディガードと建物の警備を任されたとき、「自分もついに重要な任務を任されるような人間になったのか、これでサルベーションの町民にもばかにされずにすむ」と感慨を覚えたものだった。

だがラスもG・ドウェインの失脚と運命をともにするはめになった。寺院関係者だったという過去がわざわいして再就職ができなかった。しかしここには家族もおり、この土地を遠く離れるわけにはいかず、にっちもさっちもいかなくなった。結局妻には愛想をつかされて家を追いだされ、近ごろでは子どもにもめったに会わせてもらえない。あれ以来最悪の人生を歩んでいる。

「まあ、あの女に目に物見せてやったのは確かだぜ」ドニーがいった。

いまでもつきあいのあるのはドニー・ブラジェルマンだけだが、この男の堕落ぶりはラスの比ではない。間の悪いときに笑い声をあげたり、公衆の面前で股ぐらをつかむ悪癖があるものの、大手の石油会社アモコで定職についており、困れば金も貸してくれる。またどんな類いの話も打ち明けられるし、今夜のようなことに協力を頼むこともできる便利な相手でもある。

さしあたってレイチェルをこの町から追いだしたい、というのがラスの望みであり、レイチェルは燃える十字架を見て肝をつぶし、この町に見切りをつけるのではないかと思う。寺院があのような運命をたどったのは大部分レイチェルのせいだというのに、いまさら何食わぬ顔でこの町に戻ってこられてはたまったものではない。その後の顚末《てんまつ》によって実害をこうむった身としてはなおのこと許しがたい。ゲイブ・ボナーのところで働いていたときの仕事を、レイチェルが引き継いだと聞いては、もはや堪忍袋の緒も切れるというものだ。先週いっぱいそのことがずっと頭から離れなかった。

ゲイブがドライブインを買い取ってすぐ、ラスは雇い入れられた。最低の仕事で、ゲイブは人使いの荒い雇主だった。職に就いてものの一、二週間もしないうちに、何度か遅刻したのを理由に解雇された。いやな野郎だ。

「あいつ、絶対びびったぜ」ドニーは股ぐらを掻きながら、繰り返していった。「これほど疎《うと》まれてると知れば、もう尻尾を巻いて逃げだすっきゃないんじゃねえか」

「そうしないとあとで吠え面をかくことになる」とラスはいった。

ジャングルジムにロイヤル・ブルーの錆《さび》止め塗料を塗って三日後、レイチェルはスナックショップの屋根の上でタール紙を貼りつけているゲイブのいるあたりに絶えず視線をさまよわせていた。シャツを脱ぎ、頭にはバンダナを巻いたその胸板は汗と日光できらきら光っている。

背中と腕の力強い筋肉の動きに目を向けるたびに、レイチェルは唇の渇きを覚えた。輪郭のはっきりした、きりりと引きしまったみごとな筋肉である。あの筋肉の上に手を這わせたい、あの汗もなにもかもこの手に感じ取りたい。レイチェルの胸にそんな欲望が芽生えた。

これはもしかすると食べ物のせいかもしれない。きちんとした食事をとるようになってから、肉体にもいきいきとした活力が戻った。こうして彼を見ているだけでは満足できなくなってきているのはそのためなのだろうと思う。食べ物のせいなのだ。

レイチェルは塗料の缶にブラシを浸しながら、自分に対して嘘をつくのはやめようと決意した。路上で交わした曖昧《あいまい》な抱擁がふたりの関係を変えたのだ。一緒にいると、性的な意識のために雰囲気に違和感を覚え、たがいにできうるかぎりふたりきりにならないように努めている。だがどうしても意識してしまう。

レイチェルは暑くなって、ダークグリーンのホームドレスの襟元のボタンをまた一個はずした。裁縫室のクローゼットの奥に流行遅れのホームドレスが何箱もしまいこまれているのをクリスティが見つけだし、レイチェルに譲ってくれたのだ。レイチェルは喜んでそれをもらい受けた。ぶざまなオックスフォード・シューズと一緒に着ると、いまふうといってもいいほどさまになる。一ペニーも使うことなく、乏しかったワードローブがいっきょに豊かになって、レイチェルにとってはありがたいかぎりである。それでも、悪評高いスノープス未亡人が自分の着古した洋服を着ていると知れば、アニー・グライドはどう感じるだろうかという思いが頭をもたげる。

しかしそのドレスも、この瞬間には息苦しいほどに感じられる。それともこの気分はドレスのせいではなく、重いタール紙のロールを移動させているゲイブの筋肉が盛りあがるのを見たためなのだろうか。仕事の手を休めたゲイブを見て、塗装ブラシを持つレイチェルの手が止まった。彼が手の甲を胸に擦りつけながらレイチェルに視線を投げる様子をじっとながめる。どんな目をして見ているのかまでは離れているので見えないが、その視線がまるで銀色の煙のように自分の体にまといつくようにレイチェルには思える。

肌は刺すような刺激を感じていた。ふたりはともに目をそらした。

断固とした決意で、レイチェルは仕事に気持ちを戻した。その日の午後、レイチェルは懸命に欲望を振り払い、かつて住んでいたあの屋敷に戻り、チェストを見つけだす方法を考えるようにした。

今夜の夕食に手作りしたマリナラ・ソースの深鍋《ふかなべ》を掻き混ぜるレイチェルの手が止まった。きっと過酷な体験が過去にあったのだろうと察してはいたものの、これほどとは思ってはいなかったのだ。

「ふたりは即死だったのよ」クリスティはレタスをちぎって淡いピンクのタッパウェアに入れながら、目をあげた。「悲惨な事故だったの」

レイチェルの目に涙があふれ、視界がにじんだ。そんな過去があれば、屈折した人間になっても不思議はない。

「ジェイミーはまだ五歳だったの」クリスティは落ち着かない面持ちでいった。「ゲイブに生き写しでね。ふたりは特別に強い絆《きずな》で結ばれた親子だったの。チェリーも素晴らしい女性だった。あの事故以来、ゲイブはすっかり変わってしまったわ」

レイチェルはしばし息もつけないほどのショックに打ちのめされた。ゲイブがどんな苦悩に耐えてきたのか想像もつかず、彼に対する同情で胸が痛んだ。同時に彼が他人の同情を憎んできたことを本能的に察知してもいた。

「誰かいるのかい？」

イーサン・ボナーの声がして、クリスティは果物ナイフを落とした。大きく息を吸いこみ、ぎこちない手つきでナイフを拾いあげたかと思うと、また落とした。

聞いたばかりの話に動揺していたので、レイチェルがクリスティの反応の異様さに気づくのにしばらく時間がかかった。イーサンは彼女の上司であり、毎日間近で顔を突き合わせている。何をそうあわてているのか。

クリスティの人となりはいまだ謎のままである。エドワードはクリスティにぞっこん惚《ほ》れこんでいるし、たがいに気持ちは通じ合っている。それでもクリスティはほかの点ではまったくといっていいほど、気持ちをあからさまに表現することがなく、レイチェルにも地味で有能そうな外貌の下に潜む彼女の真の姿はつかみきれていなかった。

いまだイーサンの声掛けに応えてもいないクリスティにかわって、レイチェルが「どうぞ入って」と声をあげた。視界の隅に、クリスティが深呼吸し、なんでもそつなくこなす冷静沈着で控えめな女性に戻る様子が映った。まるでなにごともなかったかのようだった。

「ちょうど食事の支度ができたところよ、イーサン」キッチンの戸口に立ったイーサンに、クリスティはいった。「何か召しあがる?」

「いや、やめておく」イーサンはレイチェルに向かって冷ややかにうなずいた。

レイチェルはイーサンの薄いブルーのオックスフォード・シャツに見入った。シャツはきっちりとセンター・プレスの入ったカーキ色のズボンにこざっぱりとたくしこまれている。ブロンドの髪は長すぎず短かすぎず完璧にカットされ、身長といい、青い目といい、端整な面立ちといい、聖職者ではなくファッション誌のモデルのほうがよほど似合う。

「ちょうど近くを通ったから、会報の資料を届けようと思ってね」イーサンはクリスティにいった。「明日の午前中にまとめるといっていたけど、ぼくは二時まで行かないからさ」

クリスティはイーサンが差しだす書類の束を受け取り、脇へ置いた。「食事をテーブルに出すあいだに、手を洗っていらっしゃいな。レイチェルがおいしそうな自家製のマリナラ・ソースを作ったのよ」

イーサンもうわべばかりの固辞を続ける気はなく、まもなく全員が食卓を囲んだ。食事中イーサンはクリスティとエドワードとだけ話をした。エドワードはイーサンにその日クラスで飼っているモルモットのスナグルズに餌をやった体験をこと細かに話して聞かせた。レイチェルは自分の知らないところで、イーサンがエドワードとの関係を築いていることを知り、エドワードがイーサンの敵意の対象になっていないことに安堵《あんど》した。

レイチェルはクリスティがイーサンにまるで母親のような態度で接するのに気づいた。彼のほうもどこか十歳の少年に戻ったような感じがする。クリスティは彼のためにサラダ・ドレッシングを選んでやり、スパゲティにかけるパルメザン・チーズを振ってやり、食べ物を切る以外はなんでも世話してやった。

それに反してイーサンのほうはそうしたクリスティの心づかいにほとんど留意しないらしい。まして、イーサンを見るときのクリスティの目に浮かぶ、焦がれるような思慕など、まるで気づくはずもない。

「そういうことだったのね」レイチェルは思った。「納得したわ」

クリスティは片づけを手伝おうというイーサンの申し出をかたくなに断わった。自分なら決していやがることはないだろうな、とレイチェルは思った。イーサンはまもなく帰っていった。レイチェルは「皿を洗うあいだ、ホタル捕りをしていらっしゃい」とエドワードを外へ出した。

クリスティの手渡す皿を拭きながら、レイチェルはちょっぴりおせっかいを焼くことにした。「イーサンを昔から知っているの？」

「物心ついたときからずっと」

「うーん。私の見るところあなたはそのころから彼に恋してきたんじゃないかしら」

クリスティが手に持っていたボウルが指から滑り落ち、リノリュームの床の上に転がってまっぷたつに割れた。

レイチェルはそれを見おろしながらいった。「あらまあ。物を落とすときもきちんとしているのね」

「どうしてそんなことといったの？　それって、イーサンのこと？　どういう意味なの？」

レイチェルはかがんで割れたボウルを拾った。「気にしないで。おしゃべりが過ぎたわ。あなたの性生活についてどうこういえる立場でもないのにね」

「私の性生活ですって」クリスティはおよそ上品とはいいがたい様子で鼻を鳴らし、布巾をシンクにたたきつけた。「それじゃ、まるで私に性生活があるみたいじゃないの」

「だったら、なにか手を打てばいいじゃない」

「手を打つ？」クリスティは割れたボウルのかけらをレイチェルから受け取って、シンクの下に置かれたゴミ入れに投げ入れた。

「あなたが彼に惹かれているのは明白よ」

自分のことを決して口にしたがらないクリスティがそうした指摘を素直に認めるとは思えなかったが、予想ははずれた。

「そんな単純な話じゃないのよ。イーサン・ボナーはサルベーション一の美男子よ。ひょっとするとノース・カロライナ一かもしれないわ。おまけに彼、ラインストーンや体にぴったりするスパンデックスのスカートを身につけた美人に弱いの」

「だったらあなたもラインストーンやスパンデックスを身につけたらいいじゃない。すくなくとも彼は注目するでしょ」

クリスティは上品にカーブした眉をつり上げた。「私が？」

「そうよ」

クリスティは早口でまくしたてた。「私が？　この私が！　私のような女が――教会の秘書なんてやってる私のような女がそんなこと……私って——私なんて平凡な女ですもの」

「そう誰かにいわれたの？」

「絶対無理よ」

「わかった」

クリスティはきっぱりと首を振った。「私がそんな格好をすればただのばかにしか見えないわ」

レイチェルはキッチン・テーブルに腰をもたせかけながらいった。「着る物はまるきりぱっとしないけど、あなたは決して魅力の乏しい女性じゃないわ」レイチェルは微笑みながら自分の着ている一九五〇年代のシアーズ製ホームドレスを見おろしていった。「服装のことで他人《ひと》のことはいえた義理じゃないけどね」

「私のこと、どうしようもないブスだと思わないの？」

クリスティがあまりに期待に満ちた表情をしたので、レイチェルは胸を打たれ、聡明でありながら自信のないこの女性の親切な行為に報いる方法がやっと見つかったような気がした。

「こっちへ来て」レイチェルはクリスティを居間まで連れていき、カウチにふたりで座った。「あなたは絶対にブスじゃないと私は思ってるわ。あなたは美しい目鼻立ちをしているし、小柄で均整のとれたスタイルをしている。男性はえてしてそういうタイプに惹かれるみたいよ。詳しく知っているわけじゃないけどね。それにあんなブラウスを着ているからめだたないけど、どうやら胸の形もなかなかじゃないのかしら。これもよくは知らないんだけど」

「本当にそう思うの？」

レイチェルは笑いをこらえきれなかった。「その点についてはあなたのほうがよく知っているはずよ。クリスティ、私の感じではね、あなたはだいぶ前から自分には魅力がないと決めつけて、その評価を見なおすことをしなかったんじゃないかと思うの」

クリスティはカウチにがっくりともたれた。その顔には信じられないという思いと、そうなのだろうかという希望と、困惑とがからみ合うように浮かんでいた。レイチェルはじっくりと考える時間を与えようと、答えを急かすことはしなかった。待つあいだ、そのシンプルな田舎風の居間をじっくりとながめ、なんともいえない好ましさを覚えた。網戸から入る夜風がスイカズラの甘い香りを漂わせながら、松の木の匂いを運んでくる。外でホタルを追いかけるエドワードの姿が見え、ふと、ゲイブは彼の息子が同じことをしているのをここでこうしてながめたことがあったのだろうかと思った。思い浮かべたその光景はあまりに痛ましく、レイチェルは懸命にそのイメージを振り払った。

「結局私は何をすればいいの?」クリスティがようやくいった。

「よくわからないけど、イメージチェンジとか?」

「イメージチェンジ?」

「信頼できる美容院へ行って、ヘアスタイルとメイクを任せてみたら。流行りのものを扱っているお洒落《しやれ》なブティックで最新流行の衣類を揃えるの」

束の間クリスティの顔が希望に輝いたが、やがて表情が翳った。「問題はね、たとえ私が素っ裸でイーサンのオフィスに入っていったとしても、彼は気づきもしないということなの」

「そうかもしれないけど」レイチェルは笑いながらいった。「まずはイメージチェンジが先よ」

　クリスティは驚愕の表情を見せたが、やがて笑い声をたてた。

　どうせやるのなら、とことんやるべきだとレイチェルは判断した。「もうひとつあるわ。彼のこと、ちやほやするのはやめなさい」

「どういう意味？」

「まるで母親のような態度で彼に接するかぎり、彼があなたを恋の対象として見るはずがないってことよ」

「私、そんな態度とったりしてないわ！」

「サラダにドレッシングをかけてあげてたじゃないの！」

「彼、かけるのを忘れてしまうことがあるからよ」

「だったら忘れさせておけばいいの。それじゃ、まるで赤ちゃん扱いよ。クリスティ、サラダに何もかけなくたって死ぬわけじゃないでしょ」

「そういうわけにはいかないわ。私は彼に雇われている。彼の世話をすることが仕事なのよ」

「何年この仕事を続けているの？」

「八年。彼が牧師の仕事について以来ずっとよ」

「そしてりっぱにその仕事をこなしてきたんでしょうね。私の推測が間違いでなければ、あなたはめったにいないくらいよくできた秘書のはずよ。彼の気持ちを察して、彼が口にする前に彼の要望を予測しているでしょう」

クリスティはうなずいた。

「でもそういう努力に対して給料以外に報われたものはある？」

クリスティの口もとが憤懣《ふんまん》やるかたなしといった感じに引き締まった。「何もないわ。私にとってまるで得るところはないのよ。この仕事が好きにもなれない。最近では両親の望みどおりにフロリダへ行くべきなのかなって考えるようになったわ。両親は隠居のためにフロリダへ移り住んだんだけど、退屈してしまってクリアウォーターで小さなギフトショップを始めたの。こっちへ来て店を手伝えってうるさいったらないの」

「あなたは何がしたいの？」

「子どもたちと接する仕事に就《つ》きたいわ」

「だったらそうすればいいのに」

クリスティの憤りはフラストレーションへと変わった。「ことはそう単純ではないのよ。いまの仕事についていれば、少なくとも彼のそばにはいられるわ」

「あなたの人生の目的はそれだけなの？　イーサン・ボナーのそばにいることだけ？」

「あなたには理解できないことよ！」

「あなたが思う以上に理解できるかもしれないわよ」レイチェルは深々と息を吸いこんだ。「ドウェインは私に売春婦みたいな格好をさせ、聖女のようにふるまうことを望んだの。私は彼の望むような女になろうとして最大限の努力をしたけど、無理だったわ」

クリスティは同情するようにレイチェルの膝に手をのせた。

レイチェルは声を落とした。「イーサン・ボナーのために生きることはやめて、そろそろ自分自身の人生を考える時期が来たんじゃないかしら」

クリスティは熱望と失望がないまぜになった、なんとも愛すべき表情を浮かべている。

「イメージチェンジはやめて？」

「あなたがもしいまの自分に不満があるのなら、イメージチェンジもいいと思うの」

「不満を感じているわ」クリスティは溜め息をついた。

「だったらイメージチェンジすればいいじゃない。でもあくまでも自分のためにするのよ、クリスティ。イーサンのためにするんじゃないの」

クリスティは下唇を嚙んだ。「自分のためなら、スパンデックスはいらないわ」

「あなたはスパンデックスを身につけたい？」

「きっとばかげて見えるわ」

「やっぱり着てみたいんじゃない！」

「少し考えてみるわ。着る物のことだけじゃなく、あらゆることをね」

ふたりは微笑み合った。レイチェルはたがいの関係が変化したことを肌で感じた。今夜までは礼儀正しい知人同士だったふたりの心に友情が芽生えたのである。


その後数日のあいだにレイチェルの体調は極端なほどよくなった。若々しい気分が戻り、性的エネルギーも体じゅうにみなぎっていた。六月後半、湿度は低く、気温もときたま華氏八十度を超す程度の快適な天候が続いているというのに、いつも体が火照《ほて》るように熱かった。

仕事中はコットンのホームドレスの襟元のボタンは開けて服のなかを風が通るようにしている。湿り気を帯びた着古しのワンピースがぴったりとまとわりつき、小さな高い胸をくっきりとめだたせ、官能と性欲を妙に刺激する。少しでも涼をとろうと長い髪を頭の上のほうでまとめ、たくしあげたスカートの裾《すそ》で太腿をあおぐ。何をしていても、注がれる彼の視線を感じる。

彼はどこで作業をしていても目をあげ、ジーンズで掌を拭き、こちらにじっと目を凝らす。レイチェルは肌がざわつくような感じを覚える。気怠さと緊張が同時に襲ってくる。彼はときどき怒鳴るように何かを命じたり、くぐもった声で悪態を口にしたりするが、レイチェルは聞いてはいない。どんなぞんざいな言葉も、彼女の感覚のなかでは彼の真意に形を変えてしまうからである。

きみが欲しい。

レイチェルも同じ欲望を彼に感じている。セックスが目的よ、とみずからにいい聞かせる。セックスだけ。それ以上のものはない。親密な関係もなし。感情のやりとりもなし。セックスだけが目的の関係。

体があまりに火照り、いまに燃えだすのではないかと思えるほどで、そんなときレイチェルは仕方がないのでほかのことを考えて気を紛らした。クリスティとのあいだで育んでいる友情のこと、その日一日のことを話してくれるエドワードの興奮した楽しげな様子、ケネディのチェストのこと。

毎夜レイチェルはハートエイク・マウンテンの山道に立ち、自分がかつて住んでいた屋敷をじっと見おろす。屋敷のなかへ入り、チェスト探しを再開しなくてはならないのだが、なかなかチャンスは訪れない。鍵がなくなっていることについて、ゲイブはひと言も触れようとはしない。ドライブインの開店をあと二週間先に控え、ゲイブが鍵のことを失念してくれることだけがかすかな希望のよすがである。鍵のことを覚えているならば、ひと言触れないはずがない。そのことを思うと、もどかしさで叫びだしたくなってしまう。ゲイブがあの屋敷をしばらく空けるようなチャンスさえめぐってくればいいのだ。そうすればなかへ入ることができる。

ゲイブの兄の屋敷にレイチェルが侵入してから九日目、待ち望んだ機会が訪れた。

スナックショップの食品貯蔵室の扉に新しいクローム製のノブを取り付けていると、ゲイブが近づいてきた。足音が聞こえる前に、松の木と洗剤の匂いがして、肉体労働に従事する人間がなぜこうも清潔な匂いを保てるのだろうと驚きを感じた。

「イーサンと一緒にちょっと片づけなくてはならない仕事ができたんだ。今日の午後は出かけるから、仕事がすんだらきちんと鍵をかけてくれよ」

うなずきながら、レイチェルの胸は躍《おど》った。彼が弟と行動をともにしているあいだに、ようやく屋敷に入れるのだ。

レイチェルは記録的スピードで仕事を終え、アニーのコテージまで車で戻り、秘密の隠し場所であるドレッサーの引き出しから鍵を持ちだし、山道をおりていった。山をおりきる前にこぬか雨が降りはじめた。

くねくねしたターコイズ・ブルーの模様が入った、着古しのピンクのコットンのワンピースも、重い靴もソックスもぐっしょりと濡れている。洗濯室に入ったレイチェルは証拠となる足跡を残さないために靴と靴下を脱ぎ、静まり返る屋敷のなかを進んだ。

まず、子ども部屋を探した。いまも窓のそばに置かれている古びたロッキング・チェアにせつない郷愁を覚え、身を横たえたいという衝動や、胸に抱いたエドワードの綿毛のような髪の手触りの記憶を懸命に振り払った。チェストが見つからなかったので、かつての自分の寝室に向かった。

この部屋はほかのどの部屋よりも変貌していた。窓のそばに置かれた現代的なL字型のハイテクのワークステーションを見つめながら、ゲイブの義理の姉であり物理学者であるジェーン・ダーリントン・ボナーという女性に思いを馳せた。幸せいっぱいといった雑誌の写真どおりに、実生活も幸せなのだろうか？

クローゼットのなかと整理だんすのなかを急いで調べたが、お目当てのものを見つけることはできなかった。あとはワークステーションの片袖にある大きな引き出しのなかを調べるだけだが、他人の机のなかを探すという行為はこれまでのどの行為にもましてプライバシー侵害の要素が強いような気がした。とはいえ、調べなくてはならないことに変わりなく、レイチェルは思いきって引き出しを開け、そのなかに押しこまれていた件《くだん》のチェストを発見し、息を呑んだ。

引き出しから取りだしながら中身が動くのを感じた。息をはずませて小さな蝶番を上げ、あらゆる色のパソコン用フロッピー・ディスクが詰まっているのが目に入った。それらを取りだして引き出しに入れ、チェストを脇の下にはさんで、階段へ向かった。レイチェルは安堵のあまり眩暈《めまい》を覚えた。コテージに戻ったらすぐに調べようと思う。必要なら分解してもいい。

一番上の階段に足を掛けたとき、玄関のドアを押してイーサン・ボナーが入ってきた。レイチェルはぎょっとして足をすくませたが、時すでに遅し。瞬時に気づかれた。

「あら、イーサン。ゲイブにこれを取ってくるように頼まれたのよ」

イーサンは顔をこわばらせた。「ありとあらゆる罪を犯したうえに、今度は窃盗かい？」

「そうなのか？」

階段をおりながら、レイチェルは懸命に笑顔をつくろった。裸足のうえ、濡れたスカートが脚にまといつく。なにがあろうとチェストだけはあきらめるわけにはいかないのだ。「このチェストがなぜ必要なのか、私に訊いても無駄よ。私はただの従業員だし、なにも聞いてないから」

「直接訊けばわかることさ」

「あら、そんな必要ない――」

「ゲイブ！」イーサンは開けっ放しにした玄関ドアのほうへ首を傾けた。「なかへ入ってくれよ」

レイチェルの体を恐怖が駆け抜けた。「大丈夫。仕事に戻りしだい、私のほうから報告しておくわ」快活そうに手を振りながら、チェストを脇にしっかりと挟みこみ、勝手口へ向かって冷たい大理石の床を走りだした。

ロビーに行き着く前に、イーサンはレイチェルを捕らえ、神に仕える男にしては強すぎる力でレイチェルの腕をつかんだ。「逃げ足はたいしたことはないな」

ゲイブが戸口に現われた。「イーサン、何があったんだ——レイチェル?」一瞬ゲイブは体をこわばらせたが、なかへ入り後ろ手にドアを閉めた。「いつ例の鍵を使うのかと思っていたよ」

「鍵を貸したのかい?」イーサンがいった。

「正確にはそうじゃない。彼女がスペアを持っているのを知っていたというべきかな」計略にかかったのだ。そう思うとレイチェルの心に怒りがこみあげてきた。「私が持っていることを知りながら、なぜひと言も触れなかったの? それにいったいここで何をしているのよ?」

自分のほうが明らかに悪いというのに、くってかかるレイチェルの態度に、イーサンはあきれてものがいえなかった。だがゲイブはただ肩をすくめただけだった。「キャルが教会の集会室にこの屋敷のダイニング・テーブルを運んでくれとイーサンに依頼した。だからいま、テーブルをトラックに積みこんでいるところなんだよ」

濡れたピンクのワンピースから泥がはねたふくらはぎ、裸足の足へとゲイブの視線が這いおりる。鳥肌が立ったのは寒さのせいだとレイチェルは自分にいい聞かせた。レイチェルは非難するような目を返した。「あなたは仕事ができたといったわ。これは仕事なんかじゃない。家具の運搬じゃないのよ!」

ゲイブは何もいわなかったが、イーサンはようやく気力を取り戻した。「信じられないよ。ただそこに突っ立って、彼女に言いたい放題いわせておくつもりなのかい? この家に侵入したのは彼女のほうなんだぜ！」

「彼女の場合は、先に緊張をほぐさせたほうが話しやすいことがあるんだよ」ゲイブは例によって低い感情のこもらない声でいった。

「彼女と何かあるのか？」イーサンの顔はいっそう紅潮した。「そもそも、なぜこんな女の言葉に耳を貸したりするんだよ？　嘘つきでペテン師じゃないか」

「それが彼女の長所でもある」ゲイブはレイチェルの足に向けて首を傾けた。「例のセクシーな靴はどうした？」

「泥の足跡をつけたくなかったの」

「思慮深いことで」

イーサンはふたりから離れ、電話のあるほうへ向かった。「それはジェーンがパソコンのフロッピーを入れるのに使っていた箱だ。警察に電話する。そもそも最初からレイチェルがこの町に姿を現わしたこと自体、不自然だったよ」

「いいから放っといてくれ。彼女のことはおれに任せてくれ。チェストを渡せよ、レイチェル」

「いやよ」

ゲイブは黒い眉を片方つり上げた。「トラックの運転は頼むよ、イーサン。防水シートをテーブルに掛けておいたから、濡れないはずだ」

「おれはここを去る気はない。兄さんはこれまでいろいろと辛い経験に耐えてきたんだ。これ以上面倒に巻きこまれるのを黙って見てはいられないね。彼女のことはおれに任せてくれ」

またしても弟がしゃしゃり出て兄をかばおうとしている。レイチェルはいとわしげに鼻を鳴らした。

イーサンはそれを聞き、くるりと振り向いて怒りに満ちた表情を向けてきた。「なんだって?」

「人は悲劇に遭っても無力に陥るわけじゃないのよ」レイチェルは指摘した。「腫《は》れ物にでもさわるような態度はやめなさい」

その言葉にショックを受けたのはむしろゲイブのほうだった。過去の不幸についてレイチェルに一度も語ったことはなかったからだ。とはいえ、そろそろクリスティの口からそのことが伝わるであろうことは認識しておくべきだったかもしれない。

イーサンの敵愾心《てきがいしん》に冷ややかな侮蔑《ぶべつ》が加わった。

「なんの権利があって、ぼくと兄の関係について論評するんだ? ゲイブ、こんなこと、おれにはさっぱり理解できないよ。おれは彼女がただ仕事のために雇われているものだとばかり思っていた、しかし……」

「帰ってくれよ、イーサン」

「そんなわけにいかない」

「帰ってくれなくちゃ困るんだよ、イーサン。おまえは町議会に属しているんだったよな。だから、もしその目で殺人事件を目撃したんだったら、報告しなくちゃいけないさ」

「この女とふたりきりになるのは賛成できない」イーサンはきっぱりといった。

「ふたりきりじゃないさ」ゲイブはうっすら笑いを浮かべながらレイチェルを見た。「レイチェルの金切り声が一緒だよ」

10

イーサンは不承不承屋敷をあとにした。レイチェルは、ほんの数分でもいいから、チェストを持ってひとりきりになりたいと思った。ほんの数分、裏張りのなかを見たり、秘密の仕切りを見つければ、ここを立ち去れる。

レイチェルは大事そうに箱の角を指で包みこみ、時間稼ぎを試みた。「あなたの弟さんって気むずかしいのね。そういう血筋なのかしら」

ゲイブは腕組みをして、居間へと続いている、精巧な彫りを施した柱のひとつにもたれた。

「あいつを黙らせ、抱きこむためにきみが服のボタンをはずさなかったのは意外だよ」

「あまりに急な展開で、そんなこと思いつく間もなかったのよ」

ゲイブは片眉をつり上げ、気怠そうに一歩踏みだした。「そいつをこっちへよこせよ」

レイチェルの心臓は喉から飛びだしそうなほど激しく高鳴っていた。「だめよ。これは私のものなの。祖母が六歳の誕生日にくれたプレゼントなの」

「よこせ」

「祖母はこれをプレゼントするためにひと夏じゅう炎天下でズッキーニ売りをしたの。大事にするって約束したのよ」

「ことを荒だてるか否かはそっちの出方しだいだ」

レイチェルは固唾《かたず》を呑みこんだ。「いいわ、あなたのいうとおりにする。あなたに渡すわ。でもまず体を拭かせてよ。寒くて凍えそうなの」レイチェルは遊戯室に向けてじりじりとゲイブから離れた。

ゲイブは行く手を阻むように立ちふさがった。「努力は褒めてやるよ」

電光石火の早業で、ゲイブはレイチェルの胸に抱かれたチェストを取りあげた。

レイチェルの失望の喘《あえ》ぎなど耳に入らなかったかのように、ゲイブは階段へ向かった。

「いいから体を乾かせよ。そのあいだにこれを持っていっておくから。そのあと例の鍵も返してもらう」

「やめてよ！」大切なものをむざむざと奪われるままにしておくわけにはいかない。レイチェルはゲイブを追って大理石の上を突っ走った。「よくもそんな冷酷なまねができるわね！ちょっと見せてくれたっていいじゃないの」

「なぜ？」

「なかに何か置き忘れたかもしれないからよ」

「何かってどんな？」

レイチェルは躊躇《ちゅうちょ》した。「昔ドウェインからもらったラブ・レター」

ゲイブは嫌悪に満ちた視線を投げ、くるりと背を向けると階段に向かった。

「止まってよ！」

ゲイブは足を止めようとはしなかった。

「待って！」レイチェルは必死で彼の腕をつかんだが、すぐに悔やみ、手を離した。「わかったわよ。ひょっとしてドウェインがなかに何かを残してはいないかと思って」

ゲイブは階段の一番下の段に足を掛けたまま、立ち止まった。「たとえばどんな？」

「たとえば――」レイチェルはめまぐるしく思考をめぐらせた。「エドワードの赤ちゃんのときの髪の毛とか」

「どうせつくならもう少しましな嘘をつけよ」ゲイブは階段をのぼりだした。

「わかったわ！　話すわよ」必死で次なる嘘を考えだそうとあがいたが、多少なりとも説得力のある嘘は出てこなかった。真実を話さなければ、結局彼はチェストを持ち去ってしまうだろう。もはや選択の余地はなかった。なかを調べるまで、チェストが消えてしまっては困るのだ。ここはリスクを犯すほかはない。

「なかに五〇〇万ドルの隠し場所の秘密があるかもしれないのよ」

これにはゲイブも足を止めた。「これでおれたちも大金持ちか」

レイチェルは彼を見上げ、固唾を呑みこんだ。「そのお金は私のものよ、ボナー。エドワードが受け取るべき遺産なのよ。まだ債務は残っているけれど、残りはあの子のものなの。私の努力の結晶なのよ！」

「そういいきる理由は？」

当意即妙かつ小粋な、いやみな答えを返してやろうと口を開いたその瞬間、レイチェルの喉の奥で何かが起き、出た声はささやきのような涙声だった。「そのために魂を売ったからよ」

しばしゲイブは無言だった。やがて階段の上へ向けて首を振った。「ローブをとってきてやるよ。歯がガチガチ鳴ってる」

三十分後、レイチェルはパンティと彼のえび茶色のローブだけを身につけ、キッチンでゲイブと向かい合って座り、ケネディのチェストをにらむように見おろしていた。彼の前で二度と泣くまいという決意から、目に涙は浮かんではいなかったが、心のなかは惨めさでいっぱいだった。

「自信があったのに」レイチェルはチェストにはなんの手がかりも隠されていなかったという事実がいまだ信じられないといった様子で首を振った。顕微鏡で見るかのように、丹念に隅から隅まで調べつくしたがなにも発見できなかったのだ。貸金庫の鍵を入れた秘密の仕切りもなく、裏張りの下にスイスの銀行の口座番号が彫ってあることもなかった。地図もマイクロフィルムも、パソコンのパスワードもなかった。

テーブルを拳でたたきたいような心境だったが、しゃにむに思考に集中した。「たしか、サルベーション警察以外に郡の保安官もいたわ。だから執行力は絶大だったわけよ。そのうちの誰かが没収の際、チェストのなかを見て、何かを見つけたはずよ。誰かしらが秘密を握っているのよ」

「それはおかしい」ゲイブはレイチェルのコーヒー・マグを取り、シンクへ運んでカウンターに置いたポットからコーヒーを注いだ。「きみの話だと、車に乗る前にチェストを調べたそうじゃないか。なかを見たきみが何も発見できなかったのに、彼らが何かを見つけるはずがないよ。それに、万一保安官なり地元警察のひとりが偶然その種の金を発見したとしたら、これまでになんらかの証拠が露顕しているはずだし、この地域で大金を使った人物はキャルだけだからね」

「ひょっとして彼が――」

「ばかな。キャルはNFLのとき何百万ドルも稼いだんだ。それに、万一彼やジェーンがチェストのなかで何かを見つけたとしても、秘密にはしておかないはずだ」

ゲイブの言い分は正しかった。レイチェルはキッチンのなかにしつらえた食事コーナーの赤いベルベットの長椅子にもたれた。かつてこのコーナーは、悪趣味きわまりない、メタリックな、朽ち果てる寸前の満開の薔薇《ばら》が描かれた壁紙に囲まれていたが、いまは黄色の薔薇の蕾《つぼみ》の壁紙に替わっている。その趣があまりにほかとかけ離れているので、おそらくは現在の所有者の遊び心から選ばれたものに違いなかった。

ゲイブは淹《い》れなおしたコーヒーをレイチェルの前に置き、驚くほど優しいしぐさで彼女の肩をそっと撫でた。レイチェルはその手の甲に頰を傾けたいと思ったが、その衝動に身をゆだねる前に彼は手をひっこめた。「レイチェル、可能性として、金は海底にあると考えるべきなんじゃないかな」

レイチェルはかぶりを振った。「ドウェインは急いで国外逃亡を図らなくてはならなかったから、どんな類いにしろ、複雑な手筈をとることは不可能だったわ。急なことだったのに、それほどの大金を持ちだせたはずがないのよ」

ゲイブはレイチェルの向かいに座り、テーブルに腕をのせていた。レイチェルは彼の腕のあたりに視線を泳がせた。力強く、よく日焼けして黒い体毛がまばらに生えている。「その日彼が口にした言葉をもう一度いってみてくれないか」

レイチェルは一部始終を何ひとつ包み隠すことなく語った。話し終えると、レイチェルはテーブルにのせた手をひねった。「エドワードに別れを告げたいという彼の言葉を信じたかった。でも何かが変だなとは思ったの。彼もエドワードに対して抽象的な形での愛情は持っていたと思うけど、彼にとってそれは重要な事柄ではなかったの。あまりに自己中心的な人間だったからね」

「だったらなぜ、チェストだけを持ってくるよう頼まなかったんだい？　なぜわざわざエドワードを連れてきてくれと頼んだのかな？」

「それはね、当時私たちのあいだにはほとんど会話もない状態だったから、エドワードを連れてきてほしいといえば、私も拒まないだろうと彼が考えたからよ」レイチェルはコーヒー・マグを揺らしながらいった。「エドワードを身ごもっているあいだに、私は寺院で行なわれていることに対して否定的な見解を抱くようになって、彼と別れることを決意したの。でもそのことを告げると彼は激昂したわ。感傷からではなく、当時私がネットワークの信者に人気があったからなのよ」レイチェルは口をゆがめた。「自分の元を去るのなら、エドワードは渡さない、と彼はいったの。いまのままの生活を続け、放送日にはかならず彼のそばにいて、ふしあわせそうなそぶりは微塵も見せてはならない、と彼は主張したの。そうしないと人に頼んで私がその人たちを誘惑したと証言させ、母親として不適格だと証明してみせるといったわ」

「卑怯《ひきよう》なやつだ」

「彼のなかではそれも正当化されているのよ。彼は正当化のため、聖書のなかから引用句を見つけだしたわ」

「きみの話だと、彼は聖書を持ってくるようにともいったそうじゃないか」

「彼の母親から受け継いだ聖書だったのよ。彼には感傷的な一面もあって――」そこまでいって、レイチェルははっと顔をあげた。ふたりの視線がからみ合った。「聖書のなかになにか手がかりがあると思う?」

「手がかりがあるとは思えないな。やはり金は海の底だと思うよ」

「それは違うわ! あなたにはわからないでしょうけどあの夜、電話をかけてきた彼の声にはただならぬものがあったのよ」

「いまにも逮捕されそうな状況で、これから国外逃亡を実行しようという瞬間なんだ、誰だって必死にもなるさ」

「わかった。信じてくれなくていいわ」レイチェルは焦《じ》れたように荒々しく立ちあがった。聖書を探しださなくてはならなかった。金のありかを突き止めることだけが、未来を託す唯一の希望なのだった。だがゲイブはそんな彼女の心をわかろうともしない。

あらゆる感情がどっと押し寄せ、レイチェルはすすり泣きしながら洗濯室へ向かった。乾燥機のなかではワンピースがまわっている。

ゲイブが背後から語りかけた。その声には窓を打つ雨のような優しさがこもっていた。

「レイチェル、おれはきみの味方だよ」

彼が自分を支持してくれるとは思ってもみなかった。闘いつづけることに疲れきっていたレイチェルは崩れ落ちそうになった。束の間でもいい、彼の胸に体を預け、みずからの重荷の一部をその屈強な肩で担ってほしい、とレイチェルは希《ねが》った。その衝動の激しさに戦慄を覚えたほどだった。頼れるのは自分自身しかいないのに。

「なんてお優しいこと」レイチェルは嘲笑うかのようにいった。その高さに辟易《へきえき》して彼が二度とそれを乗り越えようと思えないようなバリアを築こう、と胸のうちで決意していた。

だがゲイブはそんなレイチェルの態度に怒りを見せることもなかった。「本気なんだよ」

「ありがたくもなんともないわ」レイチェルはさっと振り向いていった。「何をばかなこと、いってるのよ。家族を亡くして以来心がすっかり屈折して、自分自身どうにもならないというのに、そんなあなたがこの私に手を差しのべようというの？」

口から思わず滑りでたその言葉に、レイチェルははっとした。いったい自分はどうしたというのだろう？　こんなひどい言葉を口にする気はなかったのだ。知らぬ間に自分はこれほど辛辣な女になってしまったのだ、という苦い悔恨が胸に押し寄せた。

ゲイブは何もいわなかった。黙って背を向けただけだった。

自分がどれほど絶望していようとも、このような暴言を相手に浴びせていいわけがない。レイチェルは彼の貸してくれたローブのポケットに両手を入れ、キッチンへ行ったゲイブのあとを追った。「ゲイブ、ごめんなさい。あんな暴言を吐くなんて私、本当に間違っていたわ」

「もういいよ」ゲイブはカウンターに置いたキーを手にとった。「服を着ろよ。送っていく」

レイチェルは彼に近づいた。「いやみな態度をとるつもりなんて全然ないの。あなたは優しい態度で接しようと努力してくれているのに、私のあんな態度は絶対許されないことよね。心から謝るわ」

ゲイブは答えなかった。

乾燥機のまわる音がやんだ。これ以上何もいえなかった。謝罪を受け入れるも、拒絶するも彼の勝手である。

レイチェルは洗濯室に戻り、ピンクのワンピースを取りだした。ワンピースはパーマネント・プレス加工前のような、惨澹《さんたん》たる皺《しわ》の固まりと化していた。が、ほかに着る物はないので、ドアを閉め、ゲイブのローブを脱いで、皺だらけのワンピースに足を入れた。袖に腕を通したとき、ドアが開いた。レイチェルはあわててワンピースを体に引き寄せ、振り向いた。

ゲイブの顔には敵意と不快感が浮かんでいた。ひそめた眉、堅く結んだ唇。ジーンズのポケットに突っこんだ両手。「ひとつだけはっきりさせておきたいことがある。おれは誰からも哀れんでほしくない。とくにきみからは」

レイチェルは彼と目を合わせるよりはましとばかりに、ボタンを見おろし、かけはじめた。

「正確にいうと、哀れんでいるわけじゃないわ。あなたは哀れみを受けるほど頼りなくはないもの。でもね、あなたが奥さんと子どもを亡くしたことを知って、私の気持ちは平静ではいられないの」

ゲイブはしばし黙りこんだが、レイチェルが目をあげてみると、彼の首の腱の力は抜けていた。ポケットから両手を出したゲイブの視線はレイチェルの胸元へ移った。胸のボタンに手を当てたままにしていたことを思い出し、レイチェルはボタンをかけた。

「イーサンがぼくを甘やかしているっていったけど、どういう意味なんだ?」

「べつにたいした意味はないの。また口が滑っただけ」

「頼むからさ、レイチェル、たまにはおれに率直な話をする努力をしてみろよ!」ゲイブは大股で歩み去った。

レイチェルは眉を曇らせた。これではまるで取りつく島がない。ワンピースのボタンを留めながら、キッチンへ向かった彼を追う。ゲイブはシカゴ・スターズのキャップを深々とかぶり、サングラスをかけていた。外はこぬか雨が降っていることをどうやら忘れているようだ。

レイチェルはゲイブに近づいた。ふくらんだスカートが彼のジーンズに触れ、彼の腰に腕を巻きつけたい、という衝動を抑えた。「あなたに話しかけるとき、みんな腫れ物にでもさわるような話し方をしているわ。それはあなたにとっていいことじゃないと思うの。そんな態度で接していたら、あなたも未来に向かって力強い一歩を踏みだせないいんじゃないかしら。あなたは強い人よ。みんなそれを認識しなくちゃだめなの。あなた自身もよ」

「強い人だって!」ゲイブは乱暴にサングラスをはずし、カウンターの上を滑らせた。「何も知らないくせに」キャップがカウンターにぶつかり、床の上に落ちた。

レイチェルはひるまなかった。「そのとおりよ、ゲイブ。あなたはたくましいわ」

「自分と混同しているんじゃないのか!」

レイチェルの前を通りすぎ、遊戯室へ向かう彼の足が大理石の床を激しく蹴っていく。これまでひとりで度重なる悲しみに耐えてきたレイチェルには彼を放っておくことなど思いもようなかった。遊戯室には彼の姿はなかったが、テラスへ通じるドアが開いていた。テラスに向かっていくと、外で手すりを握りしめながらハートエイク・マウンテンをにらむように見あげている彼の姿が目に入った。

こぬか雨はいつしか小雨に変わっていたが、ゲイブは雨に濡れることなどまるで気づいてもいないようだった。髪のなかで玉のような雨がきらきらと光り、Tシャツの肩の部分が濡れて暗くなっている。レイチェルはこれほど孤独な表情をした人間の顔をいまだかつて見たことはなく、思わず自分も雨のなかへ足を踏みだしていた。

自分が背後に近づいてくるのを気づいた様子はまるでなかったので、彼が言葉を発したことにレイチェルはいささか驚いた。「おれはベッドのそばに拳銃を置いているんだよ、レイチェル。身を護《まも》るためじゃない」

「ゲイブ……」

レイチェルは彼の体に触れ、どんなことでもして彼を慰めたいと心の底から思ったが、彼のまわりには見えないバリアが張りめぐらされているような感じがして、とても近づけなかった。かわりに彼に並んで、手すりに腕をかけた。「気持ちは少しずつ楽になっている？」

「しばらく楽になっていた時期もあったんだ。そんなとき、きみが現われた」

「私のせいで苦しみが増したの？」

ゲイブはためらった。「よくわからない。しかしきみが状況に変化を生じさせたことは間違いないね」

「それは決して好ましい状況ではないわけね」

「逆に好ましすぎるのかもしれない」ゲイブはようやくレイチェルのほうを向いた。「ここ数週間で気持ちは楽になってきたかもしれない。きみのおかげで気が紛れた」

レイチェルは弱々しく微笑んだ。「それはよかったわ」

ゲイブは顔をしかめたが、真の怒りを含んだ表情ではなかった。「よい意味で気が紛れたとはいってない。ただ気が紛れたといったんだ」

「わかったわよ」雨が衣服にしみこんできたが、エアコンの効いた室内よりはここのほうが暖かく感じた。寒くはなかった。

「いまでも妻が恋しいんだ」ゲイブの目がレイチェルの顔を探し求めるように動き、声はいっそう深く、ハスキーになった。「それなのに狂おしいほどときみが欲しいのはなぜだろう」

遠い雷鳴が伴奏のように響き、言葉とひとつになった。慄えがレイチェルの体を駆けめぐった。「きっと……きっと惹かれ合うのはたがいの絶望のせいなんだろう」

「セックス以外私から何もあげられるものはないわよ」

「もっとも必要なものはそれなのかもしれない」

「嘘よ」

「わかってないな」これほど近くにいることにふと感情が昂《たかぶ》り、背を向けた。交差した腕で胸を包みこみながら、テラスの反対側へ行く。見あげれば雲は低く垂れこめ、霧は着古した灰色のドレスのように山を包んでいる。

「私は女の性《さが》を取りあげられてしまった女なのよ、ゲイブ。新婚初夜に、ドウェインはまるで十九世紀のような古い倫理観を私に諭《さと》そうとしたの。おまえの体は神の器なのだから、自分としてはそれをできうるかぎり乱さないようにするつもりだとね。私の体をただ横たえ、胸に手を触れることもなく、愛撫することもなかったわ。ただ彼が私の肉体に入っただけだった。あまりの痛みに私は泣きだした。私が泣けば泣くほど彼は満足した。それが私の高潔さの証しであり、私が彼のように肉欲に支配されていないという証しだと彼には思えたからなの。でもそれは事実とは違っていた。私はずっとセックスに魅了されてきたわ。だからいまさら私が何を望んでいるかなんて指摘される必要もないのよ」

「わかった。指摘なんてしない」

彼の声ににじむ同情が堪えがたかった。レイチェルはつと振り返り、うれわしげな表情を向けた。「自分でも、なぜあなたにこんな話をしているか、なぜあなたと肉体関係を持とうなんて考えるのかさえ、わからないの。私の男運を考えれば、あなただってドウェインと同様、ベッドでは無能かもしれないのにね」

ゲイブの唇の端がおかしそうにかすかに持ちあがった。「実際そうかもしれないな」

レイチェルは手すりに寄りかかりながらいった。「奥さんを裏切ったことはなかった?」

「ないね」

「つきあった相手は多かったの?」

「いや、十四のときに彼女に恋をしてしまったからさ」

ふたりの目が合った。レイチェルは彼の言葉の意味を理解しようとした。「つまりそれは……」

「おれは妻しか女を知らないんだよ、レイチェル。彼女はおれの生涯で唯一の女性だったんだ」

「彼女の死後もずっと？」

「メキシコで売春婦を買ったことはある。だが女が服を脱ぎはじめたとたん、いやになって追い返してしまった。そういう意味では、きみがさっきいった無能というのは案外当たっているかもしれない」

妙に気分が晴れて、レイチェルは思わず微笑んだ。「ほかには何もないの？」

ゲイブが近づいてきた。「ないね。もう質問には十分に答えたと思うけどな」

「私は惨めきわまりない、性に関する自分の過去を残らず告白したのよ。あなたももっと正直に話してくれたっていいんじゃない」

「ずいぶんと長いあいだ、セックスのことなんてあまり考えることもなかったよ……ここ数年間はね。少なくともきみの、例のちょっとしたストリップショウの前にはまるで考えなかった」

レイチェルは目の前に立ったゲイブに、内心の含羞《がんしゅう》を悟られたくなかった。「必死だったの。いまは見る影もないけれど、これでも昔は美人だったのよ」

ゲイブは初めてレイチェルの体に手を触れ、湿った髪の束を持ちあげ、耳にかけた。「きみはいまでも美人だよ、レイチェル。きちんとした食事をとるようになってからは、いっそうきれいになった。やっと血色もよくなってきたしね」

食い入るような彼のまなざしに、レイチェルは気持ちが騒いだ。「鼻はまだ冷たいけれどね。まあいいわ。嘘なんてつかなくてもいいの。ただひとついえるのは、昔は結構器量よしだったことぐらい」

「褒め言葉のつもりだったんだけどな」

「褒めたのはどの部分？　冷たい鼻？」

「おれは冷たい鼻なんてひと言もいってないよ。きみが自分でいったんじゃないか。おれはただ——」ゲイブは笑いだした。「きみはじつに腹立たしい女だよ。なんで一緒にいると楽しいのか、自分でもわけがわからない」

「ちょっと今日一日のこと、考えてみてよ。私に対するあんな態度があなたの好意の表現だとしたら、一度自分の対人コミュニケーション能力を見なおしたほうがいいわ」

ゲイブは微笑んだ。「慄えているじゃないか」

「寒いの」レイチェルは嘘をいった。

「それなら、なんとかしてやれそうだよ」ふたたびゲイブの手がレイチェルの髪に触れた。片手で彼女の髪をかきあげながら、反対側の顎の唇の端に唇を当てた。

体が押しつけられた。重なった唇がいっそう近づく。そう、これよ……レイチェルは彼の感触を貪《むさぼ》った。掌の下で動く彼の筋肉の動きをまさぐり、冷たい乳房に押しつけられる火照った胸板、屹立《きつりつ》した昂まりを感じとった。彼女の薄く脆《もろ》い肌の下で、胸の鼓動が早鐘のように鳴っていた。

ゲイブの唇が彼女の耳殻をついばんだ。荒い彼の息遣いが耳のなかに響く。レイチェルはゆっくりと目を閉じた。あらゆる意味でいま自分は瀬戸際に立たされている、と思った。このまま続ければ、彼との穏やかなロマンスはなくなる。ただのセックスだ。完璧な恋の夢を棄《す》て去ることができるのか？

そのときはたと気づいた。そんな白日夢はとうの昔に棄ててしまったのだ。これまで人生があまりに過酷になりすぎて白日夢など入りこむ余地はなかった。すべてを削ぎ落としたむきだしの生活。わずかな楽しみさえ許されない、ぎりぎりの生存。自分のために何かをつかもうとすることは、自分の悦楽につながる何かをつかむことは、そんなにいけないことだろうか？

ゲイブの体がわずかに離れ、その手がレイチェルの乳房を包んだ。手のぬくもりがじんわりと胸にしみこんでいくにつれ、不安は消えた。

彼の親指が乳首を擦り、耳元でささやく彼の声はかすれていた。「この家に一歩足を踏み入れ、きみが濡れたピンクのワンピースを着て立っているのを目にしてからずっと、ここに手を触れたくてたまらなかった」

彼の親指の爪が固い蕾のような乳首を擦り、レイチェルは歓喜の溜め息をもらした。気持ちがよかった。素晴らしい気分だった。

親指の爪は前に、後ろにと動き、ピンクのコットンを通して乳首を摩擦する。レイチェルの体のなかで情欲がはじけた。螺旋《らせん》状の熱い欲望が血液とともに体じゅうを駆けめぐった。さらに大きな刺激が欲しかった。

レイチェルはジーンズ越しに彼の肉体をまさぐった。最初はためらいがちに、やがてより積極的に撫でさすり、デニムの下にある彼の肉体そのものを実感しようとした。

ゲイブの息遣いが激しさを増した。レイチェルはさらに先へ進みたかった。ジッパーに手を伸ばした。

まるで攻撃を受けたかのように、ゲイブは後ろに退いた。胸は隆起し、むせぶようにして、やっと言葉を口にした。「もっとゆっくりやったほうがいいんじゃないかな」

いまのいままで燃えていたレイチェルの体を冷気が伝っていく。彼の声には結婚していたころによく耳にした、抑制の響きがあった。彼は続けていった。「きみがその気になっていないうちに、無理強いするようなまねはしたくない」

あのいやな思いやり。ぞっとするほどの、息が詰まるような気づかい。まるでこの私には自分の意思を持つ能力が欠けてでもいるみたい。壊れやすい、手を触れることが許されない、純潔の化身ともいうべき存在。女性としての存在を認められない女のようだ。

すべてを打ち明けたというのに、結局彼は何もわかってくれてはいない。

「まだきみはこういうことに不慣れみたいだね」ゲイブはふたりのあいだにさらに距離を置き、Tシャツの皺伸ばしでもしているように、うわの空で胸をさすっている。「なかへ入ろう」

レイチェルは彼を殴りたかった。彼に向かって金切り声をあげ、わっと泣きだしたかった。彼にわかってもらえるなどと、なぜ期待したのだろう。胸の痛みをひとりで抱えているのが辛かったからだ。「私は処女じゃないわ！　どんな卑猥《ひわい》な行為だって私はかまわないのよ、わかる？　どんな倒錯した行為だって私に無理なんてことはないの！　ムードをぶちこわしたのはあなたよ。もう私に指一本触れないでちょうだい」レイチェルの怒りは沸騰点に達し、吹きこぼれた。「というより、あなたなんてくそくらえだわ！」

レイチェルはくるりと踵を返すと雨に濡れた木の階段から芝生におりた。芝生は伸び放題になっていた。低木の植えこみが敷石の小道の上に茂り、走る彼女の足に草がからみついてくる。

「レイチェル！」靴は洗濯室に置いてきたが、かまわなかった。またしても別の男からまで生殖能力に欠陥のある、偶像のような扱いを受けるくらいなら、ハートエイク・マウンテンを裸足で登ったほうがまだましというものだ。

両脇に当てた両手を固く握りしめながら、まるで逃げだすつもりのない、自分の本心に気づいた。本当はあの場所に戻り、「あなたはどうしようもなく無神経で無情で感度の鈍い人間よ！」と叫んでやりたかった。

さっと振り返り、テラスめがけて大股で歩いていくと、ゲイブが勇ましくこちらへ向かってこようとしているのが目に入った。近づきながら、歯を嚙みしめるようにいう。「ちょっと過剰に反応しすぎだと自分でも思わないか？」

レイチェルは卑猥な言葉を投げつけてやりたいと思ったが、卑猥な言葉はいまのところ得意ではない。だが彼とこのままともに過ごせば、あと数週間もすれば悪態の達人になれそうである。「うるさいわね」

大股で三歩進んだところで、レイチェルは彼の手に捕らえられた。彼はワンピースの前をつかみ、ボタンをはずしはじめた。不快感や苛立ちが表情に表われてはいるものの、じつのところそれほどの怒りを感じてはいないようだ。

ゲイブはワンピースを剝がすように脱がせた。「倒錯プレイが望みかい？　倒錯とはどんなことか説明してやろうか。この世には相手の女がオーガズムに達した瞬間に絞殺することで異常な快感を得る男どももいるんだよ！」

彼は乱暴にワンピースをおろし、彼女の腰から上をあらわにし、腕は生地のあいだに閉じこめた。そして首を曲げ、乳房のなだらかな内側を噛んだ。

「あっ！　痛い！」

「よし。今度面倒なことをいいだしたら、またこうしてやる」

ゲイブの唇が濡れた乳首に押し当てられ、レイチェルの怒りは消えはてた。

「さてと、どこまでやったんだっけ？」彼が訊いた。

かすれたその声、自分の冷たい肌にかかる温かな息に、レイチェルは慄えた。「ねえゲイブ…またあなたがムードをぶちこわしにするようなことをいったらどうする？」

「そしたら、きみがしつこく注意してくれるしかないね」

「そうね」レイチェルは溜め息をつき、彼の胸に頬を当てた。

「それまではせいぜい脚の広げ方について考えてみることだな。おれはそこに相当長居するつもりだからさ」

レイチェルはうめいた。なんだかんだといっても彼のアプローチは正しかったのだろうかと思う。

11

体がくつろぎ、こうなってよかったのかもしれないとレイチェルが感じていると、ゲイブがまたしても体を離して、いった。「こんなことをいうと、またきみに文句をいわれそうだけど、ふと気づいたことがあってさ。奔放なセックスを望むんだったら、きみも、もっと注意すべきことがある」

「どういう意味よ」

「そもそも最初からきみはありとあらゆる質問をおれにぶつけてきたけど、そのなかのひとつとして、おれがコンドームを所持しているか尋ねるものはなかった」

ゲイブの言い分はもっともだった。たしかにレイチェルは避妊のことなどまるで念頭になかった。それはたぶん、彼女がこれまで避妊具を使ったことがなかったからだろう。エドワードを身ごもるまで相当に長い時間がかかったので、不妊症ではないかと心配したほどだったのだ。

「コンドームを持っているの？　ばかね、あなたがそんなもの持っているはずないわよね」

レイチェルは腰まで落としたワンピースをぐいと引きあげ、むっつりした顔でゲイブを見た。

「セックスなんて気楽なものと感じている女性が多いのに、なんで私にとってはこんなにたいへんなことなのかしらね」

ゲイブの指の付け根がレイチェルの頬をかすめた。ゲイブはにやりとした。「じつは持ってる」

「持ってるの？」

ワンピースの襟元から手を差し入れ、ゲイブは彼女のうなじに掌を当てた。「この一週間ほど、おれたちふたりの雰囲気が極限までホットになっていたから、月曜日に買っておいたんだ。町の連中に勘ぐられる心配はないよ。プリヴァードまで遠出して買ったから、このことは誰も知らないはずだ」ゲイブは間を置いて、いった。「絶対にきみを傷つけないよ」

レイチェルにはその優しさがまるで甘いシロップのように感じられた。彼の声が柔らかく、ハスキーになった。「さて、お楽しみの用意はできたかな？　それともこのままずっと話しつづけるつもりかい？」

レイチェルの心にあった落ち着かなさは消えた。「用意はいいわ」レイチェルは微笑んだ。「なかへ入りましょう」

ゲイブは思いを秘めたまなざしでレイチェルを見つめた。「それはどうかな。きみが上品なレディならなかへ連れてもいくさ。しかしきみみたいな奔放な女にベッドは必要ない」ゲイブはふたたび肩からワンピースを胸の下まで引き下げ、乳房を手で包みこんだ。

気づいたときにはふたりは濡れた草の上に膝をつき、ワンピースは腰のあたりに引きさげられていた。欲望のために朦朧とする意識のなかで、レイチェルはふたりがまだキスすらかわしていないことに気づいた。彼と交わす淫《みだ》らで情熱的なくちづけはいったいどんな味がするのだろうと思う。レイチェルは首を後ろに傾けてゲイブの頑固そうな口もとをながめ、目を閉じた。

唇は重なったが、あいだにレイチェルの髪がはさまった。彼女は手を伸ばしてそれを払おうとしたが、そのために後ろに倒れこむ形となった。

ゲイブもともに草の上に寝転び、たっぷりしたスカートの部分に手を差し入れ、レイチェルの内腿を掌で撫であげた。濡れた黒い前髪がカールして額に張りついている。白のTシャツは雨に濡れて透け、その下の肉体が見えている。レイチェルのシルキーなパンティの股の部分を彼の指がさっとかすめる。

「素晴らしい手ざわりだ」ゲイブがいった。

濡れた草の上に上半身にはほとんど何も着けていない状態で横たわっているのだから寒いはずなのに、レイチェルの体は火照っていた。ナイロンを通した責め苦に口もきけないほど興奮していた。だが、そこは本当に触れてほしい部分だけに、歯がゆいような、もどかしさがあった。ゲイブはレイチェルの脚のあいだに片膝をはさみ、断固とした意志で脚を押し開いた。

「服はじゃまだわ」レイチェルは濡れたコットンのTシャツを握りしめながらやっと言葉を発した。

「まったくだよ」

体を起こして膝をつきながらも、ゲイブの手はレイチェルの秘丘を包み、刺激を続けている。脚を開いたままひざまずいた彼女の息遣いは浅く、速くなっていく。レイチェルはゲイブのジーンズからTシャツを引き抜き、胸の上に引きあげた。

ゲイブはパンティの股の部分から、花芯へ指を差し入れた。

レイチェルは喘《あえ》ぎながら彼の胸に倒れこんだ。

「動かないで」ゲイブがささやいた。

指はいったん引き、花びらに円を描き、また進入する。そしてふたたび円を描き、進入する。

「もうだめ……」レイチェルの唇から悩ましげなうめきがもれる。

ゲイブは唇のあいだに彼女の耳たぶをはさみ、体の大きな動物の雄が肉欲を満たすあいだ、交尾相手の雌を押さえこむようにレイチェルを落ち着かせた。

レイチェルは手で彼のジーンズのスナップを探し、ぎこちなくジッパーをいじり、なかへ手を差し入れ、掌で肉根を包みこんだ。

今度うめき声をあげたのは彼のほうだった。

「やめてくれ……」彼の指はいったん引き、今度は秘丘を前へ進む。そして擦りあげる。

「やめて……」彼女もうめきながら、肉根をさする。

ともに性愛の奈落が待つ断崖絶壁に押しやられながら、ふたりは慄えていた。

彼が手を離した。

彼女も手を離した。

ふたりは一緒に立ちあがり、ゲイブは衣服をはぎ取られるがままになっていた。レイチェルのワンピースと彼のジーンズ、Tシャツでベッドを作った。ゲイブは一番上に彼女の小さな黄色のパンティを載せ、一歩離れて目の前の彼女に目を注いだ。雨が彼女の肩から細い流れとなって胸元に点在するソバカスの上をしたたっていく。雨は乳房を伝い、腹部へと落ちていく。

彼に見つめられながら、彼女も思う存分彼をながめていた。激しい肉体労働のおかげで彼の胸板は筋骨たくましく、腹部は真っ平らで筋肉がさざ波のように浮いてはいない。股間の黒い毛は雨に濡れてからみ、屹立したものをいっそう際立たせている。レイチェルは手を触れたくてたまらなかった。

「あわてるな。じっくりいこう」大きく息を吸いこんだゲイブの声はややうわずっている。

「まるまる五秒待てよ」

待たせたのは五秒よりは長かったものの、そう間を置かずに、レイチェルが気づいたときにはまたしてもカロライナの濡れた草地に作ったみすぼらしいベッドの上に押し倒されていた。

脚を開かれながら、レイチェルはこれから至福に満ちた淫らな行為が始まることを実感した。まぶたをきつく閉じながら、膝を上げた。「ああボナー……お願いよ、私を失望させないで」

「ひとつ好都合なことがある」ゲイブはレイチェルの内腿に息をかけながらいった。「ぼくはプレッシャーをかけられるほど努力するタイプなんだ」

レイチェルは彼がその行為にこれほどたっぷりと時間をかけるとは予想していなかった。股を大きく開き、そこに咲く花芯をじっくりと観察し、唇や舌で刺激する……やがてそっと蜜を吸いあげられると、レイチェルは歓喜のあまりすすり泣いた。

ゲイブは彼女の喜び、快感を理解し、その行為を続けた。レイチェルはまもなく激しい絶頂感に意識が薄れていった。

意識が戻ったとき、目に涙があふれているのを感じた。「ありがとう」レイチェルはささやいた。

「どういたしまして」

ゲイブはジーンズからこぼれでた財布に手を伸ばした。だがレイチェルがその腕をつかんだ。「まだいや」

ゲイブはうめきながらあお向けに倒れた。レイチェルはリードを任されたことが嬉しかった。今度は自分が焦らし、手で触れ、探索し、積年の好奇心をやっと満足させることができるのだ。

いきなりあお向けにされたかと思うと、ゲイブが財布をつかみ、苦しげにささやいた。「ごめんよ。きみにとってこんなことがひどく大切なプロセスだってことはよくわかるけど、ぼくに任せてくれたほうがもっと楽しめるはずだよ」

「わかった」レイチェルは彼を見あげて微笑んだ。

ゲイブも微笑みを返したがそれもほんの一瞬のことだった。暗い記憶の翳りがその目に宿り、必死で彼がそれを振り払おうとする瞬間を、レイチェルは見た。

彼がまぶたを閉じた。自分の下に横たわるのは妻ではないという事実を忘れようとしているのだとレイチェルは気づいた。自分以外の人物だと想像されるのは、なんとも耐えがたかった。指先で彼の唇に触れてそっとささやいた。「変なことすると、たったいまあなたをお払い箱にして、もっと若いモデルでもハントしちゃうわよ」

ゲイブの目がかっと見開いた。レイチェルは破顔し、コンドームを取りあげた。「私にやらせて」

ゲイブがそれを取り返した。「いや、そうはいかない」

「無粋な人ね」

「おてんばめ」

彼の瞳に宿っていた翳りはいつしか消え、数秒後彼の肉体はレイチェルの太腿のあいだにするりと落ち着いた。

彼の肉体の感触は素敵だった。重いが、緊密な感じだった。間に合わせのベッドに湿り気が染みこみ、濡れた草が彼女の背中の下でぴしゃぴしゃと音をたてる。本当なら不快なはずなのに、力強い彼に守られ、温かい夏の雨に打たれながら永久にこうしていたい気分だった。

性的な興奮とすすり泣きたいような気分に同時に襲われることがわれながら信じられなかった。もっと強く、というようにレイチェルは自分の体を彼の体に押しつけた。彼もそれに応えて体を押しつけたが、レイチェルの肉体は気持ちに逆らうかのように、素直にいうことを聞こうとしない。

「ごめんなさい」レイチェルはむせび泣きたいような気持ちでやっといった。

「きみにとってはずいぶんひさしぶりのことだからね」そう答える声にさほどの動揺は感じられない。

ふたたびゲイブは、ゆっくりと戯れはじめた。その息遣いは不規則で、緊張が感じられるが、少しも急ごうとはしなかった。

しかし待ちきれないのはレイチェルのほうだった。これは彼のせいなのだ。彼の肉体がりっぱすぎるのだ。そしてあまりにも……体を反らしながらレイチェルは喘いだ。ひどく喘ぎながら自分ではどうすることもできなかった。自分が何をすべきかはわかっていた。それなのに……。

「落ち着いて……落ち着いて……」

「だめ！」レイチェルは自分から彼を迎え入れようとあがきながら、体を反らせた。求め、欲する気持ちだけは強かった。

ふと彼の手がふたりの肉体のあいだに滑りこんだ。いったい何をしようというの？ 頭がどうかしたんじゃない？ いかれてるわ！ ひとつのことに集中することができないの？ どうして――。

彼の愛撫でレイチェルは体が砕け散るほどの激しい快感に襲われ、そのとき彼の肉体が進入した。

雷光が空を裂き、ふたりの裸体はずぶ濡れだった。レイチェルは彼の脚に自分の脚をからめ、彼の肩に手首を押しつけ、もっと強くもっと強くと彼の体に抱きついていた。

高い位置から激しく進入と後退を続ける彼の背中に雨が激しく降りつける。レイチェルは彼の首の付け根に顔を埋めていた。土砂降りの雨に溺れ、圧倒的な感覚の嵐に溺れそうだったからだ。このすさまじい嵐にこのまま身をゆだねていたいという思いだけが胸に疼《うず》いていた。

その嵐は永久に続くように思われたのに、終わってみると早すぎるような気がした。ゲイブの肉体が力を失ってくずれ落ちたと同時に、レイチェルはふたたび意識を失った。

レイチェルは強く抱きついたまま、彼の体が荒々しいまでに慄えていることに甘美な喜びを覚えた。彼女が支えるには、ゲイブの体は大きすぎ、重すぎもしたのだが、彼がようやく体を離したとき、強い喪失感に襲われた。

雨足が強く、屋敷の形さえよく見えないほどだった。本来ならたがいに距離を置くべき男女が雨のなかでこのような煩悩に身をゆだねたという事実に、ふたりは同時に恥じらいを覚えた。もし家のなかに入ってベッドに入っていたとすれば、少なくともそれなりの品位は保たれたであろうが、雨のなかで激しい肉弾戦を演じたという事実はたがいに求め合う欲望の激しさを物語るわけで、そうしたことに思いいたったことはたがいに口にしたくなかった。ましてねんごろな言葉でそのことに触れられるわけもなかった。

ゲイブは反動をつけて起きあがり、片膝をついたままレイチェルを見おろした。「初心者にしてはなかなかだったよ」

くるりと寝返りながら側臥《そくが》すると、レイチェルの髪の毛先が押しつぶされた草の上に垂れた。「荒っぽさは好みにぴったりだけど、まあまあってところかな」

ゲイブは片眉をつり上げた。

レイチェルは悪戯《いたずら》っぽい笑みを浮かべた。

ゲイブは笑いながら立ちあがり、コンドームをはずし前屈みになってレイチェルに手を差しのべた。散らばった衣類を拾いあげ、ふたりは家のなかへ戻った。エアコンの風に当たったとたんレイチェルは慄えはじめた。「主寝室のあの大きなシャワーがまだ使えるのなら、先に私に使わせて」

「どうぞ」

シャワーの途中で彼が入ってきて、真に奔放な女が好みそうな新しいスタイルの戯れを披露してみせても、レイチェルには不思議なくらいに自然に受け入れられた。

ゲイブはジーンズだけを身につけたまま、どさりとベッドの端に座りこんだ。背後で義姉ジェーンのヘア・ドライヤーの音が鳴っている。レイチェルがあのとび色の髪のもつれを直しているのだ。

ゲイブは両手に顔を埋めた。またひとつチェリーとの絆を失ってしまった。肉体的に結ばれた相手は唯一妻だけだと、もはやいえなくなった。そうした絆が断たれてしまったのだ。

最悪なのは、レイチェルとともに過ごすことに喜びを感じているこの気持ちかもしれない。騒々しくて威張っていて、おかしくて、情熱的な女である。彼女といると、心のなかに棲みついた妻の面影さえ薄れていく。

「ゲイブ?」

バスルームから主寝室へ出るドアのところにレイチェルが立っていた。彼の古いTシャツが彼女の狭い肩から垂れさがり、貸してやった義姉のジーンズはぶかぶかだ。彼が見つけてやったゴム輪を使い、髪をポニーテールにまとめているが、湿ったとび色の長い巻き毛が小さな顔を囲んでいる。化粧けはまるでなく、鼻のあたりに点在するソバカスもあらわなまま。見なくてもよいものまで見えてしまうあの大きな緑の目の強い魅力がいささかも損なわれず、輝いている。

「ゲイブ？」

いまレイチェルと話したくなかった。いつもの口論めいたやりとりを交わすには、心があまりに無防備になっているからだ。愛を交わしたことで、レイチェルの舌鋒《ぜっぽう》鋭いいつもの調子がいくばくかでもやわらぐとはとても思えなかった。なぜそっとしておいてくれないのだろう。

しかしレイチェルはどこにも行く様子がなかった。肩に手を触れ、共感に満ちたまなざしでじっと見つめる彼女の様子に、ゲイブは涙が出そうになった。

「いいのよ、ゲイブ。彼女が恋しいんでしょう。でもあなたは間違ったことをしたわけじゃないの」

ゲイブは胸が熱くなった。同情され、心の鎧《よろい》がはずれた。先刻まで彼女の鋭い口調を恐れていたくせに、いまは彼女の辛辣《しんらつ》な皮肉を浴びるためならなんでもしたいような気持ちだった。

「チェリーはあなたに癇癪《かんしゃく》を起こしたことがあった？」

彼女の名前。自分以外の人物が彼女の名前を口にした。誰ひとり口にしなくなっていたその名前を。

家族も友人も自分に気を遣っているのは知っていたが、みんなの心のなかではチェリーの記憶が薄れてしまったような気がしはじめていた。彼女のことをもっと語りたいという衝動はもはや抗いがたいものになっていた。

「彼女は……チェリーはあまり喧嘩《けんか》が好きじゃなかった。ただじっと黙りこむだけだった。こっちはその状態を見て、ああ何かまずいことがあるんだな、って気づくんだ」

レイチェルはうなずいた。

そんなレイチェルの瞳をのぞきこみながら、ゲイブは何か稀有《けう》なもの、すべてを受け入れる寛大な心を垣間見た気がした。それもまた、生意気な口調と同じく彼女の本質の一部なのだろう。誰もが決して理解しえなかった彼の心情をレイチェルは理解してくれたのだという思いが一瞬胸をよぎった。だがそんなことはありえないことだった。両親や兄弟、幼馴染みの友人と違い、レイチェルは彼のことを何も知らないのだ。

レイチェルはゲイブの肩を強く抱きしめ、かがんで彼の頰に強くキスをした。不思議な薔薇の蕾のような小さな唇は苺でもかじったような薄紅色をしていた。「もう帰りたいわ」ゲイブはゆっくりとうなずき、立ちあがってシャツを着た。もう一度抱きたくてたまらない気持ちを悟られずに、彼はなんとか服を着おえた。

その夜、夕食のあと片づけを終えたあと、レイチェルはアイスクリームを食べさせるためにエドワードを町へ連れていった。ご馳走してやるのは何カ月ぶりのことである。ドウェインと結婚していたころはまるで金銭に頓着していなかったが、いまはわずかな金もおろそかにしない。今夜のためにとっておいた金はとても貴重なものなのだ。

エドワードはエスコートのシートベルトの許す範囲で嬉しそうに跳ね、バニラにチョコレートをかけることのメリットをずっと独り言のように話しつづけていた。クリスティも誘ったのだが、丁重に断わられた。もしかすると息子とふたりきりで過ごしたいというレイチェルの気持ちを察したのかもしれなかった。それはひとりで自分の心を見つめなおす時間でもある。

エドワードのおしゃべりを聞きながら、午後のイメージが胸のなかで熱くよみがえってきた。雨、ゲイブの体、自分の奔放さ。かつて愛の行為にあんな形もあるのだろうと想像してみたことはあったが、自分がそうした体験をするという希望はとうの昔に捨て去っていた。ゲイブのことを思うだけで体が火照り、落ち着かなくなる。彼を求める気持ちの激しさに、われとわが心がそら恐ろしくさえある。しかし惹かれているのは、なにも性的な部分だけではない。髪や目の黒さ、容赦のない率直さ、しぶしぶながらの優しさ。この町でレイチェルを過去で判断しない唯一の人物であることも、自分では気づいてもいないらしい。

ゲイブがわけありの男ではないという空想にちょっとだけ浸ってみたが、あわててそんな思いを振り払った。想像のなかとはいえ、彼と恋に落ちるほど理性をなくしてはいないつもりである。彼は影がありすぎる。たとえそうした影が消え、彼がまた恋をすることがあっても、相手はレイチェルより優しい女性だろう。悪い評判もなく、高い教育を受け、育ちもよく、すきあらば論戦をしかけてくるような女性ではないだろう。

結婚の意思がないのに男性と肉体関係を持つなんて、かつては考えられなかった。だが彼女のなかには、夢見る乙女はもう存在しない。いまの彼女にはこうした心躍るような不道徳さが必要なのだ。ゲイブをただのセックスの対象として思い浮かべることに、なんの支障があろうか。背徳の喜び、ささやかな放縦。ゲイブとのことは、過酷な人生を多少なりとも生きやすくするため、自分に許すせめてもの慰めである。

アイスクリーム売り場は貨物列車に形作られた『ペチコート・ジャンクション』というカフェの端にしつらえられ、レイチェルがエドワードの手をとって通りを渡ったときも、従業員はスムーズに次々と客の注文をこなしていた。レイチェルが近づくと、赤ん坊を抱いた三十がらみの女性が隣にいた痩せた黒い髪の女性になにごとか耳打ちした。振り返った女はキャロル・デニスだった。

キャロルの口が動いたが、離れているのでなんといったのかはわからなかった。だがまわりにいた人にはその言葉が聞きとれたようだ。ひとり、またひとりとこちらを向く。怒った蜂たちが壁のなかでたてる羽音のような、低いざわめきが聞こえる。その音が五秒ほど続いたかと思うと急にやみ、あとに、水を打ったような沈黙が訪れた。

レイチェルは立ち止まった。心臓が早鐘のように鳴っている。束の間なにも起こらないかのように思えたが、やがてキャロルが背を向けた。ひと言も発さないまま、連れの若い女も背を向けた。中年の男女も同じことをし、年配のカップルもそれに従った。ひとり、またひとりとサルベーションの人間がレイチェルに背を向けていった。忌避の意思を表明するための、古典的な方法である。レイチェルは逃げだしたくなったが、そうもいかなかった。紺色のコットンのワンピースの裾が夜風を受けて、ぱたぱたと脚に当たる。エドワードをアイスクリームのウィンドウに引き寄せるその手に力がこもった。「何にする？」レイチェルはやっとの思いで訊いた。「チョコレートがいいの、それともバニラ？」

息子は答えなかった。レイチェルは息子のいくばくかの抵抗を感じとったが、居並ぶ人びとに弱気なところを見せてはならじと、息子をウィンドウ側に引きつけようとする手はゆるめなかった。「きっとチョコレートがいいんでしょ」

ウィンドウの向こうに立っている従業員は髪をスポーツ刈りにした顔色の悪い若い男だった。戸惑いを隠しきれないように、レイチェルをじろじろと見た。

「スモール・コーンを二個」レイチェルはいった。「バニラひとつ、チョコレートひとつ」

若者の後ろから年かさの男が現われた。レイチェルはその男がこのカフェのオーナーであり寺院の支持者であったドン・ブラディであることを思い出した。彼は若い従業員をどけて、嫌悪感に満ちた視線をレイチェルに浴びせた。「もう閉店だよ」

「あんまりじゃありませんか、ブラディさん」

「おまえさんのような客はお断わりなんだよ」

木製の仕切りが乱暴に閉められた。

レイチェルは憤りを覚えた。自分のためではなく、子どもの気持ちを思うと胸が痛む。揃いも揃って大の大人が子どもの前でこんな愚かしい行動をとるなんて、とても考えられない。

「みんなぼくたちのこと嫌いなんだよね」エドワードが体を寄せながらささやいた。

「あんな人たち、放っておけばいいのよ」レイチェルは大声で答えた。「やっぱり、ここのアイスクリームはまずいからやめましょ。ママはもっとおいしいお店知ってるから大丈夫よ」

レイチェルはエドワードの手を引いて人波から離れエスコートへ向かった。その場を逃げだすような印象を与えまいと、わざとゆっくりとした歩調をとった。車のドアを開け、前に屈んでエドワードのシートベルトを装着してやろうとしたが、手がひどく震えてままならない。

何かが肩にふれた気がした。屈んでいた体を起こしてみると真後ろにぽっちゃりした中年女性が立っていた。明るいグリーンのスラックスに白のオーバーブラウス、襟元にはグリーンのオウムのブローチ。白髪交じりのきちんとカールした髪からのぞく耳にはブローチと揃えた木製のイヤリングがぶらさがっている。顔はまんまる、目鼻立ちはどこもかしこも丸く、側面が急にカーブして下がった形のサーモン・ピンクの縁がついた眼鏡をかけている。

「お願いです、スノープス夫人。お話ししたいことがあるんです」

女性の表情には敵意があるものと予想したのだが、その顔に浮かんだものは懸念だけだった。

「私はもうスノープス夫人ではありません」

女性はそんなレイチェルの言葉も耳に入らないらしかった。「孫娘に神癒をしてやっていただけませんか」

レイチェルは驚愕のあまり返す言葉さえなかった。

「お願いです、スノープス夫人。エミリーという子なんです。まだ四歳なのに、白血病なんです。半年ほど病状が小康状態を保っていたんですが、いまは……」眼鏡の奥の目に涙があふれてきた。「あの子がいなくなったら、私たちどうしたらいいのかわかりません」

これはアイスクリーム・ショップでの悪夢のような体験とくらべても、状況はもっとずっと深刻である。「お、お気の毒だとは思いますけれど、私には何もお手伝いできません」

「ただあの子の体に手を当ててくださるだけでいいんです」

「私は神癒治療者ではありません」

「あなたならできます。私にはわかります。かつてよくテレビであなたを見ました。私は他人があなたのことをどういおうと気にしません。あなたは神から力を授かった偉大な女性です。私たちにとって、あなたが最後の頼みの綱なんです、スノープス夫人。エミリーには奇跡が必要なんです」

レイチェルは汗をかいていた。紺色のワンピースは胸に張りつき、襟は首を絞めつけているように感じた。「わ、私は奇跡を起こすことなんてできません」

もしこの女性に敵愾心があれば、その顔に刻まれた苦悩の翳りにもレイチェルは平然としていられただろう。「できるわ！　あなたならできるんです！」

「すみません……申し訳ないと思います」レイチェルは女性から離れ、急いで車の反対側へまわった。

「せめてあの子のために祈ってやってください」女性は途方に暮れ、絶望したようにいった。

「うちの子のために祈ってやってください」

レイチェルは強くうなずいた。もういまは祈ることさえやめている、信仰心などとうに失くしてしまったなどと、どうしてこの女性に告げられようか。

ただもうやみくもにハートエイク・マウンテンへの帰路を急ぎながら、胃がきりきりとよじれるように痛んだ。古い記憶のなかのドウェインの神癒のシーンが脳裏に浮かんだ。彼は片脚がもう一方の脚より長いという女性の前にひざまずくと、長いほうの脚の靴の部分をつかんでいた。

『イエス・キリストの名において、癒えよ！　癒えよ！　さあ！』

そしてテレビの前の視聴者が見守るなか、脚は短くなる。

誰もが見落としていたのは、ドウェインが彼女の前にひざまずきながら行なったわずかな動きであった。長いほうの脚を持ち上げながら、こっそり靴の後ろの部分をかかとのあたりで引き下げておく。そして声高く天に祈りながら、かかとを押し戻す。すると聴衆から見れば脚が縮んでいくように見えるのだ。

夫への愛が軽蔑へと変わった瞬間がまざまざと胸によみがえった。その夜もうひとつ判明したのは夫が神癒の最中に極小の送信機を耳につけていることだった。助手のひとりが舞台裏に控え、放送の前に記入しておいたカードに書かれた聴衆の会員の病名を小声で伝えるのである。ドウェインが会ったこともない人びとの名前を高らかに挙げ、詳しい病状を述べたとき、神癒治療者としての彼の名声は広まった。

その評判が木製のオウムのイヤリングをつけた女性の耳にも届いていた。彼女はどうしたわけかドウェイン・スノープス未亡人が死の床についている孫娘に神癒を施せると信じこんでいるのである。

ハンドルを握りしめた指がぴくぴくと痙攣《けいれん》する。ほんの少し前にはもう一度ゲイブと愛し合う白昼夢にうっとりとたゆたっていたというのに、現実の厳しさを目の前に突きつけられた。この町から一刻も早く出よう。そうしないと気が狂ってしまう。ドウェインのチェストにかけた希望はついえた。このうえはドウェインの聖書を見つけ、そこで知りたい秘密が明かされることを祈るばかりだ。

ただしもう祈ってはいないのだが。

エドワードの小さな溜め息が聞こえ、レイチェルは現実に引き戻された。コテージの前に車を停めたとき、アイスクリームのことを忘れていたことに気づいた。レイチェルは呆然とエドワードの顔を見つめた。「ああ、どうしましょ。忘れちゃった。ごめんなさい」

エドワードはじっと前を見据え、文句もいわず、ただ黙ったまま、厳しい人生を生きなくてはならない自分の運命を受け入れようとしていた。

「戻りましょう」

「そんなことしなくていい。もういいよ」

もうよくはなかった。レイチェルは車をUターンさせ、イングルス食品雑貨店へ向かい、チョコレート・バーを買ってやった。エドワードは入口の前に置かれたゴミ容器に包み紙を捨て、チョコレートを舐めた。ふたりは駐車場を通ってエスコートを駐めた場所へ向かった。

そのとき、レイチェルはエスコートのすべてのタイヤにざっくり切れ目が入っていることに気づいた。

12

翌朝レイチェルはよく眠れないまま、六時前に目覚めた。裸足にパンティとクローゼットで見つけた男物のワーク・シャツというなつもながらの寝間着姿でそっとキッチンへ入っていった。

コーヒーのポットを用意しながら、裏窓からバターを溶かしたような早朝の光がさんさんと射しこみ、きずだらけの農家風テーブルの上で斜めの縞模様をなしているのに目を奪われた。外の草は朝露で輝き、ユウスゲは明るいオレンジ色のらっぱ状の花を誇らしげに咲かせている。森のはずれでピンクのクレープのような花をつけたギンバイカの灌木《かんぼく》も、朝日を受けてぼんやりとかすみ、羽毛のようなボアを首に巻いた風変わりな年配の女性のようだ。

昨晩の不快な出来事のあとで、あたり一面にあふれる単純な美しさに感動し、レイチェルは瞳をうるませた。ありがとう、アニー・グライド。魅力的なコテージに感謝するわ。この美しい家が悩みを解決してくれたらどんなにかいいのにと思う。エスコートのタイヤを交換する金はなく、この苦境をどう切り抜けたらいいのか皆目見当もつかない。仕事に行くことに問題はない。相当な距離を歩くことにはなるけれど、なんとかなる。だがエドワードのことはどうしたらいいのだろう。昨日はクリスティが迎えにいってくれ、毎日の保育園の送り迎えは引き受けるといってくれている。しかしそのクリスティにしてもまもなく引っ越していってしまう。そのあとはどうすればいいのか。

早く聖書を発見しなくては。

これ以上思い悩んでせっかくの素晴らしい朝を台なしにしたくない。これから昼間さまざまな仕事が待ち受けているとわかっているだけになおさらである。コーヒーができあがった。うっすらとピーター・ラビットの模様が残っている古いグリーンのマグにコーヒーを注ぎ、玄関ポーチまで運んだ。

これが一日のうちでも大好きな時間である。エドワードはまだ眠っており、すべてが新しく新鮮に感じられるこの時間。大部分の人びとが眠りをむさぼっているあいだに、玄関ポーチできしむロッキング・チェアにもたれコーヒーを飲む。こんなことがドウェインとの贅沢《ぜいたく》な生活よりずっと貴重に思える。そうして新しいささやかな夢を思い描くのだ。エドワードが友だちと遊べる、小さな裏庭。できれば花の咲く庭園、犬がいればもっといい。エドワードにはペットと過ごさせてやりたいと思う。

あいた手で玄関ドアの重いかんぬきをはずし、取っ手をまわし、網戸を押し開けた。ポーチに足を踏み入れながら、新鮮な山の空気を胸一杯に吸いこんだ。言葉にはできないほどの至福感に包まれる。どんなことが起きようと、この瞬間だけは私のものなのだ。

ロッキング・チェアに向かおうとしたとき、うっとりした気分は消えはてた。コーヒー・マグはガチャンと木の床の上に転がり、むきだしの足の上にコーヒーが飛び散ったが、レイチェルはそんなことに気づかないほど呆然としていた。見えているのは、家の前面、窓と窓のあいだに誰かが赤のペンキで書きなぐった毒々しい言葉だけだった。

罪人。

クリスティが長いコットンのナイトガウンの裾をたなびかせながら玄関ポーチに飛びだしてきた。「どうしたの？　大きな音が聞こえたから――まあ、なんということ……」

「ひどい」レイチェルが怒りをこめた小声でいった。

クリスティは喉のあたりに手を当てながらいった。「とても卑劣だわ。この町の人がこんな卑劣なまねをするなんて」

「みんな私を憎んでいるの。私がこの町にいるのがいやなのよ」

「ゲイブに電話するわ」

「やめて！」

だがクリスティはすでに家のなかに入ってしまっていた。

美しい朝がおぞましい朝に変わってしまった。レイチェルは玄関ポーチで起きた最悪の災難がこぼれたコーヒーであるかのように自分にいい聞かせながら、古いふきんでコーヒーを拭き取った。

着替えをしようとなかへ入ろうとしていると、ゲイブの小型トラックが砂利を蹴散《けち》らしながら山道を猛烈な速さで上がってきた。急な角度でトラックを駐車させると、運転台から跳ぶようにおりた。ちょうどそのときサッカー地のローブを着たクリスティが玄関のドアから出てきた。

ゲイブはまさに起き抜けといった様子をしていた。髪は乱れ、裸足に履き古した白のスニーカーをつっかけてきたという感じである。ほんの二日前に激しく愛し合ったばかりなのに、いまの彼はとことんやってやるといった、闘志満々の表情でふたりを見ている。

「ゲイブ、あなたが来てくれてよかった」クリスティが叫んだ。「これを見てよ！」

だが彼はすでに落書きを目にしており、眼力でイメージを消滅させることができるといわんばかりににらみつけている。

「午前中におれたちふたりでオーデル・ハッチャーのところへ行こう、レイチェル」といいながら、その目はシャツの下から長々と伸びたレイチェルのむきだしの脚に釘付けになっている。彼がわれに返るのにしばしの時が経過した。「ここにも警察にパトロールに来てもらう」

「町じゅう卑劣な人ばかりになってしまったわ」クリスティがぽつりといった。レイチェルが言葉もなく立っているあいだ、昨夜タイヤが切り裂かれたこと、ペチコート・ジャンクションでの出来事についてクリスティがゲイブに話した。「ドウェイン・スノープスに裏切られた町の人たちは恨みを晴らすのに、レイチェルに八つ当たりするしかないみたい」

「警察にいってもきっと取りあってはくれないわ」レイチェルがいった。「警察だって私がこの町を出ていくのを望んでいるのよ」

「やってみなくちゃわからないだろ」ゲイブが厳しい顔で答えた。

「あなたが町からいなくなるなんて私はいやよ」クリスティがいった。

「いなくなるのを望んで当然よ。私はずいぶん自分勝手だった。認識が甘かったわ。この状況はいまにもっと拡大していって、あなた方ふたりにもきっと影響が及ぶことになると思うの」

クリスティの目が光った。「そんなこと私は気にしないのに」

「きみは自分のことだけ心配してればいい」ゲイブがいった。

反論しようとしたとき、網戸がきしみ、エドワードが現われた。ホースの片耳をつかんで脇に垂らし、片手で目をこすっている。色褪《いろあ》せた青い上下のパジャマは丈が短かすぎて脚があらわになっている。前身ごろに描かれたキックボクシングをしているダルメシアンのプリントもひび割れ、色が落ちて、こんな身なりしかさせてやれない親としてのふがいなさにレイチェルの胸は痛んだ。

「いやな声が聞こえたんだ」

レイチェルは息子のそばへ駆け寄った。「大丈夫、なんでもないのよ。ボナーさんの声だったの。お話ししていただけよ」

ゲイブの存在に気がついたエドワードの口もとが頑固そうにゆがんだ。「声が大きすぎるよ」

レイチェルはあわてて息子の顔をそむけさせた。「お洋服を着替えましょ」

エドワードは手を引かれることに抵抗は見せなかったが、網戸を開けたレイチェルの耳に息子の低いつぶやきが聞こえた。ゲイブには絶対に聞かれたくない言葉だった。

「とんま」

レイチェルとエドワードが着替えをするあいだにゲイブはいなくなっていた。しかしエドワードに朝食を食べさせようと、レイチェルがキッチンに入っていくと、玄関ポーチに塗料缶と刷毛を持った彼の姿が見えた。エドワードのシリアルにミルクを注ぐと、ポーチに出た。

「そんなことしてくれなくてもいいのよ」

「そうはいかない」落書きの上にペンキを塗ったが、まだ透けて見える。「二度塗りしなくちゃだめだな。仕事が終わったら、仕上げてやるよ」

「自分でやるから大丈夫よ」

「おれがやる」

ここで折れてはいけないとは思うものの、意地を張る気にはなれなかった。そんなところを彼は見抜いているのかなという思いが胸をよぎる。「ありがとう」

しばらくして、家のなかをのぞきながらゲイブがトラックに乗れと声をかけた。「オーデル・ハッチャーのところへ行ってみよう」

二十分後、ふたりはサルベーション警察の署長の前に座っていた。細くまばらな白髪、ずんぐりとした鼻。ハッチャーはゲイブの事情説明を受けながら、黒のプラスチック製半眼鏡の上からレイチェルをじっと観察した。

「調べてみますよ」話を聞き終えた署長はいった。だがレイチェルは署長の目のなかに満足げな輝きがあることを見抜いていた。恐らく最小限度のことしかやってくれないであろうことは察しがつく。ハッチャーの妻はかつて寺院の会員であり、ドウェインの違法行為が発覚して、署長としての体面が少なからず傷ついたことはまず間違いがないからだ。

ここで引きさがるべきではない、とレイチェルは判断した。「ハッチャー署長、ドウェインが逃走した日に私の車を没収したのはあなたの所轄する署でしたよね。車のなかに一冊の聖書があったはずなんですが、その行方を知りたいんです。他人にはなんの価値もないものでも、あれは実家で代々持ち継がれた大事な聖書で、ぜひ取り戻したいんです」

「車もそのなかにあったものも、すべてドウェインの負債の補塡《ほてん》に当てられました」

「わかっています。ですが、私としては聖書の所在だけでも確かめたいんです」

ハッチャーがなんらかの計らいを施してくれる心づもりなどないのは明白だった。とはいえ、テレビ伝道師の未亡人など無視してもどうということはないが、サルベーション一の名家の一員が見ているとなれば、話は別である。

「調べてみましょう」ハッチャーはしぶしぶうなずいた。

「よろしくお願いします」

オーデルは部屋を出ていった。ゲイブは席を立ち、この部屋の唯一の窓辺へ歩いていった。窓からはクリーニング屋と車両部品の店があるだけの裏通りが見える。

窓辺から語りかけるゲイブの声は低く、憂いを含んでいた。「きみの行動を見ていると心配で仕方がないよ、レイチェル」

「どうして?」

「きみは無謀だよ。結果も考えず、やみくもに行動に走る」

昨日のことをいっているのか、とレイチェルは思った。昨日ふたりのあいだに起きた出来事について、たがいにひと言も触れていない。

「きみは衝動的に行動する。危なっかしくて見ていられないよ。いまのところ実際にきみを

「この町に長く滞在するつもりはないの。お金のありかが判明したら、早々に出ていくつもり……」

襲ったやつはいないが、いつ何時《なんどき》そんな事態におちいったとしても不思議じゃない」

「もしも、判明したらだね」

「絶対見つけてみせる。そしたらここからできるだけ離れた所に居を落ち着けるつもりよ。シアトルあたりのね。そこでちゃんと走る車を買って、エドワードに本やおもちゃをどっさり買ってやるの。そしてほんとうに家庭らしい小さな家を買うの。それと――」

署長がふたたびオフィスに戻ってきたので、レイチェルは話をやめた。署長はいかにもお役所ふうの書類をレイチェルの前に置いた。「これが車のなかにあった品目の一覧表です」

レイチェルはきちんと印刷された品目の列に見入った。窓拭きスプレー、車検証、小型のチェスト、口紅。車にあった品目が続き、最後尾まで読み終えた。

「誰かが見落としたんですよ。聖書についてひと言も言及されていないなんて」

「言及されてないということは、聖書がなかったということですな」ハッチャーがいった。

「たしかにありました。私が自分で載せたんですから」

「三年前のことですよ。人間の記憶なんてあてになりません」

「私の記憶は明確です。私としては聖書がどこへいったのか、ぜひとも突きとめたいんですよ！」

「私にはわかりかねます。車には載っていなかったんでしょう。さもなければ一覧表にあるはずですから」ハッチャーは小さい冷ややかな目でレイチェルを見た。「あの日はあなたも相当のストレスを抱えていらしたでしょう」

「これはストレスとはなんの関係もありません！」レイチェルはハッチャーに金切り声を張りあげたい気分だったが、仕方なく気分を落ち着かせようと深呼吸した。「車にあったチェストは……」レイチェルは報告書を指差して、いった。「屋敷に戻されています。どういうことなんです？」

「チェストはおそらく屋敷に属する家具とみなされたのでしょうな。車は屋敷とは別に競売にかけられました」

「私はチェストと聖書を同時に車に載せました。おたくの署の誰かがミスをおかしたんですよ」

その指摘に署長は気分を害されたようだった。「グライド家のコテージ周辺のパトロールはふやすつもりですがね、スノープス夫人、それであなたが戻ってきたことに対する町民の気持ちが変わるわけではありません。どうか悪いことはいいませんから、ほかに住むところを見つけてください」

「彼女にもここに住む権利はあるはずですよ」ゲイブは穏やかにいった。

ハッチャーは半眼鏡をはずしデスクの上にコツコツとたたきつけながらいった。「私は現実を直視しているだけです。スノープス夫人とそのご亭主がこの町に壊滅的ともいえる打撃を与えたころ、あなたはこの町におられませんでしたよね。ふたりは私腹を肥やすためなら誰彼なく金を奪いました。あなたが最近辛い体験をなさったことは私も承知しています。そうでもなければあのごとを素直にとらえられなくなったとしても当然だとお察しします。そうでもなければあなただって交友関係にもう少し注意なさったはずですからね」レイチェルに注がれる侮蔑的な視線から判断するに、ゲイブがセックスの代償としてレイチェルの面倒をみていると署長は見ているらしい。実際一度は自分からそうした申し出をしたこともあって、それを不快に感じるのはおかしいのかもしれない、とレイチェルは思った。

「ご家族の身にもなってみたほうがいいですよ、ゲイブさん」署長はさらに言葉を重ねた。「あなたがスノープス未亡人と親しくしていることを知って、ご両親が喜ばれるとはとても思えません」

ゲイブの唇がかろうじて動いた。「彼女の名前はストーンです。それに彼女が車に聖書を載せたというのなら、聖書はたしかに車にあったはずです」

しかしオーデル・ハッチャーは頑として譲らなかった。彼は官僚的な事務手続きに絶対的な信頼を置いている人物であり、何かが書類上存在しないとなっていれば、あくまでそれは存在しないのである。

その日しばらくして、遊戯場の設備に塗装の最後の仕上げを施しながら、ゲイブが自分の意見を支持してくれたことを思い返し、レイチェルは気持ちがやわらぐのを覚えた。ドウェインの遺した大金については、なんとも雲をつかむような話だとは感じているらしいが。敷地の反対側を見やると、ゲイブが電気工と一緒に投光照明を設置している。彼も視線を感じたのだろう。目をあげた。

意識して体がつい硬くなる。ふたりの関係にいちじるしい変化が起きて、どう考えればよいのかわからなくなっている。ふたりきりの時間を確保するだけでさえ、なんとむずかしいことかと思う。

日が暮れると、ゲイブは家まで送るといいだした。車がなく、ハートエイク・マウンテンまでの結構長い道程を徒歩で帰るのは楽しみとはいえないので、レイチェルもそれをありがたく受け入れた。よく働いた日だった。労働が辛いわけではない。このごろ、ドライブインに対する自分の思い入れはゲイブより強いのではないかと思いはじめた。オープニングの日を楽しみにする気持ちはたしかに彼以上だ。

帰途につきながら、一日じゅうふたりが意識していた熱い緊張はさらに強まった。レイチェルは窓を下ろしながら、すでにエアコンが入っていることに気づいた。「暑さにやられたのかい?」ゲイブがかすかに意地悪な表情を見せたが、興奮状態のレイチェルは見ないふりをした。

「今日は暖かだったから」

「というより暑かった」ゲイブの手がレイチェルの太腿をそっと押す。もっと体を近づけようかという気になったが、逆に顔を背け、窓を上げた。ゲイブは手を離した。羞恥の念にかられていると思われたくはなかった。彼に抱かれたいという思いがつのっているいまはなおさらだ。彼に告げておかなくてはいけないこともある。「ゲイブ、私今朝からあれが始まったの」

レイチェルのほうを向いたゲイブは虚ろなまなざしを向けた。

「あれよ」レイチェルは繰り返した。それでも意味が通じたようには思えず、ふと彼の職業的環境を思い出した。「発情期っていえばわかるかしら」

ゲイブは爆笑した。「わかってるよ、レイチェル。なぜまたそんなことをぼくが気にすると思ったのか、解《げ》せなかっただけさ」

思わず頰を染めた自分がレイチェルはいやだった。「きっと気分がよくないと思って……」

「あのさ、本気で経験豊かな女のふりをするつもりなら、まず妙なこだわりは捨てろよ」

「こだわりなんて持ってないわ。衛生的な意味でいっただけ」

「なんだよ。一般的な意味でこだわりといったのに」ゲイブはレイチェルをからかって辛辣な含み笑いをもらし、車をハイウェイに乗せた。

「いいわよ、せいぜい私を笑い物にすればいいわ」レイチェルはすねたようにいった。「少なくともこの問題はいずれなくなるわ。もうひとつの問題はそうそう簡単に片づきそうもないわね」

「どんな問題？」

レイチェルは塗装用に着ている濃いオレンジと白のチェックのワンピースのスカート部分についた青の細い線を指でなぞった。「この――ゆきずりの情事がいったいどうなっていくのかという問題よ」

「ゆきずりの情事？」ゲイブの口調には不快さが感じられた。「そうなのかい？」

道路はちょうどカーブにさしかかっていた。レイチェルは沈みゆく夕日がまぶしくて目を細めた。「情事じゃない」レイチェルは一瞬考えていった。「情事というと深刻すぎるわ。ゆきずりの情事なのよ。問題はね、そのゆきずりの情事をどうやって実行するか、私にはわからないのよ」

「まったく問題はないよ」

「そう思うってことは、よく考えていない証拠だわ。つまりね、昼間は仕事から抜けだして……あの……」

「ゆきずりの情事？」

　レイチェルはうなずいた。

「なぜできないのか、おれにはわからない」ゲイブはダッシュボードからサングラスを取りだし、かけた。それは夕日を避けるためなのか、それとも視線を避けるためなのだろうかという疑問がレイチェルの胸をよぎった。

「わざとはぐらかそうとしてるのね」

「違う。ほんとになんでそんなことが問題なのか、おれにはわからないんだよ。まだ例のメンスのことを話しているのかい？」

「そうじゃないわ！」レイチェルは日除けを乱暴におろした。「広い意味でいっているの。昼日なかにあれをしようというの？」

「その気になれば」

「どこへ行くの？」

「どこへなりと。昨日のことを考えれば、場所を選り好みするとは思えないね」

　こちらを向いたゲイブのサングラスのレンズにちっぽけなレイチェルの姿が映っていた。その姿はいかにも小さく、もう一度強い風が吹けば、飛ばされてしまうような不確かな存在に見えた。レイチェルはそんなイメージから顔をそむけた。

「スナックショップのカウンターがいやなら、家へ戻ったっていいし」とゲイブがいった。

「なにもわかってないわ」

「だったら、ちゃんと説明したほうがいい」堪忍袋の緒がいまにも切れそうな声だった。

レイチェルは息を詰まらせながらやっといった。「私は時給で働いているのよ」

「それとどんな関係があるっていうんだよ?」

「私たちが——その——ゆきずりの情事に費やす時間はどうなるの?」

ゲイブは慎重な表情でレイチェルを見つめた。「これ、ひっかけの質問なんじゃないの?」

「違うわ」

「わかんないな。時給なんて関係ないよ」

「私の給料には関係があるのよ」

「このことはきみの給料となんの関係もないよ」

いよいよ詳しく説明しなくてはならなくなった。「ゆきずりの情事にも時給が支給されるの、されないの?」

ゲイブは慎重さを隠そうともせず、ためらいながら「支給するかな?」といった。

レイチェルは落胆し、顔をそむけて窓の外を見ながら小声でいった。「意地悪」

「違う! 支給しないっていうつもりだったんだ! もちろん、時間給なんて支払うはずもないよ」

「私は実際のところぎりぎりの生活をしているの。一銭も無駄にできないくらいにね! 昨日の午後の時給は一週間分の食費に当たるのよ」

長い沈黙があった。「この論戦におれの勝ちめはなさそうだな」

「わからない？　たとえ私たちが望んでも仕事中に何かが起こるわけがないの。あなたが私の給料を管理しているから。仕事が終われば終わったで、今度は五歳の息子の面倒をみなくてはならない。私たちの性的な関係は始まる前から八方ふさがりなのよ」

「そんなのおかしいよ、レイチェル。おれは昨日の分の時給を減らすつもりはない」

「減らすわよ！」

「いいかい。きみは根拠もないことを大袈裟《おおげさ》にいっている。もしふたりが愛しあいたくて、タイミングもよかったら、愛しあえばいいことだ。給料とはなんの関係もない」

ゲイブは無視を決めこむこともできたが、レイチェルの話の主旨はよくわかっていた。少なくとも、彼女がいま話題になっている給料と交換にセックスを申しでたことがあるという事実を指摘しないだけの慎みは身につけている。

ゲイブは運転に気持ちを戻したが、半マイルほど走ったところで、また話しはじめた。

「きみにとっては重大なこと、大問題なんだね」

「そうよ」

「わかったよ。だったらきみがあれのあいだ、ふたりでそのことをよく考えて、解決策を見つけだそう」ゲイブはそういいながら、レイチェルの太腿に手をふれ、親指で愛撫した。

「気分はどうなの？　昨日の出来事のあと？」

ひどく懸念に満ちた声だったので、レイチェルは破顔一笑した。「最高の気分よ、ボナー。このうえなくね」

「よかった」ゲイブの手がレイチェルの膝を強く握りしめた。

「そういうあなたは？」

その含み笑いは、長いあいだ使われていなかったかのように乾いていた。「これ以上はありえないいくらい気分はいいよ」

「それを聞いて嬉しいわ」レイチェルは窓の外に視線を走らせた。「いまハートエイク・マウンテンを通りすぎたわ」

「わかってる」

「たしか家まで送ってくれるはずじゃなかったかしら」

「送ってはいくさ」ゲイブはサングラスをはずした。

サルベーションの町なかへ入り、繁華街へさしかかるあたりにある、ディーリーの自動車修理工場に入っていった。前にトラックを駐めると、脇に置かれたエスコートがレイチェルの目に入った。

「まあ、ゲイブ……」レイチェルは急いでドアを開け、エスコートのある場所まで駆けていくなり、泣きだした。

「レディの心をかき乱すのに、新しいタイヤ以上のものはなし、か」後ろから近づきながら、ゲイブはさりげなくいった。レイチェルの腰に手をまわし体をさすった。

「嬉しい。でも、私――私には代金を返すお金がないわ」

「返せって誰がいった？」彼の声にはかすかな憤りがあった。「キャルの保険でまかなえるよ」

「全額ではないでしょう。裕福な人でも税金の控除は受けているものよ。ドウェインは自家用車四台全部を控除に使っていたわ」

そんな言葉は無視して、ゲイブはレイチェルの上腕をつかみ、トラックまで引っぱっていった。「車はあとでここへ戻ってきて、受け取ろう。まず最初にしなくちゃならないことがある」

ガレージから車を出しながら、レイチェルの心は巨大なミキサーにかけられたかのように乱れていた。荒々しい態度を見せたかと思えば優しくなり、あることではひどく愚かな面を見せるのに他の面では思慮深い発言をしたりするゲイブ。そんな彼に抱かれたくてどうにもならなくなっているのだ。

ゲイブは町の中心地まで行き、ペチコート・ジャンクション・カフェの真ん前に位置する駐車場に車を駐めた。

「さあ、アイスクリームを食べよう」

レイチェルはドアを開けようとする彼の腕をつかんだ。アイスクリームのウィンドウは夕食前の賑わいを見せている。彼の意図は明らかだった。まずタイヤ、そして次はこれだ。ここまでしてもらういわれはない。レイチェルは熱いものがこみあげそうになった。「ありがとう、ゲイブ。でも自分の戦いは自分で戦うしかないのよ」

自主性を見せたレイチェルの健気《けなげ》な言葉にも、ゲイブは心を動かされなかった。口もとを引き締めながら、レイチェルをにらみつける。「さっさとトラックから降りろよ。必要とあらば口をこじあけて無理やりにでもアイスクリームを食べさせてやる」

彼の思いやりもせいぜいそんなところか。選択の余地はないので、ドアを押し開けた。

「これは私の問題なのよ。自分でなんとかできるわ」

ゲイブが勢いよくドアを閉めた。「そういうと、うまく立ちまわっているように聞こえるけどね」

「昇給してちょうだいよ」レイチェルは足を踏み鳴らしながら歩道へ向かった。「タイヤだのアイスクリームに浪費する余裕があるくらいなら、奴隷並みの給料を少しは上げてくれてもよさそうなものだわ」

「素敵なみなさんに笑顔を見せてあげなくちゃ」

レイチェルは四方八方からの刺すような視線に囲まれていることを感じた。子どもを連れた母親たち、汚れたTシャツを着たハイウェイの工事職人たち、耳に携帯電話を押しつけている女性経営者。かの邪悪なスノープス未亡人がサルーベーションの聖なる一角に足を踏みいれようとしているという事実に関心を示さないのは唯一スケートボードに乗った少年たちのグループだけだった。

ゲイブはウィンドウの向こう側に立っている十代の女の子に近づいた。「ボスはいるかい？」

待っているあいだにウィンドウのそばに置かれた透明なプラスチック容器が目に留まった。いたずらっ子っぽい笑顔の、髪がカールした幼児の写真が貼られ、『エミリー基金』と書かれている。標語の下には白血病と闘っているこの子どもの治療費補助のために善意の寄付をお願いします、とある。オウムのイヤリングをつけた女性の姿が目に浮かんだ。「あなただけが最後の頼みの綱なんです、スノープス夫人。エミリーには奇跡が必要なんです」女性はそういった。

束の間、息を吸いこむのも辛いほどの逡《しゅん》巡《じゅん》があったが、レイチェルは財布を開けることに気持ちを集中させ、貴重な五ドル札を取りだして溝のなかに滑りこませた。

ウィンドウからドン・ブラディの顔が現われた。「ゲイブ、何か用――」レイチェルの姿が目に留まり、言葉がとぎれた。

ゲイブは何も気づかないふりをした。「ここのホットファッジ・サンデーは最高だってレイチェルに教えてやっていたところなんだ。二個頼むよ。大を」

ドンはためらった。なんとかいい逃れができないかと心中ひそかにあがいていることはレイチェルからも見て取れた。スノープス未亡人に接客するなぞまっぴらだが、さりとて町一番の名士の息子に公然と逆らうのもためらわれるわけだ。

「ああ……いいよ、ゲイブ」

数分後ふたりは食べたくもない大きなホットファッジ・サンデーを手にしてウィンドウを離れた。トラックに戻りながら通りの反対側に目をやるつもりもなかったが、もし見ていたら、物陰に身をひそめ、ふたりの様子をうかがっている細いが屈強そうな男に気づいたはずである。

ラス・スカダーはタバコを揉《も》み消した。ボナーはあの女とできている、と彼は確信した。そうでもなければ、タイヤをあれほど早く取り替えたりはしないはずだからだ。これでボナーがあの女を雇った理由がわかるというものだ。体が目的だったのだ。

ラスはポケットに拳を突っこみ、妻に思いを馳せた。昨日会いに行ったのに、話もさせてくれなかった。ひどく妻に会いたかった。仕事についてさえいれば、妻を取り戻すこともできる。しかし唯一ありつけた仕事はレイチェル・スノープスに奪われてしまった。

昨晩あの女のタイヤにざっくりと切れ目を入れ、溜飲がさがった。最初から予定していた行動ではなかったが、あの女の車が目にとまり、あたりに人気《ひとけ》はなかったので思わずやってしまったのだ。すかっとした。あんまり気分がよかったので、その勢いで数時間後グライドのコテージまでスプレー塗料を持っていき、聖書信奉者の一部がするように壁に『罪人』とペイントした。あの女も自分がどれほど疎まれているか、思い知ったに違いない。

昨夜の行動についてもドウェインが生きていたらきっと褒めてくれると思う。ロレックスの時計をはめ、極上のスーツに身を包んではいても、ドウェインはいいやつだった。もともと他人に害を及ぼすつもりは毛頭なかったのだ。それに彼がいつも神に祈り、神を敬愛していたことを事実として知っている。彼が狂ったのはレイチェルのせいなのだ。あの女の機嫌をとろうとして、せがまれるまま、つい寺院の銀行口座に手をつけてしまったというわけだ。

寺院とドウェイン・スノープスの破滅の理由はひとえにレイチェルの貪欲《どんよく》さにある。ラス自身の破滅も元はといえばレイチェルの強欲がもたらしたものだ。あの女さえいなければ、いまでもガードマンとして働いていただろう。いっぱしの男としての自信が持てる仕事にいまも就《つ》いていられたはずなのだ。

それなのにあの女は何食わぬ顔でまたこの町に住みつこうとしている。しかもドウェインを利用したように、今度はゲイブを手玉に取ろうというのだ。しかし愚かなあの男にあの女の意図を見抜けるはずもない。

ラスは自分の身に起きたすべての災いはすべてレイチェルのせいだと、元妻に話したかったが、取り合ってはくれなかった。ラスがいくら自分にはいっさい非はないのだといっても、元妻は聞く耳を持たなかった。

酒でもあおらずにはいられない気分だった。ラスはドニーの店へ向かった。二、三杯ひっかければ気分も落ち着くだろう。失職中であることも、妻に追いだされたことも、子どもの面倒もまともにみられないことも、みんな忘れられる。

「あの人、ここへ来るの?」日曜の朝、レイチェルがスナックショップの裏に大切なエスコートを駐めると、エドワードが尋ねた。

あの人とは誰のことか、訊く必要もなかった。「ボナーさんは思ってたほど悪い人ではなかったのよ。仕事もくれたし、コテージに住まわせてくれているんですもの。車も使わせてくれてるわ」

「イーサン牧師がコテージに連れてきてくれて、車も貸してくれたんでしょ」

「それはボナーさんから頼まれたからなのよ」

それでもゲイブがエドワードにとっていまも敵であることに変わりはなく、その思いは揺るぎないものだった。一方でイーサンに対する忠誠心はますます確固たるものになっている。どうやらイーサンは保育園にいるエドワードによく会いにきてくれているらしい。そのことを考えると気づまりではあるものの、やはり感謝すべきなのだろうとあらためて思う。

保育園での経験はエドワードによい影響を及ぼしている。まだ親しい友だちができるというところまではいっていないらしいが、こころなしか口数もふえ、多少はわがままをいうようになった。ただエドワードの場合、わがままといっても相対的なものにすぎない。もうこれで二度目だが、寝る時間だというと「寝なくちゃだめ？」と答える。息子にとってこれでもりっぱな反抗なのである。

「いま、遊び場を見せてあげるからね」レイチェルは昼間ひとり遊びをするためのおもちゃが入った紙袋を手渡し、ふたりぶんの弁当とスナックが入った袋を持ちあげた。遊び場に歩いていきながら、ウサギの『ホース』を手にぶらさげた息子を見て、なんとたくましくなったことかと思う。腕も脚もよく日に焼け、その動きには病後ひさしく目にすることのなかった活気が戻っている。

「遊び場はすべて直したわ」レイチェルがいった。「ほら、ピクニック・テーブルも置いたのよ。座ってお絵描きができるでしょ」

レイチェルは息子に色の少ない二十四色ではなく六十四色入りの新しいクレヨンを買ってやった。ほかにも新しいスニーカーとレース・カーのプリントがついたパジャマも買った。さらに安価なTシャツを選ばせようとしたが、息子は子どもっぽいマンガのデザインには見向きもせず、マッチョマンと書かれたTシャツを選んだ。

レイチェルは自分の衣服を見おろした。黒のオックスフォードの靴は毎日汚れやペンキを落とすようにしているので、なんとかもっている。アニー・グライドのホームドレスのおかげで、自分の服装にはいっさい金がかからない。

ちょうどそのとき、粉塵を巻きあげながらゲイブのトラックが入ってきた。エドワードがカメの後ろで滑って転んだが、ゲイブの視界に入るまいとしてエドワードが故意にそうしたのではないかという気がする。レイチェルはトラックのほうへ向かい、降りてくるゲイブをながめた。のらりくらりとした怠惰な動作にもそこはかとない優雅さと気品が漂う。

昨日ゲイブは自分がイーサンと食事に出かけるあいだ、レイチェルが聖書を探せるよう、キャルの家の鍵を貸してくれた。聖書は見つからなかったが、それだけ信頼してくれたことは感謝したいと思う。

近づきながら、ゲイブはレイチェルを目で愛撫した。そんなまなざしに、二日前体のなかで感じた彼の肉体を思い出し、レイチェルは眩暈《めまい》を覚えた。

「おはよう」愛の抱擁を予感させるような低くハスキーな声だった。

スカートの裾が風をはらみ、彼のジーンズを擦《こす》った。「おはよう」レイチェルは舌がうまく動かなかった。

ゲイブはレイチェルの髪のなかに手を滑りこませ、うなじのあたりに巻きつけた。「今日、電気工は来ないよ」

だがふたりきりではない。生理中でもあり、彼はエドワードの存在にはまだ気づいていない。彼がレイチェルの給料を管理しているという事実にも変わりない。しぶしぶといった嘆息とともに、レイチェルはゲイブから離れた。「今日は無理よ」

「またアレなの?」

「そうなの」

ゲイブは何もいわなかった。ただ彼女のペンキがはねオレンジ色のワンピースとオックスフォード・シューズに眉をひそめた。彼女のこんな服装を見るのが日増しに不快になってくる。「聖書を探したとき、例のジェーンのジーンズをベッドの上に置き忘れたね。なんで持っていかないんだよ」

「だって私のものじゃないんですもの」

「わかった。今日ジーンズを買ってやる」

レイチェルは片眉をつり上げた。「ジーンズはいらない。それより昇給してちょうだい」

「だめ」

楽しい論争は気晴らしにはもってこいである。レイチェルは両手を腰に当てていった。

「私は身を粉にして働いてるわ。こんな賃金で働いてくれる人間はこの世広しといえども私だけだと思うわよ。忘れているといけないからいうけど、最低賃金にも届かないくらいの金額なのよ」

「たしかにそうだ」ゲイブは納得するようにうなずいた。「きみは町一番の掘り出し物さ」

「搾取工場並みの賃金しかもらってないのよ！」

「だから掘り出し物なんじゃないか。それに賃金は双方了解ずみの額なんだぜ」

家や車など二次的な利益について考えてみれば、賃金以上に多くを得ていることになる。それでもこんな状態では将来に備えた蓄えは無理である。それに聖書も見つからなければ、レイチェルも息子も永久にサルベーションから出ていくことはできない。

やはりエドワードを連れてきたことは告げておかなくてはならない。最近では怒鳴ることはなくなっているものの、やはりあまり知らせたいニュースではなかった。ポニーテールをふたつに分けたり、きっちり締まった髪のゴムバンドを引っぱったり、しばしためらった。

「迷惑じゃなければいいんだけど、今日はエドワードを連れてこなくてはならなかったの」

ゲイブの表情に警戒の色が浮かんだ。「姿が見えないけど」

レイチェルは遊び場に向けて首を傾けた。「隠れているの。あの子、あなたが怖いのよ」

「あの子に何かした覚えはないよ」

それが真実でないことは明白だったが、反駁《はんばく》する気にはなれなかった。

ゲイブは彼女をにらみつけた。「ここへは連れてくるなといったじゃないか」

「今日は土曜日で、あの子を預けられるところはないの」

「たしか土曜日はクリスティが見ててくれるんじゃなかったのかな」

「善意からね。でももうそんなことを押しつけるわけにはいかないわ。それに彼女、まもなく新しいマンションに引っ越すから用事がいっぱいあるの」

ゲイブは遊び場に視線を投げたが、エドワードはまだ隠れていた。ゲイブが息子を敵視していることがレイチェルには辛かった。エドワードが並みの子どもではないことが、ゲイブにはわからないのだろうか。およそ知性的な人間なら誰でもひと目でエドワードに夢中になってしまうのに。

「わかったよ」ゲイブは鋭くいった。「勝手にどこかへ入ったりしないように、目を離すなよ」

「ここはドライブインよ、ゲイブ。陶器の店じゃないのよ。壊すような物なんてないわ」

彼は答えるかわりに小型トラックの荷台に向かい、巻きつけた木製のケーブルを手に持ち、大股で歩み去った。

エドワードに対するゲイブの態度は裏切りのように思えた。私に関心があるのであれば、その息子のことも気にかけてほしいと思う。もし彼が――。

そこまで考えて、ふとわれに返った。まるでふたりに将来があるかのように考えていた。彼との関係にはたったふたつの事実しかないということは失念していたのだ。彼は上司であり、遊びのセックスの相手でしかないという端的な事実である。

13

私はセクシーな女。

私はセクシーな女。

私はセクシーな女。

クリスティは胸に掌を押し当てた。胸はかろうじて薄いブルーのタンクトップに覆われ、はいているぴったりと脚に吸いつくような白のジーンズは、パンティ・ラインが出ず、尻の形は出るというTバックと呼ばれる下着をつけていなければ、しっかりとラインが出ていただろう。

オフィスのきちんと片づいた机の前に座ると、胸が激しく高鳴り、喉元まで響いてくるほどだったが、胸があいだにあるので掌には鼓動は感じない。アッシュヴィルのブティックの店員がぜひにと勧めてくれたワンダーブラのおかげで、ボリュームのあるバストが真ん中に集められ、押しあげられている。ほかにも絶対必要だといわれてありとあらゆるものを買いこみ、新しいマンションの寝室の家具を買うために貯めておいた貯金をだいぶ使いこんでしまった。

イーサンに対する思いをレイチェルに打ち明けてから二週間、勇気が持てるよう心の準備をしてきた。四日のうちに新しいマンションに移ることになっている。新しい門出のときが来たのだ。

開いた窓からそよ風が吹きこんで、黒くて細い髪の束をふわりと浮かせた。髪は短くカットされ、削《そ》いで羽根のように軽いヘアスタイルになっている。美容師が「羽根のように」という表現を使ったのである。「いま、羽根のように軽くカットしています。これ、シンプルだけど素敵なカットなんですよ」

シンプルだが素敵なそのヘアスタイルが頬をつつき、うなじを撫でる。羽根のような髪がひと束、眉と目にかかっている。羽根の束は耳につけた一カラットのきらめくキュービック・ジルコニアのピアスもさっとかすめる。羽根、羽根、羽根。なんだかカナリアになったような気分だ。とても気怠《けだる》い雰囲気。

昨日変身を終えてコテージに足を踏み入れ、レイチェルが驚きのあまり口をあんぐり開けたのを見て、クリスティはわっと泣きだした。

しかしレイチェルは楽しげな笑い声をあげた。「クリスティ、ほんとにお洒落なプレイガールみたい！　これ、最高の褒め言葉よ」

レイチェルはクリスティをぎゅっと抱きしめ、あれこれ褒めそやし、買ってきたものを広げて見せてくれといった。衣類や下着、高価な新しい化粧品、官能的な香りの贅沢な香水。その香りにエドワードは鼻に皺を寄せ、「なんだか火薬みたいな匂いがするよ」といった。

クリスティの買い物に感心したあと、「あなた、本当にきれいよ」とレイチェルは褒め、例の威嚇《いかく》するような調子でクリスティをにらんでいった。「あなたはこれを自分のためにしているんでしょ、クリスティ？　自分がそうしたいからするんであって、決してあの木偶《でく》の坊のイーサン・ボナーの気を引くためなんかじゃないわよね」

「自分のためにしているのよ」とクリスティは答えたが、ふたりともその言葉が偽りであることは承知している。自分らしくあるとすれば、長い髪をひっつめにし、質素な古い衣服を身につけ、平凡な顔には口紅以外何も塗らない。自分の好みを通すとすれば、さっさと元のめだたない姿に戻っているだろう。地味な存在でいることが性に合う。注目されない存在でいたいと心底願う、そんな女だ。ひっそりと生きるように生まれついているのだ。

しかしめだたなければ、夢の王子様には気づいてもらえない。

廊下でイーサンの自信に満ちた足音が聞こえたとき、クリスティは血も凍るような恐怖を覚えた。毎週月曜日は教会事務所は休みなので、今日はたまった仕事がたくさんある。「神様彼が早く欲望を克服できますように。私はこんなことを長く続けられそうにもないからです」クリスティは心のなかで祈った。

「おはよう」イーサンは颯爽《さっそう》と事務所に入ってきた。「布教委員会からの報告書を持ってきてくれないか。ざっと目を通したいから。それと七月の日程表を最終決定してよいか見てみよう」イーサンはクリスティの机の前をさっと素通りし、一瞥《いちべつ》もよこさないまま自分のオフィスに入ってしまった。

いつものめだたないクリスティ・ブラウンだから。

クリスティはバッグをつかみ、小さな香水瓶を取りだし、胸の谷間に一〇ドルぶんの香水を振りかけた。次は新しいコンパクトの鏡でメイクのチェック。薄めに塗ったファンデーション。優美なカーブを描く眉。くすんだ茶色の濃いまつげ。うっすらとぼかした頬紅。売春婦のような真紅の口紅。

ああ、なんという口なの。だがこれは化粧品の販売員に強く勧められた色なのだ。今朝レイチェルにいわれた言葉が耳にこびりついている。「その唇を見てごらんなさいよ。女好き牧師のハートをかき乱すには十分なセクシーさよ。でもそんなことはあなたにとってどうでもいいこと。だって、自分のためにその口紅を買ったんですものね」

クリスティはきちんと整理された必要書類を集め、すぐにそれを下に落とした。拾いあげようと屈んだとき、細身のゴールドのサンダルのストラップのあいだから、鮮やかな赤紫のペディキュアを施した爪先がのぞいているのが目に入った。なんだか他人の足のように見える。

私はセクシー。セクシーな女。身を飾りたてたオツムの弱いセクシー美人。

イーサンは首を傾けて活動予定目録に見入っている。今日は白地に細い茶のストライプのシャツと紺色のスラックスといういでたちである。先の細い長い指が目録の縁《ふち》をもてあそんでいる。クリスティはあの同じ指が自分のワンダーブラの留め金をもてあそぶ様子を思い浮かべた。

胸を高鳴らせながら、クリスティは布教委員会の報告書を机の上に置き、無意識に郵便物の束を手で整え、イーサンの向かい側にあるいつもの場所に腰を落ち着けた。脚を組むと、ぴったりした白のジーンズが血行を妨げるほど脚を締めつけているのを感じたが、そうした不快感にはこの際目をつむることにした。

イーサンは報告書を熟読した。「なんとか連中の気持ちを煽《あお》りたてる方法があればいいんだがね。ぼくとしては今年は援助キャンペーンに活動の重心を置きたいと考えているんだが、布教委員会がもっとも力説しているのは拝廊に体温計のポスターを貼ることなんだよな」

「どうして計画のなかに成人教育クラスが入っていないんです？　あの人たちは布教にすごく熱心なのに」私を見て！　あなたを圧倒させて！

「ああ、それはいい考えだね。メアリー・ルウに電話をしてそれとなく意向を打診してくれないか」

それより私を愛撫してちょうだい。そんな言葉が心に浮かび、クリスティは思わず頬を赤らめた。体の位置を変えて、香水をひと吹きする。

イーサンは鼻で匂いをかいではみたが、顔を上げることはなかった。

クリスティは七月の予定表を机の上で彼のほうに押しやった。これならきっと片手にはめた六個の指輪や、恋人同士がよくつけるような、魅惑的な金と銀のバングルも目に留まるはずだ。

イーサンは目を留めなかった。「十日の日はスケジュールが重なっているね。ぼくは教会会議がある。日曜学校の夏休みピクニックの予定を組みなおすか、ぼくが同行しないかしかないね」

クリスティはオフィスから逃げだしたい気持ちだったが、いま逃げてしまうと、もう二度とこんなチャンスは訪れないだろうと思う。みずからを奮いたたせるようにして立ちあがったクリスティはイーサンの机のほうへと歩いていき、隣に立った。「あなたがいないと子どもたちががっかりしてしまいます。ピクニックのほうを木曜日にずらしますよ」

イーサンがくしゃみをした。クリスティは棚の上のティッシューの箱から一枚を抜いて手渡した。イーサンはそれを使って完璧な形の鼻を拭いた。「その日は保護者昼食会じゃなかったっけ?」

「問題ありません」クリスティはイーサンの脇へヒップをぐいと近づけた。「昼食会を週の前半に繰りあげればすむことです」

「わかった」イーサンはティッシューを屑籠《くずかご》に投げ入れながらいった。「ぼくがかならず出席できるように取りはからってくれよ」

もはや忍耐の限界だった。クリスティは予定表を指差しながら前に屈み、彼の目の下に寄せて上げた胸を突きだした。「『イエスの友』仮装行列には二十三日がちょうどいいかと思います」

沈黙。長い、気づまりな沈黙。

イーサンの優雅なうなじの筋肉が固くこわばり、細い指は机の上にぐったりと投げだされている。クリスティは彼の視線が胸元から離れるのを待ちながら、退屈きわまりない三十年間の人生が目の前でようやく輝きの時を迎えるような気がしていた。

イーサンは少しずつ顔を上げたが、クリスティの顔に視線が届くまでに話す気力は失せていた。ようやく喉元の筋肉が動き、固唾を呑みこんだ。「クリスティ?」

クリスティはレイチェルになったつもりになれと自分に言い聞かせた。こんな状況になったら、レイチェルならどうするだろうか? クリスティは顎をつんと持ちあげると、震える片手を腰に当てた。「なあに？」その言葉が自分の口から発せられるのを聞きながら、息が詰まりそうだった。誰かに答えを返すのにこんな言葉を使ったことは一度としてなかった。

イーサンはまじまじとクリスティを見つめた。「新しい……ええと……新しいブラウス、というかトップ？」

クリスティはうなずき、退屈そうな顔をつくろった。しかしそれはことのほかむずかしかった。記憶するかぎり、イーサン・ボナーにこれほど注目されたのはこれが初めてだったからだ。じっとり汗が出はじめ、クリスティは気づかれないことを願った。

彼が意図的に視線を向けまいとしていることをクリスティは知っていた。むしろ視線が定まらない、といった感じだった。髪に見入り、メイクに見入り、真紅の唇に見入り、胸元や着ているものに見入り、そしてまた胸元に見入ってしまう。

イーサンはゆっくりとわれに返った。眉根は寄り、荒げたその声は欲望によって興奮したようには聞こえなかった。「いったいなにごとだ？」

クリスティは声をあげて泣きたい気分だったが、ここで崩れてしまったらレイチェルに殺されてしまう。「た、ただ――いやけがさしただけ。そろそろ変身してもいいかなって思ったんです」

「変身！　なんだかいまのきみは……その……」ふたたび彼の視線がクリスティの胸元で泳いだ。イーサンは深く息を吸いこんだ。「仕事をしていないときは何を身につけてもいい。しかしその服装はオフィスにはふさわしくないね」

「どこがふさわしくないんです？」

「そうだな、たとえばそのジーンズだが……」

「あなたはいつもジーンズをオフィスにはいてくるじゃありませんか。私の代理を務めるビリー・レイクだってジーンズをはいてます」

「たしかに。しかし……うん、ジーンズはまあいい。もちろんかまわないさ。だがね……」イーサンの視線はまたしてもクリスティの胸元に舞い降りた。「その……口紅は少しばかり……そう、少し明るすぎる」

とつじょとしてクリスティは強い怒りを覚えた。ローラ・デラピーノの真っ赤な口紅にはよだれを垂らすくせに、相手が頼りになるクリスティ・ブラウンだと批判の対象になるというのか。レイチェルならこんな状況にただ黙って耐え、男のこんな態度を看過しているはずがなかった。

「この口紅がお気に召さないというわけですね」クリスティはきっぱりといった。

「そんなことはいっていない。好きだの嫌いだのいえる立場ではないし。ただ教会事務所にはどうかと……」

レイチェルならこんな言い方を我慢するはずがない。百万年に一度だって我慢しないだろう。それはクリスティとて同じである。

「お気に召さなければ解雇してくださって結構です」

イーサンは心底驚愕《きょうがく》したようだった。「クリスティ!」

泣きだす前にここから出なければならない。

「なにも、そんなに気色ばむことはないだろう」イーサンは咳払いした。「一度よく考えてみればきっと……」

「考えました。だからもう辞めます！」

クリスティは羽根のような髪をひらめかせながら、オフィスから走りでて、バッグをつかみ、外に駐めた自分の車に向かった。車に乗りこむと、すぐさまハンドルに突っ伏してわっと泣きだした。ただ胸を持ちあげただけで彼が自分に恋をするなんて本気で信じていたのだろうか？　絶対に振り向きもしない相手のことを長年うっとりと夢見心地で憧れつづけるなんて、自分はやっぱり鈍感で哀れな女なのだ。今度は職さえもなくしてしまった。涙を通して、裏の戸口が開き、イーサンが走りだしてくるのが見えた。こんな姿を、哀れな負け犬が惨めな人生を嘆いている姿を彼に見せるわけにはいかない。クリスティはバッグからキーを出し、イグニッションに突っこんだ。

「クリスティ！」

エンジンが轟音《ごうおん》とともに息を吹き返した。イーサンがこちらへ向かってくる。クリスティは猛スピードで駐車場から車を出した。

イーサンが車の側面に追いついた。「車を止めろ、クリスティ！　そこまで過剰に反応しなくてもいいだろう！　話し合おうよ」

クリスティが想像もつかない行動に出たのはそのときだった。窓を下ろすと、手を出し、イーサン・ボナー牧師に中指を立ててみせたのだ。

クリスティが高級娼婦のようないでたちで教会に姿を現わしてから二日がたったが、イーサンはいまだショックから立ちなおっていなかった。「彼女のあの振舞いはなんだ！」イーサンは『マウンテナー』という店のちっぽけなダンス・フロアーをにらみつけた。そこではクリスティが十歳近くも年下のアンディ・ミールを相手にダンスに興じているのだった。ダンスの動きはやや自意識過剰気味ではあったが、このバーの田舎風の松の木のテーブルに座った客は誰も見てはいないようだった。

クリスティは太腿までの黒のぴったりしたスカートと、胸の谷間がくっきりとのぞく、ぴったりしたメロン色のトップを着てマウンテナーに現われた。まず絶対に彼女が身につけそうもない代物《しろもの》である。アクセサリーはキラキラ光る黒とゴールドのY型ネックレス。先端がちょうど胸の谷間におさまる長さである。踊りの動きにつれて顔のまわりでふわふわと揺れる黒褐色の髪のあいだで模造ダイヤのピアスがきらめいている。

クリスティが入ってくるまで、イーサンはハンバーガーを食べながら黒衣の未亡人との関係について詳しい話をゲイブから訊きだそうとしていた。先週ジェーンのパソコンのディスクを入れたチェストをレイチェルが盗もうとしていたところを捕まえたとき、もしや兄とレイチェルとのあいだに仕事以上の何かがあるのではないかと思ったのである。そうした可能性を思うとぞっとする。いまでは兄が資産家であることをレイチェルは知ってしまったに違いない。いつも金にはまるで無頓着だった兄。レイチェルは最悪のご都合主義者だ。きっと兄を見るたびに、話し歩く現金自動支払い機に見えて仕方ないのだろう。しかしゲイブの個人的生活に関する探りも、クリスティが現われたときとつじょ終わった。「こんなところにひとりでやってくるなんて！」イーサンは嘆いた。「友だちと連れだってやってくるだけの慎みもないのか」イーサンはクリスティのダンスのパートナーをにらみつけた。「ゲイブ、本当の話、彼女は前にアンディ・ミールの子守りをしたこともあるんだ！」

「見るかぎりでは、ふたりともそんなことすっかり忘れているようだな」ゲイブがいった。

クリスティは『マウンテナー』に初めて来たわけではない。遊興施設の少ないこの郡では、地元の住民はわずかな会費を払い、自分の酒を買って預けておける、こうした会員制クラブに入るのだ。『マウンテナー』の前面は小さなレストランになっており、町でも一番のうまい料理を楽しめる。奥は活気のあるバーで、会合の場所としてよく使われている。『マウンテナー』はしごくまともな店で、長いあいだクリスティはここで昼食をとったり、古風で趣のあるダイニング・ルームで家族や友人とともに夕食を楽しむことも多かった。だがこんなクリスティは誰も見たことがなかった。ひとりで、バーに、それも夜間にやってきた。しかもこんな服装で。

イーサンは本心を吐露せずにはいられなかった。「火曜日にぼくから逃げながら駐車場でクリスティが何をしたと思う？　中指を突き立てたんだぜ。あのクリスティ・ブラウンがだよ！」

「それはもう聞いた」ゲイブが指摘した。「三回目だ」

「彼女は今週末に新しいマンションに引っ越すことになっている。一日じゅうダンボールに荷物を詰めていたら、普通疲れきって遊びに出たりしないと思わないかい？」

「あまり疲れているようには見えないね」

アンディの言葉にクリスティが笑い声をあげ、彼の大学の仲間と一緒のテーブルに同行した。その連中はイーサンの目にはスラッカー（社会に背を向ける高学歴の無気力な若者）の群れに見えた。キャップを逆にかぶり、耳にはピアス、擦《す》り切れた金たわしのような貧相な顎鬚《あごひげ》を生やしている。

　それでもスラッカーにしては体格はよい。アンディはノース・カロライナ州代表チームでフットボールの選手をしている。テーブルに同席している連中は体格から見て、チームメイトではないかと思う。

「これはみんなレイチェル・スノープスの差し金なんだよ」

　クラブソーダの入ったグラスにかけたゲイブの指が緊張した。「彼女の名前はストーンだ。レイチェル・ストーン」

「レイチェルのおかげで、クリスティが――ふしだらな女になってしまった」

「やめろよ、イーサン」

「クリスティはあれでよく体を動かせるなと思うくらいぴったりした服を着ている。だが動くことに問題はなさそうだ。あれを見ろよ」クリスティがちょうど腕をテーブルに投げだし、前屈みになってフットボール選手の言葉に耳を傾けているところだった。「連中の顔の前に胸を突きだしてるよ！」

「おまえがあんな胸にいままで気づかなかったなんて、とても信じられないよ」

「兄さんだって気づかなかったじゃないか」

「おれはおまえと違って、八年以上毎日一緒に仕事をしてきたわけじゃないからさ」

　イーサンのやり場のない苛立ちは沸騰点に達した。「彼女が自分から辞めてくれてよかったよ。そうじゃないとこっちから辞めさせなくちゃならなかっただろうからさ。教会の秘書にあんな振舞いをさせておくわけにいかないからね」

ゲイブは穏やかにいった。「クリスティの服装はローラ・デラピーノやエイミー・メジャーズとそう変わりないよ。おまえは彼女たちのこと、賞賛しているらしいじゃないか」

「彼女たちはクリスティとは違うよ。どうして兄さんがこのことに対して分別が働かないのか、ぼくにはわからない。スノープス未亡人と同居生活を始める前まで、クリスティにおかしなところは微塵《みじん》もなかったんだ。クリスティを堕落させることは、この町の混乱を目的としたレイチェルの計画の一部なんだよ」

「彼女がそんな計画を持っていると思っているのか？」

イーサンは肩をすくめた。

ゲイブは声を落とした。「聞いてくれ、イーサン。レイチェルがなんとか生き延びているのは、ひとえに彼女の並はずれた気力のおかげだといっていい。誰からもつまはじきにされ、タイヤを切り裂かれ、アニーのコテージも蛮行の被害を受けた。彼女がこの町を混乱させる計画を持ってるなんて、冗談にもいってほしくないね」

兄の言い分はもっともとは思うものの、アンディが自分のビア・マグをクリスティの口に傾けているのが目に入ったとき、束の間の罪の意識など消えはてた。イーサンは勢いよく立ちあがった。「もうたくさんだ！　彼女をここから連れだすよ」

イーサンが突進してくるのを、バーの向こう側でクリスティはじっと見ていた。イーサンがまたTシャツにアイロンをかけたことにクリスティは気づいた。ビンテージのとても古い『グレートフル・デッド』（ヒッピーの元祖的ロック・バンドの名）のTシャツであるが、イーサンが気に入って大事にしているものだ。

イーサンの服装はいつもきちんとしている。完全に色の落ちたジーンズでさえアイロンをかけたりする。ブロンドの髪は感じよくカットされ、きれいに櫛《くし》を入れてある。目は澄んだブルーである。いつか彼の母親から聞いた話だと、ボナー家にはみんなが決して口にしない大きな秘密があるという。誰も言葉にはしないけれど、家族全員がイーサンのことを一番愛しているのだというのだ。

だがクリスティは違う。彼のことを一番愛しているわけではない。彼に裏切られたいまとなっては、福音書を説教する、神の言葉を語る卑劣漢に反応する気はない。

「クリスティ、話がある」

「だったら、さっさといって」クリスティはレイチェルが言い返しそうな生意気な言葉をなんとか口にした。おまけとして顔をつんと上げた。その動きに、小さな羽根のような髪がなびいた。

火曜日の朝のイーサンの態度によって自分がどれほど精神的打撃を受けたかを悟られるわけにはいかなかった。あのあとコテージに戻って、新しい衣類を全部捨ててしまおうとかき集めた。だがそのとき古い桜の木のドレッサーの上にある鏡に映った自分の姿が目に入り、手が止まった。

自分の姿をまじまじと見つめていると、そもそもこの話が持ちあがったときからレイチェルの主張してきたことの意味がはじめて理解できた。今回の変身はあくまで自分がそうしたいからするのであって、聖職に身を置きつつ、感情的な成熟度は十六歳の少年と変わらない、頭でっかちのハンサムボーイの気を引くためでは決してないのだということである。そのとき、自分のためにも新しいイメージをテストし、新しいイメージを自分が心から気に入っているのか確かめるべきだと思いいたった。

「内々で話がしたい」

イーサンはこごとをいいたがっているのだ。クリスティはなにも考えず、ナプキンを手にとり、グラスの底についた水滴の輪をたたいて拭いた。今夜ここへひとりでやってくるのにどれほど勇気がいったことか。いまさら怒声を浴びるのはまっぴらだ。クリスティはかぶりを振った。

「いやです」

イーサンは声を荒げた。「さあ、クリスティ」

「うせやがれ、アホ」

アンディのルームメイトの言葉だった。クリスティはぎょっとして若者の顔を見た。イーサンにこんな口のきき方をする人間は誰もいない。そのとき、ジェーソンはシャーロットの出身で、イーサンが何者かをまるで知らないのだということを思い出した。

アンディが友人の腕を小突いた。「あの、どうもすみません、イーサン牧師。ジェーソンはこの土地の出じゃないもので」

イーサンは永遠の断罪を与えるかのような形相でふたりをにらみ、ふたたびエルマー・ガントリーのような目でクリスティを見据えた。「クリスティ、いますぐ一緒に来てくれ」

ジュークボックスで「勝手にさせて」という曲が始まった。

クリスティは胃がよじれそうな苛立ちを覚えた。皺くちゃになったナプキンやタバコの箱のセロファンを集め、みんなが簡単に手を伸ばせるよう、ビールのピッチャーを中央に寄せた。

イーサンは前屈みになり、クリスティだけがやっと聞き取れるくらいの静かな声でいった。

「いうとおりにしないと、抱えて連れだすことになるぞ」

その顔は誰にでも慕われるイーサン牧師の顔ではなかった。遅まきながらクリスティはイーサンが癇癪持ちだということを思い出した。めったに出ることはなく、あとで良心の呵《か》責《しゃく》に苦しむことにはなるのだが、クリスティにすればこれは「あとで」というわけにはいかない。「いま」良心に恥じてもらわねばならない態度である。クリスティは運を天に任せるのはよそうと決意した。

できるかぎりもったいぶって、クリスティはうなずいた。「結構ですわ。数分だけでしたらかまいませんん」

思いどおりになっても、イーサンの態度はやわらがなかった。「当然だ」

腕を強くつかまれて前へ進みながら、クリスティは苛立ちがおさまっていくのを感じていた。全身を包むぼんやりとしたピンクの靄《もや》が、ある種の幸福感をもたらしている。飲酒には慣れておらず、ビール二杯がやっとではあったが、眩暈を覚えた。とても気分がよく、イーサンがどんなにこごとを並べようといっこうにかまわない、と思った。

イーサンはクリスティを自分の車に連れていった。車に近づきながら、クリスティの腕をつかんでいないほうの手でジーンズの左のポケットをさすった。探しているものがなさそうなので、反対側のポケットを探り、さらには後ろのポケットに手を伸ばした。

またしてもキーを忘れてきたらしい。キーは間違いなく店のなかのテーブルにあるだろう。こんなふうなので、クリスティはイーサンのキーのスペアをいつもバッグに持ち歩いているのだ。

クリスティは無意識のうちにバッグのなかに手を入れて彼のキーを探したが、そのときポケットのたくさんついた古いバッグではなく、取っ手がゴールドのチェーンになっているお洒落なキルトのバッグを持ってきたことに気づいた。同時に、母親のような態度で接するのはやめなさいとレイチェルに諫《いさ》められたことも思い出した。

「なかにキーを置いてきた」イーサンは片手を差しだした。「スペアをくれ」

頼りになるクリスティの出番。もはや部下ではなくなっていようと、クリスティは自分のスペアキーを持ってきてくれているという彼の揺るぎない安心感。それを感じたとき、体じゅうを覆っていたピンク色の靄に大きな切れ目が生じ、クリスティは自分が望んだほどには酔っていないことを自覚した。「おあいにくさま」

イーサンはクリスティの腕を離した。苛立った顔を向けながら、彼女のバッグのチェーンをつかんで肩から引きおろした。彼が自分のバッグの中身を手で探る様子を無言でながめていた。

「ない」

「いいですか、私はもうあなたの部下ではないんですよ。あなたのキーを持ち歩く必要はなくなりました」

「もちろん、きみはいまでも――」イーサンの体がこわばった。ゆっくりとバッグのなかから出てきた彼の手には小さなフォイルの包みが握られていた。「これはいったいなんだ？」

クリスティは屈辱を覚えた。頬が赤らみ、そのことでいっそう気まずさが増した。だがやがて、駐車場の暗がりのなかでイーサンにはその物がよく見えていないのだということに気づいた。クリスティは深く息を吸いこみ、逡巡したのちに冷静な声をつくろった。「それはコンドームよ、イーサン。あなたがコンドームを見たこともないなんて驚きだわ」

「もちろん見たことはあるさ！」

「ではなぜ訊くのかしら？」

「どうしてきみのバッグのなかにそんな物が入っているのか知りたいからだ」

クリスティの気まずさは消え、かわりに怒りの感情が芽生えた。「あなたには関係ありません」クリスティはそれをひったくるようにして奪い返し、バッグのなかに戻した。そしてバッグのストラップを肩に戻した。

カップルがふた組、『マウンテナー』から出てきた。そのうちのひと組はイーサンの教会の信者だった。イーサンはふたたびクリスティの腕をつかみ、車のほうへ向かったが、なかに入れないことを思い出し、足が止まった。ちょうど店の出口にあるポーチを離れようとしているカップルに視線を走らせる。彼らの目に留まる前にここを立ち去りたいというのが彼の本音なのだとクリスティには読めた。

『マウンテナー』は、袋小路の奥まった閑静な場所に子供服の店とギフトショップにはさまれるようにして建っている。両側の店は夜半なので電気は消えている。通りの向かい側には樹木に囲まれた、ピクニック・テーブルや遊戯器具を備えた公園がある。イーサンはどうやら公園に緊急避難するのがいいと判断したらしく、通りへ向かい、あまり紳士的とはいえない腕のつかみ方でクリスティを公園へ連れていった。

晴れた日には木の下に散在するピクニック・テーブルで地元の勤め人たちが昼食をとる場所である。街路灯の明かりを頼りに、なんとかつまずくこともなく、もっとも人目につきにくいテーブルに着いた。

「座れよ」

偉そうな態度が気に入らなかったので、クリスティは彼の指差したベンチに座らず、それを踏み台にしてテーブルに腰掛けた。イーサンもその下に腰掛けて威信を失墜させる気は毛頭なかったので、クリスティの隣に腰掛けた。

イーサンの脚はクリスティの脚よりも長いので、脚を鋭角的に曲げなくてはならない。ちらりと見あげると、彼の視線が上半身に向けられていると思ったが、語りはじめたその尊大な口調を耳にして、クリスティはそれが間違いだったことを知った。

「ぼくはきみの牧師でもある。だから独身女性がコンドームを持ち歩いているという事実は私に関係がないとはとてもいえない」

彼はなぜこんな態度をとるのだろうか。イーサンはたとえ自分の意見とは異なる場合でも相手の選択を尊重しているし、青年グループに対する説諭も聞いたことがある。禁欲の大切さについては強く諭してはいたが、避妊やＡＩＤＳ防止についての意見は直截《ちょくさい》簡明だった。

「あなたの教会の、性に積極的な若い女性信徒は、コンドームを持ち歩くべきだと思うわ」

クリスティは意見をいった。

「性に積極的な、ってどういう意味なんだ？　いったい誰と――つまりその――しかし――なぜ――」

性に関する率直な語り口で有名なイーサン・ボナーが口ごもっている。ようやく勇気を奮い起こした彼はいった。「きみに男がいるとは知らなかった」

残っていたピンクの靄もすべて消えはてた。かわって自暴自棄ともいえるずぶとさが現われた。どのみち失うものは何ひとつないのだ。「知るわけないじゃない。あなたは私の生活について何もわかってない」

イーサンはまぎれもなく動揺していた。「小学校以来の仲じゃないか。きみはぼくの幼馴染みなんだよ」

「そんなふうに私を見ているの？」

「もちろん」

「そのとおりよ。私はあなたの友人よ」クリスティは固唾を呑みこみ、勇気を奮い起こした。「でも私にとって、あなたは友人ではないわ、イーサン。友人とはたがいのことをよく知っているものだけど、あなたは私のことを何も知らないんですもの」

「どういう意味だ？　きみのことはよく知っているよ」

「たとえば？」

「きみのご両親も知っているし、きみの育った家も知っている。二年前に腕を骨折したことだって知っている。いろんなことを知っているよ」

「そんなことなら何百人もの人が知っているわよ。でもそんな人たちは私という人間については何も知らないの。私の内面については」

「きみは慎み深く、勤勉なキリスト教徒だ。それがきみという人間だよ」

不毛な会話だった。率直な話をしているのに、イーサンは耳を傾けようとはしないのだ。クリスティはベンチの上で立ちあがった。「もう帰るわ」

「だめだ！」イーサンは彼女の手を引いて座らせた。座りながら彼女の胸がイーサンの腕を擦った。彼はまるで放射性廃棄物にでも触れたようにびくっと退《ひ》いた。

「いいかい。ぼくは――ぼくはきみの感情を害するつもりは毛頭ないんだ。きみの性生活はぼくの口出しすべき問題じゃない。牧師として助言しているだけなんだよ」

めったに怒らない質《たち》だが、癇癪に火がついた。「あなたの助言なんてたくさんよ、イーサン。私が自分で決めたことだからね！　コンドームをバッグに入れているのは、私が自分を変えたいと考えているからなの。私には自分を変える心の準備が必要なの」

「婚前交渉は罪だ」イーサンの言葉はうわの空だった。彼はまるで自分が我慢のならない尊大な人間であることに気づいたかのように、そわそわと身動《みじろ》ぎした。ふたたびクリスティの胸のあたりに視線をさまよわせ、やがて目をそらした。

クリスティは激しい口調でいった。「私もそれは罪だと思っているわ。でもその罪にもいろいろとランクがあるとも思うの。三十歳の未婚の女が処女を固守するのはやめようと決意することと、殺人や性的暴行とは罪の重さのうえでそう変わりがないなんていわないでちょうだい」

未踏の領域について彼の口からなにがしかの言葉が返ってくるものと期待したが、反応はなかった。彼が彼女のことを処女だとみなしていたと思うとよけいに気持ちが沈んだ。

「誰を相手に体験しようとしているんだ？」

「まだわからないわ。相手を探している段階よ。はっきりしていることは、相手には未婚で、知的な、感受性の豊かな人を望んでいることよ」クリスティは感受性というところを強調した。それこそ、何千年たとうとイーサンが決して持ちえない資質であるということを理解させたかったからだ。

イーサンはヤマアラシさながらに毛を逆立て怒りをあらわにした。「わずかな肉体の快楽のために、生涯保つべき礼節を投げだそうとするなんて信じられないよ」

イーサンはますます不機嫌になっている。

「私にとって礼節にどんな意味があるというの？　私には守るべき大切なものなんてないのよ。夫も子どももいない。情熱を傾けるべき仕事もない」

「仕事が嫌いなのか？」彼の声には苦痛と戸惑いがあった。

「ええ、嫌いだわ」

「どうしてこれまで黙っていた？」

「私がいくじなしだったからよ。生き方を変えるより人生を嘆いているほうがまだしも無難だったの」

「ではなぜ長年勤めつづけてきた？」

これは唯一正直な答えを返すことができない質問だった。どのみち、彼に恋していたから仕事を辞めなかったという事実は彼に知られてしまうだろう。「変化に対する不安からよ。でももう怖くないわ」

「このことはレイチェルのせいなんだね？」

「なぜ彼女のことをそんなに嫌うの？」

「ゲイブを利用しているからだ」

クリスティは絶対にそうは思わなかったが、いまの彼は道理に耳を傾けるような心の状態ではない。「あなたのいうとおりよ。私に勇気をくれたという意味でなら、レイチェルのせいといえるわ。私はこんなに尊敬できる女性には会ったことがないわ。彼女は破滅の瀬戸際のような人生を生きているのに、愚痴ひとつこぼしたことはないし、誰よりも勤勉よ」

「ゲイブが援助しているからこそできることさ。仕事も車も与えてやった。アニーのコテージに住まわせ、エドワードの保育料も負担している」

「それはいわない約束でしょ。それにレイチェルは彼から与えられたものの百倍を彼に返していると思うわ。彼女がここに来てからゲイブはほんとうに生き生きしてきた。ときどき声をあげて笑うこともあるのよ」

「彼の悲しみも自然の経過をたどって癒《い》えたということさ。彼女とはいっさい関係ないよ。いっさいね！」

このことで彼と議論しても始まらない。なにゆえなのか、イーサンはレイチェルに関するかぎり、真実に目をつぶり、頑固な態度を貫く決意らしいからだ。

イーサンは頑固そうに口を結んだ。「ぼくを窮地に陥れるような急な辞め方をせず、せめて二週間の猶予を与えるぐらいの礼儀はあってしかるべきだと思うよ」

彼の言い分はたしかに的を射ている。彼が何をしたにせよ、ああいう辞め方は穏当ではない。あと二週間彼に会いつづけるのはどれほど辛いことか、という思いが胸にあふれた。しかしそんなことをもう八年間も続けてきたのだ。あと二週間ふえたからといってどれほどの違いがあろうか。それに次の仕事を探すあいだ給料が入るのは嬉しいことではないか。「わかったわ。ただし私の個人的な生活には干渉しないという条件つきよ。それと私の服装にもね」

「きみが気を悪くするようなことをいうつもりはなかったんだよ、クリスティ。ただ、きみがあんまり変わったんで、ショックだったんだ」

クリスティはテーブルから立ちあがった。「寒い。もう店のなかに入るわ」

「できればやめてほしい」

「二週間の猶予はなかったことにして」

「わかったよ、すまない。入っていいよ。ゲイブとぼくの席に来いよ」

「いやよ。ダンスがしたいの」

「ぼくとダンスしよう」

「それは嬉しいこと」明らかにイーサンは彼女を罪から救いだすにはみずからがダンスの相手を買って出るしかないと考えたのだろう。

「なぜそんなに気むずかしい態度をとるの？」

「そうしたいからよ！」クリスティの心臓は高鳴っていた。不作法な人間では決してないが、どうにもとめどがなくなっている。言葉が口をついて出てくるのだ。「私、他人の都合に合わせるために自分の人生をあらゆる面でゆがめることに心底疲れてしまったのよ」

「ぼくの都合に合わせて、という意味なのか」

「もう話したくないわ」

クリスティはイーサンの前をすり抜け、『マウンテナー』へ向かった。だが本当はひたすら家に帰ってひとりきりになりたかった。

クリスティの姿が見えなくなり、罪の意識なんて感じることはないのだといくら自分に言い聞かせても、罪悪感がひたひたとイーサンの心に押し寄せてきた。「きみは素晴らしい人生を送っている！」イーサンはクリスティの背中に向かって叫んだ。「この地域社会の誰からもりっぱに尊敬されているじゃないか！」

「寒い冬の夜にその事実を抱きしめて寝るのはきっと気持ちいいわよね」クリスティは肩越しにそんな言葉を投げつけ、街路灯の光が当たる場所に足を踏み入れた。光によってくっきりと浮かび上がった彼女のシルエット。イーサンの掌はじっとりと汗ばんでいた。世界が狂いはじめたのだ、とイーサンは結論づけた。彼の目の前でクリスティ・ブラウンが女の子になってしまった。光に包まれた彼女の黒い髪のなかにホタルが飛んでいるようだった。決して美人ではない。そう呼ぶには平凡すぎる顔立ちなのだ。可憐な愛らしさはあるものの、飛び抜けた美しさとはいえない。だが、その反面……彼女はきわめてセクシーだ。クリスティをセクシーだと思うことには抵抗がある。妹を好色な目で見るような不自然さがあるのだ。だが火曜日以来、あの胸が頭から離れないのも事実である。

ばかね、と心のなかのオープラがいう。クリスティ・ブラウンの魅力は大きな胸だけじゃないのよ。

わかってるさ！　とイーサンは言い返す。包括的な魅力なのだ。細いウェスト、丸い臀部《でんぶ》。細い脚、あのあだっぽいヘアスタイル。それにいままで気づかなかった傷つきやすい脆《もろ》さ。それになによりセクシーだ。もはやずば抜けて有能な女には見えず、人並みの不安は持っているように見える。

イーサンはジーンズのポケットに両手を擦りつけ、クリスティの変身に対してなぜこうも動揺するのか、理由を考えてみた。有能な秘書を失うから。それが理由だ。

違うわ、とオープラがいった。大間違いよ。

わかったよ！　今夜クリスティが語った言葉にはあまりに多くの真実があった。たしかに彼女のことは旧友のひとりとしか見ていなかった。だがいままでそうした友情がいかに自己中心的なものなのか、認識していなかったのである。

彼女のいうとおり、まったく一方的な関係だ。彼女の人生の出来事については知っているものの、それ以上は何も知らない。余暇はどうして過ごしているのか。楽しみは何なのか。どんなことが悲しいのか。彼女の好物はなんだっただろうと思い返してはみても、彼女が教会の冷蔵庫のなかに、彼のサンドイッチに使うスパイスの利いた茶色のマスタードを切らさないように気を配っていることぐらいしか思い出せない。

クリスティのことで思い浮かべるものは……。

イーサンはたじろいだ。

思い浮かんだのはよくできたドアマットだったのだ。いつもそこにいて、どんなときも人の役に立つために自分自身を捧げる。自分のために何かを求めることは決してなく、いつも誰かのためだけに存在する。

イーサンは夜の闇に目を凝らした。聖職者とみずから名乗るとは、なんと自分は偽善に満ちた人間なのか。これでまたもう一つ人格的欠陥が加わった。もはや聖職に身を置くことは許されず、生きる道をほかに探すしかないと思う。

善良な人間、しかも大切な友人であるクリスティを自分は傷つけてしまった。だからそれを償わなくてはならない。しかも二週間のうちに償いを果たさなくてはいけない。そのあとはこの人生から彼女が姿を消してしまうからだ。

14

次の日の午後、ゲイブはケンタッキー・フライドチキンのバケツ型容器の蓋《ふた》を開け、レイチェルの前に置いた。ふたりは昼休みに遊戯場のコンクリートのカメの近くにあるお気に入りの場所に腰掛けていた。頭上にのしかかるように巨大な白のスクリーンが真昼の太陽を遮り、日陰を作ってくれている。

ふたりが愛し合った雨の午後から九日が過ぎた。今夜から数えて一週間後にドライブインは開店の日を迎えることになっている。だがそのことに集中するどころか、ゲイブの頭のなかはこの甘美な肉体を組み敷くことでいっぱいなのだ。ところがレイチェルはどうも協力的ではない。最初生理だということでレイチェルがこだわっていた。彼としてはその点はどうにかうまくやれる自信はあったが、金の問題がレイチェルの気持ちのなかにわだかまっていることを知っているだけに、強く迫ることはできなかった。ゲイブはそんなことを問題にするのがいかにばかげていることか、レイチェルに認識してほしかった。

しかし忍耐にも限りがある。風が吹き抜けていくたびに、あの古いホームウェアがレイチェルの体の線をあらわにするのをじっとながめて過ごすだけの日々が続いているのだ。ゲイブは行動に出ることにした。

「喜べ。おれたちの小さなジレンマを解消する方法を考えついたよ」

「どんなジレンマよ？」レイチェルは鶏のもも肉を引き寄せながらいった。彼女が鶏のもも肉にはとくに目がないことにゲイブは気づいている。胸肉が好きな彼は、バケツのなかからひと切れを取りだしながら、今日着ている不格好なホームウェアの開けたボタンのあいだからのぞく彼女の胸を目で楽しんだ。彼がまだ膝に乗れるほど幼かったころ、この赤いキャラコのワンピースをアニーが着ていたのをゲイブはいまも覚えている。

レイチェルはスカートを引っぱりあげ、むきだしの脚を前に伸ばした。日に焼け、ところどころに薄いソバカスがある。片方の膝には古いかさぶた、もう一方の膝にはバンドエイドが貼られている。擦り傷ができているのに、なんの手当てもせずほったらかしにしているのを見かねてゲイブが貼ってやったものだ。ふくらはぎはもっとひどく、挫傷《ざしょう》、ひっかき傷と傷だらけである。レイチェルはあえて激しい労働を選んでいる。見かねてもっと楽な仕事をあてがっても、黙ってそれだけを続けることはない。彼がどんなにがみがみいおうと、その姿勢は変わらない。

足首に巻きついた厚ぼったい白のスウェット・ソックスと重たげな黒い靴と対照的にふくらはぎが細い。その靴を彼女が念入りに磨きつづけていることは見てわかる。毎日しっかりとつくであろう塗装のはねや汚れを落とす作業の大変さは想像するしかない。なぜそこまでこだわるのか初めは理解できなかったが、靴を一足しか持っていなければ、手入れするしかないのだと気づいた。

あんなぶざまな靴をきれいにするために、レイチェルが毎夜せっせと手入れしているのだとは考えたくもなかった。できるものなら靴ぐらい十足でも二十足でも買ってやりたいが、突っ返されることは目に見えている。

ゲイブは咳払いをしていった。「例のことに関するきみの時給の問題だよ」

「昇給してくれるの！」

「断じてそれはない。昇給はしない」

レイチェルの顔に浮かんだ失望の表情に、ゲイブは笑いを嚙み殺した。なかなか工夫を要することではあるが、ゲイブはレイチェルに現金をあまり与えないようにしながら、日常必要不可欠なものは不足がないようにしている。厳しく節約する様子を見ていれば、大金を与えてもすべて貯金にまわすであろうことは容易に想像がつく。十分な蓄えができたら、彼女は町から出ていくだろう。

遅かれ早かれ、G・ドウェインが隠したという五〇〇万ドルがこのサルベーションにはないのだという事実をレイチェルは受け入れなくてはならない。そのとき彼女がここにとどまる理由はなくなる。町を出るに必要な金をレイチェルに持たせてはならないのである。いまはまだ時期が早い。ここが彼女にとって住みやすい町ではないことは十分に承知してはいるが、彼女が将来安定した暮らしを送れそうだという確信が得られるまで、この町を去らせるわけにはいかない。彼女は生き残ろうと必死で頑張ってはいるが、その力ははなはだ心もとない。彼女が今後ふたたび貧窮に陥らないよう、彼自身がなんとかしなくてはいけないと考えている。

「昇給してくれるのが当然よ、あなただってそれは知ってるわよね」

この言葉は無視して、ゲイブはいった。「すぐ思いつかなかったのが不思議なくらいだよ」ゲイブは草の上に片肘をついて横臥し、食べたくもないチキンをひと口食べた。「固定給にすることにしたよ。つまりおれたちがかりそめの行為に及んだとしても、きみの給料にはなんの影響もない、ってことさ」

レイチェルの目がドルマークに輝いた。「固定給っていくら?」

ゲイブはその額を告げ、熟れた苺《いちご》のような唇から反駁の言葉が発せられるのを待った。やはり反論はあった。

「あなたってまれに見るしみったれよね。けちで、締まり屋でおまけに――」

「そういうきみはどうなんだい」

「私はあなたみたいにお金持ちじゃないもの。けちにならざるをえない事情があるのよ」

「固定給だと金銭的にはきみにとって有利だよ。時間外手当ても払うし、ちょっとした用足しで仕事を離れても罰金は取らない。ほかにも利点はある」ゲイブはそこで言葉を区切り、チキンをもうひと口食べた。「ぼくの寛大さにひざまずいて感謝すべきだよ」

「ひざまずくどころか、その膝を金てこでぶちたいぐらい」

「なんだって?　よく聞こえなかった」

「もういいわよ」

ゲイブはいまこの瞬間に彼女を腕に抱きしめたかった。しかしそうもいかなかった。最初にあんな形で結ばれたとあってはなおさらである。レイチェルがどれほど奔放な女を気取ろうと、今回ばかりはベッドが必要だ。それもベッドはベッドでもドウェインのベッドであってはならない。

レイチェルにはデートも必要だと思うが、どうやらデートというものを経験したことがないらしい。四つ星レストランに食事に連れていって、彼女が食べる様子をながめていたいと思う。

彼女が食べるのを見るのが楽しくてたまらない。毎日なんのかんのと口実を作っては彼女に何か食べさせている。朝、エッグマック・マフィンを買ってきて、ひとりで朝食をとるのはいやだからといって一緒に食べる。昼になると空腹でケンタッキー・フライドチキンを食べないと集中できないという。昼さがりにはスナックバーの冷蔵庫からフルーツやチーズを出し、彼女に休憩を取らせる。こんなことをこれ以上続ければ、彼はジーンズのボタンがはめられなくなりそうだが、彼女のほうは日増しに健康的になってきている。

頬は少しふっくらとして、もはや緑の目が顔からこぼれ落ちそうに見えることもなくなり、下まつげの下にあった隈《くま》も消えた。肌もつやつやと健康的な輝きを取り戻し、頬骨の上にソバカスがふえた。体にも少し肉がついた。太ることはないだろうが、もう痩せ衰えた感じはしなくなった。

チェリーがくよくよと体重を気にしていたことを思い出し、ゲイブは顔を曇らせた。たとえきみの体重が三〇〇ポンドにふえたとしても愛情に変わりはないよ、とゲイブはチェリーを慰めたが、結局カロリーを計算することはやめなかった。痩せようと太ろうと、ゲイブはチェリーを愛しつづけただろう。身体障害者になったとしても、老いて皺だらけになったとしても、愛情は変わらなかっただろう。彼女の肉体がどんな状態になろうと愛が翳《かげ》ることは決してなかったであろう。彼女に死が訪れても、愛は変わらない。

ゲイブは食べかけのチキンを袋に投げ入れ、草の上にあお向けに寝そべり、昼寝でもするように目の上に腕をのせた。

胸の上にレイチェルの手を感じた。その声にもう怒りはなかった。「ふたりのことを話してちょうだい、ゲイブ。チェリーとジェイミーのことを」

ゲイブの肌はチクチクと痛んだ。また同じことが起きた。レイチェルがふたりの名前を口にした。イーサンですらその名前を口にしなくなっている。ただ兄をそっとしておこうというつもりなのだが、当のゲイブとしては、自分以外の人の記憶のなかに、ふたりはもう存在しなくなっているのではないかという気がしはじめているのだ。

ゲイブは話したい、という誘惑に負けそうになったが、わずかに残されていた正気にすがりついた。どれほど狂気のただなかにいようとも、これから愛欲の戯れをともにしようという相手に、亡き妻の美点を気楽にしゃべるほど狂ってはいないつもりである。それにレイチェルの舌鋒《ぜっぽう》が彼の思い出をどんなふうに揶揄《やゆ》するか想像がつく。

ゲイブの肩の筋肉が収縮した。彼は自分に嘘をついている。レイチェルはあらゆる面で彼の気持ちをかき乱すだろうが、思い出だけは乱されたくない。それは絶対にごめんだ。いまはまだいやだ、とゲイブは逆らった。

レイチェルの手はゲイブの心臓の上にあり、このうえなく穏やかな声で話すその息が首筋に温かく当たる。「みんな優しすぎて、こんなことをあなたに指摘してくれる人はいないでしょうけれどね、いまあなたは自分のことしか見えない自己憐憫《れんびん》のかたまりのような人間たちの仲間入りをするかどうかの瀬戸際にいるのよ」レイチェルは彼の体を優しくさすりながらいった。「あなたには自己憐憫に陥っても仕方のない理由はないわけじゃないし、あなたに残された人生がそう長くないのであれば、自己憐憫も悪くはないと思うわ」

血が騒ぎ、激しい怒りがゲイブの全身を駆けめぐった。筋肉の収縮はレイチェルも感じたのだろう。彼の気持ちを鎮めようと彼の胸に頭をのせた。髪のひと房が彼の口に垂れかかった。ゲイブはシャンプーの匂いを嗅いだ。陽射しを思わせ、同時に清潔な雨をも思わせる匂いだった。

「どうやってチェリーに出会ったのか、話してちょうだい」

またしても妻の名前だ。怒りが消え、ゲイブは妻について語りたい、妻の思い出を過去に葬り去りたくないという差し迫った欲求を感じた。それでも言葉にするにはしばらく時間がかかった。「日曜学校のピクニック」

レイチェルのとがった肘が腹部に食いこんできて、ゲイブはうめいた。自然に腕が上がり、目を開けた。

レイチェルは安楽椅子にでも座るように、気持ちよさそうにゲイブの胸にもたれ、誰もがするようにおなじみの憐れみに満ちた表情を浮かべることもなく、ただ微笑んでいた。「ふたりとも、まだ子どもだったのね！　ティーンエージャー？」

「まだそう呼べる年にもなってなかった。ぼくらは十一歳で、彼女はサルベーションに引っ越してきたばかりだったよ」ゲイブはなかば腰掛けたような姿勢をとり、同時に横隔膜にレイチェルの肘が直接当たらないよう、位置を変えた。「ぼくは走りまわっていて、先をよく見ていなかった。それでグラスに入った紫色のクールエイドが彼女にかかってしまったんだ」

「かけられたほうは愉快ではなかったわよね」

「彼女はとんでもない反応を示したんだ。ぼくを見あげ、にっこり微笑んで『あなたはきっと悔やんでいるのよね』というようなことをいったんだ。『あなたはきっと悔やんでいるのよね』って」

レイチェルは笑った。「なんだかお人好しみたいね」

ゲイブもふと気づくと笑い返していた。「実際そうだったよ。いつも他人《ひと》によかれということばかり考えていたし、そのために何度面倒をしょいこんだことか」

ゲイブは巨大なスクリーンの作る日陰の草の上に仰臥したが、今度は楽しい思い出が浮かんできても、自然に受け入れることができた。次々と楽しい思い出がよみがえってきた。蜂が近くを飛ぶ音がし、遠くでコオロギが鳴いていた。レイチェルの日向《ひなた》の匂いのする髪が彼の唇をかすめた。

まぶたが重くなってきた。彼は眠りに落ちた。


翌日の夕方、レイチェルはエドワードと一緒にクリスティの引っ越しの荷ほどきを手伝った。寝室がひとつだけのクリスティの新しいマンションは小さいがとてもチャーミングな部屋で、中庭とコンパクトなキッチン、おまけに天窓までついている。壁は真っ白な塗りたてで、なにもかも新しい匂いがする。

貸倉庫から家具も届いていた。フロリダに引っ越した両親が不要とした家伝の家具がほとんどなのだが、クリスティはそれらの家具を不満そうにながめている。

クリスティはレイチェルにだけ聞こえるように声を落としていった。「この家具を取り替えるだけのお金がないのは承知しているんだけど、どうもね……なんというか、いまの私には合わないって感じなの」そこまでいって、自分を卑下するような笑い声をあげた。「聞いてちょうだい。五日前、私は髪をカットして新しい服を買ったわ。それだけでいまはもう、違う人間になったような気分なの。たぶん、両親の望むとおりにフロリダへ越していかなかったことに罪悪感を覚えているのよ」

「今週はあなたにとって大変なことが重なったからね」レイチェルはすでに青紫の敷紙を敷いた食器戸棚に最後のグラスを並べながらいった。「家具のことで憂鬱になったりしないで。ベーシックなものばかりだから、クッションの色を明るくしたり、美術館のポスターを貼ったりすると違うわよ。ぐっと素敵になるって」

「そうかもしれないわね」

エドワードが寝室から気取って出てきた。「ベッドを固定するのにフィリップスのねじまわしが必要だよ。ある？」

クリスティは小さなきちんと整理された道具箱のほうへ歩いていった。道具箱は、マンションの生活空間と船の厨房のようなキッチンとを隔てる白いカウンターの上に置かれている。

「これ、使ってみて」

エドワードはレイチェルが思わず笑ってしまったような、もったいぶった態度でねじまわしを受け取ると、寝室にいるイーサンのところへ偉そうに行ってしまった。イーサン・ボナーはクリスティにとって現在最大の不満の対象なのかもしれないが、エドワードに対する寛大さを考えると、反感を抱きつづけるのがむずかしくなっている。息子が大人の男性と何か作業をともにする機会を与えられたのはこれが初めてであり、息子はその喜びに浸っている。

クリスティは寝室のほうをにらみつけながら、怒りをこめたささやき声を発した。「木曜日、『マウンテナー』でのイーサンの態度はひどかったわ。でもそれ以来彼ったらなにごともなかったかのように振る舞っているの」

「私の見るところ、彼もあなたと同じようにそのことを忘れようと努力しているのよ、きっと」

「どうだかね」

レイチェルは微笑んで、不機嫌な友人を抱きしめた。今夜のクリスティの装いは真新しいジーンズに明るい赤のTシャツ。メイクも落ち、ゴールドのサンダルを履き古したスニーカーに替えたのでセクシーすぎる要素はないものの、先刻イーサンの視線がクリスティの体の上をさまようように泳いでいたことに、レイチェルは気づいた。

「私が憧れつづけてきたのは、幼稚な偽善者だったというわけよ。でもこんなことはもう絶対卒業するわ！」

これ以上大きな声を出せばイーサンに聞こえてしまうが、レイチェルはもう何度も言葉を遮ったので黙っていた。

「家に住んでいたころに、収入のほとんどを貯金していたから、大学に戻る資金はあるの。

幼児教育で学位を取得するにはあといくつかの授業を修了すればいいのよ。修了までは教授の助手の仕事に就いて、マンションのローンを補えば問題ないはずだし」

「素晴らしいじゃない」

「もっと早く実行していればよかった」

「いまになってやっと状況が整ったのかもしれないわよ」

「そうかもしれないわね」クリスティはせつなそうに笑みを浮かべた。「素敵な気分よ。生まれて初めて自分がめだたない存在ではないという自信が持てたわ」

そうした自信は服装以上に心的傾向から来ているのではないかとレイチェルは感じたが、意見は控えた。

イーサンがエドワードを連れて奥の寝室から出てきた。「全部すんだよ。次は、ぼくとエドワードで本棚を始めようか?」

「ありがとう。でもまだ組み立てる準備ができてないからいいわ」不作法すれすれのぞんざいな口調だった。

「わかった。じゃあテレビを組み立てるか」

「もう十分手伝ってくれたわ、イーサン。とにかくありがとう」

いかにも帰ってくれといわんばかりの明白な意思がこめられていたが、イーサンはそのほのめかしを受けて辞去するつもりはなかった。「おいで、エドワード。バスルームのドアががたつくからなんとかしてみよう」

「明日建設業者が来て、見てくれるからいいのよ。もうとくに手伝ってもらうことはないわ、イーサン。明日職場で会いましょう」
これは無視できないほどに直截簡明な言葉で、道具箱に道具を返しにきてドアへ向かう寛大なイーサン・ボナーを見ながら、レイチェルは気の毒だなと思いはじめた。

窓には明かりがついていなかった。ゲイブは十字架炎上事件のあと、ハートエイク・マウンテンでレイチェルをひとりにさせておくわけにはいかないことは認識していた。クリスティがいなくなって、彼女のことが心配だった。

もっと早くコテージに着くつもりだったが、イーサンが家に立ち寄ったのだった。クリスティがどれほど無礼な態度をとったかという弟のくどくどしい長談義を聞かされた。そのうえレイチェルはゲイブの財産目当てなのだという、とても微妙ないいまわしとはいえない当てこすりもあったが、それは黙殺することにした。ある意味それは真実ではあるのだが、決してイーサンのいうようなことではない。イーサンの愚痴は際限なく続き、とうとう真夜中近くになってしまった。

ゲイブはガレージのそばにトラックを駐め、しばらく闇のなかで座っていた。気持ちがひどく揺れていた。ごく簡単にだったが、今日の午後レイチェルとチェリーの話をして、心のなかのしこりがほぐれはじめた気がする。もしレイチェルがひとりでコテージに住んでいるのなら、ここへ越してくることはそうややこしい話ではない。しかしレイチェルの息子とも関わらなくてはいけなくなるのだ。あの蒼白い寡黙な男の子の近くにいなくてはならないと考えるだけで、またしても暗澹《あんたん》たる気分に包まれてしまう。

子どもにはなんの罪もないし、こうした気持ちについて何十回となく自分を戒めようとしたが、うまくいかなかった。エドワードを見るたびにジェイミーを思い出し、どれほど大切な子どもを亡くしたかをあらためて思い返してしまうのである。

ゲイブは鋭く息を吸いこんだ。こんな考えは卑劣だ。許されない。

そうした思いを振り払うように、トラックからスーツケースをおろし、家へ向かった。曇りの夜で、街路灯はすべて消えているにもかかわらず、進むことに苦労はしなかった。子どものころ何百回となくこのコテージに泊まったからだ。

アニーが寝てから、キャルとふたりで冒険を求めてこっそり裏の窓から抜けだしたことが幾度あっただろうか。イーサンは幼すぎて連れていけなかったのだが、ゲイブとキャルの冒険物語を共有できなかったことをいまでもぼやいている。

家の脇へまわったとき、遠くでフクロウが鳴いた。靴が草の上で足音をたて、鍵の類いが手のなかで鳴った。

「そこで止まりなさい！」

玄関ポーチに長くまっすぐなレイチェルの影がぬっと浮かんだ。ゲイブはなにか気の利いたせりふでもいってやろうと口を開いたが、自分の胸に祖母の古いショットガンが突きつけられているのがわかったとき、生意気な態度をとるのは得策ではないと判断した。

「私は銃を持っているし、これを使うことになんのためらいもないわよ！」

「おれだよ。なんだよ、レイチェル。できの悪い探偵映画みたいなせりふだな」

レイチェルはショットガンの銃身を下ろした。「ゲイブなの？　そんなところでいったいい何をしているのよ？　死ぬほど怖かったんだから！」

「きみを守るためにここに来たんだよ」ゲイブはさりげなくいった。

「真夜中じゃないの」

「もっと早く来るつもりだったんだが、イーサンのことでちょっと面倒なことになってね」

「あなたの弟はばかよ」

「あいつもきみに夢中だよ」ゲイブはポーチの階段をのぼり、空いたほうの手でレイチェルの手からショットガンを取りあげた。

レイチェルは網戸の内側に手を入れて黄色いポーチの明かりをつけた。裸足で脚もむきだし、コテージが悪質ないたずら書きの被害に遭った日の朝と同じ青のワーク・シャツを着た彼女の姿を見て、ゲイブは唇が乾くのを感じた。彼女のカールした髪がポーチの明かりを受けて古代の金のように輝いて見えた。

「あれは何？」レイチェルが尋ねた。

「見てのとおり、スーツケースさ。しばらくここに住むことにしたよ」

「これはクリスティの提案？」

「いや、クリスティは心配していたが、これはおれが自分で思いついたことだ。彼女がここにいるあいだは、きみに関する危険は脅し以上のものになることはないと踏んでいたんだが、そのクリスティもいなくなって、いまのきみは攻撃を受けやすい状態にあると思うよ」

ゲイブは居間に入り、スーツケースを置き、ショットガンを調べた。装弾されてはいなかったので、元に戻した。同時に脳裏に浮かんだのは家を出る前にしまいこんできた三・八口径の銃のことだった。弾を込めた銃をベッドのそばに置いておくということが、とつじょいまわしく思えたのである。「銃はしまっとけよ」

「私がひとりじゃやっていけないとあなたは思うわけね？　大丈夫よ。だからあの威勢のいいトラックに跳びのってお帰りなさいな」

ゲイブは笑いをこらえきれなかった。レイチェルも思わず笑った。「減らず口をたたくのはやめろよ、レイチェル。きみは誰に会っても素直に喜んで見せたことがないんじゃないか。自分でもそう思うだろ」

レイチェルは顔をしかめた。「ほんとにここに住むの？」

「ここで何が起きているのか心配で眠れない夜を過ごすのはもうたくさんなんだよ」

「子守は必要ないけど、ちょっとした来客ならかまわないわ」

この言葉は本当は怯《おび》えているという事実を伝える彼女なりの精一杯の表現であることをゲイブは知っている。レイチェルがショットガンをしまいにいっているあいだに、ゲイブはスーツケースを廊下に出し、祖母の寝室に運びこんだ。クリスティの荷物もなくなってがらんとしている。荒い作りの祖母のベッドや隅に置かれた揺り椅子などをながめまわしながら、幼いころ、夜がひどく怖かったことを思い出した。こっそりこの部屋に来ては祖母のベッドにもぐりこんだものだ。キャルのベッドにもぐりこんでもよかったのだろうが、自分が怖がっていることを兄には知られたくなかったのだ。しかし一度だけ、祖母のベッドにもぐりこんだら、そこにはすでに兄がいたということがあった。

背後でレイチェルの足音がして振り返った。レイチェルは髪もシャツも乱れているのに、美しかった。頬についたV字型の皺から見て、車でこの家に近づいてきたとき、ぐっすりと寝こんでいたことがわかる。近くで彼女の着ているワーク・シャツを見たゲイブは漠然とした苛立ちを覚えた。「寝るときに着る物はほかにないのかい？」

「これのどこがいけないの？」

「それはキャルのだからさ。シャツがいるんならおれのを着ていいよ」ゲイブはベッドの上に投げるようにしてスーツケースを置くとなかを開けてシャツを引っぱりだした。清潔なシャツだったが、あちこちにクリーニングでも落とせなかったシミがある。

レイチェルは受けとったシャツを不満げな目で見た。「キャルのシャツのほうがずっときれいだわ」

ゲイブはレイチェルをにらんだ。

レイチェルは茶目っ気のある笑顔を向けた。「でもあなたのもののほうが着心地はよさそうね」

「そのとおりだよ」

レイチェルの顔にふたたび微笑が浮かんだ。彼の心のなかの荒廃した部分にまで喜びが染みこんでいった。人生が破綻《はたん》の瀬戸際にあるときでさえ、ささいなことのなかに楽しみを見いだそうとするこんなレイチェルの生きざまに、ゲイブは感動すら覚えた。

レイチェルの緑の瞳がいたずらっぽく光り、何かあるぞとゲイブは腹をくくった。彼女は腰に片手を当て、シャツをほんの少し持ちあげるようなしぐさをしてみせた。それを見てゲイブがどれほどの胸騒ぎを覚えているのか、彼女は気づいてもいないのだ。「私に料理をしてほしいんなら、食材はあなたが買うのよ」

レイチェルほどいろいろな面で金に執着する人間はほかに見たことがない。ゲイブはレイチェルにちょっと意地悪をいってやりたい気持ちに抗《あらが》えなかった。「料理してくれとはいってない。たぶん料理の腕はおれのほうが上だよ」

レイチェルは考えこんだ。「あなたのほうが食べる量はずっと多いわ。あなたの食べる分まで私に負担しろというのはフェアじゃないわよ。ほんとに、あなたってすごい食欲の持ち主よね。いつも何か食べているんですもの」

ゲイブがどう答えようかと迷っていると、小さな声が割りこんできた。

「ママ？」

さっと振り返ってみると、戸口に男の子が立っているのが見えた。着ている新しいパジャマは大きすぎて、袖口をまくりあげなくてはならないほどだ。手堅いレイチェルは未来を見越してわずかな金も節約するのだ。

レイチェルは子どもが高熱を発してでもいるようにそばに駆け寄った。屈みこんだとき、パンティの裾が見えた。男の子はゲイブにそっけない、不可解な表情を向けたが、やがて床に視線を落とした。ゲイブはふたりに背を向けてスーツケースから荷物を出すことに没頭した。

「さあ、いらっしゃい」レイチェルがいった。「ベッドに戻りましょうね」

「あの人、何してるの？」

レイチェルは息子を部屋から廊下へ連れだしながらいった。「ここはゲイブのコテージなのよ。いつでも来たいときに来てもいいの」

「イーサン牧師のコテージだよ」

「ふたりは兄弟なの」

「違うよ」ふたりがかつてアニーが裁縫室にしていた部屋に入る音が聞こえた。男の子が何かいったが、よく聞き取れなかった。しかし打ち首《ビヘッド》（バッドヘッド〈うすのろ〉がそう聞こえた）とかなんとかいう言葉に聞こえた。五歳の男の子が使うには奇妙な言葉だ。変わった子どもだと思う。あの子にはすまないという気がするものの、どうしても思い出に呑みこまれてしまうのだ。

入浴をすませさっぱりとパジャマに着替えたジェイミー。頭に濡れた黒髪がくるくると渦を巻いて額に張りついている。お気に入りの本を抱えてゲイブの膝によじ登ってくる様子。お話を最後まで聞かないうちに眠りこんでしまうこともあった。腕に抱いた、眠るわが子の重さ。この掌で包んだ小さな裸足の足……。

「なにか欲しいものはない？」

レイチェルが戻ってきていたのに気づかなかった。ゲイブはまばたきしてかぶりを振った。

「いや、ないよ」震えとともに肺に残っていた息を吐きだした。「きみが欲しい」

レイチェルはすぐにそばに来て体を寄せてきた。この瞬間を待ち望む気持ちは彼女にとっても辛いものだったことがうかがえた。ゲイブはレイチェルが着ている兄のシャツの下に手を差し入れ、その下にある柔らかい肌に触れた。だがそのとき、レイチェルがさっと離れた。その行為にゲイブは興ざめしたが、レイチェルが鍵をかけていることに気づいた。

チェリーとも何度こんなことをしたことだろう。ジョージア州の農家の寝室で、ジェイミーがふらふらと入ってきたりしないように、鍵をかけたのだ。ふたたび苦痛がよみがえった。レイチェルが彼の顎を手で包んだ。そのささやき声がまるで祈りのように彼の頬にかかった。「私と一緒にいてちょうだい。私もあなたが欲しいの」

彼女はどんなときもこちらの気持ちを読んでいるようだ。ふたたび彼の手が彼女の温かな肌に触れた。レイチェルは身をくねらせ、彼の衣服を引っぱりはじめた。激しく、もどかしげで、ぎこちないその情熱がゲイブを煽り立て、思考をとぎれさせた。一瞬のあいだに彼は裸にされた。ただソックスの片方だけが残っていた。

チェリーの体は自分の体と同じくらい知りつくしていた。どこに触れると喜ぶか、どんな愛撫をしてもらいたいのかなど、すべてわかっていた。だがレイチェルの肉体はいまだ神秘である。

ゲイブはレイチェルの体から兄のシャツを剝ぎとった。もう二度と着る気にならないように、わざと乱暴な脱がせ方をして、ボタンを引きちぎった。そしてベッドに押し倒した。

レイチェルはたちまち上になった。「主導権は渡さない」

ゲイブは笑って、彼女の胸に唇を押しつけた。

彼女は彼の腰をまたいだ。パンティをつけたまま、そのナイロン地をそっと前後に滑らせ、しっとりとしたシルクのような感触を残しながら、ゲイブの感覚を激しく刺激した。これ以上は耐えられないと、ゲイブはレイチェルの臀部に手を巻きつけ、彼女の体を強く引き寄せた。「お遊びはもうおしまい」

レイチェルは体を押しつけた。乳首がゲイブの胸をかすめた。ソバカスのある肩にカールした髪がかかり、そのひと房が彼の唇をおおった。伝道師の未亡人は悪魔のような目で彼を見た。「だめよ」

ゲイブはうめいて、パンティのなかに手をするりと入れ、同じ手で報復した。

その後ふたりは取り憑《つ》かれたように性の饗宴に没頭した。声をあげることができないゆえ、欲望がいっそう燃えあがるかたちとなった。レイチェルは彼の胸を噛み、舌を吸った。ゲイブは彼女の臀《しり》をたたき、息ができないほど激しいキスをした。どちらかが上になったと思うと、次の瞬間上下が逆転した。レイチェルは彼を座らせ、パンティを脱がず、股の部分を脇へ引っぱりながら秘孔を押し当て、刺し貫いた。ふたりの情欲は赤く熱く燃えあがり、ただひたすら本能に突き動かされていた。信じがたいほどの戦慄《せんりつ》、興奮だった。壁までが染まるような激しいセックスだった。

夜中にふと目覚めてレイチェルが自分のベッドに戻ったことがわかると、いやな気分だった。

心の片隅にある思いが浮かんだ。おれは彼女と結婚すべきなのかもしれない。そうすれば彼女は安全だし、苦労から解放される。それに彼女と一緒にいたい。

だが彼女のことを愛しているわけではない。チェリーを愛したように愛することはできない。それに彼女の息子を育てることはできない。まだそれは無理だ。これから先も無理だろう。

ゲイブはその後とうとう眠れなかった。夜が明け、彼はついに眠ることをあきらめ、シャワーを浴びた。レイチェルは早起きだということは知っているが、服を着たとき、彼女はまだ起きていなかった。彼はひそかに微笑んだ。きっと疲労困憊《こんぱい》しているのだろう。

キッチンは静まり返っていた。勝手口の錠をはずし、外へ出た。ふっと懐かしさに包まれた。子ども時代に連れ戻されたような錯覚に襲われる。

キャルもゲイブも両親がまだ十代のころに生まれている。父親は単科大学から医大に進み、サルベーションで開業した。ボナー家の祖父母は裕福で、息子が下層階級のグライド家の娘と結婚する羽目になったことを恥じていた。しかしゲイブたち兄弟はグライド家の祖母が大好きで、両親が許すかぎりできるだけ多くの時間をハートエイク・マウンテンで過ごすようにしていた。

いつも朝起き抜けに外へ走りでていたことを思い出す。新しい一日の始まりが嬉しくてはしゃぎまわり、アニーは木のスプーンを振りまわして脅しつけ、やっと家のなかへ入れ、朝食をとらせなくてはならなかった。がつがつと朝食を平らげると、また急いで外に出た。自分を待っているさまざまな生き物たちに会うためだった。リス、アライグマ、スカンク、オポッサム、ときには黒熊に会うこともあった。熊の類いはいまでは見かけなくなった。栗の木が葉枯れ病で枯れ、熊の好物が全滅し、代替食のドングリも食料源としてはさほど頼りにならなかったためである。

動物たちが恋しかった。動物たちと関わる仕事が恋しかった。だがそのことをいま考えても仕方がない。ドライブインの経営が控えているからだ。

そう考えると気が滅入った。階段をおりて庭をじっとながめた。昨年の夏彼の母親とキャルの妻ジェーンが亭主の元へ移るついでに寄り、庭の手入れをやってくれた。また植物が伸び放題になっているが、誰かが——たぶん少しも体を休めようとしないまめなレイチェルだろうが——部分的に手入れを始めているようだ。

甲高い金切り声が朝の静寂を引き裂いた。声は玄関のあたりから聞こえた。ゲイブは不安に胸を高鳴らせつつ家の側部をまわった。今度は悪質ないたずら書きどころではないのだろう。

エドワードがひとりで玄関ポーチの反対側の端に立ちすくんでいるのが目に入り、ゲイブははたと立ち止まった。まだパジャマを着たまま、恐怖に身をすくませて何かを見おろしているのだが、それが何かはゲイブの目には届かない。

正面にまわると、すぐにエドワードを絶叫させたものの正体がわかった。ポーチの床に小さな蛇がとぐろを巻いているのだ。

大股で三歩、ゲイブは蛇のいるところに行きついた。手すりに片手を擦りつけながら、這《は》って逃げようとする蛇をつかまえた。

レイチェルが玄関から飛びだしてきた。「エドワード！　どうしたの？　いったい——」

レイチェルはゲイブの手からぶらさがっている蛇を見た。

ゲイブはすくんだ子どもをもどかしげに見た。「ただのガーターヘビだよ」ゲイブは蛇を男の子のほうへ差しだした。「背中に黄色い模様がついているだろう？　それが咬まない蛇の印なんだよ。さあ。さわってごらんよ」

エドワードは首を振りながらあとずさりを始めた。

「さあ」ゲイブは命令するようにいった。「咬まないっていっただろ」

エドワードは身を縮めるようにますますあとずさる。

レイチェルは即座に駆け寄り、いつものように赤ちゃん扱いを始めた。「大丈夫よ。ガーターヘビは優しい蛇よ。ママが育った農家のまわりにもいっぱいいたわ」

レイチェルは顔を上げると、ゲイブを憤怒の形相でにらんだ。ゲイブの手から蛇をひったくると手すりの向こうに放り投げた。「ほらね。家族に会えるように放してあげましょうね」

ゲイブはレイチェルに非難のまなざしを向けた。こんなふうに過保護を続けていたら、決してまともな男には育たない。ゲイブはジェイミーがよちよち歩きのころから蛇に触れさせ、害のない蛇と毒蛇の区別ができるように仕込んだ。ジェイミーは蛇に手を触れるのが大好きだった。蛇とともに成長した子どもとそうでない子どもには大きな隔たりがあるのだと、彼のなかの理性が主張する。しかし息子はもうこの世にいないし、理性に耳を傾けるわけにいかない。

エドワードは母親に体を押しつけた。レイチェルは息子の頭を撫でながらいった。「朝ごはん食べる、早起き鳥さん?」

エドワードは母親の腹部に向かってうなずき、やっと聞き取れるくらいの声でいった。「今日は日曜学校に来なくていいってイーサン牧師にいわれた」

レイチェルが顔を曇らせた。「またいつか行けばいいじゃない」

ゲイブはこんな考えを子どもの頭に植えつけた弟を心のなかでなじった。もしレイチェルが礼拝に参加するようなことがあれば、いったいどんな目に遭うのか、弟は一瞬でも考えたことがあるのだろうか。

「先週も同じことをいったよ」エドワードが不満げにいった。

「新しいチェリオスを開けましょうよ」

「今日は行きたい」

ゲイブは子どもの主張を聞いているのが耐えられなくなってきた。「お母さんのいうことを聞きなさい」

レイチェルが勢いよく振り向いた。何かいおうとして口を開いたが、その口を閉じ、息子を急かすようにして家のなかへ入れた。

ゲイブはふたりと顔を合わせないように森のなかをゆっくりと散歩し、かつて自分が動物の保護区にしていた場所を見つけた。十歳か十一歳のころだったろうか、檻《おり》を作り、傷ついた動物を治療するために使っていた。保護したのは、彼自身や友人たちが森のなかでたまたま見つけた動物たちだった。思い返してみると、なんと多くの動物を救ったものかと驚く。

思い出に浸ってみても悲しいだけだった。いまでは動物たちに近づくことも辛くなってしまった。多くの動物たちの病気や傷を癒してきた彼が、自分自身の傷を癒せないでいるからだ。

レイチェルにも男の子にも会う気持ちになれなかったので、町へ行き、マクドナルドでコーヒーを買った。その後イーサンの教会に向かい、一ブロック離れたいつもの場所に車を駐めた。この数週間続けて日曜礼拝に出ている。いつも遅れて行って後ろの席に座り、人より早く席を立つ。そうすれば他人と話をしなくてすむからだ。

レイチェルは神に背を向けているが、ゲイブにはできない。弟ほど信仰心は強くはないし、自分が信仰によって救われたとも思えない。とはいえ信仰のなかにはなにかがあり、それを自分の心から切り離すことまではできない。

イーサンの最近の態度には苛立ちを感じているが、彼の説教に耳を傾けるのは好きだ。絶対不動の道徳規範を声高に唱え、天との伝達経路を持つのは自分だけであるかのように振舞う、腹立たしいほどに廉直な聖職者たちとは一線を画するものをイーサンは持っている。彼が説くのは、忍耐と寛大さ、正義と同情である。ゲイブはふと気づいた。そのすべてをイーサンはレイチェルには示していない。弟は決して偽善者ではないだけに、そこは理解しがたいところだ。

列席者に目をやって、遅れてきたのは自分だけではないことに気づいた。懺悔《ざんげ》の祈りが始まってかなりたってから、クリスティ・ブラウンがそっと後部座席に座るのが見えた。スカート丈がとても短い黄色のワンピースを着ており、何か文句があるんならいってみなさいよとでもいわんばかりの挑戦的な表情を浮かべている。ゲイブはひとりひそかに笑みを浮かべた。彼自身サルベーションの多くの人びと同様、何かを頼むとき以外、クリスティに注目したことはなかったが、いまやすっかり侮《あなど》りがたい存在となった。

礼拝のあとキャルの屋敷まで行き、兄に電話してこの屋敷をしばらく留守にする旨を告げた。その理由を聞いたキャルは激昂した。

「スノープス未亡人と同居するだって？　おまえが彼女とただならぬ関係にあるらしいとイーサンから聞かされても、にわかには信じられなかったのに、今度は同居するというのか？」

「そういうことじゃないよ」ゲイブは答えたが、それはまったくの真実とはいえなかった。「彼女はこの町で攻撃の標的になっている。危険にさらされていると思うんだ」

「だったら警察に警護してもらえばいい」

兄の声の背後でネズミのような甲高い声がかすかに聞こえ、それが姪《めい》のロージーの声だと気づいた。ロージーは器量よしの赤ん坊で、いたずら好きである。幼いながらすでに自分の能力を発揮したくてうずうずしている。彼の胸のなかにかすかな痛みが疾《はし》った。

「いいか、ゲイブ。イーサンにもいったんだが、おまえはいつも傷ついた動物を見ると放っておけない弱点があった。しかし今度の動物はガラガラ蛇だぞ。五分おまえと一緒に過ごした人間は誰でも、おまえが金に関しては絶好のカモだと見抜いてしまう。それに――おい！」

「ゲイブ？」義理の姉の声が割りこんできた。ジェーン・ダーリントン・ボナーとは数回会っただけだが、すぐに気に入った。頭がよく、はっきりとものをいい、慎みのある女性である。そうしたスタンスこそ、若者の浮わついた生活を卒業してみずからのキャリアを確立したあとに、キャル自身がぜひとも身につけなくてはいけないものだ。

「ゲイブ、彼のいうことに耳を貸してはだめよ」ジェーンがいった。「イーサンのいうことも聞かなくていいの。私はスノープス未亡人が好きよ」

ゲイブは道徳的義務感に駆られて、いわずもがなのことを口にした。「そういってもらえるのは嬉しいけど、義姉《ねえ》さんはたしか彼女に会ったことはなかったよね」

「ないわよ」義姉はまじめな調子で答えた。「でも私は彼女のとんでもない屋敷に住んでいたでしょう。ばかなと思われるのは承知でいうけど、キャルとの諍《いさか》いのあとで、彼女の寝室と子ども部屋に入ると、彼女に対してふっと親しみの感情を抱いたの。屋敷のほかの場所には邪悪なものが満ち満ちていたのに、そのふたつの部屋にだけは優しい善良なものが感じられたのよ。それはきっと彼女自身の人格を反映したものなんだって私はいつも思っていたわ」

背後で、何をいうかとでもいわんばかりの兄の吠えるような笑い声が響いた。

ゲイブは微笑んだ。「レイチェルは聖人のイメージからはもっとも遠いタイプだと思うよ。でも義姉さんのいうとおり、あいつは善良な人間だよ。いま彼女はとても辛い目に遭ってる。しばらくおれのことを放っておいてくれるように、義姉さんから兄貴を説得してくれないかな」

「できるだけやってみるわ、頑張ってね、ゲイブ」

ゲイブはそれ以外に何本か電話をかけた。そのうちの一本はオーデル・ハッチャーへのものだった。そして冷蔵庫に残っていた生鮮食料品を袋に詰めると、ハートエイク・マウンテンに戻っていった。ガレージのそばに車を駐めるとちょうど正午だった。コテージの窓は開け放たれ、ドアには錠がかかっていなかったが、レイチェルも息子もなかにいなかった。

ゲイブは食料品をキッチンに運び、冷蔵庫に入れた。振り返ると、勝手口の内側に男の子が立っていた。男の子がそっと入ったので足音が聞こえなかったのだ。

かつて住んでいたジョージア州の古くてだだっ広い農家で、ジェイミーがよく外から駆けこんできたことを思い出した。ドアをバタンと閉め、ドタドタと騒々しいスニーカーの足音をたてながら、やれ変わったミミズを見つけたとか、おもちゃが壊れたから直してとか大声を張りあげて入ってくることが多かった。

「お母さんは外にいるのかい？」

男の子はうつむいた。

「ちゃんと答えなさい、エドワード」ゲイブは穏やかにいった。

「うん」エドワードはぼそぼそと小声でいった。

「うん、だけじゃわからない」

肩がこわばり、エドワードはうつむけた顔を上げようとはしなかった。

この子自身のためにも、精神を鍛えなおしてやらなくてはいけない。ゲイブはできるかぎり穏やかに辛抱強く話した。「ぼくの顔をちゃんと見なさい」

ゆっくりとエドワードが顔を上げた。

「ぼくと話をするときはね、エドワード、『はい』とか『いいえ』とか、きちんと相手に対する敬意をもって話すようにしてほしい。お母さんやクリスティや女の人に話すときもそれは同じだよ。いまきみはノース・カロライナに住んでいるだろう。この土地ではお行儀のよい子どもたちはみんなそうしているんだ。わかったかい？」

「ああ」

「エドワード……」ゲイブの声には控えめながら戒めるような調子がこもっていた。

「ぼくの名前はエドワードじゃないよ」

「お母さんはきみをそう呼んでるじゃないか」

「お母さんはいいの」エドワードはむっつりといった。「あなたはだめ」

「じゃあ、なんと呼べばいいんだい？」

子どもはためらい、やがてつぶやいた。「チップ」

「チップ？」

「エドワードって嫌い。みんなにはチップって呼ばれたいんだ」

ゲイブは、あまたある名前のなかでチップという名は最上の選択とはいえない、ということをいって聞かせようかとも考えたが、やめた。子どもの扱いはうまいほうだが、この子どもはどうにも苦手である。なにしろそうとう変わった子どもで、とても手に負えない。

「エドワード、巻きひもは見つかった？」

勝手口が開いてレイチェルが入ってきた。汚れた手、泥のついた鼻を見れば、庭仕事をしていたことは一目瞭然だった。まるで自分の目の届かぬところで、ゲイブがわが子を拷問にかけたのではないかと疑っているかのように、素早くエドワードに視線を走らせる。ゲイブは彼女の反応になぜか後ろめたいものを感じ、そんな自身の気持ちがいやだった。

「エドワード？」

男の子は古い戸棚のところまで行き、両手で左側の引き出しを開け、撚《よ》り糸の球を取りだした。ゲイブの記憶ではたしかひと巻かふた巻くらいは入っていたと思う。

「そのひもを私が使っていたバケツにくくりつけてちょうだい」

エドワードはうなずき、ゲイブを用心深く見やりながら「はい」といった。

レイチェルは訝《いぶか》しげに息子を見つめた。エドワードは勝手口から出ていった。

「どうしてエドワードという名前をつけたんだい?」ゲイブは朝の蛇の一件について問い詰められる前に、質問した。

「私の祖父の名前なの。長男ができたらぜひその名をつけてほしいと祖母に約束させられたのよ」

「エドとかエディとか、ほかの呼び方をしてもよかったんじゃないのかい? いまどき幼い男の子をエドワードなんて呼ぶ人はいないよ」

「ちょっと失礼。どうやら失念してしまったようだけど……そんなこと、あなたとどう関係があるのかしら?」

「ぼくはただあの子が自分の名前を気に入ってないといっているだけだ。自分をチップと呼んでくれといわれたよ」

「やめて」

レイチェルはピストルでも突きつけるかのように、ゲイブの胸元に指を向けながら迫ってきた。「息子のことは放っておいて」バン!「それと、いっておくけど、今朝みたいに私たち親子関係にまで口出しするなんてもってのほかよ」バン! バン!

ふだんから婉曲な言いまわしをするタイプではなかったが、今回はそんな直截的な表現にさらに厳しさが加わった。「今朝の蛇の一件は残酷だったわ。今後そんな態度は私としては絶対に受け入れるつもりはありません。今度あなたがまたああいうことをしたらここから出ていってもらいますからね」

彼女の言い分の正当性に、ゲイブは追いつめられた。「忘れているといけないから、いっておくけど、ここはぼくの家だよ」厳密にいえば祖母の家だが、まあ差しさわりはないだろう。

「何も忘れてなどいないわ」

視界の隅にひらひらとした動きを感じて、ゲイブは目を留めた。レイチェルの肩を通り越してその向こうを見やると、網戸の向こうにエドワードが立っており、ふたりの言い争いにじっと聞き入っていた。

網戸越しにでも、母親を守ろうとする子どもの警戒心が感じ取れた。

「本気よ、ゲイブ。エドワードにかまわないで」

ゲイブは何もいわず、網戸のあたりに視線を投げた。エドワードは見られたことに気づいたのか、視界から消えた。レイチェルの口角あたりに緊張による皺《しわ》が入っているのを目にして、反論する気が失せてしまった。そんなことより、寝室に連れ戻してまた最初からやりなおしたかった。まだ物足りない気分なのだった。しかしふたりきりではない……。

ゲイブは尻のポケットに突っこんであった四角い紙切れを引っぱりだして広げた。こんなものを出してみせるのは、今朝の一件に対する自責の念からなのだが、彼女にそれを知らせる必要はない。「オーデルがよこしたんだが、ドウェインが逃亡した夜、滑走路に居あわせた全員の名前のリストだよ」

レイチェルの不機嫌はたちまち消えた。「あら、ゲイブ、ありがとう！」ゲイブからリストをひったくるように受け取り、キッチン・テーブルに座りこむ。「これって間違いないの？　リストにはたった十人の名前しかないわ。あの夜あそこには百人以上いたように思えるけど」

「郡の保安官局から四名、残りはサルベーション警察の警察官。それだけだって」

レイチェルがもっと詳しく見るために書類を近づけようとしたとき、車が近づく音がした。レイチェルに先立って居間に行ってみると、クリスティがホンダから降り立つのが見えて、ゲイブはほっとした。クリスティの装いは悩殺的なカーキ色のショートパンツに艶のある緑色のトップだ。

レイチェルは出迎えるために急いで出ていった。エドワードはその横をすり抜けるようにしてクリスティに駆け寄った。「来てくれたんだね！」

「来るって約束したでしょ」クリスティは屈んで、エドワードの頭のてっぺんにキスをした。「仕事するのに飽きちゃったから、午後私と一緒に『豚の丸焼き祭り』に行かないか誘いにきたの」

「すごいや！　ママ、行ってもいい？　いいでしょ？」

「いいわよ。でもまず手をきれいに洗ってらっしゃい」

ゲイブがぶらぶらとキッチンに戻り、レイチェルの淹《い》れた頼りなげな味のコーヒーを自分のために注いでいると、ふたりの女性たちが入ってきた。

「でもどうしてドウェインの聖書なんか欲しいの？　いったい何が――」ゲイブの姿が目に入り、クリスティは話を急にやめた。レイチェルがひとりになってしまうことを心配していたクリスティの顔に安堵《あんど》の表情が浮かんだのをゲイブは見た。「あら、ゲイブ」

「クリスティ」

「エドワードのために聖書を取り戻したいの」レイチェルはゲイブと目を合わせないようにしながらいった。「先祖伝来の聖書なのよ」

そういうことか、とゲイブは思った。レイチェルはクリスティにも真実を語る気がないのか。つまり、知っているのはおれひとりということだ。

クリスティは座ってリストをじっと見た。

「車を押収した夜、このなかのひとりが聖書を盗んだに違いないわ」レイチェルはゲイブが自分用に淹れたコーヒーのカップを持ちあげひと口すすった。ゲイブは、理由はよくわからないが、そばにいるのが当たり前のように軽視されてしまうことが快かった。近ごろ彼から何かを期待してくれるのはレイチェルぐらいのものだ。

クリスティは考えこむようにしてリストを見つめた。「ピート・ムーアではないわね。教会なんて長年足を踏み入れたこともないくらいですもの」

レイチェルは流し台にもたれ、両手でコーヒー・カップを包みこんだ。「かならずしも宗教的な理由から盗んだとは限らないわ。骨董品としての価値から欲しいと思った可能性だって十分にあると思うの」

ついにクリスティは六名の名前を削除し、他の四人も盗んだ可能性はきわめて少ないと締めくくった。しかしレイチェルは失望するのはいやだった。「まずこの人たちから当たってみることにするわ。でも何もわからなかったら、ほかの六人にも話を聞いてみるつもりよ」

エドワードがキッチンに駆けこんできた。「きれいにしたよ！　もう出発する、クリスティ？　本物の豚を使うの？」

レイチェルがエドワードの両手を調べているあいだ、ゲイブはレイチェルが飲み残したコーヒー・カップを手に取り、裏のポーチに向かった。数分後、クリスティの車が走り去る音がした。

ふたたびハートエイク・マウンテンは静寂に包まれた。午後いっぱい、このコテージに彼とレイチェルふたりきりになる。熱い欲望が血管を駆けめぐった。クリスティ・ブラウンに幸あらしめたまえ。

ゲイブはレイチェルに激しい欲望を抱く自分を恥じてしばし目を閉じた。彼女を愛してはいないし、また愛するわけにもいかないからだ。人を愛するという感情はもはや自分のなかで死に絶えてしまったのだと思っている。それでもレイチェルと一緒にいることで喜びは感じている。心の内に潜む何かが彼女によって癒されるのだ。

背後で網戸がバタンと音をたてた。振り向いたゲイブはレイチェルの決然とした表情を見て、おのれの期待がしぼんでいくのを感じた。

「行きましょう、ゲイブ。たったいまあの聖書を探しにいくのよ」

ゲイブは反論しようとして、あきらめた。無益な試みだからだ。レイチェルの決意はすでに固かった。

15

「次も時間の浪費だと思うよ」ゲイブはトラックのドアを閉めながらいった。

車のなかは灼熱状態だった。特別な場合のためにと、とっておいた黒とオレンジの蝶の模様が入った黄色いコットンの、スクエア・ネックのワンピースの上からシートベルトを装着したとき、火傷《やけど》しそうなほど熱くなっていた。「あとひとり訪ねればいいのよ」

「それより何か食べようよ。ハンバーガーが食べたいな」

「あなた、きっとおなかに回虫でもいるのよ。一時間前に食事をしたばかりじゃないの」

「また腹が減ったんだよ。それに、リック・ネイジェルを調べても、もっと時間の浪費だと思うよ。五年生のときにクリスティの地理のテストをカンニングしたからといって、聖書泥棒の容疑者だとはいえないいね」

「私はクリスティの勘を信じるわ」

ワレン・ロイの短い私道から車を出すとき、砂利がバリバリと音をたてた。レイチェルはエアコンのスイッチを入れるゲイブをじっと見つめていた。彼のほうも同時に忍耐と苛立ちがないまぜになった表情をレイチェルに向けた。彼はきっと雲をつかむような追及だと思っているに違いないし、たぶんそのとおりなのだろうともレイチェルは思った。最初に訪ねたふたりの男性のぽかんとした顔から察するに、このふたりにはそもそもなんの話なのかさえわからないと見るのが妥当だろう。それでも聖書はどこかに存在する。

　初めてリストを見たときからどこか心にひっかかるものをレイチェルは感じている。もう一度よく見てみようと、リストが書かれた紙を取りだしてみた。ビル・ケック……フランク・キーガン……フィル・デニス……カーク・デマーチャント……どれも知らない名前ばかりだった。

　デニス。レイチェルははっとしてリストを見直した。「フィル・デニス？　キャロルと関係ある人かしら？」

「義理の兄だけど、なぜ？」

　レイチェルは紙を指差した。「彼はあの晩あそこにいたのよ」

「だとしたら、ついてないね。彼は数年前に西部のほうへ引っ越したって聞いたよ。もし聖書を持っていったとしたら、聖書はひさしくここにないということになる」

「もし彼がそれをキャロルにあげなかったとしたら、そうなるわね」

「どうしてあげたりするのさ？」

「キャロルがドウェインの忠実な教徒だったからよ。いまでも彼を信じているわ。だからその聖書は彼女にとってとても意味深いものなの。義理の兄がそのことを知っていて、聖書を持ち去ったとも考えられるわ」

「でも、そうじゃないかもしれない」

「少しは元気づけてくれてもいいんじゃないの」

「これでも精一杯元気づけてるつもりさ」

彼の態度は腹立たしいが、少なくともいつも寄り添っていてはくれる。レイチェルは固い平面と柔らかな曲線がなす彼の横顔に見入り、ノック・ノック・ジョークでも口にして彼の顔がほころんで笑顔に変わるさまを見ようかと思った。全身に倦怠感《けんたい》が忍び寄ってきた。彼を求める気持ちが消えたわけではない。いますぐにトラックをUターンさせてハートエイク・マウンテンに帰りましょうといいたかったが、そうはいかなかったので、紙を折ることに気持ちを集中させた。「次はキャロルに会いたいわ」

ゲイブは反論するものとレイチェルは覚悟していた。ところが、返ってきたのは嘆息だった。「ほんとにハンバーガーは食べたくないの?」

「もう一個ハンバーガーを食べたら、モーって鳴くわよ。お願い、ゲイブ。キャロルの家に連れていって」

「きっと彼女もきみのファンクラブの創設メンバーのひとりだね」ゲイブが低い声でいった。

「どうだかね」キャロルがどんなにレイチェルを憎んでいるか、いう必要はなかった。キャロルの家は正面に左右対称の二本の若い楓《かえで》の木が植えられた、長方形の土地に建つ白いコロニアル様式の団地住宅だった。玄関の両脇にはセコイア材のプランターに紫とピンクのペチュニアの花が植えられ、ドアはウィリアムズバーグ・ブルーに塗られ、黄色の花で飾られた葡萄《ぶどう》のつるのリースが掛けてある。レイチェルはゲイブに先立って歩き、不愉快になりそうな会見に備えて、自分自身を励ました。しかしベルを押す前に、ドアが開いてふたりの十代の少年たちと、そのあとにボビー・デニスが出てきた。

食料品店で母親と一緒にいるこの少年を見てから一カ月近くたっているが、レイチェルの姿を目に留めた少年はあのときと同じように敵意で表情を硬くした。「なんの用？」

ゲイブがそばで体をこわばらせた。

「お母さまにお話があるの」レイチェルは急いでいった。

ボビーは右側にいる赤毛の少年が火をつけたばかりのタバコをひったくり、ひと息吸いこんで、それを返した。「留守だよ」

レイチェルはエドワードがこんな少年に成り果てたら、と考えて身震いした。「いつごろお帰りになるかしら？」

ボビーは肩をすくめた。始まったばかりの人生を放埒《ほうらつ》な生活で無駄にしている少年だった。

「おれとは話なんてしねえからさ」

「言葉遣いに気をつけろ」ゲイブが低い、ほとんど抑揚のない声でいった。レイチェルの背筋を冷たいものが疾った。あからさまな威嚇ではないものの、ゲイブの存在が無愛想なティーンエージャーにのしかかるような威圧感を与えているらしく、ボビーはペチュニアの鉢から目を上げようとはしない。

ボビーにタバコを取られた赤毛の少年もそわそわと離れようとしている。「おれとこいつのおふくろは今日豚の丸焼き祭りで働いてる」

ゲイブの口がかろうじて動いた。「ほんとか」

赤毛の少年のこぶ状の喉ぼとけがぐらついた。「あとでおれたちも行くつもりなんだ。ことづてか何か伝えてほしいかい？」

レイチェルは哀れな少年がタバコを吸いこむ前に、仲裁に入ることにした。「自分たちで会いにいくから、いいわ。ありがとう」

「ひよっこめ」トラックに戻ると、ゲイブが口走った。なかに乗りこんだとたん、ゲイブはレイチェルのほうを見た。「件《くだん》の豚の丸焼き祭りには行かない」

「わかるでしょ、ボナー。聖書探しは大変だから、あちこちあなたを連れまわさなくちゃ仕方ないのよ」

「きみがいるとわかったとたん、みんな寄ってたかってきみを縛り上げ、豚と一緒に串刺しにしてしまうよ」

「もし行く度胸がないんなら、送っていくだけでもいいわ。帰りはクリスティの車に乗せてもらうから」

ゲイブは怒ったように素早い動作でトラックのギアを入れ、道路に車を戻した。「今日の午後はコテージでふたりきりで過ごせる千載一遇のチャンスだったんだ。誰にも邪魔されずにね。ところがおれたちがそのチャンスを生かしているかというと、絶対に答えはノーだ」

「発情したティーンエージャーみたいな態度はやめてちょうだい」

「発情したティーンエージャーみたいな気分だよ」

「ほんとに？」レイチェルは微笑んだ。「じつは私もよ」

ゲイブは道の真ん中でトラックを停め、シート越しに体を傾けてキスをした。かすかに唇をかすめるような、甘くはかないキスだった。レイチェルの体のなかを興奮がリボン状に広がっていった。

「豚の丸焼き祭りのこと、絶対に気が変わらないんだね？」ゲイブはシートの背に肘をのせ、ひどく茶目っ気のある表情でレイチェルを見た。それを見て、レイチェルは思わず吹きだした。

「自分でも気が変わればいいとは思うけど、気持ちは変わらないわ。もう一カ所でおしまいなのよ、ゲイブ。キャロル・デニスと話したら、すぐコテージに戻りましょう」

「ことはそう簡単じゃないと思うのはなぜかな」あきらめの表情で、ゲイブはトラックを市街地へ向けた。

豚の丸焼き祭りは共同墓地に隣接する競技場で開催されていた。町で最大の公共スペースである。共同墓地そのものにも緑の金属のベンチが備えつけられ、きちんと区画整理された花壇があり、ホウセンカやマリーゴールドが花を咲かせている。その向こうの競技場には真昼の太陽が照りつけ、資金調達のために豚の丸焼き祭りを開催している郡の市民団体が立てたテントやひさしだけが日陰をもたらしていた。炭火とローストされた肉の匂いが空気に染みこんでいた。

さっそくレイチェルの目にカントリー・アンド・ウェスタンのバンドが演奏しているパビリオンの近くに立っているイーサンとエドワードの姿が飛びこんできた。エドワードはミュージシャンたちから目を離さないまま、ふわふわしたピンクの綿飴を少しずつ食べているが、イーサンは二〇フィートほど離れた食べ物の出店のテントを見やっている。彼の視線の先はと見ると、なんとか気を引こうと懸命に話しかける砂色の髪の男の話にクリスティが聞き入っている。

イーサンは顔をしかめた。陽射しを受けて金髪がきらめき、そんな姿は陰気な若い神を思い起こさせる。浅薄な人格の持ち主としては、そのような外見はせめてもの救いかもしれない。

ゲイブと連れだって歩きだすと、人びとの視線が自分に集中しているのを感じた。悪名高いスノープス未亡人が列に加わったということに気づかないのは、フロリダから来た定年退職者たちだけらしかった。

レイチェルにまるで母性の帰還装置が備わっているかのように、エドワードが振り返った。

「ママ!」

エドワードはスニーカーの足で宙を飛ぶように、綿飴を片手に、ホースをもう一方の手にぶらさげながら駆け寄ってくる。べたついた口は満面の笑みにほころんでいる。その幸せそうな、健《すこ》やかな息子の様子にレイチェルは目頭が熱くなった。

神様感謝します。

無意識に浮かんだ祈りの言葉を振り払ったとき、エドワードが駆けこんできた。そう、神なんて存在しないのだ。

「イーサン牧師が綿飴を買ってくれたんだよ!」そう叫ぶエドワードの視界には母親の姿しか見えておらず、数フィート後ろにいるゲイブには気づいていなかった。「それとね、ぼくが豚を見て泣きそうになったから、クリスティがホットドッグを買ってくれたの」エドワードの顔が悲しげに曇った。「だってしようがなかったんだよ、ママ。死んでて、目玉がくり抜かれて……。みんなで豚を殺して火であぶったんだよ」

これもまた、成長過程において失われていく無邪気さのひとつなのだろう。レイチェルはエドワードの頰についたケチャップを親指で拭いた。「だから、豚の丸焼き祭りって名前がついているのよ」

エドワードはかぶりを振った。「もう二度と豚は食べない」

ホットドッグの中身がたぶん豚であろうという事実を口にするのはやめておこう、とレイチェルは判断した。

「クリスティが風船も買ってくれたんだ。真っ赤な風船だったんだけど、割れちゃったの。それで——」ゲイブの姿を目にしたエドワードは急に黙りこんだ。ホースを胸に抱きしめ、ホースの後ろ足を顎の下に押しつける様子をレイチェルは見守っていた。息子が殻に引きこもったのはまず明白で、今朝のポーチでの不快な光景がふと胸をよぎる。ときにはゲイブのことを理解していると思えることもあるが、彼が今朝とった冷酷な行動を見たりすると、いかに自分が彼のことを知らないのかを思い知らされる。

イーサンが近づいてきて、そっけなく会釈し、あてつけがましく兄と軽いおしゃべりを始めた。そう感じたのはレイチェルひとりではなかったのは明らかで、横で何やら小さなものが動いたと思い、ふと下を見てみるとちょうどエドワードが綿飴をゲイブの靴の上に落とすところだった。

ゲイブは急いで後ろに引いたが、間に合わなかった。べたつくピンクのかたまりが茶色の革をおおったのを見て、彼はいかにも厭《いと》わしげな声をあげた。

「たまたまのことよ」レイチェルはあわてていった。

「そうじゃないね」ゲイブはエドワードをにらみ、エドワードもにらみ返した。憤りの感情が息子の褐色の瞳を翳らせ、同時に五歳の幼い狡猾《こうかつ》さがのぞき、この行為が不測の出来事などではなかったことを物語っていた。イーサンには自分を見ていてほしいと願う一方で、ゲイブは目ざわりだと責めているわけである。

レイチェルは古ぼけた布製のバッグのなかに手を入れ、ティッシューを手探りで探し、節約のために使っているトイレット・ペーパーを見つけた。靴を拭くのにきちんと折ったペーパーをゲイブに手渡す。

イーサンはエドワードの髪に手を触れた。「ああいうものを持つときは、よく注意していなくちゃだめだよ、エドワード」

エドワードはゲイブを見ていた目でイーサンを見た。「ぼくの名前はチップだよ」

イーサンが微笑んだ。「チップ?」

エドワードはうつむいたまま、うなずいた。

レイチェルは激怒の視線をゲイブに投げた。なぜかはわからないが、これはゲイブのせいだと思えてならないのだ。「ばかなことはいわないのよ。あなたの名前はエドワードなのよ。この名前を誇りに思わなくてはいけないわ。お祖父さまの話をしてあげたでしょう? エドワードはお祖父さまの名前だったのよ」

「エドワードなんてばかっぽい。ほかにそんな名前の子はいないよ」

イーサンはエドワードの肩を慰めるように軽く握り、兄のほうを見た。「もうすぐバレーボールの試合が始まる。出ようよ」

「おまえは出ろよ」ゲイブがいった。「レイチェルとおれは目が離せない連れがいるからさ」

イーサンは納得しなかった。「そんなことしてもためにならないと思うよ」

「口出しはしないでくれ、いいな？」

イーサンの顎の筋肉がぴくりと動いた。レイチェルをこきおろしたい、というのが本心なのだろうが、露骨な敵意は彼の本性に合わない。イーサンはげんこつでエドワードの頭のてっぺんを擦った。「それじゃあとでね」

歩み去るイーサンを目で追うエドワードの表情が暗く翳った。敬慕する男性と引き離されてしまったからだ。これで今日一日が台なしになってしまった。

レイチェルが息子の手をとった。「綿飴がだめになっちゃったでしょ。もうひとつ買ってあげましょうか？」

ゲイブは両手を乱暴にポケットに突っこんだ。不愉快そのものといった表情から心中は手に取るようにわかった。ご機嫌をとるより、意図的に綿飴を落としたことで罰するのが本当ではないか、と思っているに違いない。しかし息子がどんな目に遭ってきたのか、ゲイブは知らないのだ。

「いらない」とエドワードは小声でいった。

ちょうどそのときクリスティが追いついた。頬は紅潮し、興奮しているらしく、目が輝いている。「信じられないでしょうけど、私、今夜デートするの。マイク・リーディに食事に誘われたのよ。昔からの知り合いだったのに……あっさり承諾してしまった自分が信じられないわ」やっとニュースを披露したばかりだというのに、ふと胸に湧いた不安が興奮に水を差したようで、クリスティは眉を曇らせた。「きっと受けるべきじゃなかったんでしょうね。だって私、頭に血が昇っちゃって何をしゃべっていいかもわからなくなるでしょうから」

レイチェルが励ましの言葉をかけようとしたとき、ゲイブがクリスティの肩に手をまわし、素早く抱きしめた。「そいつはなによりだよ、クリスティ。男は話をするのが好きだし、きみは聞き上手だからね」

「ほんとに？」

「マイクはいいやつだ。きっと楽しく過ごせると思うよ。ただ、初デートでやつをあんまり馴々《なれなれ》しくさせないように」

ゲイブを見あげたクリスティの頬が染まった。「私に馴々しくする男なんているかしら」

「馴々しい、っていうのはまさしく女性を裸足にさせ、身ごもらせる行為のことさ」

クリスティが笑いだし、三人はそのあとしばらく軽いおしゃべりに興じたが、クリスティは教会の白象のブースの売上点検をしなくてはならないので、といって別れた。クリスティはイーサンがいなくなるまで待ってからブースへ行くつもりだったのだとレイチェルは気づいた。

「もうおうちに帰りたい」エドワードは不機嫌な憂鬱《ゆううつ》そうな表情を浮かべている。

「もう少し待ってちょうだい。まず人に会わなくてはならないの」レイチェルはゲイブとエドワードのあいだに入り、場内売り場へ向かって歩きはじめた。

ロータリー・クラブが設営した焼きトウモロコシを焼くための大きな炭火グリルの前を通りすぎ、技能職組合のポップコーン売り場の前を通りかかった。

「ゲイブ!」動物愛護協会への募金を呼びかけていた、痩せてもじゃもじゃの髪をした男がテーブルの向こうから飛びだしてきた。

「やあ、カール」ゲイブも男のほうへ向かったが、気が進まないらしいことは見て取れた。レイチェルとエドワードもあとに続いた。

カールという男はレイチェルを好奇の目でながめたが、とくに敵意は感じられなかったので、寺院に関係のない人物であることはわかった。ふたりの男たちは挨拶を交わし合い、やがてカールが話を切りだした。

「動物収容所に獣医がいなくて困ったんだよ、ゲイブ。先週、二歳になるドーベルマンが鼓腸症で死んだんだ。プリヴァードから呼んだテッド・ハートレーの到着が間に合わなかったからさ」

「それは気の毒だったね、カール。でもおれはノース・カロライナの免許を持っていないんだ」

「ドーベルマンは書類がどうなっていようと気にしなかったと思うよ」

ゲイブは肩をすくめた。「どっちにしろ、おれの力では犬の命は助けることができなかったかもしれないよ」

「それはそうだが、でもやれるだけはやれたはずだ。地元にも獣医が必要だよ。きみがサルベーションに戻ってきて開業しないのは残念なことだとおれはいつも思っていた」

ゲイブは故意に話題を変えた。「金曜日におれのドライブインが開店する。花火を上げるし、その日は入場無料だよ。家族と一緒に来てくれよ」

「きっと行くよ」

さらに進み、筋ジストロフィー患者援助のためにTシャツを売っているテーブルの前を過ぎた。レイチェルは人ごみに揉まれ、エドワードの手を離してしまった。

誰かが背中にぶつかってきて、レイチェルはゲイブの腕のなかによろめきながら倒れこんだ。ゲイブに腕を支えられて、やっと立ちあがった。あたりを見まわしてみたが、怪しげなものは何もなかった。

エドワードは近くにいたが、もう母親の手を握ろうとはしなかった。ゲイブと自分とのあいだに一定の距離を置こうとしているような感じだった。前方でたくさんの皿にパンやケーキが並んだテーブルがあり、キャロル・デニスが皿に載せた糖衣をかけたぶどうパンを箱から出していた。

「彼女がいたわ」

「若いころのキャロルを覚えているよ」とゲイブがいった。「宗教にのめりこむようになる前は可愛い女性だった」

「皮肉よね。宗教が人に及ぼすものって」

「それより、宗教に対する人の行為のほうがもっと皮肉だとぼくは思うよ」

キャロルが目をあげた。キャロルの手が持っていたサラン・ラップの上で静止した。おなじみの非難の色が目のなかで形をなしてくるのがまざまざと見て取れた。キャロルがどれほど不快な態度を見せるかが予測でき、できることならエドワードにはそんな場面を見せたくなかった。エドワードが背後からのろのろと歩いてくるのがせめてもの救いだった。ゲイブとともに近づきながら、キャロルはなにもかもとがっているとレイチェルは思った。蒼白い顔色と染めた黒髪のコントラストは表情を冷たく見せ、頬骨は鋭い角度で突きでており、とがった顎がただでさえ長い顔をいっそう長く見せている。短い角張ったヘアスタイルはあまりにきっちり切り揃えてあり、お世辞にも素敵とはいえない。柔らかさというものがすべて削ぎ取られてしまったかのような痩せて硬い体つき。拗《す》ねたようなキャロルの十代の息子の姿が胸をよぎり、レイチェルはふたりに対して束の間、同情を覚えた。

「こんにちは、キャロル」

「ここで何をしているの？」

「あなたにお話があるの」

キャロルがゲイブを一瞥した。レイチェルはキャロルの不安定な心理を感じ取った。ゲイブに対する同情はあるものの、敵と親しくしている彼の態度を許せないのだ。

「話し合うべきことがあるとは思えないけど」後ろからエドワードが追いついてレイチェルと並ぶと、キャロルの口調の厳しさが薄れた。「こんにちは、エドワード。クッキーはいかが？　ひとつ差しあげるわ」

キャロルは白いプラスチックの皿を持ちあげた。エドワードは載っているものをしっかりながめ、赤い粒を散らした大きなシュガー・クッキーを手に取った。「ありがとう」

レイチェルは深く息を吸いこみ、いきなり切りだした。「私はあるものを探しているんだけど、もしやあなたが持っているんじゃないかしら」

「えっ？」

「ドウェインの聖書よ」

驚愕がキャロルのとがった顔をよぎり、レイチェルは刺すような興奮を覚えた。

「なぜまた私がそんなものを持っていると思うの？」

「あなたがドウェインを信奉していたことを知っているからよ。ドウェイン逮捕の夜、あなたの義理のお兄さんが聖書を持ち去り、あなたに渡したのだと思っているわ」

「私を盗みで訴えるつもりなの？」

ここは慎重に対処すべきであることはレイチェルも承知していた。「いいえ。きっとあなたは保管のために聖書を受け取ったんだと私は確信しているし、あなたに感謝しているわ。でももう返していただきたいの」

「あなたにだけはドウェインの聖書は渡せないわ」

レイチェルは躊躇《ちゅうちょ》した。「受け取るのは私ではなくて、エドワードなの。息子は父の遺したものを何ひとつ持っていないので、せめて聖書だけはこの子に持っていてほしいと思うの」少なくともその部分だけは真実であった。

レイチェルは息をひそめて待った。キャロルは口のまわりを赤い粒だらけにしているエドワードをじっと見おろした。息子は明らかにクッキー一個ですっかり味方に引き入れられてしまったらしく、キャロルに笑顔を向けた。

キャロルは唇を嚙んだ。レイチェルとは目を合わせず、エドワードだけを見つめていた。

「わかったわ。たしかに私が聖書を持っているわ。警察に任せておけば聖書は倉庫のなかに投げこまれてしまったはずよ。そんなことを黙って見すごすことは私にはできなかった。警察の物証の扱いは雑なことも多いの」

レイチェルはゲイブにつかまってそのまわりをぐるぐると、眩暈《めまい》がするまで回転したいような気分だった。しかし現実には冷静な口調を保つようにした。「聖書を大事にしてくださって感謝するわ」

キャロルがくるりと振り返っていった。「あなたに感謝されても困るの。私はドウェインのためにしたのよ、あなたのためじゃないわ」

「わかってるわ」レイチェルはやっとの思いでいった。「きっとドウェインも感謝したと思うわ」

キャロルはもはやこれ以上レイチェルの存在に耐えられないとでもいうように顔をそむけた。

「あとでお宅に寄らせてもらうかもしれません」レイチェルはキャロルをあまり急かせたくはなかったが、できるだけ早く聖書を手に入れたいという気持ちは固かった。

「いえ、イーサンに預けるわ」

「それはいつごろかしら？」

こちらの熱意をキャロルに悟られないようにしなければならなかった。そうなると、こちらに対してキャロルが優位に立ってしまい、キャロルを調子に乗らせるだけである。

「たしか月曜日はイーサンは休みだったでしょう。火曜日じゅうに教会事務所に届けるわ」

火曜日まではとても待てそうになかったので、反論しようとすると、ゲイブが話を遮った。

「それでかまわないよ、キャロル。急がなくていい。イーサンにあなたが行くことを伝えておくから」

ゲイブはすさまじい力でレイチェルの腕をつかみ、人波に連れこんだ。「いま手控えておかないと、聖書には絶対お目にかかれなくなるぞ」

レイチェルは後ろを振り返って、エドワードがついて来ていることを確かめた。「あの女には我慢がならないわ。わざと私を困らせようとしているのよ」

「あと何日か待っても、べつだん変わりはないさ。それより、何か食べよう」

「胃袋のこと以外に考えることはないの？」

ゲイブは蝶の模様のワンピースの短い袖の下から親指を滑りこませ、レイチェルの上腕をさすった。「ときには体のほかの部分のことにも関心がいくよ」レイチェルは不意に鳥肌が立つのを覚えた。同時に彼が自分に対して性的な魅力より永続的なものを感じてくれたらいいのに、という気持ちを抱いた。「食べ物で釣るつもり？」

ゲイブは面白そうな顔をした。「そのとおり」

レイチェルは振り返って肩越しにエドワードをちらりと見た。「いらっしゃい、エドワード。何か食べましょう」

「おなかすいてないよ」

「あなたスイカが好きじゃない。ひと切れ買ってあげる」

食べ物のテントに向かいながら、エドワードが土の上でスニーカーを引きずるように歩く音がゲイブの耳に聞こえた。このスニーカーを買うのに、レイチェルの乏しい給料のなかからどれほどの額が投入されたかを考えて、ちゃんと足を持ちあげて歩けとこの子どもにいってやりたくなったが、出すぎた行為であると思いなおし、口をつぐんだ。

三人は競技場の中央に向かった。そこでは串刺しになった何頭かの豚が、大きなくぼみのなかで赤く燃える炭火の上で焼かれていた。レイチェルは鼻に皺を寄せながらいった。「これはやめてかわりに焼きトウモロコシを食べるわ」

「きみのような田舎育ちの女性は動物に関して感傷的にならないのかと思ってたよ」

「私は違うわ。それにうちで栽培していたのは大豆ですもの」

ゲイブ自身も豚の丸焼きは大好物というわけではないので、レイチェルに反対はしなかった。まもなく、三人はバターを塗ったトウモロコシの皿を持って長いピクニック・テーブルの端に腰掛けた。レイチェルにもっと食べさせようとして、ゲイブはホットドッグとコールスローを加えた。しかしレイチェルが食べるのを拒んだので、食べたくもない食べ物を引き受けるはめになった。

「ほんとにホットドッグをもう一個食べる気はないのかい、エドワード？　これ全然口をつけてないよ」

エドワードは首を振り、皿の上のスイカをつついている。ここに座ってからエドワードが隣のテーブルをちらりちらりと見やるのに、ゲイブは気づいていた。男性がエドワードぐらいの男の子と一緒に食事をしている。エドワードがふたたび視線を向けたので、レイチェルも気づいた。

「保育園で一緒の子なの、エドワード？　なんだかあの子のこと、知っているみたいじゃない」

「うん。あの子の名前はカイルっていうの」エドワードはスイカに目を落とした。「ぼくの名前はチップ」

エドワードの頭越しに、レイチェルは苛立ちの表情をゲイブに向けた。隣のテーブルのカイルという男の子とその父親は空になった紙皿を持ちあげ、屑入れのひとつにそれらを捨てていた。エドワードはその様子を注意深く見守っている。

最後のカップが見えなくなると、男の子は父親に向かって両腕を上げた。父親は微笑んで、さっと息子を持ちあげ、肩に乗せた。

ひどくむきだしの、憧れの感情がエドワードの顔をよぎり、ゲイブはたじろいだ。ありふれたことだった……父親が息子に肩車をしてやる。しかしレイチェルがそんなふうに持ちあげるにはエドワードは重すぎる。母親が肩車をしてやるには、重すぎるのだ。しかし、父親なら無理ではない。

ぼくを持ちあげてよ、パパ！　遠くが見えるようにぼくを持ちあげてよ！

ゲイブは目をそらした。

レイチェルは一部始終を見ており、自分の力ではどうすることもできない人生の要素をまたひとつ受け入れようとする彼女の苦渋をゲイブは見た。レイチェルは気を紛らわせようと、バッグを開けた。「エドワード、たいして食べてないのにお口だけは汚れているのね。きれいに――」

その手が動きを止め、バッグのなかへ潜り、中身を細かく探りはじめた。「ゲイブ、私の財布がなくなっているわ！」

「見せてみろよ」ゲイブはバッグを手にとり、なかを見た。ペンや食料品店のレシート、折りたたんだトイレット・ペーパー、小さなプラスチック製の動くおもちゃ、包みからはみだしているタンポンなどのガラクタ類がきちんと入っている。彼女がどれほど惜しみながら、貴重な金をタンポンに費やしているのかゲイブには想像がついた。

「家に置いてきたのかもしれないよ」

「違うわ！　靴を拭くためにティッシューをあなたに渡したときには、ちゃんとバッグのなかにあったわ」

「絶対に？」

「間違いないわ」レイチェルは打ちのめされたような顔をしていた。「あなたのほうに倒れこんだことがあったでしょ、覚えてる？　誰かが強くぶつかってきたの。きっとそのときね」

「財布にはいくら入っていた？」

「四三ドル。全財産よ」あまりにわびしい、当惑した顔なのでゲイブは胸がかきむしられるようだった。レイチェルの芯の強さを知る彼は、彼女は前回のつまずきからもちゃんと立ちなおったではないかと自分にいい聞かせた。同時に、ひとりの人間がこれほど繰り返し打ちのめされながら、そのたびに立ちなおることができることに対して、感嘆の思いも湧いてくる。

「倒れた場所に戻ってみようよ。ぶつかられたときにバッグから財布が飛びだして、誰かが拾ってどこかのテーブルに戻してくれたんじゃないかな」

そんなことがあるはずはないと彼女が思っていることは明らかだった。彼自身もまた信じてはいなかった。レイチェルはそれほど運にめぐまれた人間ではない。

屑入れを調べながら、レイチェルは自分がどれほど動揺しているか、ゲイブに悟られまいと努めた。来週いっぱいやっていくのにどうしてもあの四三ドルが必要なのだ。

ピクニック・テーブルを離れるふたりの後ろからエドワードがのろのろとついてきた。途中でパン・ケーキの売り場を通らなくてはならなかった。そこでキャロルはまだ働いており、赤のスラックスに赤と黄色のハイビスカスの模様が入った半袖のブラウスという陽気な服装の年配の女性と一緒だった。レイチェルはそれが白血病に冒されたエミリーという幼い女の子の祖母だとわかった。その女性に見られて、レイチェルは落胆した。

「スノープス夫人！」

「何やってるのよ、フラン？」年配の女性がテーブルの後ろから飛びだして、レイチェルのほうへ駆けていくのを見て、キャロルは眉をひそめた。

レイチェルに微笑みかける年配の夫人の耳元でオウムのイヤリングがゆらゆらと揺れている。女性はキャロルのほうを振り返っていった。「娘の家まで行ってエミリーのために祈ってくださいとスノープス夫人にお願いしているの」

「そんなことできるわけないでしょ」キャロルが叫んだ。「その女は食わせものなのよ」

「それは違うわ」フランは優しくたしなめた。「どれほど切実に私たちが祈禱を必要としているか、あなたも知っているでしょう。エミリーを救えるのは奇跡しかないのよ」

「その女が奇跡を起こせるはずがないわ！」キャロルの黒い目がレイチェルの目をとらえ、

そのとがった顔が狼狽《ろうばい》のためにゆがんだ。「この家族がどれくらい苦しんでいるのかわかっているの？　どうしてこんなふうにこの人たちの希望を掻きたてたりできるのよ？」

レイチェルは自分には身に覚えのないことだと否定しようとしたが、キャロルの言葉は終わっていなかった。「この人たちからいくらせしめるつもりなの？　きっと祈禱に高額の値札をつけているんでしょうね」

「祈りはもうしていないの」レイチェルは正直に答えた。深く息を吸いこみ、エミリーの祖母の目をひたと見据えた。「お力になれなくて残念ですけど、私はもう神を信じてもいないんです」

「まるで前は信じていたみたいな言い方ね」キャロルが反駁した。

しかしフランはただ微笑みを浮かべ、深い同情のこもったまなざしをレイチェルに注いだ。「心のなかをのぞいてごらんなさいな、スノープス夫人。そうじゃないことがわかるはずですよ。私たちを見捨てないでください。私は自分の祈りのなかであなたがエミリーを助けてくださることを知りました」

「でも無理なんです！」

「やってみないとわからないでしょう。ただあの子に会いにいっていただけないかしら？」

「だめです。かりそめの希望を持たせるようなことはいえません」

「小切手帳を差しだしてごらんなさいよ、フラン」キャロルがいった。「きっと気が変わるわよ」

神へ愛を捧げる女性にしては、キャロルの心は皮肉や辛辣《しんらつ》さに満ちているようだ。寺院にいた数年間、レイチェルはキャロルのような人種を多く目にしていた。何につけ批判的で柔軟性に欠け、あらゆる喜びと絶縁してしまったかのような人びとである。

聖書に精通しているレイチェルにはキャロルのような人びとがなぜそうなってしまったのかがよく理解できる。彼らの神論のなかでは人間とは本来邪悪なものであり、悪の力をつねに警戒しつづけてこそ、永遠の命が与えられると信じられている。キャロルのような人びとにとって、信仰は尽きせぬ不安の源になってしまっているのだ。

寺院には一方でフランのような、内なる光によって輝いている人びともいた。フランのような人びとにとって、他人のなかに邪悪なもの、悪意を探すことなど、思いもよらない。愛情や同情、寛大さを分け与えることで手一杯なのである。

皮肉なことに、ドウェインにとってはフランのようなキリスト教徒は目ざわりな存在だった。悪との戦いのなかで、彼らは警戒心に欠けていると思いこんでいた。さらに彼らの気魄《きはく》も彼にとっては脅威だった。

「すみません」昂る思いにレイチェルの声はかすれていた。「ごめんなさいね」

ゲイブが前に進みでた。「みなさん、申し訳ありませんが、じつはぼくら、レイチェルの財布を探さなくてはならないんです。ついさっき財布がなくなってしまったもので」ゲイブは会釈してレイチェルを連れ去った。

レイチェルはありがたかった。あの場で何が起きていたのか、きっとゲイブには理解できなかっただろうと思うけれど、またも彼女の苦境を察知して介入してきたのだ。

「きみがフラン・セイヤーを知っているとは認識していなかったね」炭火の穴の前を通りす

ぎながら、ゲイブがいった。

「それが彼女の名字なの？　それを教えてはくれなかったわ」

「何か事情があるのかい？」

レイチェルは一部始終を話して聞かせた。

「彼女の孫娘に会いにいっても、べつだん支障はないんじゃない？」話し終えると、ゲイブはそういった。

「それは、かえって良心的ではないと思うの。私は偽善者じゃないもの」

一瞬ゲイブはそれに対して何か反論するのかと思ったが、そうではなかった。ゲイブはテントのひとつを身ぶりで示しながらいった。「誰かがぶつかってきたとき、たしかあのあたりにいたと思うよ。このあたりで聞きこみをしてくる」

数分後戻ってきたゲイブの顔を見ただけで、結果が思わしくなかったことはわかった。

「きっと誰かがあとで警察に届けてくれるよ」ゲイブはレイチェルを慰めようとしてそういった。

レイチェルは無理に笑顔をつくろったが、偽りの笑みであることはおたがいわかっていた。

「そうね」

ゲイブはレイチェルの頬をげんこつで優しく撫でていった。「コテージに戻ろうよ。今日はうんざりするほどいろいろあったからさ」

レイチェルはうなずき、三人は帰途についた。

歩み去る三人を見ながら、レモネードの出店の後ろからラス・スカダーが姿を現わした。三人の姿が見えなくなると、持ち歩いていた空のポップコーンの箱からレイチェルの財布を取りだし、紙幣を抜いた。

四三ドルだった。これほどの小額だったのは、最悪の結果である。皺だらけの紙幣をじろじろとながめ、近くの屑入れに財布を投げ入れ、動物愛護協会の設営したテーブルのほうへ歩いていった。

先刻カール・ペインターが募金を募っていたが、悲しげな目をした犬の写真を貼った箱は無視して、その隣に置かれたプラスチック製の筒状の入れ物のなかに四三ドルを滑りこませた。入れ物にはエミリー基金と書かれていた。

16

その夜レイチェルはこれまでに数えきれないほど読んだ『ステラルナ』の絵本を、またもエドワードに読んで聞かせた。母親とはぐれた赤ちゃんコウモリが、食べ方も眠り方も本来の習慣と異なる鳥たちに育てられる話である。聞き終えると、エドワードは口からホースの耳を出し、大人びた瞳を不安に曇らせながら母親を見あげた。「ステラルナのお母さんは事故に遭って、ふたりは長いあいだ会えなかったんだよね」

「でも最後には会えるのよ」

「そうだね」

レイチェルはこんな答えで息子が納得していないことは知っていた。息子は父親もなく、家もなく、血縁者もいない。自分にとって唯一定かなものは母親だけだということを、幼いなりに認識しはじめているのだろう。

息子を寝かしつけてから、レイチェルが部屋を出て、キッチンへ行ってみると、ゲイブがドアのそばに立っているのが目に入った。足音を聞いて振り向いたゲイブはポケットに手を滑りこませ、なかから何枚かの紙幣を出し、レイチェルに手渡した。

五〇ドルあった。「これは何?」

「ボーナスだよ。業務規定にないことまでいろいろやってもらったから、このくらい当然さ」バッグから盗まれた金額を補塡《ほてん》しつつ、こちらの自尊心は守ろうとしてくれているのだ。レイチェルは手の切れるような紙幣を見下ろしながら、目をしばたたかせた。「ありがとう」胸が一杯でそういうのがやっとだった。

「ちょっと外出してくる。すぐ戻るよ」

一緒に来てくれと誘うこともなかったし、レイチェルも行きたいとはいわなかった。こんな瞬間に、つくづくとふたりのあいだに横たわる隔たりの大きさを思い知ってしまう。その後寝る支度をしていると、彼が帰ってきた音が聞こえた。服を脱ぎ終え、ゲイブの古いワーク・シャツに着替えた。顔を洗い、歯を磨いてからキッチンへ行ってみると、ゲイブはレンジのそばに置いたダンボール箱のそばにしゃがみこんでいた。

よく見ようと近づいてみると、箱には電気座ぶとんが置かれ、緑色のイチゴの容器にティッシューが敷いてある。なかには濡れて汚れたスズメの雛《ひな》がいた。

火曜日になり、三日後にドライブインの開店を控え、レイチェルはその日に開店は無理ではないかという気がしてきた。彼女自身は地域の人びとに『カロライナの誇り』という店を見せびらかすのが楽しみで興奮を覚えている。開店の日に花火を上げるというのはレイチェルのアイディアで、入口近くにプラスチックの旗を何列も掛けましょうとしきりに勧めている。

しかしあいにくゲイブはそんな彼女の意気ごみを共有しようとはしない。彼の興味のなさは日増しに明らかになってきている。それに反してレイチェルのこの古い店に対する愛着は大きくなる一方だ。塗りたてのペンキ、ピカピカの新しい器具類、雑草を刈り取った敷地を見ると達成感を覚える。

午後三時にスナックショップの電話が鳴った。新しいポップコーンの機械を拭いていた布を落とし、走って電話に出た。

「聖書はここにあるわ」とクリスティがいった。「キャロルの息子がいま届けにきたの」

レイチェルは安堵の溜め息をもらした。「やっと手に入るのが信じられないくらいよ。今夜受け取りにいくわ」

しばらくおしゃべりに興じたあと、受話器を置くと、ゲイブが入ってきた。レイチェルはカウンターの端を急いでまわった。「クリスティのところに聖書があるのよ!」

「希望のすべてをこのことに託すのはやめろよ」

にこりともしない彼の銀色の瞳を見あげながら、レイチェルはその頬に手を触れずにはいられなかった。「心配しすぎよ」

ようやくゲイブは顔をほころばせたが、それも束の間だった。いまにもまたお説教が始まりそうだと察知したレイチェルは話題を変えた。「トムの調子はどう?」

「自分の任務のなんたるかは知っている男らしい」

トム・ベネットはゲイブが雇った映写技師だ。グランドオープンのあと、ゲイブは夜間営業は週四日にするつもりでいる。プリヴァードに住んでいるトムはここまで通勤してくれることになっている。ゲイブはチケット売り場を受け持ち、幕間にはスナックショップ担当のレイチェルと手伝いに雇い入れたケーラという女性を補佐することになっている。レイチェルは夜間勤務のあいだエドワードをどうするかでしばらく悩んだが、結局単純な結論に行きついた。子どもを見てくれるベビー・シッターをそうそう頻繁に雇うような経済的余裕はとてもないから、ほとんど毎回エドワードを一緒に連れてくるしかないのだ。映写室の隣にあるゲイブの事務所にベッドを用意して寝かせようと思っている。

ゲイブが厳しい顔でレイチェルを見た。「昼食はちゃんと食べたか?」

「すっかり食べたわ」納得していない、怒ったような彼の表情を見つめながら、レイチェルはわざと軽薄そうな笑顔を作った。誰かに面倒をみてもらうのはじつにひさしぶりのことである。ドウェインは絶対にしなかったし、十代のなかばに達するころには祖母の健康状態が悪化して、レイチェルが祖母の面倒をみるしかなくなった。ところが、心に傷を持つ、孤独を求める不機嫌なこの男がレイチェルの保護者に名乗りでたというわけだ。

そんな思いを持てあまし、レイチェルはカウンターに戻った。「チュンチュン鳥ちゃんの容体はどう?」

「まだ生きてる」

「よかった」ゲイブは頻繁な給餌を続けるために、スズメをドライブインに連れてきていた。先ほど訊きたいことがあってオフィスまで上がったとき、彼の大きな体が箱のほうへ屈みこみ、先端を斜めに切ったストローの先から小さな生き物に餌を与えているのを見た。「どこで見つけたっていったっけ?」

「勝手口のそばで。普通は巣のありかがすぐにわかって戻してやれるんだけど——たわいのない言い伝えによれば、人間の匂いのついた鳥は母親から拒絶されてしまうというんだ。でも巣はどこにもなかった」

ゲイブの表情はますます険しくなった。まるで小鳥が生きつづけていることが気にさわるかのように見えるが、レイチェルはそうではないことを知っており、相好をくずした。

「何がそんなに楽しいんだい？」ゲイブが怒ったようにいった。

「あなたのことで楽しいのよ」レイチェルはふたたびゲイブに手を触れずにはいられなくなり、拾ったばかりの雑巾を落として、彼のそばに近づいた。そんな彼女をゲイブは抱き寄せた。レイチェルは彼の胸に頭を当て、規則正しい心臓の音に聞き入った。

柔らかいコットンのワンピース越しに、ゲイブの親指がレイチェルの背筋を撫でる。彼の隆起が体に押しつけられるのを、レイチェルは感じた。「ここを出よう。コテージに戻るんだ」

「やるべきことが山ほどあるから無理よ。それに昨日の夜、愛し合ったばかりじゃない、忘れた？」

「忘れたよ。すっかり記憶がない。きみが思い出させてくれなくちゃだめだよ」

「今夜思い出させてあげる」

束の間の微笑みのあと、ゲイブは首を曲げてキスをした。

これは束の間のキスではなかった。唇と唇がひとつに解け合い、たちまち貪欲《どんよく》に激しい貪《むさぼ》り合うキスに変わっていく。彼の口が開き、次に彼女の口が開いた。レイチェルは髪をまさぐる彼の指を感じた。彼の舌が忍びこみ、レイチェルはふたりの人間がわれを忘れてのめりこむ官能の嵐のなかに身をまかせた。

キスが激しさを増していく。彼の手がワンピースのなかに滑りこみ、パンティを引っぱった。彼女も彼のジーンズの留め金に手を伸ばす。

天井でドスンという大きな音がした。ふたりは悪さをした子どものように後ろに飛びのいた。やがてトムが映写室で何か落としただけだと気づいた。

レイチェルはカウンターの縁をつかんだ。

ゲイブはゆっくりと、不規則な呼吸をした。「ふたりきりじゃないことを忘れていた」

レイチェルは喜びがふつふつと湧いてくるのを感じた。「たしかに忘れていたわね。あなたは欲望のために完全にわれを忘れていたわ。完全にね」

「それはおれだけじゃない。それに笑っていられることでもないよ。いま、誰かにふたりの情事を垣間見られたりしたら、きみの悪評に拍車がかかるだけだ。クリスティが去ったあと、コテージで一緒に住んでいるというだけでも十分に不面目なことだからさ」

「あらそうなの」レイチェルは悪戯《いたずら》っぽくゲイブを見た。「あの舌を入れるキス……土曜日の夜もしてくれたわ。あれ好きよ」

ゲイブは怒っていながら、一方で面白がっているような表情を浮かべ、ぐるりと目玉をまわした。

「あれを私が最後にした相手が誰だかわかる？」

「たぶんドウェインじゃないね」ゲイブはレイチェルのそばにいると自制がきかないとでもいうように、コーヒーメーカーのほうへ行った。ジーンズの前の部分にはっきりそれとわかる隆起を目にして、レイチェルは女性としての満足感を覚えた。

「冗談じゃないわ。ドウェインは淡泊なキツツキ君だったわよ」

「どういうこと？」

「彼は絶対に口を開かない、淡泊なついばむようなキスしかしてくれなかったの。そうよ、私があういうキスを最後にしたのは、中学生のとき日曜学校の物置のなかでジェフリー・ディラードとキスを交わしたときよ。ジョリー・ランチャーズを食べながらだったから、二重の意味で甘い甘いキスだったわ」

「中学のとき以来舌を入れるキスをしていなかったというのかい？」

「悲惨でしょう。そんなことをしたら地獄へ落ちると思っていたのよ。最後の数年間はそれがかえってよかったんだけどね」

「いまではどうなの？」

「もう地獄に落ちることは心配じゃないの。開きなおりの境地を開いたから」

「レイチェル……」

ゲイブの表情があまりに悲痛だったのでレイチェルは舌を噛み切りたくなった。不遜《ふそん》な言葉を使えば不安を振り払うことができるかもしれないが、彼をますます困らせてしまう。

「つまらない冗談よ。あなたもそろそろ仕事に戻ったほうがいいわ。ボスにサボっているところを見つからないうちにね。ボスってすごいしみったれだから、注意しないと給料をカットされてしまうわよ。私自身も彼のこと、死ぬほど怖いの」

「そうなのか？」

「血も涙もない男でね、ケチなのはいうまでもないわ。幸い私のほうが知恵がまわるから、時給を上げさせる方法を考えだしたのよ」

「どんな方法？」ゲイブはコーヒーをひと口すすった。

「裸にして体じゅう舐《な》めてやるの」

彼の長い咳きこみの発作にレイチェルはすっかり満足し、その楽しい気分は午後いっぱい続いた。

エドワードはしゃがみこみ、手の付け根を膝にのせ、ダンボール箱のなかをのぞきこんでいた。「まだ死んでいないよ」

子どもの悲観的な態度が不快だったが、ゲイブはそれを極力表わさないようにして、スズメの餌として使っている挽き肉と卵の黄身、幼児用シリアルの混ぜたものを冷蔵庫に戻した。エドワードは夜になってからずっと箱のそばに張りついて鳥の様子を観察していた。しかしやっと立ちあがり、ウサギをショートパンツのウエストゴムにさかさまに突っこんでぶらぶらと居間に入っていった。

ゲイブはドアから首だけ出して声をかけた。「もうしばらくお母さんをひとりにしてあげなさい。いいね？」

「ママに会いたい」

「あとでね」

子どもはショートパンツからウサギを引き抜き、胸に押しつけながら、憤慨のまなざしをゲイブに向けた。

レイチェルはクリスティが持ってきてくれたドウェインの聖書を持って寝室にこもっているのだ。何か見つかればドアがさっと開くはずだが、開かないところを見ると、レイチェルがまたひとつ失望に直面しつつあるのは確かだった。せめて彼が手伝えることといえば、レイチェルが聖書に没頭できるよう、エドワードの気を引きつけておくことぐらいである。

ゲイブは今度は五歳児が彼の指示を無視してこっそりと横歩きで裏の廊下へ向かおうとする様子を見守っていた。

「お母さんの邪魔をしないようにといったはずだぞ」

「ママが『ステラルナ』を読んでくれるっていったんだもん」

ゲイブは自分がいま何をすべきかはわかっていた。本を持ち、男の子に彼が本を読んでやればいいのである。だがそうすることはできない。その特別な本を読んでやりながら、男の子を自分の隣に座らせるわけにはいかないのだ。

『もう一度、パパ。ステラルナをもう一度読んでよ。お願い』

「コウモリのお話だろ?」

エドワードはうなずいた。「いいコウモリなの。こわいコウモリじゃないんだよ」

「外へ出て、コウモリがいるかどうか見てみようよ」

「ほんとのコウモリ?」

「そうだ」ゲイブは廊下を先立って歩き、網戸を開けたままいった。「コウモリはいまごろ巣から出てくるんだ。夜、餌を食べるからね」

「ぼくはいいや。おうちですることがあるから」

「外へ出ろよ、エドワード、さあ」

男の子はしぶしぶゲイブの腕の下をくぐった。「ぼくの名前はチップだよ。外へ出たらまずいんじゃないの。チュンチュン鳥が死なないように、そばにいてやらなくちゃいけないよ」

ゲイブはじれったい気持ちを抑えて、エドワードに続いて外へ出た。「きみより少し年上のころからずっと鳥の面倒を見てきたから、どうすべきかはよくわかっているつもりだ」ゲイブは自分の声のなかの辛辣な調子に嫌悪感を覚え、埋め合わせをしようと深く息を吸いこんだ。「ぼくやぼくの兄弟が子どもだったころ、巣から落ちた赤ん坊の小鳥をよく見つけたものだった。当時はぼくらも小鳥を巣に戻してやらなくちゃいけないってことを知らなくて、家に連れて帰っていたんだ。小鳥は死ぬこともあったけど、命を助けたこともあった」

記憶をたどってみれば、小鳥の命を救ったのはいつも彼だった。キャルの気持ちは純粋なものではあったのだが、バスケットの球入れだのソフトボールに熱中してしまい、つい餌をやるのを忘れたりした。イーサンはその責任を負うにはまだ幼すぎた。

「ママにイーサン牧師と兄弟だといっていたね」

エドワードの声にこもる非難をゲイブは聞き逃さなかったが、そんな挑発に乗るわけにはいかなかった。「そのとおりだよ」

「似ていないね」

「イーサンは母親に似てて、兄のキャルとぼくは父親似なんだ」

「行動も似てない」

「人はみなそれぞれだよ。兄弟でもね」ゲイブはコテージの裏に立てかけてあった管状の芝生用の椅子を手にとり、広げた。

エドワードはウサギを脇にぶらさげたまま、柔らかい土をスニーカーのかかとで掘っていた。「ぼくの兄弟はぼくそっくりだよ」

「兄弟?」

エドワードはひたいに皺を寄せながら土を掘り起こすことに没頭した。「相手が百万人でもたたきのめすくらい強いんだ。名前は……ストロングマン。病気にもならないし、いつもぼくのことをチップって呼んでくれる。ほかの呼び方はしないんだ」

「みんなに自分のことをエドワードという名で呼ばないでくれって頼むと、お母さんの気持ちを傷つけることになると思うよ」ゲイブは穏やかにいった。

エドワードはそういわれたことが面白くなかった。その顔の上でさまざまな感情が交錯するのをゲイブはじっと見守った。不快感、懐疑、強情さ。「ママだけはそう呼んでもいい。あなたはだめ」

ゲイブは芝生用の椅子をもうひとつ広げた。「あの尾根のすぐ上をじっと見ていてごらん。あの上のほうにほら穴があって、そこにたくさんのコウモリが棲んでいるんだ。そのうちの何匹かを見ることができるかもしれないよ」

エドワードは隣の椅子に腰掛けながら、ウサギをそばに置いた。ゲイブは子どもの緊張を感じ取り、まるで怪物か何かのように思われていることに困惑を覚えた。

数分が経過した。ジェイミーなら、五歳児ならではの性急さで、三十秒もすると椅子から飛びだしていただろう。しかしレイチェルの息子はゲイブにたてつくのが怖くて黙って座っていた。ゲイブは子どもの恐怖心がいやだったが、さりとてなすすべはなさそうだった。ホタルが出てきた。夜風がぴたりとやんだ。男の子は動かなかった。ゲイブは何か話そうとしたが、ようやく口を開いたのは子どものほうだった。

「あれがコウモリかな」

「いや、あれはタカだよ」

男の子はウサギを引っぱりながら膝の上に乗せ、縫い目のなかの小さな穴を人差し指でつついた。「ここにあんまり長くいると、ママが怒るよ」

「木をよく見ていなさい」

子どもはウサギをTシャツの下に入れ、椅子の背にもたれた。椅子がきしんだ。前へ体を傾け、後ろにもたれ、きしみ音をたてた。そしてまた同じことを繰り返した。

「静かにしなさい、エドワード」

「ぼくはエドワードじゃ――」

「チップだよ、くそっ」

「ごめんよ」

男の子はごつごつした胸の前で腕を交差させた。

「すごくおしっこしたい」

ゲイブはついに観念した。「わかったよ」

男の子が飛びでるとき、椅子が傾いた。

ちょうどそのとき、勝手口からレイチェルの声がした。「寝る時間よ、エドワード」

振り向くと、網戸の向こうでキッチンの明かりを背にしたレイチェルの輪郭が浮かびあっていた。華奢《きゃしゃ》で美しい姿だったが、同時にいかにも彼女らしい魅力が感じられた。しかも、こんな暖かい七月の夜、子どもに声を掛けるどこにでもいる母親のようでもあった。ゲイブの心はいつしかチェリーへと移っていた。また苦痛に襲われるだろうと覚悟したが、感じたのはもの悲しさだけだった。もしかすると、ジェイミーのことさえ考えないようにすれば、なんとか生きていけるのかもしれなかった。

エドワードは勝手口のポーチまで走っていった。母親のそばに来るなり、スカートをつかんだ。「悪態はついちゃいけない、っていったよね、ママ?」

「そうよ。悪態をつくのはお行儀の悪いことだからね」

エドワードはゲイブをにらんだ。「あの人、悪態をついたよ」

ゲイブは困惑した顔でエドワードを見た。小さな告げ口屋。

レイチェルは何もいわず、子どもを家のなかに押し入れた。

ゲイブはスズメの雛にもう一度餌を与えた。食べ物を小さな滴にして与えながら、極力小鳥の体には手を触れないようにした。手で食事を与えすぎると、小鳥が人間との接触に慣れてペット化してしまい、野生に戻すのがよりむずかしくなる。

レイチェルが息子を寝かしつけるのに十分な時間をかけるよう見はからって、小鳥の巣に新しいティッシューを敷きつめてきれいにし、居間へ行った。網戸越しにレイチェルがポーチの階段で膝の上に腕をのせて座っているのが見えた。ゲイブは外へ出た。レイチェルは背後で網戸の開く音を聞いた。足音に合わせて、ポーチが振動した。彼も階段に腰をおろした。

「聖書には何もなかったんだね？」

レイチェルはまだ失望を受け入れきれないでいた。「ええ、でも文章の下にアンダーラインが引かれている箇所がたくさんあって、欄外にもそこここにメモがあったわ。これから一ページ一ページよく調べるつもりよ。どこかにきっと手がかりがあるはずよ」

「きみにはたやすいことは何ひとつないんだね、レイチェル」

レイチェルは疲れ、挫折感に沈みこんでいた。午後彼女を突き動かしたあのエネルギーはもはや残っていなかった。あの古い慣れ親しんだ聖書の一節一節をふたたび読むことに対して、心の奥底で抗うものがあった。いまではもう受け入れられなくなってしまった何かが自分を引き寄せ、引き戻そうとしているのを感じるからだった。

目頭が熱くなったが、必死で涙をこらえた。「ジメジメした気分はたくさんよ。たいていのことはなんとかなるけど、うまくいかないこともあるわ」

ゲイブはレイチェルの背中に手をまわし、肩を抱いた。「わかったよ、じゃあ体のあちこちにキスしまくってやるよ」

レイチェルは彼の肩にもたれ、真実を認めることにした。私はこの人に恋をしている。それを懸命に否定しようとしたが、無駄なことだった。

ドウェインに対する思いとは大きな隔たりがあった。ドウェインへの気持ちは、英雄崇拝と父親に対する憧憬《しょうけい》との不健全な組み合わせからなっていた。ゲイブへの思いは現実をしっかりと見据えた、大人の恋である。彼の欠点も、自分の短所も知りつくしたうえでの恋だ。しかも死んだ妻をいまも愛しつづけている男性との未来を夢見ることが、いかに非建設的なことかも、よくわかっている。さらに辛いのはその男性が自分の子どもを嫌っているという現実だ。

ゲイブとエドワードとのあいだにある反感はさらに深まっているらしいが、改善への手立てを考えみても、よい案は浮かんでこない。エドワードに対する態度を変えてほしいとか、エドワードを可愛がってくれとか、ゲイブに注文をつけることはできない。

疲労と敗北感が重くのしかかってきた。彼のいうとおりだ。自分にとってたやすいことなど何ひとつない。「エドワードの前では悪態を口にしないように努力してちょうだい、いいわね？」

「ついうっかり出てしまった」ゲイブは庭の境目を示す並木の暗い木陰にじっと目を凝らした。「いいかいレイチェル、なんだかんだいってもあの子はいい子だよ。でももう少したくましさを身につけてやるべきじゃないかな」

「明日の朝一番にしかめっつらの練習をさせるわ」

「ぼくがいっているのはただ……たとえばいつも肌身離さず持ち歩いているウサギのこと。あの子はもう五歳だ。きっとほかの子どもたちにからかわれているよ」

「保育園に行っているときは引き出しにしまっているそうよ」

「それでもそんなことをするのは幼すぎる」

「ジェイミーはそんなことしなかった?」

ゲイブの体じゅうがこわばった。禁断の領域に足を踏み入れたことは、レイチェルにもわかった。妻のことは話せても、息子のことは触れてほしくないのだ。

「五歳のころはもうしなかった」

「そうね、エドワードがマッチョじゃなくて申し訳ないけど、ここ数年の過酷な体験があの子の気力を削《そ》ぎ取ってしまったの。この春一カ月入院したことも災いしたわね」

「どうして入院したの?」

「肺炎よ」レイチェルはワンピースのポケットの縁についた蛇腹を指でなぞった。聖書には秘密を解く手がかりがないと気づいたとき以来胸に残っていた憂鬱がさらに深いところによどんでいく。「回復にひどく時間がかかってしまったの。ある時期、もうだめじゃないかと思ったこともあるわ。大変だったのよ」

「それはかわいそうだったね」

エドワードの話題はふたりのあいだにある溝をさらに広げた。レイチェルはこの話を打ちきりたいと思ったが、「もう寝よう」という言葉から、ゲイブも同様にやめたがっていたのだと知った。

レイチェルは彼の目をまじまじとのぞきこんだが、それを拒もうとは思わなかった。ゲイブは片手を差しだし、レイチェルを家のなかへ入れた。

古いベッドの上に月の光が降り注ぎ、シーツを銀色に染め、ゲイブの下に横たわる一糸纏《まと》わぬレイチェルの髪を輝かせている。彼女を求めるおのれの欲望の激しさに、彼は恐怖さえ覚える。彼は本来寡黙で孤独を愛する男のはずだった。ここ数年の経験から、ひとりでいるのが一番だと思っていた。しかしレイチェルがその信条を変えつつある。彼女といることで、みずから追求したくない領域に押しやられていくような気がしているのだ。

レイチェルが下で体をひねり、脚を広げ、秘丘を押しつけてくる。彼女の愛の行為は抑制を知らない。そんな激しさに、ゲイブもまるで自制がきかなくなることさえある。彼女を傷つけてしまうのではないかと心配になることもあるくらいなのだ。

彼女の両腕を頭上に上げさせ、手で手首の自由を奪う。自分ではどうしようもない無力感が彼女を燃えあがらせることを彼は知っており、とたんに彼女が甘い声をもらしはじめた。

片手で彼女の自由を奪ったので空いているのはもう一方の手だけになった。片手で乳房を包みながら親指で大きくなった乳首を刺激する。手のかわりに唇をあてがい、空いた手を脚のあいだに這わせる。

秘孔はしとどに濡れ、欲望のために滑らかになっている。彼は愛撫の手を動かしながら、彼女のもっとも女らしい部分の感触を楽しんだ。なぜこんな素敵なものを忘れていられたのだろう？　精神的苦痛のためにあらゆる愉悦をだめにしていたことがいまでは信じられない。

レイチェルの息まじりの短いうめきに興奮が昂まり、彼の自制も限界に近づいている。彼の拘束に彼女は身悶えを始めたが、手を使って阻んだりするわけではなく、彼も手首を離さなかった。離さないかわりに指を蜜壺のなかに押し入れた。

レイチェルの低い抑えた叫び声が闇を慄わせた。

これほど甘美な身悶えを目にして、もはや彼の抑制はきかなくなっていた。体勢を整えると怒張を深く進入させ、力強く漕ぎはじめた。

「素敵よ」レイチェルは喘《あえ》ぎながらいった。

開いた彼女の口に唇を重ねる。歯と歯がぶつかり、舌がからみ合った。それぞれの手で彼女の手首をつかみ、ふたりの両腕を広げたまま、彼の分身は熱帯の奥へ突き進んだ。

彼女は腰を斜めに上げ、彼の体に脚を巻きつけた。それからまもなく、彼女は絶頂に達した。

何もなかった。あるのはただ全身を慄わせている女と、月の光、開けた窓から体の上を吹き抜けていく甘い香りをふくんだ真夏の夜風だけだった。彼は求めていた忘却をここに見いだした。

しばらくたっても、ゲイブはまだ体を離したくなかった。シーツは腰のあたりにからまっている。彼女の首に唇を当て、目を閉じる……。

小さな憤怒のかたまりがゲイブの背中に襲いかかった。

「ママから離れて！　離れてよ！」

ゲイブの頭部を何か硬い物が殴った。

小さな拳がゲイブをたたき、爪が首をひっかいた。半狂乱の叫び声が部屋にこだました。

「やめてよ！　やめてよ！」

レイチェルがゲイブの下で体をこわばらせた。「エドワード！」

五歳児の拳とは思えない強い力がゲイブの後頭部を激しく規則的に強打しはじめた。涙と怯えで子どもは声を詰まらせた。「ママを傷つけないで！　傷つけるのはやめて！」

ゲイブは殴打をそらそうとしたが動ける範囲は限られていた。子どもはゲイブの腰の上に馬乗りになっており、ゲイブが仰向けになれば、レイチェルの裸体が見えてしまう。子どもはどうやってこの部屋に入ったのだろう？　たしかにレイチェルが錠をおろしたと思っていたのだが。

「エドワード、やめなさい！」レイチェルがシーツをつかみながらいった。

ゲイブは振りまわされている小さな肘をつかんだ。「ぼくはママを傷つけてはいないよ、エドワード」

それまで以上の、とてつもない強い力がゲイブの側頭部を襲った。「ぼくの名前は――」

「チップ！」ゲイブは喘ぎながらいった。

「殺してやる！」子どもはすすり泣き、容赦ない攻撃を再開した。

「殴るのをたったいま、やめなさい、エドワード・ストーン！　聞こえる？」レイチェルの声には厳しさがあった。

子どもの動きがゆっくりと止まった。

レイチェルは口調をやわらげた。「ゲイブは私を傷つけているんじゃないのよ、エドワード」

「じゃあ、何をしているの？」

ふたりが出会って以来初めて、レイチェルが返答に窮した。

ゲイブは後ろを向き、子どもの乱れた髪、真っ赤な、涙に濡れた頬を見た。「ぼくはママにキスをしていたんだよ、エド……チップ」

ぞっとしたような表情が子どもの顔に浮かんだ。「二度とそんなことをしないで」

ゲイブは自分の重みでレイチェルが呼吸もままならないのはわかっていたが、彼女はできるだけ息子をなだめるように話した。「いいのよ、エドワード。ゲイブがキスすればママも嬉しいの」

「違う！　そんなことない！」

このままではにっちもさっちもいかないので、ゲイブは断固とした口調でいった。「チップ、キッチンに行って、ママのために大きなグラスに一杯、水をくんできてあげなさい。ママはすごく喉が乾いているんだ」

子どもは強情そうな顔をした。

「お願いよ、ゲイブのいうとおりにしてちょうだい、エドワード。ほんとにママはお水が飲みたいの」

子どもはしぶしぶベッドからおりた。同時にゲイブに向かって、もしママを脅すようなことがあったら、容赦しないぞといわんばかりに無言で唇を引き締めてみせた。

戸口から子どもの姿が消えたとたん、ゲイブとレイチェルはベッドから飛びでて、死に物狂いで衣類をつかんだ。ゲイブはぐいと引っぱるようにしてジーンズをはき、レイチェルは彼のTシャツを引っぱりあげると急いで頭からかぶり、床の上のパンティを探した。見つからなかったので、仕方なく彼のブリーフをはいた。本来なら滑稽《こっけい》な光景なのだが、いま彼の頭にあるのは子どもが戻ってくる前に服を着ることだけだった。

ゲイブはジッパーを引っぱりあげた。「きみが錠をおろしたと思ってたんだけど」

「私はおろしてないわ。私はてっきりあなたがおろしたと思ってた」

子どもが記録的な速さで現われた。あまりに急いで走ったのでプラスチック製のバックス・バニーのコップから水をはねこぼしていた。

それを受け取ろうとして前へ出たレイチェルが何かにつまずいた。下を見たゲイブは、床に落ちているのは『ステラルナ』の本であることに気づいた。なぜこんなところにあるのかと一瞬考えて、彼の頭を殴るのにエドワードが使ったのはこれだったのだと思い当たった。

彼は破壊力絶大な一冊の本の襲撃を受けたのだった。

17

レイチェルは素晴らしい演技力を発揮して水を飲んだ。飲み終えると、エドワードの頭に手を乗せた。「さあベッドに戻りましょ」

ゲイブが前に進みでた。彼としてはレイチェルが息子を連れ去る前にひとつはっきりさせておきたいことがあった。小さな男の子の目をしかと見つめ、幼い拳の激しさを思い出しながら、束の間ながら、ほかの子どもの幻影ではない、この子自身として見た。

「チップ、ぼくはきみのお母さんが大好きなんだ。だから絶対に傷つけたりしないよ。それは忘れないでほしい。またぼくたちが触れ合っているのを見たら、触れ合いたいからそうしているのであって、間違ったことをしているのではないとわかるはずだよ」

エドワードは信じられないといった表情で母親を見た。「どうしてこの人に手を触れたいなんて思えるの？」

「あなたとゲイブはうまくいっていないみたいだから、理解しにくいでしょうけど、私は彼と一緒にいるのが好きなの」

子どもは反抗的な目を母親に向けた。「誰かに手を触れなくちゃいけないいんなら、ぼくに触れればいいでしょ！」

レイチェルは微笑んだ。「あなたに手を触れるのも大好きよ。でもね、私は大人の女なのよ、エドワード。だからときどき大人の男の人に手を触れたいの」

「だったらイーサン牧師に触れればいいでしょ」

レイチェルにはそれを笑えるだけのずぶとさが備わっていた。「それはだめだと思うわ。イーサン牧師はあなたのお友だちだし、ゲイブはママのお友だちなの」

「ふたりは兄弟じゃないよ、この人がなんといおうとね」

「明日イーサン牧師に会ったら、訊いてみればいいじゃない」

ゲイブは彼のブリーフがレイチェルの腰からいまにも滑り落ちそうになっているのに気づいた。「おいでよ、チップ。ベッドに入る前に、チュンチュン鳥にもう一度餌をやろうよ」

しかしエドワードはそうやすやすと追い払われるほど鈍くはなかった。「またすぐママにキスを始めるんじゃないの？」

「ぼくはこれからもママにキスをするよ」ゲイブはきっぱりといった。「でもママがいいっていってくれるときだけだ」

「いいわけない！」エドワードは荒々しい足取りでドアへ向かった。「イーサン牧師にいいつけてやる！」

「そりゃあいい」ゲイブはぶつくさいった。「願ったりかなったりだ」

だがイーサン牧師は自分自身の悩みで手一杯の状態だった。いま午前十一時半なのだが、彼とクリスティが使うポットには半杯ぶんもコーヒーが残っていないのだ。コーヒーが淹れられないのではない。家では自分でコーヒーを淹れている。しかしここは家ではない。ここは事務所で、過去八年間というもの、いつもクリスティがポットを満杯にしておいてくれていたのだ。

ガラス製のカラフをつかむと、早足でクリスティの机の前を通りすぎ、拝廊から出てすぐのところにある小さなキッチンへ行き、水をくんだが、その際まっさらのGAPのポロシャツに水をたくさんはねてしまった。事務所に戻ると、古いコーヒーかすを投げ捨て、新しい粉を量りもしないで適当に入れ、水を注いで、たたくようにスイッチを入れた。それ見ろ！　これを見せつけてやる。

しかしあいにく、クリスティはホイットニー・ヒューストンの昔の曲を鼻歌で歌いながらコンピュータのキーをたたくので忙しかった。イーサンにはコーヒーと陽気な鼻歌とどちらが腹立たしいのか、判断がつきかねた。加えて彼女が前の仕事着を着ていることも癪《しゃく》の種だった。

不格好なカーキ色のワンピースを見ると空のコーヒーポット以上にいらいらした。以前数えきれないほど目にした服装だ。ゆったりとして着心地がよくて、野暮ったい。彼が異議を唱えたあの服はどうしたのだろう？　あのぴったりした白いジーンズ、露出の多い胸に張りついたトップ、あの軽薄なゴールドのサンダルはどこにあるのだ？

もし昔のクリスティに戻ることにしたのなら、すべての点で戻すべきではないのか？　あの羽根のような短いヘアカットを控えめに直し、赤い口紅は家の引き出しにしまいこみ、黒のレースや発情をイメージさせる扇情的な香水もつけなければいい。

コンピュータのキーボードの上を躍《おど》る彼女の指の小さな金と銀の指輪が背後の窓から射しこむ光を受けてきらきらと輝き、耳たぶのキュービック・ジルコニアのピアスがかすかな光を放っている。イーサンの視線は不格好なカーキ色のワンピースの身ごろの部分におりていく。あの下にあるものを見たことがなければ、きっとなんとも思わないのだろう。

「ほかのことを考えなさいな」心のなかで、マリオン・カニンガムの優しい、ものわかりのよさそうな声が響いた。「説教の原稿づくりに集中しなさい。もう少し努力すればもっといいものができますよ」

イーサンは心中ひそかにたじろいだ。胸のことを考えているときに、なぜ神の声が聞こえたりするのだろう？

コンピュータをたたく指が止まった。クリスティは椅子を立ち、イーサンに視線を投げると、廊下の先のトイレに向かった。

帰宅したらすぐにあの不格好なワンピースを脱ぎ、新しいショートパンツと露出の多いトップに着替えるのだろう。イーサンはそんな姿を決して目にすることはできないのだ。自宅にはもう来ないでほしいとクリスティはいやというほどはっきりと意思表示しているのだから。手作りの料理でもてなしてくれることも、もうないだろう。わけのわからないことを訴えてくる市民に手を焼いていると、ふと立ち寄って助け船を出してくれることももうない。

イーサンはクリスティが恋しかった。ただただあの友情が恋しかった。

誰もいなくなった机をまじまじと見ながら昨日またも出かけたマイク・リーディとのデイトはどうだったのだろうと考えた。これでデートは二回になった。前回は『キャッシャーズ』のレストラン、昨晩は『マウンテナー』のダイニング・ルームでデートしている。教徒のうち三人からそんな情報が入った。

クリスティはなかなか机に戻らない。イーサンの肌はじっとりと汗ばんできた。彼女がどこにバッグを置いているかは知っている。小型のティッシューの箱、救急箱と一緒に一番下の引き出しに入っているのだ。ここまでの半生、もっとも放縦だったころでさえ、志操の正しい行ないをしようと努めてきた。それなのに、いま彼がしようとしていることは正しい志操とは正反対の行為である。しかし自制心がまるで働かないのだ。

イーサンは部屋を突っ切り、乱暴に引き出しを開け、バッグを取りだした。先週彼女が『マウンテナー』に持っていった小さな黒のバッグだ。あのときクリスティは、自分は彼の友人ではないと言い放った。

さほどの欠点もなく、おのが天命をよく認識している真の聖職者ならば、こんなまねは絶対にしないであろう。イーサンは留め金をパチンと開き、なかを見た。財布、櫛《くし》、ティック・タックス、化粧品、車のキー、『日々の福音』の祈禱書。コンドームはない。

足音が聞こえ、イーサンはバッグを引き出しに戻し、救急箱を取りだした。

「どうかしました？」

数分前なら、心配そうな彼女の顔を見て、憂鬱な気分は吹き飛んだであろうが、もうそんな気分にはなれそうもない。「ちょっと頭痛がして」

「お座りなさいな。アスピリンを持ってきてあげるわ」

イーサンは救急箱をクリスティに手渡した。するとクリスティは今週になって初めて、優しい気遣いを見せてくれた。コップ一杯の水とアスピリンを手渡しながら、昨夜はよく眠れたのかと尋ねたのだ。しかし困ったことに優しくされても、以前のようにいい気分ではなかった。というのも、それまでクリスティが頭痛を訴え、彼のほうがアスピリンを飲ませた記憶はまるでないからだった。

コンドームはどこへいったのだろうか？　クリスティがマイク・リーディにコンドームを手渡す様子を考えただけで気分が悪くなった。心のどこかではクリスティがよい相手にめぐりあえたことを喜ぶべきだと考えている。しかし、マイク・リーディはいけない。彼に対する好意もあり、これといった欠点もないとは思うが、クリスティ・ブラウンと肉体関係に及ぶことは許せない。

必要もないアスピリンを飲んだあと、クリスティの顔をしげしげとながめ、なぜいままで彼女がこれほど美人だと気づかなかったのかと考えた。めかしこんだところで、華やかな存在感を放つタイプでは決してない。静かで、清楚な美しさなのだ。

「金曜日の夜、ドライブインがオープンする」気づけばこんなことを口走っていた。

「誰か来てくれる人がいればいいけれどね。レイチェルに力添えしているからといって、町の大半の住民はゲイブに反感を抱いていて、ドライブインには行かないようにしようという話でもちきりよ」クリスティが心配そうな顔でいった。「集団になると人間はいくらでも卑劣な行為に走れるものなのね」

イーサンは気軽な調子でいった。「ぼくたちぐらい、ドライブインのオープンには駆けつけてやりたいよね。夜八時に迎えにいくよ」

クリスティはまじまじとイーサンの顔を見た。「私とドライブインに行こうっていうの?」

「そうさ。ほかに誰がゲイブを応援してやれるんだい?」

机の電話が鳴った。クリスティはしばし電話を見つめていたが、ようやく受話器を取った。電話をかけてきたのは保育園のコーディネーター、パティ・ウェルズだとすぐわかった。

「ええ、イーサンはここにいるわ。もちろんよ。エドワードをこっちへよこしてちょうだい、パティ」

クリスティは受話器を置くと眉をひそめた。「あの子、朝からずっとあなたと話がしたいっていいつづけているそうよ。パティがなんとか気をそらそうとしたらしいんだけど、あきらめないんだって。たいしたことではないと思うんだけどね」

エドワードと一緒に過ごすことの多かったふたりは、エドワードが何かをせがむことのない子どもだということは十分知っているだけに、無言で懸念に満ちた視線を交わし合った。

クリスティは外側のオフィスに戻り、数分後エドワードが姿を現わした。クリスティはこれまで何百回となく、厄介な教区町民を招き入れながらふたりで交わした不安な視線をイーサンに向けた。やがてクリスティは下がった。

「内緒の話だったら、ドアを閉めてもいいよ」エドワードがどれほどクリスティを慕っているかを知っているイーサンは、子どもが両手でドアを閉めたことに驚きを覚えた。子どもが何を考えているにせよ、まじめな話であるのは間違いない。イーサンは人と話をする際、机越しにそっけなく話すのは好きではないので、窓の近くにカウチと椅子を二脚置いた小さな面接席のほうへエドワードを案内した。

エドワードはカウチの真ん中に置かれたクッションによじのぼったが、シートに滑り落ちた。そのために、イーサンの目の前に足を突きだした格好となった。スニーカーの爪先が赤の絵の具で汚れていた。レイチェルが子どもに着古してはいてもいつも清潔な身なりをさせていることには着目していたイーサンは、絵の具の汚れは今朝のお絵描きの時間についたものだと気づいた。

エドワードは無意識に脇に手を当てたが、空をつかんだその手で仕方なく肘を掻いた。探したのはぬいぐるみのウサギなのだな、とイーサンは思った。

「何か気がかりでもあるのかい、エドワード？」

「ゲイブは大嘘つきなんだよ。自分がイーサン牧師と兄弟だなんていってるの」

イーサンは誤りを正そうとしたが、子どもの顔に浮かぶ深い憂慮の翳りを見て、ためらいが生じた。「どうして嘘だと思うの？」

「だってあの人オバカだから、嫌いなんだもん」

長年悩みを抱えた人びとの相談に乗ってきたイーサンは、子どもの表現をそのまま使わないようにした。「きみはゲイブのことが好きじゃないみたいだね」

エドワードは激しく首を振った。「ママもあんな人、好きになっちゃいけないんだよ」

その点では同意見だよ、同志。「お母さんが彼のことを好きなので、きみは困っているわけだね」

「誰かにさわりたければぼくにさわればいいってママにいったんだ。でもママは大人の男にさわるのがいいんだって」

そうだろうとも。とくに銀行にうなるほど金を持っていて、しかも金に無頓着な大人の男が好みだ。

「イーサン牧師にさわればいいともいったんだけど、あなたはぼくの友だちで、ゲイブがママの友だちだって。ママはゲイブにキスしたいんだから、あいつのこと殴っちゃいけないってぼくにいうんだ」

彼にキス？　殴る？　どう訊き返したらいいのかとイーサンは束の間戸惑った。「ゲイブを殴ったの？」

「あいつがママにキスしていたから、あいつの背中の上に飛び乗ってやったんだよ。あいつがママから離れるまで『ステラルナ』で殴ってやった」

これが誰かほかの人間のことだったら、イーサンも面白がって聞いただろうが、兄のこととなればそういうわけにはいかなかった。訊くべき質問ではないと知りつつ、つい訊いてしまった。「きみが背中に飛び乗ったとき、ゲイブはどこにいたの？」

「ママを押しつぶそうとしていたの」

「押しつぶす？」

「あのね、上に乗っていたの。ママを押しつぶしそうになってた」

なんてこった。

エドワードの褐色の目に涙があふれた。「あいつは悪いやつだよ。あんなやつ、どこかに追い払ってちょうだい。それと、あいつのかわりにイーサン牧師の体をママにさわらせてあげてくれないかな？」

イーサンは自分自身の懸念を振り払い、カウチに座ると子どもの肩に腕をまわした。「大人にそんなことをしても意味はないんだよ」イーサンは穏やかにいった。「きみのママとゲイブは友だちなんだよ」

「ママを押しつぶそうとしてたんだよ!」

イーサンは冷静に話そうと努めた。「ママもゲイブも大人だ。大人は双方が望めばたがいに相手の上に乗ったりしてもいいんだ。それにね、エドワード、それだからといってママのきみに対する愛情が減るようなこともないんだよ。わかるよね?」

子どもは考えこんだ。「そうかもしれない」

「いまきみはゲイブと仲がよくないかもしれないけれども、彼はほんとうはいい人間なんだよ」

「あいつはオバカだ」

「彼にも辛いことがあったんだよ。そのせいで気むずかしくなってしまったけれど、悪い人間では決してない」

「辛いことって?」

イーサンはためらったが、子どもに真実を伝えておくべきだと判断した。「彼には心から愛する妻と子どもがいたんだが、少し前に事故で死んでしまったんだ。彼はそのことでまだ悲しみを引きずっているんだよ」

エドワードは長いあいだ黙りこんだ。やっとイーサンのそばに寄り、その胸に顔を埋めた。イーサンは子どもの腕をさすってやり、神のみ心の神秘を思った。いまこうして軽蔑する男と嫌悪する女の子どもを慰めながら、自分もまた癒されている。

「ゲイブはほんとにぼくの兄だよ」イーサンは静かにいった。「ぼくは彼をとても愛している」

子どもは体をこわばらせたが、体を離すことはなかった。「あいつ卑怯《ひきよう》だよ」

イーサンにはあの優しい兄がこんなかわいい子どもに辛く当たるとはとても想像できなかった。「よく考えてみてごらん。ゲイブが何かきみにいいことをしてくれたことがないのかい？」

エドワードは首を振りはじめたが、途中でやめた。「ひとつある」

「なんなの？」

「いまはぼくのこと、チップって呼んでくれてる」

十五分後、イーサンはキャルに電話していた。エドワードと交わした会話の内容は伏せたまま、いま自分たちの抱える問題の重大さについて、兄に話をした。


「おい、無料サンプルの配布はないのかい？」

スナックショップの戸口で低い男性の声が響いて、レイチェルは顔を上げた。

「キャル！」ゲイブは運んでいた丸いパンのカートンを置き、カウンターの後ろから出て、自分にそっくりな男性を出迎えた。背中をたたき合うふたりを見ながら、レイチェルはキャル・ボナーをよく観察し、同じ家族によくも三人もの色男がうまく組み合わさったものだなと感嘆した。

イーサンと違い、キャルとゲイブの黒い髪と荒削りな美貌は誰の目にも兄弟とわかるほどよく似ている。ゲイブのほうが髪が長く、その銀色の目はキャルより淡い色だが、ふたりとも背が高く、痩せて、筋肉質である。かつてアメフトのクォーターバックだったキャルはゲイブより二歳年上であることをレイチェルは知っているが、兄のほうがむしろ若く見える。もしかすると、それは彼がまるでフットボールの球のように持ち歩いている満足感のためかもしれない。

「来るんなら、知らせてくれればよかったのに」とゲイブがいった。

「グランドオープンの日をおれがまさか忘れるはずないだろ」

「ただのドライブインだよ、キャル」

それはレイチェルにとって辛い言葉だった。彼女にとってはただのドライブインではなかった。この古い店が今夜光り輝いてほしいと願っていた。

今日一日、レイチェルはゲイブがスナックショップの手伝いのために雇い入れたケーラという若い女性にいろいろ仕事を教えこむのに忙しかった。また幕間に手伝ってもらうために、ゲイブにも業務の基本を教えた。すぐにこつを呑みこんだものの、ただ形だけまねているだけなのはレイチェルにもわかった。彼はやはり動物の病気を治すべきであって、ファーストフードのナチョスなどを客に給仕したりするべきではないのだろう。

「コーヒーはどうだい？」ゲイブが兄にいった。「アイスクリームもあるよ。コーンのアイスの作り方にかけちゃプロになりそうだよ」

「いらないよ。アッシュヴィルを出てすぐロージーが騒ぎだしてさ。あの子はなによりチャイルドシートが嫌いでね。ジェーンを手伝うのに霊廟に戻らなくちゃいけないんだ」

霊廟とは何なのか、深く考えるまでもなかった。

キャルは続けていった。その物腰は少々元気がよすぎるきらいがある。「ちょっと立ち寄っただけなんだよ。おまえの新しいビジネスを祝おうということで、イーサンとおまえを招いて身内だけで十一時ごろブランチでも食べようってジェーンがいいだしたんでね。来れそうかい？」

「いいよ」

「いっとくけど、こんなことおれがいってたなんてジェーンには内緒だぞ。もしおれがおまえなら、前もって何か食べておくよ。あいつのことだからさ、どうせ小麦胚芽のマフィンとトウフ・キャセロールがいいとこだぞ。ロージーにあいつが何食べさせてるか、おまえにも見せてやりたいよ。砂糖なし、添加物なし、食う価値のないものばかりだ。先週ロージーのハイチェアのトレイにおれのラッキー・チャームズを振り入れてやっているところを見られちゃって、しこたま油をしぼられたよ」

ゲイブは微笑んだ。「仰せのとおりにするよ」

「いい店じゃないか」キャルはここがまるで四つ星レストランであるかのようにスナックショップをながめた。「たしかにずいぶん手がかかってるよ」

レイチェルはかろうじて嫌悪感を表わさずにすんだ。キャルもイーサンと変わりない。レイチェル自身はこの店に対する愛着を持っているが、明らかにゲイブにとっては間違った選択だと思う。兄弟のうちひとりでもいいから、なぜゲイブの顔をひたと見据え、いったいこれからどんな生き方をしようというのか、と尋ねてやらないのか。

初めてキャルがレイチェルの存在に気づいた。浮かぼうとしていたにこやかな微笑みが途中で消えた。しかも一度も会ったことがないのに、キャルはレイチェルの顔がわかった。

「レイチェル、こちら兄のキャルだ。キャル、レイチェル・ストーンだ」

キャルはぞんざいに会釈した。「ミズ・スノープス」

レイチェルは楽しげに微笑んだ。「はじめまして、ハル」

「キャルだよ」

「ああ」レイチェルはなおも微笑みを絶やさなかった。

キャルの口もとが引き締まり、レイチェルは自分の軽率な言行を悔やんだ。喧嘩《けんか》を糧《かて》に育ったような相手に喧嘩を売ったのだから。

キャルとの一件のあと、午後から万事が着実に悪化しはじめた。ケーラがサルサ・ソースの大瓶を落とし、そこらじゅうに滴が飛びはね、花火ショウの準備をしていた職人のひとりが手に何針も縫うような大怪我をし、ゲイブは自分の殻に閉じこもってしまった。その後、エドワードを迎えに町まで行ったレイチェルは脇道から飛びだしてきた古いシボレー・ルミーナに衝突されそうになった。警笛を鳴らしながら、相手の車の運転席を一瞥すると、ボビー・デニスの敵意に満ちた顔があった。こんなに若い相手からなぜこうも恨まれるのだろうか、という疑問がふたたび胸に湧いた。

その夜、車がぽちぽちと敷地に入ってくるのを見て、エドワードはスナックショップに駆けこんだり駆け出たりした。「今日は好きなだけ夜ふかししてもいいんだよね、ママ?」

「お好きなように」ポップコーン・マシンに粒を入れながら、レイチェルは微笑んだ。日が暮れないと花火は始まらないし、エドワードが最初に上映されるジム・キャリーのコメディが始まるまで果たして起きていられるかあやしいものだと、レイチェルは見ていた。

幼い子どもたちを連れた夫婦がドアから入ってきた。初めての客である。レイチェルはケーラの注文記入を手伝うことに集中した。それからまもなく、騒々しいティーンエージャーたちが入ってきた。そのひとりはボビー・デニスだった。レイチェルは年配の男性の給仕をしていたので、ケーラが相手をしたが、一行が出ていく前に、レイチェルはひと言声をかけた。「今夜は映画を楽しんでね」

まるで悪態を浴びせられたかのように、ボビーはレイチェルをにらみつけた。

レイチェルは肩をすくめた。心にある悪意がどんなものであれ、少年はそう簡単にその悪意を捨て去る気はなさそうだった。

営業は問題もなくスムーズに運んだ。ただレイチェルが期待したような盛りあがりには欠けた。花火が始まり、外をのぞいてみると、会場の入りは半分程度だった。サルベーションの金曜日の夜はほかにそれほど娯楽もないので、町の住民の大多数がゲイブはレイチェルを雇い入れた罰を受けるべきだという明確な意思表示をしているのだと思う。

エドワードはジム・キャリーの映画が始まってまもなく眠りこんだ。起こすと、文句をいったが、説得性はなかった。金属製の椅子の上に起き上がらせると、もたれかかってきた。ゲイブとのことに対する心配が未来に対する不安と重なって胸に広がっていく。ドウェインの聖書には何一つ手がかりはなく、希望は消え果てようとしている。もしかするとゲイブのいったとおりで、大金はドウェインを乗せた飛行機とともに海の底に沈んでしまったのかもしれない。

レイチェルは眠りこけている息子の顔をながめた。ゲイブはなんとか息子とうまくやろうと努力してくれている。小鳥の柔らかいくちばしを傷つけないで餌をやる方法を教えてくれたり、森のなかのコウモリが棲む洞窟の近くまで散歩に連れだしてくれたりしている。しかしゲイブは何をしても心そこにあらずといった感じで、コテージの雰囲気は日増しに緊迫の色が濃くなっている。なにか手段を講じなくてはいけないとはレイチェルも思っている。

レイチェルが映写室を通って、ゲイブの事務所の床の上に敷いた寝袋にエドワードを寝かしつけると、映写技師のトムはにっこり微笑んだ。大勢孫のいるがっしりした男で、彼はエドワードが目を覚ましたら知らせてあげると約束してくれた。

階段をおりながら、ゲイブがスナックショップから出てくるのが見えた。同時に、すぐには誰とは思い出せないものの、かすかにどこかで見たような男が物陰から出てきた。「今夜は満席とはいかないようだな、ボナー」

ゲイブは肩をすくめた。「そうそう毎晩満席にはなりっこないよ」

「スノープス未亡人を使っていれば当然だな」

ゲイブは体をこわばらせたようだった。「人のことより自分の心配でもしたらどうなんだ、スカダー」

「なんとでもいえばいいさ」冷笑を浮かべ、スカダーは歩み去った。

ラス・スカダー。最後に会ったときより、ずいぶん髪が薄くなった。それにだいぶ痩せたようだ。昔はもっとがっしりした男だった。

階段の最後の数段をおりてくるレイチェルをゲイブが見あげた。「ラスは寺院の警備員をしていたわ」

「知ってるよ。ここで手伝いに雇ったんだが、何週間もしないうちにクビにするしかなかった。信頼できないやつだったんだ」

「店の状態については彼のいったとおりだわ。もっと大勢の客が押しかけて当然なのに。私のためにあなたは罰を与えられているのよ」

「なんでもないよ、そんなこと」

それが真実ではないことは彼女も知っているし、彼も同じである。そのことは空席以上にレイチェルの心を苛《さいな》んだ。じつは大問題なのだ。「どうして今夜彼が現われたのかしら?」

「たぶん酔っ払える暗い場所が必要だったんじゃないのかな」

ゲイブは騒々しいティーンエージャーのほうへ歩きはじめ、レイチェルは幕間に備えてスナックショップに戻った。彼は最初の映画が終わると、手伝いに戻ってきた。

列ができたが、業務が混乱するほどの長い列ではなかった。ゲイブの兄弟ふたりが食べ物を買いに現われた。キャルは何もかも二個ずつ注文したので、きっと妻が赤ん坊と一緒に車で待っているのだろうとレイチェルは思った。

イーサンも二個ずつ注文したがケーラが注文を受けていたので、そのことにレイチェルは気づかなかった。気づいていれば、外へ出て、イーサンの連れは誰なのか確かめたい誘惑に駆られていたことだろう。

18

イーサンは車の窓越しに、クリスティにトレイを手渡し、ドアを開けて運転席に座った。その瞬間彼女の香水が鼻孔を刺激した。今夜イメージするのは黒のレースとルンバだった。じつはそんなものを思い起こすのは不可解だった。これまで一度としてルンバなど踊ったこともないし、これからも踊るつもりはないからだ。

イーサンはドアを閉めた。「こんな大きなチョコチップ・クッキーを売ってたから二個ずつ買ったよ」

「それはよかったわ」クリスティは夜になってからずっと続いている慇懃《いんぎん》な口調でいった。まるで自分はあなたの部下であって友人ではないのだといわんばかりの態度である。幕間になって点灯した投光照明を受けて、クリスティが指にはめている小さな指輪がキラキラと光を放っている。ふたりのあいだに食べ物を置き、ホットドッグの包みを開く彼女の顔に浮かぶ懸念にイーサンは注目した。自分が好きなのでホットドッグにマスタードをつけてはみたが、じつをいうと彼女がマスタードを好きかどうかはさっぱりわからないのだった。過去八年間、数えきれないほど昼食をともにしてきたが、いつも彼女が何を食べていたのか、何ひとつ思い出せそうもない。ただサラダを食べていたのをふと思い出した。

「サラダはなかったんだ」

クリスティは訝しげにイーサンを見た。「それはないでしょうね」

イーサンは間抜けな問答を繰り返している気になってきた。「きみが普通のマスタードが好きかスパイシー・ブラウンがいいのかよくわからなかったんだよ」イーサンはクリスティの反応を待った。「両方あったんだけどね」

「これで結構よ」

「ケチャップをかけたほうがいいかい?」

「このままでいいわ」

「それにピクルスなんかの薬味もあった。つけたほうがよかったかな?」イーサンは自分のホットドッグを置いた。「戻って取ってこようか」

「結構よ」

「ほんとに? 行ってきてあげるのに」イーサンがドアを開けかけたとき、クリスティがその手を止めた。

「イーサン! わたしはホットドッグが嫌いなの!」

「そうか」イーサンはドアを閉めてシートに深々ともたれた。自分の愚かさを思い知り、意気消沈した。ドライブインのスクリーンではソーダ水の行進とともに時計が幕間の残り時間を刻々と知らせている。イーサンはまるで自分の寿命が刻々と減っていくような気分だった。

「でもチョコチップ・クッキーは好きよ」

「きみに『マウンテナー』で浴びせられた言葉が真実であることを、ぼくはみずから証明しているよね。ぼくはきみのこと、ほんとに何も知らないんだな」

「私がホットドッグを嫌いなことを、もう知っているじゃない」クリスティは優しくいった。機嫌を損なっても当然なのに、相手を思いやろうとするこの優しさ。これもまた数あるクリスティの長所のひとつなのだ。なぜいままでこんなことに気づかなかったのだろう？　これまでほとんどクリスティ・ブラウンについて考えたことはなかったというのに、いまやクリスティ・ブラウンのことしか考えられなくなっている。

クリスティはホットドッグを包んでバッグに入れ、チョコチップ・クッキーを手に取った。食べる前に、紙ナプキンをジーンズの膝の上に広げた。イーサンはいま着ているそのジーンズも、白のプレーンなブラウスにも失望した。短いスカートもぴったりしたトップもきっとマイク・リーディのためにとっておくつもりなのだろうか。

イーサンはストローを袋から出し、大きなチェリー・コークの蓋《ふた》に差し入れた。「ところできみ、マイクとつきあっているんだって？」イーサンは先週の天気の話でもするようにできるだけさりげなく切りだした。

「とてもいい人よ」

「たしかにそうだね」シルキーな黒髪がクリスティの頰にくるくると巻きついている。イーサンはそのカールを手で後ろに撫でつけたいという衝動に駆られた。しかも一瞬それを唇でしている自分の姿が脳裏に浮かんだ。

クリスティはまじまじと彼の顔を見つめた。「何？」

「べつに」

「いってちょうだい」クリスティは苛立ったようにいった。「心にわだかまっていることがあることぐらい、私にはわかるわ」

「たいしたことじゃないよ――マイクはいいやつだし、悪意にとらないでほしいんだけど――高校時代彼は少々――なんていうか。放縦とでもいえばいいのかな」人前で話すことを生業にしているにしては、なんともつたない話し方であった。

「放縦？　マイクが？」

「いまは違うけれどね」イーサンは汗をかきはじめた。「さっきいったように、いいやつはいいやつなんだけど、少しばかり……われを忘れてしまうところがある。つまりさ、散漫なところがあるっていうこと」

「だから？」

「だから」イーサンは喉の渇きを覚え、チェリー・コークをひと口飲んだ。「きみもそのことを知っておいたほうがいいかな、と思って」

「彼が散漫だということを知っておくってこと？」

「そう」

「わかったわ。教えてくれてありがとう」クリスティはチョコチップ・クッキーの片側をかじった。きれいな食べ方だった。車のシートにひとかけらの屑も落とさない。イーサンはいまさらながら、自分がクリスティの几帳面さをどれほど気に入っているか思い知った。それが自分にとって都合がいいからではなく、混沌とした精神世界に住む彼のような人間にとって、クリスティの秩序正しさは心を落ち着かせる要素なのだ。

しかしもはやイーサンは落ち着きを得ることはできなかった。首まできっちりボタンをとめたこざっぱりとした白のブラウスの胸元から、黒のレースやルンバをイメージさせる香水が鼻孔をくすぐる。もう話題を変えようとみずからに言い聞かせてはみたが、またしつこく同じことを口にした。「つまりさ、マイクが車を運転していたりすると……わかるだろう?」

「気が散漫になるってこと?」

「そうなんだ」

クリスティは魅惑的な指輪をきらめかせながら、クッキーをナプキンの上に置いた。「イーサン、どういうことなの? 夜になってからずっとあなたの態度は変よ」

それはまさしくクリスティのいうとおりだったので、イーサンはとつじょ彼女に対する憤りを覚えた自分に驚いた。「ぼくが? ジーンズを着てこようと決めたのはきみじゃないか!」思わず口にした言葉だったが、いってしまってからその不穏当さに気づいた。

「あなただってジーンズじゃない」クリスティはいらいらして、いった。「たしかにあなたのはアイロンがかかっていて、私のはかかっていないけど――」

「そんなことを問題にしているわけじゃない。きみもそれはわかっているはずだ」

「わからないわ。何がいいたいの?」クリスティは食べ残しのごみにクッキーを加えた。

「きみはマイクとのデートにもジーンズで行ったのか?」

「いいえ」

「ではなぜぼくのときはジーンズなんだ?」

「これはデートじゃないからかしら」

「今夜は金曜の夜だ。しかもぼくらは『カロライナの誇り』の最後から二番目の列に車を駐めている。これはれっきとしたデートじゃないのか?」

クリスティの目がぎらぎらと輝いた。そのまなざしにもはや優しさはなかった。「なんですって? つまり長年一緒にやってきて、ついに偉大なイーサン・ボナーが私をデートに誘ったというのに、私がそれを認識していなかったというつもり?」

「でも、それはぼくのせいじゃないだろ? 結局きみは何がいいたいんだ?」

クリスティは長い苦しげな溜め息のあと、やっといった。「あなたは私にどうしてほしいわけ?」

とても答えられそうもない質問だった。「友情が欲しい」とか、「長年きみが隠しつづけてきたその肉体が欲しい」というべきなのか? いや、それは絶対に違う。なんといっても相手はクリスティなのだ。「きみはぼくの前では勝手にイメージチェンジする権利などない。すべて昔どおりになってくれ」とでもいうべきなのかもしれないが、それは本当の気持ちではなかった。いまいいたいことはひとつしかなかった。「マイク・リーディと寝たりしないでほしい」

「誰が寝るっていった?」

クリスティの耳たぶでキュービック・ジルコニアのピアスがきらりと光った。クリスティは彼に対して憤りを感じているのだ。しかしイーサンは自分も怒りを感じているのだから、いっこうにかまわない、と開きなおった。「今週きみのバッグをのぞいてみたが、前に入っていたコンドームがなくなっていた」

「私のバッグをのぞいた、ですって？　ミスター誠実のイーサンが？」

クリスティが怒りもせず、動揺を見せたことでイーサンは気勢を削《そ》がれた。「謝るよ。もう二度としない。ただぼくは――」イーサンはコークを脇に置いた。「きみのことが心配だったんだ。きみはマイク・リーディと寝たりしてはいけない」

「じゃあ誰とならいいのかしら？」

「誰とも駄目だ！」

クリスティは全身をこわばらせた。「申し訳ないけど、イーサン、それはいまの私の選択肢には入っていないのよ」

「ぼくはひとりで寝ている。なぜきみもそれができないのか、理由がわからないよ！」

「その理由は、もうそんな自分と決別したからよ。少なくともあなたには振り返れるだけの実りの多い過去があるでしょう。私にはそんな思い出さえないの」

「ぼくにもそんな過去はない！　たしかに少しはあったかもしれないが――理想の男性が現われるまで待てよ、クリスティ。自分を安売りしちゃ駄目だ。理想の相手が現われたら、きっときみにもわかるから」

「それがいまかもしれないわ」

「マイク・リーディは理想の相手じゃない！」

「どうしてそういえるの？　私がホットドッグが嫌いなことも覚えていなかったくせに。私の誕生日がいつかも知らないし、好きな歌手だって知らない。どうして私にとって誰が理想の相手かあなたにわかるのよ？」

「きみの誕生日は四月十一日だ」

「十六日よ」

「ほら！　四月だってことは知っていたじゃないか！」

クリスティは片側の細い眉をつり上げ、長々と深く息を吸いこんだ。「私がコンドームをバッグに入れていないのは、そんなものを持ち歩くのはばかげていると思ったからよ」

「じゃあ、きみとマイクはまだ……」

「まだよ。でもいつかそうなるかもしれない。彼には本当に好意を抱いているから」

「好意では足りない！　きみはぼくにも好意を抱いてくれているだろう？　でもだからといってぼくと性的関係を持ったりはしないよね？」

「ええ、もちろんよ」

イーサンは刺すような失望を覚えた。「当然だね」

「できるはずもないわ。あなたは宗教上肉欲を禁じているんですもの」

クリスティがいわんとすることはそこなのだろうか？　つまりもし彼が禁欲していないのなら、考慮の対象にはなるということなのだろうか？

「それに」クリスティはさらに続けた。「あなたは私に惹かれていない」

「それは違う。きみはぼくの――」

「その続きを口にしないで！」羽のような巻き毛が揺れ、キュービック・ジルコニアがきらりと光を放った。「絶対に、私があなたの親友だなんていわないでちょうだい。私はあなたの親友などではありませんから！」

イーサンはまるで殴られたような気分だった。他人の相談に乗り、助言を与える仕事をしていながらなんというざまだ。誰よりも人間の行動の複雑さを理解している自分が、なぜ彼女のこととなるとこうも戸惑ってしまうのか？

スクリーンの時計が幕間の終わりを告げつつあった。いつもはなにごともそう簡単にあきらめない質《たち》だが、どうしたわけか彼女のことになるとつい闘志も萎《な》えてしまう。理由は定かではないものの、自分のせいでクリスティが傷ついていることだけはわかった。何よりも避けたいことはクリスティ・ブラウンを傷つけることだというのに。

「クリスティ、いったいきみに何が起きている？」

「ようやく人生が動きはじめたのよ」クリスティがそっといった。「ようやくね」

「それはどういう意味なんだ？」

沈黙があまりに長く続いたので、答えは返ってこないのかとイーサンが思いはじめたとき、クリスティが重い口を開いた。「私が過去に生きることをやめたということ。もう人生の変化を受け入れる心の準備はできたわ」イーサンを見つめるそのまなざしにはどこか内面の葛藤をうかがわせるものがあった。「それはつまり、私があなたへの恋と決別するということよ」

イーサンは全身に電流が流れたような衝撃を受けた。しかしなぜそれほどのショックを感じるのか理由はわからなかった。無意識の領域においてひょっとすると彼女が自分に恋心を抱いていることを知っていたのかもしれないが、あえて考えてみようともしなかったのだ。

自嘲的なクリスティの笑い声を聞いて、イーサンは心が痛んだ。「私はなさけない女だったわ。あれはただ時間の浪費にすぎなかった。八年間というもの、私は机に座って有能な秘書を演じてきたの。あなたの車のキーを探したり、冷蔵庫のなかにちゃんとあなた用のミルクが入っているのか確認したり、いつもせかせかとあれこれ世話してきたけれど、一度としてあなたに注目されたことはなかった。私も自分自身を顧みることなんてほとんどなかった」

イーサンは返す言葉がなかった。

「考えてみれば皮肉よね」クリスティの声にもはや辛辣さはなかった。まるで他人のことでも話すような落ち着いた口調だった。「私はあなたにとって申し分のない相手のはずなのに、あなたは気づきもしなかった。それにもう手遅れね」

「申し分のない相手って、どういうことなんだ？」それになぜ手遅れなのか？

クリスティは理解されないことに失望したかのような哀しげな目をした。「私たちは同じことに興味を持ち、同じような背景を持っているわ。私は人の面倒をみることが好きだし、あなたは手助けを必要としている。同じ信仰を共有してもいるわ」かすかに肩をすくめる。「でもそのどれも決め手にはならなかった。私はあなたにとってセクシーじゃなかったから」

「セクシー！　なんてことをいうんだ。ぼくが女性に求めるのはそれだけだというのか？」

「そうよ。それに庇護者ぶった態度はやめてちょうだい。そんな態度をとるにはつきあいが長すぎるのよ」

イーサンは怒りを爆発させた。「いまようやく読めたよ。このところの変身はそういう事情があってのことだったのか。ぴったりした服、新しい髪形、それにこの香水。注目させようとしてあんな服装をしたんだな。たしかにさ、ぼくは注目したよ。その点ではきみも満足しているんだろう？」

彼の心のなかで、トークショウの司会者の声を借りた神が舌打ちをする。イーサン……イーサン……イーサン……。

辛辣な答えが返ってくると思ったが、クリスティは微笑んでいた。「注目してくれてよかったわ。そうでないと私、いつまでも正気に戻らなかったでしょうからね」

「なんの話をしている？」

「とても基本的なことなのよ、イーサン。とてもありふれた事柄よ。でも単純な真実は往々にしてこんな形をとるものなのよね。これを始めるときに、レイチェルが忠告してくれたことがあったの。もし私が変身したいというのなら、あくまで自分自身のためにすべきであって、決してあなたや他人のためにしようと思ってはだめだというの。私も同意したように振る舞ってはいたけれど、じつはよく理解できていなかったのね。悩殺的な服装で出勤し、あなたが仰天したあの日までは」

「クリスティ、ぼくは決して――」

クリスティは片手を上げて制した。「いいのよ、イーサン。そのことでもう動揺してはいないから。むしろ感謝しているくらいだわ。あなたの拒絶がこれまで踏ん切りのつかなかった人生の転換へ私をあと押ししてくれた形になったのだもの」

「ぼくはきみを拒絶などしていない！　それになぜ、それほど長いあいだ想いつづけた人への恋をそう簡単に断ち切れるのかぼくにはわからない」自分はいったい何をしているのだろうか。彼女の恋心を言葉であおろうとしているのか。

「そのとおりよ。そう簡単ではないわ」かすかな希望を感じたが、それも彼女の次の言葉を聞いて無残に打ち砕かれた。「いまではあれは恋ではなかったとわかるの。もし恋なら、あなたに心酔し、執着していたはずよ。絶大な魅力を感じていなければならないはずよ」

まるでウサギの釜茹《かまゆ》でだな、と有能なトークショウのホストの声が心のなかに響いた。

「あきらめが早すぎると思うよ」と告げる自分の声をイーサンは聞いた。

「何をいっているの?」

「ぼくらの関係についてだよ」

「イーサン、私たち、関係なんて持っていないじゃない」

「関係はちゃんと持っているさ! 知り合ってどのくらいたった? 六年生のときからだったっけ?」

「私は三年生だったわ。あなたは四年生だった。私たちの教室は廊下を隔てて向かい合っていたの」

イーサンはまるで覚えているかのようにうなずいたが、じつは思い出せなかった。

「ある日の放課後、あなたとリッキー・ジェンキンスがドアから飛びだしてきて、リッキーが私にぶつかったの」クリスティは手をつけていないふたりの食べ物を包みはじめた。無意識の行動だった。「私は何冊かの本と『メキシコの塩分布図』を抱えていたの。私は転んで、持っていたものがそこらじゅうに散らばった。私は当時ひどく内気で、めだつことが大の苦手だったから、恥ずかしくてたまらなかったの。リッキーはそのまま走っていこうとしたけど、あなたは立ち止まって落ちたものを拾いあげるのを手伝ってくれた。振り返ったリッキーはあなたがしていることを見て、こうわめいたの。『そいつにさわるんじゃないよ、イーサン。シラミがうつるぞ！』って」

イーサンを見るクリスティの口にかすかな微笑みが浮かんだ。「その言葉を聞いたとき、もう死にたくなったけど、ほかの男の子たちも笑っているのにあなたはまるで気にしなかった。あなたは私の腕をとって立たせ、本を手渡しながら、『それほど手間をかけなくても地図はもとどおりになるよ』っていってくれたの」

スクリーンの時計が消え、二番目の映画が始まろうとしていた。クリスティはすべて終わったとでもいうように両膝の上で手を組んでいた。イーサンはクリスティがこの手から離れていってしまうように感じた。

「それでどうした？」

「なんのこと？」

「メキシコの地図は直った？」

クリスティは微笑んだ。「覚えていないわ」

イーサンの胸にある渇望、リッキー・ジェンキンスに倒されたこの内気な少女に埋め合わせをしてやりたいという欲求がわき起こった。イーサンの手はまるでみずからの意志を持っているかのように、シートの背をすべり、クリスティのうなじの曲線をなぞった。

ぎくりとして、クリスティの唇が開いた。投光照明が消え、会場は闇に包まれた。イーサンは食べ物の包みを脇へどけ、前にかがんでクリスティにキスをした。同情のキス。

癒しのキス。さあ、もう大丈夫だよ。

そのときある不可解なことが起きた。彼が自分の唇の下に柔らかな唇を感じたとたん、世界が裂けるように開き、頭のなかでとつじょ大音響の音楽が鳴りだしたのだ。聞こえてきたのは、ヘンデルのコーラスではなく、プッチーニのオペラでもない、淫《みだ》らで汗臭い、疼《うず》くような、激しいセックスをイメージさせるようなハード・ロックだった。

イーサンはクリスティの体じゅうをまさぐった。乳房を揉《も》み、ボタンを乱暴にはずし、ブラの留め金を引っぱり、みごとなまるまるとしたふくらみを探った。クリスティは逆らわなかった。まるで抵抗しなかった。イーサンは自分を迎えた小さくすぼまった乳首を見つけた。

クリスティの機敏で有能な指先が彼のシャツの下に潜り、シャツをきちんとプレスされたジーンズから引っぱりだし、背中に熱い軌跡を描いていく。彼女の息まじりの甘い声がまるで速い扇情的なロックギターのリフのようにイーサンの情欲を掻きたてる。

イーサンの手が脚のあいだに滑りこみ、デニム越しに秘丘を包む。クリスティはそれに応えるように細かく腰を上下させたり、グラインドさせたりした。イーサンはわれを忘れた。

ふたりはたがいのジッパーを探り合った。

クリスティの淫靡《いんび》な舌がイーサンの口のなかに差し入れられ、彼の真に欲する行為を模倣した。どうしても果たしたい行為を。

肌は柔らかく、汗でしっとりと濡れていた。そして花びらの奥は潤《うるお》っていた。イーサンは指を進入させた。

クリスティは彼の分身を掌に包み、舌を使って刺激を繰り返した。イーサンはあまりの快感に忘我の境地に達しようとしていた。『どうして止めてくださらないのです? 』心が叫んだ。『神よ、あなたはどこにいるのです? 』イーサンは神を代弁する声、賢き神の声、女神の声が返ってくるのを待った。だが返ってくるのは静寂ばかりだった。

「やめて」クリスティがささやいた。

彼の指は道の奥へ入りこんでいる。彼女の手は彼の体を撫《な》でまわしている。「やめて」クリスティはもう一度いった。

だがふたりはたがいの肉体を離したくなかった。

クリスティの体ががたがたと震え、彼女がオーガズム寸前だったことをイーサンは知った。その声はかすれていた。「あなたがこんなことをしてはいけないわ、イーサン」

その優しさが澄みきった涼風のようにイーサンの体を吹き抜けていった。クリスティはまたいつものように彼を気づかっている。自分のことはかまいもしないで。

じつにひさしぶりだったが、イーサンは方法を忘れてはいなかった。彼女を抱き寄せ、親指を動かし……優しく円を描いた。喘ぐ彼女にキスをし、ありったけの優しさをこめて、オーガズムに導いた。

その後、ふたりは言葉を交わす気になれなかった。衣服の乱れをととのえ、体を離し、こぼれたチェリー・コークを拭き、映画を観ているふりをした。クリスティを家まで送っていったイーサンは、寄っていかないかと誘われないことを意外に思わなかった。しかし車のドアを開けてやりながら、気づけば翌日の義理の姉のブランチに誘っていた。

「ご辞退するわ」クリスティは品よく断わった。

「十一時ちょっと前に迎えにいくよ」

「出かけるの」

「いや」イーサンは断固とした口調でいった。「一緒に行こう」


レイチェルが朝のシャワーを終えて、髪を乾かしていると、電話が鳴った。ゲイブは裏庭で何かをバンバンとたたきつづけているし、エドワードは玄関ポーチの上で遊んでいる。レイチェルは髪にタオルを巻きつけ、キッチンまで走って電話に出た。

「レイチェル・スノープスさんはいらっしゃるかしら？」女性の声だった。

「レイチェル・ストーンですが」

背後で赤ん坊のぐずる声が聞こえ、女性の声が少し遠のいた。「大丈夫よ、ロージー。ママはここにいるから」ふたたび受話器のなかで女性の声が聞こえた。「ごめんなさいね、ミズ・ストーン。娘は昨日の車での移動からまだ落ち着きを取り戻していないの。昨晩ドライブインでお目にかかるチャンスがありませんでしたね。私はジェーン・ダーリントン・ボナー、キャルの妻です」

女性の声は事務的ではあったが敵意はなかった。

「ボナー夫人ですね？」

「どうか私のことはジェーンと呼んでくださいな。あと一時間かそこらで家族が集まることになっているの。こんな寸前になって申し訳ないんですけど——正直いってなんでも最後の最後に急いで決める質なもので——あなたと息子さんにも参加していただきたいの」

そういえば昨日キャルがスナックショップを訪ねてきた。キャルがゲイブを誘ったときレイチェルはその場に居合わせた。もし彼が望めば招待に彼女を加えるのはたやすいことだろう。

「ありがとうございます。でもたぶんお邪魔しないほうがいいと思いますよ」

「どうやら昨日主人にお会いになったようね」トーンを上げた声には上質のユーモアが感じられた。

「ええ」

「とにかく、いらしてよ」

レイチェルは微笑み、雑誌で見たことがあるだけのこの女性にどこか温かい感じを抱いた。

「ご主人だけじゃありません。イーサンも私をよく思っていません」

「知ってます」

「それに、ゲイブだって自分の家族のサークルに私を引っぱりこみたくはないんじゃないかと思うんです。ご遠慮したほうがよさそうですわ」

「無理にとはいわないけれど、お気持ちを変えていただきたいわ。キャルもイーサンもどうしようもないつむじ曲がりだわ。でもふたりに悪意はないの。私は悪名高きスノープス未亡人に会いたくてたまらないのよ」

レイチェルも気づけば女性の優しいユーモアに笑い声を返していた。「いつかコテージにいらしてください」

「そうします」

受話器を置いたちょうどそのとき、ゲイブが裏庭から入ってきた。おがくずがジーンズにこびりついており、ここ数日より表情は明るかった。

レイチェルはにっこり微笑んだ。「外で何をしているの?」

「小さな鳥小屋を作っているんだ。チュンチュン鳥を外の世界に順応させておかなくちゃいけないからね。放してやる前に」

この小さな、どこにでもいるようなスズメのためにそこまでするのだろうか?

ゲイブは流しへ行き、水道の栓をひねって手を洗った。「チップに手伝いたいかと訊いたけど、いやだって」

「あの子のこと、その名前で呼ぶのはやめてくれない?」

「あの子がそれを望むかぎり、その名で呼ぶつもりさ」ゲイブはペーパータオルをつかみ、レイチェルにおはようのキスをした。かすかなキスだが、さりげない親しさの表現に、昨夜の愛の行為が脳裏によみがえる。レイチェルはゲイブの胸に頬を当て、この生活に遠からず終止符を打たなくてはならないことを極力考えまいとした。

ゲイブの指が髪をひと房つかみ、耳にかけた。髪がかかっていた場所にキスをしていたゲイブが後ろに下がった。「みんなでもうすぐキャルとジェーンを訪ねることになっているのに、まだシャワーも浴びていない。だから心を乱さないでくれ」

「みんなで?」

「わかってるだろう? おれはここにきみをひとりで置いておきたくないんだよ」

この招待には個人的な感情はまったくこもっていないことに気づき、レイチェルの胸に失望が広がった。本当は家族に会わせたくはないのだ。ただ番犬の役目を果たそうとしているだけなのだ。ゲイブの人生のうち、レイチェルが住んでいるのは寝室だけ。彼はそれ以上のことは決して約束しない。

「あまりいいこととは思えないわ。あなたの兄弟ふたりからにらまれながら食事をするなんて辛いじゃないの」

「きみは闘いの場から尻尾を巻いて逃げだす女じゃないよな」

「ゲイブ、あの人たちは私のそういう度胸を嫌っているのよ！」

「それはあのふたりの問題だよ。おれは行かなくちゃならないし、きみはここにひとりでいるわけにいかない」

レイチェルは傷ついた気持ちを微笑みの後ろに隠した。「わかったわよ。あなたの憎たらしい兄弟を苛《いじ》めてやるのも面白いかもしれない」

19

一時間後、一行は金色の祈る手を飾りつけ、ごてごてと細工をほどこした黒い鉄の門をくぐった。トラックの前の席のゲイブとレイチェルのあいだに座ったエドワードは白い大邸宅が視界に入ってくると、抑えた声で訊いた。「ぼく、ほんとにここに住んでたの、ママ?」

「ええ、本当に住んでいたわ」

「大きいね」

レイチェルはこの屋敷が下品だといおうとして、口をつぐんだ。エドワードに対しては、ドウェインや彼との生活についてできるだけ否定的な表現はしないように心掛けているからだ。

ジェーン・ダーリントン・ボナー博士は赤ん坊を腕に抱き、頬には小麦粉の汚れをつけたまま、玄関で三人を出迎えた。世界的名声を持つ物理学者というよりは、ピルズベリーの会社が主催する素人パン焼きコンテストの出場者のようだった。先祖代々の素封家の出らしい古典的な美貌の持ち主であるが、ゲイブからたまたま聞いた話によれば、堅実な中流家庭の出だという。金髪を後ろでゆるい編みこみにまとめ、上下揃いのサーモン・ピンクのショートパンツとトップを着ている。ジェーンのお洒落《しゃれ》な装いに、レイチェルは自分の色褪《いろあ》せた緑と白のチェック柄のホームウェアや不格好なオックスフォード・シューズが気になり、恥ずかしかった。

しかしジェーンはそうしたものには目がいかないようだった。ジェーンはゲイブをキスとともに迎え、レイチェルに歓迎の微笑みを向けた。「来てくださってとても嬉しいわ。あなたがエドワードね」

「チップ」ゲイブが口をはさみ、レイチェルは眉をひそめた。「チップ・ストーンだ」

ジェーンは面白そうにブロンドの片眉をつり上げた。「あなたに会えて嬉しいわ、チップ。この子はロージー。昨日からずっと機嫌が悪いの」

だがロージーの機嫌は悪いどころではなかった。生後九カ月のこの赤ん坊はエドワードを見るなり嬉しがってキーキーと歓声をあげ、小さな前歯を四本のぞかせた。ぽっちゃりした脚をばたつかせ、口からよだれを垂らしながらエドワードに向かって両手を差しだしてくる。

「この子、ぼくが気に入ったみたい」エドワードが驚いたようにいった。

「よかったわ」とジェーンがいった。「この子ったら、いまはほかの誰も受け入れようとしないんですもの。それじゃこうしましょう。みんなはキッチンにいるの。この子を床の上におろすから、あなた、この子と一緒に遊んでやってくれるかしら？」

エドワードは熱心にうなずいた。「ホースと遊ばせてあげるね」

レイチェルもジェーンという人物に信頼を抱かずにはいられなかった。純真な目をした清潔そうな匂いのする金髪のわが子の目の前に差しだされた、垢《あか》にまみれ、目が片方しかないウサギを見ても、ジェーンは顔色ひとつ変えなかったからである。

「それがいいわ」

ジェーンに案内されてキッチンへ行くと、キャルがオレンジジュースをピッチャーに注ぎ入れているところだった。隣ではイーサンがシャンパンの栓を抜いている。ゲイブに声をかけようとしてレイチェルに目を留めたふたりの表情がたちまちこわばった。

ゲイブの手がレイチェルを守ろうとするように背中にそっと添えられた。ゲイブは兄と弟に会釈した。「キャル、イーサン」

「ほかにテラスに出してほしいものはあるかしら、ジェーン？」

驚いたことに、クリスティが居間からキッチンに入ってきた。「レイチェル、エドワード、こんにちは」ゆったりした赤紫色のトップとぴったりした白のジーンズを着たクリスティは魅力的だった。金色のサンダルが足元できらめいている。クリスティが現われると、イーサンの顔をいわくいいがたい翳《かげ》りがよぎったが、クリスティはどうやら気づいていないようだった。意図的にイーサンと目を合わせないようにしているのではないかという印象をレイチェルは抱いた。

黒い大理石の床の上でエドワードがロージーの遊び相手になっているあいだも、キャルはちらちらと敵意に満ちた目をレイチェルに向けてくる。ジェーンは全員にありとあらゆる鉢やピッチャー、トレイを差しだしながらいった。「テラスで食事しましょう。この霊廟のなかでテラスだけは希少な、くつろげる場所なの」ジェーンはいってしまってから、はたと気づき、くるりとレイチェルのほうを振り返っていった。「あら、私ったら。ごめんなさい。キャルとあんまり長く一緒にいたものだから、口を慎むことを忘れてしまったの」

「いいんですよ」レイチェルは微笑んだ。「ここはまさしく霊廟ですわ。ドウェイン以外誰もが知っていたことですよ」

レンジのタイマーが切れ、ジェーンはそちらに気をとられた。キッチンの床の上で汚らしいホースの耳を楽しげに噛んでいたロージーをキャルが素早く抱きあげた。ロージーは不満げに耳をつんざくような黄色い声を張りあげ、硬い幼児用の靴で父親の太腿を蹴《け》った。キャルの鋭い叫び声をからかってイーサンがいった。「今度はもっと高いところをねらえよ、ロージー。そうすればパパももっと気づいてくれるよ」

エドワードが床の上に落ちたホースを拾いあげてロージーに手渡すと、ロージーはたちまち機嫌を直した。全員が居間を通ってテラスへと出た。

外へ出たレイチェルの胸に、二週間以上前の雨の日にゲイブとここで最初に愛し合った思い出がよみがえった。ゲイブもそのことを思い出したらしく、レイチェルを振り返って見た。その冷たく澄んだ銀色の瞳に一瞬温かい光がきらめいた。

キャルの予告に反して、ジェーンの料理には小麦胚芽のマフィンもトウフも入っていなかった。出されたのは、刻んだマッシュルームやピリリとした味付けのリンゴが入った大きなオムレツのキャセロールや新鮮な果物のコンポート、ブルーベリー・コーヒー・ケーキ、ミモザ・サラダで、なかなか美味であった。

大人たちが傘付きテーブルを囲んでいるあいだに、テラスの棘《とげ》で怪我をしないようにとメッシュの柵に囲まれたベビーサークルに入れられたロージーの隣にエドワードは座っていた。ロージーの顔の前でおもちゃをゆらゆら揺らしてみたり、滑稽な表情であやしてやったりするエドワードの様子はほほえましかった。

ジェーンとキャルがどれほど仲睦まじいかは、すぐに見て取れた。かつてのクォーターバックからレイチェルに向けられるまなざしはあれほど冷たいというのに、妻を見るその目は光り輝くのだ。ふたりはいろいろな理由を作ってはたがいの体に触れ合っているように見える。体をさっと撫でたかと思うと腕を触ってみたり、頻繁に視線を交わし合ったり、微笑み合ったり。そしてふたりがこの元気いっぱいの金髪の赤ん坊を心から愛しているのは誰の目にも明らかだった。

しかし一方でテーブルには不穏な空気が流れていた。レイチェルはイーサンの反感には慣れていたが、キャルの敵意にはより冷たい鋭さが感じられた。ゲイブを守ろうとする気持ちが弟以上に強いのではないかという感じをレイチェルは抱いた。困ったことに、イーサンとクリスティも故意にたがいの視線を合わせまいとしているらしく、ゲイブも緊張しきっている。もはや自分の家族を持たないゲイブにとって、家族の集まりに顔を出すということが、いかに辛いことなのか、レイチェルはわかっていた。

ドライブインのことを話題に持ちだしたのはキャルだった。「あんな所をよく店にできたよなあ」

イーサンが割りこんだ。「この町の誰にとっても目ざわりな場所だったのに、ちゃんとした店に仕上げたのはたいしたものだよ」

ふたりは偽りの愛情こもる発言を繰り返し、ドライブインをまたオープンさせたことがいかに素晴らしいことか、この地域にそうしたサービスが有益かをまくしたてた。ふたりは決してゲイブの昔の生活について言及しなかった。かつてゲイブが獣医として開業していた事実も、妻子がいた事実もなかったかのようだった。ふたりが話せば話すほどゲイブの緊張は増していくように思え、レイチェルはついに我慢できなくなった。

「ゲイブ、チュンチュン鳥のこと、話してあげたら」

「べつに話すようなことでもないさ」

「チュンチュン鳥って、ゲイブが看病しているスズメの雛なの」

ゲイブが肩をすくめると、彼がその話題を避けたがっているなと見た兄弟たちが、それっとばかりに救助に馳せ参じた。

「昨日の晩の花火はじつに素晴らしかったよ。ロージーが大喜びでさ、そうだろ、ジェーン?」

イーサンがうなずいた。「花火を上げるっていうのはじつに名案だったね。町の人たちも安価に家族で楽しめる店ができて、きっと喜んでいると思うよ」

純粋な本能に突き動かされるかのように、レイチェルは体を乗りだした。「ゲイブはコテージの裏に、小鳥を戸外に慣れさせるための小屋を作っているの」

ゲイブが苛立ちのこもった視線をレイチェルに向けた。「そんなことたいしたことじゃないだろ、レイチェル」

いまやレイチェルは三人のボナー兄弟からにらみつけられる形となった。ただジェーンとクリスティだけが興味深そうに成り行きを見守っている。「大事なことだと私は思うわ。痩せ細った小鳥の面倒をみることにあなたは喜びを感じるの。ドライブインには喜びを見いだせないはずよ」

「チュンチュン鳥は痩せっぽちじゃないもん！」エドワードが声をあげた。

ゲイブは不意にテーブルから立ちあがった。「きっとコーヒーが吹きこぼれているよ。新しく淹れなおしてくる」ゲイブはテラスのドアからなかに入っていった。

キャルが椅子にもたれ、鋼鉄のような灰色の目でレイチェルをにらんだ。「わざと弟を不愉快にするつもりなのか？」

「キャル……」

キャルは言葉を差しはさもうとした妻を手で制し、無言で発言を控えさせた。ジェーン・ダーリントン・ボナー博士はどう見ても人からいわれて簡単に発言を控えるタイプには見えず、したがって彼女が了解したように肩をすくめたのは、自発的な行為だとレイチェルは感じた。ジェーンはこの対峙は避けられないものと判断し、レイチェルにはそれを受けて立つ強さがあるはずだと見こんだのだろう。

「これからあなたにいうことは、すでにイーサンには話したことよ」とレイチェルはいった。「彼のことを過剰に気遣うのはおやめなさい。『カロライナの誇り』というドライブインを経営することは彼が一生をかけて取り組むべき仕事ではないわ。ふたりともゲイブが素晴らしいことに関わっているという態度で接するのはやめるべきよ。ゲイブは獣医だし、それを生業にしていくのが本来の姿だと私は思うの」

「自分のほうが弟のことを家族以上にわかっているとでもいうつもりなのか？」

「ええ、そうじゃないかしら」

ゲイブが戻ってきた。「もうすぐコーヒーができるよ」

イーサンの目は長兄からゲイブへ移った。「ガレージにボールがある。ミスター・クォーターバックが台所を片づけているあいだ、ボール投げでもしようよ。エドワード、一緒に来るかい？」

エドワードはしばし考えてから、やっと答えた。「行きたいけど、そんなことしたらきっとロージーが泣いちゃうよ。だってぼくのこと好きでしょうがないみたいだもん。だからぼく、ここにいて一緒に遊んであげる」

息子がロージーの両親から好意を勝ちえたことはレイチェルの目から見ても明らかだった。ふたりは微笑んで、行きなさいとうながしたが、エドワードはそれを礼儀正しく断わった。

イーサンとゲイブはテラスの階段をおりた。レイチェルがテーブルを拭きはじめると、キャルが後ろからやってきて、静かな声で話しかけた。「ちょっと書斎まで来てもらえないだろうか。見せたいものがある」

キャルとふたりきりになることは、もっとも望ましくないことだったが、ジェーンとクリスティはキッチンに入ってしまったので救いの手を求めることはできなかった。できるだけ気楽な感じで肩をすくめて見せ、キャルについていった。

書斎に入ると、キャルはドアを閉めた。左手の窓からフットボールが飛ぶのが見え、それを捕らえようとするゲイブが視界に入った。

キャルはかつてドウェインが所有していた机へ行き、引き出しを開けた。「きみに受け取ってほしいものがある」キャルは一枚の紙を取り、レイチェルに差しだした。指で触れる前から、それが小切手であることはわかった。それを一瞥したレイチェルは息を呑んだ。レイチェル宛てに振り出された額面二万五〇〇〇ドルの小切手だった。

レイチェルの声はかすれていた。「これはなんなの?」

キャルは椅子に深々と腰掛けた。「将来へ一歩を踏みだす資金にしてほしい」

レイチェルは小切手を見つめながら、気持ちがみるみる沈んでいくのを自分でも感じていた。返ってくる答えが何であるのか知りつつ、尋ねる。「見返りは何かしら?」

「サルベーションを出て、二度と弟に会わないでほしい」キャルは少し間を置いていった。「きみには責任がある。扶養すべき子どもがいる。この金で少しは楽になるはずだ」

「なるほどね」喉のあたりの固まりがどんどん大きくなっていく。宝を探しにサルベーションに戻ってきたのに、こんなものを手に入れることになろうとは予想だにしなかった。喉の固まりをゆるめようと、レイチェルは固唾《かたず》を呑んだ。「猶予はどのくらい?」

「行き先を決める時間も必要だろうし、小切手の日付は後日にしておいた。十日のうちに出ていってほしい」

机越しに見たキャルの目に一瞬憐憫《れんびん》の情が浮かび、レイチェルを驚かせた。そんなキャルが憎らしかった。レイチェルは目を見開いていった。「ゲイブはいまでは笑うこともあるのよ。それほどたびたびではないけれどね。イーサンから聞いた?」

「ドライブインを復活させたことがいい影響を及ぼしているんだ。やっと心の傷が癒えはじめたんだろう」

ゲイブが元気を取り戻しはじめた原因は私なのよとキャルに反論したかったが、いっても信じてはくれないだろうと思った。おまけに、それが真実であるという確信もなかった。結局ゲイブにとって彼女はベッドのなかで数時間の現実逃避ができる相手でしかないのかもしれなかった。

「イーサンもぼくも、きみがいなくなってくれれば、回復のスピードも加速するものと確信しているんだ」

「もしゲイブがこのことを知ったら、烈火のごとく怒るんじゃないかしら」

「だからきみは何もいわないでくれ。わかったか？　万一、何かほのめかすようなことでもあれば取引きは無効だ」

「ええ。よくわかったわ」レイチェルは小切手を指ではさんで受け取った。「ひとつだけ教えて。あなたの弟に私がいったいどんな害を及ぼすと考えているの？」

「きみは弟を利用していると思う」

「どんなふうに？」

キャルが目を細めた。「とぼけたって無駄だよ。ゲイブは資産があるのに、金に対して無頓着だ。あいつの資産をすべて奪い、次なる獲物を求めて姿を消そうという魂胆に違いないさ」

「それが紛れもない事実だと知ってのうえの発言かしら？」

「小切手を受け取るのか、受け取らないのか？」

じっと小切手を見おろしながら、自分にも過去を踏み越えられる日がいつか来るのだろうか、という思いがレイチェルの胸をよぎった。「ええ、受け取るわ、ミスター・ボナー。おっしゃるとおりにしますわ」

レイチェルはワンピースのポケットに小切手を差し入れ、ドアに向かった。だが部屋を出ようとすると、キャルが静かな声で呼び止めた。

「スノープス夫人、このことでぼくを騙《だま》したりしたら、あなたにとって好ましからざる結果を招くことになるから、そのつもりで」

ドアノブにかけたレイチェルの指が慄えた。「私を信じてくださいな、ミスター・ボナー。あなたは私が誰より騙したくない相手よ」

レイチェルは部屋から駆けだしたいという衝動を抑えなくてはならなかった。だがテラスに戻るころには慄えていた。ジェーンとクリスティは片づけを中断し、座って話しこんでいた。

レイチェルを見た瞬間、ジェーンは表情を硬くした。「主人が何かしました？」

レイチェルの声は細かく慄えていた。「ご主人にお訊きになって」

ジェーンは立ちあがって、レイチェルの手を自分の掌で包んだ。「ごめんなさいね。ボナー家の人たちって――良くも悪しくも家族なの。たがいのためなら世界を相手に戦うけれど、ときとしてその絆《きずな》が彼らの判断力を鈍らせてしまうのよ」

レイチェルは小さくうなずくのがやっとだった。

「彼ともう一度話し合ってみるわ」とジェーンはいった。

「無駄だと思います」レイチェルはテーブルの上に置かれたゲイブの車のキーに目を留め、手にとった。「私、気分がすぐれません。イーサンがゲイブをコテージまで送っていってくれるでしょう。いらっしゃい、エドワード。もうおいとまするのよ」

エドワードはレイチェルの言葉に抗議し、ロージーは遊び相手がいなくなることを知ってわっと泣きだした。エドワードがロージーの手からホースを引き離そうとすると、ロージーの小さな顔がゆがんだ。目的はエドワードなのかホースなのかわからなかったが、ロージーは両腕を差しだし、泣きわめいた。

エドワードはロージーの頭を不器用に撫でながらいった。「わかったよ、ロージー。今日は面白くない日なんだよね」

ロージーは泣きやんだが、涙をいっぱい溜めた青い目に相手をついほろりとさせるような惨めな表情を浮かべ、エドワードをじっと見つめた。

エドワードはホースをじっと見おろした。やがて、驚いたことに、エドワードはウサギのぬいぐるみをロージーに返した。

ロージーはホースを自分の小さな、盛りあがった胸に押し当て、感謝に満ちたまなざしでエドワードを見あげた。

レイチェルは心配そうにエドワードの顔をのぞきこんだ。「こんなことして、大丈夫なの、エドワード？」

エドワードは束の間逡巡《しゅんじゅん》したが、うなずいた。「もうぼくは大きいから大丈夫だよ、ママ。ぼくよりロージーのほうがホースが必要なんだよ」

レイチェルは微笑み、息子の手を強く握りしめ、声をあげて泣きたいのをこらえた。

イーサンの車が止まる前に、ゲイブは車を飛びだし、玄関ポーチへ向かって走りだした。ポーチでは自分で集めた木片を材料に、エドワードが一方に傾いた丸太小屋を作っている最中だった。「お母さんはどこにいる?」

「わかんない。きっとなかにいるよ」エドワードの視線はゲイブから車を降りようとしているイーサンとクリスティへと移った。

ドアへ向かっていたゲイブは子どもが脇へ向けて小さな身ぶりをしたのを目に留めた。何かをつかもうとして、空をつかんだ、という感じだった。やがて子どもは両腕を力なく膝にのせ、体の奥底から出たような溜め息をついた。

ゲイブは子どもの身ぶりの意味を理解したことを悔やんだ。「あのウサギがなくて寂しいんだね?」

エドワードは丸太小屋のほうへかがみ、膝を掻いた。

「ロージーにあげちゃったって聞いたけど、取り返したいと思っても当然だよ」できるだけぶっきらぼうにいおうとしたが、うまくいかなかった。

「ロージーはわかってくれないよ」

「あの子はまだ赤ちゃんだから、そのうち忘れてしまうさ」

「ホースは子どもが簡単に忘れられるようなものじゃない」

エドワードの口調には断固としたものがあり、これ以上話しても埒《らち》が明かないことはゲイブにもわかった。そんなところは母親そっくりだった。

「イーサン牧師! クリスティ!」階段をあがってくるふたりを見て、子どもは顔をほころばせた。「ぼくの丸太小屋、見たい？」ふたりのあいだにある緊張を感じ取るにはエドワードは幼すぎた。が、ゲイブはふたりのあいだに漂う違和感を察知していた。

「見たいわ」クリスティがいった。

ゲイブは向きを変え、コテージに入っていった。「レイチェル？」

答えはなかった。すべての部屋を見てまわり、外の雑草だらけの庭の実をつけないトマトの苗木のところで前屈みになっているレイチェルを見つけた。

レイチェルは塗料の汚れがついたオレンジ色のワンピースを着ていた。陽光は髪にまだらな斑点を落とし、ほっそりと日に焼けた腕で躍っていた。脚はむきだしで、爪先は柔らかい土に潜っている。その姿には土と火を思わせるような、時間を超越した存在感と官能が宿り、ゲイブはこの欠陥だらけの庭でたったいま彼女を抱きたいと思った。自分が誰で彼女が誰なのかも忘れ、肉体を重ねたかった。過去も未来もなく、ただ、いまこの瞬間以外に何も考えず、ただひたすら愛欲に溺れたかった。

レイチェルが目をあげた。頰骨のあたりにうっすらと汗が光り、驚きで唇が開いている。

「何も音がしなかったわ」

レイチェルは挨拶がわりの微笑みをよこすでもなく、会えて嬉しいという様子さえない。

「なぜあんなふうに帰ったんだ？」ゲイブは鋭くいった。

「気分がよくなかったから」

「いまは気分がよさそうじゃないか」

レイチェルはそれには答えず、首を垂れて密集したハコベを抜きはじめた。

「帰りたければ、ぼくにいってくれなくちゃ困る。ここにきみをひとりきりにしておくのをぼくが嫌っていることは知っているだろう」

「四六時中張り付いているわけにはいかないわ。それなのにどうして頑張ろうとするのよ?」

「どういう意味だ?」

「つまりあなたは私に対して責任なんて持たなくていいということよ」

辛辣な口調がゲイブを苛立たせた。悪いのは彼女であって、彼ではないはずだった。彼女を守るために最善の努力をしているつもりなのに、当の本人が協力的ではない。「きみがこの家に住むかぎりはぼくに責任がある」気づけばこう口走っていた。

しかしレイチェルはゲイブの怒鳴り声にはあまり動じていないようだった。「もし何か役に立つ気があるのなら、怒鳴り散らすより、シャベルを持って灌木《かんぼく》のまわりに溝を掘ってちょうだい」

「怒鳴ってなんかいない」

「冗談でもいっていたというの」

「なんだい、レイチェル、おれに黙っていなくなるなんて! 何が起きたのかわからなかったし、心配したんだぞ」

「そうなの?」レイチェルはひょいと顔を横へ向けて、ゆっくりとした微笑みを向けた。その笑顔にゲイブは骨の髄まで溶けてしまいそうなほど魅了された。

ゲイブはレイチェルの魔力を振り払うようにいった。「そんなご機嫌な顔をしている場合じゃないよ。いまおれはきみに対していい感情を持っていないんだから。あんな帰り方をしただけじゃない」問題にすべきではないのはわかっていたが、我慢できなかった。「これから先はおれの家族の前でおれの精神分析をまくしたてるのはやめてくれるとありがたいね」

「精神分析をぶつのに、あなたの回復を願う人たちの前よりふさわしい場所は思いつかないわ」

「ぼくは元気だよ！　本気だよ、レイチェル。ドライブインについてこれ以上否定的な意見は聞きたくないね。昨晩もすべてうまくいった。きみも喜んでくれるのが本当じゃないか」

「すべてがうまくいったなんてことはないわ。私はあのドライブインが好きだけど、あなたは違う！　それに私がお祝いする気持ちになれるとしたら、それはあなたがまた獣医の仕事を始めるときよ」

「どうしてきみはぼくを急きたてるんだ。どうして成り行きを静観していられない？」

「成り行きに任せていたら、あなたの心が乱れるばかりだからよ」

「そうだとしても、それはきみの問題ではない」

「そうね。私の問題じゃないわよね」

ゲイブは彼女を傷つけたと気づいたが、償いの言葉をかけようとしたとき、甲高い笑い声に遮られた。無意識に振り返った彼の目に映ったものが、神経を苛立たせた。イーサンがエドワードを肩車して、家の横を歩きまわっているのだった。クリスティがそのあとをのろのろとついていく。

子どもは虹でもプレゼントされたような顔をしている。目はきらきらと輝き、ゆっくりと進むイーサンの歩調に合わせて、前髪がパタパタと揺れている。こうして運ばれることこそ、豚の丸焼き祭りで友人が父親の肩に乗る姿を見たエドワードが夢見たことであり、ゲイブも自分が目にした光景を素直に喜んでやりたいと思ったが、まったく逆の思いが心を支配していることを知り、われながら呆然とした。

自分でもこの反応が理解できなかった。いままで楽しい出来事に恵まれなかったこの子ども の、ささやかで無邪気な喜びを自分は妬《ねた》もうというのか。自分の料簡の狭さ、さもしさを感じたが、どう自分を責めても気持ちを変えることはできなかった。エドワード・ストーンは絶対に弟の肩に乗せられるべきではない、という確信に似た気持ちを振り払うことはできないのだった。

レイチェルは立ちあがっていた。しかし息子の幸せそうな笑顔を喜ぶわけでもなく、クリスティを出迎えるために進むわけでもなかった。ただ両腕を垂らし、じっと立ったまま、ゲイブをまじまじと見つめていた。

レイチェルに自分の心の内を完全に見透かされていることを知り、ゲイブは背筋を冷たいものが疾《はし》るのを覚えた。なぜか心を読んでしまうレイチェルは、彼がいま怒りの感情に駆られていることを知っているのだ。なんとか説明しようと思ったが、自分でも理解できない心理状態を人に説明できるはずもなかった。レイチェルが命がけで愛するこの子どもに自分が抱いている思いを、いったいどう正当化できるというのか。

ゲイブは目をそらし、弟のほうへ向かった。レイチェルと違い、弟には心の内を悟られない自信があった。「送ってもらって、面倒かけたね」

「たいしたことじゃないよ」

「ちょっと失礼するよ。ちょっと事務を片づけておかなくちゃならないんでね」ゲイブはくるりと背を向け、コテージのなかへ入っていった。極力、早足でその場を立ち去るような印象を与えないように努めた。

網戸が閉まる大きな音がして、レイチェルは一瞬びくっとなった。同時にゲイブの目に宿る感情を思い起こすと眩暈《めまい》すら覚えた。なぜ彼はこうもエドワードを嫌いつづけるのだろうか？　彼の隠しきれない怒りはレイチェルにとって殴打にも等しかった。はかない希望が自分のまわりで崩れ落ちていき、レイチェルは戸惑うばかりだった。

ゲイブをとらえた悪魔は彼を離しそうにもない。自分と息子をいつか愛してほしいというレイチェルの祈りにも似たせつない希望が現実のものになる日は来ないのだ。

ここ数年、現実を直視することだけをせめてもの矜持《きょうじ》として生きてきたというのに、この数週間は、真実から目をそむけていた。これからも彼の気持ちに変化が生じることはなく、彼とともに過ごす時間が長くなればなるほど免れがたい別れが辛くなるだけなのだ。薔薇《ばら》色の未来は見えない。ドウェインの聖書に隠された未来へのパスポートなどありはしない。永遠の愛も届かぬ夢。そしてエドワードを守ってやれるのは彼女ひとりなのだ。

サルベーションでの滞在もついに終わりを迎えることになった。

土曜日の夜、ドライブインはいつもより盛況だったが、ゲイブはいつも以上に物思いに沈み、不機嫌な顔をしていた。夜になって彼はレイチェルのベッドを訪れはしたが、言葉を交わすこともなく、ふたりの情熱も翳りがちだった。

日曜日の午後、レイチェルは寝室の窓からゲイブがスズメを手作りの鳥小屋に移す様子を見守っていた。これこそ彼の本業だと思うものの、いつかそのことに彼が気づくことがあったとしても、この目でそれを見届けることはない。

昨日エドワードを見るゲイブの目に宿る怒りの感情を目にしたことで、レイチェルはついに行動を開始した。朝クリスティに電話をして、計画を実行に移す一歩を踏みだした。一瞬一瞬が貴重になってしまった。失望を与えたことで彼を憎むことができれば、別れもそれほど辛くはないだろうが、最大の欠点は人を愛せないことだという相手を徹底的に憎むことなどできはしない。

レイチェルはドウェインの聖書の分厚い表紙に親指をのせた。欄外のメモにすべて目を通し、下線を引いた文節を熟読したが、すべて彼女自身がもはや信じることのない、昔から読み継がれてきた慰めの句でしかなかった。

窓枠に頬を当てながら、自分が愚かしくも恋に落ちてしまった男の姿にじっと見入る。エドワードが玄関ポーチで一心に遊んでいるいまのうちに、ゲイブに別れを告げるべきだと思う。

庭におりるとき、ぐらつく裏口の階段が足元できしんだ。ゲイブが甲高い雛鳥の声を聞きながらペンチを使って鳥小屋の扉の掛け金を調節している様子をじっとながめた。ふと目をあげたゲイブがレイチェルに気づいてにっこりと微笑み、それを見たレイチェルの心は狂おしく舞いあがった。

レイチェルは深い溜め息とともにいった。「ゲイブ、私出ていくわ」

ゲイブは掛け金の修繕を終えた。「ちょっと待ってくれ。道具をしまったら一緒に行くよ」

「違う、そんな意味じゃないの」やめるのよ！　心のなかで叫ぶ声があった。そんなことというのはやめなさい！　しかし理性がそんな声を抑えこんだ。「私――私はサルベーションを出ていくわ」

ゲイブの動きが止まった。後ろのマグノリアの花の木でリスたちが甲高い鳴き声をたて、古いブリキ屋根のてっぺんにとまったカラスがカアカアと鳴いた。「なんの話をしている？」

ゲイブはペンチを片手にぶらさげたまま、のろのろと立ちあがった。

「今朝クリスティと話したの。彼女のご両親がここ何カ月もクリアウォーターへ来て自分たちのギフトショップを手伝ってくれってしきりにいってきているんですって。私がかわりに行こうと思うの」ふと気づくと爪が食いこむほど拳《こぶし》を握りしめている。レイチェルは緊張を解こうと努めた。「私がご両親の様子を見られるから、クリスティもそのほうが安心だっていってるの。それに店の上に私とエドワードが住む部屋もあるって。明るいフロリダの陽光というおまけだってあるのよ」レイチェルは意味もなく話すのをやめた。

長い沈黙があった。「なるほどね」ゲイブは手にしたままだったペンチを見おろした。だが実際には見ていないような感じがした。「報酬はどのくらいもらえるんだい？」

「あなたはいったい何を――いまはあまり余裕がないらしいけど――業績は上がってきているんですって。なんとかやっていけそうよ。家賃を払わなくていいのが大きいわ」ドレッサーの引き出しにしまいこんだ小切手のことが脳裏をかすめ、胸が痛んだ。「エドワードがフルタイムの学校へ行くようになったら、奨学金を申請して大学に復学しようかと思うの。一度に数コースしか履修できないけれど、経営学と金融を学びたいわ」

ゲイブはペンチをジーンズの尻のポケットに差しこんだ。その目には以前のような鋭い光があった。「わかったよ。もう結論を出してしまったんだな?」

レイチェルはうなずいた。

「なんの相談もなしか? 決心する前に話し合うという考えは思い浮かばなかったというわけか?」

「どうして?」レイチェルは穏やかな口調を保つようにした。決して彼を責めているわけではないということを、はっきりさせたかったからである。「私たちに未来はない。それは私もあなたもわかっていることよね」

しかしゲイブはなだめの言葉に耳を傾けるような気分ではなかった。怒りにまかせてずんずんと大股で近づいてくる。「行かせるわけにはいかない」

「いいえ、行くわ」

ゲイブはレイチェルの前にそびえ立った。威圧感を与えるために意図的にそんな姿勢をとっているのではないかとレイチェルは思った。「聞こえたか? きみはここに残る! フロリダへ行くなんて軽はずみもいいところだ。はした金のために働いて、他人の家に住んで、どれほどの安心が得られるというんだ?」

「いまだってそれは同じだわ」レイチェルは指摘した。

ゲイブは束の間不意をつかれたようだったが、手を鋭く振って否定した。「全然違うよ、それは。ここにはきみの友人だっている」

「敵もいるわ」

「町の連中がきみという人間を知り、地域社会の仲間だと認めるようになれば、状況も変わってくるさ」

「どうすれば私が地域社会の仲間になれるというの？　ここにはそんな機会はないわ」

「フロリダの安っぽいギフトショップで時給労働すれば、そうした機会が訪れるというのか？」

レイチェルは顔をそむけた。「私は、お店はきっと安っぽくないと思うわ。このことであなたとこれ以上口論するのはたくさん。行くといったら行きます」

「だめだ」

「お願いよ。無理をいわないでちょうだい」レイチェルは芝生用の椅子のほうへ行き、体を支えるためにつかまった。ナイロンの力布が掌をこすった。「スナックショップはケーラに任せておけば大丈夫よ。私は彼女が仕事に慣れるまで、来週の週末まで働くわ。そのあいだにケーラの助手を探せばいいじゃない」

「スナックショップなんてどうでもいい！」

レイチェルはまさしくそのとおりだと彼にいってやりたかったが、黙っていた。鳥小屋のなかで雛が甲高い鳴き声でさえずりつづけていた。ゲイブ以外に誰がこれほど力を尽くしてスズメを助けたりするだろうか。

ゲイブはまるでポケットが敵になったかのように、乱暴に手を突っこんだ。「きみをフロリダには行かせない」

「選択の余地はないのよ」

「あるさ」ゲイブは間を置き、ひたとレイチェルを見据えた。顎の線がいつにも増して頑固そうに引き締まった。「結婚するんだ」

レイチェルの胸は一瞬止まり、やがて高鳴りはじめた。彼女はゲイブをまじまじと見つめた。「結婚？ なんの話をしているの？」

「まさしくいったとおりの意味だよ」ゲイブはポケットから両手を出して、好戦的な表情を浮かべ、レイチェルのほうへ歩いてくる。「ぼくらはうまくいっている。結婚できない理由はない」

「ゲイブ、あなたは私を愛してないわ」

「G・ドウェインの何倍もきみのことを思っているさ」

ゲイブの言葉にレイチェルの胸は張り裂けそうだった。「それは私も知っているわ。でも結婚はできない」

「断わるならもっともな理由をいってくれ」

「それはもういったわ。それが最大の理由よ」

ゲイブの目に、やるせなさのようなものがかすかに浮かんだ。「ぼくに何を望むんだ？」

レイチェルが求めていたのは、彼がチェリーとジェイミーに対して注いだような愛情だったが、さすがにそれを口にするのは惨めだった。ゲイブはレイチェルのいわんとすることをすでに理解しているはずである。「あなたからこれ以上していただくことはないわ」

しかしゲイブは引きさがらなかった。「ぼくはきみの面倒をみられる。結婚すれば日々の糧を心配したり病気をしたらどうしようかと悩む必要もなくなる」ゲイブはそこで言葉を切った。「エドワードのことも心配しなくてすむ」

これはフェアとはいえなかった。彼女が息子のためには魂さえ売ることをゲイブは知っている。レイチェルは必死で涙をこらえた。同時にこれこそ、ふたりがぜひとも話し合っておかねばならない事柄だと気づいた。「結婚できない最大の理由がそこにあるんだということを、わかってほしいの。安心にはふたとおりの意味があるわ。自分を嫌う人間と一緒に子ども時代を過ごすことは、貧困以上の悪い影響をエドワードに及ぼしてしまう」ああ、とうとう口に出してしまった。

「あの子を嫌ってなんかいない」とゲイブはいったが、目を合わせようとはせず、声にも確信は感じられなかった。

「私は率直に話しているのよ。あなたも同じように話してちょうだい」

ゲイブは背を向け、鳥小屋へ向かった。「しばらく時間はかかりそうだが、それだけのことさ。きみはすべて瞬時に答えが出ないと納得しないんだな」

「いまも初めて会ったときと変わらず、あなたはあの子を嫌っているわ」話しているうちにレイチェルは怒りが沸き立ってきた。「それはとても不当なことだわ。あの子がジェイミーではないという事実を、あの子はどうすることもできないんですもの」

ゲイブはくるりと振り向いた。「そのことをおれが繰り返し、繰り返し自分にいい聞かせなかったと思うか?」なんとか自制しようと苦しみ、呼吸は荒くなっていた。「なあ、もう少しだけ時間をくれないか。きっとうまくいくよ。驚かせてしまったとは思うけど、ちょっと考えてみれば、きみだってふたりが結婚するのが一番だって納得するはずだよ」

レイチェルは暗がりで身をよじらせながら大声で泣きたかった。しかし実際には、こうしめくくった。「気持ちを変えるつもりはないわ。あなたとは結婚しません。クリスティはすでに両親に電話をかけたわ。もうすぐふたり分のバスの乗車券が送られてくるはずよ。来週の週末まで働いたら、エドワードと私はフロリダに発つわ」

「いやだ！」

エドワードが流れる涙で頬を濡らしながら、家の角を走ってくるのが見え、ふたりは飛びあがった。

レイチェルは胸がつぶれる思いだった。こんなはずではなかった。穏やかにニュースを知らせるつもりだったのだ。

20

「フ、フ、フロリダなんか行きたくない！」エドワードの紅潮した頬を大粒の涙が流れ落ちていく。エドワードは腕を振りまわし、足を踏み鳴らした。「ここにいる！　どこへも行かない！　ずっとここにいる！」

「ああ、エドワード」レイチェルは駆け寄って子どもの体に腕をまわそうとしたが、その手を子どもは振り払った。よちよち歩きのころ以来初めての激しい癇癪《かんしゃく》だ。

「ここに住む！」子どもは甲高い声で叫んだ。「ぼくたちはここに住む！　どこへも行かない！」くるりとゲイブのほうを向いていう。「全部おまえのせいだ！　おまえなんか大嫌いだ！」

ふたたびレイチェルは息子を抱きしめようとした。「エドワード、説明させてちょうだい。興奮しないで落ち着いてちょうだい。そうすれば話ができるでしょ」

エドワードは母の手を振りきって、ゲイブに突進していき、膝を蹴った。「おまえのせいだ！　おまえがぼくらを追いだすんだ！」

ゲイブは体のバランスを取り戻し、エドワードの肩をつかんだ。「違う！　おれはきみをどこへも行かせたくない！　どこへも行かせない！」

エドワードはゲイブの脚の側面に拳を浴びせた。「違う、おまえが行かせるんだ！」

ゲイブは子どもの拳をつかんだ。「落ち着けよ、チップ。お母さんの話を聞け」

だがエドワードをなだめることはできなかった。子どもはふたたび足を踏み鳴らしながらいった。「おまえはぼくのことを憎んでいる。ぼくはどうしてそうなのかも知ってる！」

「きみを憎んでなどいない」

「憎んでる！　ぼくが『強く』ないから憎んでいるんだ」

「チップ……」ゲイブは困惑しきった表情でレイチェルを見た。しかしレイチェルもゲイブ同様途方に暮れていた。

エドワードは急に顔をそむけたかと思うと、母親のそばに駆け寄った。もうわめくのはやめ、しゃくりあげている。「ママ……あの人と結婚してよ。イーサン牧師と……結婚してよ！」

エドワードの隣にしゃがんだレイチェルはエドワードがゲイブとの会話の一部を立ち聞きしていたことに仰天していた。「ねえエドワード、ママは誰とも結婚しないのよ」

「してよ！　イーサン牧師と……結婚して！　そしたら……そしたらぼくたちもここに住める」

「イーサン牧師はママと結婚したくないのよ」

ふたたび息子を抱きしめようとしたが、息子はその手を押しのけた。「イーサン牧師にぼくが頼んであげる！」

「そういうことを大人に頼んではいけないの」

身をよじるような悲しいすすり泣きだった。「それならロージーのパパと結婚して。あの人、好き。ぼくのこと……チップって呼んでくれるし……頭をこすってくれる」

「ロージーのパパはロージーのママと結婚しているでしょ。エドワード、ママは誰とも結婚しないのよ」

ふたたびエドワードはゲイブのところに戻ったが、今度は攻撃のためではなかった。しゃくりあげる発作で胸が痙攣《けいれん》している。「もしママが……ゲイブと結婚すれば……ぼくたちここに住めるの？」

ゲイブは躊躇《ちゅうちょ》した。「それほど簡単な話じゃないんだよ、チップ」

「ゲイブはここに住んでるよね？」

「いまはそうだね」

「ママと結婚したいっていったよね」

ゲイブは困惑した顔をレイチェルに向けた。「そうだよ」

「だったらぼくが許すよ。ぼくたちがここに住めるんだったら」

泣いているのはエドワードだけではなかった。レイチェルは胸が張り裂けそうだった。正しい決断をしたと自分では思うが、それを息子にいって聞かせるすべはない。「無理よ」とレイチェルはやっとの思いでいった。

エドワードはうなだれた。涙がひとしずく、スニーカーの上に落ち、戦意は消えはててしまったようだった。「ぼくのせいなんだ」エドワードはささやくようにいった。「あの人がぼくを嫌っているから結婚しないって、ママはいったよね」

これほど複雑な思いを子どもに説明できるはずもなかった。「違うのよ、エドワード」レイチェルはきっぱりといった。「全然そんなことじゃないの」

エドワードは微妙な、非難するような表情でレイチェルを見た。母親が本音で話していないことを見抜いているかのようだった。

とつじょゲイブが口をはさみ、レイチェルは飛びあがるほど驚いた。「レイチェル、しばらくぼくとチップとふたりきりにしてくれないか。話し合いたいんだ」

「私は――」

「頼む」

レイチェルはこれほど自分の無力さを思い知ったことはなかった。きっとゲイブはこれ以上エドワードを傷つけはしないだろう。それは決してないはずだ。それにあのふたりの関係はこれ以上悪くなりようがない。レイチェルはそれでもやはり逡巡した。やがて、みずからこの状況を切り抜けるすべがない以上、ここはゲイブに任せるしかないだろうと思いいたった。「大丈夫なの?」

「ああ。さあ行って」

レイチェルはさらにためらいを見せたが、なだめようのないゲイブの表情から、彼が決意を絶対に翻すつもりのないことを悟った。それに心のなかの臆病な部分はここから逃げだしたがっていた。ほんの数分あれば冷静さを取り戻すこともできるのだから。不本意ながらもようやくうなずき、のろのろと立ちあがった。「いいわ、わかった」

同意してみたものの、どこへ行ったらよいのかわからなかった。家のなかに閉じこめられ、部屋から部屋へとただ歩きまわる以外にすることがないと考えただけで耐えられなかった。それならと、レイチェルはエドワードとほとんど毎日散歩している、森へ続く小道を歩きはじめた。ふたりきりにすることが正しい決断でありますようにと、いつしか胸のなかで祈っていた。

ゲイブは森のなかへ消えていくレイチェルの姿を目で追っていたが、やがて子どものほうを向いた。

エドワードは用心深い目でゲイブを見つめた。

ゲイブはせっかくの機会を与えられたというのに、何を話してよいのか見当もつかなかった。しかし身の内に育んできた良識がこの子どもにいわれない苦悩を与えることだけはやめろと告げている。ゲイブは子どもの前にそびえ立たないようにと、勝手口の階段に腰掛けた。エドワードは鼻をすすり、Tシャツの袖で鼻をこすった。

レイチェルに結婚を申しこんだのは予定の行動ではなかったが、いま思えば、やはりいうべき言葉だったのだ。ふたりは結婚すべきなのだ。だが子どもの存在がいま障害になっている。

「チップ」ゲイブは咳払いしていった。「ぼくらふたりのあいだは、うまくいっているとはいえないけど、きみにぜひ知ってもらいたいことがある。うまくいかないのはきみのせいなんかじゃないってことを。それは……昔ぼくの身に起きた出来事のせいなんだ」

エドワードがゲイブをしげしげと見つめた。「男の子が死んじゃったんだね」

予想外の答えだったので、ゲイブは何度もうなずくしかなかった。

沈黙が流れ、子どもが話しかけた。「名前はなんといったの？」

ゲイブは長く不安定な息を吸いこんだ。「ジェイミー」

「強い子だったの？」

「あの子はきみと同じ五歳で、大人とくらべれば強くはなかったよ」

「ぼくより強かった？」

「どうかな。体はきみより少し大きかったから、強かったかもしれないね。でもそんなことどっちでもいいことさ」

「その子を好きだった？」

「とても愛していたよ」

エドワードは慎重に一歩前へ進んだ。「ジェイミーが死んだとき、悲しかった？」

息子の名前！　ゲイブはどう答えるべきか戸惑った末にやっといった。

「そう、ジェイミーが死んだとき、とても悲しかったよ。いまでもまだ悲しい」

「ぼくに怒るみたいに怒ったことはあるの？」

決して同じように怒りはしなかった、とゲイブは胸のなかでいった。「ときどきね。悪いことをしたときには」

「その子はゲイブのこと、好きだった？」

返す言葉はなかった。ゲイブはただうなずいた。

エドワードの腕が動いた。あたりを見まわして腕はまた下に垂れた。ウサギを探していたのだ。

「その子はゲイブのこと怖がった？」

「怖がらなかったよ」ゲイブはふたたび咳払いをした。「きみみたいに怖がったりしなかった。ぼくが決してあの子を傷つけたりしないことを知っていたからね。ぼくはきみのことも、決して傷つけることはないよ」

子どもが次なる質問を口にしようとしていることはわかったが、これまでの質問だけで心の内は十分にさらしている。「チップ、きみは立ち聞きなんてするべきじゃなかったとは思うけれど、聞いたんならぼくがきみのママと結婚したいことは知っているね。ママはそれをいいことだと思っていないんだ。だからそのことでママを困らせないでくれよ。ママが気持ちを変えてくれるように、ぼくも努力してみるつもりだけど、ママも自分が正しいと思えることをしなくてはいけないだろう。それとね、ママが結婚しないって決めたとしても、それはきみのせいではないからね。ぼくがいおうとしていること、わかるかい？　きみは何も悪いことをしたわけじゃないんだ」

ゲイブの説得も功を奏することはなかった。

「ママはぼくのせいで結婚しないんだ」

「少しは関係があるけどね」ゲイブはゆっくりといった。「でもきみのせいというわけじゃない。ぼくのせいなんだ。ママはぼくときみとのまずい出会いが気に入らないんだ。ぼくの態度が感じ悪かったから。最初の出会いがもとで、きみとぼくの仲もうまくいかないんだ。悪いのはぼくなんだよ、チップ。きみは悪くない」

「ぼくはジェイミーみたいに強くない」距離を置きながら、エドワードは手の甲の小さなかさぶたをつついた。「ジェイミーがぼくと遊ぶために来てくれればいいのに」

思いがけず、ゲイブの目に涙があふれた。「きっとジェイミーもそうしたがったと思うよ」

「きっとぼくなんか負かされちゃうだろうな」脚で体を支えきれなくなったとでもいうように、エドワードは地面に座りこんだ。

「ジェイミーはあまり喧嘩をする子じゃなかったよ。あの子はきみとおんなじで、物を作るのが好きだった」ふたりの子どもの相違点ではなく、類似点が思い浮かんだのは初めてのことだった。ふたりとも本やパズル、絵を描くことが好きだ。また、長いあいだひとりで楽しく遊んでいられるというのも共通している。

「ぼくのパパは飛行機事故で死んだんだ」

「知ってるよ」

「パパはきっと天国でジェイミーを見ててくれるよ」

G・ドウェインがジェイミーの面倒をみていると想像するのはあまり気分のよいものではなかったが、ゲイブは黙っていた。

「ぼくはママがイーサン牧師かロージーのパパと結婚してくれたらいいと思うんだ」

「チップ、たぶんこんなことといってもきみにはわからないと思うけど、ぼくの兄弟とママを結婚させようとするのをやめてくれたら、ありがたいんだけどな」

「ママはゲイブとは結婚しないよ。ぼくと仲がよくないから」

ゲイブはもはやどう答えてよいかわからなくなっていた。この子に咎《とが》はないということはすでに話した。これ以上何をいえばよいのか。

「ぼく、フ、フ、フロリダには行きたくない」エドワードは顔を上げ、ゲイブを見たが、まともに目を合わせようとしなかった。「もしぼくたちが仲よくなれば、きっとママはゲイブと結婚するし、ここにいられると思うんだ」

「どうかな。きみに関係のない問題もいくつかあるんだよ。なんともいえないな」

涙で汚れたエドワードの顔に強情な表情が浮かんだ。こんなときこの子どもはレイチェルそっくりの顔をする。ゲイブは自分も泣きたくなった。

「わかった！　いいことがある！」

「なんだい？」

「ママが気持ちを変えてゲイブと結婚する方法だよ！」

子どもの自信に満ちた様子に、ゲイブも思わず引きこまれた。「どうやって？」

エドワードは雑草のかたまりをぐいと引っぱりあげた。「ふりをすればいいんだよ」

「ふり？　どういうことかな？」

さらに雑草を引き抜きながら子どもはいう。「ぼくのことを好きなふりをすればいいんだよ。そしたらママはゲイブと結婚してくれるし、ぼくたちもここにいられる」

「そんな――そんなことをしてもうまくいかないと思うよ」

エドワードの褐色の目に悲しみの色が広がった。「ぼくのこと好きなふりもできないの？本当に好きにならなくたっていいんだよ」

ゲイブはしゃにむに子どもの目を直視し、自信たっぷりに嘘を口にした。「きみのことはほんとに好きだよ」

「嘘だ」エドワードは首を振った。「でも好きなふりはできるよ。ぼくもゲイブのこと好きなふりをするからさ。上手にやれば、ママには気づかれないよ」

子どもの真剣さ、熱意がゲイブの気持ちをかき乱した。ゲイブは擦り切れたブーツの爪先を見下ろした。「事情はもう少し複雑なんだよ。ほかにもいろいろなことがからんでいて──」

しかしチップは勢いよく立ちあがり、ゲイブの言葉など聞いてはいなかった。自分の計画を話してしまったので今度は、それを母親に知らせようというのである。子どもは森の小道へ駆けていき、走りながら声をあげた。「ママ！　ねえママ！」

「ここにいるわ！」

ゲイブにもレイチェルの声が聞こえた。かすかだが聞きとれる声だった。彼は階段に腰をおろし、耳をすました。

「ママ、いいこと教えてあげる！」

「なんなの、エドワード？」

「ぼくとゲイブのことだよ。ぼくたち仲よしになったんだ！」

レイチェルは月曜日の朝、エドワードを保育園へ送り届け、駐車場に駐めた車のなかで勇気を奮いたたせようとしていた。なすべきことはよくわかっているが、頭でわかっていることと行動することには大きな隔たりがある。やり残したことは多く、ここを去る前にぜひひとも片づけなくてはならない。

レイチェルはエスコートの窓に頭をもたせ、あと一週間でエドワードとふたりでクリアウォーター行きのバスに乗るという現実を受け入れようとした。哀しみが押し寄せ、心はまるで血を流す傷口のように胸のなかで疼いた。不思議なほどゲイブと仲よくなったふりをするエドワードの様子は見ていてひどく辛い。夜のあいだじゅうエドワードはゲイブに向かって微笑みつづけていた。小さな口もとが不自然なほどにこやかにほころんで、偽りの笑顔を作っていた。就寝時間になると、エドワードが必死で勇気を奮い起こすのをレイチェルは見守っていた。

「おやすみ、ゲイブ。大好きだよ」

ゲイブはしりごみしたが、それを隠そうとしていった。「ありがとう、チップ」

ゲイブがエドワードを傷つけまいと最善の努力を払っていることを知っていてもなお、レイチェルは彼を責めた。責められることでゲイブの無力感は辛くなる一方だ。そんな状況を考えれば、自分はやはりここにいてはいけないという思いは強くなる。

エドワードを寝かしつけながら、レイチェルはこれからのことを話して聞かせようとしたが、息子はただ首を振るだけだった。

「ぼくとゲイブはもうすっかり仲よしだよ。だからぼくたちはフ、、、ロータﾞに行かなくていいの」

園児の母親がひとり駐車場に入ってきて、レイチェルのほうをちらりと見た。レイチェルはイグニッションのキーをぎこちなく探った。あと一週間……。

ああゲイブ……どうしてあなたは私の子どもをありのままに愛してはくれないの？　どうしてチェリーの亡霊をなだめて、私も愛せるようにしてくれないの？

ハンドルに突っ伏して涙が枯れるまで泣きたかったが、一度屈服してしまえばボロボロになって二度と元に戻らないだろう。それに自己憐憫で現実を変えることはできない。エドワードに疎まれながらの子ども時代を過ごさせるわけにはいかない。それにレイチェル自身も、別の女性の影のなかで半生を送りたくはない。だがここを去る前になすべきことがある。

駐車場を出るとき、エスコートはガタガタと揺れた。レイチェルは深い溜め息とともにウィン・ロードからサルベーションでももっとも貧しい人びとが住む入り組んだ道へ入っていった。小高い丘の側面を急勾配で上っていく、オーチャードという地区へ続く穴だらけの狭い道へ入った。ちっぽけな一階建ての家並。手入れもされていないみすぼらしい庭に、崩れ落ちそうな玄関の階段。ある家の横のブロックの上に古いシボレーが置かれているかと思えば、近くの家では錆《さ》びついたボート・トレーラーが置かれていたりする。

オーチャードのはずれに建つミント・グリーンの小さな家はほかのどの家よりこざっぱりとしていた。ポーチはきれいに掃除してあり、庭もきちんとしていた。玄関のドアの近くに籠《かご》に植えられたアイビー・ゼラニウムがぶらさがっていた。

レイチェルは車を路上に駐め、でこぼこした私道を登っていった。ポーチの階段に足を掛けたとき、家のなかのテレビからゲームショウの音が聞こえた。ひびの入ったドアのブザーは作動するとはとても思えなかったので、ノックをした。

生活に疲れた感じの、それでも目鼻立ちは美しい若い女が出てきた。金髪も真鍮《しんちゅう》色に褪せ、いかにも所帯じみた感じがする。小柄で痩せており、へそが見えるような裾の短い白のノースリーブのトップに、小さな尻をぴったりと包む擦り切れたデニムのショートパンツをはいている。見たところ年は三十代前半くらいだが、ひょっとするとそれより若いのかもしれないとレイチェルは思った。どこか疲れた、用心深さのようなものが表情のなかにうかがえ、レイチェルはこの女性が自分と同じ厳しい人生を歩く仲間であることを知った。「エミリーのお母さんですか？」

女性がうなずいたので、レイチェルは自分の名を名乗った。「レイチェル・ストーンです」「あら」と女性は驚きを示した。「あなたがいつか寄ってくださるかもしれない、って母から聞いてはいたけど、本気にはしなかったの」

レイチェルはこうした事態を恐れていたのだ。「そんなことではないんです……お母さまは……とてもりっぱな方だけど……」

女性は微笑みを浮かべていった。「いいんです。奇跡を信じる気持ちは私より母のほうが強くて。ご迷惑だったでしょうけど、母も悪気はないんですよ」

「わかっています。そんなふうにお役に立てたらどんなにかいいと私も思いますけど、無理でしょう」

「とにかくなかへ入って。話し相手になってくださるだけでも嬉しいわ」女性は網戸を押し開けた。「私はリサです」

「お会いできて嬉しいです」レイチェルは居間に足を踏み入れたが、そこは小さなかたまりのようなベージュのユニット式ソファやら、古いリクライニング・チェア、テレビがぎっしり並んでいた。家具はどれも質の良いものだったが、不釣合いな組み合わせで、どこか使い古された感じがした。もしかするとこれらはリサの母親から譲られたものなのではないかとレイチェルは思った。

左側はカウンターの一部でキッチンと居間を隔て、木製の間仕切りが蛇腹式に折りたたまれて、壁に寄せてある。合成樹脂のカウンターの上にはよく見かける缶の類いや、トースター、紙工作があふれんばかりに詰まった籐《とう》のバスケット、熟れたバナナが二本、折れたクレヨンの入った蓋のないラッセル・ストーバーのキャンディの箱などが雑然と並んでいる。この簡素で家庭的なたたずまいをながめつつ、自分はいったいいつになったらこの程度の暮しができるようになるだろうかという思いが胸をよぎった。

リサはテレビを消し、リクライニング・チェアを身ぶりで示した。「コークでもいかが？ それともコーヒーがいいかしら？ 母が昨日持ってきてくれた手作りのケシの種のマフィンもあるわ」

「どうかおかまいなく」

レイチェルはリクライニング・チェアに腰をおろしたが、気まずい沈黙が流れ、ふたりともそうした雰囲気を打ち消す言葉が思い浮かばず途方に暮れていた。リサがソファから働く若い女性の雑誌『レッドブック』を持ちあげ、座った。

「お嬢さんのおかげんはいかが？」

リサは肩をすくめた。「いま眠っています。白血病が小康状態に入っていると思ったら、ぶり返してしまったの。病院ではもう手の尽くしようがなくなったから、家に連れて帰ったんです」

リサの目に苦悩がにじみ、レイチェルはリサがいおうとして口をつぐんだ言葉を理解した。リサは娘の最期を家で看取るために連れて帰ってきたのだ。

レイチェルは下唇を噛み、バッグに手を伸ばした。あのことが起きた瞬間から、レイチェルは自分のなすべきことを悟っており、いまそれを実行するときが来たのだ。「お渡ししたいものがあります」

レイチェルはキャル・ボナーから受け取った二万五〇〇〇ドルの小切手を引っぱりだし、リサに手渡した。「これをあなたに差しあげます」

リサの顔に最初は困惑の色が浮かび、やがてそれが疑いの表情へと変わるさまをレイチェルは見守っていた。

リサの手は震え、まるで目の焦点が合わないかのようにまばたきをした。「宛名はあなたになっているわ。これはなんなんです？」

「私がエミリー基金宛てに裏書きをしておきました。日付は明日から一週間後になっているので、預金するのはそれまで待っていただかなくてはなりません」

後ろの署名をよく読んだリサは、驚きで口をぽかんと開けてレイチェルを見た。「でも、すごい額だわ。見知らぬ相手なのに。どうしてこんなことをなさるの？」

「あなたに受け取ってほしいからです」

「でも……」

「どうぞ。私にとっても、とても意味のあることなんです」レイチェルは微笑んだ。「でもひとつだけお願いがあります。来週の月曜日に私はこの町を去ることになっていますが、私がいなくなったあとで、キャル・ボナーに多額の寄付をありがとうございます、とひと言礼状を送っていただけるとありがたいです」

「もちろん送ります。でも……」リサの顔から、およそよい知らせには慣れていない人物らしい感動の表情が消えることはなかった。

「自分のお金があなたのお嬢さんを助けるために役立つことを知って、彼も喜ぶはずです」レイチェルは自分自身もひとときの満足を味わった。キャルも、こちらが彼が出した条件を満たした以上、金を返せとはいえないはずだ。彼は同時に自分が出し抜かれたことも知るだろう。

「ママ……」

小さな、疲れた声が裏のほうから聞こえ、リサははっと顔を上げた。「いま行くわ」リサは大切な小切手をつかんで、立ちあがった。「エミリーにお会いになりたいですか？」

もしここにリサの母親がいれば、レイチェルも辞退しただろうが、リサは奇跡の治療など期待していないようだ。「ええ、ぜひ」

リサは小切手をポケットに入れ、居間とキッチンのあいだから続く短い廊下にレイチェルを案内した。右手に寝室、その真向かいにバスルームがあり、その先にエミリーの部屋があった。

日除け帽をかぶった幼い女の子たちが遊んでいる絵柄の壁紙と、ひとつしかない窓にかかった黄色のカーテンが目に入った。少ししぼみかけたヘリウム風船の花束が角で無気力に揺れ、見舞いの葉書があちこちに貼られている。それらの多くは角の部分がめくれはじめている。

レイチェルはツインベッドのあたりを目で探し、皺だらけの青いシーツにくるまった顔色の悪い幼い少女の姿をとらえた。顔はむくみ、両腕は黒い痣《あざ》になっていた。小さな頭をアザミの冠毛のような短い茶色の髪がかすかに薄く覆っている。エミリーはピンクのテディベアを抱き、明るい緑の目でレイチェルを見た。

リサはベッドのそばへ寄った。「ジュース飲みたい、チビちゃん？」

「ちょうだい」

リサはエミリーが座れるように枕を整えた。「リンゴがいいの、それともオレンジ？」

「リンゴ」

リサは上掛けのシーツを直しながらいった。「この人はレイチェルよ。お医者さんじゃなくて、お友だちよ。ママがジュースを取りにいくあいだにブリンキーを見せてあげたらどう？　レイチェル、エミリーです」

リサが部屋を出ていき、レイチェルは前へ進みでた。「こんにちは、エミリー。ベッドの上に座ったらだめかしら？」

エミリーが首を振ったので、レイチェルはマットレスの端に腰をおろした。「ブリンキーがどの子か当てましょうか」

エミリーはピンクのテディベアをちらりと見て、強く抱きしめた。

レイチェルは子どものボタンのような鼻に手を触れた。「きっとこの子がブリンキーね？」

エミリーは笑いながら首を振った。「違う」

「ああ、わかったわ」レイチェルはエミリーの耳に手を触れた。「この子がブリンキーよね？」

エミリーはくすくす笑った。「違うもん」

こんなゲームを何度か繰り返し、最後にレイチェルがテディベアを当ててみせた。幼い女の子には生まれながらにして人の心をつかむ魅力が備わっており、それゆえ病気がこの子どもにもたらした荒廃を目にするのはいっそう痛ましいことだった。

黄色のプラスチックのマグを持って戻ってきたリサが娘にジュースを与えられるように、レイチェルがベッドのそばから離れたそのとき、電話が鳴った。リサはマグをレイチェルに差しだしながらいった。「いいかしら？」

「もちろんよ」

リサがいなくなると、レイチェルはエミリーを座らせ、カップを口にあてがってやった。

「自分でできる」

「そうよね、もう大きいんだものね」

子どもはマグを両手でしっかりとつかみ、ひと口飲み、マグを返してよこした。

「もう少し飲めないかしら？」

この程度頑張っただけなのに、子どもは疲れきったらしくエミリーのまぶたは重くなった。

レイチェルはエミリーを横に寝かせてやり、ありとあらゆる薬のびんが並んだベッドサイド・テーブルの上にマグを置いた。「私にもあなたより少し年上の息子がいるの」

「その子は外で遊ぶのが好き？」

レイチェルはうなずいて、子どもの手をとった。

「あたしも外で遊ぶのが好きなの。でも白血病だからだめなの」

「知ってるわ」

なじんだ習慣は容易になくならないもの。幼い女の子の蒼白い小さな顔をじっと見おろしながら、心の内で知らず知らず自分がもはや信じていないはずの神をなじっていた。「神様、どうしてこんなことをなさるんです？　どうしてこんなに美しい幼子にこのような酷い仕打ちをなさるんです？」

いずこからともなく、ゲイブの言葉が脳裏によみがえった。「神をサンタクロースか何かと混同しているんじゃないの？」

最後の力をふりしぼって死と闘っている子どものかたわらにいるせいで、レイチェルの感覚の力も高まっていたのだろう。ゲイブの言葉にかつてなかったほどの衝撃を覚えた。心のなかにしんとした静寂と穏やかさが広がり、ゲイブが伝えようとしたことを初めて理解した。レイチェルの抱いていた神のイメージは子どもが思い描く神と変わりないものだったのだ。

これまでイメージしてきた神は、人間とはまるでかけ離れた存在感を放ち、人の幸運不運をすべて神意のおもむくままに決定する翁《おきな》であった。これでは神を敬愛できないのも無理はなかった。それほど無慈悲で不公平な神を誰も敬愛できるはずはないのだ。エミリーにこんな仕打ちを与えたのは神ではないのだとレイチェルは悟った。人生が与えた運命なのだ。

だがここにこうしていても、ドウェインの神論が繰り返し繰り返し胸のなかに響きわたっている。『神は全知全能である』死に瀕した子どもの手を握るいま、この言葉がいったいどんな意味を持つというのだろうか。

ある思いがとつじょ胸に浮かんだ。自分が思い描いていた神の全知全能とはあくまで世俗的な意味でしかなかったという認識に打たれたのである。これまで神の力というものを、臣民の生死を左右できる現世の専制君主の力になぞらえていた。しかし神は暴君ではない。そう思いいたったとき、エミリーの小さな手を握りしめながら、レイチェルの世界観が完全に変わった。

神は全知全能である。だがそれは専制君主のような力を指すのではなく、愛の絶対的な力という意味において全知全能なのだ。愛こそは何にも勝る力であり、神の全知全能とはいい換えれば愛の力なのである。

熱気のようなものがそっと体じゅうを包み、体の中心から外に流れでていた。暖かさとともに、ある種の恍惚《こうこつ》感が訪れた。

敬愛する神よ、この清らかな幼子を全知全能の愛の力で満たしてください。

「あなたの肌、熱くなってる」

子どもの声に、レイチェルははっとわれに返った。まばたきすると、至福感は薄れていった。そのときになって初めて、レイチェルは自分がどれほど強く子どもの手を握りしめていたのかを知り、急いでその手を離した。「ごめんなさいね。こんなに強く握るつもりじゃなかったの」

立ちあがると、脚の慄えに気づいた。長距離を走り抜いたかのような体力の消耗を感じた。

りかねた。

いったいどうしたのだろう。重大な事実を垣間見たことは確かだが、それ以上のことははか
「あたし、座りたい」

「お母さんに訊いてからにしましょう」

網戸が乱暴に閉まる音がして、玄関のあたりで男の大きな声がとどろいた。「見覚えのある車だ！　なんだよ、リサ！　ここであいつは何してるんだよ？」

「落ち着いてちょうだい。私――」

しかし男は聞く耳を持たなかった。廊下に重々しい足音が響き、エミリーの部屋の戸口に立った男を見て、それがラス・スカダーであることにレイチェルは気づいた。

「ハイ、パパ」

21

リサがラスの前をすり抜けた。「エミリー、座ったりしてどうしたの？」

「体が熱いの」

リサは子どもの眉の上に急いで手を当てた。「熱はないみたい」ベッドサイド・テーブルのグラスに入った体温計をつかみ、エミリーの口に差し入れた。「熱が出てきたのかどうか、見てみましょ」

ラスはレイチェルをにらみ、娘のほうへ近づいた。「やあ、チビ」

「きのう来るっていってたじゃない、パパ」エミリーは体温計を口にはさんだまま話した。

「うん。パパ、ちょっと忙しかったんだよ。でもこうやってちゃんと来ただろ」エミリーのベッドの端に腰掛けながら、ラスはレイチェルに悪意に満ちたまなざしを向けた。

「レイチェルのうちにも小さな男の子がいるんだって」エミリーがいった。「この人の手熱いの」

ラスの目が猛々しく光った。「出ていってくれ」

「やめてよ、ラス」リサが前へ進みでた。

「こんなやつ、エミリーのそばにいたらけったくそ悪い」

「ここはいまは私の家よ。あんたがどう思おうと、かまわないわ」

「いいんです」レイチェルがいった。「どちらにしてももうおいとましなくては。さよなら、エミリー。お大事にね」

エミリーが口から体温計をはずして、いった。「あなたのうちの男の子、私と遊んでくれるかしら？」

「私たちはもうすぐ引っ越してしまうの。あとわずかしかこの町にいないから、無理でしょうね」

リサが体温計をエミリーの口に戻したが、エミリーは首を振った。「絵本が読みたい。リンゴ・ジュースちょうだい」

「いったいどうなってんだ？」ラスがいった。「重体で体を起こすこともできないって聞いてたのに」

「きっと楽しかったんでしょうよ」リサがレイチェルのほうへやってきた。レイチェルの手を引いて、廊下に連れていく。「本当になんとお礼をいったらいいのかわからないわ。あのお金はきっと有効に使わせていただくわ」

ラスが背後に現われた。「金ってなんだ？」

「レイチェルはエミリー基金に二万五〇〇〇ドルを寄付してくれたの」

「なんだって？」ラスは窒息しそうな声を出した。

「小切手の振出し人はキャル・ボナーなの」とレイチェルはいった。「彼の寄付なの、私の寄付じゃないわ」

リサはそんな言葉を信じていない顔をしており、ラスはスタンガンに撃たれたかのような表情を浮かべていた。レイチェルはにわかにこのふたりから逃げだしたくなった。「幸運を祈ります」

寝室から小さな声が追ってきた。「バイバイ、レイチェル」

「バイバイ、エミリー」

レイチェルはこの家をあとにして、車へ急いだ。

イーサンは荷台に自転車を吊るしながら走っている「ライダー・レンタル」のトラックを追い越そうとして州間高速自動車道の左側車線に車を移動させた。クリスティは端整な横顔をまじまじと見つめながらいった。「とても本気だとは思えないわ」

イーサンは右側車線にすっと車を戻した。「ぼくはもともと牧師には向いていないんだよ。自分でもずっと前からそのことを知っていて、もう葛藤に苦しむのがいやになったんだ。町に戻ったら、月曜日には辞表を提出しようと思っている」

クリスティは反論しようとして、口をつぐんだ。ここで何をいっても始まらない。サルベーションを出るときに、イーサンはとつじょ爆弾発言を口にした。まもなくノックスヴィルだ。ふたりは道すがら論争を繰り返した。しかしイーサンが気持ちを変える気配はまるでない。

イーサン・ボナーは生まれながらの牧師だ。なぜ彼はわかろうとしないのだろう?

これは彼の人生最大の過ちである。しかしクリスティが何をいおうと、イーサンは聞く耳を持たなかった。

「頼むから話題を変えないか?」イーサンがいった。

金曜日の夕刻が近づいており、すでに手遅れの感があった。教会の協議会の日曜礼拝と昼食会のあと、サルベーションに戻ることになっており、説得する時間はあまりない。「この先何をするつもり?」

「たぶん臨床心理士を目指すことになると思う。心理学の博士号を取得するために大学院に行くことになるかもしれないが、まだ決めていない」

クリスティは最後の切り札を出した。「お兄さんたちもきっと失望なさるわよ。ご両親はいうまでもないわ」

「家族とはいえ、人生それぞれだよ」出口のランプにさしかかり、イーサンは車を路肩に寄せた。「腹が減った。何か食べよう」

協議会は七時の立食パーティで幕を開けることはイーサンも承知しており、クリスティの車の故障が原因で到着はすでに予定より遅れている。彼とふたりきりで長い時間を過ごすことは避けたかったので、各自ノックスヴィルへ行くことにしていた。ところがふだんは頼りがいのあるホンダにエンジンをかけようとしても、かからず、やむなくイーサンの車に同乗してきたのだった。「もう六時よ。時間がないわ」

「遅れたらきみの報告書にFの評価を受けるとでも思っているのかい?」

こんな皮肉はかつてはないことだった。辞意を表明して以来現われたいくつかの変化のひとつで、クリスティは戸惑っていた。「私ではなく、あなたが出る協議会なのよ。あなたにせっつかれたから仕方なく来たけど、本当なら同行しなかったはずなのよ」

辞職の予定日は一週間ほど前に過ぎてしまったが、イーサンは今週末までそれを延期しろと居丈高に要求し、クリスティとしてもプリヴァードの保育園での新しい仕事が月曜日からなので同意した。しかしいま思えば、ああも簡単に折れてしまったことに悔いが残る。先週『カロライナの誇り』でのことがあってから、イーサンと一緒にいるのが日増しに辛くなってきている。彼の車のフロント・シートで起きたことは、いつか彼を忘れられるかもしれないというクリスティの幻想を打ちくずした。いまでもイーサンを愛しており、これから先もその愛は変わらないことは自分でもわかっている。それでもここ一週間イーサンのそばで過ごし、まるで制御のきかないジェット・コースターに乗っているような気分だった。

イーサンは彼らしくなくがみがみ怒鳴り散らしたと思えば涙を誘うほどの優しい思いやりを見せたりと、態度をめまぐるしく変えた。怒鳴っていないときは、まるで子犬のように熱心に機嫌をとろうとした。彼のことを友人ではないとなじった言葉が彼を苦しめていることをクリスティは知っていた。彼女としてはその言動が罪悪感ではなく感情から出たものであれと願うしかなかった。

ときおり自分に向けられたイーサンの視線に気づくことがあり、こうしたことに不慣れな彼女にも、その目に燃えるものが欲望であることは理解できた。彼女とすれば、それを知ったことで喜びを感じるべきだった。自分はそうなることを望んでいたのではなかったか？だがそれを知っても、気が滅入るだけだった。彼の欲情の対象になりたくはなかった。愛情の対象になりたかった。

クリスティは車がフリーウェイの出口近くにあるファーストフードのレストランを通りすぎたことに気づいた。「たしか、おなかがすいたっていってたんじゃなかった?」

「すいてるよ」そういいつつ、イーサンはなおも二車線の国道に車を走らせつづけた。ようやく車のスピードを落とし、左折して、むさくるしい簡易食堂の駐車場に車を入れた。隣は八ユニットからなるモーテルだ。

食堂の砂利を敷きつめた駐車場に駐めてあるのは、ほとんど小型トラックばかりだった。イーサンが二台のトラックのあいだに車を駐めるのを横目に、クリスティは不快げにあたりをながめた。汚れた芥子《からし》色の屋根板や明滅するビールのネオンサインを見るかぎり、とても期待が持てそうもなかった。「『ハーディーズ』に戻ったほうがいいと思うけど」

「ぼくはここがいい」

「品がないわ」

「そうだね」イーサンはイグニッションのキーを抜き、さっとドアを開けた。

イーサンが機嫌を直さないかぎり、長い週末になりそうだった。日曜礼拝の説教はイーサンにかわって町の退職した聖職者グルーダー・マシアスが受け持つことになっており、月曜日はもともと休みなので、急いで帰る必要はなかった。

あきらめの溜め息とともに、クリスティはイーサンに続いて店の入口へ向かった。入口は模造の地中海様式の模様をあしらった重い木のドアでできており、店のなかへ足を踏み入れる前に、カントリーのバラードが聞こえてきた。

エアコンの一陣の冷たい風がクリスティのトマト色のノースリーブのワンピースを体に添

わせた。焼けた脂と気の抜けたビールの匂いがした。ほの暗い照明の当たるバーカウンターでは、無料で配られる宣伝用のキャップをかぶり、泥だらけのジーンズをはいた年配の男性ばかりのグループが座ってビールを飲んだり、タバコを吸ったりしていた。

比較的早い時間なので、テーブルもビニール製のボックス席もほとんど空席だった。装飾らしい装飾といえば、パネルの壁に留めつけられ十年は経過していると思しき、ほこりだらけのプラスチック製の植物のつると、どう見ても本物には見えない、額縁に入った保健所の認定証だった。

イーサンは奥のボックス席へクリスティを連れていった。席に着くとすぐに、腕の悪そうな禿げたバーテンダーの男が注文を訊いた。「なんにします?」

「コークを」クリスティは少しためらって言い添えた。「缶でお願いします」

「スコッチ・オン・ザ・ロックスをもらうよ」

クリスティは驚いてイーサンの顔をしげしげと見つめた。それまで彼が強い酒を飲むところを見たことがなかったからだ。メキシコ料理の店に行っても、マルガリータを頼んだことはなかった。

彼はもはや自分が責任を持つべき相手ではないのだとクリスティは自分に言い聞かせ、口をつぐんだ。

バーにいた連中のひとりが振り返ってクリスティをじろじろと見た。男の視線にさらされることにはいまだに不慣れで、気持ちのよいものではないので、気づかないふりを装った。

バーテンダーが飲み物を運んできて、古い香辛料が付着してべたつくラミネートのメニューを二枚置いた。「いまジャニーが注文を取りにきますから。今夜のスペシャル・メニューはナマズのフライです」といい残してバーテンダーは去った。クリスティは小指でメニューを押しやった。角割りの氷が入ったグラスには目もくれず、紙ナプキンで缶の縁を拭き、ひと口飲んだ。コークは生ぬるかったが、少なくともそのほうが清潔であることはたしかだった。

バーの男はクリスティを見つめつづけていた。男は若く、年のころは二十代のなかばといったところだろうか。ミラー・ライトのTシャツからのぞく上腕の筋肉がたくましい。クリスティはそわそわとキュービック・ジルコニアのピアスを引っぱった。短いノースリーブのワンピースはセクシーだが、これみよがしに異性を挑発するような品のない服装ではない。男が早く目をそらしてくれないかとクリスティは願った。

イーサンはスコッチをひと口すると、非難するように男をにらみつけた。「いったいどこを見ている？」

バーの男は肩をすくめた。「どう見ても『売却ずみ』には見えないな」

「それはおまえの目が節穴だからさ」

クリスティは愕然として目を見開いた。ひたむきな平和主義者のイーサンが、筋肉の分だけ自分より少なくとも五〇ポンドは体重の多そうな荒くれ者を相手に喧嘩したくてうずうずしているらしいからだ。

バーの男がくるりと立ちあがり、イーサンの青い瞳が期待で輝くのをクリスティは目撃した。彼女はめまぐるしく思考をめぐらせた。こんなときレイチェルならどうするだろうか。

クリスティはコークをぐいとひと飲みすると、筋骨隆々の男を指差した。「どうか気を悪くしないで。聖職を離れることを決意してから、この人、普通ではないの」まるきりの作り話でもないと思う。

しかし血の気の多い乱暴者には通じない話だった。「どうみても聖職者には見えねえな」

「それは、もう聖職を離れてしまったからよ」クリスティは深く息を吸いこんでいった。

「彼は私を守ろうとする気持ちが強いの。私は……その……シスター・クリスティーナで彼の……妹よ」

「あんたが尼僧だって？」男の視線はノースリーブのワンピースの開いた襟元へ滑りおりた。

「そうよ。あなたに神のご加護があらんことを」

「あんたも尼僧には見えない」

「うちの教会は特定の衣服を強制しないの」

「せめて十字架ぐらい身につけなくていいのか？」

クリスティは首に巻いた細い金のチェーンをぐいと引き、胸のあいだに入れていた十字架を引っぱりだした。

「ごめんよ、シスター」男はイーサンにもう一度怒りの視線を投げ、スツールに戻った。イーサンは不快そうにクリスティを見た。「いったいどういうつもりなんだ？」

「バーでの喧嘩を防いであげたのよ！」

「こちらの出る幕がないのは不快だね」

「ナマズ！」クリスティはバーテンダーに向かって叫んだ。「ナマズのフライをいただくわ。

あなたにも神のご加護がありますように」遅まきながらそうつけ加えた。

イーサンは目玉をぐるりとまわしたが、それ以上この問題に触れようとしなかったのでクリスティは安堵《あんど》した。そのかわり、イーサンは酒をあおった。化粧の濃い、カットオフ・ジーンズとガース・ブルックスのTシャツを着た黒い髪の女が料理を運んできたとき、イーサンのグラスは空になった。

「スコッチをもう一杯」

「イーサン、あなた運転があるじゃない」

「よけいなお世話だよ、シスター・バーナディン」

ウェイトレスは疑わしげな目をした。「さっきの話を聞いていたけど、たしかあなたの名前はシスター・クリスティーナじゃなかった？」

「あら……バーナディンは修道院に入る前の名前なの。その後シスター・クリスティーナになったのよ」

イーサンが鼻を鳴らした。

ウェイトレスは今度はイーサンのほうを向いた。イーサンの端整な面立ちに、興味を掻きたてられたらしい。「聖職を離れていまはどんな気分なの？」

イーサンは親指をクリスティに向けていった。「彼女に訊いてくれよ」

「彼はね……そうね、簡単ではなかったわよ。天職に背を向ける人びとにとって簡単なことは何ひとつないの」クリスティはケチャップの蓋をはずし、また紙ナプキンで汚れた縁を拭き、イーサンに手渡した。「例外なく虚脱感に苛まれるわ。心の空洞を酒で満たそうとして、あげくのはては見る影もない孤独なアル中になってしまうのよ」

ウェイトレスはイーサンの肩を薄いブルーのマニキュアを塗った指先でさっと撫でた。

「あなたならきっとそんな心配いらないと思うわよ、牧師さん」

イーサンは気怠《けだる》い微笑みを浮かべた。「ありがとう」

「どういたしまして」

イーサンはバーのほうへぶらぶらと歩いていくウェイトレスの揺れる尻にあけすけに見とれた。ウェイトレスはスコッチを持ってテーブルに戻り、くすんだ笑いを浮かべてテーブルを離れた。

「食事をしたらどうなの。冷めてしまうわ」クリスティはぶっきらぼうにいった。

イーサンは二杯目の飲み物をすすった。「ぼくの食事が冷めようと冷めまいと、きみの知ったことじゃないだろう」

「そうね」

「きみは嘘つきだ」イーサンがあまり強くにらむので、クリスティは身悶《みもだ》えしたくなった。

「ぼくの考えをいってみようか。きみはいまでもぼくに惚《ほ》れている」

「私の考えをいわせてもらえば、あなたは酔っているわ」クリスティは意志の力で赤面しそうになるのをくいとめた。「これまでアルコールに溺れたりしたことは一度もなかったのに」

「酔っていたらどうだというんだい？」

この言葉にクリスティは憤りを覚えた。「あなたはまだ辞表を提出したわけじゃない。いまでもれっきとした聖職者なのよ、イーサン・ボナー！」

「心はもはや聖職にはない」イーサンは苛立たしげに反駁《はんばく》した。「精神的には辞職したも同然さ」

そう口走ったあと、イーサンはたじろいだ。急に黙りこみ、耳をふさぎたくなるような心の声に聞き入っているような感じだった。ようやく聞き取れないほどの小声でなにごとかつぶやいたかと思うと、フォークをつかんでナマズをぐさりと刺した。

「もう死んでるから刺す必要はないわ」クリスティが指摘した。

「きみは自分の食事に集中していればいい。ぼくの食事に口出ししないでくれ。塩はどこだ?」

「すぐ隣にあるでしょう」

イーサンは塩を取ろうと手を伸ばした。怒りを感じてはいても彼を愛する気持ちに変わりはない。クリスティはイーサンが自暴自棄に陥っていくのを見るのは忍びなく、彼がつかむより早く塩の容器を持ちあげ、錆びついた蓋をまた紙ナプキンでこすり、彼に手渡した。

「できれば何も手を触れないほうがいいわ」

塩の容器に長い彼の指が巻きつき、同時に視線もクリスティの体に巻きついた。「ぼくがどうしても手を触れたいものは何かわかるかい?」

クリスティは言葉に窮した。

「手を触れたいのはきみなんだよ。ドライブインでの夜のように」

「そのことは話したくないわ」

「ぼくだって話したくはないさ」イーサンはナマズを脇へ押しやり、スコッチのグラスを持ち、グラスの縁からクリスティを見据えた。「あれをしたい」

クリスティはコークの缶を倒し、それをあわてて元に戻そうとして中身をテーブルじゅうにこぼしてしまった。ワンピースの下の肌が火照《ほて》っていた。「あと……あと三十分でノックスヴィルに到着しなくてはいけないのよ」

「行くのは取りやめだ。実際、協議会なんてどうでもいい」

「でも登録料も払ったことだし」

「だからどうだっていうんだよ？」

「イーサン……」

「ここを出よう」

イーサンはテーブルに紙幣を投げるように置き、クリスティの手首をつかむと外へ連れだした。クリスティの胸は早鐘のように高鳴っていた。こんな危険なイーサンはかつて見たことがなかった。

階段をおり、気づくとカムリの側面に体が押しつけられていた。「あの夜のことが片時も頭から消えない」

クリスティのむきだしの肩に親指が触れる。ワンピースの布地ごしにイーサンの燃えるような体温が伝わってくる。轟音をたててトラックが前を通りすぎた。

「きみはぼくに関心がある」イーサンがささやいた。「だからなんとも思っていない相手よりぼくに処女を捧げてくれるのが本当じゃないかな？」

「私がまだ処女だとどうしてわかる？」

「それはわかるさ」

良心と彼に対する欲望とがクリスティの心のなかでせめぎ合った。「そんなこと、正しい行ないとはいえないわ」

イーサンが前にかがんだと思ったら、自分の髪のなかに彼の顎があるのをクリスティは感じた。「処女と童貞を同時に失うっていうのはどうかな？」

「あなたは童貞ではないわ」

「あまりに長いあいだセックスから遠ざかっていたので、まるで童貞の気分なんだよ」

「そんな……そんなに簡単なことではないわ」

「簡単なことさ」イーサンの唇がクリスティの耳に触れ、スコッチの香りのする息が頬をかすめた。「イエスかノーか。きみが決めてくれ」

まるでプレイボーイの誘惑だった。彼に対する彼女の思いを知っていて、こんなふうに意図的にうまくあやつろうとするのはフェアとはいえない。

「もうあなたを愛していないわ」クリスティは嘘をついた。「あれは愛じゃなかったのよ。ただ夢中になっていただけよ」

イーサンの手がクリスティの腰の脇の部分をさまよい、ぴったりしたパンティのゴムの小さなうねをなぞった。「きみはいい匂いがする。素敵な匂いだ」

「香水はもうつけていないのよ」

「知ってる」

クリスティは溜め息をついた。「イーサン……」

「イエスかノーかはっきりしてくれ」

怒りの感情が胸のなかで爆発した。クリスティはイーサンの手をぴしゃりと払いのけた。

「イエスよ！　もちろんイエスよ！　私は優柔不断だし貧乏だからね。あなたなんてもう嫌い」

こうして感情をぶちまけたことで、イーサンの気持ちを鎮められるものと思ったが、それは期待外れだった。

「それはぼくが改善してあげられるよ」一瞬の間にイーサンは車のドアを開け、クリスティをなかへ押しこんだ。

ハイウェイへ戻るかわりに、イーサンは砂利の駐車場からEZ・スリープ・モーテルの狭い道にカムリを移動させた。

「まさかでしょ！」クリスティは大きな三本の松の木に守られるようにして建っている列になった白い木のユニットを、狼狽《ろうばい》とともにまじまじと見つめた。

イーサンはクリスティがかつて聞いたことのない哀願するような声でいった。「もう待てないんだ。約束するよ、クリスティ。次回はシャンパンと絹のシーツだ」

イーサンはクリスティに答えるいとまも与えずに、車から飛びおり、モーテルの事務所に走っていった。まもなく戻ってきた彼は運転席に座り、車を一番端のユニットへ移動させた。車をまっすぐに駐めもせず、さっと車から降りると反対側にまわってドアを開けた。

徳のある牧師のイーサンが飢えたティーンエージャーのように彼女を急きたてている。ドアを閉めたイーサンは部屋を見て、安堵の溜め息をもらした。みすぼらしいが清潔な部屋だったからだ。もし部屋が不潔だったら、絶対に彼女をここに引き止めておくことはできないとわかっていた。それでも彼女と離れたくない思いは強かった。ふたりが離れ離れになると考えただけで、耐えられない気持ちになる。彼女に終生のしるしを与えるまでは、どうしてもここにとどまらせなくてはならないのだった。

クリスティに自分のしるしを残すことは重要ではあったが、痛みや傷跡を残すつもりはなかった。そんな体験をさせるのは堪えがたかった。いつまでも忘れられない思い出にしたかった。このことによって永遠の絆を持ちたい、またかつての親しい関係を取り戻したいと願っていた。そのための手段はセックスしか思い当たらないのだった。

クリスティがなんといおうと、セックスは彼女にとって特別なものであるはずだった。そうでなければいまだに処女であるはずがなかった。性的な関係を持った相手というのは彼女にとって永久に忘れえぬ存在になるだろうし、だからこそ相手は自分でなくてはならない。自分しか考えられないのだった。

これから行なおうとしていることを正当化するために、利己的でない理由を探し、すぐにそれを見つけた。大事な彼女がほかの男に遊ばれて棄てられるのを見すごすわけにいかないという理由だった。クリスティは独特の個性を持っているが、それを理解してやれるのは自分しかいないと思う。もし初めて結ばれた相手が彼女を顧みない男だったら、彼女の素晴らしさを理解しない男だったらどうなる?

クリスティを待ち受ける陥穽《かんせい》は数かぎりなくあるだろう。潔癖症といっていいくらいのきれい好きの彼女にとって、性が頭痛の種になる可能性がある。相手の男はそうした奇癖をも忍耐強く受け入れ、優しく焦らしたり、ディープキスを繰り返したりして清潔のことを忘れ、性の営みに没頭できるように導いてやらねばならない。

「この部屋はかなり清潔だよ」イーサンはいった。

「不潔だなんていってないわ」

クリスティが失望を覚えているかもしれないと考えるとつい弁解がましくなってしまう。

「きみがいま何を考えているか、わかるよ。でも、みすぼらしいからといって不潔とはかぎらない」イーサンはベッドのそばへ行き、ベッドの覆いと毛布をはがし、ぱりっとした白いシーツを見せた。「ほらね」

「イーサン、酔っているの？」

丈の短い赤のワンピースを着て不安げに目を見開いているクリスティは美しく、イーサンは喉元にこみあげる熱い思いを感じた。「素晴らしい高揚は感じているけど、決して酔ってはいないよ。自分の行動はちゃんと認識している。きみがほのめかしたのがそういうことならね」

「おまえは自分が何をしようとしているか、まるでわかっていない」

イーサンは心の声を無視した。『カロライナの誇り』での夜以来ずっと無視しつづけている。

クリスティのそばに近づくと、古いリノリュームの床がきしんだ。イーサンは彼女を抱き寄せ、唇を重ねた。スペアミントの味がした。部屋の登録に行っているあいだに、クリスティが消臭ミントのキャンディをほおばったのだとイーサンは気づいた。彼女自身の素敵な匂いを消すために何か人工的なものが必要だったのだろうか。

温かでしなやかなクリスティの体が弓なりに反った。イーサンはその背中にそって手を滑らせ、尻を包んだ。

クリスティは唇を開き、彼の首に腕を巻きつけた。

イーサンは考えるのをやめ、キスに没頭した。

どのくらい時間が経過したのだろう。クリスティが急に体を離し、彼の目をじっとのぞきこんだ。愛してるわ、イーサン。

クリスティの口が動いたわけではなかったが、彼女の声は神の声と同じようにはっきりと彼の心に響いた。イーサンの心は安堵感に包まれた。そのときクリスティが話しはじめた。

「こんなことは間違っているわ。私だってそれを何よりも望んでいるけれど、あなたにとっても、私にとっても、間違った行為なのよ。神は決してこんなことを望まれないと思うの」

穏やかで真摯《しんし》な言葉ではあったが、イーサンは聞き入れなかった。

「彼女の話を聞きなさい、イーサン」オープラの声で神が諭した。「彼女の言葉によく耳を傾けるのよ」

いやだ。イーサンは聞こうとしなかった。自分は聖人ではなく、一個の人間なのだ。神に人生を管理されるのはもううんざりだ。イーサンはクリスティのワンピースの縁から手を差し入れ、その下にある柔肌に手を触れた。「マイク・リーディにはこんなことを許そうとしていたのか」手を上げながらワンピースを引っぱりあげ、ブラに手を伸ばした。レース越しに乳房を握りしめる。

「そうなったかもしれない」

「きみがなんといおうと、ぼくはマイクよりきみにとって良き友人だよ」

「そうね」

イーサンはブラの上の柔らかなふくらみを親指でなぞった。「なぜマイクには体を許すのにぼくはだめなんだ？」

あまりに長いあいだ沈黙が続いたので、答えないつもりなのかとイーサンは思った。やがてクリスティの指が彼の前腕を締めつけた。「マイク・リーディなら、結婚の約束をもらわなくてもいいからよ」

イーサンはぎょっとした。「結婚の約束？」

クリスティは渇望のこもったまなざしでイーサンをじっと見つめた。

「結婚の約束？　それがきみの望みなのか？」

クリスティは惨めな顔でうなずいた。

イーサンは自分がそれを聞いてあわてるかと思ったが、そうはならなかった。結婚の約束。クリスティの望みは結婚だった。いつの日にか結婚する心づもりはあるものの、それはまだ先の話だった。イーサンはクリスティのワンピースから手をひっこめた。

「もうひとつ望むもの。それは愛よ」固唾を呑みこんだクリスティの喉が動いた。「結婚の約束の先に愛が必要よ」

イーサンは気持ちを整理したかった。「マイクからは結婚の約束を望まないんだね？」

クリスティはうなずいた。

「彼の愛も欲しくはないと?」

クリスティはふたたびうなずいた。

「ぼくにはそれを求めるんだね?」

クリスティはうなずいた。

それでもイーサンは狼狽しなかった。それどころか全身が爽快《そうかい》な気分に包まれている。まるで巨大な重荷がなくなったように心が浮きたっている。

誰かが部屋のテレビのスイッチでもつけたかのようにはっきりと、歌が聞こえてきた。子どもたちの歌声だった。歌声とともに初めて聞く声が頭のなかに響いた。

歌とともに心のなかのすべてのキャラクターがまとまり、あるひとつの姿をなしつつあった。執行者の神イーストウッド、相談相手の神オープラ、母親の神マリオン・カニンガム。複数の神が溶けてひとつの新しい姿に変わっていった。

子どもたちの歌がやみ、声が話しはじめた。イーサン、私はあるがままのおまえを愛している。おまえは私にとって特別な存在だ。おまえを通して私は世界じゅうを愛の光で照らすことができる。おまえは私の完全な創造物。だからおまえはいまのままでいればよいのだ。

やがて不思議なその神はフォーマルな装いと固い靴を脱ぎ捨てた。神は楽なセーター、スニーカー姿で神の子ひとりひとりに向けて、愛の喜びを朗々と謳《うた》いあげた。

その瞬間イーサン・ボナーの運命との闘いは終わった。

じっとそんなイーサンの様子をながめていたクリスティにも、彼の心の内はうかがい知ることはできなかった。ただひとつはっきりしていることは、もはやあと戻りはできないということだった。彼女は自尊心を棄て、いつわりない心、真情を吐露した。もしイーサンがそれを快く受け入れないとしても、それは彼の問題である。

イーサンは深々と息を吸いこんだ。「オーケイだ」

「オーケイ？」

「そうだ」イーサンは力強くうなずいた。「オーケイさ」

「何がオーケイなの？」クリスティは当惑していた。

「愛情。結婚の約束。何もかもすべて」クリスティのワンピースのスカート部分をつかみ、元に戻した。「ケンタッキーだ」

「ケンタッキー？　何をいってるの？　まあイーサンたら、あなたやっぱり酔っ払っているのね。そうに決まっているわ！」

「酔ってなどいない！」イーサンはクリスティの手をつかんでくるりとドアのほうへ向かった。「さあ、ここを出よう」

そういわれ、クリスティは気持ちが落ちこみ、イーサンの顔を見ても喉がふさがるような悲しみを覚えた。「もう私を抱きたくなくなったのね」

イーサンはクリスティをふたたび抱き寄せた。「ああクリスティ、きみが欲しくて我慢できないほどなんだよ。それにぼくはきみを愛している。だからそんな目で見るのはよしてくれ。きみがあのぴったりしたジーンズで出勤してきた日から、ほかのことは考えられなくなってしまった」

心のなかにともりはじめた希望の灯が消え、クリスティは怒りをあらわにした。「愛しているですって？　本音をいったらどうなの？　あなたは私に欲情しているだけなのよ」

「そんな気持ちもあることは否定しない」

これまでイーサンの気持ちは手にとるようにわかると思いこんできたが、いまやまるで赤の他人のように理解の及ばぬ存在になってしまった。

「きみの表面的な変化によって愛情が芽生えたのではないんだよ」イーサンはいった。「ぼくだってそれほど浅薄ではない。見かけ上の変身によって、ぼくは否応なくきみという女性の存在に注目させられ、あまりにも身近すぎて気づかなかった真価に気づかせられたんだよ」イーサンは魂の底までのぞきこむようにしげしげとクリスティの瞳を見つめ、彼女にも同じことを求めた。希望の灯がふたたび心にともった。

イーサンの親指がクリスティの首の付け根のくぼみに休んでいた。「あまりに長いつきあいだったから、いつのまにか自分とは別個の人格として考えられなくなっていたんだ。もう自分の一部になっていたんだね。そしてあの突然の変身。辞職通告。それ以来ぼくは正気を保てなくなった」

「そうだったの」クリスティはうっとりと夢見心地にいった。

イーサンは微笑んだ。「そのことではきみにもいやな思いをさせたかもしれないと思っている」にわかに眉を曇らせ、嘆願するような口調になる。「話は途中でもできる。さあ、クリスティ。急ごう。本当に時間の余裕がないんだ」イーサンは片手でドアノブを、もう一方の手でクリスティの肩をつかんだ。

「どこへ行こうというの？　どうしてそんなに急ぐの？」

「ケンタッキーへ行くんだよ」イーサンは彼女の肩を抱いたまま外へ出て、車のほうへ急かせるようにして歩いた。「ここからだと州境までそう遠くない。一刻も早く結婚したいから、きみがなんといおうと今夜のうちに結婚する。それに聖職も離れない！」

ふたりは車のある場所に着いた。イーサンはまるで全力疾走したかのように息をはずませている。助手席のドアのところで大きく息を吸いこむ。「戻ったら家族のために結婚式をやりなおそう。まるで初めてだというふりをすればいいさ。でも今夜結婚するのはぼくらふたりがどうにもならないほど強く求め合っているからなんだよ。まず神の前で永遠の誓いをするまではそれを実行するわけにいかないからね」そこでふと表情がこわばる。「きみは本当にぼくと結婚したいかい？」

クリスティの心は至福に満ちていた。微笑みが笑いに変わった。「ええ、本当に結婚したいわ」

イーサンは目をつぶった。「よかった。細かいことは途中で決めよう」

「細かいことって？」

イーサンはクリスティを車のなかに押し入れた。「どこに住むのか。子どもは何人作るのか。ベッドのどちら側に誰が寝るのか。そういう類いのことだよ」イーサンはドアを閉め、車の反対側へ走り、運転席に座った。「もうひとつ打ち明けなくてはならないことがある。きみの車が動かなかった理由だけど、じつはぼくがこっそりきみのマンションへ行き、車のバッテリー・ケーブルをはずしておいたからなんだ。そうすればぼくの車で一緒に行くしかなくなるからさ。悪いとは思ってないよ。だから謝らない」

クリスティも謝罪を求めたりはしなかった。数分後ふたりを乗せた車は路上へ出た。その後九〇マイルを走りながら、世にも不思議な説諭を聞かされ、クリスティは心を奪われていた。自分が結婚を取り持つカップルの婚前カウンセリングには熱意をもって当たる彼は、ケンタッキーの州境を越し、手続きをとるまでの時間に、持てる知識のすべてを集約しようとした。イーサンは語りに語った。

クリスティは微笑みながらうなずいていた。

ふたりは結婚式をしてくれるという、ペンテコステ派の聖職者を見つけた。だが式を実際に行なったのはイーサンであった。彼の朗誦する誓約をクリスティが復唱し、イーサンは心をこめた深い真剣な声で自身の誓約を唱えた。

キャンバーランド瀑布保養州立公園のはずれにホリデーインを見つけたのはクリスティだった。

スーツケースを投げだすと、クリスティがイーサンに抱きつき、キングサイズ・ベッドに押し倒した。彼女があまりにやる気十分で、浮かれ、満ち足りた様子をしているので、イーサンは思わず笑いだした。

「つかまえたー！」クリスティはいった。

イーサンがひと息つこうとしているあいだに、クリスティは彼のシャツのボタンを猛烈な勢いではずし、ベルトのバックルに挑んでいる。

イーサンは処女の花嫁の美しい熱心な目を見あげた。「怖いならいってくれよ」

「四の五のいわず、ズボンを脱ぎなさい」

その言葉にふたりは吹きだした。だがそんな笑い声も長くは続かなかった。ふたりは激しい、熱烈なキスに溺れた。悠長に服を脱いでいるいとまもなく、一糸纏《まと》わぬ裸身をさらし、すぐにたがいの肉体をまさぐり合った。

「あなたは美しいわ」クリスティがイーサンの体を愛撫しながらいった。「本当に想像していたとおりよ」

イーサンはたわわな乳房を掌で包み、感動で胸をつまらせながらいった。「きみは想像以上だよ」

「ああイーサン……気持ちがいいわ」

「そうかい?」

「もっとしてほしい」

「してほしかったら、ちゃんと伝えるんだよ」

乳首を親指で刺激すると、クリスティはかすれたうめき声をもらした。

「もう一度して。そうよ……」

「仰向きになってごらん」

彼女はいわれたとおりにした。愛撫はさらにねんごろになり、クリスティは燃えあがる官能に身悶え、すすり泣いた。「イーサン、私、もっといろいろなことがしたい」艶めいたうめき声のなかでクリスティはいう。「そうよ。そこよ。どうしても……どうしてもいってみたい言葉があるの。卑猥《ひわい》な言葉を。いやらしい言葉を口にしてみたいの。エッチないいまわしも」

「いってごらん」

「な…何をいっていいのか思いつかない」

イーサンはクリスティの耳元でふさわしい言葉をささやいた。

クリスティは大きく目を見開き、イーサンの愛撫によって絶頂に達した。

肉根は張りきって痛いほどだったが、イーサンはクリスティの秘密を知るのは自分だけだと思うと思わず笑い声をあげるほどの愉悦を覚えた。

クリスティ・ブラウン・ボナーは感度の高い肉体の持ち主だった。

彼女はオーガズムからしだいに戻りつつあったが、イーサンはもはや暴発寸前だった。いよいよ肉根を侵入させようという寸前になって、にわか仕立ての婚前カウンセリングでは語り合えなかったあることを思い出した。彼女の髪を撫でながら、懸命な抑制のために手が慄えていた。「ぼくらにとって妊娠は不安材料かい？」

「私はそう思わない」クリスティは探るような目でイーサンを見た。「そうなの？」

イーサンは彼女の脚のあいだにしっかりと重心を置きながら唇を重ね、いつの日か生まれ来るであろう子どもたちを思い描いた。「絶対にそうじゃないよ」

未知の秘孔は引き締まっていたが、しとどに潤っていた。彼としてはゆっくりと奥へ進入するつもりだったが、クリスティは逆だった。「ねえイーサン……ぐずぐずするのはやめて。お願いよ……この瞬間を永遠に覚えておきたいの」

イーサンは奥へと進入し、完全に到達すると、彼女の目をじっとのぞきこんだ。その目には愛の涙があふれていた。

イーサンの目も涙でかすみ、この女性に対する深い愛が、いにしえの時代のこの世の初めての男女の契りの言葉を語らせていた。「身も心もすべてをきみに捧ぐ」

クリスティはイーサンの腰を愛撫しながらささやき返した。「身も心もすべてをきみに捧ぐ」

微笑みとともにふたりの涙と涙が混ざり合った。喜びと快楽の極みに揃って達したとき、こうした完璧な至福はすべて神の思し召しであることをふたりは確信した。

22

「あんまり近くに寄るんじゃないよ、チップ」

「何してるの?」

「ポーチをはずして、テラスを作ろうとしているんだよ」

土曜日の昼下がり、ゲイブはチップの子守を頼まれた。レイチェルがわが子をゲイブとふたりだけにするのは初めてのことだ。しかし、不可解な用向きのために彼女が町まで出向く必要がなかったら、こうはならなかったと思う。レイチェルはふたりの距離を置きたいために、喜んでその口実を利用したのではないかという疑惑がふと胸をよぎる。この町を去ると告げてからというもの、レイチェルが努めてふたりきりにならないようにしているのがわかる。

古く朽ち果てた板の下にバールを打ちつけ、板を押し下げた。レイチェルに対する怒りが胸の内にふつふつと湧いてくる。自分の望むものが得られないからという理由だけで、レイチェルは彼を棄《す》てようとしている。ふたりの関係を清算しようとしているのだ。タフな女性だと見こんでいたが、このことに関してはタフとはいえない。とことんねばって問題を解決するかわりに、逃げだそうとしているのだから。

「テラスって何？」

ゲイブは子どもの顔を苛立たしくながめた。ゲイブが裏庭のポーチを壊すという、肉体的満足を得られそうな作業を始めたので、チップは庭の真ん中に穴を掘るのをやめて邪魔をしにきたのだ。

「先週の土曜日ロージーの家に行ったとき、食事をした場所みたいなものだよ。怪我をするから離れていなさい」

「どうしてそんなことしてるの？」

「したいから」近ごろではドライブインの準備に没頭することで気を紛らわせることもできなくなったので、気が狂う前に新しいことを始めたなどと、子どもにいっても始まらない。

昨夜も、チケット売り場に一歩足を踏み入れただけで気が滅入った。ドライブインが営業を開始して二回目の週末だというのに、もはや一分一秒でもドライブインにいるのがたまらなくいやになっている。イーサンがノックスヴィルでの協議会に出かけていなかったら、またキャルが家族にかかりきりになっていなかったら、一緒に時間つぶしもできただろうが、それもできないから仕方なくテラス作りに精を出すことにしたのだ。

両親兄弟たちが夏に野外パーティをするのにちょうどいいからと自分に言い聞かせる。法律上、このコテージは母親の財産であるが、父母がいまも南米で布教活動を続けていることから、この計画について母親と相談することはできない。だが母親は許してくれるだろうと思う。何をしてもとやかくいう人間はいないのだ。ただひとりレイチェルを除いては。彼を責めたり非難した人間はレイチェルだけである。

レイチェルはこの週末が過ぎたら、ここを去るという。それがいつになるのかははっきりとは知らない。

レイチェルはいったい何を求めているのか？　彼女を助けるためにできることはなんでもした。結婚まで申しこんだ。それがどれほど厳しい決断だったのか、彼女はわからないのだろうか？

「手伝ってもいい？」

この子どもはまだ、ゲイブと仲よくするふりをしさえすれば母親が気持ちを変えると信じているらしいが、どんなことをしてもレイチェルの決心は揺るぎそうもない。その頑固さ、強情さ。てこでも動かないかまえである。なんでも簡単に片づくという短絡的思考も困ったものだと思う。自分が望めば彼はすぐに獣医に戻れるものだと思いこんでいる。しかし獣医だったのはあくまで過去のこと。もう戻るわけにはいかないのだ。

「あとで手伝わせてあげられるかもしれない」ゲイブはバールをたたきこみながらいった。古い木が砕け散った。チップは後ろに飛びのいたが、かなり大きな木片にぶつかりそうになった。

ゲイブはバールを強く打ちつけた。「あまり近づくなといっただろう！」

子どもはウサギに手を伸ばすしぐさをした。「小鳥が怖がるよ」

怖がっているのは鳥ではなく、そのことはゲイブも子どももよくわかっていた。ゲイブはうんざりしてきた。できるかぎり冷静な声でいってみる。「あそこに木片がいくつかあるから、何か作ってみたらどうだい？」

「カナヅチがないよ」

「あるふりをしろ」

「ゲイブは本物のカナヅチを持ってる。ふりなんてしないでしょ」

「それは……道具箱をのぞいてごらん。カナヅチがもう一本入ってるよ」ゲイブは作業に戻った。

「釘もないよ」

ゲイブはバールに邪険な突きをくらわせた。床板をてこではがすと、木材がきしんだ。

「まだ釘を使うのは早い。ふりをしなさい」

「ゲイブはふりをしないじゃない」

ゲイブは癇癪を起こしそうになるのを懸命にこらえた。「ぼくは大人だからさ」

「ゲイブはぼくを好きなふりもしてくれない」子どもはゲイブがてこがわりに使っていたツーバイフォーの短い木材にカナヅチを打ちつけた。「やっぱりぼくたちはフロ、ー、ダに行かなくちゃいけないってママはいってる」

「そのことはぼくにはどうすることもできないよ」ゲイブは子どもがいった初めの意見は無視してぶっきらぼうに言い返した。

チップは木材をカナヅチで打ちはじめた。何かを成し遂げるためではなく、ただ騒音を出すためだけに幾度も幾度もそれを繰り返した。「何かできるでしょ。ゲイブは大人なんだから」

「あのさ、大人だからってなんでも思いどおりにはならないんだよ」子どもがたてるカナヅチの音が苛立ちをいっそうつのらせる。「庭のそばにある木をとっておいで」

「ぼく、ここにいたい」

「こんなに近くにいると危ないよ」

「危なくないもん」

「聞こえただろう」ゲイブの心のなかで怒りがつのってきた。自分の力ではどうにもならないことに対する憤り。家族の死。この町を去るというレイチェルの決意。ドライブインに対する嫌悪感。そしてこの子ども。妻子を失って以来初めて見いだした安らぎの小道に障害物のようにたたずむ、おとなしい男の子。「そのくそうるさい音をやめろ！」

「くそっていった！」子どもはカナヅチを投げつけた。それが木材の端に当たり、木片が飛んだ。

それが自分のほうへ向かってくるのはゲイブにもわかったが、とっさのことで間に合わなかった。木片は膝に当たった。「くそっ！」ゲイブは突進してチップの腕をつかみ、立たせた。「やめろといったのに！」

子どもはすくみあがるどころか、大胆に反抗した。「ぼくたちをフ、ロ、ー、ダ、に追っ払いたいんだ！　ふりもしてくれなかった！　するって約束したのに、しなかった！　おまえは大クソバカだ！」

ゲイブは腕を引き、掌で子どもの尻をぴしゃりとたたいた。

その後何秒間かはどちらも身動《みじろ》ぎすらしなかった。

ゲイブはじょじょに掌に刺すような痛みを覚えはじめた。まるで自分の肉体の一部ではないかのようにまじまじとわが手を見おろす。「なんてことだ……」ゲイブは子どもの腕を離した。胸のなかでよじれるような苦痛を感じた。

『あなたってすごく優しいのね、ゲイブ。誰よりも優しい人よ』亡き妻の声が胸の底でささやく。

チップの顔がゆがんだ。小さな胸はぶるぶると慄え、自分を抱きかかえるようにしてあとずさった。

ゲイブはがっくりと膝をついた。「ああどうしよう……チップ……ごめんよ。すまない」子どもは痛くもない肘をこすった。首を傾け、下唇を嚙みしめる。その唇はわなわなと慄えている。ゲイブの姿も、何も見てはいない。泣くまいと必死にこらえているのだ。

その瞬間ゲイブの目に映ったのは、ジェイミーの鏡像ではなく、この子ども自身の姿だった。流れるような褐色の髪、こぶのような肘、小さな慄える唇を持った小さな勇敢な男の子の姿だった。本と物を作るのが好きなおとなしい男の子。高価なおもちゃや最新のテレビゲームには関心を持たず、スズメの雛が日に日に力強くなっていく過程を観察したり、松ぼっくりを集めたり、ハートエイク・マウンテンに母親と暮らすことに喜びを感じる男の子。大人の男に肩車され、たとえ束の間でも自分にも父親がいるつもりになって喜ぶ幼い男の子。

チップとジェイミーのイメージが一瞬たりとも重なるはずはないのだ。ジェイミーはジェイミー、唯一無二の存在であり、彼がたたいたこの傷つきやすい男の子にも同じことがいえるのだ。

「チップ……」

子どもはあとずさりした。

「チップ、ぼくは癇癪を起こした。自分に腹を立てていたので、八つ当たりしたんだ。ぼくが間違っていた。どうか許してほしい」

「いいよ」許してはいないが、ただその場から逃げだしたくて、チップはそうつぶやいた。

ゲイブはがっくりとうなだれて地面をにらんだが、涙で視界がぼやけていた。「子どものとき以来他人を殴ったことなんかなかったのに」

ゲイブもキャルもイーサンをよくやっつけた。イーサンが何かをしたからではなく、自分たちとくらべてたくましさに欠ける弟を案じてのことだった。結局三人のうちでゲイブがもっとも脆《もろ》く傷つきやすい人間であることを露呈した形となったが、当時そんな事実に誰ひとり気づくよしもなかった。

「約束するよ……」ゲイブは喉からしぼりだすような声でいった。「もう二度とぶったりしない」

チップはまた一歩あとずさった。「ぼくとママはフ、フ、フロリダに行く。もうこれからはふりなんてしなくていいよ」くぐもった嗚咽《おえつ》とともに、チップは家のなかへ駆けこんだ。残されたゲイブはかつて味わったことのない、恐ろしいほどの寂寥《せきりょう》感に襲われた。

レイチェルはクリスティのマンションのドアをロックし、鍵をバッグにしまった。昨日クリスティがイーサンと一緒に協議会へ出発する前にキッチンのテーブルの上に置いていってくれたバスの乗車券も入っている。ハートエイク・マウンテンへ戻る道すがら、ふと気づけば路上のすべてのカーブ、木立ち、野の花の花畑などを記憶にとどめようとしていた。もう今日は土曜日で、月曜日にはサルベーションを発つつもりでいる。これ以上とどまっても辛いだけだ。前向きに生きていくつもりなら、プラス面に焦点を合わせるよう自分を仕込まなくてはいけないことはわかっている。いろいろあったが、手ぶらでサルベーションを去るわけではない。エドワードは健康を取り戻した。クリスティとの友情もある。それに今後の人生に残るであろう、ほぼ完璧な魅力をそなえた男性との思い出もできた。

ゲイブは玄関ポーチの前で彼女の帰りを待っていた。エスコートをガレージに駐め、彼のほうへ向かいながら、哀しみで四肢が重く感じられた。もっと違った状況で彼のもとへ向かうのならどんなにかよかっただろう。

ゲイブは階段の一番上に腰掛けていた。広げた膝のあいだに肘をのせてバランスを取っており、両の手首があいだにぶらさがっている。なんだかひどく意気消沈しているように見える。「話したいことがある」とゲイブはいった。

「何かしら？」

「チップのことだ」ゲイブが目をあげた。「あの子をぶってしまった」

レイチェルは驚き、動揺した。階段を駆けのぼったが、網戸に手をかけようとしたとき、ゲイブに引き止められた。

「あの子は大丈夫だ。尻をたたいただけだから。強くぶったわけでもない」

「だから大丈夫だと思うの？」

「もちろんそうじゃないよ。チップがぶたれて当然のことをしでかしたわけじゃない。ぼくは――ぼくは子どもをぶったことは一度もなかった。ただ――」ゲイブは一歩退いて髪をかきあげた。「参ったよ、レイチェル。ついキレてあんなことになってしまった。あの子には謝ったよ。あの子が悪いことをしたわけじゃないし、それも伝えた。でもわかってはもらえない。どうしたらわかってくれるだろうか?」

レイチェルはまじまじとゲイブの顔を見つめた。自分が判断を誤ったのだ。悪い兆候はいくつもあったのに、ゲイブはエドワードを傷つけることはないなどと思いこんでいた。それなのに彼は息子を傷つけた。ゲイブと息子をふたりきりにすべきではなかったし、迂闊《うかつ》だったとしかいいようがない。

レイチェルは顔をそむけ、家のなかへ入った。「エドワード!」

奥の廊下からエドワードが出てきた。その姿はいつにも増して小さく、不安に満ちていた。レイチェルは無理やり笑顔をつくろった。「荷造りしなさい。残りの数日はクリスティのところに泊まるの。あなたを見てくれるベビー・シッターも雇うつもりだから、今夜はドライブインに行かなくていいのよ」

網戸が閉まる音がして、レイチェルはエドワードの目の表情から、ゲイブがなかに入ってきたことを知った。

「いまフロリダに行くの?」エドワードが訊いた。

「もうすぐね。でも今日じゃないわ」

ゲイブが近くへやって来た。「何があったかママには話したよ、チップ。ママはだいぶ動揺している」

ゲイブはなぜふたりきりにしてくれないのだろうか。何をいおうと取り返しがつかないことが、なぜわからないのだろう。エドワードの頰に触れる手が慄えた。「あなたをぶっていい権利は誰にもないわ」

「ママのいうとおりだよ」

エドワードはレイチェルを見あげた。「ゲイブはぼくがカナヅチをバンバン打ってたから怒ったんだ。あんなことしちゃいけなかったのに。それにいけない言葉を使った」エドワードは声を落とし、不安そうに小声でいった。「ばかって」

事情が違えば微笑ましい告白だっただろうが、そうした状況ではない。「それでもゲイブはあなたをぶつべきじゃなかったわ。でもね、あなたのしたことはとてもお行儀の悪いことよ。だから謝らなくてはだめよ」

エドワードは勇気を出すために母親のそばにすり寄り、怒りに満ちた視線をゲイブに投げた。「ばかなんていってごめんなさい」

ゲイブは膝をつき、これまでになく率直なまなざしでエドワードを見た。遅きに失したいま、初めてレイチェルの息子の目を直視することができるとは。「許すよ、チップ。できればきみもいつかぼくを許してほしい」

「許したっていったよ」

「たしかにいったが本気ではなかった。でも仕方がない」

エドワードは母親を見た。「本気で許しても、やっぱりフ、フ、フローダに行かなくちゃならないの？」

「そうよ」レイチェルは声をふりしぼるようにいった。「行くのよ。さあお部屋へいって、洗濯籠に自分の持ち物を詰めこみなさい」

エドワードは逆らわなかった。子どもはゲイブと母親から離れたがっているのだと、レイチェルは知っていた。

子どもがいなくなると、ゲイブはレイチェルに向きなおっていった。「レイチェル、今日ぼくとあの子のあいだにある変化が起きた。つまり……あの子が——チップが泣かなくとも、ぼくはあの子が精神的ショックを受けたのを心で感じとることができたんだ」

「なんとか取りつくろおうとしているのなら、方法が間違っているわ」泣きくずれる姿を見られたくなかったので、レイチェルは顔をそむけ、キッチンへ向かったが、ゲイブはどこまでもついてくる。

「ちょっと聞いてくれよ。自分のしたことに対するショックのせいなのかどうかわからないんだけど……あのとき初めてあの子をまともに見たような気がするんだ。あの子だけを。ジェイミーと関係なく」

「ゲイブ、私をひとりにしてちょうだい」

「レイチェル……」

「お願いよ。ドライブインで六時に会いましょう」

ゲイブは何もいわなかった。ようやく、背後で彼が離れていく足音が聞こえた。

レイチェルは自分とエドワードの荷物をまとめエスコートに積みこんだ。アニーのコテージをあとにしながら、涙を必死でこらえた。このちっぽけなコテージはレイチェルの夢見るものすべてを象徴していた。いま、その家もどんどん遠ざかっていく。かたわらではホースを手探りで探し、そこにないことに気づいたエドワードが代償行為として親指をしゃぶりはじめた。

クリスティのマンションからリサ・スカダーに電話してエドワードの子守を安心して頼める女子高校生の名前を聞きだし、コテージから持ってきた食料の残りでエドワードの夕食を用意した。自分は気持ちが千々に乱れ、食事は喉を通りそうもない。清潔な服に着替えたとき、ベビー・シッターの女の子がやってきた。出がけに見ると、ふたりはクリスティのテレビの前に鎮座していた。

今夜ばかりは仕事に行かなくてすむのならどんな代償もいとわない気分だった。ゲイブと顔を合わせたくなかった。信頼を裏切った彼の行為を思い返したくなかった。しかしドライブインの前にさしかかった瞬間、彼の姿が目に飛びこんできた。握りしめた拳を脇に垂らしたまま、敷地の真ん中に立ちつくしている。不自然なほどに落ち着いたそのたたずまいに、レイチェルはただならぬものを感じた。彼の視線の先にあるものを見たレイチェルは息を呑んだ。

スクリーンのど真ん中にまるで抽象画のような黒のペンキで書きなぐった筋が何本も走っている。レイチェルは車からあわてて降りた。

ゲイブの声は低く抑揚がなかった。「昨日閉店後に何者かが侵入して店をめちゃめちゃにしていった。スナックショップもトイレも……」ようやくレイチェルに向けたその目は虚ろだった。「ここにはもういられない。オーデルには電話しておいた。いまこっちへ向かっているところだと思う。ここへ来てみると、すでにこんな惨状だったとオーデルに伝えておいてくれないか」

「でも――」

ゲイブはそんなレイチェルの声も無視してトラックへ向かった。まもなくトラックは猛スピードで敷地を出ていった。あとにはもうもうとした土ぼこりだけが残った。

レイチェルは走ってスナックショップを見にいった。錠は破壊され、ドアが半開きになっている。なかを見てみると、壊れた器具類やソフトドリンクのシロップ、溶けたアイスクリーム、食用油などが床に散乱している。トイレへ行ってみると、シンクがひとつ壁からはがされており、便器はトイレット・ペーパーで塞がれ、内張りのタイルが壊れて床に散らばっている。

映写室を見ようとしていると、オーデル・ハッチャーが到着した。所轄署の車からオーデルとともに降り立ったのは、レイチェルを放浪罪で逮捕しようとしたジェイク・アームストロングという警察官だった。

「ゲイブは？」オーデルが訊いた。

「彼はそうとう動揺しています。ちょっと出かけましたが、まもなく戻るでしょう」だが本当をいえば何ひとつ確信が持てなかった。「発見したときもこの状態だったと伝えるようことづかっています」

オーデルは眉をひそめた。「困るな、ちゃんといてくれないと。許可するまであんたもここを動かないように。いいね？」

「もちろんです。ちょっと電話だけさせてください。従業員のケーラ・ミッグスに出勤しないよう伝えなくてはなりませんので」トム・ベネットの自宅は遠いので、たぶんもう家を出てしまっただろうから、連絡はつかないだろう。

電話がすむと、オーデルはレイチェルをともなって被害状況と盗難の被害についての確認を始めた。

レジに残しておいた釣り銭の一〇〇ドルと、ゲイブが仕事中に好んで聴いているラジオがなくなっていたが、ほかに何がなくなっているのかわからなかった。目の前の惨状にまじまじと見入りながら、レイチェルはゲイブがひどく平静だったことを思い返していた。このことで彼は彼女がサルベーションにやってくる以前の虚脱した境涯にまた戻ってしまうのだろうか。

トムが現われ、事件のあらましを聞かされ、同行して映写室を調べることになった。音響機器を操作するFM受信機が床に振り落とされていた。だが映写機そのものは重すぎるため、重い物、おそらく床に置かれた金属の椅子かなにかで映写機を殴りつけたようだった。あまりに見境のない破壊の仕方なので、レイチェルは寒気さえ覚えた。オーデルのほうを見ていった。「お客さまがいらっしゃる前に入口を封鎖しなくては。ここでの被害については私よりトムのほうがよくわかっていると思いますので」

さいわいオーデルは異議をとなえなかったので、入口へ急いだ。しかし外の階段に足をかけたちょうどそのとき、白のレンジローバーが轟音とともに敷地へ入ってきた。レイチェルは落胆した。誰に会いたくないといって、ゲイブの兄以上にいま顔を合わせたくない人物はいなかった。

車から飛びだしたキャルは大股で近づいてきた。「どんな状況なんだ？　ゲイブはどこにいる？　警察の無線で事件を知ったトム・マーサーから連絡を受けたんだ」

「ゲイブはここにいないわ。どこへ行ったのかはわかりません」

ドライブインのスクリーンに視線を走らせたキャルがいった。「いったい何があった？」

「昨日閉店後に誰かが店を故意に破壊していったんです」

キャルは声にならない呪詛《じゅそ》を口走った。「心当たりは？」

レイチェルはかぶりを振った。

オーデルを見かけ、キャルは階段を駆けのぼった。レイチェルはチケット売り場へ逃れた。チケットブースに着くと、入口にチェーンをかけ、閉店と書かれた木挽《こび》き台を引っぱってきた。これは自分で書いたものだ。色はチケット売り場と同じ紫色にした。

それがすむとチケット売り場に入ってハイウェイの方向を見やった。サルベーションにやってきてまだ六週間しかたっていないことが信じられない。これまでのさまざまな出来事がミュージックビデオのように脳裏に次々と浮かんでは消えていく。

入口に人影を感じた。「署長からあんたに話があるそうだ」

くるりと振り向いてみると、ジェイク・アームストロングが立っていた。放浪罪で逮捕しようとしたあの日よりさらに不遜《ふそん》な態度である。レイチェルは刺すような不吉な予感を覚え、あわてて打ち消した。「わかりました」

アームストロングはドアに対して至近距離に立っていたので、レイチェルは彼に触れないで戸口を通り抜けるのに少し体を回転させなくてはならなかった。三歩ほど歩いたところで署長とキャル、トムの三人がエスコートのまわりを取り囲んでいるのに気づいた。ハッチバックは開け放たれている。

警察といえども個人の車のなかを勝手に調べる権利はないはずだと最初は思ったが、やがて車はキャルの妻のものであることを思い出した。それでもやはり不快なものは不快である。不安がつのり、レイチェルは歩調を速めた。

「何か問題でも？」

キャルが冷酷な表情を向けた。「問題は大ありだ。この町を去る前にちょっと復讐をこころみた、というわけなんだな」

「復讐？　なんの話をしているの？」

オーデルは車のボンネットのまわりをぶらぶらと歩きまわっている。その手には皺くちゃになった白い紙袋がにぎられている。スナックショップで使っているのと同じ類いの袋だ。溶けたチョコレート・アイスクリームのような汚れが付着している。「レジから消えた一〇〇ドルを発見した。この袋に入れられた金があんたの車の前の座席の下に突っこまれていた」署長はレイチェルのみすぼらしい私物を積んだ後部座席を身ぶりで示した。「トムの小型テレビとあんたがないといっていたラジオもあの箱の下にあった」

レイチェルは心臓が飛びでるほど驚いた。「でも……私には理解できません」

トムは怒りと動揺をにじませた表情をしていた。「あのテレビは妻がくれた誕生日のプレゼントなんだ。おれがそういったのを覚えているだろう？　仕事中でも野球が観られるように贈ってくれたものなんだよ」

自分が置かれた状況を認識して衝撃を受けた。この犯罪責任は彼女にあると思われているのである。突然の恐怖に肌がちくちくと痛んだ。「ちょっと待ってください。私はこんなことしていません！　どうしてこんな——」

「あとは裁判所でいってくれ」キャルが鋭くいった。オーデル署長に向かっていう。「ゲイブが居合わせないので、私が代理で告発しますよ」

レイチェルはよろめくようにして前へ進み、キャルの腕をつかんだ。「キャル、こんなことやめてちょうだい。私は何も盗んだりしていないわ」

「ではなぜエスコートのなかにあったんだ？」

「わからない。でも私はこの店を愛しているのよ。こんなひどいことをするはずがないでしょう」

だが何をいっても無駄だった。レイチェルは信じられないような思いで、署長が逮捕者の権利を読みあげるのを聞いていた。それが終わると、キャルは上からレイチェルをにらみつけた。無慈悲な、咎めるようなまなざしだった。「ジェーンはきみのことがひと目で気に入った」キャルは苦々しげにいった。「イーサンももう少しできみに味方しそうになっていた。きみが本気でゲイブを想っていると信じはじめていたんだ。しかしおまえさんのねらいはあいつの預金残高だったというわけだ」

レイチェルの怒りは燃えあがった。「私はその気になれば彼の預金をものにすることだってできたわ。このわからず屋！　彼は私に結婚を申しこんだのよ」

「嘘だ」キャルは歯を嚙みしめながら、言葉を発した。「なるほどな。そもそも最初から結婚が目的だった。あいつがいま無防備な状態にあるのを知っていて――」

「彼はあなた方が思うほど無防備ではないわ！」レイチェルは叫んだ。「あんたなんかくそくらえよ、キャル・ボナー！　あんたは――」

ジェイク・アームストロングに腕をつかまれ、後ろでねじられ、レイチェルは痛みに息を呑んだ。反応するいとまもないまま、手首に手錠がかけられた。危険な犯罪者を拘束するのとまったく同じ方法である。

キャルが眉をひそめた。何かいいかけたが、そのときオーデルがキャルの背中をたたいた。

「きみの慧眼《けいがん》にはかぶとを脱ぐよ、キャル。車のなかを調べるなんてまるで思いつかなかった」

レイチェルはいまにも泣きだしそうだった。涙を必死でこらえ、キャルをにらみつけた。

「こんなことをしたあなたを、私は決して許さないわ」

キャルの顔に初めて不安の影がさしたが、すぐに表情は引き締まった。「すべて自業自得だよ。あの小切手で少し楽にさせてやろうとしたのに、貪欲《どんよく》にもほどがある。ちなみに月曜日の朝には例の小切手の振出しを停止するからそのつもりで」

ジェイク・アームストロングがレイチェルの頭に手を置き、ことさら手荒にパトカーの後部座席に押しこんだ。後ろにかけられた手錠のために動きがぎこちなくなり、レイチェルはよろめいた。

「気をつけろ」倒れかかったレイチェルをキャルが支え、後部座席に座らせた。

レイチェルはキャルの手を振り払った。「あなたの手助けなんて必要ありません!」

キャルはそんなレイチェルの言葉など黙殺してジェイクのほうを向いた。「手荒な扱いはやめろ。拘束は結構だが、いいかげんな扱いは許せない。わかったか?」

「私が責任をもつから」オーデルが約束した。

キャルが立ち去ろうとした。

エドワード! あの子はいったいどうなるの? クリスティはいないし、子守はまだ十六にもならない。

「キャル!」またしても息子のために自尊心を抑えなくてはならない。慄える息をぐっと呑みこんで、レイチェルは懸命に穏やかな口調を保とうとした。「エドワードがクリスティのマンションにいるの。子守に預けたんだけど、とても若い女の子だから長時間面倒をみるのは無理なの。クリスティは留守よ」レイチェルのなかで何かが崩れ、目には涙があふれた。

「お願い……あの子はきっと怯《おび》えるわ」

キャルは長いあいだレイチェルを見つめていたが、やがてぞんざいにうなずいた。「ジェーンとおれとで面倒みるよ」

ジェイクが乱暴にドアを閉め、フロントシートのオーデルの隣に座った。走りはじめたパトカーのなかで、レイチェルは自分がこれから留置場へ連行されるのだという事実を受け止めようと努めた。

23

うっすらと明るかった空に宵闇が迫り、キャルはいもの袋でも抱えるように、チップを腕で抱えて階段を上った。「フットボール、すごく上手くなったな。だから相手するの疲れたよ」

何度か体をはずませてやると、チップはクスクスと笑った。子どもと遊んでやることで数時間前に子どもの母親の身に起きたことを自分も忘れられるかと期待したが、うまくいかなかった。

見あげるとロージーを抱いたジェーンがフレンチドアの内側に立っており、キャルは胸のなかにある種の衝撃を覚えた。この世でもっとも愛するふたりの女性を目にしたとき、ときおりこんな感覚に襲われることがある。かつてある時期、妻子など自分には不必要だと感じていたことがあったが、いまもそのことを忘れないようにしている。それを思い出すことで謙虚な気持ちを保つことができるからである。

おぞましい例のウサギのぬいぐるみをつかんだロージーがチップを見て、蹴ったり甲高い声をあげはじめた。フレンチドアの内側に入るとキャルはチップをおろし、ジェーンに撫でるようなキスをすると、ロージーを受け取った。

赤ん坊は満面の笑顔でラズベリーを吹きだした。最近凝っているいたずらだ。キャルは微笑みながらすでに汗で濡れたTシャツで顔を拭いた。そのとき、ジェーンがなにやらあわてているのを感じた。

キャルはなんだというように片方の眉をつり上げた。「外にいたのはせいぜい十五分だぜ」

ジェーンが溜め息をついた。「バスルームを見るまで待ってよ」

「またトイレット・ペーパーか？」

「今度は練り歯磨もよ。あなたがちゃんと蓋を締めなかったから。気づいたときは手遅れだったわ」

自分のことが話題になっているのを知っているかのように、ロージーはにっこりとよだれだらけの笑みを浮かべ、嬉しそうに手をたたいた。そのときになって赤ん坊から歯磨きの匂いがすることにキャルは気づいた。

「ロージーは悪戯ばっかりしてる」チップが大人のように勿体《もったい》ぶった言い方をした。「問題児だね」

キャルとジェーンは面白がって視線を交わした。

ロージーがまた蹴り、チップのほうへ腕を伸ばした。その動作のはずみでウサギが床に落ちた。キャルが床におろすと、赤ん坊はたちまち男の子の脚に抱きついた。ロージーのおなかをくすぐっていたチップがふとキャルを見あげた。幼い顔に不安が翳を落としている。

「ママはいつ迎えにきてくれるの？」

キャルはポケットに手を入れ、小銭をじゃらじゃら鳴らした。「あのさ、いい考えがあるんだ。今晩きみがここにお泊まりするっていうのはどうかな？」

ジェーンが目をまるくして見たが、キャルは視線をそらした。

「ママはいいっていうかな？」

「もちろんだよ。ロージーの隣で寝ていいんだよ。どうだい？」

「いいんじゃない」チップの顔から不安の翳りは消えない。「ママがいいっていえば」

「ママは反対しないさ」

母親が留置場に入れられているというニュースをこの子にどうやって知らせるべきか、キャルはいまだ迷っていた。この件ではイーサンの助力をあてにしていたのだが、宿泊予定のノックスヴィルのホテルに電話しても宿帳に記名はないという。クリスティにも電話してみたが、結果は弟のときと同じだった。おそらく予定を変更したに違いない。結局弟の留守番電話にメッセージを入れ、希望を託すことにした。

とはいえジェーンには事情を説明するしかないとは思う。ジェーンは何か変だと勘づいたときの例の表情を浮かべており、ロージーを寝かしつける前にちょっとチップを連れてくるだけだというふうに思いこませた手前、なんとかうまい答えを考えだしたほうがよさそうだった。

キャルはかがみこんでチップの頭をくしゃくしゃと乱した。「ちょっとのあいだ、ロージーを見ててくれよ」

「いいよ」

居間は通り抜け不能で子どもに安全な設計にはなっているが、長いあいだ放置するわけにはいかない。キャルは妻をキッチンより離れた場所に連れていくのはやめた。いやなことは先延ばしして、ジェーンを抱きしめ、首筋をそっと嚙む。妻はすぐに寄り添ってくる。妻の気をそらすのは簡単だが、避けられないことをあとまわしにしているにすぎない。

「チップをここへ泊める」

「それは聞いたわ。いったいなにごとなの？」

「何を聞いても騒ぎたてるなよ。じつはしばらくチップの面倒をみなくてはいけなくなった。レイチェルは勾留されている」

「勾留！」はっと顔を上げたジェーンの頭部がキャルの顎とぶつかった。「なんてことなの、キャル。どうにかしなくちゃ」ジェーンはキャルの腕を振りほどいてバッグを取りにいった。

「いますぐ迎えにいくわ。いったいどうしてまた——」

「ジェーン」キャルはジェーンの腕をつかんでさすった。「ちょっと待ってくれよ。レイチェルはドライブインをめちゃめちゃに破壊したんだ。勾留されるだけの理由はあるんだよ」

ジェーンは夫の顔をまじまじと見つめた。「めちゃめちゃに壊したってどういうこと？」

「キッチンを壊し、器具類を打ち砕き、九ヤードの大スクリーン全体に落書きした。レイチェルはゲイブに結婚を迫って断わられたので町を去る前に仕返しをしようとしたんだとおれは見たね」

「レイチェルがそんなことするはずがないわ」

「おれは現場の惨状をこの目で見たからいうけど、きみの判断は間違ってるよ。彼女のバッグのなかに長距離バスの乗車券がはいっているのを署長が発見したしね。これは彼女のゲイブへの面当てなんだよ」

ジェーンはカウンターの椅子に座りこみ、夫の前腕に手を伸ばし、撫でた。ジェーンはなにかと夫の体に手を触れたがる。口論している最中ですら手を触れようとすることがある。

「でもそれじゃ話のつじつまが合わないわ。レイチェルはゲイブを愛しているのに」

「彼女が愛しているのは弟の財産なんだよ」

「そうじゃない。レイチェルはゲイブのことを心から思っているわ。ゲイブを見る彼女のまなざしを見ればわかるはず。あなたもイーサンもゲイブの身を案じる気持ちが強すぎて、レイチェルのこととなるとまるで真実を見きわめられなくなっているのよ」

「真実を見きわめられないのはきみのほうさ。そうでなきゃ彼女が守銭奴のご都合主義者だってことを見抜けるはずだ」

ジェーンはなおも夫の体をそっと撫でる。「守銭奴のご都合主義者の息子があんなに心の優しい子に育つと思う？」

「レイチェルが悪い母親だとはいってない。そういうふたつの面はかならずしも矛盾するとはいえないさ」

キャルは居間をのぞいた。ロージーの様子を見るためもあったが、じつをいえばジェーンとまともに目を合わせたくなかったのだ。ジェーンの指摘はまさに核心をついていた。それは、内心キャルとしても気がかりな点ではあったのだ。レイチェルの息子はこのうえなく性格のいい可愛い子どもであり、彼女が子どもにどれほど深い愛情を注いでいるかが見えないほど彼は盲目ではない。チップの面倒をみてやってほしいと叫んだレイチェルの表情が脳裏によみがえった。あのとき、彼女の持ち前の闘志、威勢のよさはまるで感じられなかった。ジェーンは明晰な頭脳のつまった美しい頭部を振った。「どう考えても私には納得がいかないわ。どうして彼女が犯人だといえるの？」

キャルはエスコートのなかで証拠品が発見されたことを説明した。話を聞きながら、ジェーンは悲しげに目をうるませた。そんな妻を見て、キャルはあらためてスノープス未亡人に憤りを覚え、ジェーンの指先にキスをした。自分以外の人間が妻の心を乱すのは許せないと思う。

「でもやっぱりレイチェルがそんなことをするはずがないと思うわ。ゲイブがいくらショックを受けたからって、レイチェルを勾留させるなんて信じられない」

キャルとジェーンはたがいに秘密を持たない主義なので、告発したのは自分だと妻には打ち明けなくてはならないとは考えている。しかしそれは子どもたちを寝かしつけてからのほうがいい。おそらく口論になるだろうし、妻が動揺したら早めにベッドインするのが一番だということをキャルは経験から知っており、そのためには赤ん坊と五歳児が見ていては都合が悪いのだ。

「さあジェーン、チップを救助しにいこう。ロージーのお守りであの子、へとへとになってるんじゃないかな」

留置場は狭く、男女別舎にはなっていないため、別房でわめく酔っ払いの声が殺風景な壁にこだましていた。レイチェルは小さな独房のなかを歩きまわり、必死で狼狽を鎮めようとしていた。だがどう自分をなだめても、心には暗雲がたちこめてくるばかりだった。エドワードはどうしているだろうか。自分はいったいどうなってしまうのか。そして妻子を亡くした直後と同様、ふたたび出奔してしまったゲイブの行方。

ゲイブ……ほどなく迎えにきてくれるものと信じたい。きっと戻ってきてくれる。少なくとも兄弟に別れも告げず姿を消すはずもないし、私がこんな目に遭っていると知ったら飛んできてくれるはずだ。

夜もふけ、押し寄せる孤独感におののいているせいなのかもしれないが、ことはそう簡単ではないような気もする。物証はきわめて不利であり、ゲイブが信じてくれるという保証はない。なぜあのような物がエスコートのなかにあったのか、彼女自身まったく理解できないでいるぐらいなのだから。

ゲイブが彼女を愛していれば、事情はまるで違っていたことだろう。愛していれば、彼女が犯人ではないことを心で察知してくれるはずではないのか。だが愛のない心は、サルベーションの大多数の住民と少しも変わらない。彼もまた、レイチェルの無実を信じようとはしないだろう。

レイチェルは唇を嚙み、ひたすらエドワードを思った。だが思えば思うほど不安がつのり、いても立ってもいられなくなった。ただでさえエドワードの身の安全に対する感覚は脆くはかないのに、それがまたしても損なわれようとしている。キャルがエドワードを無事に預かっていてくれると信じたいが、いまとなっては何ひとつ信じられるものはない。最初の数時間はジェーンが仲裁してくれるという希望を抱いていたが、そうはならなかった。

レイチェルはつのる不安から守るように自分自身を抱きしめ、わが身の運命をあらためて思い返した。キャル・ボナーに対抗できるものは何もない。彼は資産家であり、名声もあり、住民から尊敬もされている。弟のためならば、レイチェルを監獄で朽ち果てさせることなど造作もない。

外の扉が耳ざわりな音をたてて開き、男がひとり入ってきたので、レイチェルはびくっとした。今夜当直のジェイク・アームストロングかと思ったがそうではなかった。ややあって、ようやくその男がラス・スカダーであることに気づいた。

スカダーは指にタバコをはさんだままレイチェルの独房の前で止まった。もう真夜中に近く、とても面会者が訪れるような時間ではない。そんなスカダーの姿にレイチェルは寒気を覚えた。

「ジェイクに頼んで入れてもらったんだ」ラスは目をそらしたままいった。「あいつとは……昔なじみでさ」

「なぜここに？」独房は施錠されているのだとみずからに言い聞かせるものの、やはり落ち着かない。

「じつは――」ラスは咳払いをし、タバコを一服吸った。「おれ、あんたに借りがあるのはわかっているんだけどさ、保釈金は高いし、いまちょいと懐が寂しいもんでね。あんたがリサにくれた小切手はエミリーの基金にまわされるし」

「わかってるわ」月曜日にバスに乗らなければ小切手は無効になるとはとてもいえなかった。

「基金に寄付してもらったことはありがたいと思ってるよ」

ラスがここにやってきた理由も定かではなく、どんな返答をすればよいのかわからないので、レイチェルは黙っていた。

「エミリーなんだけどさ。あいつだいぶ具合がよくなってるんだ。白血球の数値も下がってる。みんな最悪の事態を覚悟していたのに」ラスはようやくレイチェルと目を合わせた。

「リサのおふくろはあんたが神癒をやってくれたんだっていってる」

「していないわ」

「あんたに会って以来、エミリーは日に日に回復しているんだ」

「それはよかった。でも私の力ではないわ」

「最初はおれもそう思った。でもいまは、違うともいえないような気がする」ラスはひたいに皺を寄せ、そわそわとタバコを吸った。「あまり急に回復したんで、医者も首をかしげているんだ。あんたは目を閉じてたって、あの子の体に触れたあんたの手は熱かったってエミリーがしきりにいってる」

「部屋が暑かったからよ」

「それはそうかもしれないけど。でも……」ラスはタバコを投げ捨て、足でもみ消した。「ちょっとあることで気分がもやもやしててさ。おれの娘……」ラスは手の甲で鼻をこすった。「おれはとてもいい父親とはいえないけど、でもあいつはおれにとってはかけがえのない存在なんだよ。その娘をあんたは助けてくれた」ラスはシャツのポケットからタバコを引き抜き、じっと見おろした。「ジェイクに頼みこんでここに入れてもらったのは、おれはあることであんたに謝らなくちゃいけないし、恩義もあるということを話したかったからなんだ。あんたを助けてくれそうなやつにおれから連絡してみるよ。心当たりがあるならいってくれ」

「心当たりはないわ」

「おれに金があればなあ……」ラスはタバコをシャツのポケットに戻した。

「いいのよ。あなたに保釈金を出してもらおうとは思わないから」

「本気なんだよ。金さえあればさ……」

「ありがとう。エミリーのことはほんとによかったわ」

ラスはこわばった表情でうなずいた。

レイチェルはラスがなにか言いよどんでいることがあるのではないかという気がした。どこか屈託したためらいが感じられたからだ。そのとき、ラスは扉に向かって歩きだした。しかし扉に着いたとたん、レイチェルの独房へ戻ってきた。「打ち明けなくてはいけないことがあるんだ。おれは恥ずべきことをしでかした」

十字架を燃やし、タイヤを切り裂き、コテージの表に落書きし、財布を盗んだのは自分のしわざだったと告白するラスの話にレイチェルはじっと聴き入った。「おれはドウェインという人間が好きだったし、寺院での仕事も気に入っていた。あれはこれまで就《つ》いた仕事のなかでも最高の仕事だったよ。あれ以来ろくなことがない」ラスはまたタバコに手を伸ばした。

「ボナーのドライブインで数週間働いたけどクビになった。それであんたがこの町にやってきて、ボナーがあんたを雇った。頭のなかでいろんなことが一緒くたになって、おれはあんたに対して敵意を持つようになった。ドウェインのおかげでこんな目に遭ってるっていう鬱憤があったのかもしれない。しかしどんな理由があったって、おれのやったことは間違っていた」ラスはようやくタバコに火をつけ、煙を深々と吸いこんだ。

「ドライブインを壊したのもあなた？」

「違うよ」ラスは強調するように首を振った。「犯人にも心当たりはない」

「どうしてこんな話をしにきたの？」

ラスは肩をすくめた。「最近じゃリサにもフランにもまともに相手にされなくなったけど、娘のことは愛しているし、あんたに恩義があることぐらいおれだって考えるからさ」

レイチェルは彼の話を理解しようと努めた。別の時機にこんな告白を聞かされれば、おそらく激怒しただろうが、いまはラス・スカダーにかかずらうエネルギーなどない。

「わかったわ。あなたの話はたしかに聞きました」

ラスも許しの言葉を期待してはいないらしく、レイチェルもそれを口にすることはなかった。

その後独房の簡易ベッドの上で膝を抱えながら、レイチェルは絶望を受け入れた。それでも、ゲイブにだけは信じてほしかった。どんな悪い評判を耳にしても、どんな証拠があっても、信じてほしかった。

枕元のデジタル時計は四時二十八分を表示している。キャルは体を添わせながら眠っているジェーンを枕ごしにながめた。罪悪感のせいで眠れないのだと自分でもわかっている。それにゲイブのことも心配だ。ゲイブはいったいどこに行ってしまったのだろう。

子どもたちを寝かしつけてから車でコテージまで行き、市街地にある両親の家も調べてみたが、弟が立ち寄った形跡はまるでなかった。

レイチェルを告発したのは自分であるという事実をいまだジェーンに打ち明けてはいない。口実を見つけては告白を先延ばしにしていたのは、ひとえに妻の憂い顔を目にしたくないという理由からだった。そうこうするうちにベッドでもつれ合い、その後ふたりとも眠ってしまった。だがそれでも、打ち明けずにいるのは間違っている。ジェーンが目を覚ましたら、すぐに話をするしかないと思う。もはや口実もつき、先延ばしする理由もない。ただ彼女の理解を得られる努力をするだけだ。

そうはいっても、簡単ではないだろう。ジェーンには家族がなく、キャルと兄弟たちとの絆《きずな》の強さを完全には理解できない。それにゲイブがどれほど人から利用されやすい人間であるか、まだつきあいの浅いジェーンはよくわかっていない。しかしキャルはそれを知り抜いており、どんなときも愛する者を必死で守ろうとする彼が弟を守ろうとしたのは当然のことだったのである。

キャルは留置場の監房でひとり孤独を噛みしめているであろうレイチェルのことを考えた。彼女もいまごろ息子を案じながら目覚めているのだろうか。なぜ暴挙に及ぶ前に幼い息子のことを考えなかったのだろうか。

あれはあくまで衝動的な行為であって、そうした残酷さがようやく新しい生き方を見いだしたばかりの男にどんな影響を及ぼすのかという思慮は働かなかったと信じたいが、それでも罪は罪。とても許されるものではない。彼女も世のなかによくいる、自分の欲求を満たし、

苛立ちを晴らすことしか頭にない自己中心的な人間のひとりで、悪行の報いはみずから受け

なくてはならないのだ。やはり自分の行ないは正しかったという満足感で、キャルはようや

くうとうとした。

一時間後、キャルはドアのチャイムと狂ったようにドアをたたく音ではっと目を覚ました。

隣でジェーンも飛び起きた。「なんなの？」

「ここにいろ」そういったときはもうベッドからおりていた。裸体の上にあわててローブを

はおり、寝室を出て階段をおり、玄関に着くと、のぞき穴から相手が誰かを見た。ドアの向

こうに立っているのがゲイブだとわかり、キャルはほっと胸を撫でおろした。

キャルはドアを急いで開けた。「いままでいったいどこにいたんだよ」

ゲイブは見るに耐えない様子をしていた。目は充血し、顎には無精髭が生え、疲労の色が

濃かった。「レイチェルがいないんだ」

キャルは一歩引いて、弟をなかに入れた。「鍵は持ってるだろう。勝手に入ればよかった

のに」

「うっかりしてた。話もしたかったし」ゲイブは髭をこすりながらいった。「レイチェルを

見なかったかい？　クリスティのマンションにいるはずなのに、誰もいないんだ。コテージ

にも行ってみたけど、人気《ひとけ》はなかった。困ったよ、キャル。レイチェルがどこにもいないん

だ。もう出発してしまったんじゃないかと心配している」

「キャル、どうなってるの？」

ふたりが見あげると、前にティンカーベルの絵のついたピンクのナイトシャツを着たジェ

ーンがおりてくるところだった。キャルもいつもなら、世界でも屈指の女性物理学者の彼女が漫画のねまきを愛用しているという事実に思わず微笑んでしまうのだが、今日ばかりはそんな気持ちにもなれない。ジェーンをこんな騒動に巻きこみたくないというのが本音である。

ゲイブが階段の下に駆け寄ったのを見て、キャルはますます不安になった。弟は常日頃動作が緩慢な人間で、ゆったりとした歩き方、落ち着いた動作が特徴だった。それなのにいまの弟はあわてふためいている。「レイチェルがいないんだ。おれは愚かにもレイチェルひとりを残してドライブインを出てしまったんだ。それ以来彼女の姿が見えなくなった」

ジェーンの顔に困惑の色が広がった。「勾留されているわ」

ゲイブは義姉の顔をまじまじと見つめた。「勾留?」

ジェーンは懸念をにじませた表情でゲイブの腕に手をかけた。「よくわからないの。レイチェルがドライブインを故意に破壊して、あなたが彼女の勾留を依頼したってキャルから聞いたんだけど」

束の間の沈黙ののち、ゲイブとジェーンは同時に振り向いた。あまりに同じ動きだったので、ふたりの頭がぶつかってもおかしくなかった。

キャルはきまり悪そうに身動ぎした。「ゲイブだとはいってない。きみが勝手にそう決めこんだだけだ……」

ジェーンは横目で夫をにらんだ。キャルは急いでゲイブのほうを向き、穏やかな慰めるような口調で話した。「ドライブインを壊したのはレイチェルだったんだよ、ゲイブ。残念なことだがね。レジからなくなった金がほかの物と一緒にエスコートに隠されていた。おまえは絶対告発するだろうと思ってかわりにしただけだ」

ゲイブの声はサンドペーパーでこすったようにざらついていた。「兄さんがレイチェルを投獄したのか?」

キャルは極力穏やかに事実を説明した。「レイチェルは法を犯したんだ」

次の瞬間、気づいたときにはロビーに飛ばされていた。ラスベガス・スタイルの噴水の縁にふくらはぎが当たり、キャルはバランスを失って水のなかにしりもちをついた。ゲイブは噴水の水があたり一面に飛び散る様子を見ながら、大きく息を吸いこんだ。こうなれば、兄を殺してしまいかねない勢いだった。

キャルはもがきながら体を起こした。ローブはすっかり水につかっている。「あいつはおまえのドライブインを破壊したんだぞ! 勾留されて当然なんだ!」

ゲイブは怒りを爆発させ、噴水に向かって走りだした。だが噴水に到達する前にジェーンがあわててふたりのあいだに割って入った。「やめて! こんなことをしていてもレイチェルのためにはならないわ」

「レイチェルのためだって、ばかばかしい!」キャルは目に入った水をこすりながら叫んだ。

「助けなくちゃならないのはゲイブのほうなのに!」

ゲイブはジェーンをよけて兄のローブの襟元をつかんだ。「あれはおれのドライブインなんだぞ、このくそったれ! あんたのものじゃない! あんなことをする権利はなかったんだ!」そういいながら兄をまた水のなかへ押し戻した。

なんてことだ……ゲイブは急に汗が吹きだした。レイチェルが勾留されている。キャルも悪いが、自分にも同様の責任がある。逃げだしてしまったのだから。あの時点では逃避しか頭になかった。すっかりおじけづき、現場に踏みとどまって事件に対処することができなかったのだ。

一刻も早くレイチェルを救いださなくてはならない。ドアに向かおうと背を向けた瞬間ゲイブは急に立ちすくんだ。小さな聞き慣れた声が階段の上から聞こえたからだ。

「ゲイブ?」

見あげるとマッチョマンのTシャツと小さな白の綿ブリーフを着たチップが立っていた。後頭部から薄茶色の毛が雄鳥の尻尾のように飛びだし、涙が頬をつたい、銀色に光っていた。

「ゲイブ?」チップはささやくようにいった。「ママはどこ?」

ゲイブは自分の心臓がぱっくりと割れたような気がしたが、こぼれて出てきたものは怒りや不機嫌ではなかった。生気と欲求と愛にあふれた鮮血だった。ゲイブは二段おきに階段を駆けのぼって、子どもの体を素早く抱きあげた。「大丈夫だよ、チップ。いまママを迎えにいくから」

褐色の瞳がゲイブの目をしげしげとのぞきこんだ。「ママに会いたい」

「そうだろうとも。わかってるよ」

チップの慄えが掌に伝わり、子どもが泣きだしたのがわかった。兄夫婦の耳目をはばかって、ゲイブはチップを客用寝室に連れていった。座り心地のいい椅子がなかったので、ベッドのへりに腰掛け、チップを膝に抱いた。

幼い少年の涙はほとんど声にならない静かな涙だった。ゲイブは小さな体を胸に抱きしめ、髪を撫でた。レイチェルを迎えにいく前に、この子どもを気づかうのが先決だった。

「ママになにかよくないことが起きたんだよね？」

「ある誤解が生じてね。大変な手違いがあったんだよ。ママは無事だが、きっと怖がっていると思う。だから迎えにいってやらなくちゃいけないんだ」

「ぼくも怖いよ」

「そうだとは思うけど、すぐにママを連れ戻してくるから大丈夫」

「ママは死ぬの？」

ゲイブは子どもの頭のてっぺんにキスをした。「ママが死ぬもんか。元気で戻ってくるよ。ただ怖がっているだけさ。それにきっとすごく怒っている。ママは怒るとすごいからね」

チップがいっそう体をすり寄せてきた。ゲイブは子どもの腕をさすってやった。その手触りの心地よさにゲイブは自分も泣きたくなった。

「どうしてロージーのパパは噴水に座っていたの？」

「それは……ええと……滑ったんだ」

「ゲイブ？」

「なに？」

子どもの静かな息遣いは夜の静寂にささやきのように響いた。「ゲイブのこと、許すよ」

ゲイブは目頭が熱くなった。チップは簡単に人を許しすぎる。この子どもは安定を望む気持ちが強く、それを手に入れるためならなんでもする。だからゲイブの過ちですら忘れようとするのだ。

「許さなくていいんだよ。ぼくがしたことはそうとう間違ったことだから、もっとよく考えたほうがいいんじゃないかな」

「うん」

ゲイブは子どもの手を自分の手で包み、親指で子どもの掌を撫《な》でた。

子どもの頭の充実した重みが胸に押しつけられた。「よく考えてみたよ」チップはささやいた。「そして許すことにしたんだ」

ゲイブはチップの髪にふたたびくちづけをして、まばたきをし、静かに体を離してチップの小さな顔をのぞきこんだ。「さてママを迎えにいってこようか。ママが戻るまで怖いだろうから、ロージーの部屋にそっと入って、毛布でロージーのベビーベッドの隣に間に合わせのベッドを作ってあげよう。そのほうが安心かい?」

チップはうなずき、やがてゲイブの膝からもがくようにしており、自分の枕をつかんだ。

「ぼく、赤ちゃんのころにロージーの部屋で眠っていたんだよ。知ってた?」

ゲイブは微笑み、布団を持ちあげた。「知ってるよ」

「そう。ロージーが起きちゃうから、そーっとやらなくちゃいけないよ」

「そーっとね」布団を脇にはさみ、ゲイブはチップの手をとって廊下へ出た。

「ゲイブ?」

チップは立ち止まり、大きく見開いた真剣な目でゲイブを見あげた。「ジェイミーも一緒にロージーの部屋で眠れたらよかったのにね」

「そうだね」ゲイブはささやいた。「そうだとよかったのにね」

ゲイブはサルベーションを破壊してでもレイチェルを留置場から出す意気ごみで出かけたが、幸いにもオーデル署長の自宅のドアをたたくとすぐに署長が起きてきたので、そうまでする必要はなくなった。

七時には留置場の入口の金属製のドアを見据え、警察署の本部の床の上を行きつ戻りつしていた。機を得て兄には報復をしなくてはならない。

しかしそう思う一方で自分が兄に責任転嫁しているのはわかっていた。彼が逃げださなければこのような事態にいたるはずもなかったのだ。

ドライブインをあとにしたゲイブは郡の境界線を突っ切って、終夜営業のトラック・サービスエリアに行き着き、そこでひどくまずいコーヒーを飲み、内なる悪魔と対峙した。数時間がたち、レイチェルの指摘は正しかったと思いいたったのはもう夜明け近かった。彼にとって『カロライナの誇り』は格好の隠れみのだったのである。彼はこれまで生存はしていても、真に生きているとはいえなかった。勇気もなかった。

ドアが開いてレイチェルが姿を現わした。彼女はゲイブの姿を目にして、立ちすくんだ。顔色は蒼ざめ、髪はもつれ、キャラコのワンピースも皺だらけだった。大きな黒い靴がまるでコンクリートのかたまりのように細い脚の先に重くぶらさがり、彼女のさらなる重荷と化していた。しかしゲイブの胸を引き裂いたものはその目であった。悲しみと不安をたたえた、大きなその目だった。

ゲイブは駆け寄ってレイチェルを腕に抱きしめた。レイチェルはガタガタと慄えていた。

その慄えを受け止めながら、ゲイブはさきほど同じことをしたチップのことを考えた。やがてこの威勢がよく頑固で心優しい女、自分を墓場からこの世に引き戻してくれたこの女を強く抱きしめることしか考えられなくなった。

24

レイチェルはゲイブの胸に力なくくずれこんだ。ゲイブの腕が体を包みこむのを感じながら、やっとの思いで尋ねた。「エドワードはどこ?」

「キャルとジェーンのところにいる」ゲイブの手がレイチェルの髪をしきりに撫でる。「あの子は元気だよ」

「キャルが——」

「しーっ……いまは何もいうな」

背後で警察署長の声がした。「証拠はあるんですよ」

「それは証拠なんかじゃない」ゲイブはレイチェルから体を離し、オーデル署長に射るような視線を向けた。「ドライブインを出ていく前にぼくがエスコートに積んだんですから」

レイチェルは驚いて息を呑んだ。ゲイブは嘘をいっている。それはその表情からもうかがえる。

「あなたが?」オーデルが訊いた。

「そのとおり。ぼくです。レイチェルはいっさい知らないことです」有無をいわせぬ断固としたその口調に、オーデル署長も反論する気が失せたようだった。ゲイブはレイチェルの肩にまわした腕にいっそう力をこめ、ドアへ向かった。

朝日を浴び、朝の澄んだ空気を吸いこみながら、レイチェルは大気をこれほどすがすがしく感じたことはかつてなかったような気がした。ふと見ると、ゲイブは警察署長専用と書かれた駐車スペースに置かれたメルセデスのほうへと向かって歩いている。しばらくして、やっとレイチェルはそれがゲイブの車だということを思い出した。小型トラックを運転しているところしか見たことがなかったからである。

「これ、どうしたの？」

ゲイブはドアを開けてくれた。「少しでも快適なほうがいいだろうと思ってね」

レイチェルは微笑もうとしたが、その笑みも口の端で曖昧《あいまい》によどんだ。

「さあ乗って」ゲイブは優しくいった。

レイチェルは素直に従い、しばらくするとふたりを乗せたメルセデスは優秀なドイツ製エンジンの音を響かせながら、まだ人気のないサルベーションの街路を走っていた。ハイウェイに入ると、ゲイブはレイチェルの太腿に手をのせた。

「朝食までにはママを連れ戻すって、チップと約束したんだ。ぼくがあの子を連れて出てくるから、きみは車のなかで待ってればいい」

「あの子に会ったの？」

そう尋ねながら、エドワードのことが会話に出るとゲイブの顔にかならず浮かぶ、こわばったような冷ややかな表情を予想したが、そこにあったのはひたすら懸念に満ちた表情だけだった。「きみが勾留されているとはいわなかったんだ」

「なんていったの?」

「ただ話の行き違いがあって迎えにいかなくてはならないとだけいったよ。でもあの子は敏感な子どもだから、何かおかしいとは勘づいているんじゃないかな」

「あの子はなんでも最悪の事態を想像するのよ」

「あの子がロージーのベビーベッドの隣で眠れるように、にわかごしらえのベッドを用意してやったんだ。そのほうが落ち着くかなと思ってね」

レイチェルは目をまるくしてゲイブの顔を見つめた。「ベッドを用意してくれたの?」

ゲイブはレイチェルを見つめながらいった。「そのことで、いまあれこれいうのはよそうよ、な?」

もっと尋ねたいのはやまやまだったが、どこか切望するようなゲイブの表情にレイチェルも黙るしかなかった。

沈黙が続き、一、二マイル走っただろうか。ラス・スカダーのことを話しておかねばとは思いつつ、レイチェルはあまりの疲労にその気力がわかず、ゲイブのほうも物思いに沈んでいる様子だった。とつじょゲイブは車を路肩に停め、運転席の窓をおろし、苦悩に満ちた表情で見つめた。レイチェルはにわかに不安を覚えた。

「何か私に隠していることがあるのね?」

「そうじゃない」ゲイブは答えた。「あることで思い悩んでいるだけだ」

「どんなことで?」

ゲイブは前にかがんだかと思うと、レイチェルの足首のあたりに指をからませ足首を持ちあげた。「きみが苦労してきたことはよく承知している。だけどどうしてもあきらめてほしい物がある。そうしてくれないと困る」

レイチェルは戸惑いつつ靴が脱がされるのを見ていた。ここで愛し合おうとでもいうのだろうか。まさかこんなところでそれはありえない。早朝でもあり、交通量は少ないとはいえ、ハイウェイなのだから、いつなんどき人の目にさらされるかわからない。

もう一方の靴も脱がせ、ゲイブは羽のように軽くキスをした。情熱より慰めが感じられるキスだった。心地よくて、このままずっと続けてほしいと思うほどだったが、ゲイブは唇を離し、髪を後ろに撫でつけながら優しさのこもるまなざしで見つめた。

「愚かしいのは自分でもわかっている。思いやりがない、偉そうな態度だと非難されても当然かもしれない。でもきみがこいつを履いている姿を見るのはもう一分一秒だって我慢できないんだよ」手首を素早く動かし、ゲイブはレイチェルの靴を窓から投げ捨てた。

「ゲイブ！」

ゲイブは車を発車させ、まもなくハイウェイに戻った。

「いったいどうしたの？」レイチェルは後ろを振り返り、かけがえのない靴の行方を探そうとした。「あれは私の唯一の靴だったのに！」

「かわりは買ってやる」

「ゲイブ！」

ふたたび温かな慰めるような手がレイチェルの太腿にのせられた。「黙って。いいから黙って、な？」

レイチェルはがっくりとシートに身を沈めた。ゲイブは狂ってしまった。そうとしか思えない。ドライブインの破壊が彼をついに狂気の世界に押しやってしまったのだ。心のなかが千々に乱れ、思考もままならなくなった。考えるのはあとにしよう、と気持ちの区切りをつけた。

祈る手の門がふたりを迎え入れた。そのまま走り、中庭の真ん中に車を駐めた。靴を脱がされたときにスウェット・ソックスの片方が脱げてしまったので、レイチェルはかがんで残りの靴下を脱ぎ、車のドアを開けた。

ゲイブが視線を投げた。「あの子はおれが連れてくるっていっただろ」

「あなたのお兄さんなんて怖くはないわ」

「そんなことはいってない」

「私も行くわ」

レイチェルは裸足のまま玄関の階段をのぼった。昨日の午後から髪もとかしておらず、キャラコのワンピースは皺だらけだったが、やましいことはいっさいないのでキャル・ボナーから隠れるつもりなど毛頭なかった。

ゲイブは落ち着いた歩調で後ろをついてくる。だがこうして寄り添うのも今日かぎりのことだ。明日の朝には彼のもとを去り、エドワードと長距離バスに乗るからだ。

ドアには錠がかかっておらず、ゲイブはレイチェルを優しくなかへ押し入れた。ふたりが到着するところを見ていたのだろう。ジェーンはすぐさまキッチンからロビーへ飛んできた。着ているのはジーンズにTシャツ。いつもはきちんとまとめられている髪もおろしたまま、顔もすっぴんである。

「レイチェル、大丈夫？」

「なんともないわ。ただちょっと疲れているだけ。もうエドワードは起きているかしら？」

「ロージーのおかげでゆっくり寝ていられなかったみたい」ジェーンはレイチェルの手を握りしめた。「ごめんなさいね。私もキャルが何をしたのか数時間前まで知らなかったの」

レイチェルはどう答えてよいかわからず、ただうなずいた。

ちょうどそのとき、階段の上から赤ん坊の甲高い声と幼い男の子の大きな笑い声が響いてきた。レイチェルが顔を上げてバルコニーのあたりを見ていると、子ども部屋から片側の脇にホースを抱いたロージー、もう一方の脇にエドワードを抱えて、キャルが現われた。汽笛のような声を出しながら、ふたりの子どもの体をひょいひょいと弾ませていたが、階下のロビーにいる三人の姿を見てぎくりと立ち止まった。

エドワードが顔を上げて母親を見た。昨日の夕方ベビー・シッターに預けたときと同じ紺色のショートパンツをはいているが、肩からずり落ちそうに大きな青のTシャツはきっとジェーンのものだろう。『思弁と実践――物理学』と全面に書かれているからだ。

「ママ！」

レイチェルは駆け寄って不安が吹き飛ぶまで息子を抱きしめたかったが、それでは息子をかえって怯えさせてしまう。「あらお寝坊さん」

カーペットの上におろされたエドワードは手すりにつかまりながら、飛ぶように階段を駆けおりてきた。「ゲイブ！　やっぱりママ戻ってきたね！」廊下を転がるようにしてレイチエルの脚に走りこんでくる。「ねえねえ、ロージーったらオムツのなかにウンチしちゃったんだよ。それで部屋じゅう臭かったの。だからロージーのパパがくちゃい・ロージーって名前をつけたんだ」

「そうなの」

「大騒ぎだったんだよ」

「きっとそうでしょうね」

顔をあげて、娘を腕に抱きながら階段をおりてくるキャルを見た。キャルは冷たい視線を返した。

「キッチンにコーヒーが用意してあるの」ジェーンがいった。「あり合わせだけど朝食も食べていって」

レイチェルは一瞬キャルと視線を合わせ、エドワードの手をとった。「ありがとう、ジェーン。でももうおいとましなくちゃ」

「でもママ、ロージーのパパがラッキー・チャームズをくれるって」

「また今度ね」

「でもいま欲しいの。だめ？　お願い、ママ」驚いたことにエドワードはゲイブのほうを向いた。持ち前の用心深さが戻り、声は小さくなり、態度も慎重になった。「いいでしょ、ゲイブ？」

またまた驚いたことに、ゲイブが手を伸ばしてエドワードの肩をさすった。自然に出たしぐさで、声にも優しさがこもっており、レイチェルは呆気にとられた。「ママは疲れていると思うよ。帰り道にぼくがラッキー・チャームズを一箱買ってあげようか」

エドワードはいやがるだろうと思ったが、違った。息子は母親の陰に隠れもせず、ゲイブと話しつづけた。用心深さはもはやなかった。「でも帰ったらロージーが食べ物で髪をべたべたにするところが見られなくなるよ。ロージーったら、いつもそうなんだよ、ゲイブ。ほんとに……ぼく、あれが見たい」

ゲイブがレイチェルを見た。「どうする、レイチェル？」

レイチェルはふたりの関係の変化にまごついて、返す言葉も浮かばなかった。そこへジェーンが口をはさんだ。「疲れているでしょうけど、ともかく食事はしなくちゃだめよ。帰る前になにか作るわ」答えも待たず、ジェーンは元気にキッチンへ向かった。

男たちは押し黙ったまま、用心深くあとに続いた。しかしエドワードはそんな大人同士の緊張には気づいていないようだった。ロージーとゲイブとキャルのあいだを行ったり来たりしながらラッキー・チャームズのことやロージーの食べるときの癖についてあれこれ質問したり、子ども部屋に恐竜がやってきたという赤ん坊時代の話を長々と聞かせたりした。男たちはそんな子どもの話に熱心に聞き入った。もっぱらの理由はそうすればたがいに口をきく必要がないからであった。

レイチェルはひと言断わって、化粧室に行き、できるかぎり身なりを整えたが、裸足と皺だらけの服のせいで、ボナー家を訪問しているというより、『怒りの葡萄』のジョード家とともにオクラホマの荒野を旅しているような様子をしていた。

出てくると、ジェーンがパンケーキ・ミックスの箱を開けており、エドワードはシリアルのボウルを前にスツールの上に座っていた。キャルはハイチェアのロージーにオートミールを食べさせていた。少し離れたところでゲイブはカウンターにもたれ、深緑色のコーヒー・マグを揺らしている。

ジェーンが開けかけのパンケーキ・ミックスの箱から目をあげ、レイチェルの裸足をまじまじと見つめた。「靴はどうしたの？」

ゲイブは兄をひとにらみするとレイチェルの答えをさえぎった。「オーデルに押収されてしまったんだ。そのおかげで、あの汚いコンクリートの床の上でひと晩裸足で過ごすはめになっちゃったんだよ」

ジェーンはぞっとしたような顔でレイチェルを見た。レイチェルは眉をあげ、かろうじてそれとわかる程度に首を振った。ゲイブはいったいどうしたのだろう。今朝になって二度目の嘘である。どうやら兄を困らせようというのが目的らしい。

ジェーンは下唇を嚙み、ふたたびパンケーキ・ミックスに集中した。

キャルはすぐさま守勢にまわった。「おれはくれぐれも粗雑な扱いはしないようにと念を押しておいたし、オーデルもそれは約束してくれたんだ」ロージーが折悪しく、父親の顔にシリアルを吹きつけた。

エドワードが不意に声を張りあげた。「ロージーのママが昨日の晩、コンピュータを見せてくれて、まわる惑星っていうのが見られたんだよ。ええとそれは――なんだっけ？」ジェーンを見あげたエドワードの顔におなじみの心配そうな表情が浮かんだ。「忘れちゃった」

ジェーンの顔に微笑みが広がった。「太陽系よ」

「そうだった」

ちょうどそのとき、玄関のベルが鳴り、キャルが応答するためにさっと立ちあがった。時刻は朝の七時半、気軽に人の家を訪問するような時間ではない。しかしロビーからキッチンに響いてくるキャルの声で、訪問者が誰なのかレイチェルにもわかった。

「いったいどこにいたんだよ？」キャルがそういうのが聞こえた。「ノックスヴィルにいるはずなのに、ホテルに訊いても泊まっていないといわれたよ」

「計画を変更したんだ」

イーサンの声がしたのでレイチェルは渋い顔でジェーンを見た。「またひとり親衛隊がゲイブ救助に駆けつけたってわけね。私ってなんて幸運なのかしら」

ゲイブは呪詛の言葉をつぶやいてコーヒー・マグをたたきつけるようにテーブルに置き、イーサンのいるロビーへ向かった。

「ぼくらは――ぼくは昨晩遅く帰ってきたんだけど、今朝まで留守電をチェックしなかったんだ。兄さんのメッセージを聞くなり、クリスティは警察に飛んでいったよ。それで――ゲイブ！」

これほど早朝にクリスティはイーサンの家で何をしていたのだろうか。その事実が示す意味を考えていると、ジェーンがなめらかな額をうれわしげに曇らせながらじっと見つめた。

「あなたがとても辛い目に遭ってきたことは知っているけど、ゲイブのためにもこれは解決しておかなくてはいけないと思うの」

「そうかもしれないわ」レイチェルはジェーンからウェット・タオルを受け取り、満面の笑みを向けてくるロージーの汚れを拭いてやった。男性陣の会話が廊下で響いているあいだに、レイチェルは赤ん坊の巻き毛にキスをしてトレイを拭いた。「エドワードの面倒をよく見てくださってありがとう。あの子のことがとても心配だったの」

「心配するのは当然よね。あの子は素晴らしいわ。とても利発だし。キャルも私もあの子のことが大好きになったわ」

ジェーンはマグに入れたコーヒーにミルクを入れてかきまぜ、手渡した。レイチェルがカウンターのスツールに腰をおろしたとき、男たちが現われた。

「イーサン牧師！」エドワードはスツールを飛びおり、最近の自分の冒険話について次々と矢継ぎ早の質問を浴びせている。イーサンはそれに答えながら、一方でレイチェルに憂い顔を向けてくる。

ハイチェアの上でロージーが下におろしてくれとばかりに、トレイを乱暴にたたいていた。ジェーンは次のマグにコーヒーを注いでいたので、キャルがロージーを床におろした。赤ん坊はさっそくエドワードめがけて這《は》っていき、膝の上によじのぼった。

ロージーの小さな鋭い爪でふくらはぎを掻かれ、エドワードは顔をしかめた。「ロージー、痛いよ」

ロージーは手をたたき、バランスをくずして床の上にしりもちをついた。顔がゆがみいまにも泣きだそうとしたそのとき、ゲイブがさっと抱きあげた。ゲイブがロージーを抱くところを見たのはこれが初めてで、兄と弟の顔に一瞬現われた驚きの表情から察するに、注目したのはレイチェルひとりではないようだ。

ゲイブはエドワードの頬に手を伸ばした。「大人たちとは別にテレビでも観たらどうかな?」

「赤ん坊の番組なんかいやだよ」

ジェーンがパンケーキ作りを中断してカウンターの後ろから出てきた。「ロージーのおじいちゃんとおばあちゃんが漫画のビデオをプレゼントしてくれたの。この子にはまだ早いけど、あなたならきっと楽しめるんじゃないかしら」

ふたりが居間に入っていき、ゲイブはロージーをおろしてホースを前に置いてやった。彼は兄と弟をひたと見据えた。「ちょうどふたり揃ったから家族会議をやろうと思う。レイチエル、きみも疲れているだろうけど、時間はそれなりにかかることは承知してくれよ」

レイチェルとしてはこれほど偏りのある陪審を前にするくらいなら、トイレにでも隠れていたい気持ちだったが、肩をすくめた。「闘いの場から逃げだしたことは一度もないわ」

イーサンとキャルが表情をこわばらせた。レイチェルは「こんな人たちどうってことはないわ」とみずからを励ました。

ゲイブは穏やかな苛立ちをにじませた視線をレイチェルに向けたが、やがて兄弟たちのほうへ向きなおった。「よし、では始めようか」

イーサンが話を遮った。「始める前に、レイチェルとの関係によって兄さんがどんな影響を受けるのか、どれほどぼくやキャルが心配したのかはわかってほしい」イーサンは一瞬黙った。「昨日のキャルの行動は暴走だったとは思うけどね」

「なんだい、自分は礼拝もさぼったくせに」キャルが言い返した。

ゲイブが感情を爆発させた。「おれはガキじゃないんだぞ、勘弁してくれよ！　おれは兄弟のうちどちらかがおれの目を盗んでレイチェルをブタ箱にぶちこむんじゃないかと心配で夜もおちおち眠れないんだよ！」ゲイブはふたりに人差し指を向けた。「きみらはレイチェルから何をされたわけでもないのに、まるでゴミのような扱いをしている。たったいまから、金輪際そんな態度はやめてもらう！」

ジェーンはキッチンに戻ってきた。戻る際、ゲイブの腕を撫で、夫のそばに立って、今度は夫の体をさすった。

キャルは顎を突きだした。「彼女からおれたちが何をされたかということじゃない。おまえもそのくらいわかるだろう？　おれたちの心配の種はおまえだったんだ！」

「だったら、心配なんかしないでくれ！」ゲイブが叫んだ。

ロージーが目をぱちくりした。ゲイブは大きく息を吸い、声を落とした。「レイチェルのいったとおりだ。きみらはまるで二羽の母親鳥みたいだ。そんな態度には絶対に我慢がならない」

イーサンがいった。「いいかい、ゲイブ。ぼくはこうした分野での経験がある。ありとあらゆる悲しみに関するカウンセリングをこなしてきたんだ。だから理解してもらいたいんだが——」

「違う！　理解しなくてはならないのはきみらのほうなんだ。もしきみたちのうち——きみたちのどちらかがもう一度レイチェルを傷つけることがあったら、絶対に後悔させてやるからそのつもりでいてくれ。そんなにレイチェルが気に食わないんなら、おれを相手にしろ。

ふたりともわかったか？」

キャルはポケットに手をつっこみ、気まずそうな顔をした。「これはおまえには黙っているつもりだったんだが、仕方がない。あまり聞きたくはないだろうが、彼女のことと なるとおまえはまるで真実が見えなくなる。だから本当のことを教えてやろう」キャルは息を吸いこんだ。「おれは町を出るなら二万五〇〇〇ドルをやろうと彼女にもちかけた。彼女はその話に乗ったんだ」

ジェーンが溜め息をついた。「まあ、キャル……」

ゲイブがレイチェルのほうを向き、しばらく言葉もなく見つめていた。ようやく、本当なのかというように片方の眉をつり上げた。

レイチェルは肩をすくめ、やがてうなずいた。

ゲイブはかすかな笑みを浮かべた。「よかったな」

今度はキャルが感情を爆発させた。「なんて言い種なんだよ。よかったなとは。この女は魂を売り渡したも同然なんだぞ！」

父親の怒声にロージーが顔をゆがめた。キャルはあわてて娘を抱きあげ、キスした。その間《かん》もずっと真夏の嵐のような怒りは吹き荒れていた。

兄の怒鳴り声に慣れているゲイブは歯牙にもかけなかった。「レイチェルは生き残るためならなんでもする。そういうところはおれも見習いたいと思うようになったよ」

期待したような反応が返ってこなかったので、ロージーをスーパーボウルのボールのように抱えながら、キャルは全力で次なる攻撃に出た。「ドライブインをあんなにされて、よく平気でいられるな」

この言葉にゲイブの怒りは再燃した。「じゃあ今度はおれの質問に答えてくれよ。ある晩帰宅してみたらおれがジェーンをブタ箱にぶちこんだって知ったら、いったいどうする?」

ジェーンは興味深げに様子を見ており、キャルは憤怒で顔を紅潮させた。「そんなことをくらべるのはおかしい。ジェーンはおれの妻だからな!」

「それをいうなら、おれは先週レイチェルに結婚を申しこんだ」

「なんだって?」

「聞こえただろう」

イーサンもキャルもレイチェルを凝視した。レイチェルがドライブインで話したが、まるで取り合ってもらえなかった事実である。

ロージーが小さな人差し指を父親の口に差しこんだ。キャルは弟の顔にしげしげと見入り、ゆっくりと娘の指を口から出した。「結婚するつもりなのか?」

このとき初めてゲイブの言葉から勢いが失われた。「わからないよ。レイチェルはまだ悩んでいるみたいだからさ」

レイチェルのほうへ向きなおったキャルは怒り以上に驚きと困惑の表情を浮かべていた。

「もし結婚を申しこまれたのなら、なぜドライブインを壊したりした?」

壊したのは自分ではないといいかけたとき、ゲイブが遮った。「それはレイチェルが理性より心で行動する人間だからさ」ゲイブの親指がレイチェルのうなじを優しく撫でる。「ドライブインの経営はぼくにふさわしい仕事ではないとレイチェルにいくらいわれても、ぼくは頑として聞き入れなかった。レイチェルって……自分の愛する人間のこととなると、かなり積極的な手段をとることもあるんだ。これは彼女なりによかれと判断して行動した結果なのさ」

ゲイブが今日三度目の嘘をついているのかと一瞬思ったが、嘘をついているのではないということにレイチェルは気づいた。ドライブインを壊したのがレイチェルであると、彼は本気で信じているようなのだ。納得のいかない憤りを感じて反論しようとしたそのとき、温かな理解の気持ちを彼の目のなかに感じ、レイチェルは何もいえなくなった。そんなふうに信じていてもなお彼が味方してくれているという事実に胸を打たれたのである。

「ゲイブ！　ゲイブ！」エドワードが隣の部屋から黄色い声で呼んだ。「ゲイブ！　これ見てよ！」

ゲイブの顔にためらいの表情が浮かんだ。ところがいまはだめだよとエドワードを諭すのだろうという予想に反し、兄たちをもうひとにらみすると彼はこういったのである。「ふたりともそこを一歩も動くなよ。すぐ戻るから」ジェーンのほうを見てひと言。「レイチェルの護衛、頼むね」

「頑張るわ」

ゲイブが居間に消えると、レイチェルはスツールから立ちあがった。じっと視線を注ぐ兄と弟の様子には戸惑いが感じられる。ロージーを座らせるキャルに、レイチェルはこらえにこらえてきた激しい怒りをいよいよぶちまけようとしたが、心のなかに見いだしたものはやりばのないフラストレーションとある種の達観だった。愛はさまざまな形となって現われるものであり、このふたりの行動や考えもまさしく深い愛情に根差したものにほかならない。こうした愛情に支えられて生きることはなんと素晴らしいことだろう、とレイチェルはこのとき思いいたったのである。

レイチェルは静かに話しはじめた。「信じてもらえようともらえまいとかまわない。でも誤解をとくためにいわせてもらうと、ゲイブのいっていることは真実ではないわ。ドライブインを壊したのは私ではありません。彼の言葉にあったような意味合いでなら、そうする可能性がなかったとはいえないけれど、実際はそんなこと思いつきもしなかった」

すべてにはっきりした結末をつけようという強い決意から、レイチェルはさらに話しつづける。「私の靴をとったのもオーデル署長ではないわ。ここへ来る途中、ゲイブが車の窓から投げ捨ててしまったの」

キャルが質問をしたが、その口調にはいつもの敵愾心《てきがいしん》はなかった。「結婚の申しこみに対してきみが悩んでいると弟はいったけど、どういう意味なんだ？」

「私が断わったということよ」

イーサンは眉をひそめた。「ゲイブと結婚しない？」

「できないわ。ゲイブって優しい人でしょう。私のこと心配するあまり、守ってやろうという気持ちが強くなっているの。きっとこれはボナー一族共通の特質なんだと思うわ」レイチェルは咳払いをし、しゃにむに言葉を続けた。「私がこれ以上苦労しなくてすむにはどうすればいいのかと彼なりに悩んで、たどりついた唯一の方法が結婚だったの。でも彼は私を愛してはいない」

「きみはゲイブを愛しているんだね？」イーサンが優しく訊いた。

「そうね」レイチェルはうなずき、無理に笑顔をつくろった。「とても愛してるわ」

知らぬ間に目から涙がこぼれ、レイチェルはうろたえた。「ゲイブは私を不屈の精神の持ち主だと思っているようだけど、不毛の愛とともに半生を送れるほど私は強くない。だから結婚はできないの」

爪先がちくちくして下を見てみると、ロージーがレイチェルの裸足であることに気づいたようだった。格好の気晴らしができたとばかりにレイチェルは黒い大理石の床におり、赤ん坊が膝に座れるようにあぐらをかいた。

キャルの口からなかば嘆息のようなうめき声がもれた。「われわれはどうやら大へまをやらかしたみたいだな」

「われわれだって！」イーサンが反駁した。ちょうどそのときゲイブが居間から出てきた。

「ぼくだったらレイチェルを勾留なんかさせない！　それに彼女を買収したりもしないよ、ごたいそうな億万長者の兄さんとは違ってね！」

「おれは億万長者じゃない！」キャルが叫んだ。「もしそういう類いの金を持っていれば、おまえだって同じことをしたさ！」

「みんな聞いて」ジェーンがその場を取り仕切るようにいった。そしてとつじょ口に手を当てたかと思うとげらげらと笑いはじめた。「なんてことでしょ！」

全員の目がジェーンに集まった。

「ごめんなさい。でもたったいま気づいたものだから……」ジェーンはようやく笑いやんだが、たちまちまた笑いはじめた。

キャルが眉をひそめた。「どうかしたのか」

「あのね――あなた……」ジェーンはカウンターの上のティッシューを一枚さっと抜き、目を拭いた。「いまのいままですっかり忘れていたわ。昨日の午後郵便物のなかにとても奇妙な手紙が入っていたの。どういうことなのかあなたに訊こうと思っていたんだけど、そのうちにボース・アインシュタイン凝縮についての思索に入ってしまって。BEC原子のことよ」ジェーンはそれですべて理解されるとでもいうように言い添えた。「そうこうするうちにあなたがチップを連れて帰って、いっさい忘却の彼方よ」

キャルはボーズ・アインシュタイン凝縮といった事柄に絶えず取り憑《つ》かれているような妻との暮らしに慣れた夫らしく、辛抱強く尋ねた。「忘却って何を?」

ジェーンはクスクスと笑いながら、食料品室に隣接したカウンターの上に重ねて置かれている郵便物のほうへ行った。

「これよ。リサ・スカダーからの手紙。白血病の幼い女の子エミリーのお母さん。昨年の秋に医療基金に寄付はしたけど、礼状は何カ月も前にもらっているから、おかしいなと思ったの」

ジェーンはまたも笑いだし、ボナー家の三兄弟全員が当惑げに眉を寄せた。白血病の子どものことがなぜそんなにおかしいのか、さっぱりわけがわからないといった様子である。

しかしレイチェルはジェーンがとつじょ笑いだした理由を察し、困惑していた。どうしてリサは頼んだとおりにしてくれなかったのだろうか。

レイチェルはロージーの手をつかみ、床から抱きあげた。「そろそろエドワードを連れて帰らなくちゃ」赤ん坊をイーサンに差しだして、いった。「ゲイブ、悪いけど送って――」

「座って！」ジェーンは床を指差しながら命じた。

レイチェルは仕方がないとあきらめ、座った。

ロージーは黄色い声をあげ、レイチェルのほうへ腕を差しだしていた。イーサンが床におろしてやると、赤ん坊はさっそくレイチェルの膝に戻り、ワンピースのボタンで遊びはじめた。その間ジェーンはふたたび笑いが止まらなくなった。イーサンはこれ以上我慢できなくなった。「あのねえ、ジェーン。その子の病気が重いなら、笑うべきことじゃないとぼくは思うよ」

ジェーンはたちまち真顔に戻った。「あら、そんなことじゃないのよ……」そういいながら、またも笑い声がもれる。「レイチェルのことなのよ……ねえレイチェル」ジェーンは大きく息を吸った。「リサ・スカダーから感謝状が届いたの。キャルが血を流して稼いだお金をレイチェルは寄付してしまったのよ！」

三人の男たちはしげしげとジェーンを見つめた。キャルがまなこに怒りをみなぎらせていった。「なんの話だ？」

「あなたの二万五〇〇〇ドルよ！　レイチェルは全額寄付してしまったの！」

ゲイブがレイチェルを見おろした。その顔には地球は四角いと信じていたのに丸いと聞かされた人物のような戸惑いがあった。「全額寄付してしまった？」

「キャルのやり方にとても腹が立ったの」

「そうだったのか」

レイチェルはロージーの口から自分の髪を引っぱりだした。「私がこの町を出てから礼状を書くようにリサに頼んでおいたのに、彼女きっと忘れてしまったのね」礼状に目が釘付けになったままのキャルをひたと見据える。「小切手は事後日付になっているの。だから明日まで預金できないのよ」

全員が黙りこんだ。それぞれの目がキャルへ向けられた。

キャルはようやく下げていた視線を上げ、肩をすくめた。やがてゲイブのほうを向いたキャルはいった。「この先おまえがどうするつもりなのかおれにはわからん。しかしともかく、レイチェルを明日長距離バスに乗せないために万全の策を立てたほうがいいぞ」キャルはレイチェルの裸足に向けて顎をしゃくりながらいった。「あれはとりあえず効果的だよな」

「そう思ってくれれば幸いだ」ゲイブはそっけなくいった。

キャルは居間へ向かった。「おいチップ！　ちょっとここへ来てくれないか」

レイチェルはロージーを抱いたまま勢いよく立ちあがった。「キャル・ボナー、もし私の息子によけいなことをいったら……」

エドワードがやってきた。「なあに？」

ロージーがちょうどそのときレイチェルの頬によだれだらけのキスをした。レイチェルはキャルをにらみつけながら、ロージーのオムツを当てた尻を軽くたたいた。「ありがとうね」

キャルはエドワードの髪をくしゃくしゃと撫でた。「チップ、ママとゲイブはちょっと話し合うことがあるんだ。いい話だから、心配するな。でもふたりきりになって話すべき事柄だから、きみはもうしばらくこの家で遊んでいかないか？　どうかな？　ぼくはフットボールの相手をしてあげるし、ジェーンおばちゃまはきっとパソコンを立ちあげて例の惑星を見せてくれるよ」

ジェーンおばちゃまですって？　レイチェルは驚いて眉をあげた。「いっておきますけど、私はほんとに――」

「そりゃいい！」イーサンが叫んだ。「どうする、チップ？」

「いいかな、ママ？」

レイチェルだけにゲイブの優しいささやきが聞こえた。「断われば兄貴にこてんぱんにされるぞ」

レイチェルはボーイスカウト的義務感にかられたゲイブとふたりだけにはなりたくなかった。欲しいのは偽りのない愛であり、自己犠牲ではない。

チェリーをあれほど愛した彼がこんなに欠点だらけの女を愛せるはずがないのだ。自分から永久の別れを告げるのは辛すぎ、それを避けてきたが、いまどうしてもそれを口にしなくてはならない状況が訪れた。もしや誰かが味方してくれはしないかとあたりに視線を投げてみるものの、一番頼れそうな人物は素粒子の世界に転がりこんでしまったかのようなうつろな表情を浮かべている。腕に抱いた妖精は愛らしいが、こうした状況ではまるで力になってくれはしない。息子はフットボールとパソコンで頭がいっぱいの状態だ。残るはボナー兄弟だけということになる。

キャルの顔を穴の開くほどながめ、次にイーサンをしげしげと見つめ、そしてまた同じように視線を動かした。何度見ても気持ちは沈むばかりである。このふたりにゲイブの敵だと見なされたことは辛いことではあったが、そのふたりがどうやら彼女がゲイブにふさわしい相手だと思いはじめたらしいのだ。そうしたふたりの意思によって事態がどう変化していくかじっくりと考えたレイチェルは戦慄《せんりつ》を覚えた。

「お母さんのことは大丈夫だよ」イーサンがいった。

「きみがここに残ってもお母さんは何もいわないよ」キャルがつけ加えた。

ゲイブだけがレイチェルの意志を気づかってくれた。「問題ないだろう?」

鬼のような形相で拒絶するわけにもいかず、レイチェルはうなずいた。

「やったあ!」エドワードが歓声をあげた。「ロージー、ぼくまだいられるよ!」

ロージーは小さな濡れた手でレイチェルの頰をたたき、祝ってくれた。

ゲイブがレイチェルを優しく促し、ドアに向かった。そのときになってはじめてジェーンがトランス状態から醒めた。「レイチェル、靴を貸してあげましょうか。サンダルなら貸してあげられる——」

「靴はいらないよ」ゲイブがいった。

玄関まで行くとキャルが飛びだしてきた。「レイチェル?」

レイチェルはしおらしげな謝罪の言葉などつっ返してやろうと身がまえた。

だがキャルは謝るかわりに女好きのする満面の笑みを浮かべた。レイチェルはその笑顔を見て、なぜジェーンのような才気あふれる女性がこんな頑固な男性に恋をしたのかがわかる気がした。

「きみがおれを憎む気持ちはわかるし、許されるまでには長い時間がかかることも覚悟しているけど……」キャルは顎を掻いた。「ロージーは返してもらえないかな」

25

ゲイブはコテージのシャワーを止め、タオルをつかみ、急いで体を拭いた。失敗は許されない。どうあってもあの愛すべき石頭に正論をたたきこんでやらなくてはいけない。これには彼の人生がかかっているのだ。

腰にタオルを巻いて廊下に出る。「レイチェル？」

返事がない。

恐怖が全身を駆け抜けた。シャワーを先に浴びるよう勧めたのは彼女だった。チップを連れにいき、町を出るために自分が邪魔だったとしたら？

ゲイブは廊下を走り、チップの寝室をのぞき、自分の寝室、そしてレイチェルの寝室を次々のぞいてまわった。

レイチェルは姿を消したわけではなかった。キルトの上で眠ってしまったのだ。皺だらけのワンピースが脚のあたりにひとかたまりになり、汚れた爪先がのぞいている。

ゲイブはほっと胸を撫でおろした。微笑みながら服を着て、昼下がりの数時間レイチェルのベッドの隣に座って、もっぱら彼女の寝姿をながめて過ごした。それはかつて見たことのないほど美しいながめだった。

三時間がたち、レイチェルがようやく目を覚ますと、ゲイブの姿がなかった。小鳥の様子を見にいっていたのだ。彼の姿がないことにレイチェルはほっとしていた。

「レイチェル！　レイチェル！　起きてくれ！　ちょっと来てくれ！」

「私たちが結婚したこと、報告するのが本当だけどね」クリスティはジェーンのレンジローバーの車内で新婚の夫を見つめながらいった。「でもみんなボロボロに疲れてて、これ以上劇的事件を受け入れられる状況じゃなかったわね。私、キャルがレイチェルを投獄したなんていまでも信じられないわ」

「信じられないといえば、結婚してまだまる一日とたってもいないのに、ぼくらがこのふたりの小悪魔を預かると申しでたことだよ」

イーサンはバックミラーでロージーとチップの様子を見た。チップは肘のかさぶたを調べており、ロージーはうっとりとホースの前足をしゃぶっている。二人はロージーのチャイルドシートを移動するより簡単だという理由でレンジローバーを借りたのである。午後公園に連れだしたので、ふたりの子どもたちの体は砂だらけだ。

「キャルとジェーンは朝からずっとお守りしてたのよ」クリスティが指摘した。「私たちが預かってから、まだ一時間しかたっていないわ」

車はハートエイク・マウンテンに続く道に入った。「これはぼくらのハネムーンなんだぞ。みずからの子作りに励んでいるのが本当なのにさ」

クリスティは微笑んだ。「私だって待ちきれないくらいよ。でもキャルとジェーンにも休息が必要でしょ。今日は全員ハードな一日を過ごしたんだから」

「ハードといえば……」

「イーサン・ボナー！」

「いまさらカマトトぶるのはやめなさいよ、ボナー夫人。ぼくは本性を知っているんだから」

「本性をまた見たい？」

イーサンは笑いだした。

「どうしてクリスティのこと、ボナー夫人っていったの？」チップが後部座席から不意に声を張りあげた。

イーサンとクリスティは気がとがめて視線を交わした。イーサンは路上から目を離さず、なかば後ろを振り返りながら声をかけた。「訊いてくれてよかったよ、チップ。本当のことをいうと、真っ先にきみに知らせたかったんだ……クリスティとぼくは昨日結婚したんだよ」

「そうなの？」

「うん」

「よかったね。あちこちに惑星があるって知ってる？　なかには五兆年前の星もあるんだって」

五歳児にとって結婚などしょせんこの程度の重要性でしかないのだ。

クリスティはまたくすくす笑いはじめた。そんな彼女に微笑みかけながら、イーサンの心はこぼれんばかりの愛にあふれていた。よくもまあああれほど長く盲目でいられたものだと思う。

コテージに続く道に入ったとき、ふたりの目に同時に飛びこんできたものがあった。クリスティが息を呑んだ。「ガレージが燃えているわ！」

イーサンはアクセルを踏みしめ、レンジローバーはコテージに向けて疾走した。車は砂利を飛び散らしながらバックで止まった。クリスティはドアを開け、飛びおりた。イーサンがサイドブレーキをかけながら、チップをいさめるような目で見ていった。「ここにいろよ。動いてはいけないよ！」

チップは怯えたようにうなずいた。イーサンが車から降り立つと、ちょうどコテージの裏手からゲイブとレイチェルが現われた。ゲイブが庭園用のホースを取りに走り、レイチェルは外の蛇口へ向かい、栓を開いた。

クリスティはコテージへ向かった。イーサンがそれを追ってなかへ入り、あちこちに置かれた小形のじゅうたんを持って外へ戻った。

ふたりの姿を見たゲイブはレイチェルにホースを押しつけた。「境界線に水を撒きつづけろ！」ゲイブが荒れはてたガレージよりコテージへの延焼を案じていることはイーサンにもわかった。

ゲイブはイーサンの手にあるじゅうたんの一枚をつかんだ。「おまえは裏を見てくれ。おれは表にまわる」

ふた手に分かれたゲイブとイーサンは小規模な火の消火にかかった。イーサンもひとりだったらより効率的な動きができたのだろうが、クリスティが火に近づきすぎないようにたえず目を配っていなくてはならない。幸い、土曜日の朝早く降った雨のために地面はまだ湿っており、火はまもなく鎮火した。煙をあげる瓦礫《がれき》の山を残してガレージは全焼したが、コテージは無事だった。

クリスティは蛇口を締め、レイチェルはホースをどさりと落とした。イーサンがふたりのところへやってきた。「何があった？」

レイチェルは前腕で顔にかかった髪をかきあげながらいった。「わからない。眠っていたら外でゲイブの呼ぶ声がしたの。そのときもう炎が上がっていたわ」

「ずぶ濡れじゃないの」クリスティがいった。

レイチェルはいかにも寝起きといった感じである。キャラコのワンピースは皺だらけで、履いているのは男性用のゴムぞうりだ。

「こいつを見てくれ。あの草むらのなかにあったんだ」ゲイブがガレージに常備されていたガソリンの入った赤いポリ容器を抱えてきた。

「中身は残っているかい？」イーサンが訊いた。

ゲイブは首を振り、いとわしげにその容器をどさりと置いた。「二十四時間の警備を頼んでもいいかなと思ってる。絶対に真相を突き止めてやる」

レイチェルはクリスティの手を握りしめた。「ふたりがたまたま来てくれてよかったわ。ふたりだけで消火していたら、きっと難儀していたと思うの」

「私たち、チップを送り届けにきたのよ。それに話したいこともあったし」クリスティはイーサンと共謀者じみた微笑みを交わした。クリスティは急に目を見開いた。「イーサン、うっかりしていたわ。子どもたちを車に置きっぱなしよ」

「子どもたち？」レイチェルが玄関のほうへ向かおうとしていった。

「ロージーも一緒なんだ」イーサンが説明し、全員あとに続いた。「ジェーンとキャルにも休息を取らせたかったんでね」

「話があるって、どんなこと？」レイチェルが尋ねた。

イーサンは顔をほころばせた。「チップから話してもらおうかな」

コテージの角をまわって表へ出た。クリスティがはっと息を呑み、全員がぎくりと立ちすくんだ。

レンジローバーが消え、子どもたちの姿は影も形もなかった。


ボビー・デニスは息もつけないほどうろたえていた。大きく口を開いて息を吸いこもうとするものの、まるで肺が縮んでしまったように感じられる。後部座席の子どもたちは泣きつづけ、男の子のほうはわめくのをやめようとはしない。

「いますぐぼくたちを外に出して。じゃないとゲイブに撃ち殺されるよ！ほんとだよ！ゲイブは数えきれないくらい拳銃を持ってるんだ。拳銃で撃たれたあとはナイフで切り刻まれるよ！」

ボビーは我慢がならなくなった。「黙れ、黙らないとただじゃおかない」

それで男の子のほうは黙ったが、赤ん坊はあいかわらず泣き叫んでいる。ボビーは車を乗り捨てたかったが、自分の車を置き去りにしてきたので、ここで降りるわけにはいかない。ハートエイク・マウンテンへのぼる途中の、道からちょっと入った場所に駐めたままなのだ。ひどく酔っていたため、レンジローバーに飛び乗ったとき、後部座席に子どもたちが乗っていることに気づかなかった。気づいていれば、レンジローバーを盗もうなどという誘惑には絶対に屈しなかっただろう。

なぜこうもすべてが裏目裏目に出てしまうのか？　何もかもレイチェル・スノープスのせいなのだ。あの寺院がなかったら、両親は離婚しなかったはずだ。寺院があったから、母親は宗教にのめりこみ、父親も家を出ていくことになったのだ。

よく母親につきあわされて毎週寺院に行き、ドウェイン・スノープスの説教を聞かされたものだった。かたわらにはドウェインの一語一句に聞きほれているろくでなしの妻がいた。もはやこの世にいないドウェインに仕返しはできないが、数年たって、ようやくあいつの妻に仕返しすることができた。

ただし結果は最悪だった。

酔ってはいても、自分がドライブインを破壊したことは悔やまれてならない。しかしスナックショップに入っていったとき、あの女が楽しげに働いていることが無性に腹立たしかったのだ。自分は母親に疎まれ、父親からは電話もかかってこないというのに、あいつが幸せであるのは許せなかった。

ボビーとジョーイ、デイブの三人は二本目の映画を観ながらマウンテン・デューにウォッカを入れたものを飲んでいた。ボビーはそのあと友人の家でもっと騒ぎたかったが、ジョーイもデイブももう疲れたから帰るという。情けないやつらだ。仕方なくふたりを帰し、ウォッカをあおり、ドライブインに戻った。客も従業員も帰ったあとだったので、こっそりなかへ忍びこみ、蛮行に走ったのだ。

土曜日の午後になり、トランクに詰めこんだものを果たしてどうしたらいいのか思案しながら車を走らせていると、母親やほかの人間に見られたらどうしようという不安が頭をもたげた。ちょうどそのとき、新しいマンションの近くに駐められたレイチェルのいまいましいエスコートが目に留まった。通りは静かで、人気《ひとけ》もなく、盗品を隠していることが恐ろしくなっていたので、自分のトランクに隠していた物をエスコートの後部座席に置かれた物のなかに移したのだった。今日になって、レイチェルが警察に勾留されている話を耳にしていいきみだと心のなかで嘲笑したが、間もなく釈放されたと聞いて喜びは失望に変わった。

スピートが出すぎて前の車に追突しそうになったので、左の車線に移った。目の前に一台の小型トラックが走っていた。血管をアドレナリンが駆けめぐった。警笛が鳴り響き、ついに小型トラックは急にレーンをはずれ、車体を曲げた状態で路肩の溝の上に停車した。

「スピード出しすぎだよ!」子どもが後部座席から叫んだ。

ボビーはTシャツの肩の部分で目に流れる汗をぬぐった。「黙れといったはずだぞ!」クローゼットに隠していたマリファナを母親が見つけださなければ、家を追いだされることもなかっただろう。母親は本気だからといい放ったが、デニスは信じていなかった。しかし数時間前家に戻ってみると車道に錠前屋のトラックが駐まっており、さすがに現実を受け入れざるをえなくなった。錠前屋の車の側部には『二十四時間営業』と書かれていた。

ボビーは途方に暮れていた。最後に耳にした消息では父親はジャクソンヴィルに引っ越したという。とりあえず父親のところへ身を寄せようとは思うが、果たして父親が自分を受け入れてくれるのかどうかは、わからない。

ビールを何本か飲み、マリファナを吸い、そこらを車で流しているとハートエイク・マウンテンへ上る道路にさしかかった。レイチェルが釈放され、幸せ一杯の笑顔をふりまいているのかと思うと我慢がならなかった。気づいたときには、車を木々のあいだに隠し、森を登っていった。

ゲイブとレイチェルは破壊されたドライブインの片づけに追われているはずなので、ふたりが留守のあいだに家を燃やそうと思った。しかしガレージからガソリン容器をこっそり持ちだしていると、ゲイブが裏手のポーチから出てきた。さすがのボビーも人がなかにいるのに家を燃やすほど狂ってはいない。仕方がないのでガソリンをガレージに撒いた。火が上がって、しばし火の勢いを見守っていたが、車に戻ろうと森を歩きはじめたとき、道を上ってくるレンジローバーが見えた。六万ドルはする代物だ。

イーサン牧師とクリスティが車を飛びだすとすぐ、ボビーはレンジローバーに飛び乗り、発車した。ハイウェイに到達するまで後部座席の子どもたちはまったく声をあげなかった。それなのに車はいまや阿鼻叫喚の地獄と化している。

「いまぼくたちを車から降ろしてくれれば、きみのやったこと、ゲイブにいわないよ!」ボビーはアクセルを乱暴に踏みしめた。「わかった。ちゃんと降ろしてやるから! でも、まだだめだ。もっと先まで行かなくちゃなんないから」

「いま降ろして！　たったいま降ろしてよ！　ロージーが怖がってるよ！」

「黙れ！　ちょっとのあいだ黙っててくれ、な？」

カーブが急に現われた。自分の喉のあたりで奇妙な音が聞こえ、あわててブレーキを踏んだ。男の子が後部座席で悲鳴をあげた。

車の後部が左右に揺れはじめ、ボビーの脳裏に母親の顔がちらちらと浮かんだ。ママ！　車は制御がきかなくなった。


レイチェルは嗚咽をもらさずにはいられなかった。お願いです、神様……どうかどうか……お願いです……。

メルセデスのハンドルを握りしめるゲイブの指節は白く、日焼けした顔は蒼ざめていた。彼が同じ思いでいることは見ていてわかった。もし犯人が向かった先が反対だとしたら、いったいどうすればいいのだろう。

自分たちが子どもたちを発見できなかったとしても、きっと警察が見つけだしてくれるはずだとみずからにいい聞かせる。クリスティとイーサンがあとに残って警察に通報してくれているはずだ。山をおりたあたりの路上にはっきりと、横滑りしたような車輪の跡があった。それでも、もう何マイルも先に進んでしまっているだろう。もし推測が間違っていたら？　あるいは犯人が脇道に逃亡していたら？　それ以上は考えられなかった。考えれば、きっと絶叫していただろう。

ゲイブがはっと息を呑んだ。「あれだ」

レイチェルの目にもその車の様子が飛びこんできた。「ああ、なんてこと……」

前方右手の溝にレンジローバーがひっくり返っていた。車は停止し、あたりには人が群がっていた。パトカーが二台、それに救急車も来ていた。

ああ神様……どうか……どうか神様……。

メルセデスはタイヤをきしませ、車台に砂利を跳ねながら止まった。ゲイブは車を飛びおり、レイチェルもあとに続いた。クリスティが投げてよこしたサンダルの靴底に小石がひっかかる。ゲイブが救急車の隣にいる州警察官を大声で呼ぶのが聞こえた。

「子どもたち！　子どもたちは無事ですか？」

「どなたです？」

「私は――私は男の子の父親です」

警察官はストレッチャーに向けて顎をしゃくった。「体を安定させているところです」

レイチェルもゲイブに続いてストレッチャーのほうへ向かった。だがそれはエドワードではなかった。ふたりはまじまじとボビー・デニスを見おろした。

何もいわず、ゲイブは車へ突進し、体をかがめ、大きく開いた窓からなかをのぞいた。すぐに体を戻して、いった。「この少年と一緒に幼い子どもがふたり乗っていたはずなんです。五歳の男の子と乳児の女の子です」

警察官の顔に緊張が走った。「車に乗っていたのは少年ひとりではなかったということですか？」

ゲイブが大まかに状況を説明しているあいだ、レイチェルはレンジローバーのなかを見た。

ロージーの空のチャイルドシートのストラップがぶら下がっていた。レイチェルは必死であたりを見まわし、車から一〇フィートほど先の叢《くさむら》のなかに白い乳児用の靴を見つけた。

「ゲイブ！」

ゲイブは急いでそばに来た。

「見て！」レイチェルは叫んだ。「ロージーの靴よ」夕日に目を細めながら、樹木密集地の端を示す並木近くの雑草に、小さなピンクのソックスの片方がぶらさがっているのを見つけた。

ゲイブも同時にそれを見つけた。「行こう」

警察官が来るまで待つのももどかしく、ふたりは一緒に森へ入っていった。棘《とげ》だらけの低木にスカートの裾《すそ》がからまって歩きにくかったが、かまわなかった。「エドワード！」

ゲイブの低い声が響く。「チップ！　聞こえたら応えてくれ！」

応えはなく、ふたりは森の奥へと進んだ。レイチェルより脚が長いゲイブはどんどん前へ離れていく。「チップ、聞こえるか？」

低い枝にシャツがひっかかった。レイチェルはそれをほどき、前へ進んだ。と、ゲイブが凍りついたように立ちすくんでいるのが目に入った。

「チップ？　チップなのか？」

ああ、神様……レイチェルは歩くのをやめ、じっと耳をすました。

「ゲイブ？」

その小さな聞き慣れた声は左手のどこからか聞こえてきた。

ゲイブが前に進んで叫んだ。レイチェルは胸を高鳴らせながら、ゲイブについて走りだした。

地面は下向きに傾いており、滑って転んだが起きあがった。ゲイブの姿は見えなくなっていた。彼が進んだ松の木の密生するほうへ進み、小さな小川が流れる開拓地へ出た。

子どもたちの姿が見えたのはそのときだった。

三〇フィートほど先の古いヌマミズキの木の幹にうずくまるようにして、ロージーを膝に抱いているエドワードの姿が見えた。

「チップ！」ゲイブの靴が地を蹴り、子どもたちのほうへ開拓地を飛ぶように駆け抜けた。それまでおとなしかったロージーはゲイブを見るなり甲高い声で泣きだした。ふたりの子どもたちは汚れ、頬には涙のあとがあった。エドワードのTシャツは裂け、片方の膝はすりむけていた。靴と靴下がないだけでなく、ロージーのピンクのロンパースの前の部分には油の汚れが付着していた。ゲイブはひざまずき、片方の腕で赤ん坊を抱きあげ、片腕でエドワードを抱きしめた。

「ゲイブ！」エドワードはゲイブにしがみついた。

レイチェルはすすり泣きながら、息子のもとへ駆け寄った。

ゲイブはロージーをレイチェルに抱かせながら、エドワードを抱き寄せ、やがて体を少し離して目を開けた。「大丈夫かい？　どこか痛まないか？」

「耳」

ゲイブは急いでエドワードの首をまわし、調べた。「耳が痛いの？」

「ロージーの金切り声がうるさかった。耳が痛いよ」

ゲイブは見るからに安堵した様子だった。「それだけかい？　ほかには？」

チップは首を振った。「ほんとにすごく怖かった。ひどいやつだった」そういうとエドワードはさめざめと泣きだした。

ゲイブはさっとエドワードを抱擁するとレイチェルに渡し、ロージーの体を調べはじめた。エドワードはレイチェルの腕のなかで慄えながら母親の胸に向かってくぐもった声を出した。「ママ、ぼく、とっても怖かった。車がひっくり返ったんだけど、ぼくはあの男が目を覚ましてまたぼくたちを連れて逃げるんじゃないかと思って、ロージーをシートから出してやって、車から逃げだしたの。ロージーは重いし、怖くて泣き叫んでたの。でもやっと泣くのをやめたんだ」

レイチェルは涙ぐみながらいった。「とても勇敢だったわね」

ゲイブはその間ロージーをあやしていた。レイチェルが見あげると、ゲイブはうなずいた。「この子も異常はない。検査は受けなくてはいけないが、問題ないと思うよ。車がひっくり返ったとき、この子たちの体がシートベルトで固定されていたのが幸いしたね」

ありがとうございます、神様。感謝します。

ロージーは叔父の胸に顔をうずめ、親指を口に運んだ。自分を慰めるように指を吸いながら、小さな胸がふくらんだ。

エドワードが手を伸ばして赤ん坊の脚を軽くたたいた。「ほらね、ロージー。きっと探しだしてもらえるって、ぼくがいったとおりになっただろ」

レイチェルはエドワードをきつく抱いたまま開拓地をハイウェイに向かって進もうとしていた。しかしものの数ヤードも行かないうちに、ロージーがまた金切り声をあげた。エドワードが辟易《へきえき》したようにいった。「ほらね、ママ。この子の叫び声はほんとにすごいっていったでしょ」

ゲイブがロージーの背中をさすった。「静かに、いい子だから……」

しかしロージーは黙らなかった。身をよじりながら腕を突きだし、泣きわめいた。ロージーの視線をたどったレイチェルは子どもたちを発見した木の根元にホースが置かれているのを見つけた。ロージーはぬいぐるみのウサギを欲しがって泣いていたのだ。「私が取ってくるわ」

木のほうへ戻ったレイチェルは、ぬいぐるみの縫い目がほつれ、詰め物がこぼれているのを目にして立ち止まった。

詰め物は光り輝いていた。

ゲイブも同時にそれを見た。急いで木の根元に戻ったゲイブは燦然《さんぜん》と輝く、こんもりと盛り上がった石の山をしげしげと見つめた。そのほとんどが地面に広がり、なかにはウサギの汚れた毛にからんでいるものもある。

ゲイブは驚きの嘆息をもらした。「ダイヤモンドだ」

レイチェルは呆然と輝く石を見下ろしていた。ドウェインは秘蔵の財産をエドワードのぬいぐるみのウサギのなかに隠していた。ケネディのチェストも聖書もレイチェルに真実を悟らせないためのカモフラージュにすぎなかったのだ。空港に息子を連れてきてほしいと懇願したのは息子と決別するためではなく、息子がホースをかならず持ってくると確信していたからなのだ。ドウェインが求めたものはダイヤモンドであり、息子ではなかった。

その瞬間レイチェルはドウェイン・スノープスを今後エドワードの父親とは認めないと決意した。

ゲイブがレイチェルの手をとった。「どうやらきみも、ようやく富を手に入れたようだね」

レイチェルはクリスティのサンダルの爪先で小石をつつきながら、ゲイブの言葉は間違っていると思った。ダイヤモンドは宝でもなんでもない。宝はいま目の前に立っている。だがその宝を求める権利は、彼女にはない。

26

その夜エドワードがようやく寝ついた十時近くまで、レイチェルはシャワーを浴びるいとまもなかった。水を止め、体を拭きながら、エドワードもロージーもまったく健康に異常なしとの御墨付きを医師からもらえたことに対する神への感謝の祈りを捧げた。

子どもたちを発見してからさまざまなことをこなさなくてはならなかった。キャルがドウェインの昔の金庫にダイヤモンドを預かってくれ、その後全員が警察の事情聴取に応じなくてはならなかった。入院中のボビー・デニスにも尋問が行なわれ、レイチェルはキャロルと話した。ボビーの母親は気がひどく動転し、ひたすら許しを求めていた。レイチェルは一瞬のためらいもなく許した。

しかしボビーのことはいまは考えたくなかった。レイチェルはゲイブの櫛《くし》で濡れてからんだ髪をほぐすことに集中した。急ぐ必要はなかった。外でゲイブと彼の発達しすぎの良心が彼女を待ち受けており、ミスター模範男子が高貴な行ないをする心づもりであることも知っていた。櫛がもつれた髪にひっかかってしまい、レイチェルは櫛を投げだした。

もし自分の意見が通れば今夜はクリスティのマンションに泊まりたかったが、エドワードもゲイブも離れ離れになるのを拒んだ。レイチェルはあのふたりの関係がこうも劇的に変化した理由をいまだよく呑みこめないでいる。皮肉なものだとつくづく思う。ゲイブとの関係のなかで克服しがたかった問題がなくなったというのに、同じように大きな障害が立ちはだかっているのだから。ゲイブの心に愛はなく、レイチェルはチェリーの影に支配されながら生きていくことはできない。

イーサンとクリスティがマンションから持ってきてくれた清潔な服に手を伸ばしたが、置いたはずの服がなくなっていることに気づいた。体にタオルを巻き、ドアを勢いよく開ける。

「ゲイブ？　洋服を返してちょうだい」

答えはない。

こんな格好で出ていきたくはない。「ゲイブ？」

「居間にいるよ」

「私の服はどこ？」

「燃やした」

「何をしたって？」レイチェルは廊下に飛びだした。タオルだけを身につけた状態で顔を合わせなくてはならないだけでも無防備すぎる気がしたので、ゲイブの寝室まで急いで行き、清潔なワーク・シャツの一枚を身にまとった。あわててボタンを留め、居間へ行った。ゲイブは籐のアーム・チェアに座り、コーヒー・テーブルとして使っている古い松の木の毛布入れに足をのせ、足首を組み、ドクター・ペッパーを手に持ってゆったりとくつろいでいた。

「何か飲むかい？」

いやな匂いが鼻をつき、見ると衣類の燃えさしがモクモクと煙を上げ、いぶっている。

「どうして私の服を燃やしたのか理由をいって!」

「大声を出すな。チップが起きるよ。あんなものを目にするのはもう一分一秒も我慢がならないから燃やした。きみの持っている物といえば、どれもこれも不格好なものばかりだ。パンティは別にして。きみのパンティはいい」

ゲイブの行動は能天気そのものだ。あのいつも緊張した、気むずかしい人物はいったいどこへ行ってしまったのか。「ゲイブ、いったいどうしちゃったの? こんなことをしていい権利はあなたにはないのよ」

「現在および未来の雇用主として、権利は大いにある」

「雇用主ですって? ドライブインも閉めたし、私も明日いなくなるんだからもう雇用主でもなんでもないのよ」

ゲイブの頑固なその顔つきから見て、ことはそう容易ではなさそうだ。

「きみはぼくの結婚の申しこみを蹴った」ゲイブがいった。「だから、再雇用以外にとるべき手段がないんだ。ちなみに例のバスの乗車券も洋服と一緒に燃やしてしまったからね」

「まさか、嘘でしょ」レイチェルはがっくりと力が抜けて椅子にへたりこんだ。ゲイブはエドワードがなついただけで、問題はすべて片づいたとでも思っているのだろうか?

「よくもそんなまねができるわね」

ゲイブはしばらく答えなかった。やがてその顔にゆったりとした、しかしどこか抜け目ない笑みが浮かんだ。「おれはきみのことはいやというほどわかっている。きみは例のダイヤを手元に置いておかないと思う。だから、われわれには取引きが必要なんだよ」

レイチェルは警戒するような目を向けた。

ゲイブはドクター・ペッパーの縁越しに目を向け、飲み物をひと口飲んだ。缶を下におろしながら、ゆっくりとレイチェルの顔を熟視した。レイチェルは視線を注がれて、自分がシャツの下はまったくの裸体であることをいやでも意識し、思わず脚をきっちりと合わせた。

「生き方を少し変えようと思っている」

「あら」

「ノース・カロライナの免許を取って、ここサルベーションで開業するつもりでいるんだ」

どれほど動揺していても、彼のこれからを思うと喜びと安堵感がわいてくる。「よかったわ。それがあなたの天職ですもの」

「でもそれには助けがいる」

「どんな助け？」

「そうだな……診療の受付と外科手術の助手も務められる人材が必要かな」

「私はもうフロリダで勤め先が決まっているわ」レイチェルは指摘した。「それにあなたの診療所の受付をやるつもりもないわ」ゲイブはなぜこんなまわりくどい言い方をするのだろう。別れるのがどれほど辛いことか、彼は理解していないのだろうか。

「そんな仕事をしてもらおうとは思っていない」ゲイブは妙に気取っていった。「きみがたまに、自発的に手伝ってくれるのは大歓迎だ。しかしぼくがきみのために考えているのは仕事というより、もっとキャリア的なものなんだ」

「どんなことをするキャリアよ？」

「ぼくのかわりにいろいろやってもらいたいことがある」

「たとえば？」

「そうだな……」ゲイブは思案顔でいった。「洗濯かな。料理。皿洗いなんかは気にならないんだが、どうも洗濯が苦手でね」

「洗濯をしてほしいと？」

「ほかにもいろいろあるけど」

「それをいってよ」

「夜、電話に出るってのもある。仕事中以外に電話に出るのが嫌いでさ。だからそれをやってほしい。かけてきたのが家族の誰かだったら、ぼくにかわってくれればいい。それ以外はきみに頼みたい」

「洗濯をして電話に出ることが新しいキャリアだというの？」

「それに小切手帳の精算もやってほしい。ぼくはこいつが大の苦手なんだ。細かい金銭の出し入れを管理するなんてとてもできやしないよ」

「ゲイブ、あなたは裕福なんだから、もう少しきちんと自分の財産を管理する必要があると思うわ」

「それはいつも兄から耳にたこができるくらいいわれつづけているよ。でも興味がないんだ」

「洗濯、電話に出る、小切手帳の管理。それだけ？」

「ほぼそんなところ。でもあとひとつある」

「何？」

「セックス。これがもっとも主要な任務だ」

「セックス？」

「ほかの何よりこれが優先。小切手帳なんかそれにくらべればどうでもいい」

「あなたとセックスすること？」

「そう」

「セックスの報酬を払うっていうの？」

「ほかにも洗濯だの電話だのあるけど――」

「報酬を払いたいのね！　これが私のキャリアだというのね！　常勤の情婦でパートタイムの家政婦というわけね？」

「情婦か……そいつも悪くないな。しかしチップのこともあるし、ここは小さな町だしやっぱり結婚するしかないよ」ゲイブは片手をあげた。「きみは結婚を望んでいない。だからすぐに真の結婚だと思う必要はない。とりあえずは純粋に営業取引きだと見なしてくれればいい」ゲイブは目を細めた。「……きみのような金の管理が得意な人物には認識しやすいだろう」

「ゲイブ……」

「憤慨する前にいっておく。ここでいう報酬は相当の高額だと思ってほしい」

訊いてはならないと知りつつ、つい訊いてしまう。「いくら？」

「結婚したその日に、預金小切手を渡す。額面は……」ゲイブは頭を掻いた。「いくら欲しい？」

「一〇〇万ドル」レイチェルはそんな質問にまともに答える自分に憤りながら、ぶっきらぼうに答えた。それでもゲイブの指摘は的を射ている。G・ドウェインの隠した宝石をレイチェルが所有していいはずはないのだ。いまではそのことが理解できる。

「いいよ、一〇〇万ドル渡す」

レイチェルはゲイブの顔をまじまじと見た。

ゲイブは肩をすくめた。「おれは金のことはあまり関心がないし、きみは関心がある。それに、きみは長時間裸でいなくちゃならないんだから、妥当じゃないかな」

レイチェルはふたたびクッションに体を沈めた。これほどまでに金に疎い人間が世のなかを自由に歩きまわっているのだと思うと恐ろしくなる。

なんだか息苦しくなってきた。彼が一〇〇万ドル所有しているという事実だけでも度肝を抜くような話なのに、ましてそれをくれるというのだから。金ではなく、愛情をくれるというのなら、躊躇《ちゅうちょ》なく受け取るのに、とレイチェルは口惜しかった。

ゲイブは組んでいた足首をほどき、床に足をおろした。「チップとぼくの問題を苦にして、きみが結婚を渋っていたことは知っているけど、お気づきのとおり、その問題は解消したよ」

今夜のゲイブとチップの様子を思い返してみる。「どうしてそんな変化が起きたのか、私にはいまひとつ呑みこめないの。誘拐のことがきっかけでないことはわかる。今朝すでにあなたたちの様子は違っていたもの。あれほど深刻な問題が急に解消したのはなぜなの？」

「きみは息子に手をあげたことがあるかい？」

「もちろん、ないわ」

「子どもに体罰を与えたことがある人間なら、そんな質問をしなくても理解ができるはずだ。じつはこの問題も、もうひとつの大きな柱なんだよ、レイチェル。チップの養育に関してぼくにも同等の権利を与えてほしい。あの子のことに関してはぼくらふたりで決めていきたい」ひどく真剣な面差しである。「あの子をぼくから取りあげないでほしい。ぼくはすでに子どもをひとり亡くしている。もう二度と子どもを失いたくない。そのためだったら何度だってバスの乗車券を破り、きみの洋服を焼くよ」

「あの子はあなたの子じゃないわ」

「昨日の朝はそうだった。でも今朝からあの子はぼくの子だ」

レイチェルは返す言葉がなかった。どうして彼はことを厄介にしようとするのだろうか、という思いが胸に広がる。

「気づいているかもしれないが、ボナー家の人間は子どもの扱いをないがしろにしない」レイチェルはエドワードに対するイーサンとキャルの接し方を思い起こした。どれほど母親に対する反感があろうとも、彼らは子どもにはひたすら優しかった。今朝、ロージーを次々預かることになったときも、みなそれぞれに赤ん坊を満足させようとして最善の努力を払っていた。「それは、気づいているわ」

「では商談成立だ」

「ゲイブ、私は不幸な結婚を一度経験しているわ。二度と同じ経験を繰り返したくはないの。

再婚するとすれば、それは愛情に根差したものでなくてはならないの」

ゲイブは憤慨したような目でいう。「そこに座って平然とぼくを愛していないといえばすむとでも思っているのかい？　またそれを、ぼくが信じるとでもいうのかい？　ぼくはそれほどばかではないつもりだよ。どれほど高邁《こうまい》な理屈をこねまわして好色な女を演じようと、きみが世間並みの倫理観の持ち主であることぐらい見抜いているつもりさ。ぼくを愛していないのなら、指一本触れさせてくれないだろうし、ましてあれほど情熱的な夜をともに過ごすことだってありえなかったはずだ」

レイチェルはゲイブを本気で打ちのめしてやりたかった。仕方なく歯を噛みしめていう。

「ここで問題になっているのは私の愛情ではないのよ」

ゲイブは呆然とした面持ちでレイチェルを見返した。

レイチェルはクッションの一個をつかむとゲイブに向かって投げつけた。

「くそ！　ドクター・ペッパーがこぼれちゃったじゃないか」

レイチェルはすっくと立った。「出ていくわ」

ゲイブも缶を乱暴に置き、同様に勢いよく立ちあがった。「話のわからん女だよ、きみは。そういわれたことはないか？」

「話がわからない？」レイチェルは吐き捨てるようにいった。「私があなたの施しを受けないからといって、話がわからないと決めつけるの？」

「施しだって？　そんなふうに見ているのか？」

「私にはお見通しなのよ。ボナー家の聖人はイーサンだけじゃないってこと」

「このぼくが聖人だって？」気色ばむどころか、むしろ面白がっているような顔である。

「おいおい」レイチェルはつぶやいた。

ゲイブは人差し指をレイチェルに向けた。「ぼくはきみと結婚する。それをとくと頭に入れておくように」

「なぜ結婚したいの？私を愛してもいないのに」

「誰がそんなことといった？」

「思わせぶりはやめて。これは冗談ではすまされない問題よ」レイチェルは憤りを覚え、唇を嚙んだ。「お願いよ、ゲイブ」

ゲイブはレイチェルのそばに素早く近づき、カウチに自分と並んで座らせた。「こんなことで冗談をいうはずがないだろう。ぼくにとってもこれは重大なことなんだ。それがわからないのかい？」

「私ほど重視してはいないでしょう。たしかにあなたは私を気づかってくれているわ。でも私はそれ以上のものが欲しいの。わからない？」

「むろん、わかるさ。レイチェル、ぼくがきみに対してどんな思いを抱いているか、きみには理解できないのかい？」

「チェリーに対する気持ちとは違う。それはたしかね」レイチェルは自分の声のなかの鋭い調子が厭《いと》わしかった。すでにこの世にない女性に対して嫉妬をつのらせるおのれの心が憎かった。

「ぼくがチェリーと過ごした生活はすでに過去のものとなった」ゲイブは静かにいった。

レイチェルは自分の手をしげしげと見つめた。「過去のものになることは今後もないと思うわ。くらべられながら生きるのはたくさんよ」

「きみをチェリーとくらべたりしない」

ゲイブはこの気持ちをまるで理解していない。レイチェルはいましも部屋を出ていこうとして、残った闘志をふりしぼり、ゲイブに最後のチャンスを与えることにした。「だったら、チェリーの欠点をいってみてよ」

「どういう意味だ？」

自尊心が傷つかないうちにやめておきなさい、と心のなかで制止する声があったが、この世には自尊心以上に大切なこともある。「私をチェリーとくらべないってあなたはいうけど、それ本当ではないと思うの」レイチェルはおのれの心の狭量さ、あさましさを感じた。彼の目を直視することもできず、そのまま自分の手を見つめていた。「チェリーの悪いところを聞かせてほしいの」

「ばかげている」

「あなたにとってはそうでも、私にとってはそうではないの」

「レイチェル、なぜきみはあえて自分にこんな試練を与えようとするんだ」

「彼女にだって素晴らしいとはいえないこともあったでしょう。たとえば……いびきをかくとか？」レイチェルはようやく目をあげ、希望に満ちたまなざしを向けた。「私はかかないわ」

ゲイブは握りしめたレイチェルの手に自分の手を重ねた。「彼女もかかなかったよ」

「もしかして――あなたが読む前に新聞を捨ててしまったりしなかった？」

「一度や二度そんなこともあったかな」

レイチェルはゲイブの面差しのなかの哀れみが堪えがたかった。しかしここはどうにかして乗りきらなくてはいけない場面である。心は、ほとんど完璧な女性の落ち度を求めていた。

「彼女は脚を剃《そ》るのに、あなたのかみそりを使ったりはしなかった？」

「彼女はぼくのかみそりが嫌いだった」ゲイブはいったん言葉を区切り、レイチェルに辛辣な目を向けた。「きみと違ってね」

レイチェルは自暴自棄に陥っていた。きっと何かあるはずだ、と思った。「私は料理が得意よ」

ゲイブの表情に浮かんだものは、憐憫に近かった。「チェリーは少なくとも週に一回は自家製のパンを焼いていたよ」

レイチェルも一度だけパンを焼こうとしたことがあったが、イースト菌を殺してしまった。

「私、交通違反は一度もないわ」

ゲイブは片方の眉を上げた。

レイチェルは急いでいった。「それに並はずれて心の優しい人って、ジョークが下手なことがあるでしょう。いわゆるオチを台なしにしてしまうのよね」

「たしかにそういうことはあるね」ゲイブはレイチェルの額にくちづけし、カウチの隅に深く座らせた。「きみはこれを本気でやりとおすつもりなんだね？　きみにはいっさい関係のないことでもね」

「チェリーがあまりにも完璧に思えるの」

ゲイブは深々と溜め息をついた。「わかったよ。よく耳をすまして聞けよ。一度しかいわないから。ぼくはチェリーを心の底から愛していたけど、いまきみに対しても同じ気持ちを抱いている」

レイチェルは長くゆっくりとした息を吐きだした。

ゲイブは続けていった。「きみはドウェインの魂を救うことはできなかったかもしれないが、ぼくの魂はきみによって救われた。きみは、ぼくが抜けだせずにいたあの自己憐憫の世界からぼくを引きずりだして、ぼくの人生を根底からくつがえしてくれた。そのおかげで、ぼくはまた人生を歩きはじめることができたんだ」

レイチェルは気持ちがほっとやわらいで、体を寄せようとしたが、それをゲイブの片手が制した。「話はまだ終わってない。きみのほうから持ちだした話なんだから、聞いてくれよ。チェリーはね……本当に善良すぎるぐらい善良な女性だったよ。どんなにこちらが仕向けようと、決して癇癪《かんしゃく》を起こすことはなかった。どんないやな人間のことでも、悪口をいうのを聞いたことがなかった。どんなに自分が疲れていても、また具合がよくなくても、ジェイミーがいたずらをしでかしても、がみがみいったり、不機嫌な顔をすることもなかった。いつも穏やかだった。彼女はほんとに心の優しい人だった」

「それを聞いて楽になったわ」レイチェルは皮肉っぽくいった。

「この先は一度しかいわないから、よく聞けよ」ゲイブは大きく息を吸った。「チェリーと暮らしていて、たまにマザー・テレサみたいな偉大な人物と暮らしているような気持ちにさせられることがあったんだ。あまりにも優しく、ものわかりがよく、善良すぎるので、こちらが過ちをおかしたり、欠点をさらけだす気持ちの余裕がなかったんだよ」

レイチェルの心のなかで愉悦が虹のように開いた。「本当に？」

「本当だよ」

「それで、私といるとどう感じるの？」

ゲイブが顔をほころばせた。「過ちをおかす余裕はたっぷりある」

レイチェルも満面の笑みを返した。

「もうひとつある」ゲイブが眉をひそめながら、いった。「チェリーはよく鼻歌を歌っていた。料理をしていても、洗濯をしていても、雑誌を読んでいてさえ、鼻歌を歌っていた。それが気にならないときもあったけど、たいていは気ざわりだった」

「人がたまに鼻歌を歌っても気になることだってあるものよね」レイチェルはいつしかチェリー・ボナーに好意を抱きはじめていた。

「問題はね……彼女がいつもこちらの短所を大目に見てくれていたから、こちらから文句をいいたいことがあっても、いえなかったことだ」

「かわいそうに」レイチェルは唇を噛んだ。「彼女は……こんな質問、ばかげているのは百も承知だけど……ベッドではどうだったの？」

ゲイブは愉快そうに微笑んだ。「きみは何から何まで自信が持てないんだね」

「もういいわ。訊かなかったことにして」

「きみのようなセクシーな女性と比較するのは、チェリーが気の毒だよ」

レイチェルは目をまるくしながら微笑んだ。「そうなの？」

ゲイブは笑いだした。

レイチェルはカウチの上で体を引きずるようにゲイブに近づいた。ゲイブの腕がしっかりと彼女を抱きしめた。彼の唇がレイチェルの髪をかすめ、あふれる感情で彼の声はかすれていた。「チェリーはぼくの青春時代の恋人だったんだよ、レイチェル。きみは壮年期の恋人だ。きみのことを心から愛している。どうかそばにいてほしい」

ゲイブに唇を奪われ、レイチェルは言葉を返すことができなかった。激しいくちづけに無我夢中になり、すべてを忘れた。

やっと体を離したとき、気づくとゲイブの瞳に見入っていた。まるで魂のなかをのぞくようなまなざしだった。ふたりを隔てる障害はすべて消えていた。

「何か忘れてないかい？」ゲイブがささやいた。

レイチェルは訝《いぶか》しげに首をかしげた。

ゲイブが撫でるようなキスをして、いった。「『私もあなたを愛してるわ、ゲイブ』っていうのを忘れてない？」

レイチェルは微笑みながら彼の目をのぞきこんだ。「まだ疑うの？」

「はっきりと言葉で聞きたがるのは、きみばかりじゃないんだよ」

「あなたを愛しているわ、ゲイブ。全身全霊で」

ゲイブの体が慄えた。「もう別れるなんていわない？」

「いわないわ」

「これからは結婚についてあれこれ文句をつけない?」

「絶対いわない」

「ぼくの兄弟を許してやってくれるかな?」

「いうまでもないわ」

「チップはふたりの子どもと認める?」

レイチェルは束の間言葉を呑んだ。いったん心を決めれば、ゲイブ・ボナーはドウェイン・スノープスとはくらべものにならないほど良き父親になれるだろう。

レイチェルは頑固そうな彼の顎のラインを撫で、もう一度キスをした。笑いたいような、歌いだしたいような、泣きくずれたいような複雑な感情が心のなかで同時に揺れていた。そんな感情のうねりを、優しくからかうことで紛らした。「さっきの一〇〇万ドルの話を忘れたと思ったら大間違いよ。あなたが指摘したとおり、私はダイヤを手元に置いておくつもりはないわ。あなたは自分の財産を管理する能力に欠けているようだし」

「きみにはその能力があると?」

レイチェルはうなずいた。

「たしかにそうだ」ゲイブは嘆息をもらした。「それでも、一〇〇万ドルも出せば、何か特別な見返りを期待する権利はあるんじゃないかな」唐突にレイチェルを抱きあげたゲイブは、自分の寝室に向かいながら彼女のむきだしの下半身を片手で愛撫した。「どうしようかな……どんな倒錯プレイなら一〇〇万ドルの価値があるんだろう?」

レイチェルの脳裏をいくつものイメージが駆け抜けた。

「まずは着ているものを剝ぎ取って裸にする」かすれたささやき声にレイチェルは戦慄を覚えた。「次にベッドの上に寝かせて、体のすみずみまで愛撫する」

レイチェルの唇から小さなうめきがもれた。

「それにレイチェル、チップはぐっすり眠っている。だから時間はたっぷりあるよ。ゆっくりやろう」

レイチェルは喘《あえ》いでいた。

ゲイブはレイチェルを下におろすと寝室のドアをロックした。すぐに振り向いた彼はレイチェルの着ているシャツのボタンをはずした。指が鎖骨をかすめる。彼は顔をかがめて首すじの皮膚を歯で嚙んだ。シャツは床に滑り落ちた。鼻先をすりつけ、そっと嚙み、彼はレイチェルの肉体のあらゆるところへ散歩した。

堪えがたい快感の波にさらわれながら、レイチェルはゲイブの服を脱がせはじめ、すべてを剝ぎ取った。

その肉体。レイチェルは彼の隆起する筋肉、日焼けした皮膚と日焼けしてない皮膚の境目、胸板を飾り股間に繁茂する黒々とした体毛にうっとりと見惚れた。その分身を手で包み、ずっしりとした充実感、隆々と張りきった怒張を確かめ、不規則な彼の息遣いを楽しんだ。

ベッドに倒れこんだふたりは、たがいにゆっくりとした性愛を楽しむ気持ちのゆとりなどないことを知った。

組み敷かれ、彼の体の重みでこのベッドに、この家に、そしてこの町にしっかりとつなぎ留められたい、彼とこのまま永遠に結ばれていたいとレイチェルは願った。その思いはゲイブも同じだった。

肉体の奥深くで結合できたとき、ふたりはやっとゆっくりとしたリズムを取り戻すことができた。レイチェルは彼の脚に脚をからませながら、彼のために肉体を開き、所有される喜びに慄えていた。

ゲイブの灰色の瞳がレイチェルを見おろした。「愛しているよ、レイチェル」

レイチェルは彼の腰に当てていた手を首筋に移し、愛にあふれた微笑みを返したあと、やっと彼の望む言葉を口にした。「愛してるわ、ゲイブ」

彼の律動は力強く、ふたりの情欲は激しく燃えさかっていたが、ふたりは決して目をそらさなかった。ふたりの視線はからみ合い、求め合い、もっとも深い部分における脆弱《ぜいじゃく》さをさらけだす瞬間を共有するまいという原始的本能に屈することを拒んだ。

ゲイブはレイチェルの首筋に顔を埋めず、顔をあげたまま彼女をじっと見おろしていた。レイチェルも枕に頬を当てず、じっと彼の目を見あげていた。

別の人物、しかも深く愛する人物に自分の魂をのぞきこんでほしいという大胆な欲望が膨らんでいった。

緑の瞳が銀色の瞳を呑みこんだ。銀色の瞳が緑の瞳を貪《むさぼ》った。

「レイチェル……」

「愛してる……」

目を見開いたまま、ふたりはたがいの魂が融合する歓喜と恍惚《こうこつ》の世界へと駆けのぼった。

エピローグ

「私、どうしちゃったのかしら。どうにも心が決まらないわ」レイチェルは下唇を噛んだ。いかにも優柔不断の女性らしく振る舞いながら、その目はかすかに悪魔的な輝きを帯びていた。「あなたのいったとおりだったわ、イーサン。あなたの言葉に従っていればよかったのよね。カウチはやっぱり窓の下に置いたほうがよかったわ」

イーサンは忍苦の視線を長兄と交わした。「またこれを窓の下に戻そう、キャル」

ゲイブは戸口に立ち、面白がるような様子で兄弟たちが重いカウチを窓の下に収める様子をながめている。レイチェルが兄と弟を悩ませるのは見ていて楽しい。イーサンに使い走りの用をいいつけたかと思えば、キャルが訪ねてきたのをいいことに、コテージのために購入した新しい家具の置き換えをこのふたりにさせようとたくらんだ。

キャルには大きな貸しがあるので、訪ねてくる頻度は弟ほどではないが、いきおい彼がレイチェルの格好のターゲットとなる。昨年の秋にはチップの学校の課題である『展示と説明』のために、いいくるめてひと役買わせることにし、全生徒のためにサインを山ほど書かせた。レイチェルはいまでも節約好きなので、チップや今後生まれくる子どもたち、さらにはイーサンとクリスティの子どもたち、はては彼女自身の健康診断を無料にするようにキャルに約束させた。ただし自分の健康診断は服を脱がなくてよいという条件付きだ。キャルはその点について異論を唱えるだけの、ずぶとい神経の持ち主である。

レイチェルが何を兄や弟に押しつけようと、ゲイブは沈黙を守った。そうした事情にはいっさい関知しないという態度だ。ふたりは苛立ったが、かつて彼女に辛い思いをさせたという罪悪感から一度として不満をもらしたことはない。罪の償いのため、彼らはレイチェルのいいなりになり、その見返りにまた何かをいいつけられることになる。

今朝もゲイブはいつまでこんなことを続けるのかとレイチェルに尋ねた。あと半年は続けるというのが彼女の答えだったが、ゲイブはそれには疑問を持っている。レイチェルも心から攻撃性を持ち合わせているわけではなく、兄も弟もその気になれば魅力を発揮できる男たちである。いまとなっては懲罰の意味は薄れ、レイチェルもいたずらを楽しんでいるふしがある。

キャルはカウチの配置を終え、ゲイブに苛立ちの表情を向けた。「もう一度訊くけどさ、レイチェル。きみが結婚したあの木偶《でく》の坊はどうして家具運びを手伝わないのかな？」

レイチェルは飼っている三毛猫のスヌーザーに手を伸ばし、撫でた。「キャル、あなたも知ってのとおり、ゲイブは背中に故障があるのよ。それを悪化するようなことをさせるのはどう見ても得策とはいえないわ」

キャルは「なんとまあ、背中の故障だとさ」というような、声にならないなにごとかをぶつぶつとつぶやいた。

レイチェルは聞こえないふりをし、一方でゲイブは妻を応援するために背中に故障を抱えた人物を演じていた。

ゲイブは戸口にもたれながら、結婚して一年、飽きもせずレイチェルの様子を見つづけている自分につくづくあきれた。今日は野外料理のパーティを開き、レイチェルはあつらえた散歩用のショートパンツにシルクのマタニティ用トップを着ている。どちらもコテージの庭に花を咲かせているヒアシンスのようなブルーである。とび色の巻き毛のあいだでヨーロピアン・ワイヤーからぶらさがる小ぶりのダイヤのイヤリングがきらめいている。少し短くなった髪はいまでも少し乱れたままにしてあり、ゲイブはそれが気に入っている。もっと大きなダイヤのイヤリングを買ったのだが、レイチェルはこのサイズのほうが自分に似合うからといっていまのものに交換させたのだ。

今日の彼女の装いのなかでもっとも気に入っているのは——実際のところ今日ばかりではないのだが——彼女の靴だ。小さなウェッジヒールのついたほっそりしたシルバーのサンダル。このサンダルは大のお気に入りで、彼女のために購入した靴はすべて彼が選んでやった。

「キャル、あのアーム・チェア……もう頼むのはいやなんだけど、あなたはいつも快く手伝ってくれるから。もうちょっと暖炉のほうへ寄せてもらえるかしら？」

「いいとも」ゲイブは椅子を部屋の反対側へ運ぶ兄の歯ぎしりが聞こえるような気がした。

「最高よ」レイチェルはにこやかな笑みとともにいう。

キャルの顔が希望に輝いた。「そうかい？」

「やっぱりだめ。あなたのいうとおりよ。全然最高じゃないわ。もう少しカウチのほうへ寄せたらどう？」

そのとき勝手口のドアがばたんと閉まって、ジェーンが前を通りすぎてトイレに駆けこんだ。キャルが時計を見て、嘆息をもらした。「きっちり予定どおりだ」

「妊婦が三人もいるのに、トイレはひとつしかない」イーサンが首を振った。「あまり見よいながめとはいえないね。早くコテージの増築がすむといいね、ゲイブ」

「冬が来る前には終わるよ」

ボナー家の両親は例ならず、ひと目会ったとたん、すっかりレイチェルに惚《ほ》れこんだ。母は結婚祝いとしてコテージの所有権を譲ってくれた。ふたりはもっと豪奢な邸宅を購入するだけの資金はあるのだが、ハートエイク・マウンテンでの暮らしが気に入っているので、ここを越す気はまるでなかった。とはいえ部屋数を確保する必要性はあり、いま、裏手に風通しのよい二階屋を建て増し中である。増築部分で必要なスペースをふやしつつ、コテージの田園風の建築様式はそのまま生かすことにしている。

建築中で散らかってはいるが、レイチェルはゲイブとチップの養子縁組が正式に成立したことを祝して野外パーティを開きたがった。これはチップとゲイブ以外、一族の誰にとっても、一大事であった。当のふたりは一年前のレイチェルが勾留された晩に、すでにたがいを父として子として認め合っていた。

「今回つわりの状態にある妊婦はひとりだけなのはせめてもの救いだよ」イーサンがいった。「クリスマスイブにここに集まったときのこと思い出してもみろよ。レイチェルとクリスティがふたりともつわりだったものな」

キャルが身震いした。「あのときのことは、みんな忘れようったって忘れられないよ」

建築中の瓦礫《がれき》を避けるために、レイチェルは庭のそばにピクニックの場所を用意した。ちょうどふたりが植えた薔薇《ばら》がまっさかりである。クリスティが窓越しに声をかけた。「レイチェル、出ていらっしゃいよ。ロージーの新しいいたずらを見てあげて」

「いま行くわ」レイチェルはキャルの背中をたたきながらいった。「仕上げはあとでできるわ」

ドアに向かってよたよたと歩くレイチェルの後ろからネコがついていく。レイチェルは大きなおなかを突きだし、体重をかかとにかけるようにして歩く。こんな状態にしたのはほかならぬ自分なのだという、男としての素朴な誇りが胸にわき起こるのをゲイブは感じる。来月には待望の赤ん坊が誕生することになっており、誰もがその日を指折り数えて待ち望んでいる。

レイチェルが出ていったとたん、キャルとイーサンは四カ所も置き場所を変えた件《くだん》のカウチの上にがっくりと腰をおろした。ゲイブはふたりを気の毒に思い、ビールを持ってきてやった。自分もアーム・チェアに座り、兄たちが去ったら、結局この椅子も自分がもとの場所に戻すはめになるのだろうなと思いつつ、自分のビールのびんを持ちあげていった。「世界でもっとも幸運な三人の男たちのために」

キャルもイーサンも微笑んだ。三人はしばし椅子に座り、ビールを飲みながら、しみじみとわが身の幸せを噛みしめていた。キャルはノース・カロライナ大学医学部での一学年の課程を修了し、ジェーンとともにチャペル・ヒルでの生活を楽しんでいる。建築家に依頼した改築の設計図もできあがり、霊廟と評された元スノープス邸は雄大で現代的な住まいに変わることになっている。キャルが実習期間を終えて父親の診療所に医師として加わるころには、あの屋敷も彼らにとって永住の地になるだろう。

イーサンもようやく聖職者としての自分の役割に心の平和を見いだしたようだ。だがクリスティの後任の教会秘書を何人かえても満足できず、いつも不満をもらしている。クリスティは幼稚園教諭というい まの仕事を辞めて夫のために復職するつもりはないようだ。そしてレイチェルは……。

チップが愛犬の、一歳になる黒のラブラドールのサミーを連れて駆けこんできた。サミーはゲイブめがけて一目散に走り、チップはキャルのところへ走った。「ロージーがわるさをして困るよ」

「今度は何をやらかした?」キャルはゲイブの息子を素早く抱きしめた。家の裏手からハムスターの檻《おり》の回転輪のキーキーという音が聞こえてくる。

「やっと要塞をこしらえたのに、できた直後にロージーが壊しちゃったんだ」

「我慢しなくていいんだよ」キャルがいった。「はっきりだめだというんだ。それか、ロージーの手の届かない場所に要塞をこしらえるかだね」

チップは咎《とが》めるような目でキャルを見た。「ロージーは手伝っていたの。わざと壊したんじゃないんだよ」

キャルはぐるりと目玉をまわした。「そのうちきみとキャルおじさんで女とのつきあい方についてじっくりと話し合おうね」

チップはゲイブのほうへ寄っていき、膝によじのぼって落ち着いた。六歳になり、チップは急に背が伸びはじめた。やがて足が床につくようになるだろう。それでもチップはゲイブの膝の上に乗るのが大好きだろう。チップの愛犬がゲイブの足の上にどさりと寝そべった。

「ねえパパ、ぼく、予想していることがあるんだ」

ゲイブはチップの頭のてっぺんにキスをしながらいった。「どんなことだい?」

チップはあきらめの溜め息をもらした。「ぼくとロージーが大人になったら、きっと結婚することになると思う。パパとママみたいに」

子どもの発言を、父や伯父たちは笑わなかった。誰もが、ふたりの子どもたちのあいだに結ばれた不可思議な絆を尊重する心境になっていた。その絆がいかなる類いのものかは理解できないままだったが。

「人は生きていれば、与えられた定めに従わなくてはならないこともある」キャルが一席ぶった。

チップがうなずいた。「それそれ、ぼくもそう思ってたんだ」

このときばかりは一同が爆笑した。

とてつもなく騒々しいロージーの遠吠えが庭から聞こえてきた。ゲイブの足元にいたサミーがはっと顔をあげ、チップが嘆息をもらした。「ぼく、行ったほうがいいみたい。ロージーがおじいちゃんとおばあちゃんを手玉にとってるからさ」

チップと犬が行ってしまうと、男たちは苦笑いしながら首を振った。

「あの子はませてるね。六歳なのにしゃべることはまるで三十男だ」

イーサンが微笑んだ。「今度生まれてくる三人はあのふたりより、もう少し扱いやすいといいけどね」

ゲイブが裏の窓からちらりと外をのぞいた。数カ月前から飼いはじめたコリーの混血犬シャドウが辛抱強く地面に横になり、ロージーがその上にまたがっている。チップが祖父母のいる場所に近づいた。祖父はチップの上腕をさすり、祖母は手を伸ばして子どもの髪を撫でた。

ゲイブは自分のためばかりでなく、チップのためにも南米に行っていた両親の帰還を心から喜んでいた。ボナー夫妻はチップとその母親を温かく受け入れてくれた。チップはようやく友だちができ、幼稚園でもよくやっている。ゲイブの自慢の息子である。

ジェーンはまだいくらか顔色が悪いがすっきりとした表情になって居間を通り抜けていく。動物収容施設からゲイブがもらい受けてきた年上のネコのターシャがよたよたと後ろを歩いている。ジェーンは妊娠二カ月の終わりにさしかかっており、つわりで吐き気をもよおしてないときはひどく上機嫌だ。

キャルが立ちあがりかけたが、ジェーンはそれを手で制した。「いいのよ。私は大丈夫だから、そこでゆっくりしてて」

ふたりは微笑みを交わし、キャルが妻の尻を軽く撫でた。

ゲイブはそのしぐさにしみじみと好ましさを覚えた。彼自身も好んで妻に同様のことをする。ことさらに指摘するべきことでもないが、好きなときに女の尻を撫でられるというのは、結婚のもたらす喜びのひとつではないかと思う。

「昨日キャロル・デニスと話をしたよ」イーサンがいった。

ゲイブとキャルが険しい表情で顔を見合わせた。ボビー・デニスがふたりの子どもたちの生命を危険にさらした日のことは忘れようにも忘れられない。イーサンとクリスティにとっても同様である。誰ひとり責めはしないものの、子どもたちを車に置き去りにしたことを、ふたりはいまも後悔している。

ボビーの怪我は回復に数カ月を要した。しかし皮肉なもので、結果的にこの怪我が少年には恩恵をもたらすことになった。ここ一年で少年はすっかり酒や麻薬を絶ち、キャロルは親子関係の修復のためにカウンセリングを積極的に受けている。

いったんゆがんだ関係がそう簡単に修復できるはずもなく、これからも多くの困難を乗り越えていかなくてはならないだろうとゲイブは見ているが、それでもイーサンの話によれば、やっと親子の会話を交わすようになってきたそうだ。ボビーも自分の不幸をレイチェルのせいにするのをようやくやめたらしく、ひと安心である。この少年の存在が妻にとって脅威でありつづけるならば、ゲイブとしてはカウンセリングなどというなまやさしい手段を待たず、少年を町から追いだしていただろう。

「ボビーは八月に大学に入学するとキャロルはいってる。普通以上の成績で高校を卒業したんだそうだ」

キャルが首を振った。「レイチェルがボビーを何度も見舞いにいったことは、いま考えても信じられないことだよ。彼女は理性より心で行動する人間なんだね。そのことで町の連中がどんなうわさをしているか知ってるかい？　レイチェルが見舞っていなかったら、あの少年はきっと――」

ゲイブがうめくようにいった。「もういいよ、その話は」

「話が出たついでにいうけどさ」イーサンが窓の外にいるクリスティに一瞥《いちべつ》を投げながらいった。ロージーにおなかの子どもの動きを手で感じさせているのだ。イーサンは微笑み、もとの話題に戻った。「レイチェルのことでゲイブにも一肌脱いでもらえればありがたいんだけどな。ブレンダ・ミヤーズが肺炎を患ってなかなか回復しない。レイチェルに一度見舞いに行ってほしいんだよ」

「またぞろ始まったな」キャルが脚を伸ばしながら笑った。

ゲイブは弟とのあいだに暗黙の了解があるものだと思っていたので、怒ったようにいった。「イーサン、このあいだもいったけど、この問題におれは関わりたくないんだよ。おまえはレイチェルの牧師でもあるんだから、直接かけあってくれよ」

三人はビールを飲みながら、多難な前途を思った。

「おまえとしてはレイチェルをあとどのくらいこの問題に関わらせるつもりなんだ?」キャルが訊いた。

「あと四十年はかかるかな」ゲイブが答えた。

イーサンが片手をあげた。「ぼくを悪者にしないでくれよ。レイチェルに人の病気を癒す力があるのかどうかは知らないけれど、実際レイチェルが患者のそばにしばらくいるだけで病気が回復する例があとを絶たないのは確かだよ」

怪我をした動物にも同じことが起きている。ゲイブはなにかと口実を設けてはレイチェルが動物に手を触れるよう仕向けている。なぜそうなるのかはわからないが、レイチェルが手を触れたあとは、回復が速いのである。

「否定しつつも病は癒える、か」話を持ちかける立場ではないキャルはなおも面白がっていう。「エミリーが奇跡的に回復してからというもの、町の連中はレイチェルの悪口をいっさい口にしなくなったね。さらに脊椎損傷で医者に半身不随を言い渡されていたボビー・デニスまで回復したとあっては……」

「レイチェルの人気はたいしたものだよ」イーサンが客観的な意見を差しはさんだ。「皮肉といえば皮肉だよ。自分は神癒ができると吹聴していたG・ドウェインにはじつはそんな力はなく、できないできないといいつづけているレイチェルにはその能力がそなわっているとはね」

「実証があるわけじゃないけどね」ゲイブが指摘した。「すべて偶然の産物である可能性だってあるんだ。このあいだの手を使ってみろよ、イーサン。ただブレンダの容体が思わしくないから元気づけてやってほしいといえばいい。神癒なんて言葉を使ったりしなければ、レイチェルは断わらないと思うよ」

「病人の見舞いにばかり行かせられて、訝しがってないかな?」

「チップや家の改築、大学の授業、生まれてくる子どものこと、G・ドウェインの隠匿ダイヤを売却した金を役立てる方法、それやこれやでレイチェルの頭はいっぱいさ。とてもじゃないけど訝っているひまはないと思うよ」レイチェルが夢中になっているもののなかに、じつは亭主の自分も入っている自信はあるのだが、兄弟たちの前でのろけてみても始まらない。キャルにしてもイーサンにしてもその気になればいくらでものろけられるだろうが。

レイチェルは地元の大学での財政学のコースで結構楽しく学んでいるくせに、金の管理に関して夫がまるで頼りにならないから頑張るしかないという態度を装っている。夫に金の管理を任せておいたら路頭に迷ってしまうからね、というのが彼女の言い種である。

ちょっとからかってやろうとして、負債の清算後にドウェインの財産を動物愛護団体に寄付したりせず手元に置いておけば決して路頭に迷うことはないはずだといってみたが、レイチェルは取り合わなかった。いま彼女はイーサンとともに州全体を対象とする基金の設立に取り組んでいるところで、この基金はシングル・マザーの修学と就職、および保育を援助するためのものだ。

レイチェル自身も、完全にみずからの力を生かす道を見いだした。

また、地元のコミュニティのために『カロライナの誇り』を非営利で運営するためのグループを作り、支援している。ドライブインは夏の週末、町一番の人気スポットとなっている。「いまでは信じられないな……一年前はサルベーションの町じゅうがレイチェルを忌み嫌っていたなんてね。いまじゃ押しも押されもしない、この町のヒロインだ」キャルは、レイチェルを虐げた張本人のひとりであるにもかかわらず、妙に自慢げにいった。

レイチェルがスヌーザーを抱き、網戸から顔をのぞかせた。「みんなおなかがすいてるわ。そろそろグリルを始めたらどう?」

男たちはぶらぶらと裏庭に出ていった。ロージーを真ん中にして、両親が古いキルトの上に座り、犬たちがそのすぐそばで横になっている。近づいてきた夫にクリスティが寄り添い、キャルはジェーンの体に腕をまわし、不安定な胃のあたりをさすった。

ゲイブはただその場にたたずみ、愛する家族の様子に見入っていた。ピクニック・テーブルの上に紙皿を重ねて置きながら、レイチェルが夫を見あげた。微笑みを交わすだけでたがいの気持ちは完全に通じ合っていた。愛を言葉にする必要は、なかった。

チップが走ってきた。ゲイブは息子が求めているものを理解し、すぐに両腕を差しのべた。またたくまにチップは父親の肩の上に乗せられた。父の額の上で両手を組み、両足を胸のあたりにぶらぶらさせている。

レイチェルが感きわまって泣きだした。

家族が集まって、感動するほどの喜びに包まれると、レイチェルはよくこんなふうに泣くことがあった。いつもは誰もがそうした光景に驚きはせず、よく揶揄《やゆ》の種にした。今日もきっと誰かが冷やかすだろうと思われた。そのうちに……昼食のあとにでも……。

しかし今日は違った。キャルは咳払いし、ジェーンは鼻をすすった。イーサンは小さな咳をした。クリスティは涙をぬぐった。母は父にハンカチを手渡した。

ゲイブは感動で胸がいっぱいになった。ハートエイク・マウンテンでの暮らしは素晴らしい。

湧きあがる幸福な思いに、ゲイブは心から笑った。

訳者あとがき

この作品はそれまでにも着実にロマンス小説家として地位を築いていた、スーザン・エリザベス・フィリップスの名を、いっきに広く世に知らしめた出世作ともいうべきスマッシュ・ヒットである。この作品は一九九九年度にロマンス作家協会の栄えある賞、RITA賞を見事獲得している。

物語は、不運なヒロイン、レイチェルがどん底の運命のなかで、ノース・カロライナの田舎町サルベーションにたどり着くところから始まる。病み上がりの幼い息子を抱え、おんぼろの車で生活していたのだが、その車がとうとう息絶えてしまったのだ。職もなく、身よりもなく、財布の中身はたったの一〇ドル。息子は「ぼくたち、死ぬの？　今度こそほんとに死ぬんでしょ？」と訊く。飢えと絶望に押しつぶされそうになりながらも、彼女はなにくそと立ち上がる。こうして彼女の苦難に満ちた闘いは始まるのだが、物語は決して湿っぽくはならない。打たれても打たれてもめげない心の強さと、人間としての尊厳、プライド。そうしたレイチェルのキャラクターに、サルベーションの人びとはいつしか惹き入れられていき、同時に読者も共感と感動を覚えるようになる。

この親子の持ち物はタンドリー・ボックスにつめたわずかな衣類とささやかな所持品だけ

だ。レイチェル自身も着古したワンピース一枚に、ぼろ靴を一足しか持っていない。私たちの生活を見まわしてみると、なんと多くの物に囲まれていることかと驚くが、レイチェルのように身の回りのすべての物質をそぎ落としたとき、人にはいったい何が残るのか、ということを考えさせられてしまった。物質的なものによって支えられている人間がそれを失ったとき、生きつづけていくのに必要なものは、強靭な精神とプライド、人を愛する心、そして夢、希望ではないだろうか。この作品のテーマはそこにあると思う。

この作品のもうひとつのテーマは信仰である。この作品に描かれている信仰はキリスト教であるが、神という存在についての考え方は特定の宗教に限定されるものではなく、普遍性を持っていると思われる。「これほど深く神を信じ、祈りつづけているのに、神はなぜ人にこれほどの過酷な仕打ちをなさるのだろうか？」という疑念と絶望に対し、作者はストーリーのなかでこんな答えを出している。「人に過酷な試練を与えるのは神ではない。人生が与えた運命なのだ。……神は全知全能である。だがそれは専制君主のような力を指すのではなく、愛の絶対的な力という意味において、全知全能なのである。愛こそは何にも勝る力であり、神の全知全能とは言い換えれば、愛の力なのである」

生きていくことはたやすいことではない。この物語のヒロインほどの過酷な運命ではなくとも、人生にはあらゆる試練が持っている。辛いことも悲しいこともある。これはそんなとき人が心のよりどころとすべきものは何かを考えさせてくれる物語である。

ところで、この物語のヒロインの恋の相手ゲイブ・ボナーの兄キャル・ボナーが日本でのスーザン・エリザベス・フィリップスの前作に当たる『湖に映る影』のなかにも登場していたのに気づかれた読者もおられるだろうか。シカゴ・スターズという名門フットボール・チームのクォーター・バック、ケヴィン・タッカーの親友として妻ジェーン・ダーリントン・ボナーとともに描かれている。こんなふうにほかの作品の登場人物を別の作品では大きくクローズアップしながら物語をつないでいく手法は彼女ならではの手法で、こうして作られた作品群はシカゴ・スターズ・ボナー兄弟シリーズと呼ばれている。そのなかの一冊を読んだ読者はぜひともシリーズをすべて読破したいと思うだろうし、次なる作品のなかで同じ人物を発見すれば、きっと普通以上に親近感を抱くことだろう。すべて別の主人公を据えながら、シリーズの物語がひとつの大きな輪につながっているというのはじつに不思議な楽しさがある。スーザン・エリザベス・フィリップスは最近自分のホームページで、またシカゴ・スターズにからめた物語を執筆中であることを明らかにしている。今度は『湖に映る影』のケヴィン・タッカーのエージェントの物語だそうだ。またひとつシリーズが世界を広げることになるのは、いまから楽しみでわくわくする。

スーザンの描く物語は単なるロマンス小説に終わらず、核にヒューマンな要素を持っている。物語の流れはむろん恋の行方を追っているのだが、人間の弱さや逞しさ、生きる喜びや悲しみを通して、生きるということは、愛するということは何かを問いかけてくる深いテーマが底流に流れている。そうしたものを決して押しつけがましくなく、心が温まるやさしいタッチでユーモラスに描いているのが彼女のもっとも魅力的なところだと思う。

私も彼女のファンのひとりとして、これからももっともっと素敵な物語を紡ぎだしてほしいと願っている。

ザ・ミステリ・コレクション

あの夢《ゆめ》の果《は》てに

[著　者]　スーザン・エリザベス・フィリップス
[訳　者]　宮崎 槇

[発行所]　株式会社 二見書房
東京都千代田区神田神保町1-5-10
電話　03(3219)2311[営業]
03(3219)2315[編集]
振替　00170-4-2639

[印　刷]　株式会社 堀内印刷所
[製　本]　株式会社 明泉堂

落丁・乱丁本はお取り替えいたします。
定価は、カバーに表示してあります。

ISBN4-576-04069-3
http://www.futami.co.jp

ファースト・レディ
スーザン・E・フィリップス
宮崎　槇［訳］

未亡人と呼ぶには若すぎる憂いを秘めた瞳のニーリーが逃避の旅の途中で逞しく謎めいた男と出会ったとき…RITA賞（米国ロマンス作家協会）受賞作！

湖に映る影
スーザン・E・フィリップス
宮崎　槇［訳］

湖畔を舞台に、新進童話作家モリーとアメリカン・フットボールのスター選手ケヴィンとのユーモアあふれる恋の駆け引き。迷いこんだふたりの恋の行方は？

業火の灰（上・下）
タミー・ホウグ
飛田野裕子［訳］

連続猟奇殺人事件を捜査する女性FBI特別捜査官。癒されない過去の心の傷に苦しみながらも、かつての恋人と協力し、捜査を進める彼女に魔の手が迫る！

ふたりだけの岸辺
タミー・ホウグ
宮下有香［訳］

離婚後一人息子とともにミネソタの静かな町に移り住んだエリザベス。そこで傷心を癒すはずが、残虐な殺人事件が発生。捜査を進める保安官と対立するが…

そのドアの向こうで
シャノン・マッケナ
中西和美［訳］

亡き父のため11年前の謎の真相究明を誓う女と、最愛の弟を殺されすべてを捨て去った男。復讐という名の赤い糸が激しくも狂おしい愛を呼ぶ…衝撃の話題作！

閉ざされた記憶
ファーン・マイケルズ
大嶌双恵［訳］

キャディは幼いときの空白の記憶を求めて、20年ぶりに故郷へ戻る。事故の真相は？　幼なじみや祖母たちの協力で謎に挑むユーモア・サスペンス！

二見文庫　ザ・ミステリ・コレクション

ささやく水
ジェイン・アン・クレンツ
中村三千恵［訳］

誰もが羨む結婚と、CEOの座をフイにしたチャリティ。彼女が選んだ新天地には、怪しげなカルト教団が…。きな臭い噂のなか教祖が何者かに殺される。

曇り時々ラテ
ジェイン・アン・クレンツ
中村三千恵［訳］

恋人はハンサムなオタク!? 超堅物IT長者とキュートなヒロインが贈るシアトル発の極上ミステリ。ハッカーに殺人、最新ソフトをめぐる事件を追え！

優しい週末
ジェイン・アン・クレンツ
中村三千恵［訳］

エリート学者ハリーと筋金入りの実業家モリー。迷走する二人の恋をよそに発明財団を狙う脅迫はエスカレート。真相究明に乗りだした二人に危機が迫る！

迷子の大人たち
ジェイン・アン・クレンツ
中西和美［訳］

サンフランシスコの名門ギャラリーをめぐる謎の死。辣腕美術コンサルタントのキャディが“クライアント以上恋人未満”の相棒と前代未聞の調査に乗り出す！

迷　路
キャサリン・コールター
林　啓恵［訳］

未解決の凶悪事件を追う特捜チーム〈CAU〉。シャーロック&サビッチのFBIコンビと連続殺人犯の鬼気迫る対決を描く本格ラブサスペンス！シリーズ第一弾

袋小路
キャサリン・コールター
林　啓恵［訳］

全米震撼の連続誘拐殺人を解決した直後、サビッチの元に妹の自殺未遂の知らせが…『迷路』の名コンビが夫婦となって活躍——絶賛FBIシリーズ第二弾！